最新修订版

获奖消息赏析
——兼论消息的写作技巧

Huojiang Xiaoxi Shangxi
Jianlun Xiaoxi De Xiezuo Jiqiao

彭朝丞 著

人民日报出版社

图书在版编目(CIP)数据

获奖消息赏析/彭朝丞著.—北京:人民日报出版社,2013.8
ISBN 978-7-5115-2069-2

Ⅰ.①获… Ⅱ.①彭… Ⅲ.①消息-文学欣赏-中国-当代②消息-新闻写作 Ⅳ.①I207.5②G212.2

中国版本图书馆 CIP 数据核字(2013)第 193621 号

书　　名	获奖消息赏析——兼论消息的写作技巧
作　　者	彭朝丞
出 版 人	董　伟
责任编辑	梁雪云
封面设计	春天书装工作室
出版发行	人民日报出版社
社　　址	北京金台西路2号
邮政编码	100733
发行热线	(010)65369527　65369846　65369509　65369510
邮购热线	(010)65369530　65363527
编辑热线	(010)65369526
网　　址	www.peopledailypress.com
经　　销	新华书店
印　　刷	北京中新伟业印刷有限公司
开　　本	787mm×1092mm　1/16
字　　数	500千字
印　　张	27.5
印　　次	2013年9月第1版　2015年7月第2次印刷
书　　号	ISBN 978-7-5115-2069-2
定　　价	50.00元

前　言

《获奖消息赏析——兼论消息的写作技巧》，面世刚逾两年，出版社决定增补、修订后再度付梓。这从一个侧面折射出，该书已获得了市场的认同、读者的认可。

新闻写作很重要。早在上世纪四十年代的延安时期，胡乔木同志写过一篇文章，题目就是《人人要学会写新闻》。如今到了21世纪，互联网像旋风般席卷全球，网络一头连着世界，一头连着每个个体，以个人为中心"人人都是麦克风"的网站、微博、微信等传播方式，已将人们带入了一个全新的全媒体、自媒体的信息化时代；新闻已经像空气阳光一样充溢着世界的每一处空间，人类的生活、生存与发展已经再也离不开新闻。人人都要学会写新闻，学会真短快活强地写好新闻，已经成为时代的紧迫要求。

学习和研究新闻写作，可以有多种角度、多种途径、多种方法。美国人威廉·梅茨在《怎样写新闻》一书中，就有"新闻写作技巧——如同任何其他技艺一样——是可以由经验丰富的人传授给新参加新闻工作的人"之说。

《获奖消息赏析——兼论消息的写作技巧》正是立足于学习、借鉴前人和他人的新闻写作经验，着眼于倾心尽力地研究、探索各类消息写作的艺术技巧为归宿，每编每篇、选文赏析，都力求做到入世入时、言之有物、耐读有用，尽可能多地在理性认知与实际操作上，给读者一些实实在在的启发和帮助。

新闻这个概念有广义和狭义之分。广义的新闻是指包括消息、通讯、调查报告等等所有的新闻作品；狭义的新闻，指的是消息这种体裁。

消息，是信息时代最为流行也是最有新闻性与信息性的一种载体。它因其短小精悍的篇幅，具有特别迅捷地反映社会生活与人间世事的品格，从而成为当代传媒的一个重要组成部分，一种信息传播的基本形式。另一方面，因其短小精悍的篇幅又要求作者精心构思、精心写作，磨练出"一滴水中见太阳"的功夫，写出浓缩人生体验、启迪人生智慧、影响和推动两个文明建设的精品佳作。

然而，大海掀浪易，尺水兴波难矣！消息因其篇幅短，一人一事一报，要写得玲珑剔透、清新可人、隽永可读、思而有得，实在是不容易。

于是乎，在新闻实践中，我们常常会遇到这样的情况，即面对现成的一大堆材料，却无从下笔，不知怎样把它表达出来为好。其实这种情况古人已经早有体会了。晋代文章大家陆机曾慨叹"恒患意下称物，文不逮意"，就涉及写作中如何表达、如何加工成篇的问题。新闻写作是一个动态的精神活动过程，它不仅要面对"写什么"，而且始终伴随着"怎么写"的问题，即怎样将文字符号以特有的形态转化成新闻作品。"华夏文章冠天下"。中国是举世公认的文章大国，写作实践源远流长，为文之道亦自古论者甚众。要有效地解决这个问题，有方方面面的问题需要探索、研究解决，但正确处理与把握知识、范文、实践三者之间的辩证统一关系，并长期坚持下去，是有效的途径之一。即以相关知识做向导、范文供借鉴、实践为旨归，三者有机结合，相辅相成，最为有效。

所谓"相关知识做向导"。消息是一种历史悠久的新闻传播样式。它发轫于近代报纸萌生之时，自16世纪末现代报纸问世后，便迅速成为报纸的"主角"，在新闻的百花园里早就占有极为重要的位置。中外新闻工作者对它的写作规律已进行了许多有益的探讨。比如说，消息作为一种独立的新闻文体，自有区别于其他文体的特定内涵、写作特点，以及一系列体现其特点的写作要求与规范。这些基本特征、要求与规范是在长期发展中逐渐形成的，是相对稳定而又不是固定不变的。正如金代文学家王若虚在《文辨》中说的："定体则无，大体须有。"人们只有对这种"大体"有所了解，才有可能写什么像什么，这是会写作的起码要求，也是会不会写作的最低区别。如果对文章的体裁没有准确把握，"大体"都夹杂不清，写作活动是无法顺利进行的。这就像酒是米谷酿造的，但没有酒曲这个中介，米谷仍然是米谷。新闻是社会生活在人们头脑中反映的产物，但没有写新闻的有关知识这个中介，生活只能依旧是生活，是无法顺利进入传播渠道的。

新闻报道有各种各样的体裁，消息是其中最重要的报道形式，其他的新闻报道形式，或者是从消息衍化而来的，或者是必须依附消息方能存在。现代媒体每天要刊登、播发大量的消息，而且一些通讯、社论、评论、图片、文章、资料也常要环绕消息来编发。因而，了解消息的"大体"，对于准确把握各种新闻体裁的特征、要求和规范，也是必不可少的。

消息较之其他新闻体裁，能最先感受到时代的气息、历史的步伐、社会的变迁、生活的呼唤。加之，在社会经济体制转型时期，人们生活节奏明显加快，难以承受繁文冗章的"折腾"，迫切要求新闻传播更为浓缩化、简明化和快捷化。消息，大有可为！

消息是现代传播媒体中使用最为广泛、拥有最多受众的一种新闻体裁。消息在刊播时常在文首加电头或"本报讯"字样；在广播、电视做口播时，则加新闻来源"据×××报消息"或"本台消息"之类的语句。一些篇幅短小的消息、特写性消息也可以不带这些字头或语句。

那么，什么是消息呢？它的功能、特征是什么？长期以来，新闻界众说纷纭。对此，我们是否可以做这样的概括：消息是用简明扼要的文字，概括叙述的方法，迅速及时而又连续不断地向公众传递信息、报道新近发生与发现的新闻事实的一种新闻体裁。消息同通讯等其他新闻文体相比，其主要的任务或功能是以最快的速度，简明扼要地将新闻事实报告给读者，让读者尽早地知道新闻事实的发生。

正由于消息所承担的任务不同于其他新闻文体，也就决定了它在写作上的不同特点：一是篇幅短小，迅速及时。消息是一种极为经济的文体，就是所谓要五脏俱全，也应当是很小的"麻雀"。消息的写作，宜短不宜长，大多是几百字，少的数十字，乃至一句话。二是开门见山，新鲜引人。消息的新鲜感主要来自事实的新鲜，消息所报道的事实应是客观事物最新发展的一个片段，甚至是最新变动的一瞬间。在结构上，多采用倒金字塔式，有明确的导语。在对新闻事实的取舍与安排上，必须遵循先新后旧、先主干后枝节的原则，使之一开头就把最重要、最新鲜的事实呈现在受众眼前。三是概括叙述，直截了当。由于消息的任务在于满足受众了解"发生了什么事"或"怎么回事"的渴望，写作上就要尽量从简，宜粗不宜细，宜快不宜慢，主要采用概括叙述的手法。四是客观叙事，寓理于事。消息无论其长短，一般都有个报道目的或意图，这就是人们常说的主题思想。消息在写作上必须遵循客观地叙述事实的原则，其体现主题的方式也有别于其他新闻文体，一般都不直接诉诸有形的文字或有声的语言,而是把它寓于客观地叙述事实之中。若非要用文字、语言来表达时,也只能糅合在客观叙事中,着墨不多地点出"要害",显出"精神",让受众略有所感。

消息本身又有各种不同的表现形式,本书将分别概述或结合稿评进行必要的阐述。

所谓"范文供借鉴"。通过对优秀作品的赏析,来研究、探讨消息写作规律和写作技巧,这是一条开阔眼界、活跃思想、提高写作水平的重要途径。

其实,亘古以来,谈及写作之道,人们普遍认为应该多读多练。唐宋八大家之一的欧阳修说,要写好文章"无他术,惟勤读书而多为之,自工"。我国现代文学史上的巨匠鲁迅先生也说过:"文章应该怎样做,我说不出来,因为自己的作文,是由于多看和练习,此外并无心得或方法的。"一位老新闻工作者在讲到学习新闻写作技巧时,风趣地说:"写作技巧这东西,不是藏在脑筋里的。是藏在成功之作的背后,是长在眼睛里和手上的。"诗圣杜甫的名言"读书破万卷,下笔如有神",更是人们耳熟能详的古训了。这些经验之谈是很有见地和道理的。

与风云变幻的时代共舞的消息以其直面快捷、接连不断反映现实生活的优势,在改革开放社会转型时期已经获得还将继续获得长足发展。而产生于其间的每一篇成功的作品,都煞费作者心血,记载着作者心灵跋涉的重负和甘苦。它们或传播信息、报道经验,或颂扬美德、剖析人生,或针砭时弊、警示世态,起到烛照社会、净化心灵、启人心智、催人向上的作用。在消息的采写上,或多或少地都能给我们诸多有益的启示。

当然,消息,就像生活一样,是朝着大千世界各个方向运动的。从古到今,新闻传播的发展有规则,也有裂变、创新。消息写作,就其内容来说,是一种认知,一种思想,一种信息,一种生活的反映,常常是一文一法,千文千面。所以,他人的写作经验,别人成功的写作技法,虽然在一定程度上反映了消息写作的"大体"、"大法",对于学习者来说,有一定的借鉴作用。但这毕竟只是别人彼时彼地,报道特殊生活,表达个人认知成功的一例。切不可照搬、套用,最重要的是要有化彼为己的开拓性劳动。否则将会重蹈燕国寿陵余子"邯郸学步"、"匍匐而归"的覆辙。照搬人长,而弃己长,必然两长皆失;博采众长，善于借鉴，方能胜人一筹。

　　所谓"实践为旨归"。唯物辩证法告诉我们，认识来源于实践，实践出真知。他人的经验，也只有经过自己的实践，方能为我所用。新闻写作活动本质上是一种对作者的素质、能力和技巧的检验，而这些不经实际操练，只是"纸上谈兵"，是很难掌握与提高的。写作是需要技巧的，但没有大量的、长期的、艰苦的磨练，想笔下生花是不可能的。所以有人说：写作之事含有很强的实践性，唯有以笔为械，惨淡经营，在写作之路上艰苦跋涉，才能达到成功、熟练、巧妙的写作境界。

　　本书用于直接概述消息写作基础理论知识的文字10余万字。书中提供的97件获奖消息作品，通过与读者共同赏析，目的也全在于丰富消息写作的基础理论知识，从中学到一些必需的、管用的消息写作方法和基本技能与艺术技巧。这些作品中，有1990—2012年间，在一至二十二届中国新闻奖评选中的获奖作品67件，有1989—1991年间，在一至三届全国现场短新闻评选中的获奖作品9件；有1979—1988年间，在一至十届全国好新闻评选中的获奖作品21件。这些作品，又按消息写作的各种表现形式分别加以归类。

　　新闻报道的分类，作为一门新开拓的学科，虽然还没有从新闻应用学中完全成熟、独立出来，没有形成一套完备理论，但由于在新闻实践中所显示的重要性，已经越来越受到广泛关注。因为分类有利于揭示事物构成，使之条理化、科学化，有利于对事物的特征及其发展变化规律的认识与把握。

　　新闻报道作为开放性的一个系统，其文体与类别林林总总，至今都没有一个统一的划分标准，或以性质，或以篇幅，或以刊播方式，或以地域行业，或以题材内容，或以表现方式等等，宽窄由人，需要自定，角度自选。本书按表达方式与题材内容两个方面的角度归类为——第一编：简讯·快讯；第二编：动态消息；第三编：综合消息；第四编：述评消息；第五编：人物消息；第六编：社会新闻；第七编：现场短新闻（特写性消息）。每编编前有该类消息的界定及应把握的要点的概括，编尾（除简讯外）有写作综述，编中还提供有相当数量的获奖作品赏析。这些作品均按获奖年限由近到远、获奖等次由高到低的顺序排列。对每篇作品的鉴赏评析，也不是就稿评稿，撒"胡椒面"式的泛评，而是力求通过具体的成功实例，侧重探讨消息写作中最值得借鉴的某个方法、技巧或经验，以供有志于消息写作创新的同志、朋友和读者参考。

  撰著这本《获奖消息赏析——兼论消息的写作技巧》，因为受视野、资料、素质、识力以及时间的局囿，论述是否得当、评析是否入理，笔者是很没有把握的。再加之新闻写作理论知识是一个认识不断深化的开放体系，消息写作技法技巧是一种层出不穷的创造物，以往笔者在新闻实践中写消息的经验积累，以及走上新闻研究岗位后对消息写作规律的研究所取得的一星半点知识，未必还能入世入时，这就更没有把握了。当然，笔者无意也不能以这些来搪塞新闻界的专家、学者、同行、读者对本书的缺点错误的批评与指教。

  本书附录的获奖作品数量多，时空跨度大，许多作者的工作岗位又几经变动，此前虽逐一致函征询意见，但也很难做到无一遗漏，望多谅解。

  再有，选入本书获一等奖的作品，多数有过简要的点评，笔者在撰写评析时曾参阅并对某些有关传播效果等资料还有相应的借鉴，在此一并致谢！

  以上言词，是为前言。

彭朝丞

2013 年 8 月于北京

CONTENTS
目 录

第一编 简讯·快讯

概论 简讯·快讯的界定及应把握的要点 ………………………………… 001
作品赏析
　简讯的优势与魅力 ………………………………………………………… 004
　　附作品 九江段4号闸附近决堤30米 …………………………………… 006
　扬快讯"快、短、精、重"之长 ……………………………………………… 008
　　附作品 金日成前往机场迎接巴特蒙赫来访 …………………………… 010
　善取一枝显"春光" ………………………………………………………… 011
　　附作品 长街无处不飞花 万紫千红扮京华 …………………………… 013
　到会议中去挖"宝藏" ……………………………………………………… 014
　　附作品 各种业务会议 书记一般不到会讲话 ………………………… 016

第二编 动态消息

概论 动态消息的界定及应把握的要点 ………………………………… 017
作品赏析
　把新闻定格在"事件的核心事实"上 …………………………………… 022
　　附作品 就业局长"潜伏"打工探扬州用工 …………………………… 024
　一则必须永远铭记的珍贵史料 …………………………………………… 026
　　附作品 91年前的今天，中国最早的共产主义组织在重庆诞生 ……… 027
　浓浓亲情铸佳篇 …………………………………………………………… 029
　　附作品 平潭大开发 共筑两岸人民美好家园 ………………………… 030
　返璞归真,质朴无华写新闻 ……………………………………………… 032

附作品　短短一个月　"拒资"十亿元 …………………………… 034
报道突发热点事件的成功范例 …………………………………………… 036
　　附作品　拉萨发生暴力事件 ……………………………………… 039
勇于担当,不畏风险 ……………………………………………………… 041
　　附作品　非典型性肺炎病原是衣原体? ………………………… 043
喜见民生新闻获大奖 ……………………………………………………… 045
　　附作品　看个"咳嗽"要掏1065元 ……………………………… 047
记者神圣的历史责任 ……………………………………………………… 048
　　附作品　义乌外来务工人员首次当选人大代表 ………………… 049
难得的科技新闻佳作 ……………………………………………………… 051
　　附作品　我第一台类人型机器人亮相 …………………………… 053
精品背后是精神 …………………………………………………………… 054
　　附作品　北约野蛮轰炸我驻南使馆 ……………………………… 056
多向参与,让新闻资源得以充分利用 …………………………………… 058
　　附作品　"天体大十字"预言宣告破产 ………………………… 060
精心雕琢消息的要件 ……………………………………………………… 062
　　附作品　中国地铁列车今天穿过天安门广场 …………………… 064
发现,新闻之魂 …………………………………………………………… 066
　　附作品　泉州发现数万年前"海峡人"化石 …………………… 067
摸清舆论生长点,找准穴位再下针 ……………………………………… 069
　　附作品　项庄舞剑　意在沛公 …………………………………… 071
新闻敏感,记者的职业素质 ……………………………………………… 073
　　附作品　克林顿总统公开重申对台"三不"承诺 ……………… 074
多写善识"第一次" ……………………………………………………… 076
　　附作品　青岛14名下岗工竞得道路保洁权 …………………… 078
切莫失去工作报道的灵魂 ………………………………………………… 079
　　附作品　我国铁路建设确定五年目标 …………………………… 080
富有针对性和指导性的佳作 ……………………………………………… 082
　　附作品　台州三千"党代表"活跃在股份制企业 ……………… 084
主题,新闻报道的灵气 …………………………………………………… 086
　　附作品　浙江:今年高考无"状元" …………………………… 087
花香不在园小 ……………………………………………………………… 089

附作品　重新评估国资增值3.5亿元 …………………………… 090
敏于从人之所是中见其非 ………………………………………… 092
　　附作品　评说罢跪　沉重命题 ………………………………… 093
真诚写真实,真实传真理 …………………………………………… 095
　　附作品　NGO全会代表批评西方新闻媒介缺乏公正 ………… 097
非常之举与高深之谋 ……………………………………………… 099
　　附作品　上海家化公司好气魄　1200万元买回美加净 ……… 101
隐性采访,舆论监督的一种特殊手段 …………………………… 103
　　附作品　"周易应用研究所"值得研究 ……………………… 104
记者应有探求"真相"的意识 …………………………………… 106
　　附作品　"天河"设骗局　乱招委培生 ……………………… 107
时效,新闻成因的第一要素 ……………………………………… 109
　　附作品　寻人信发往山东 ……………………………………… 110
淡化专业性,突出新闻性 ………………………………………… 112
　　附作品　春蚕到死丝未尽 ……………………………………… 115
写好被别人写过的新闻 …………………………………………… 116
　　附作品　六百勇士斗死神　雷场放飞和平鸽 ………………… 117
巧取角度,文显风韵事生辉 ……………………………………… 119
　　附作品　取下神像挂地图 ……………………………………… 121
加强宏观经济信息的传播 ………………………………………… 123
　　附作品　中国投巨资加快长江沿岸地区开发 ………………… 124
立足于帮助人们把握"今天"或"明天" ……………………… 126
　　附作品　武钢近7万人不再吃"钢铁饭" …………………… 128
尽可能多地发挥新闻的折射功能 ………………………………… 129
　　附作品　贵州告别最后一条马班邮路 ………………………… 131
关注新矛盾,解决新问题 ………………………………………… 132
　　附作品　珠海出了"科技富翁" ……………………………… 133
着力写出消息的深度 ……………………………………………… 135
　　附作品　武汉百里长堤巍然锁长江 …………………………… 136
成就报道要突出思想性和可读性 ………………………………… 138
　　附作品　革命圣地延安无铁路的历史结束 …………………… 139
精心地寻找新闻由头 ……………………………………………… 141

附作品　"女麦客王"出征陕甘宁 …………………………………… 144
大中取小,小中见大 …………………………………………………… 145
　　附作品　政治风险无人投保 ……………………………………… 147
客观报道,新闻写作的重要表达技巧 ………………………………… 148
　　附作品　"伏契克是英雄的共产党人" ………………………… 150
含蓄,紧扣题旨余味无穷 ……………………………………………… 151
　　附作品　读者你猜:他的职称是…… …………………………… 154
对话,一种重要的表达方式 …………………………………………… 156
　　附作品　沈阳市防爆器械厂破产倒闭 …………………………… 158
悬念,迅速而巧妙地抓住读者 ………………………………………… 160
　　附作品　谁是"最紧张的观众"? ………………………………… 163
敢于排除非议,推进改革 ……………………………………………… 165
　　附作品　保护群众改革积极性　企业越搞越活 ………………… 166
一位合格记者必备的基本功 …………………………………………… 168
　　附作品　我国选手获得奥运会第一块金牌 ……………………… 169
时代变迁的敏捷反映 …………………………………………………… 171
　　附作品　愿向国家交售粮食两万斤　只求买到一辆"永久"自行车 … 173
加大新闻传播的政策含量 ……………………………………………… 174
　　附作品　一张营业证解决了十三口人生活 ……………………… 175
简言成要义,尺幅见跌宕 ……………………………………………… 177
　　附作品　"光棍堂"引来4只"金凤凰" ………………………… 178
小问题引出大道理 ……………………………………………………… 180
　　附作品　北京酱油为啥脱销? …………………………………… 182
综述　多写短而精的动态消息 ……………………………………… 184

第三编　综合消息

概论　综合消息的界定及应把握的要点 …………………………… 196
作品赏析
倾心尽力地写好写活经验性新闻 ……………………………………… 199
　　附作品　诸城农民迈进3公里社区服务圈 ……………………… 201

以指导性为主轴,以针对性为着眼点 ······ 203
　　附作品　溧阳兴办开发区杜绝盲目乱圈地 ······ 204
凝聚党心与民心的举措 ······ 206
　　附作品　"庄户日记" ······ 207
读之有味,思之有得 ······ 209
　　附作品　浚县少年怀揣"两证"出学堂 ······ 210
突出经验的可操作性与可借鉴意义 ······ 212
　　附作品　中华铅笔写出大文章 ······ 213
抓住个性做文章 ······ 215
　　附作品　我军在台湾海峡成功举行三军联合作战演习 ······ 217
一篇有特色的调查性报道 ······ 220
　　附作品　百家"三资"企业调查表明:在华投资大有可为 ······ 222
客观典型,无可辩驳 ······ 224
　　附作品　一些中央国家机关的情况表明需要加强劳动纪律 ······ 225
可读耐读,指导性强 ······ 227
　　附作品　我国八亿农民搞饭吃的旧局面开始发生了变化 ······ 228
综述　对于改进非事件性新闻写作的理性思考 ······ 230

第四编　述评消息

概论　述评消息的界定及应把握的要点 ······ 242
作品赏析
准确把握非事件性述评消息写作的三个节点 ······ 246
　　附作品　珠三角民企老板百亿巨资砸向"低碳产业" ······ 247
动态易得,深度难求 ······ 249
　　附作品　法警背起生病被告 ······ 251
洞察力,精品新闻的"催化剂" ······ 252
　　附作品　国庆放长假　消费掀热浪 ······ 253
敢言人所未见,敢论人所未识 ······ 255
　　附作品　中国拒绝金融风暴登陆 ······ 257
分析透辟,切中要害 ······ 260

附作品　"东北现象"引起各方关注 ……………………………………… 262
重在分析问题与对策的准确度 ……………………………………………… 264
　　附作品　应当让国库券上市流通 ………………………………………… 265
取材广泛,内涵丰富 ………………………………………………………… 267
　　附作品　二百零五家企业调查　半数的自主权不落实 ……………… 268
综述　述评消息写作论要 …………………………………………………… 270

第五编　人物消息

概论　人物消息的界定及应把握的要点 …………………………………… 275
作品赏析
凝聚时代真情的赞歌 ………………………………………………………… 277
　　附作品　张品正带着"奶奶"出嫁25年 ………………………………… 278
集中笔墨写好"独特的这一个" ……………………………………………… 280
　　附作品　昔日伐木建功　今朝栽树"还债" …………………………… 281
写出人物与时代的血肉联系 ………………………………………………… 283
　　附作品　农民刘春生建碑林呼唤环境美 ……………………………… 285
选准"紧"与"近"的结合点 …………………………………………………… 286
　　附作品　宫峰学成博士乐当"炉前工" ………………………………… 287
小人物也能做出大"文章" …………………………………………………… 289
　　附作品　宝钢"小人物"推动了国家金融政策调整 …………………… 290
事实新颖,写法独特 ………………………………………………………… 291
　　附作品　好啊!诚实永存 ………………………………………………… 292
重在写事,少说空话 ………………………………………………………… 294
　　附作品　撤销成命　奖勤奖优　不搞照顾 …………………………… 295
踩着时代鼓点的普通人 ……………………………………………………… 297
　　附作品　杜芸芸将10万元遗产献国家 ………………………………… 298
综述　人物消息写作论要 …………………………………………………… 300

第六编　社会新闻

概论　社会新闻的界定及应把握的要点 ······ 306
作品赏析
　不该忘却的怀念 ······ 310
　　附作品　寂寂烈士坟　纷纷春雨泪 ······ 311
　慧眼识珠,巧手妙构 ······ 313
　　附作品　儿子全当兵　姚妈妈好光荣　陆海空武警　四兄弟都过硬 ······ 314
　对比,让新闻释放出强烈的撼人能量 ······ 316
　　附作品　大学生列车上见义勇为斗歹徒　乘警列车员闻警不动受指责 ······ 317
　少些平面叙事,多点立体记事 ······ 319
　　附作品　江泽民自费购书送一汽职工 ······ 321
　在变动中发现并报道新闻 ······ 322
　　附作品　劳模马学良嘉奖乡亲促进双文明建设 ······ 323
　讽喻辛辣,谐趣横生 ······ 325
　　附作品　钱向金动用"拉达"轧场火烧连营 ······ 327
　有的放矢,奇异制胜 ······ 329
　　附作品　15斤牛肉干成了难题 ······ 330
　社会反响强烈,归类存有分歧 ······ 331
　　附作品　一位母亲的呼吁 ······ 333
综述　社会新闻写作论要 ······ 335

第七编　现场短新闻(特写性消息)

概论　现场短新闻的界定及应把握的要点 ······ 349
作品赏析
　至精至诚,淡朴多意 ······ 356
　　附作品　海拔4161米:总理跟我们合影 ······ 357
　重视会议新闻资源的开发利用 ······ 359
　　附作品　国家计委问计于民 ······ 360

为时而作的警世之文 ·········· 362
　　附作品　长江上游仍在砍树 ·········· 363
历史性重大事件的见证 ·········· 365
　　附作品　别了,"不列颠尼亚" ·········· 366
佳篇每自真情出 ·········· 368
　　附作品　向劳模鞠一躬 ·········· 370
一份有历史价值的记录 ·········· 371
　　附作品　上海证券交易与国际市场接轨 ·········· 373
立意深邃,事连宏旨 ·········· 375
　　附作品　"战士永远是和平的使者" ·········· 376
跳跃,简洁清新的行文方式 ·········· 378
　　附作品　雨中情 ·········· 380
精选最能打动人、说服人的事实材料 ·········· 382
　　附作品　"这段历史我作证" ·········· 384
跑出来的独家新闻 ·········· 386
　　附作品　战争气氛紧张的华盛顿 ·········· 388
以身当笔写新闻 ·········· 390
　　附作品　铁肩担国防 ·········· 391
融情于事,情真意切 ·········· 393
　　附作品　万里圆月 ·········· 394
难得的佳作 ·········· 396
　　附作品　难忘的会见 ·········· 397
不求最全,但求最佳 ·········· 399
　　附作品　总书记的问候 ·········· 402
综述　现场短新闻写作论要 ·········· 405

第一编　简讯·快讯

概论　简讯·快讯的界定及应把握的要点

简讯，又称简明新闻、新闻简报、短讯。它是对新近发生的人们关心和有兴趣了解的事物做简明扼要报道的一种消息式样。

简讯，是事件性消息中的一种，有的新闻研究者把它归入动态消息一类，只不过它比完善的动态消息文字更短，结构更简约、单一、灵活。在内容上，简讯可涉猎的报道领域——政治、经济、文化、教育、科技、卫生、体育乃至柴米油盐，可以说，社会生活无所不包。它既可以报道国内外的重大要闻、记录重大事态的发展，又可以反映社会生活的趣闻逸事、传递人们感兴趣的各种信息。

简讯是新闻媒体中使用便捷、应用广泛、最为常见的报道形式，即用最经济的文笔，通常以一二百字，甚至一两句话、数十字，简明扼要，一目了然地把新近发生或发现、有社会意义的事情迅速报告给读者。它一般不交代事情发生的过程和背景，不触及相关事物，不苛求五个W俱全，主要是告诉读者发生或发现了什么事、有了什么结果。在结构上，一般无导语，在集纳刊播时，可做无标题、不必交代新闻来源的灵活处理。

简讯是受众浏览和获得信息的"窗口"。在涉猎题材的轻重程度上，简讯中有重要新闻与相对细小事件的区别。对于前者多为单发消息；后者，在新闻媒介中，经常把若干条简讯按不同内容，加上栏目，归类发布。它的主要形态可概括为三种：

一是一句话简讯（亦称"一句话新闻"），即用一个单句或复合句，简洁而明确地把最重要、最新鲜的新闻事实报告给受众。

二是一段话简讯，即用多句话把一个含量稍大的新闻事实及时地报告给受众。在写作上，一般都以时间为序来叙述新闻的主要事实。

三是分段式的简讯,即由多句话组成的简讯。这类简讯常常是由于句与句之间存在明显的断裂、跳跃关系,或者为了突出某个事实的需要,而稍加提行分段,以获得引人注目的效果。

至于快讯,属于事件性消息中的一种报道式样。它与简讯、动态消息有诸多相似之处,许多新闻研究工作者,或把三者统称为"动态消息",或把快讯归为"简讯中的一种表现形式"。其实,仔细研讨三者是有明显区别的。

快讯,是新闻体裁中最简练的一种报道形式,即用最快的速率、简洁的一两句话,将重大突发事件或特别重要的新闻中最重要的内容迅速地报道出来的一种消息式样。

快讯是新闻媒体,特别是通讯社、广播、电视、网络新闻竞争时效、抢占新闻阵地的一种重要手段;也是检验新闻媒体对重大新闻的捕捉能力及技术传播手段的标志之一。

快讯,包含了新闻报道中最有生命力与竞争力的液汁——时效性与重要性。它对时效的要求不只是以日、时来计算,甚至要精确到分、秒。而需要用快讯的形式来报道的新闻,又必然是特别重大的新闻。

顾名思义,快讯所报道的当然应该是"今日发生的新闻"或"今天获知的新闻"。新闻发生与发布的时距最短,有时几乎是同步并行。1995年京九铁路和1996年南昆铁路铺轨成功,新华社都用与新闻事实发生几乎同步的速度播发了快讯。快讯是新闻中的"鲜花",是带着露水珠儿的重大新闻。

消息要快,是消息这种文体最重要的品格之一,也是读者获取信息的心理需求。一件突发性重大事件的发生、一个重要的新闻信息的生成,读者总是以先睹为快、以先知为乐的。

新闻传播是通过大众媒体向社会公众发布新闻及人民通过传媒获取新闻的双向选择过程。随着信息时代的来临、现代新闻业的高速发展,大众传媒的竞争已相当激烈。无可置疑,竞争成败的关键,是基于社会与受众对新闻信息的认知度与满意度的。而这种认知度与满意度又常常始于时效。要做到时效上的"先声夺人",主观上的认识固然非常重要,报道方式的正确选择与熟练运用,也关系极大。

讲时效,是世界各主流媒体十分重视的共同追求。美国《纽约时报》前副主编罗伯特·斯特说:"如果第二次世界大战之前,新闻界普遍认为,最没有生命力的东西莫过于昨天的报纸的话,那么今天的看法就是:最没有生命力的东西莫过于几小时以前发生的新闻。"确实,各国的新闻传媒正围绕抢时间、抢时效进行着激烈的竞争。近些年来路透社在不少情况下确能"先声夺人",比如1990、1991年间伊拉克入侵科威特，1991年前苏联的"8·19"事件等，路透社都是最先发出电讯的。他们为什么能做到呢？原因是多方面的，但发稿方式的灵活多样是重要原因之一。

路透社对重大突发事件和重要新闻的消息报道的发稿，有特急快讯、急电和普通电讯三种形式。这三种电讯，从时效上看是依次递减的，从篇幅上看是依次递增的，从对报道对象的紧迫性与重要性上看也是相对依次递减的。

特急快讯，是报道重大突发事件的一种常用形式。一般没有电头、发稿地点和时间，通常只有一句话，有时在正文后面用破折号标明新闻来源。

急电，在时效和重要性上次于特急快讯，常用于比较重要的新闻事件，通常有一至三段文字，各种新闻要素比较齐备，但仍比较简单，只报道事件本身，没有背景或场景描写等。

普通电讯，即正常情况下播发的新闻。

路透社对这三种电讯，常常综合使用。有时对一件特别重大的新闻，先抢先在第一时间发出特急快讯；紧跟着发出略为详细的急电，以跟踪报道事件的进程；待事件的全貌展现出来，再发一条有背景、有现场、有一定分析的篇幅较长的普通电讯。

很显然，路透社的特急快讯，类似于我们所说的"快讯"；急电，即我们所说的"简讯"中"报道突发性重大事件、记录重大事态发展"的那部分简讯；普通电讯，类似我们的"动态消息"。

无疑，简讯、快讯一定要"简"，内容要单一，切不可包罗万象；同时要"实"，要有"闻"，是真正的新闻。清初著名的散文家魏禧在讲到为文时，曾说："作论有三不必，二不可。前人所已言，众人所易知，摘拾小事无关处，此三不必作也。巧文深刻，以攻前贤之短，而不中要害者；取新出奇，以翻昔人之案，而不切实情，此二不可作也。"魏禧所讲的三种情况不必写、两种情况不可写，对于我们在编写简讯、快讯时，也是很值得注意的。这就是说，对于别人已经说过的、一般人容易了解到的、取材琐碎而无关宏旨的，都不必去编写。至于那种巧言谲变，吹毛求疵，专门攻击前人的短处，而又不切实际的，更不可摘编传播。

作品赏析

简讯的优势与魅力

没有人会忘记 1998 年夏秋之交我国人民在党的领导下奋战洪魔那些惊心动魄的日日夜夜。然而,对于九江人民和《中国青年报》的同人,更难忘的是这年 8 月 7 日这个特殊的日子。

这天下午,正在长江九江段采访的《中国青年报》摄影记者贺延光,准备去灾民安置点拍照,忽闻决口的消息,于是立即调转车头直奔决口处的 4 号闸。他在冲锋舟上,一面抢拍决口现场,一面用手机向远在北京的编辑部报告现场实况:"今天 13 时左右,长江九江段 4 号闸与 5 号闸之间决堤 30 米左右。洪水滔滔,局面一时无法控制。现在,洪水正向九江市区蔓延。市区内满街都是人。靠近决堤口的市民被迫向楼房转移。"

是时,《中国青年报》在九江采访的记者只有贺延光一人。他深深地感到,出现如此重大险情,对新闻工作者来说最起码的要求是及时发稿!于是他嘱咐报社接电话的同志:"立即报告新闻中心和社领导。我将半小时通报一次情况。我建议见报的电头要标明时间。"

编辑部决定就采用这种实况"播报"的形式,用简讯做滚动式报道这一重大突发事件的新闻。于是从 8 月 7 日 16 时 5 分第一条简讯发出,到次日零时 45 分,共集纳 8 条标有报道几时几分的短讯,最短的只有 40 个字,长的有 200 余字,并冠以《九江段 4 号闸附近决堤 30 米》的标题,分别从各个角度、逐步递进地将决口现场洪水滔滔、军民奋力抢堵的现场情景,及时、真实地向读者做了报道。

这 8 条短讯来之不易啊!是面对生死考验的艰险情况下获得的,记者把第一条简讯发回编辑部后,几经周折,才紧随着国家防总的几位专家绕道涉水上了长江大堤。

大堤决口已有 30 余米,汹涌的江水正从撕开的口子咆哮着冲向市区。九江已是孤城,如堵不住决口,九江人只能上房顶了。

大堤上有上千人,气氛紧张但并不慌乱,也许是及时到位的解放军安定了人心。在灾难面前,人们已没有退路,万众一心才可能起死回生。记者在大堤上获悉:当

1时左右发现堤上出现泡泉时,解放军赶来了,周围的工人、居民赶来了,做小买卖的个体户、下岗职工也赶来了。人们拿着被套、苫布等一切可以堵漏的东西,近乎疯狂地与险情搏斗。那阵儿,真叫惊心动魄!

记者站在离塌方1米处,站在40厘米宽的坝顶端,一个劲儿地拍照片。一面抢拍决口、拍沉船、拍抛石、拍军人的勇猛、拍人与洪水的抗争……一面又及时抢发简讯。

正因为这组简讯是九江决口后见诸媒体的首篇报道,而且报道形式新颖、精巧,文字简洁,现场感强,几乎每一句话都是读者关注的信息,致使当日出版的《中国青年报》"洛阳纸贵"。1999年10月,在山东青岛举行第九届中国新闻奖评选中,这条消息继在当年抗洪抢险好新闻评比获一等奖之后,又获得了特别奖。

据考证,在我国报业发展史上,简讯出现在近代报纸上,大量运用是在辛亥革命以后。当时常用2、3号宋体字刊登各方面的简讯,对重大的突发事件,堂堂然担当起挑大梁的重任。其后,随着消息在新闻纸上的弱化,简讯更是每况愈下,被一些人视为只能在版面上当配角、难当重任的"小儿科"。

其实,简讯本是媒体诸多新闻品种中反映社会动态涵盖面广、迅速及时的最精悍的形式;在报道突发性的重大事件、记录重大事态的发展、争取时效上,更有着文字简洁、反应敏捷、速率奇快等无可争辩的优势。在历次、历届全国性的好新闻评选中,就常有这方面的佳作受到评委们的好评,问鼎高等次的奖项。尤其是用于报道突发新闻、重要新闻,简讯越来越受到作者与读者的青睐。

(肩)杨尚昆倡导新会风
(主)由一人主讲 不要大家都讲

本报讯 12月11日,杨尚昆同志在全军整党办公室召集的一次重要会议将要结束的时候说:我们已经商量好了,今天由余秋里同志讲话,我不讲了。以后开会也要改变一下办法,由一人主讲,不要大家都讲。这也是一种改革吧!

对杨尚昆同志的话,与会者报以热烈的掌声。

(1984年12月16日《解放军报》)

这则连标点符号仅121字的简讯,不仅在当时直至今天对于改进会风、改进会议报道都有重要的现实意义。无怪乎,军报将此文加框放在一版头条位置刊发!消息一起笔便直言快语地仅用3个短句将新闻事实和盘托出。接着,仅用20字的现场的一个细节，对新闻事实进行评价，给人印象深刻。全文没有多余的字句，深受读者的喜爱、新闻界同人的好评。

新闻是时代的艺术。新闻报道的一切规范、原则、形式与方法，都是适应社会发展和读者需要的产物。在传媒高度发达的信息时代，无论发生什么样的重大事件，都会有众多的记者蜂拥而至。不言而喻，时效便成为激烈的新闻竞争中的一个焦点。面对这样的报道，在这样的情况下，有的总编辑提出：先有简讯在前，抢"头班车"，充分发挥新闻先入为主、先声夺人的首因效应；再有动态消息、通讯、解释性报道紧随其后的详报。这既合乎人们由浅入深、循序渐进的认识规律，又便于后续报道细致的组织、策划；既符合新闻的传播规律，又适合读者"先睹为快，细睹为乐"的阅读心理。不失为一个高招。

◆附作品

九江段4号闸附近决堤30米

两千余军民奋力抢险

本报江西九江8月7日16时5分电（记者贺延光） 今天13时左右，长江九江段4号闸与5号闸之间决堤30米左右。洪水滔滔，局面一时无法控制。现在，洪水正向九江市区蔓延。市区内满街都是人。靠近决堤口的市民被迫向楼房转移。

本报江西九江8月7日16时35分电（记者贺延光） 现在大水已漫到九瑞公路。据悉，决堤时，一些居民还在睡午觉。现在在堤坝上被洪水围困的抢险人员大约上千人。

本报江西九江8月7日17时5分电（记者贺延光） 国家防汛总指挥部的有关专家正在查看缺口。专家们决定用装满煤炭的船沉底的办法堵缺口。

本报江西九江8月7日17时15分电（记者贺延光） 记者已赶到缺口处。汹涌的江水正从30米宽的缺口涌向市区。南京军区两个团正在国家防总、省防总有关专家的指挥下现场抢险。现在有一条100多米长的船无法靠近缺口，抢险队正在想办法。

本报江西九江8月7日17时40分电（记者贺延光） 专家们拟定了三套抢险方案：1. 将低洼处的市民转移到安全地带。2. 市区内的军队、民兵组成一道防洪线。3. 全力以赴堵住缺口。

现在，一条大船装满煤，正由北向南岸靠近，准备堵缺口。

本报江西九江8月7日22时5分电（记者贺延光） 截至记者21时撤离时，决堤口还没有堵上。一条装满煤炭的百米长的大船已横在距决堤口20米处，在其两侧，三条60米长的船已先后沉底。数千军民正在沉船附近向江里抛石料。水势稍有缓解。

目前，留在决堤处抢险人员总计有2000多人，防汛指挥部组织抢险人员正在市区的龙开河垒筑第二道防线。

据悉，市中心距决堤处的直线距离约5公里。市区内目前还未进水。记者赶回市区时看到，一些店铺还在营业。市民们的情绪较下午平稳了一些。

路上，出租车司机告诉记者，市政府已在电视上发出紧急通知，告诫市民，凡家住低于24米水位的住房，要迁到更高的楼上。

本报江西九江8月8日零时15分电（记者贺延光） 记者刚刚与前线指挥人员通话：现在沉船部位上端水流有所减弱，但船下的漏洞水流仍然很急，缺口处洪水不见缓解。抗洪军民仍在连夜奋战。

本报江西九江8月8日零时45分电（记者贺延光） 记者刚刚得到消息，从昨天下午4点开始，万余名解放军战士正在龙开河连夜奋战，构筑一道10公里长、5米宽的拦水坝，作为市区的最后防线。至发稿时止，仍有大批军车赶往此地。

（原载1998年8月8日《中国青年报》）

扬快讯"快、短、精、重"之长

  快讯为何物，怎么写？这个方面还没见过专门的教材。有的教材书将其归入"简讯"，其实简讯与快讯，虽多有相同之处，但细究起来毕竟在选材、时效和写作上仍有不小的差距。故笔者想借评析《金日成前往机场迎接巴特蒙赫来访》之机，粗略地做些探讨。

  这条仅两句话49个字的快讯，却是一条在国际上产生重大影响的重要新闻。因为它本来就是针对两天前西方通讯社纷纷报道金日成主席"遇刺身亡"的谣言而写成的，并赶在朝中社对外发稿之前，率先向世界发布，世界各大通讯社和报刊迫不及待地纷纷转发或引用。美国有的报纸在刊用时，还用了"通常可靠的新华社今天报道说金日成在平壤露面"的大标题。49个字就足以平息国际上谣言四起的风波，足见其作用之重大。它也突出地反映快讯这种新闻样式"快、短、精、重"的特点与优势，在当年的好新闻评选中，荣获消息一等奖。

  快讯，如前所述，顾名思义，是以最快捷的速率、以极少的文字，简洁地报道当时、当日发生的特别重大的新闻或重大突发事件的一种消息样式。它是新闻媒体，尤其是通讯社、广播电台，在激烈的新闻竞争中，在时效上取胜于人、在新和快上取悦于受众的重要手段。

  据考查，快讯这种消息样式，是美联社记者劳伦斯·戈布赖特1865年4月14日首次使用的。当天，美国总统林肯遇刺，他发的消息是：

特别重大新闻！
总统遇刺！
国务卿西沃德遭到袭击！

  其后，随着电话、电报和电传等传输手段的普及与发展，重大的突发事件的增多，到1906年美国旧金山大地震之后，美联社正式做出决定，将快讯正式列为一种新闻体裁，并提出凡属特别重大的新闻应首先使用这种体裁。

  其后，快讯这种消息样式便为全球的新闻工作者更为广泛地使用起来，并在实践中不断摸索它的制作规律和写作要求。

比如，路透社就有过对各种快讯，在条件允许的条件下，应做到新闻要素比较齐全，但不报背景，不进行现场描写，只需简练地报道新闻事实的要求。特急快讯，可以没有电头、发稿地点和发稿人，通常只有一句话，一般不超过10个英文单词。

再比如，新华社在20世纪80年代中期就要求驻外记者对于重大事件和突发事件必须在半小时或者在更短时间内发出快讯。总分社与总社编辑部应在10分钟或半小时内处理完毕发出。近些年来，新华社对许多国际重大新闻的报道都抢在国际同行的前头，为自己赢得世界大通讯社的权威性形象争得了荣誉。

1996年亚特兰大奥运会虽在歌舞声中早已闭幕了，但当年7月27日凌晨1点25分，在奥林匹克百年公园内发生的那次震惊世界的大爆炸，却给人们留下梦魇般的记忆。然而就在报道这起突发事件中，新华社记者和编辑们表现出的高度新闻敏感和快速反应能力，让众多西方媒体自叹弗如。在爆炸的硝烟未落时，新华社记者已随第一辆警车飞奔到了现场，在众多媒体尚不知发生什么事的时候，新华社已向全世界发出快讯。在有15000多名记者、上千家新闻单位的世界性新闻竞争中，新华社的英文快讯发出的速度与美联社、路透社持平，比法新社快了两分钟；中文快讯在国内居第一。中文快讯与英文快讯均在距爆炸发生仅两分钟就成稿发上了天。快讯的正式播出距爆炸发生也只隔了14分钟。

综上所述，可以这样说，快讯与其他新闻样式相比，有下面一些优势和特征：

快——新闻要快，快讯更要快，更强调时效。一般都应是"今日"、"昨日"的消息，否则就谈不上"快"字。快讯对时间要素的表达不但要精确到月日，甚至是时分。

对一些特别重大的新闻和突发事件的报道，常常是新闻事实的发生与新闻的采制传播几乎是同步并进的。

短——快讯要求奇快，在内容上就非得做到"奇短"，否则无论如何是快不了的。它只需简洁地报道新闻事实的发生，一般只有十数字、数十字、百十字，是真正的电报体文体。

当然，这种短，是有分量、有吸引受众的厚重信息的"短"。这就像别林斯基在读完陀思妥耶夫斯基的处女作《穷人》之后，极其兴奋地告知他的朋友那样："是的，亲爱的，我要告诉你——鸟儿不算大，可是爪子利得很！"也正像有人由此引申出的议论那样："一张报纸，固然少不了篇幅长、分量重的重头文章，少不了扶摇直上九千尺的'鲲鹏'，但这毕竟是少量的。更多的则是各种各样、形式各异而又生动活泼的'小鸟'。舍此，便没有百鸟争鸣、鸟语花香、琳琅满目的绚丽景象。这些'鸟儿'，不论其形态如何，都应爪子尖利一些才好。就是说，要贴近实际，抓住人心。"

精——即报道内容要精炼，写作要精巧，结构要精简。快讯报道的是新闻事实中的精华，不报背景材料，不报人们对事实的评论，不进行现场描写。在结构上，一般以"何事"、"何人"两个要素为中心，其他新闻要素可视需要定取舍；有时甚至可以做不交代新闻来源、不带电头与发稿地点的灵活处理。

郑板桥有对联云："删繁就简三秋树，领异标新二月花。"快讯的"精"，应力求达到"三秋树"似的简、"二月花"般的新。

重——这是对题材的特殊要求。快讯所报道的必须是受众欲知而又感兴趣和特别重大的新闻或重大的突发事件，而并不是什么题材都需要或能够写成快讯的。否则即便虚有其表，也不能认为是真正的快讯，倒可以归入简讯一类了。

◆附作品

金日成前往机场迎接巴特蒙赫来访

郑保勤

新华社平壤（1986年）11月18日电 朝鲜领导人金日成今天上午前往机场，迎接蒙古领导人巴特蒙赫的来访。

金日成看上去身体很好，时而同周围的人交谈。

善取一枝显"春光"

行文冗长，历来为人们诟病。特别是在"时间就是金钱"的新时期，文章写长了，不但苦了自己，也害了别人，已是一种人见人怕的"公害"。

于是，文贵精炼简约，便成为作文的基本要求，更是新闻写作尤其是简讯写作必须遵守的规范与社会时尚。这些年来，经过新闻界同人刹长风、兴短文的不懈努力，短而精的新闻作品不断亮相报章，在各项评比中频频获奖。获1984年度全国好新闻二等奖的《（主）长街无处不飞花，万紫千红扮京华 （副）近百万盆鲜花无一丢失》，便是其中之一。它获得了新闻界和读者的广泛好评，并一度作为范文流传。

这则简讯，3句话，120个字。但它通过精心"装扮"，不拘一格地用描写式手法显示了国庆期间京城长街的壮阔美景，不仅读过有如临其境、如睹其状、如闻其香的快感，又小中见大、平中见奇地在这件寻常的生活事件中寄托深沉的社会意义：较好地反映了新时期首都人民的精神风貌和社会风气的明显好转。请看看吧，作者就这么具有深意的寥寥数笔，把节日期间鲜花的美与人们的心灵美妙地联系在一起，不着一字地用鲜花的美来反映人们的心灵美，给人留下了多广阔的思索空间啊！

华夏文章冠天下。古人作诗为文，就十分注意通过对象征性事物的形象鲜明的描写来寄托自己的深意。作者精心选定的具体事物，由于思想感情的照射，往往就会放射出奇光异彩，具有象外之义和弦外之音，能给读者留下广阔的想象空间，引导读者去思索其中的蕴涵。

南宋叶绍翁诗云："应怜屐齿印苍苔，小扣柴扉久不开。春色满园关不住，一枝红杏出墙来。"大好春光，园内百花盛开，诗人只凝笔描绘一枝出墙的红杏，却能让人领略到园内百花竞放的盛景。其妙无穷！

新闻传播都是以报道个别的、特殊的、具体的事物为特征的，它并不直接宣传和论说一般、普遍、抽象的事物。以个别反映一般、以一枝尽显"春光"，是新闻报道特别是消息写作不可缺少的艺术技巧。这里首要的是要精选、选准最有典型的"一枝"。短消息较之长篇报道有一个很大的不同，即受篇幅的限制。长新闻可以围绕主题用多个事实，众星捧月，使之丰满；短消息没有这个条件，只能以一当十、以一胜多。无疑，这个取事着墨的"一"是大有讲究的。如果它所取的是就事论事、无关宏旨的"一",即使一个再生动的事实,充其量不过是一片稍纵即逝的彩云,是"少少许"反映"少少许",平淡无奇;倘若这个"一"既典型生动又事连宏旨,则是以有限的"一"反映无限的"一",从而增大作品的信息、思想容量和艺术表现力量,不仅能给人以美感,又能给人以启示,产生难以估量的社会效果。

其次,在行文落笔时要立足节制、力避唠叨。对于那些事实本身已明白无误的"象外之义和弦外之音",无须再费笔墨唠唠叨叨地再去把它"说破"或"点破"。所以,托尔斯泰说:"没有节制感就不可能有艺术家。"鲁迅先生也说过:"我力避行文的唠叨,只要觉得够将意思传给别人了,就宁可什么陪衬拖带也没有。"

美国著名记者米尔斯·洛在讲到自己的采写体会时,曾讲过这样一段话:写新闻"最好不要把太多的东西告诉读者,否则你会失去他的。把小范围内的具体事告诉他,让他去发现大范围内的带有普遍性的东西。告诉他主教踢倒了废纸篓,砰的一声关上了门,但是不必把主教的精神状态告诉他。把失去妻子的农夫用脏手给他的女儿编头发以及这个孩子在夜间哭泣的情况告诉读者就够了,没有必要再对母亲死后带来的痛苦和悲哀进行吃力地抽象描写了"。

笔者手里有条消息,可附在下面供比较研究。

首善之区市民素质高
长安街灯饰悬挂 7 个月无人损坏

北京消息 北京歌华文化发展集团日前对长安街灯饰进行元宵节前检修时发现,灯饰悬挂 7 个多月,无人看守,无一处人为损坏,显示出首都市民较高的文明素质。

长安街灯饰是北京市市政管理委员会在香港回归前夕委托歌华集团安装的。悬挂在华灯杆上的 66 条灯帘在十里长安街上营造出灯光隧道的效果。悬挂在新华门前 400 多米长马路两侧树木上的 114 组灯帘营造出"树挂"效果。

灯饰在香港回归、八一建军节、十五大和春节期间的夜晚都亮灯,成为首都节庆日里最吸引人的景观。歌华集团制作部主任姚如德说,香港回归期间每晚有十几万人赏灯,春节期间每晚有 3 万多人观光。这些灯饰基本保持完好,只有个别灯饰被大风刮断,但经过简单修复,元宵夜全部亮灯。

长年在"天下第一岗"新华门前值勤的北京交警李红军说:"挂在树上的灯饰伸手可及,可我从未发现有人拉扯或是偷窃。北京人的素质还是不错的。"

灯饰安装之初,歌华集团也曾担心会不会发生外地那种集体哄抢公共装饰的事情。但后来发现这种担心是多余的。姚如德说:"北京市民有觉悟维护首善之区的形象,值得信赖。"

北京人的文明素质在80年代中期就经过一次考验。当时北京首次于国庆节期间,在天安门广场和长安街两侧摆放了数十万盆鲜花,结果无一丢失,成为当年轰动全国的新闻。

(原载1998年2月19日四川《精神文明报》 王永治)

这则消息与《长街无处不飞花 万紫千红扮京华》都堪称好稿。两稿如出一辙,取材、角度和主题相似。两稿相比,前者对新闻事实的表述上较后者准确而留有余地,避免了使用"没有一盆受到损坏"这样模糊而又欠准确的语言。但前者长达600余字,在精炼上不如后者,明显的差距就在"注重节制,力避唠叨"上。很显然前稿只需略加调整,将导语中的末句"显示出首都市民较高的文明素质",置换为"显示出首都市民有觉悟维护首善之区的形象,值得信赖"一句,以突出时代感。后两个自然段和第四个自然段"北京人的素质还是不错的"一句中的"还"字,都应删去。

从某种角度上讲,短消息、简讯,是简洁的艺术,是空白的艺术,必须做到意尽而止,不必事事处处都要文到。否则,是短不了,也短不好的。

◆ 附作品

长街无处不飞花 万紫千红扮京华
近百万盆鲜花无一丢失
孙保国

本报讯 今年国庆期间,北京大街上摆了近一百万盆鲜花,全城万紫千红,处处花团锦簇。她们之中,既有串红、一品红等普通观赏花卉,也有鹤望兰、五针松、香石竹、富贵竹等名贵品种。市园林局的同志欣喜地告诉记者,到目前为止,没有一盆丢失,甚至没有一盆受到损坏。

(原载1984年10月19日《中国法制报》)

到会议中去挖"宝藏"

会议是人员聚集、信息密集、思想活跃、沟通频频的场所；会议往往汇合了某个方面的行家里手，有准备地研究某个方面的专题，那报告、那材料、那讨论是相当丰富的新闻信息源。即使不是直接的新闻源，也可以开阔眼界和思路，可以积累素材、线索。从大众传播的角度看，会议也是一种信息的"载体"。

当然，会议不等于新闻，但会议并非没有新闻。党代会、人代会、政协会等，本身就是统一思想、明确任务、研究问题、总结经验、协调关系、交流信息的重要新闻信息；政府部门的、行业系统的专业会议，也无不潜藏独具的新意和特点；即使是专业部门的讨论会、座谈会、技术鉴定会，也绝非全无"宝藏"可以挖掘。

1991年3月3日人民日报在一版加框刊发的《宋平谈"分母"》的特写性消息，就是会议中挖出来的"活鱼"。尽管这次会议是交流农村经济工作经验，宋平同志讲话的内容也是农村经济工作，但计划生育是一项基本国策，与农村经济工作息息相关。当时担任中央政治局常委、全国计划生育协会会长的宋平，几次离开讲稿谈计划生育工作。他说："抓'分子'，还要抓'分母'，要像抓经济建设那样抓计划生育。否则，'分母'大了，一平均，要实现本世纪末的小康目标，就很困难。"宋平的"分子"、"分母"说，既新颖、深刻，又通俗易懂，很有针对性和说服力，引起了与会者的共识共振。参加会议的《人民日报》总编辑邵华泽同志就此成文，写成了这篇可读性与指导性俱佳的现场报道。

荣获1983年度全国好新闻消息一等奖的《各种业务会议书记一般不到会讲话》，也是从会议里捉到的一条"活鱼"。这条含标点只有132个字的消息，确是一篇极有针对性和指导性的新闻。"今后各种业务会议，书记一般不到会讲话"，这不单是个改进会风的问题，更重要的是切实改进领导作风和工作方法的一项重要要求。这样做，有利于省、地负责同志从"会海"中"解放"出来，能有更多的时间深入基层，调查研究，同时还体现了要"充分发挥各部门的职能作用"以及领导工作要注意抓落实等丰富的思想内涵。

一个时期以来，会议本来就多，什么会都请领导人到场，光到场不行，还得讲话、做指示。这样一来，这些指示与讲话，未必都是"重要的"、"必须讲的"有新鲜信息的新话，不少是"应酬性的"、"礼仪性的"甚至是捧场性的客套话。这对许多领导人来说是个沉重负担。再加之，报纸又不区分情况，讲话必登，读者对此早有意见。"今后各种业务会议，书记一般不到会讲话"的提出，是及时的、科学的。这既是对许多领导者的一种解脱，是对读者意见的一种得人心的满足，又说明了在改革开放时期，会议相对地多开一点是可以理解的；同时，相对地多登一点能给人以思想启迪或提供新信息的领导讲话，是必要的，也受读者欢迎，对工作有利。

这篇短而精的获奖消息是记者从大量的会议内容中发掘出来的。当时中共四川省委召开第4次党员代表大会，选出了以杨汝岱为书记的新领导班子。在紧接着召开的省委四届一次全委会上，杨汝岱发表了长达6000余字的重要讲话。出席采访会议的《四川日报》的两位记者，没有去报道这次重要会议的全面情况，就仅此写了这条短消息。事实说明，读者不爱读的是一般化的会议报道，但并不反对出自会议的新闻。那种把会议报道不做分析地与"可读性差"、"空话、套话、大话"等同起来，是失之武断的。

当然，会议并非无新闻，但会议并不等同于新闻。会议与新闻的最大区别在于：一个是做法，一个是事实。新闻报道的是会议活动中具有新闻价值的事实，而不是会议活动、程序本身。记者参加会议，无论是阅读材料还是听报告，也不论是旁听座谈还是讨论发言，都必须从有无新闻价值的高度去定取舍。什么是有价值的新闻就报什么样的新闻；有多少报多少，没有的话就不必逢会必报。一篇会议报道，只要坚持这样去做，只要所报的事实、思想之花是鲜艳的，就可以成为读者喜闻乐见的佳作。

这里还要特别指出，从事新闻报道工作难免经常跑会议，但跑会议绝对不是去"泡会议"、"吃会议"，目的是去了解情况、研究问题，去发现和找新闻。要切实负起报道新闻的责任，这就必须明确，记者参加会议的身份是新闻记者，而不是一名"与会代表"，更不是会议主持者的"代言人"。在与会过程中，要始终不忘报社的要求、新闻价值的要求，必须认真领会会议精神，精心采写，既不能生吞活剥地抄摘会议材料，更不能局限于会议与会议报道的固有程式、不假思索地信手取材，如若不然汇集在他笔下的或者是专业化、程式化、公报化、文件化的"八股调"，或者把真正的新闻淹没在"会议认为"、"会议指出"，令人生厌的公式化语言之中。

◆ 附作品

杨汝岱同志在省委四届一次全会上讲话时说
各种业务会议 书记一般不到会讲话
从今年起，省、地主要负责同志，每年要用四分之一到三分
之一的时间深入基层，调查研究

孔繁祚　夏　溶

本报讯 "今后各种业务会议，书记一般不到会讲话。"这个问题是杨汝岱同志在中共四川省四届一次全委会议上讲话时提出来的。

杨汝岱同志在谈到切实改进领导作风和方法问题时，他说，要充分发挥各部门的职能作用。从今年起，省、地的主要负责同志，每年要用四分之一到三分之一的时间深入基层，调查研究。

（原载1983年2月8日《四川日报》）

第二编　动态消息

概论　动态消息的界定及应把握的要点

动态消息，亦称动态新闻，即对有新闻价值的事物最新发展变化的动态进行及时报道的一种消息式样。

动态消息是新闻报道中体现新闻定义——新近发生的事实的报道，体现新闻传播规律的要求，最直接、最鲜明的新闻式样。它是消息中比较完备而典型的体裁。动态消息有明确的标题和导语，必备的新闻要素齐全，以报告新近发生的新闻事实为基础，必要时也可涉及相关的背景材料和做必需的解释、有限量的议论。

动态消息是以刚刚发生、发展变动着的事物的最新动向为报道对象，具有事物发生和发展变化进程的新鲜感与动态感。它的触角可以伸向自然社会的各个领域、各个角落、各个方面，是新闻媒体中最基本、最常用的一种报道形式。

各新闻媒体每天都要播发大量的新闻，据一些调查显示，其中近90%是动态消息。无怪乎有的新闻工作者有云："报纸的生命是新闻，没有新闻不成为报纸。这里所说的新闻，应该永远只能是动态消息。"当然我们不能否认消息有多种式样的存在，动态消息也不能代替其他消息式样在传播媒体中的重要作用，但它至少说明了：动态消息是新闻媒体中最引人注目、使用最广泛的文体。

动态消息对有新闻价值的事物的动态报道一般采用三种形态：一是对刚刚发生的事物或过程极为短暂的事件，做完成式的报道；二是对重大事件和重要问题，对事物在运动、发展、变化之中的最新变动，做同步发展的连续报道、跟踪报道；三是对将要发生的而且是必定发生的事实，做预告式的报道。

从已选入本书的这类作品的赏析中可以看出，动态消息写作应把握这样一些要点：

1. 选材严谨，一事一报。消息的选材历来是十分严谨的，动态消息就更要十分考究。如果我们把新闻事实比作含有珍贵药材的麝鹿，那么动态消息所要奉献给读者的则是麝香而不是麝鹿。那种对报道对象、新闻素材不加选择、有闻必录、无所不包、四面出击的写法，是动态消息写作的大忌。

读者既是新闻报道的对象，又是报纸的主人。读者是新闻传播的终端，新闻价值要在这里实现，作用要在这里产生，影响要在这里形成。因此选材就成为动态消息成败的第一位的重要问题。一般地说，动态消息的题材选择，要注重思想性、新闻性与信息性都是比较强的，既是读者共同感兴趣的新鲜事，又是能让读者思而有得的重要事。让读者读过报道后，既能感受到每天都有值得关注的新鲜事，又能感受到时代变化脉搏的跳动；既有信息获知上的满足，又有舆论引导认知上的收获。

2. 客观叙事，落笔于动。动态消息的功能主要在于传递信息，告之以事。在简短的文字中舒展自如地叙述新闻事实，就是它最基本的写作要求。从本质上看，叙事都是对已经过去了的事情的追述，但动态消息的叙事，既不同于说明文中的叙事常用的"一般现在时态"，也不同于议论文中的叙事常用的"一般过去式"，动态消息常常要把它转化成为"现在进行时态"。即动态消息的叙事，是动态的叙事，它要求在事物的变动中，在动态流程中传播某种信息、报道某个事实、表现某种主题。因此，只有那种具有动态感、过程感的新闻素材，才是动态消息真正需要的材料。即使在行文中，非有不可的静态叙述，也应通过多用动词、少用形容词及其相关的修辞手段，在文字锤炼上多做化静为动的工作。为多写、写好动态消息，有的新闻单位提出"少写静态写动态，少写历史写现实，少写全程写一瞬，少写整体写一斑"，也不失为可供借鉴的做法。

3. 统观全局，内涵深邃。有一种观点认为，动态消息大都是急就篇，是快速的，也是肤浅的。此言不准确。动态消息固然不是慢条斯理的鸿篇大作，容量不大，难以纵横展开，但决不能用"浅"来对它的特点进行概括。相反，一则优秀的动态消息，不仅要写出事物外在的形，还要让人领悟到内在的神。这"神"便是事物变动的规律、动向以及它的社会意义。这就要求记者在构思着墨时，要站得高，看得远，切不可囿于一隅、就事论事，要事连宏旨、事藏精义。衡量一篇动态消息的价值，不但要看是否客观地报道了事实、传递了信息，还要看是否给了人们深刻的启迪。"根植于感性和理性混合土壤中的美才具有永恒的魅力。"这就要有凭借一枝出墙红杏尽显满园春色的本领。更要像毛泽东同志在解放战争时期为新华社撰写的《人民解放军百万大军横渡长江》、《南京国民党政府宣告灭亡》等动态消息那样，既真实地报道了当时的战事，又让人们领悟到形势发展的新动向。可以说，这些名篇至今仍然是我们写动态消息的楷模。

4. 抓住特点，不全求全。消息作品，特别是动态消息，作为反映和记录短时距的现实生活的一种手段，限于寸楮尺幅，只能是社会生活的瞬间记录，总是要以不全求全的表现方法而赢得无限的表现力的。这就像国画中的山水画，或取一角、半边，或取断山、截峰，或取独木、孤舟来显示其"全"，把广袤的现实压缩在有限的画幅之中，从而达到"咫尺之内，而瞻万里之遥，方寸之中，乃辨千寻之峻"。但这"一角、半边"、"断山、截峰"、"独木、孤舟"又必须是具有表现其"全"的个性、特性的"不全"。

贪多求全，是动态消息写作的大忌。"贪多嚼不烂，求全写不透。""口子要小，挖掘要深"，把笔墨集中落到写个性特点上，"以少少许胜多多许"，是动态消息写作的基本技法。新闻写作无非是写人叙事，而这些人和事都是活生生的，每个人、每件事都有与他人他事的不同之处，这就是个性、特点。写人写事，关键在于抓特点写特点，特点抓准了、充分地表达出来了，人就站立起来了，事就活起来了，与这些特点相联系的事物的某个方面的本质，也就或明或隐的能被人们所感触得到了。

5. 一语定意，写好导语。导语是动态消息的关键部分，是以最新鲜、最重要、最精彩的事实为中心成分的消息开头。它可以将最新鲜、最重要、最精彩的事实或情节开门见山地置于消息之首，借以引出新闻主题以及阐释这个主题的消息的主体来；也可以用极简洁的文句概括要点和轮廓，或用其他方式，先使读者脑子里有一个总印象，以吸引其情不自禁进一步阅读全篇。

在多数情况下，导语就是消息中的第一个自然段、第一句甚至第一行。有时，导语也可以由两个或两个以上的自然段组成。但总的要求，是宜简短，要干净利落，不拖泥带水。

导语的设计，对动态消息写作起着一语定意的重要作用。导语好似消息的"开路先锋"，前边的路开好了，写作的重点和目标明确了，主体的展开就顺利得多；导语写得好，它又是读者兴趣的"催化剂"，是吸引读者阅读新闻的"诱饵"，是消息中抓住读者的"黄金语段"。所以，新闻界历来重视导语的写作，西方一位新闻学者说："导语是记者展示其杰作的橱窗。读者和编辑都会自然而然地设想，如果记者不能在导语中表现水平，那么，他就是没有水平。因此，应该全力以赴地写好导语。写一遍，再写一遍，反复推敲，直到确信这是你能写出的最好导语为止。"

6. 善用背景，灵活就位。事物存在于普遍联系之中，新闻事实亦然。任何新闻事实的发生，都不可能是孤立的，它不仅自身有个生成过程，而且与其他某些事物总是会有某种关联。"新闻背景"这个概念就是对这种现象与关系的概括。在新闻写作中，背景，就必然是消息结构的组成部分。可以说，没有无背景的新闻事实，只有不需要或没有报道背景材料的新闻（消息）。背景材料与新闻材料在消息中是相辅相成的，没有新闻，无须背景；没有背景，新闻事实往往显不出应有的神采来，甚至会说不清、道不明。背景材料有对比性的、说明性的、注释性的、补充性的、知识性的等等。从收入书中的动态消息背景材料的运用看，要自然穿插，灵活就位，或明嵌，或隐入，力求使其同它所要铺垫、说明的新闻事实珠联璧合，紧紧胶贴在一起，一般都没有形成固定的结构性"背景段落"。

总之，消息中的背景材料的主要作用是画龙点睛，为读者理解报道的实质内容与社会意义提供一种参照。对文中极为重要的或转述带有倾向性的背景材料时，要注意交代准确来源。

7. 事实说话，疏于议论。以叙事为主，用事实说话，以新闻事实所蕴含的意义潜移默化地感染人心，一般不发议论，是动态消息写作不可变异的普遍原则。但这也不是不问情由地拘泥于此。如果在叙事中即事论理，加上那么一点儿议论、感慨，而"这一点儿"既是必需的又是具有哲理性的，或为全文的文眼，这又为何不可为呢？对此，毛泽东同志有过精当的论述，讲得很到位。他说：写消息"也不完全不发议论，要在消息中插句把两句议论进去，使看的人明白这件事的意义。但不可发得太多，一条新闻中插上三句议论就觉得太多了。议论要插得有劲，疲疲沓沓的不插还好些。不要条条都插议论。许多新闻意义已明显，一看就明白，如插议论，就像画蛇添足。只有那些意义不明显的新闻，要插句把两句议论进去"。

8. 交代来源，真实可信。新闻的真实是新闻真实与新闻作品表达真实的统一，它不仅要求事实的真实，而且要求这种真实能让受众从作品中真切地感受到。因此，新闻的真实性至少有下列两方面的要求：一方面是进入新闻报道的事实必须是那些最能反映事物本质的准确、真实的内容；另一方面这些事实，特别那些关键性的重要事实，必须明确地交代消息来源，把新闻事实放在有根有据的基础上，不让读者感到那是"三十晚上走路——没有影子的事"。交代消息来源，即除记者自己在新闻事实发生的现场采访直接获得的第一手新闻外，一切第二手新闻，特别是那些对新闻事件进行评论、判断、估价和描述背景等有倾向性的材料，都必须明确地告诉读者所报道的消息材料是从哪里来的，是谁提供的。这样做，有利于确保新闻的准确性和可信性，增强新闻的影响力和感染力。

9. 投其所需，新奇实短。新闻写作理论研究源远流长，论家甚众，众说纷纭，但有一点却是共识的：新闻传播活动作为现实生活的一种特殊的认识活动与反映形式，总是随着时代与读者需要，在不停顿地发展变化着。尤其是在网络新闻、多媒体逐步介入新闻传播的今天,读者在新闻传播中的主体地位越来越强,新闻竞争越来越激烈。事实表明,读者所期望、所青睐的又往往是一些篇幅短小、事实鲜活、意义重大、寓意深刻、写作新颖、实用性强的新闻作品。这就在客观上给记者提出了一个要求,即在选择报道对象、选取报道角度和落笔行文写消息时,时时事事都要把"新、奇、实、短"四字诀牢记在心中,体现在行动上。

先说"新"——恩格斯曾经说过:"记者的伟大和难当之处,就在于天天要处理一个'新'字。"新闻工作者始终要在陌生的天地里探索。对于一个不断要求创新和有所突破的优秀记者来说,每一篇报道从内容到形式,都应力求是一个陌生的起点,都应给读者以最新的感觉和启示。

再说"奇"——好奇之心,人皆有之。这里所说的"奇",当然不是或者主要不是指奇异之人、怪异之事,而是指在社会主义市场经济条件下,在改革开放新时期,对未知事物的"为什么"的探求。应该说,越是奥妙莫测的事,越是有人去探寻,揭开这些奥妙的新闻报道,就能留住读者的目光,扣开读者的心扉,取得尚佳的传播效果。

再说"实"——在市场经济条件下,读者对新闻信息的获取,已不再是基于对某个事实的知晓为满足,更多的是关心它的功利目的,即对自己的事业、工作、生活和学习的实用性。新闻报道的实用性,体现着新闻传播对读者的贴近程度,体现着新闻信息的有用程度。

最后说"短"——中国新闻奖评选要求参评作品中的消息字数不能超千字。这个字数要求,包括对综合消息与述评消息的字数要求。从历届评选看,动态消息的字数,一般都在五六百字左右。

作品赏析

把新闻定格在"事件的核心事实"上

在笔者修订《获奖消息赏析》的过程中，业界多位友人都提到了在第22届"中国新闻奖"评选荣获消息一等奖的《就业局长"潜伏"打工探扬州用工》。

这件获奖作品篇幅不长，只有834个字，它却向我们讲述了一个隐身官位的就是局长"潜伏"打工、务实求真、探访民生，促进当地"用工荒"与"务工难"矛盾解决的传奇故事。

"就业局长"，指的是远在西南边陲的云南曲靖分管劳务输出的陈家顺副局长。2011年初，春节过后用工荒席卷全国，江苏扬州许多企业早已出现开工不足的难题；而远在云南的曲靖却已成了西南大旱的重灾区，大批农民亟待外出务工。就在这时候，扬州众多企业向曲靖等重灾区发出了"邀请函"，可曲靖地处山区，当地百姓很少走出大山，担心外出远走他乡会受骗受欺负。那么，扬州务工环境究竟咋样？对负责劳务输出工作的陈家顺来说，只看招工广告不行，心中无底。百闻不如一见，百见不如一试，便自告奋勇"潜伏"打工，当起了"工头"，带领80多名农民兄弟，去扬州实地考察、体验当地务工环境的真实情况。

于是，消息写道：

△经过一周岗位培训，陈家顺被分配到整理车间，负责打包卸运。一周工作五天，周六加班计发加班费，周五晚上工厂还开展联谊会。八人一间宿舍，有空调、有热水。每月10日，工厂按时发薪水，外来员工全部参加社会保险。陈家顺按时拿到首月工资后，向宝亿老总递上自己的名片说：把家乡工人交给你们，放心！他在"打工报告"中这样写道：扬州企业合理工资吸引人，人性管理温暖人，事业发展激励人。随后，一拨又一拨的曲靖农民工被输往宝亿制鞋、川奇光电等企业。

△去年12月底，扬州市人力资源和社会保障局前往曲靖，将曲靖列为扬州第58个外省劳务基地，今年春节前，200多名曲靖员工被吸纳到扬州经济技术开发区的企业中。

消息见报后，迅速引发了《人民日报》、新华社、中央电视台等全国近百家媒体的跟进报道。随后，云南省委授予陈家顺"直接联系群众的好干部"荣誉称号，全国人力资源社会保障系统开展向陈家顺同志学习活动。

这则获奖新闻的有效传播，也引来了业界学界的热评热议。

新闻写作是时代的产物。它不可能远离尘寰，它必然要随着时代的需求、受众的需要而不断衍变、发展，在为社会受众服务的同时，也为自身注入了前行的活力，反映时代的脉搏，带来时代的气息。笔者认为，这篇获奖作品的采写成功，关键在于顺应了时代的需要、回应了受众的企盼——把新闻定格在"事件的核心事实上"。

不是么，请看看作者胡俭同志的感言吧！

发现"潜伏局长"线索后，都知道这是个难得一遇的好题材，可要报道还也颇费了一番心思。还原塑造"潜伏局长"这个典型，该采用怎样的体裁？是长篇通讯、系列报道，还是现场新闻、或者新闻故事？是从当前党群干群关系入手，还是从破解用工荒落笔，或是从和谐劳资关系切入？报社编委会反复商量决定，改变文风，回归新闻本位，把新闻定格在"就业局长'潜伏'打工"这一核心事实上。最终，放弃洋洋洒洒的大通讯表达形式，而只采用"消息+图片+评论"的形式来呈现，凸显新闻性、故事性。

我们不是说，信息爆炸是当代最为显著的特征么！如潮水般不断涌来的信息，已将一个个一天只拥有24小时的受众"淹没"其中，在茫茫信息的海洋里，逼迫他们不得不采用快速浏览的方式，对信息进行扫描式的判断、取舍和获取；他们企盼在最短时间里，以最便捷有效的方式获得最急需、最有用的信息，把新闻定格在"事件的核心事实上"，使其在很大程度上成为"信息快餐"，也就是时代发展的必然。所谓"事件的核心事实"，即是新闻事件中最新颖、最重要、最引人的事实。它是新闻价值的集聚点，是最能反映事物本质，具有言之有物、言之有人、言之有情的显著性信息。

我们不是说，新媒体时代，新闻已经像空气、阳光一样充溢着世界的每一处空间，人类的生存发展，人们的工作生活已经再也离不开新闻；可当今之世，人们工作忙、时间紧、压力大，可以用来选择和获取信息的时间却在相对锐减，厌长文、喜短文，已成为上合党心、下顺民意，最为时尚最普遍的社会风尚。新闻要短，绝对不仅是一个文辞锤炼的问题，最为关键的还在于写作观念的转变、传播内容上的精要问题，如若不然，这是简不了、也简不好的。应该说，把新闻定格在"事件的核心事实"上，不枝不蔓地将其具体化、情节化、故事化，以简洁的文字，玲珑剔透、清新可人地呈现在受众眼前，正是践行这一要求的众望所归！这样有似压缩饼干，既解饥又耐读。这也又似牛黄之于全牛、麝香之于麝鹿那样，奉献给受众的已不再是面面俱到的全牛、麝鹿，而是其中最为珍贵的药材——牛黄和麝香！这样的精品之作与鸿篇大论相比，常常是有四两拨千斤、以少少许胜多多许的传播功效。

比如，打倒"四人帮"后，特别是党的十一届三中全会提出党的工作重点转移以后，全民族学习科学文化知识的气氛越来越浓厚，尤其是广大青年，都渴望为实现四化建设的需要，早日成才。那么，怎样才能成才，成才之路在哪里？是当时摆在广大青年面前的一个重大课题。上大学深造，固然是一条途径，但是，因为我们国家的经济能力有限，在当时高等学校还不能办得很多，能进入大学的人只能是"榜上有名"的一小部分青年。对于"落了榜"的大多数青年来说，要想成为对国家建设有用的人才，是有望还是无望呢？对此，全国许多报纸刊发了大量的报道，进行正面引导，有的甚至洋洋洒洒万余言。这些报道都起过好的作用，可为人们津津乐道，独冠群芳的却是一篇只有2000余字的人物专访。这篇专访刊登在1980年7月10日的《中国青年报》上，它介绍了老作家严文井一段曲折的经历：他四次考大学均未被录取，而后通过刻苦自学，终成名家。难道是别的篇章的新闻事实与此就无以比拟了吗？不尽然；或许这篇专访写作技巧胜人一筹？更不全是。关键是专访的作者准确地抓住了新闻中的精华，把握住了当时的形势和广大青年及其家长的脉搏，提炼出了一个好主题，做出了一个上合党心、下顺民意的标题：《榜上无名，脚下有路——访老作家严文井同志》。"榜上无名，脚下有路"八个大字，明确而理直气壮地揭示了人才成长的另一条重要途径：走自学成才的道路。它像一把火炬照亮了人们的心，使人振奋，催人上进。这条新闻及标题不仅在当时，及至今日它仍是激励人们不怕挫折、奋发向上的座右铭。

行笔至此，还要特别提及：笔者兴消息、重短文，绝非一概排斥另类！新闻的长短、体裁和表达方式，并无一定之规，还是要提倡多元。在尊重新闻规律的前提下，因事制宜，因文制宜，得体为好。

◆ 附作品

就业局长"潜伏"打工探扬州用工

本报讯 （记者 胡俭） 昨天中午，扬州宝亿制鞋厂，60多名云南曲靖市的务工人员前来报到。欢迎新员工的典礼上，一位戴眼镜、挎皮包的中年男子，从人群中挤上主席台，向乡亲们挥手致意："我叫陈家顺，曲靖市就业局副局长，去年曾在宝亿制鞋厂打工一个月……"这一句自我介绍，令宝亿鞋厂的新老员工惊讶地瞪大了眼睛。

去年春天，西南大旱，扬州众多企业向云南曲靖等重旱区发出用工"邀请函"。很快首批80多名曲靖农民来到宝亿鞋厂，陈家顺就是他们的领队，有人称他"工头"，也有人叫他"大哥"，却没人知道他是曲靖市就业局副局长。

原来，曲靖当地百姓很少走出大山，总担心外出受骗受欺负。扬州务工环境究竟咋样？光看招工广告不行。百闻不如一见，百见不如一试，陈家顺自告奋勇当起"工头"，要实地体验扬州的务工环境。

经过一周岗位培训，陈家顺被分配到整理车间，负责打包卸运。一周工作五天，周六加班计发加班费，周五晚上工厂还开展联谊会。八人一间宿舍，有空调、有热水。每月10日，工厂按时发薪水，外来员工全部参加社会保险。陈家顺按时拿到首月工资后，向宝亿老总递上自己的名片说：把家乡工人交给你们，放心！他在"打工报告"中这样写道：扬州企业合理工资吸引人，人性管理温暖人，事业发展激励人。随后，一拨又一拨的曲靖农民工被输往宝亿制鞋、川奇光电等企业。

去年12月底，扬州市人力资源和社会保障局前往曲靖，将曲靖列为扬州第58个外省劳务基地，今年春节前，200多名曲靖员工被吸纳到扬州经济技术开发区的企业中。

今年春节后，全国各地大闹"用工荒"，扬州经济技术开发区跨省招工，一周招聘签约1.8万人，用工计划甚至排到今年七八月份。扬州市人力资源和社会保障局副局长颜军说，扬州园区企业用工缺口2万多人，但没有出现"用工荒"，就是因为扬州建立了一批外省劳务合作基地，扬州企业注重待遇留人、感情留人、事业留人。

在昨天的欢迎仪式上，颜军拉着陈家顺的手说："你的特殊'打工'经历，就是对扬州务工环境的最好宣传，感谢你啊！"

（原载2011年3月8日《扬州日报》）

一则必须永远铭记的珍贵史料

　　1922年中国革命的先驱李大钊在他的《在北大记者同志会上的演说词》中讲过："新闻是现在新的、活的、社会状况的写真。历史是过去的、旧的、社会状况的写真。现在的新闻就是将来的历史。"英国历史学家加来尔也说过："历史是一种经过提炼的报纸。"可见，新闻所要记录的、历史所要记载的，是人们的社会状况、社会生活、时代前行的脉络。

　　应该说，世界上没有哪一个民族，像中华民族这样，既创造了五千年的悠久文化，也承受着百余年山河破碎、丧权辱国的巨大痛楚。从1840年的鸦片战争到1921年前，尽管长夜如晦，屈辱如山，但中国人民惨烈的救亡图存的抗争一直未曾停息。十月革命的一声炮响，为中国送来了马克思主义。马克思主义让茫茫华夏先行的探索者们看到了希望，找到了前行的方向，在救亡图存的悲壮呐喊中，催生着一种新生政治力量——中国早期共产主义组织的萌生，直至1921年7月1日中国共产党诞生。像这样一份中国共产党创建史上极为珍贵史料，怎能不让人永远铭记、载入史册呢！

　　无疑，这则新闻不仅有极珍贵的史料价值，也有极高的理论价值。理论，本是对大量实践活动的升华提炼后得到的规律性认识。这则获奖消息向我们描述了僻处西南的重庆，建立了一个比北京、上海、广东等中共早期组织还早的共产主义组织，其信仰、近期目标、组织规模、组织机构和分布范围都十分具体而全面。新闻说：1920年3月12日，"四川重庆共产主义组织"成立。该组织由一些拥护马克思主义的教师所建立，后来又有一批工人加入，有近40位正式成员和一批候补成员组成。组织机构包括书记处和宣传、财务、出版三部，并在川西、川西南、川东南、川北和川东建立了支部。当时四川省有成都、叙府（宜宾）、雅州（雅安）、顺庆（南充）和重庆5个共产主义组织，而重庆是"总的组织"、"正式组织"。他们宣称"共产主义是现在和未来与邪恶斗争的手段"，并主张建立一支红军队伍。

　　这份尘封多年的档案，"再一次证明了中国共产主义运动的发生，以及中国共产党成立的历史必然性"。这既是这份珍贵史料的价值所在，也是这件新闻作品的点睛之笔。

　　消息刊发后，在新闻界、党史界引起轰动。被国内外上千家报刊网媒转载传播，人民网、新华网、中国政府网、中国网、央视网、中国新闻网等全国主流门户网均在网页头条位置转载;《光明日报》随后追踪报道,并用整版刊发了新闻综述及理论文章。同年7月,史学界还在重庆召开了"中国共产党的创建与四川省重庆共产主义组织学术研讨会"。

老舍先生曾经说过:"字没有高低贵贱之分,全看用得恰当与否。连用几个伟大,并不足以使文章伟大。一个很俗的字,正如一个很雅的字,用在恰当的地方就起好的作用。"这篇获奖消息,行文严谨,文字用得恰当、准确、精炼,颇见功力。此文最初为有2800多字的长篇文稿,后经作者与党史专家合作,反复字斟句酌地加工修改,九易其稿,最终压缩精编,定稿见报为858字。

应该说,语言文字是个公共物品,谁都可以拿来使用。但是,词不逮意、吹气冒泡、似是而非、空话连篇,语言文字就会变成垃圾;用字准确、短小精悍、言简意赅、落笔生花,语言文字就会变成黄金。

◆ 附作品

中国早期共产主义运动又一重要档案解密
91年前的今天,中国最早的共产主义组织在重庆诞生
本报获准公开发表《四川省重庆共产主义组织的报告》

本报讯 (记者 向泽映 程必忠 特约记者 刘志平) 重庆,作为"中国早期共产主义运动发祥地之一"的结论,最终被史实印证。

1920年3月12日,一群进步青年在重庆率先于全国成立"四川省重庆共产主义组织"。91年后的今天,这段鲜为人知、且在中国革命史上具有重大意义的历史档案得以解密。

在中国共产党诞辰九十周年前夕,中央档案馆同意本报独家公开发表这群重庆青年当年写下的《四川省重庆共产主义组织的报告》。

这一珍贵文献大约作于1920年,是"四川省重庆共产主义组织"的四位负责人给共产国际中共代表团的一份报告,共七个部分。其中第三部分详细介绍了组织的历史,并报告"1920年3月12日,我们的组织在重庆正式成立了"。

这是迄今国内发现的成立时间最早、且不依赖共产国际帮助、由一群拥护马克思主义的重庆青年独立自主地建立起来的共产主义组织。

该组织有近40位正式成员和一批候补成员,机构包括书记处和宣传、财务、出

版三部，并在川西、川西南、川东南、川北和川东建立了支部。当时四川省有成都、叙府（宜宾）、雅州（雅安）、顺庆（南充）和重庆5个共产主义组织，而重庆是"总的组织"、"正式组织"。他们宣称"共产主义是现在和未来与邪恶斗争的手段"，并主张建立一支红军队伍。

　　该报告为俄文译稿，是中国共产党"一大"档案的一部分，原存于共产国际档案馆，1956年由苏共中央移交给中国共产党。中央档案馆将部分中文译稿送给毛泽东等中央领导同志审查，毛泽东作了批示，董必武认可了这批档案的真实性。但由于种种原因，这批档案一直未公开。后来，一些专家学者对此反复研究、考证，最终经中央档案馆同意，在今年3月12日这一特殊日子公开这份尘封已久的档案。

　　市委宣传部常务副部长、市委党史研究室主任周勇认为，《四川省重庆共产主义组织的报告》的价值在于：它是中国早期共产主义运动乃至中国共产党创建史上一份极为珍贵的史料，它再一次证明了中国共产主义运动的发生，以及中国共产党成立的历史必然性。

（原载2011年3月12日《重庆日报》）

浓浓亲情铸佳篇

在第 21 届中国新闻奖评选中,《福建日报》的参评作品《平潭大开发 共铸两岸人民美好家园》,荣获消息一等奖。喜讯传来,有评论者感慨:人生一出戏,真情最美丽。情至深处佳作出!

伟大的现实主义作家高尔基有云:"寓于感情——这是写好作品的最好手段。"以事服人、以情感人,不也正是写好新闻作品的重要手段之一么!

新闻作品本是传播者与受传者联系、沟通的纽带,如果没有喜与怒、欢与忧、爱与恨、是与非……尽是干巴巴的事实!这样的作品即便有,也只能像寒风中的枯树,毫无引人的生机活力;或只能像塑料花一样,虽然艳丽夺目,却因毫无生机,不能像真花那样异香扑鼻、自然动人,谁还会有耐心去光顾它呢?

"感人心者,莫先乎情。"佳篇每自真情出,似已成千古定论。正像有论者指出的那样,不论长篇大作,还是短短几行小诗,莫不如此,作品最能打动人心的,是感情这个东西。2000 多年前的《易水歌》:"风萧萧兮易水寒,壮士一去兮不复还。"只有短短的两行,共 17 个字,却是感情深重千钧,令世世代代多少须眉为之衣衫湿,成为跨时间、跨空间的千古绝唱。其中很重要的一个原因,就是这首《易水歌》,它抒发了壮士视死如归、大义凛然的崇高情怀,而打动了人们的心弦。

这件获奖作品在写作上一个最大的特色,不也正是把两岸同胞一家人的浓浓亲情如糖似盐般地与新闻所要阐明的事理熔于一炉,从谋篇立意到制题行文都达到了水乳交融般的和谐。

福建与台湾隔海相望,闽台之间地缘相近、血缘相亲、文缘相承、商缘相连、法缘相循,台湾 70% 的民众祖籍福建。可以说,福建在两岸关系发展中有着特殊的地位,发挥着重要的作用。

平潭为全国第五大岛,是大陆距台湾最近的岛县,距台湾新竹仅 68 海里。平潭综合实验区作为海峡西岸经济区建设的抓手,它有别于一般的台商投资、开发区,其重要意义在于积极探索"共同规划、共同开发、共同管理、共同经营、共同受益"的两岸合作新模式,努力打造两岸人民共同家园,反映了两岸同胞对和平统一的热切渴望。

这篇获奖消息,全文以"家园"二字贯穿始终。从两个交通基础设施项目使美好家园愿景更进一步,倒叙福建提出建设两岸人民共同家园,再到美好家园需要两岸携手共筑，最后展望平潭成为两岸人民美好家园。层层递进、层次清晰地体现了打造"两岸同胞共同家园"这一开发主题。

新闻标题立于文前，是最先与受众见面的先行官。它也有似戏曲中人物上场往往有一个标志性动作，谓之"亮相"——它决定了上场何人，有何特征、将做何事、褒耶贬耶？都应干脆直接，一笔说清，毫不拖泥带水。那么，这篇获奖的"亮相"如何呢？我们还是来看看一位评论者的"一家之言"吧！"这则消息的标题《平潭大开发　共筑两岸人民美好家园》，突出的是一个'情'字。共筑'美好家园'，这是赞誉之情，是欣喜之情。情满于中，题自生辉，题中含情，给人以回味无穷的美感。"

接着，新闻便以朴实的笔触，站在促进祖国统一的高度，选取平潭拉近两岸距离这一主题，从具有代表意义的铁路、港口两个基础设施项目切入，既阐述了平潭开发的重大意义，又描绘了当前建设的火热场景；既体现了大陆同胞全力以赴促进两岸交流，又反映了台湾民众对平潭建设的热烈呼应，说明祖国统一乃人心所向、大势所趋。

消息见报后，多个重要门户网站给予转载，在海峡两岸引起较大反响。机关干部称，该报道角度好，以实实在在的项目体现打造"两岸同胞共同家园"这一开发主题，为平潭营造了良好的舆论氛围。在闽台商告诉记者，从共筑两岸人民美好家园的角度，让我们看到了美好的光明前景，倍感温暖。同时文中体现的平潭开发情况，也让台湾各界看到了大陆推动两岸交流的决心，让想来平潭投资兴业的台湾人更有信心。可见，报道收到了良好的传播效果。

事后，作者再谈到自己的采写体会时，也满含深情地说：笔者感到，这篇文章正是始终饱含着对祖国和平统一的热切愿望，饱含着对台湾同胞的深情，才能取得良好的社会效果，受到好评。因此，作为一名党报新闻工作者，要牢牢把握正确的舆论导向，科学统一新闻与宣传，尊重新闻规律和传播规律，不断增强传播能力，努力实现新闻效果、政治效果和社会效果相统一。

◆附作品

平潭大开发　共筑两岸人民美好家园
一批促进两岸往来的基础设施项目昨日开工建设

本报讯（记者　兰锋　王凤山）平潭距离台湾新竹68海里。昨日，在这个祖国大陆离台湾本岛最近的地方，有两个交通基础设施项目开工。通过这两个点，大陆与台湾岛的时空距离将大大缩短，两岸人民共筑美好家园的愿景又近了一步。

一个是福州至平潭铁路。这是规划中的北京至台北铁路在大陆的最末端，未来将从这里通过两岸海底隧道直达台湾。

另一个是海峡高速客滚码头。码头投入营运后，将争取开辟对台高速客滚航线。届时从平潭到基隆3.5个小时，到新竹仅1.5个小时。

作为海西战略的重要突破口，平潭开放开发牵动着方方面面。福建省把推进平潭开放开发作为加快建设海峡西岸经济区的重要抓手，提出要积极探索"共同规划、共同开发、共同管理、共同经营、共同受益"的两岸合作新模式，努力打造两岸人民共同家园。

美好家园需要两岸携手共筑。一年多来，平潭基础设施建设全面推进，开放开发环境不断优化。今年5月，福建经贸代表团赴台发布了推动平潭开放开发十项政策，岛内外各界积极响应。台湾一批重要工商企业、行业团体、高等院校纷纷组团前来考察。台湾远雄集团和世贸集团的"海峡如意城"、台湾协力集团的微电子产业园等项目先后落地开建。平潭还与台湾新竹市政府、新竹观光旅游协会、物流协会等达成了合作意向。台湾四大工程顾问公司共同组成平潭开发投资筹备小组，将在打造平潭智慧岛、信息岛、低碳经济岛等方面进行合作。此外，新加坡金鹰集团等海内外企业也纷至沓来。

昨日，由台湾协力集团等投资57亿元的协力科技产业园同时开工；台湾世新大学、台湾东森集团与福建师范大学等合作的福建海峡学院正式签约。

在开工现场，来自台湾投资方的福建海峡高速客滚航运公司总经理叶华陶表示："未来平潭—台湾航线的开通，对福建乃至两岸航运来说是一次革命，它将推动两岸交流合作向更高层次迈进。"

"平潭是一片创业热土，等基础设施完善后，这里将成为两岸交流的重要纽带。"协力科技产业园光导体项目总经理陈孟邦说，近来不少台湾朋友打电话向他了解平潭发展情况，并表示了考察投资的浓厚意愿。

就在22日落幕的第六次"陈江会"上，又一批两岸合作协议签署，跨越台湾海峡的交流合作更加热络。平潭这块大陆距离台湾最近的热土，将更加引人注目。人们期待，平潭真正成为两岸人民共同构筑的美好家园。

（原载2010年12月26日《福建日报》）

返璞归真，质朴无华写新闻

读过在第二十届荣获消息一等奖作品《短短一个月 "拒资"十亿元》，只觉得胸中有一股新的力量在涌动：要增长建设更要增长质量，要眼前利益更要长期效益，要金山银山更要绿水青山，要积极引资更要冷静选资，再也不能走"先污染再治理"的老路了！

这是长期孤悬在长江口崇明岛的人，在发展速度远远落后于上海的其他部分，岛上70万居民，热切企盼吸引投资以增加就业、改善生活的复杂背景下，毅然以"壮士断腕"的决心和勇气，短短一个多月，就已婉拒多达10多亿元、涉及30多个不符合生态定位的项目，在落实科学发展观的协奏曲中谱写出了极为动人的"引资乐章"。

这件作品之所以有如此大的吸引力，除事实的典型引人外，它在写作上，还有着与众多获奖新闻一样，凝聚着共同的写作思路和风格：重事实、求简练、讲凝重，虽不苛求语言的出奇惊人，但力求以真情真事打动人，表现出一种质朴无华、平易脱旧的写作风范。

应该说，质朴无华，平易脱旧，用事实描绘事实，这是新闻写作的老路常规；评价一些优秀新闻作品，人们也常用这类话语。这样一来，不是就落俗套了么？但事实并非如此。质朴无华、平易脱旧，用事实描绘事实，是为常规，但这却又是一条新闻写作的大规律。在具体操作时，则能够由于主体、客体的不同，时空环境的不同，进而演化出各具特色、各具情韵、千姿百态的不同来。从而具体形象、真实无妄、准确鲜明、活泼生动地反映社会现实与时代特征；从而在自己定位的传播范围内，为不同民族、不同地域、不同阶层、不同文化程度的人们所"喜闻乐见"——既接受了新鲜信息，得到思想启迪，又领略到美感、陶冶情操。

综观新闻事业发展史上那些名篇佳作，我们不难发现，除选材、立意之外，在写作手法上，大都得益于朴实、平易的把握和运用。朴实，不仅是对报道事物外形特征与报道语言的要求，而是有深邃的内涵。朴实不是浮浅，而是化艰深为平易；也不是贫乏，而是化丰富为单纯。朴实更不是粗糙，不讲修饰，而是要做到"大巧若朴、大智若愚、大深若浅、大多若一"，做了最大的修饰却不见雕琢之痕，下了最大的功夫方显事物本色，自然的特色。从而做到朴而真，朴而美，质朴无华，平易脱旧,清幽淡远,回味绵长,雅俗共赏——文化层次高的知识群体与文化层次相对低的平民百姓都能欣赏、玩味,风雅之辈与世俗之士均可接受、获益。

庄子有云:"不精不诚,不能动人。"我们的新闻作品要能吸引受众,打动人心,就必须要有至精至诚、朴实无华的写作态度,以求"原汁原味"地展示发生在社会生活中的真人真事真理真情,把自己的所见、所知、所感变成为受众的共见、共知、共感,最终达到共鸣、共识。

我们不是说,新闻是新近发生的事实的报道。只有真实、准确的事实的报道,才有资格称之为新闻;事实的不真实、不准确,只能是对新闻的否定,是谎言。作为大众传媒的报纸、广播、电视、网络,对受众没有任何的强制性与约束力。那么,靠什么来发挥自己的作用呢?怎样才能使受众接受其提供的事实、信息,赞同其分析、判断和主张呢?唯一的途径就是靠事实的新鲜引人、真实准确。因而,客观、朴实地向受众报告融事、理、情于一体的新闻事实,用事实说话、说事实的话、以事实描写事实是新闻写作规律要求使然。

应该说,这件获奖作品的写作成功,在很大程度上正是严格遵循新闻写作规律的要求,对新闻素材精耕细作,客观、朴实、原汁原味地再现新闻事实所使然。这则700余字的新闻,采用写实叙事笔调,全篇都是用新闻发生的现场、掷地有声的事实、数据和引语有机地组合而成。其中找不到一句记者节外生枝的旁白和议论。这样的报道是从新闻前沿的热土中孕育而成的,它具有很强的"自主性"、"本真性",对大众具有天然的亲和力和吸引力。

无怪乎,消息见报后,被海内外多家媒体转载,在国内外引起强烈反响。在崇明当地居民中,不少人曾因舍不得"到嘴的肥肉"、舍不得"送上门的GDP",最初对政府"拒资"做法存在对立情绪,看了报道后思想观念转变了,理解了政府的苦心。中宣部新闻局阅评小组还专门撰写阅评,认为崇明"拒资"做法具有普遍的借鉴意义。

我们不是说,语言是新闻事实的外衣,是新闻事实物化为新闻的直接表现形式。在新闻写作的流程当中,语言是居于核心地位的。新闻是"明白文",文章要写得明白如话,要深入浅出,用浅显的话,去表达深刻的内容。因为人们只能,也仅仅只能从字面上去理解、接受新闻的事实与信息,字面上的模糊给人留下的是模糊的印象,字面上的错乱给人留下的是错乱的印象,谁都帮不上落在白纸上的黑字的忙。所以,写新闻最要紧的,是要老老实实地把要说的话写清楚,然后再求生动、深刻以及其他。语言的准确精练、个性化、口语化、生活化一直是朴实表现手法的执着追求。这就要像这篇获奖新闻那样,做到:有叙述而不枯燥,有描写而不浮华,有议论而不牵强，有哲理而不晦涩，有思想而不说教，有知识而不深奥，有文采而不花哨，有情感而不矫饰。

准确真实，质朴无华，清新脱旧，通俗易懂，构成了新闻语体特有的朴实的文风特征。但由于题材的不同、文体的不同，正像有的新闻工作者所论述的在大同中有不同。一般而言，消息尤其是动态消息，多采用实话实说，叙述性语体，以朴素的文字交代清楚新闻事实，做到朴而真、朴而实、朴而美。综合新闻、典型报道、大特写、深度报道和述评新闻因事实和事件时空跨度大，主题开掘深，多采用气势恢宏、高屋建瓴的概述性语体。这种语体以概括叙述为主，兼有画龙点睛的议论，是一种夹叙夹议的语体；现场短新闻及小通讯、小特写，集中表现一人一事一场景的动态情景，它就需要用轻松活泼、娓娓道来的描述性语体；描述性语体以白描为主，再现事实细节，偶有抒情和议论。

美学的常识告诉我们："美所包含的理性内容是以具体可感形象呈现出来的。"新闻作品中的事理、情理绝对不能游离事实之外而独立存在、恰恰是以事实为基础，根植于事实之上，蕴含于事实之中，是事实的、自然的、合乎逻辑的又是简短的延伸，是对事实的开掘与升华，是画龙点睛之笔，只有实事实说地即事明理、以事显情、事理交融、理与情谐，这才会让受众感到朴实可亲、真实可信。无怪乎，有业者称：朴实是最高的艺术境界。诚哉斯言！

◆ 附作品

长江隧桥带来商机，海内外企业纷纷上岛考察欲投资发展
短短一个月 "拒资"十亿元
崇明婉言谢绝三十多个不符合产业导向和能耗、环评审查的项目

本报讯 （记者 陶健 实习生 张敏） 长江隧桥开通，崇明一夜间成了投资热点，海内外企业纷至沓来。面临前所未有的招商机遇，面对一个个诱人的投资项目，是"拣到篮里就是菜"，还是宁缺毋滥？崇明选择了科学发展之路，短短一个多月，已婉拒了30多个不符合生态岛定位的项目，涉及投资10多亿元。

长期孤悬在长江口的崇明，GDP的贡献仅占全市的1%，发展速度远落后于上海的其他部分。岛上有70万居民，他们希望吸引投资以增加就业、改善生活。然而，崇明岛的定位是世界级现代化生态岛，注定不可能走"先污染后治理"的老路。如何协调生态保护和经济发展？崇明县委、县政府决定执行更为苛刻的"招商

选资"标准。早在隧桥开通前，崇明就公布了规划布局，对进入岛内的投资项目设置三道"防线"。

第一道防线是产业导向。崇明编制了工业产业导向目录，被列入禁止和限制类的项目一律不允许上岛。一家大型造纸企业不久前上岛洽谈投资上亿元建造纸厂。虽然这个劳动密集型项目可以提供大量岗位，还能为岛上盛产的芦苇找到市场出路，但造纸业明显属于目录上的禁止类领域，被招商部门婉言谢绝。

第二道防线是能耗。崇明制定了能耗每年下降4%的指标，近两年已关闭了40多家高能耗企业。职能部门联席会议制度对投资项目进行严格评判，其中一个重要考核指标就是能耗。据介绍，30多个被婉拒的投资项目中约有三分之一属于"能耗不合格"。

第三道防线是环境影响评价。通过前两道防线的项目如果对生态环境会产生不良影响，也不能上岛。有一个投资3000万元的电子产品加工项目在最后一道防线上被县环保局拦停，原因是其生产过程有一道镀锡工序会影响环境。

崇明县县长赵奇告诉记者，崇明建设生态岛是一场"持久战"，不可能毕其功于一役。放弃一些能够快速增加GDP的产业项目，会影响崇明经济一时的发展速度，但生态岛建设必须关注长远，其后发优势将会慢慢显现。

（原载2009年12月4日《解放日报》）

报道突发热点事件的成功范例

在第 19 届中国新闻奖评选中荣获消息类一等奖的《拉萨发生暴力事件》，是一篇蕴含重要政治价值和重大新闻价值的佳作。

中国作为一个正在崛起的大国，一直以来，标榜"客观、公正"的西方媒体在报道中国时，从完全服务和服从于西方国家的国家利益这一本质出发，由于思维惯性和价值观念的差异，很多时候都带有偏见。尤其在民族问题上，一有"风吹草动"，便使尽全力地迅速抢占舆论阵地，大肆歪曲炒作，给我国国家形象抹黑，妄图以此来破坏中国的稳定和发展，同时也给我们的对外传播造成压力。

2008 年 3 月 14 日，拉萨突发打、砸、抢、烧严重暴力事件后，新华社一反常态，在第一时间向全球播发英文快讯《拉萨发生暴力事件》，对事件的发生及其真相做了客观、及时、真实、权威的报道，在真实与谎言的又一次舆论博弈中赢得了可贵的主动权，取得了很好的社会效果，并为中国媒体进行类似突发热点事件报道开创了一个范例。

据资料显示，这篇获奖作品的成功主要在于：

全球首发，成功抢占国际舆论制高点。拉萨突发暴力事件后，新华社突破中国媒体在类似事件发生后较长时间沉默的惯例，于当日 17 时 12 分 42 秒在全球率先发出第一条英文快讯，随后展开昼夜不间断滚动报道，抢占了第一个国际舆论制高点。美联社、路透社、法新社、BBC、CNN 等西方主要媒体立即中断正常发稿，以急稿、快讯等形式全文滚动转发新华社英文稿件。此稿作为其中的代表作，在事发当晚就率先向全球详细揭露了事件的暴力性质，为我国政府妥善处置这一事件营造了有利的国际舆论环境。

主动出击，用真相击碎谎言。取得先声夺人的效果后，新华社牢牢把握话语权，连夜组织记者深入现场采访，通过这篇包括了店铺被焚、无辜群众被打等大量细节的独家报道，及时披露了事件真相，让"和平示威"等谣言不攻自破，令一些一贯偏袒达赖的西方媒体对其"和平使者"形象产生了质疑。达赖当晚也慌忙做出反应，极力否认与暴力有关联。这样的效果在以往的涉藏舆论交锋中是极其罕见的。

把握分寸，以细节取胜。稿件运用贴近海外受众思维习惯的手法，用事实说话，以细节取胜，同时又准确把握基调，不仅真实地记录了震撼人心的暴力场景，而且客观地反映了政府保持极大克制、全力营救受困群众等事实,不动声色地树立了良好的国家形象。英国《泰晤士报》在刊登这篇报道时说:"中国官方通讯社发表了记忆中有史以来最为生动、最为详细的新闻报道。"

这篇获奖消息是新华社前方记者与后方编辑通力合作、奋力拼搏的成果。

拉萨发生暴力事件,新华社西藏分社首当其冲,受到暴徒攻击,但分社记者不顾个人安危,冒着生命危险连夜奔波于暴力现场,千方百计采集第一手素材。新华社领导坐镇指挥,后方编辑在前方记者电话口述的基础上,直接用英文撰写稿件,确保了报道的时效和质量。稿件还针对达赖集团和一些别有用心的西方媒体散布的"中国镇压和平示威"等谣言,有的放矢地突出不法分子的种种暴行,并在第一时间披露达赖集团是幕后黑手的事实,一举击中达赖要害。

这篇稿件通过及时、客观、生动的报道,为中国政府对拉萨暴力事件的定性做了最有说服力的注脚,对国际舆论产生了积极的导向作用。稿件被西方主流媒体大篇幅转发,其中的一些细节被这些媒体作为暴力事件的证据反复引用,新加坡《联合早报》等华文媒体还将其译成中文刊登,迫使一些西方媒体和达赖集团调整调门,开始出现于我有利的变化。

这篇获奖作品在行文结构上,也有以下两点值得借鉴:

1. 这篇作品在写作上最大的特点是,作者较娴熟地运用了跳跃行文法,将新闻事件中对表现主题一切无关、次要的材料统统截去,把饱含信息的片断场景、让人动情的画面,巧妙地剪辑、组合,使之浑然成篇。全文约990字,由4个思想性大段、17个自然段组成,而且大多数为一个短句就是一个自然段,最长的自然段也只有两个单句,77个字。同时,思想段与思想段之间、自然段与自然段之间,虽然时间、空间乃至文笔、思路都在大幅度地跳跃,但"笔断"而"意连",做到"形散"而实则"神聚"。

应该说,在消息特别是动态消息写作中,这种行文方式是久盛不衰的,在我国一些记者的笔下,也时有佳作面世。如:荣获1986年度全国好新闻一等奖的消息《好啊!诚实永存》,荣获第二届现场短新闻一等奖的《雨中情》,便是此类作品。

1998年4月,在中国环境新闻工作者协会和香港"地球之友"共同设立的"地球奖"第二届评选会上,作为评委,笔者从一位获奖者的附件材料中,还看到了这样一则短消息:

淮河治污迈出第一步

本报北京 7 月 2 日讯 记者黄振中从国家环保局获悉：7 月 1 日零时，河南、安徽、山东、江苏四省治淮流域的 999 家 5000 吨以下小造纸厂已全部关闭。至此，整治淮河污染取得阶段性成果。

国家环保局日前发给本报的一份传真，详细介绍了沿淮流域小造纸厂的分布情况。其中，安徽宿县有 99 家，山东临沂地区有 77 家，江苏徐州市有 94 家。

这次关闭沿淮流域小造纸厂，各地基本做到了令行禁止，真抓实干。对于造成污染又不改正的单位，整治不手软，坚决追究主要领导人的责任，甚至撤销职务。

为了防止反复，国家环保局已决定组织人员到各地巡查，巩固治淮第一阶段成果。

（1996 年 7 月 3 日《人民日报》）

当日，时任总编辑的范敬宜在《值班手记》上，以《久违了，这样的短新闻》为题写道："今天一版报眼新闻《淮河治污迈出第一步》，连电头、标点仅 257 个字，但是将新闻事实交代得很清楚，一目了然。这样一条重要的新闻，如果放开去写，完全可以写千字以上，而效果肯定不如这条短的。不知是记者原来就写得这样短，还是经过编辑压缩。不管怎样，都是值得提倡的，应该给予奖励的。看来，我们的新闻，文章老是写不短，里面有思想问题，即怕说不清楚，怕写得太短掉价，不愿写；但也有实践问题，即平时不太研究短新闻的写法，不会写。"

这则短消息写作上的成功，也得力于跳跃式的行文法。否则，无论如何是写不到这样简练、清新、明了的。可以这样说，跳跃式行文法，在消息写作中，有着不可替代、不可缺少的独特作用。

2. 处处、时时、事事，哪怕是一句话、一个细节，都十分注意巧妙和灵活地交代新闻来源，是这篇获奖新闻在写作上的又一个特色。

新闻来源，亦称消息来源，是新闻学的一个专门术语，系指新闻所依据的事实、信息的来源。交代新闻来源，这既是中外新闻工作者从长期实践中总结出来的一条重要的写作要求，又是新闻写作的基本原理在新闻写作尤其是总结发布性和动态性消息写作中具体运用的艺术技巧之一。

我们不是常说真实是新闻立命之本、是新闻的生命嘛！在采访过程中要注意弄清新闻来源、在写作中注意交代新闻来源，是保证新闻真实、增强读者对新闻的可信度的重要手段之一。

我们不是常说要坚持用事实说话、善于用事实发表无形意见的客观报道的写作原则嘛！因文制宜灵活地交代新闻来源便是运用客观报道原则的重要方法之一。

尤其是信息爆炸、媒体如林、新闻竞争激烈的当今之世，受众已不只是从对客观事实的了解需要来接受新闻，更要以客观事实的依据来检验新闻、评判新闻的可信度。这就像商品的品牌、防伪标识、产地、生产厂家和日期成为消费者辨别真假优劣最起码、最简便的硬件指标一样，新闻要素、信息来源等，已经成为受众判断新闻（消息）的可信度的"硬件指标"，无论如何是马虎不得的。

◆ 附作品

拉萨发生暴力事件

新华社拉萨 3 月 14 日电 西藏拉萨 14 日发生暴力事件，商店遭洗劫，清真寺被烧，人员伤亡严重。

骚乱始于午后，一些人在小昭寺附近与执勤民警发生冲突，并向民警投掷石块。

14 时左右，暴徒开始在小昭寺周边集结，纵火焚烧市区两条主要街道和大昭寺、小昭寺以及冲赛康市场附近的店铺。至少五处着火，现场浓烟密布。

目击者看到，一些商店、银行和旅馆被烧毁，电力、通讯中断。大昭寺和小昭寺附近的店铺被迫停业。

暴徒肆意打人

西藏自治区政府官员告诉记者，有足够证据证明，这次破坏活动是达赖集团有组织、有预谋、精心策划和指挥的。这些暴力犯罪活动扰乱了拉萨正常的社会秩序，危及无辜群众的人身和财产安全。

记者在拉萨城区看到许多暴徒身背装满石头的背包和汽油瓶，有些人手持铁棍、木棍和长刀，可见他们是有备而来。

目击者说，暴徒肆意殴打行人，连妇女和儿童也不放过。他们砸毁窗户、自动取款机和交通灯，抢劫服装店、餐馆和手机商店。街上散落着正在燃烧的自行车、摩托车和汽车。

15 时左右，暴徒开始焚烧四方超市、兰盾商场和温州商城，火势不断蔓延。晚上，一家清真寺也被点燃。

目击者还看到有人被暴徒纵火焚烧。许多伤者被送往医院。死亡人数尚不清楚。

政府保持克制

警方说，民警不得对暴徒使用武力，但被迫动用了少量催泪弹，并鸣枪示警。许多民警被暴徒打成重伤。

警方尚未公布是否实施逮捕，但称暴徒乔装成普通居民，增加了追捕难度。

午夜，消防队员和民警仍在清除北京中路上燃烧着的车辆。警方加强了管制和巡逻，以防暴徒再度出击。

自治区政府已采取紧急措施营救被困群众，加强对学校、医院等机构的保护，要求机关和企业保证员工安全。当地政府还决定实施局部交通管制，并通过电视通报情况，提醒居民注意安全。

网民描述"骚乱"

当晚，一名叫韩敬山的当地居民在网上发布贴文《亲历拉萨"骚乱"四小时》，描述他亲眼目睹的暴力场面。

韩敬山下午途经市区时，突然发现小昭寺方向浓烟滚滚，救护车呼啸而过。接近小昭寺时，只见满地都是一两公斤重的石块，一辆出租车烧得仅剩骨架。

"我看见十几个暴徒正在焚烧百益超市前的汽车，两百多人围观。"他写道，"17时56分，特警赶到，暴徒逃散，但前面不远处又有两辆出租车被点燃，随后一个满脸是血的汉族女子从我身边跑过。"

"2008年3月14日，西藏乃至中国历史上会永远记住这一天。"他写道。

勇于担当,不畏风险

先贤哲人有言:历史是人民创造的。一位资深业者据此放话:在创造历史的人群和过程中,也包括广大新闻工作者在内。新闻工作者创造历史是以两种不同方式来付诸行动的:一种是真实记录、客观见证历史,即依据职业要求,用职业赋予的责任和手段来真实记录、客观见证历史,满足受众在信息、咨询、思想、导向等多方面的需要,并影响作用于现实社会;另一种是主动介入和参与到现实生活中去,即以记者职业角逐公开参与或隐蔽深入某一事件、活动或领域中,研究问题、分析矛盾,与事件或活动的当事者一起促进矛盾和问题合情合理、合法有序逐步解决,促进事物向正确方向良性发展。

诚哉斯言!这足以显现社会主义媒体及其从业者所承载的社会责任之重!没有勇于担当的精神,是绝对难成大事的。不是么?荣获第十四届中国新闻奖消息一等奖的《非典型性肺炎病原是衣原体?》就是有力的例证。

2003年初,"非典"突然袭来,人们猝不及防。"非典"元凶为何?致病原因不明,人们极度恐慌。医学专家在夜以继日地寻找,全国人民在焦虑不安地等待。这时,也就是2003年2月18日下午,国家疾病预防控制中心(CDC)宣布"非典"的病原是衣原体。新华社据此发出通稿,中央电视台在当晚的《新闻联播》中予以报道。但是,这一结论受到广东一些医学专家的质疑,他们认为仅凭两例尸检报告尚不能得出如下结论。事实也正是如此,在临床治疗中采用抗衣原体的药物没有效果。从患者的情况看,症状更像病毒性肺炎。更为严重的是,如果按照CDC的结论,按照对抗衣原体的一套来治疗,用广东一位医学专家的话说,"将会死很多人"。

一个严峻的问题摆在《南方日报》主管"非典"报道的记者面前:是通篇报道CDC的结论,还是如实反映广东专家的意见呢?照前者办,风平浪静,省心省事;照后者办,无疑要承担风险。因为当时抗击"非典"的形势非常严峻,虽然大家都盼望早日揪出"非典"元凶,但如果贸然报道专家们意见不统一,不仅不能安抚人们对"神秘""非典"的不安,还可能增添"杂音",使人心更加不稳。试想,如果连专家们意见都不一致,这"非典"还怎么抗击呢?

在这种情况下,全文照登新华社通稿是最安全最保险的做法。但这是一个重大的新闻事件啊，如不如实报道，有违新闻工作的职业操守。再加之，如实反映双方意见不仅不是"添乱"，而且还是"帮忙"。因为经过一段时间的关注和采访积累，已初步认识到广东专家是对的。特别是广东专家的一句话"如果按衣原体那一套来治疗，将会死很多人"更让他感到：这已不是简单的学术之争，而是人命关天的大事，必须实事求是地报道。而在当时，广东专家需要舆论支持。这个时候，作为省委机关报《南方日报》的记者，应该冷静分析形势，义不容辞地担起这一任务，如实报道。

总编辑杨兴锋和部门主任陈广腾详细向记者询问了有关情况后，郑重做出决定：如实反映两方意见。这样做可能有短期的"负面影响"，但如果一边倒支持北京专家意见，负面影响可能更大（正如广东专家所言"会出人命"），而且如实反映两方意见的短期"负面影响"完全可以通过一些编辑手段减到最小。

于是，在推出报道时，非常客观地前半段报道CDC的结论、后半段报道广东专家的意见。为了避免太刺眼、给人以双方观点"打架"的印象，将稿子发在第三版。这是一种既讲原则又讲策略的巧妙安排。

两个月后，世界卫生组织正式确认冠状病毒的一个变种是引起"非典"的病原。不久，《人民日报》详细披露了广东专家与CDC的争论经过。《南方日报》在"非典"肆虐的非常时期发出了独家的声音，受到广东省领导和医学专家的高度肯定。

由以上经过可以看出，这条消息获一等奖，毫无疑问是对作者、编辑坚持真理、敢说实话的褒扬，也是对作者"勇于担当"精神的认同、赞许和褒奖。

事件经过更让作者认识到：从某种意义上说，政治家办报是指既有"眼光"看出问题实质，又有"勇气"很"艺术"很"智慧"地报道真相。比如《非典型性肺炎病原是衣原体？》，既敢于发表出来，同时又顾及当时实际，很策略地发表在恰当的位置。

"事不避难，勇于担当。"这是温家宝总理对担负领导工作的干部语重心长的要求。新闻记者不是一个简单的"饭碗"，他要"铁肩担道义，妙手著文章"，非常非常需要有这么一种勇于担当的精神。

勇于担当，源于对党负责、对人民负责的强烈的责任心和事业心。

勇于担当，要有胆识，不计个人风险得失，拒绝亦步亦趋的盲从、人云亦云的平庸，为了党和人民的利益，讲政治，讲科学，敢为敢当。

◆附作品

非典型性肺炎病原是衣原体？
广东专家对此持保留意见，
认为病毒引起的可能性极大

本报讯（记者 段功伟） 昨天，新华社发布消息，称经中国疾病预防控制中心和广东省疾病预防控制中心的共同努力，引起广东省部分地区非典型肺炎的病原基本可确定为衣原体，但广东的绝大多数专家对此持保留意见，他们认为是病毒性肺炎的可能性很大。

北京专家认为病原可能是衣原体

为什么将本次非典型肺炎的病原基本确定为衣原体呢？新华社报道说，中国疾病预防控制中心病毒预防控制所报告，通过电镜观察发现两份死于本次肺炎病人的尸检肺标本上有典型的衣原体的包含体，肺细胞浆内衣原体颗粒十分典型。

报道说，衣原体是一种在真核细胞内寄生的原核微生物。某些衣原体曾经被归为病毒，可通过呼吸道分泌物、气溶胶、直接与病人接触，以及与病禽或鸟类接触而传播，临床表现为肺炎和支气管炎。衣原体引起的肺炎采用针对性强的抗生素治疗非常有效，但必须是全程、足量的规范化治疗。同时对病人加强护理和休息，供给营养丰富、易于消化吸收的食物及充足水分。

报道称，该病是完全可以预防的。

广东专家认为病毒性肺炎可能性大

昨晚，记者采访了很多广东专家，他们认为本次非典型肺炎是病毒性肺炎的可能性极大，因而对病原是衣原体的结论持保留意见，理由大致如下：

一、衣原体肺炎一般呈散发性，即零零星星地发生，所以流行的可能性不大，但这次广东局部地区发生的非典型肺炎有局部流行的特点；

二、衣原体肺炎死亡率不高，大概在0.1%－1%之间，而且发病也不凶险，比如发烧热度不会太高，这与本次发生的非典型肺炎不同；

三、衣原体肺炎属肺间质肺炎，肺泡隔会增宽，但这次非典型肺炎死亡病例尸检显示，肺泡隔变化不大；

四、在本次发生的非典型肺炎病例中找到了病毒包含体，这是诊断为病毒性肺炎的重要依据。

鉴于此，还有专家说，不能按衣原体的结论来制定治疗方案，否则可能造成可怕后果。他们表示会按既定预防治疗方案行事。

专家们说，虽然本次非典型肺炎属病毒性肺炎可能性极大，但到底是何种病毒引起尚难确定。这需要多长时间很难说，因为病毒有很多种，很难分离。不过暂时找不到病原体不可怕，可以针对具体症状，对症治疗。

（原载2003年2月19日《南方日报》）

喜见民生新闻获大奖

民生新闻作为一种常态，走上媒体，在我国也不过十余年的事。转眼间，不几年，民生新闻风行全国，已经成为媒体中一道独特的风景。刊登在2002年8月10日《武汉晚报》的《看个"咳嗽"要掏1065元》这篇582个字的民生新闻，在第十三届中国新闻奖评选中还荣获了消息一等奖。

何谓民生新闻？据学者们考察，《管子·霸业》云："以人为本，本治则国固，本乱则国危。"其中"人"，系指民众。我国首次出现"民生"字样是《左转·宣公十二年》："民生在勤，勤则不匮。"这里的"民生"，指的是老百姓的生计。而今这一概念已经扩大到事关百姓的生活、生存、生计和生命、安全等方方面面。

我国媒体上的民生新闻，初始大都停留在关注百姓的家长里短、都市的市井生活，以及柴米油盐酱醋茶的供求信息和物价涨落、供求状况、困难帮办、服务生活需求的"小民生"新闻，对社会影响力有限。但随着社会主义市场经济的确立，我国步入了社会转型期和经济转轨期，各种重要的政治、经济、文化等社会事件和政策法规与百姓生活、生计的关系越来越密切。"小民生"新闻已经远远不适应百姓信息的需求。媒体人，尤其是地市媒体的新闻工作者深深地感触到："民生"有时却如锱铢之细，不过是柴米油盐酱醋茶，更多的时候却牵涉面很大，所有国家大事的落脚点都是在于百姓的眼前和长远利益，都是在于百姓的柴米油盐，所以百姓生活中蕴含着关乎国计民生的大话题。比如党和政府的路线、方针、政策以及每个时期的中心工作，关乎国计民生，具有相当的可读性、必读性和实用性，故而应是最重要、最吸引人的民生新闻。可由于认识不到位，报道做得不到位、缺乏接近性，远离了老百姓民生这个最大的实际，有价值的信息少，读者不认同。从而响亮地提出：冲破"小民生"报道的局限，把重点打造"大民生"新闻当作向主流媒体进军的王牌来打。从而逐渐形成了关注民心、民情，善解民意，聚焦社会热点、难点，彰显服务民生、以人为本的传播理念，受到了受众的广泛认同和欢迎。

民生新闻，即为以平民视角和人文叙事手法，关注和表现普通百姓的生命、生存、生活、生计等内容的一种新闻表现形式。

看病难，看病贵，医生开"大处方"是经济体制转型之后医疗卫生行业出现的一个群众反映强烈的问题：医疗卫生行业是把挣钱放在第一位，还是把老百姓少花钱看好病放在第一位。揭露这一问题往往很难，难在不容易抓到具体事实。这篇消息的作者从一个普通患者的经历入手，抓住连医务人员都说"药开多了"的典型例子，解析难点，平中有奇，小中见大，揭示了卫生体制改革的一个关键问题，最终将"大处方"背后的"医药回扣"黑幕暴露在阳光之下。

报道刊发后，在社会上引起强烈反响，成为武汉市一时热议的焦点话题，群众纷纷举报遇到的类似问题。武汉市卫生局于报道见报第二天即派出调查组进驻市儿童医院，第三天召开了全市各大医院院长会议，要求各单位引以为戒，自查自纠。市儿童医院对当事医生做出了解聘的处理。武汉市卫生局纪委还组成专门班子对全市各大医院的处方进行抽查。在各方努力下，"大处方"现象在武汉得到了有效遏制，广大市民纷纷来电、来信称赞《武汉晚报》这组舆论监督报道抓得好。

由于"大处方"现象具有普遍性，这篇消息见报后立即引起了全国几大媒体的高度关注。新华社连续报道了此事；《人民日报》除报道此事外还配发了《开处方要实事求是》的评论；《羊城晚报》、《报刊文摘》、新浪网等报刊、网站也相继转载了这篇消息，在受众中引起了强烈反响，收到了很好的传播效果。

这则新闻在写作上最突出的特点就是客观叙事，用事实说话，一起笔便直奔事实、直奔主题，通篇没有作者的旁白。"用事实说话"是中外新闻界所公认的新闻写作基本要求之一。新闻实践证明，用事实说话应该做到：用具体的事实说话；用实实在在的事实说话；用完整的事实说话；用最有权威的事实说话；用有情趣的事实说话；报道要力求客观，倾向要自然流露。这篇消息在上述几个方面是做得比较好的。如消息在事实叙述过程中，通过当事人的反映来褒贬是非，借他人之口来评论。如文中写道："有医务人员小声提醒杨先生：'你的药开多了。'""该院负责人就此表示：陈教授的行为肯定是有差错的，院方会根据院内质量管理条例对其进行处理。"还有文中写的："杨先生见药开得很多，病历上字又看不懂，便问孩子得的什么病，陈教授说：'按我开的药吃就行了。'一划价，药费加治疗费765元，加上验血费300元，共1065元！""既然孩子是过敏性体质，为什么还要给孩子开这种药呢？……再深入解读药品说明书：6盒'贝亚宁'可用5个半月！""病历上处方药数量比购药处方单上少"，等等。这些通过深入细致采访得来的具体、实在、完整、有权威的事实，具有很强的说服力，有力地增强了新闻的价值。

◆附作品

杨先生痛说给孩子诊病遭遇——

看个"咳嗽"要掏 1065 元

本报讯 （记者 李红鹰 实习生 吴芳）7 日，武昌杨先生带着 2 岁的女儿到市儿童医院看病，没想到看了个"咳嗽"就要花 1000 多元。因此，他于昨日投诉到本报新闻 110。

据称，杨先生被导医引到专治哮喘的陈教授诊室，陈问了几句，让他先带女儿去验血，发现孩子对常见的 31 种物质的过敏反应均呈阳性。

陈教授根据孩子患过湿疹，判定孩子是过敏性体质，便在病历和处方单上分别开了处方。杨先生见药开得很多，病历上字又看不懂，便问孩子得的什么病，陈教授说："按我开的药吃就行了。"

一划价，药费加治疗费 765 元，加上验血费 300 元，共 1065 元！有医务人员小声提醒杨先生："你的药开多了。"杨先生返回诊室问陈教授，陈教授称这是一个疗程的药。

杨先生回家后发现，一种叫"贝亚宁"的药上写着：过敏性体质慎用。杨不解：既然孩子是过敏性体质，为什么还要给孩子开这种药呢？细看病历又意外发现：陈教授开给药房的处方里写的是"贝亚宁 6 盒、臣功华芬愈美颗 3 盒、力欣奇 4 盒……"；而病历上没有"贝亚宁"和"臣功华芬愈美颗"这两味药，"力欣奇"也只写有 2 盒。再深入解读药品说明书：6 盒"贝亚宁"可用 5 个半月！

面对杨先生质疑，陈教授昨日解释："贝亚宁"是一种免疫调节剂，虽然是"过敏性体质慎用"，但她是在给孩子开了脱敏药的前提下开出这种药的。

至于为何病历上处方药品数量比购药处方单上少，陈的原话是：为患者家长的经济承受能力作考虑。

该院负责人就此表示：陈教授的行为肯定是有差错的，院方会根据院内质量管理条例对其进行处理。

最后，应杨先生要求，院方将杨手上的价值 210 元的"贝亚宁"退掉。

（原载 2002 年 8 月 10 日《武汉晚报》）

记者神圣的历史责任

我们经常说，今天的新闻就是明天的历史！新闻记者用职业赋予的手段，真实地记录、客观地见证有重大意义的社会事件的发生，满足受众在信息、咨询、思想导向等多方面需要的同时，并影响和作用于现实社会的发展，这是记者最为主要的历史责任。

在第十二届中国新闻奖评选中，荣获消息二等奖的《义乌外来务工人员首次当选人大代表》就是一篇这样的作品。记者真实记录、客观见证、及时报道了发生在浙江省首例外来务工人员在现居住地依法平等地享受选举权和被选举权的消息。这是人民当家做主直接、具体的体现，它不仅增强了外来人员的主人翁意识，也有利于政府听取外来人员的意见，推动经济社会的发展。

我国原本是一个农业大国，20世纪末，还曾有过10亿人口有8亿农民搞饭吃之说。但随着传统农业向现代农业的转变，随着社会主义市场经济的确立和深入发展，这种局面已发生了根本改变，目前全国已有2亿多农民从插秧种田中转移出来，入城务工经商，为社会主义现代化建设的各项事业立下了汗马功劳。可是，如何使他们离土离乡后，仍能够参加基层人大的换届选举，依法享有的民主权利得到切实的保障，这是我国基层民主法制建设出现的新问题。记者敏锐地抓住了这个带有普遍性的问题，及时地将外来民工依法当选为人大代表这件新鲜事报道出去，这具有很强的针对性和指导性。

无怪乎，该消息见报后，获得了浙江省人大常委会领导的表扬。随后，《人民日报》、中央电视台等全国各大新闻单位以及境外10多家媒体到义乌采访。全国人大常委会研究室已把这一新闻作为我国基层民主法制建设的标志性事件，收入《2001年全国人大年鉴》。

新闻是社会生活的反映，反过来又会对人们、对社会产生影响。新闻的这种影响"今天"、惠及社会的功能，就是指导作用。报纸、新闻作品的个性，决不可理解为仅是"信息性、新鲜性、新奇性"，而忽略它的有用性、指导性。

从某种意义上说，化解矛盾、解决问题，是社会主义新闻媒体尤其是主流媒体的独特作用与职能所在。新闻报道的指导性往往就体现在问题的针对性上，而其针对性往往又反映出抓问题的准确与否。报纸称之为新闻纸，固然没有新闻、不传播大量的新鲜信息，便不成其报纸，但是一张报纸如果没有相当数量为社会为读者关注的研究新矛盾、解决新问题的新闻，它的质量也是难以高起来的。

矛盾是客观存在的。矛盾的出现，常常就是现实生活中新情况、新动向的反映。关注这种情况、动向，解决其中的矛盾或问题，其实质就是研究新事物、新情况、新动向、新趋势。所以新闻的指导性，好似果子中的果核，是包藏在事实中的"内核"，是无形的。这就要求记者必须深入基层，劳心劳力地亲历现场，做一番寻根究底的发现与探索的调查研究。如若不然，就像人民日报一位领导同志指出的那样："现在记者生活中有一种很不正常的现象，就是不肯到基层去，不肯到事件中去，而是泡在会议堆里，文件堆里，明星的跟班及其帮闲堆里，'侃爷'堆里。不是采新闻，而是拾新闻，剪新闻，抄新闻，于是写出的稿子不能振聋发聩。满纸尽是打打闹闹、吹吹捧捧、趣闻奇闻的应景文章。"

这篇获奖新闻采访深入，背景材料的运用穿插得体。2001年2月初，浙江外来民工较为集中的地区——义乌市大陈镇570多家个私企业5000多名外来务工人员，将首次参加现居住地的乡镇人大代表选举。记者捕捉到这一重大线索后，提早查阅了有关法规和背景材料，做了采访前的充分准备。稿件中写的"大陈镇是著名的'中国服装之乡'。据了解，在大陈镇8万多常住人口中，外来务工人员达3万多人"，"为方便外来人员参选，有关选民登记及资格证明等手续由乡镇选举工作委员会发函与他们的户籍所在地联系；被确定为正式候选人的派专人进行调查；并在外来人口密集的工业园区内划分选区，设立固定投票点和流动票箱"等背景材料，加上以"新闻链接"形式提供的法律依据，都有力地深化了新闻主题，增强了新闻的价值。

◆ 附作品

基层民主法制建设的新实践
义乌外来务工人员首次当选人大代表

本报义乌12月7日电 （记者 谢国仪） 来自江西、安徽、贵州的王小君、王芳、马丽珍等7名外来务工人员候选人，今天在义乌市大陈镇第十三届人大代表选举中，分别获得了参加投票的选民过半数选票，当选为新一届镇人大代表。

570多家个私企业中有选举权的5000多名外来务工人员参加了今天的选举。如此众多的外来务工人员参加现居住地的乡镇人大代表选举，这在我省尚属首次。

大陈镇投票点设在外来务工人员比较集中的企业。从上午9时起，外来务工人员兴高采烈地来到投票点，行使自己的神圣权利。他们有的在秘密投票处划票；有的填完后仔细将选票折好，郑重地投入票箱里。顾不上休息就赶来投票的夜班工人说："我们是外地人，能在这里选举人民代表，这是第一次，我们一定要珍惜自己的权利，选出信赖和满意的人。"

大陈镇是著名的"中国服装之乡"。据了解，在大陈镇8万多常住人口中，外来务工人员达3万多人，他们为大陈镇的经济社会发展作出了重要贡献。如何保障这些人员与本地人享受平等的政治权利？义乌市根据省人大常委会有关法规规定，把有选举权的外来人员纳入选举范围，为方便外来人员参选，有关选民登记及资格证明等手续由乡镇选举工作委员会发函与他们的户籍所在地联系；被确定为正式候选人的派专人进行调查；并在外来人口密集的工业园区内划分选区，设立固定投票点和流动票箱。

下午5时许，大陈镇外来务工人员投票选举结束。票数遥遥领先的江西籍候选人傅兴忠兴奋地说："我一定不辜负大家的信任，带头学法、守法、积极参与镇里的社会事务管理，维护外来人员的合法权利，为大陈的发展多作贡献。"

正在投票现场的义乌市人大常委会有关负责人说，这次尝试，旨在证明每位中国公民无论身在哪里，都能依法平等享受选举权和被选举权。这是人民当家做主直接、具体的体现，它不仅增强了外来人员的主人翁意识，也有利于政府听取外来人员的意见，推进经济社会发展。

据悉，在义乌市其他外来务工人员较为集中的乡镇，外来务工人员也将于近日参加那里的选举。选举结果将由各乡镇选举委员会依法确定并予以公布。

新闻链接：《浙江省县、乡两级人民代表大会代表选举实施细则》第二十六条第五款规定："在本地劳动、工作或者居住而户籍在外地的选民，在户籍所在地选区登记；在现居住地一年以上而户籍在外地的选民，在取得户籍所在地选区的选民资格证明后，也可以在现居住地选区登记。"

(原载2001年12月8日《浙江日报》)

难得的科技新闻佳作

有人用"太阳每天都是新的"来比喻新闻记者这个职业的最大特点。我们姑且不论这个比喻是否周全，但它确实道出了新闻报道贵在创新的要义。记者要不甘平庸，不写千人一面的大路货，要多写"人无我有"的独家新闻。

荣获第十一届中国新闻奖二等奖的消息《我第一台类人型机器人亮相》，便是这样一篇堪称难得而令人难忘的科技新闻佳作。

谓其难忘，是因为新闻所传递的信息重大。这篇佳作的作者，以其特有的新闻敏感，为我们记下了我国机器人技术已经跻身国际先进行列这个重要时刻。应该说，研制具有人类外观特征、可以模拟人类基本功能的类人型机器人，是一门综合性很强的学科，很大程度上代表一个国家的高科技发展水平。记者及时捕捉住这个重大信息，并及时奉献给读者，难能可贵！

这则新闻在《解放军报》刊出后，多家新闻媒体予以转载。2000年12月19日，香港《大公报》发布消息：中国十大新闻评选揭晓，我第一台类人型机器人入选；由485名两院院士投票评选的2000年中国和世界十大科技进展，该新闻再次当选；教育部也将其评选为2000年中国高等学校十大科技进展。国防科技大学赴美留学生在美国《纽约时报》看到这篇消息，给母校写信，表示要学成归来报效祖国。其传播效果又是何等的难能可贵！

称其难得，主要指这篇科技新闻在写作上也有许多值得称道之处。

鲜明的科学性。科技新闻是传播科技信息、普及科学技术知识的重要载体。科学性是科技新闻区别于其他新闻的本质特征。科技新闻的科学性含义有二：一是要有科技内容。新鲜的科技内容是科技新闻的主体。这就像有的同志指出的那样：科技新闻不仅要报道科技成果，而且要说明科学原理与意义。报道科技会议、科技展览的新闻，也要侧重从科技的发展和动向上去写。报道科技人物，也要着重介绍其科技活动和所取得的成就。二是要有严肃的科学态度。无论是科技成果的介绍、科学知识的传播，还是典型经验的推广、先进人物的宣传，都要实事求是，尊重科学。对所提供的新闻事实，要有新闻根据和科学根据，切忌人云亦云，哗众取宠。在这些方面，这篇获奖新闻都是做得比较好的。

丰富的知识性。知识性历来是构成新闻价值、引起读者阅读兴趣的一个重要因素。科学技术是第一生产力，知识性更是科技新闻的又一个突出特征。科技报道的一个任务就是要向广大读者传播、介绍有助于他们认识自然，开阔眼界，进行科技攻关和生产实践，以及指导他们科学生活的现代科学技术、知识。像这篇获奖消息的作者那样，一切有经验的新闻工作者都十分注意采取直接解释法，用简明扼要的语言，把科学技术知识融进科技报道中去，从而引起人们强烈的阅读兴味。

抓住通俗化这个关节点。科技新闻是运用新闻的形式，通俗地向社会大众传播科技信息和科学知识，这就给作者带来了要把深奥的科技理论、专用术语，用广大读者能够理解的通俗语言进行翻译、解释的任务。善于解释，化深奥为平易，于平易之处见惊奇，是写好科技新闻的关节点。如果科技报道满篇是生僻的专业知识、名词术语、外文符号、一串串数字，是不会有好的传播效果的。这篇获奖消息的科技含量高，却能让人一看就懂，表明作者在深入浅出的通俗化上是下了功夫的。比如，他们把深奥的科学内容和晦涩难懂的科技术语，联系人们最熟悉的事物和常识，或给予类比、解释，或调动各种修辞和形象化的手段，用通俗的、大众化的语言表达出来，让人读后既有兴味又颇受启发。在这方面，我们只须从导语之后的一段现场描写中便可窥见一斑：

△记者在实验现场看到，与10年前通过鉴定的两足步行机器人相比，这台我国独立研制的名为"先行者"的类人型机器人，如今不仅"长"出了身躯、脖子、头部与双臂，还具备了简单的语言功能，其行走功能更是今非昔比：行走频率从每6秒1步，到每秒2步；从只能平地静态步行，到能转弯上坡自如的动态步行；从只能在已知环境步行，到可在小偏差、不确定环境行走。

这里还有一点要特别提及，从事新闻工作的记者主要就是要不断为社会大众提供具有较高新闻价值的新闻作品；而新闻媒体总是为一定的阶级、党派、政治集团、利益集团服务的信息传播与舆论引导的工具，科技新闻和其他新闻在思想与新闻性上的要求，是共通的，是万万忽视不得的。

◆ 附作品

我第一台类人型机器人亮相

国防科技大学这一成果标志着我国机器人技术跻身国际先进行列

本报长沙1月29日电 记者**姜宁**、特约记者**王握文**报道：在中国第一台两足机器人10周岁时，中国第一台类人型机器人呱呱落地。今天，这个高1.4米、重20公斤的"新生儿"在国防科技大学首次亮相。有关专家称，类人型机器人的问世，标志着我国机器人技术已跻身国际先进行列。

记者在实验现场看到，与10年前通过鉴定的两足步行机器人相比，这台我国独立研制的名为"先行者"的类人型机器人，如今不仅"长"出了身躯、脖子、头部与双臂，还具备了简单的语言功能，其行走功能更是今非昔比：行走频率从每6秒1步，到每秒2步；从只能平地静态步行，到能转弯上坡自如的动态步行；从只能在已知环境步行，到可在小偏差、不确定环境行走。

据有关专家介绍，类人型机器人具有广泛的应用领域，不仅可以在有辐射、有粉尘、有毒等环境中代替人们作业，而且可以在康复医学上形成一种动力型假肢，协助截瘫病人实现行走的梦想。

与此同时，机器人相关课题研究，也取得长足进展。机器人神经网络系统、生理视觉系统、双手协调系统等成果，先后获国家或军队科技成果进步奖。在国家863计划和国家自然科学基金的支持下，随着相关研究课题不断深入，中国类人型机器人将更加聪明伶俐。

机器人基础研究的"水涨"，带动了应用型机器人的"船高"——全自主无人驾驶汽车、核化侦察机器人、地面移动智能机器人等相继问世，形成了军用机器人系列。

在军用智能机器人实验室，一群类似大螃蟹的爬行物，引起记者浓厚兴趣。实验室主任马宏绪博士告诉记者，这就是当今国际上普遍重视发展的微型机器人，又叫昆虫机器人。随着纳米技术发展，其体积可制成昆虫大小，能完成许多特殊环境中人类难以从事的工作，军事应用前景十分广阔。

（原载2000年11月30日《解放军报》）

精品背后是精神

《北约野蛮轰炸我驻南使馆》，是当之无愧的好新闻，在第十届中国新闻奖评选中荣获一等奖。再次捧读全文，我的思绪情不自禁地又回到了1999年5月那让世人震惊、国人激愤的日日夜夜里；耳旁又回响着中国共产党的创始人之一、中国无产阶级新闻事业开创者之一的李大钊的铮铮格言："铁肩担道义，妙手著文章。"

"生活是新闻的源泉"，这是千真万确的至理名言。这正像一个人，离开了食物、空气和水是无法存活的；没有生活，就没有新闻作品。但有了生活，如果没有新闻工作者去劳作、奋斗、采集传播，尤其是在那血与火的生死考验面前，如果没有"铁肩担道义，妙手著文章"的品德和素质，即便是金子般的生活，也不可能变成新闻。我们完全有理由这样说：一切符合新闻规律的新闻传播活动，一切优秀的新闻作品首先都是社会生活的真实反映，是生活的赐予，是生活的馈赠；同时也无一不是社会生活与新闻传播者的思想、人格、追求、禀赋、智慧和艰苦劳作相结合的产物。

1999年5月8日北京时间凌晨5时45分，以美国为首的北约对我驻南联盟使馆发动野蛮的空袭，优秀新闻工作者邵云环、许杏虎、朱颖三位烈士为国捐躯，《人民日报》记者吕岩松，是我使馆内唯一幸存的中国记者，他在死里逃生的危急时刻，没有带上个人物品，却本能地带上了照相机、摄影包和海事卫星电话等新闻工具，匆匆地离开了散落着钢筋水泥碎块的房间，从硝烟弥漫、一片黑暗中摸索着逃了出来。他不顾生命危险，出来的第一件事，就是将我使馆被袭击的消息通过手机传回国内。此刻离我大使馆被袭击只有15分钟。《人民日报》领导及时将这一震惊世界的严重事件向中央有关部门做了报告，对我国政府及时了解前方情况，迅速做出决策，起到了重要作用。此后，他又以最快的速度发回了独家文字报道和新闻图片。

次日，《人民日报》刊发的现场消息《北约野蛮轰炸我驻南使馆》，是吕岩松以满腔义愤写下的文字报道中的一篇。消息用铁的事实，及时准确地向全世界揭露了以美国为首的北约用导弹袭击我驻南使馆的暴行。消息的主要事实清楚、详尽，文笔简洁，节奏铿锵，透过字里行间那感情奔涌如滔滔江水，无处不拍击着人们的心扉，扣动着人们的心弦。作者的视野开阔，消息信息量大，除集中报道主要新闻事实外，还简笔勾勒地叙述了我使馆人员临危不惧、临危不乱的英勇气概，记叙了我华人华侨及南外长与数千南斯拉夫群众发出的谴责暴行、伸张正义的呐喊。还值得称道的是，消息仅用13字的引语，就简洁有力地表达了我国政府和人民的严正立场。

消息发表后，激起了全国广大读者愤怒声讨北约暴行的爱国主义浪潮，各地读者也纷纷来信、来电，表达了他们对在前方英勇奋斗的我新闻工作者的关切。

那么，在生与死只有一步之隔的危险时刻，是什么力量支撑着吕岩松去出色完成报道任务的呢？我们还是读读1999年在人民日报社"学习邵云环、许杏虎、朱颖烈士，表彰吕岩松大会"上，吕岩松从南联盟传来的电话发言中的两段话吧！

我到人民日报已经10年了，在组织的培养和老同志的关怀下，一步步成长为一名较为合格的党报记者。我不会忘记在入党的道路上，是怎样认识缺点、改正不足的，更不会忘记老同志是怎样教我写消息、写文章的，许多老同志修改过的稿件我至今还珍藏在身边。

在远离祖国的南斯拉夫，尤其是亲身经历了中国使馆遭北约袭击事件后，我想对国内的同志们说，正像《义勇军进行曲》所唱的那样：中华民族到了最危险的时刻。我们每个人都必须有一种强烈的使命感，值此民族兴衰的历史关头，我们个人的命运是微不足道的，重要的是为祖国的强盛做点什么。我也相信，虽然远隔千山万水，我和同志们的心情是一致的：为了祖国，我们随时准备奉献出全部力量乃至生命。

精品背后是精神。这精神就是一名党中央机关报记者忠诚于党的新闻事业的敬业精神。

一位老新闻工作者说得好：敬业精神是一个记者成功的核心。应该说，社会主义新时期的新闻工作者的人品修养是无止境的，但是有起点，有入门"必修课"，这就是忠诚于党的新闻事业的敬业精神。有了这种敬业精神，才能有责任感和使命感；才能为了党和人民的利益，坚持同实际同群众保持密切联系；才能产生持久的新闻敏感；才能在各种艰难困苦与各种利益诱惑面前，"我自岿然不动"，走自己正确的道路。

2000年3月8日，新华社原社长穆青在回答东台日报记者关于"现在搞社会主义市场经济，怎样当好一个新闻工作者"的提问时，曾语重心长地说："现在新闻界是有些不正之风，你们在基层可能好一点，但是也要警惕。……我曾经有那么一个比喻，说人像一棵树一样，有些是在大风大雨中刮断的，那是外部的原因。搞政治运动，确实伤害了一部分同志，比较这还不是太多的。更多的不是外面的风雨把他吹折了，而是树里面生了虫了，腐烂了，自己的内部腐烂了，也就长不成材。我是看着许多有才华的同志经不起各种诱惑，成不了材，很可惜。在这一点上，我看没有别的办法，只有自己加强修养，要有'自律'二字，自己严格要求自己，自己管住自己。"

应该说，作为新时期的新闻工作者，要不负党和人民的重托，不辱时代赋予的使命，不断加强自我修养与"自律"，这实在太重要了。

对于任何一家新闻媒体来讲，赢得受众的重要条件之一，就是看其新闻报道是否准确和及时。实践早已证实，新闻舆论的社会效益或大或小，或深或浅，其报道是否准确、及时至关重要。尤其在当前快节奏的信息时代，快速、准确的新闻报道和及时、准确的信息传递，在众多媒体之间的相互竞争中变得更为重要。而对突发性事件的及时、准确报道又是最能检验新闻工作者思想素质高下、业务能力强弱、是否具有战斗力与责任感的重要标志。

我们说的"精品背后是精神"也包含着这一重要的内容。

◆ 附作品

北约野蛮轰炸我驻南使馆

本报贝尔格莱德5月8日电 记者吕岩松报道：当地时间7日午夜（北京时间8日早5时45分），以美国为首的北约至少使用3枚导弹悍然袭击我驻南斯拉夫大使馆。到目前为止，至少造成3人死亡，1人失踪，20多人受伤，馆舍严重毁坏。

当地时间7日晚，北约对南斯拉夫首都贝尔格莱德市区，进行了空袭以来最为猛烈的一次轰炸。晚9时始，贝尔格莱德市区全部停电。子夜时分，至少3枚导弹从不同方位直接命中我使馆大楼。导弹从主楼五层楼顶一直穿入地下室，使馆内浓烟滚滚，主楼附近的大使官邸的房顶也被掀落。

当时，我大使馆内约有30名使馆工作人员和我驻南记者。新华社女记者邵云环、光明日报记者许杏虎和夫人朱颖不幸遇难。据悉，这是外国驻南外交机构第一次被炸。

爆炸发生后，中国驻南联盟大使潘占林一直在现场指挥抢救。许多华侨对使馆给予了极大帮助。潘大使在被炸毁的使馆废墟前，愤怒地指出："这是对中华人民共和国的攻击。"

南联盟外长约万诺维奇说："使馆是中华人民共和国的领土，北约炸弹是对外交的轰炸。"

当地时间8日下午，中国在贝尔格莱德的数百名华人举行抗议游行，数千南斯拉夫人参加了游行。

（原载 1999 年 5 月 9 日《人民日报》）

多向参与，让新闻资源得以充分利用

在改革开放的年代里，公民对公共事务和社会风气的关心程度不断增强；对社会生活中出现的新问题与新现象的议论备感兴趣；对通过法律的"外在制约"与道德的"内在制约"来规范人们的经济行为和社会行为的呼唤日趋强烈。于是，在新闻实践中，一种新的报道形式——参与性报道应运而生，蓬勃发展。

不过，在新闻竞争激烈、各种新闻式样不断变化的今天，呈现在受众面前的"参与性报道"，已非一种模式：即先由新闻传媒通过播发新闻或来信，而后再动员和组织广大受众共同参与深化传播，更多的则是把它作为一种表达方法引入新闻的写作或节目的制作。

所谓参与性表达方法，即在一则新闻报道中，不只是单纯由作者直接地报道新闻事实，传播新闻信息，而是因文制宜地拓展多向参与的渠道和途径，为社会群众、专家学者、行家里手、政府部门官员、群众团体相关人员等多向参与创造条件，提供新闻舞台，让大家来进行评述、议论，将新闻事实的内涵、本质、社会影响，充分地揭示出来，让潜在的新闻资源得到有效而及时的利用，从而有利于新闻报道的深化、辐射、升华，产生新的能量。

这种表达方法运用得最集中、最有代表性的是中央电视台的《焦点访谈》、中央人民广播电台的《新闻纵横》。在报纸新闻中运用得也相当广泛。早几年，新华社记者姬乃甫等采写的《关于物价问题的通信》，正是融入了社会各方面人士的广泛参与，兼容了方方面面的看法和意见，对"物价"这个在当时极为敏感、极为复杂的社会问题，做了明晰而客观的报道，不仅在当时为化解社会矛盾、澄清各种模糊认识，起了很好的作用，在写作上至今仍为人们所称道。

在第十届中国新闻奖中获一等奖的消息《"天体大十字"预言宣告破产》，又是一篇精心策划，精心写作，用参与性表达方法写成的、有广泛社会影响的此类报道。

当时序临近世纪之末，在世界范围内出现的形形色色、混淆视听的"末世论"中，最具蛊惑性、流传也最广的当数"天体大十字"会给地球带来毁灭性灾难之说了。这一"末世论"预言的出现，最早是在400多年前，法国的诺查丹玛斯在《大预言》一书中提出1999年地球将出现大劫难的预言。到20世纪70年代，日本人五岛勉对这本书进行了解释，说在1999年8月18日太阳、月亮和九大行星将组成一个十字架的形状,并称这种"恐怖大十字"将给地球带来毁灭性灾难。对于这一缺乏科学根据的所谓"预言",一时间却也蒙蔽了一些缺乏科学知识的人。

在1999年8月18日这个特定的日子里,新华社利用自身的优势,精心组织策划,在短短的一天里,组织记者采访了巴黎、东京、伦敦、华盛顿的许多国外著名天文学专家、学者和普通群众,以及北京、南京著名天文学家和有关方面的权威人士,而后作者和编辑对全部材料进行分析研究,精心取舍,反复雕琢,最后形成了这篇950字的力作。消息在第一和第二两个自然段,简洁有力而又明确无误地交代了主要新闻事实和必不可少的背景材料后,作者无一字议论,而是集中笔墨,让世界各地的专家说话、让世界各地的事实说话、让五岛勉家乡的普通人说话,给予了蛊惑人心的"天体大十字"一类谎言致命的一击。

唐诗有云:"好雨知时节","润物细无声"。从传播学理论上讲,有强烈的现实针对性,以事实为载体传播的理论、观点、认识、主张,最容易为受众所接受,最容易收到"润物细无声"的传播效果。因为这样的事实最具有强大的逻辑力量,事实胜于雄辩。《"天体大十字"预言宣告破产》,在"知时节"的特定时刻,用事实揭穿谎言,对于破除迷信、弘扬科学精神,有潜移默化的巨大影响力。

消息播发后,《人民日报》、《中国青年报》等中央报纸,以及《北京日报》等几乎所有省市报纸都在显著位置摘要或全文刊登,收到了良好的社会效果。

这篇获奖消息给我们的一个重要启示是,新闻是一种资源,有其开掘的广阔性。尤其是在新闻媒体之间激烈竞争的今天,要想出奇制胜,花大力气去"抢"题材、开掘题材,对媒体来说已显得格外重要。但在实际操作中,尤其是从广大受众的需要考虑,要透过表象对一些事件、现象进行及时而又有一定深度的报道,在不少情况下如果单靠记者单兵作战,要想做到既快又好,往往困难很大。这就不得不多借助社会力量,以弥补自身的精力、智力与认识能力上的不足。

这里还要提及,在新闻实践中,常有这样的现象:遇到一些新出现的事物、现象,记者又必须及时报道时,便喜欢请教专家、学者、专业人士,用他们的观点、看法,来支撑、升华、演化所要表达的主题,这是如今参与性报道手法运用得最广、最灵活的常见方式。这样做,既有利于分辨是非真伪,深化认识,增加稿件的思想容量,给受众提供深刻的思考和诸多启迪,也有利于新闻的快速传播、扩大报道面。

参与性表达方法的叙事、结构方式,大多为先开后合。即先介绍新闻事实,交代新闻来源,让受众获知新闻事实之后,又不局限于事实本身,而是广开思路,进行多层次、多方位剖析,既让不同的目击者、不同身份的人,分别介绍、陈述有关情况、看法;又让相关的专家、学者、业内人士或政府官员依据政策法规、科学知识、伦理道德、行为规范，进行评述、议论，最后再合拢一起，给人一个较为客观、令人信服的结论或认识，这样便能让新闻报道更具有"生活化"、"贴近性"的特征，显得更富有客观性和可信性，避免以往一切都由作者"代劳"留下的苍白感。

◆ 附作品

"天体大十字"预言宣告破产

姜 岩 南振中

新华社 北京（1999年）8月18日电 世界各地的天文学家证实，8月18日没有发生特殊的天文现象，更没有发生地球毁灭这样的大劫难。世界各地的人们像往常那样度过了平静的一天，"天体大十字"这一"末世论"预言宣告破产。

400多年前，法国的诺查丹玛斯写了一本名叫《大预言》的书，其中提到1999年地球将出现大劫难。到了本世纪70年代，日本人五岛勉对这本书进行了解释，说在1999年8月18日太阳、月亮和九大行星将组成一个十字架的形状，并称这种"恐怖大十字"将给地球带来毁灭性灾难。

法国里昂天文台专家鲁特利对本社记者说，他不知道有8月18日"天体大十字"一说。在与里昂天文台的其他专家共同核对过行星位置排列后，他说8月18日太阳系行星位置排列不但没有组成所谓的"大十字"，而且根本没有出现任何特殊的排列。

在五岛勉的家乡日本，18日是一个极其平凡的日子，没有重大的天灾人祸。当地新闻界和老百姓根本没有把五岛勉的预言当回事儿。日本国立天文台宣传部部长渡边润一副教授在接受本社记者采访时说："18日这一天，九大行星的排列并没有构成十字架的形状。即使九大行星排列成十字架形，也不会对地球产生什么影响。它们对地球的引力远不及月球对地球的引力。'天体大十字'预言没有任何科学根据。"

英国阿马天文台台长、著名天文学家马克·贝利教授在接受本社记者采访时说，18日是普普通通的一天，"天体大十字"预言不攻自破，这再次证明该预言纯属无稽之谈。他指出："行星的位置排列与地球上所发生的日常事件之间是毫不相关的。"英国拉瑟福德·阿普尔顿实验室的行星研究专家艾伦·彭尼博士指出，由于行星对地球的引力作用比月球对地球的作用小得多，行星的排列从科学上来说对地球根本构不成什么影响。

美国世界观察研究所的新闻官玛丽·科伦接受本社记者采访时说:"美国人不相信这些邪说,人们像往常一样工作和生活。"在美国俄勒冈医科大学从事研究的旅美研究人员杨爱玲博士说,我们应当相信科学,不要相信那些毫无根据的异端邪说。

北京天文台副台长赵刚说:"从科学家的观点来看,18日的天象没有什么特别之处。"南京紫金山天文台副台长严俊指出,每到世纪末都有一些人为了达到某种目的而散布一些耸人听闻的言论,19世纪末也有类似"世界末日"的说法,事实证明这种预言非常荒谬。

精心雕琢消息的要件

　　新闻报道要想让读者爱读、读而能懂、读而有味、读而有获，决定因素固然是新闻事实本身的新鲜、重要，能撞得响、有分量，能够"一石激起千层浪"；但新闻作品毕竟不是客观事物的依样画葫芦，在角度选择、主题表现、结构形式、文字表达上，无不倾注着作者的慧眼灵思、巧手妙构的参与。唯其如此，才能使你的作品新中出新、特中又特、活中再活、深中更深，在众多媒体、众多同行的激烈竞争中，纵然不以事胜人，也可棋高一着、胜人一筹而出彩争雄。

　　当然，当你铺纸落笔写作时，你的慧眼灵思、巧手妙构的参与，又绝对不是主次不分，到处撒"胡椒面"，而必须把重点放在标题拟定、导语写作、背景穿插等几个动态消息要件的精心雕琢上。新华社的同志说："在标题、导语、背景穿插等方面处理得怎样，是衡量消息写作水平的重点所在。"

　　在第十届中国新闻奖评选中获二等奖的消息《中国地铁列车今天穿过天安门广场》，所以能成为众多报道同一事件的佼佼者，可以说得力于此。

　　先说标题。新闻传播是通过大众媒体向社会公众发布新闻及人们通过传播媒介获取新闻的双向选择过程。随着信息时代的来临，现代新闻业高速发展，大众传媒的竞争已相当激烈。无可置疑，竞争成败的关键，又常常始于标题。标题是消息不可分割的重要部分，是新闻信息为受众所接受的必经通道，是新闻发生作用的起始点。不论何种体裁的消息，尤其是动态消息，都需要借助一双双传神的眼睛——标题的概括、评价进而引导和强化的作用，以求顺利进入传播渠道，寻觅自己的知音，实现自身的价值。

　　这篇获奖消息的标题，作者是经过精心锤炼的。它以15个字的一行题，就将主要新闻事实具体而高度概括地浓缩在其中。此则题最值得称道的有两点：一是经过反复构思，作者摈弃了又一条地铁线路开通这个已没有多大新闻性的拟题老路，而重点突出了新中国的象征、国人关心、世人关注的天安门广场这个兴奋点，并由此巧设悬念，诱发读者的新闻欲；二是题中"中国"二字加得巧妙、有气势，它明确地提示读者，消息所报道的新闻事实是不寻常的，在中国，乃至在世界地铁建设史上都是有重要意义的。

　　次说导语。为文著述都有个从哪里下笔、从哪里写起的问题，这便是文章的开头。开头的好坏,直接影响到主题的表达、写作的成败。故历来善于为文著述的人,没有不重视文章的"起笔"的。然而,在新闻学里被称为"导语"的消息的开头,却是全篇消息的"亮相",对读者起着"诱饵"的重要作用。西方的新闻学者说:"导语是新闻报道中最重要的部分。抓住或失去读者,取决于新闻稿的第一段、第一句甚至第一行。"导语要把消息的主旨用一句或一段简练的文字生动引人地概括出来,所谓"立片言以居要,乃一篇之警策"。

这条获奖消息的导语,也是精心写作的。"消息头"规范、要素齐备,时效精确到了时分。整则导语仅一句话,就把新闻事实和它的社会意义交代得清清楚楚。可以称得上本身就是一条有价值的快讯。特别是文中"在仅距地面2.8米的地下"这10个字的附加语简洁有力地告诉读者,这条线路是坐落在超浅表层之下,中国地铁建设又创造了一个奇迹。

再说背景。任何新闻事实的产生,都离不开特定的环境、历史条件,以及变动的过程与产生的原因。这些环境、历史条件、原因和变动的过程,就是我们常说的新闻背景。一篇新闻报道,如果不交代必要的背景材料,就很难显示出它的新闻价值及社会意义,也就很难让读者理解它的实质内容。而恰到好处、巧妙灵活地穿插必要的背景交代,就会使新闻增值生色。这就像清汤里加了味精作料,顿觉鲜美、醇厚,令人玩味。可以说,把背景材料写得精彩,是写好新闻的一项基本功。

这篇获奖消息在精选背景材料,巧妙灵活地交代新闻背景上,是颇费过一番心思的,有值得借鉴之处。

视野广阔,立足点高。作者没有就事论事地写新闻,而是站在全球化的层面上,运用发散性思维,以北京"复八线"开通为主线,进行跨时空的纵向与横向的对比,独家披露了一些中国与世界地铁发展历程中读者感兴趣的"新闻中的新闻"。

言事明意,深化主题。消息中背景材料的作用是言事明意,画龙点睛地深化主题,为读者理解新闻事实的实质内容,提供必不可少的一种参照。它不是或者主要不是为了生动好看,或单纯地介绍点知识、趣闻轶事。这篇获奖消息背景材料用得相当丰厚,但写入作品中的社会背景、历史背景、地理背景、数字背景和人物背景,都是紧紧围绕对"复八线"开通这个重要新闻事实,进行解释说明,进而服务于向世人展示我国地铁建设的巨大成就这个主题。

数字背景,独到引人。数字,或称数据,是新闻报道特别是成就性经济新闻不可缺少的一个组成部分。在新闻写作中恰当地运用数字,可以翔实地体现成就,具体地反映变化,鲜明地表达概念,形象地衬托对比,增强报道的可读性和说服力。但同时数字又是零碎、枯燥的,驾驭不慎就会使文章味同嚼蜡。然而,尽管这篇获奖消息12个自然段中，数字背景像"天女散花"般地覆盖了其中9个自然段，多达20多个数字，读来却让人感到如春风扑面、清新宜人。这是作者精心雕琢的结果。首先，这些数据的使用，都紧紧围绕一个"新"字，进行纵横对比，借以衬托、展示新成就、新变化、新信息。其次，跳出了"据悉"、"据统计"等等报道成就数据的老路，而是用生动活泼的语言与活的事实材料，将其巧妙地编织在报道之中。这样既用活了数字，又激活了新闻，增强了可读性。

当然，我们强调重视新闻背景的运用，并不是说所有的新闻都一定要写背景，还是要因文制宜，坚持该用才用，恰到好处，要锦上添花，切勿画蛇添足。

行文至此，笔者还想做点补白：这篇消息的作者为了写好该文，事前做了精心准备，甚至还专门为此购买了大部头的城市地铁专业理论著作，搜集、整理了大量相关信息和资料，并对背景材料拟写了初稿。从而保证了"复八段"开通的当天，抢在首发地铁列车到天安门站后的第一时间把稿件发回编辑部。直到报纸签字付印的最后一刻，作者对该消息的标题、导语、背景穿插，还进行了字斟句酌的推敲、修改。

功夫不负有心人。《中国地铁列车今天穿过天安门广场》的成功传播与获奖，也算得上是对作者的一种回报吧！

其实，在新闻实践中常有这样的情况：报道同一个新闻事件，有的记者出手快捷，作品出类拔萃，有的记者勉强应战，作品平淡无奇，这中间就与新闻业务的根底有关，与新闻写作技巧有关。新闻竞争，实际上也包含着新闻业务技能的竞争。

◆ 附作品

中国地铁列车今天穿过天安门广场

本报北京天安门9月28日15时15分讯　（记者　李丹　雷风行）　5分钟前，一列银灰色的地铁列车，在仅距地面2.8米的地下，首次穿过世界最大的广场——天安门广场。

这是首都向它的共和国母亲50大寿献上的一份最珍贵的礼物。

今天通车试运营的地下铁道西起距天安门3公里的复兴门，东至距天安门8公里的八王坟，全长13.5公里线路坐落在神州第一街长安街超浅埋层之下。

为此，承担西单、天安门、王府井等首都心脏地段地铁施工设计重担的铁道部隧道工程局、铁道部第十六工程局和铁道部第三勘测设计院的建设者们苦苦奋斗了十个春秋。参加世界建筑师大会的各国专家参观后曾惊叹"中国又创造了一个奇迹"。

国务院副总理温家宝、日本驻中国大使谷野作太郎等中外贵宾与地铁建设的功臣们,作为通车后的首批乘客,一起登上了国产新型电动地铁客车。从长安街东部的八王坟到天安门,列车运行刚好17分钟。

30年前的国庆节,北京建成了从苹果园到北京站全长23.6公里的地铁一号线,结束了中国无地铁的历史。

15年前的国庆节前夕,北京又开通运营了16.1公里的地铁第二期环线。

早在5年前,北京地铁的年客运量就已突破5亿,而现在,平均每天乘坐地铁的旅客已达140万。

北京地铁虽然在当今世界43个国家117个有地铁的城市中,开通年代和运营里程均排在30位以后,但却创下了满载率和单车运营公里两项"世界之最"。

投资75.7亿元人民币的地铁"复八段"的今日开通,使北京地铁通车总里程由原来的41.6公里增加到55.1公里,超过了香港的43.2公里,成为中国六个城市地铁之最。同时也使中国城市地铁的总里程逼近150公里。

目前,中国除北京、天津、香港、台北、上海、广州已开通地铁外,青岛、南京、重庆、深圳、高雄等城市也正在或计划建设地铁。

自1863年伦敦建成世界上第一条地铁到136年后的今天,全世界的地铁长度已接近6000公里。

(原载1999年9月29日《人民铁道》)

发现，新闻之魂

有新闻刊物载文称：有人认为新闻的任务只是把社会生活中发生的事情及时地"再现"出来，断言新闻是个缺少创造性的职业。作者认为，这真是个天大的误解。其实，新闻报道的灵魂，并不是"再现"，而是"发现"。一个优秀记者最可贵的素质是善于或者从人们司空见惯的"普通事实"中去发现有重要意义的新闻事实，或者从刚刚"浮出水面"的事物中发现别人没有看到的重要意义。在第十届中国新闻奖评选中获二等奖的消息《泉州发现数万年前"海峡人"化石》的采写成功，便是又一生动的例证。

长时间以来，关于早期人类如何从大陆迁移台湾，一直是考古学界关注的一个重要问题。大陆与台湾两地的学者普遍认为，台湾早期人类源自祖国大陆，但这仅限于根据两岸考古发现进行文化考据和推测，以及海底动物化石的比较，缺乏人类自身及其活动的物证。物证，一直成为众多考古工作者关注的焦点。

一个偶然的机会，历史专业出身的《泉州晚报》记者林少川，从读者给编辑部打来的电话中了解到，福建石狮市渔民从海底捞到动物化石。林少川凭着自己对考古工作的了解及特有的新闻敏感，意识到这是一条非同寻常的新闻线索。次日，便邀请泉州考古工作者刘志成一道前往实地考察。到达目的地后，他们了解到，在闽南渔村，渔民长年在海上作业。过去因设备简陋，加上海上风急浪高，时常葬身鱼腹。久而久之，便形成一种习俗，即为祈祷出海捕鱼平安顺利，凡在海上捕捞作业，捞起的人或动物骨骸均不能再抛回大海，必须虔诚地带回陆地，安放在一个地方，供以香火，到清明节再集中焚化。经过几个小时的紧张考察，他们终于从准备留待清明节焚化的一堆动物骨骸中发现一件疑是人类骨骸的化石。后由厦门大学考古专家蔡保全副教授鉴定，并经中国科学院古脊椎动物与古人类研究所张振标研究员和中科院资深院士贾兰坡教授确认，证实它是3万年前台湾海峡人类右肱骨化石。

无疑，这一重大发现及在此地域发现的大量众多动物化石，既填补了海峡人类考古的空白，为研究"唐山过台湾"的历史渊源提供了最直接、最有力的证据；又令人信服地说明，台湾海峡数万年前是与祖国大陆连为一体的陆地，台湾早期人类来自大陆。它不仅有重大的科学价值，而且也是对台湾岛内一些人鼓吹"两国论"的沉重一击。

无怪乎当《泉州晚报》独家率先发布这一新闻后，在海内外立即引起强烈反响，国内外数十家媒体纷纷转载。新华社据此播发电稿《台湾海峡考古取得重大突破，"海峡人"论证台海一体》，并制作图片新闻；中央电视台《走近科学》据此拍摄专题片；福建东南电视台特地来泉州晚报采访，制作专题片《记者行动》；福建省还特地在石狮市专门建立"海峡化石博物馆"，作为科研基地与爱国主义教育基地。

这篇获奖消息的及时、成功地传播，其价值的凝聚点，能仅是"再现"，而少得了"发现"？其实，新闻贵新，嗜新如命是新闻最基本的品格。新闻之所以是新闻，就在于它对事物发展、时代变迁所做的敏感反应。新闻记者永远是一个有所发现、有所创新的常干常新的职业，前所未有和与众不同应当是他的永恒追求。他要不断地搜寻探索、不停地思考选择，把那些社会和读者所需要所喜爱的"前所未有"和"与众不同"的精神食粮，及时地奉献出来。这样，他既要勇于不断追求新鲜，摒弃陈旧，又要敢于不断否定自己的昨天，去创造一个全新的今天；既要百般求索不断发现与开拓新的报道领域，探索新的表现方式和方法，又要千方百计避开他人已经走过的老路，以求从中成为新的探索者，发现那些有普遍意义、能反映事物发展变动本质的事实，并迅捷地传播出去。这一切的一切没有发现的眼光，没有探索发现的劳作，哪能办得到呢！

走笔至此，笔者联想到，国外一位报人有句名言："倘若一个国家是一条航行在大海上的船，新闻记者就是站在船头的瞭望者。"一名合格的记者、一名优秀的记者，应当是一位新时代的瞭望者，时刻都应胸怀国家的前途和人民的利益，站在时代潮流的最前沿，关注整个社会，观察各种现象，对那些"露出尖尖角"的新事物、新现象，做到及时发现并报道出去，让受众从中把握社会变化和发展的真实脉搏，获得有助于自己生存和发展的一些有用信息。

◆ 附作品

台湾海峡考古的重大突破——

泉州发现数万年前"海峡人"化石

本报讯 （记者 林少川 李岚） 泉州考古工作者刘志成、记者林少川等人发现的一件台湾海峡人类化石，由厦门大学考古专家蔡保全副教授鉴定，并经中国科学院古脊椎动物与古人类研究所张振标研究员和中科院资深院士贾兰坡教授确认，证实是近3万年前台湾海峡人类右肱骨化石。

厦门大学历史系考古教研室昨日公布了这一消息。

这件古人类右肱骨化石基本完整，仅缺失肱骨滑车和肱骨小头，保存长度为311毫米，三角肌粗隆特别发育，骨干扭转度大，骨干下部横断面呈等腰三角形，显示为一晚期智人的男性个体。化石呈棕褐色，石化程度相当高，上面留有海生无脊椎动物附着的痕迹。

经蔡保全副教授与刘志成等人多次实地调查，查明这件人类化石是石狮市祥芝渔民在台湾海峡捕鱼作业时打捞到的。该村的捕鱼作业区为台湾海峡中线以东，即北纬23°30′至北纬25°00′、东经119°20′至东经120°30′的范围内。一起打捞出的还有哺乳动物化石熊、鬣狗、狼、古菱齿象、野马、四不像（麋鹿）、野猪、梅花鹿、水牛以及龟类和鸟类等10多种，表明其年代为更新世晚期，距今约1.1万年至2.6万年。

这件肱骨化石以及哺乳动物化石组合的出现，刚好与晚更新世最后一次冰期的盛期相吻合，当时由于气温降低和海平面大幅度下降，台湾海峡绝大部分成为陆地，使大陆的人类与哺乳动物可以方便进入台湾岛。

这件化石送往北京测试年代时，贾兰坡教授十分高兴地说："这是人类的肱骨化石，石化程度很高，年代较早。这个发现很有意义。"贾老同时建议："就叫'海峡人'吧，这样顺口。"

台湾岛已发现的最早人类化石台南"左镇人"和最早的文化——台东"长滨文化"均未超过3万年。而10年前在福建漳州莲花池山找到的距今4万至5万年前的旧石器时代晚期文化，此次在台湾海峡发现的近3万年前的人类化石与文化遗物，充分证明了台湾最早的人类和文化来自祖国大陆。"海峡人"化石和文化遗物的发现，为闽台原始人类行为、体质特征、迁移方式的研究和文化对比提供了重要的材料。

（原载1999年9月3日《泉州晚报》）

摸清舆论生长点，找准穴位再下针

《项庄舞剑　意在沛公》，这是在亚洲金融风暴期间《中国日报》继《中国拒绝金融风暴登陆》之后，又一篇在金融领域内引导舆论的力作。

引导舆论是新闻媒体最基本的社会功能之一。作为党和人民的耳目喉舌的社会主义新闻媒体，更是要以反映与传播舆论信息，正确地引导舆论向着健康方向发展，从而推动社会方方面面的不断进步为己任。

然而，舆论的发生并非空穴来风。它是一定范围的人群对社会生活中某个共同关心的事物所做的价值评价，它的存在与出现有一个萌发、形成、消亡的传播过程。这样，作为舆论最好而又是有力的表达者、影响者的新闻媒体，当社会生活中某种舆论还处于多种多样，变动不定的时候，就应该不失时机地摸清舆论的生长点，把握住舆论的中心与动向，对积极的、正确的舆论予以肯定与支持，使之逐步取得优势和主导地位；对消极、落后的舆论予以批评，使之转化为积极、进步的舆论；对错误的扭曲的舆论予以批评，使之分化乃至消失。新闻媒体可以利用自身的优势，或集中传播某些带倾向性的新闻事实，或发挥新闻言论的导向功能，或采访有代表性的知名人士、权威人士，就某一问题做出正确分析和评判等多种方式，形成集中、有力、直接、有针对性的舆论引导。比如，当某个可能引发舆论的事物发生后，可谋求新闻的"首因效应"，通过传播积极舆论信息，率先引发积极舆论，以提供正确舆论的生长点。当1997年7月初，东南亚国家出现金融动荡，《中国日报》当月发表的《（肩）人民币将继续坚挺（主）中国拒绝金融风暴登陆》，便属此类。或者当某种消极乃至错误舆论乍起，可在尚未被感染的社会群体中传播积极舆论或批驳错误舆论，以获取"防疫"作用；如果某种消极或错误舆论一旦已经形成，则应集中传播最新的权威的积极舆论信息，激浊扬清，让受众接受新信息后，逐渐改变消极的、坚定正确的心理定势。消息《（主）项庄舞剑　意在沛公（副）明传人民币贬值，实为投机牟暴利》，正是分别在中国大陆与香港地区起着后两种作用的重要报道。

自1997年7月，东南亚出现金融风暴，当地货币纷纷贬值，国际投机分子到处兴风作浪，浑水摸鱼。1998年8月以来，随着日元的不断贬值，国际投机分子在香港金融市场兴风作浪，一面不断狙击港币，一面大肆散布港币与美元脱钩、人民币会贬值、银行不稳等谣言，放肆地冲击香港汇市、股市和期市。当时也正值香港特区政府与国际投机分子激战正酣，正是在这样的大背景下，为澄清视听配合香港特区政府打击国际炒家的行动，正确地引导舆论，该文一改众多正面宣传人民币不贬值的报道角度，首次以主动出击的方式，把矛头直指国际投机分子在香港的投机活动及其险恶用心：煽风点火，散播谣言，意在打击港币，实为投机牟取暴利。这篇消息在正面阐述人民币不贬值的同时，对国际投机者发出严正警告："谣言总是短命的，并且又是双刃剑，它不仅可以伤人，更易伤及制造谣言者自身。""中国中央政府永远是香港特区政府坚不可摧的后盾，任何阴谋搞垮港币美元联系汇率制度的企图都是不会得逞的。如果国际外汇投机家敢于狙击港币，相信只要香港特区政府提出要求，中央政府一定会提供帮助，战而胜之。"

这有理、有力、有节的反击，有效地配合了香港特区政府打击国际炒家的行动。该文于1998年8月30日发表后，香港中英文日报全都转发，电台、电视台在新闻节目中做了滚动播出。其中香港《信报》8月31日以"《中国日报》痛斥国际基金造谣人民币贬值实为打击港币"为主题，几乎全文转发了这篇报道。西方媒体对此文也极为关注，路透社、法新社等纷纷转发，并被《纽约时报》、《华尔街日报》等众多报纸采用。后来的事实证明，靠谣言浑水摸鱼的国际投机者，在这场斗争中，大蚀其本，被迫逃之夭夭，而港币、人民币的命运始终牢牢掌握在中国人民自己手里。在第九届中国新闻奖评选中，这条消息也受到评委们的青睐，获得了一等奖。

随着改革开放的深入，我国市场经济体制的逐步建立和经济全球化进程的日益加快，新闻工作者对经济问题的思考、采写报道已不能仅限于计划经济时代的常规做法。比如在计划经济时代，我们说了解全局是提高新闻敏感和报道质量的重要方法之一，"全局"是衡量新闻价值天平上的重要砝码，要了解全局必须吃透"两头"——即"上头"与"下头"，无疑这都是对的，但如今搞经济报道光吃透"两头"还不够了，还得再加上一头——"外头"，即世界风云的变化对本地区的波及与影响。

事实不正是这样的么！在当今之世，随着越来越多的国家实行对外开放政策，经济全球化的步伐大大加快。这样各开放国家的经济必然会越来越相互依存、相互渗透，既为本国经济的发展提供了新的机遇，扩大了发展空间，又增添了一定的风险。比如一旦外来经济发生波动，就会通过相应的机构传输进来，从而引起本国经济发生相应的波动与变化。在这种情况下，我们的经济报道就不能只有国内这样一个全局，而应注意把对中国经济的报道放到国际经济的大环境中去思考。这样新闻工作者的全局意识，应该既有国内这个全局，又有世界这个全局。只有"两个全局"在胸,"才能站得高、看得远;才能从现象透视本质;才能从事态的萌芽状态中预见其趋势而衡量其意义。这样,才能最早地发现重大新闻线索;最快地做出新闻报道;写出有深度的佳作、精品和准确度高的新闻作品,从而起到更好的正确舆论导向作用"。

祖国的传统医学认为,人的身体内有"经脉"与"络脉",在这些"经脉"与"络脉"的通道上分布着许多"穴位"。高明的针灸医师就是用特别的针具,根据患者的病情,选准特定的经络穴位,然后再下针,以达到疏通经络、医治疾病的目的。虽然新闻传播与针灸治病分属不同的行业,但隔行不隔理。这篇获奖消息启示我们:舆论引导要取得良好的社会效果,摸清舆论的生长点,找准"穴位"再"下针",是至关重要的一条。

◆ 附作品

项庄舞剑　意在沛公
明传人民币贬值,实为投机牟暴利

本报讯　(记者　任侃)　一位高级经济学家近日指出,人民币可能贬值的谣言是某些国际基金公司有意制造出来的,其目的是扰乱市场,浑水摸鱼。

尽管中国政府多次强调有信心保持人民币的稳定,但近期人民币贬值的谣言在日元不断走低的背景下甚嚣尘上。黑市投机者更煽风点火,散播谣言,牟取暴利。

国家信息中心高级经济师李国斌说:"这些基金公司完全是别有用心的谣言制造者。"

他们为了使大众相信谣言,不惜夸大亚洲金融风暴和日元贬值的影响。他们更预测中国刺激国内需求的政策不能奏效,经济增长8%的目标无法实现。

李国斌说:"可以相信,境外谣言制造商们为达到其险恶的目的,今后还会炮制出更多更加耸人听闻的谎言。"

他说,人民币贬值的谣言不堪一击,它们无视经济学最基本的理论,即一国的货币汇率只取决于这个国家外汇供给与需求力量的对比。

"我们仅仅来看看中国大陆的外汇供求,也就不难揭穿谎言了。"李国斌说。

中国的外汇供应目前达2200亿美元,其中包括国家外汇储备,金融机构外汇资产以及企业和家庭的外汇资产。可是中国每年的外汇需求只有600亿美元,包括满足3个月进口所需400亿美元和偿还年度外债本息200亿美元。即使不考虑金银资

产,目前中国大陆的外汇供给也已超出需求达 1600 亿美元。

如果动态地来看,未来大陆维持每月 30 亿－40 亿美元左右的贸易顺差是可以预期的,那么不言而喻,未来大陆外汇供给远超需求的程度将继续呈现逐月扩大之势。

李国斌说,大陆的黑市人民币交易不会对大陆外汇供给力量形成任何冲击,因为其成交额不及大陆全部外汇交易额之万分之一。而且黑市外汇并无渠道可以大规模逃逸至境外,基本上还是又作为境内外汇供给存放于境内金融机构。因此可以断言,大陆外汇黑市上短期被略微低估的人民币价格也将很快向其价值回归。

李国斌说:"显然,目前及至未来一段时间内人民币币值稳定的基础极为牢固,人民币不会贬值。"

国家外汇管理局副局长李福祥近日也曾表示,中国可以轻松地在近两年之内保持人民币汇率的稳定。

李国斌说,其实,境外沽空人民币的谎言制造商们并不敢高估自己的实力,他们很清楚通过谎言是无法从境外操纵人民币汇率的。他们的真正险恶用心是搞垮港币。他们的如意算盘打得很精明,即欲借沽空人民币的谎言,把香港人民的信心搞垮,摧毁港币美元联系汇率制度。

李国斌说:"然而,谣言总是短命的,并且又是双刃剑,它不仅可以伤人,更易伤及制造谣言者自身。"中国人民银行副行长刘明康早些时候也警告国际投机家不要打错算盘。

李国斌说,中国中央政府永远是香港特区政府坚不可摧的后盾,任何阴谋搞垮港币美元联系汇率制度的企图都是不会得逞的。如果国际外汇投机家敢于狙击港币,相信只要香港特区政府提出要求,中央政府一定会提供帮助,战而胜之。

李国斌说:"谎言总会被揭穿。港币和人民币的命运是牢牢掌握在中国人自己手里,这并不会因为任何谎言而有丝毫改变。"

(原载 1998 年 8 月 30 日《中国日报》)

新闻敏感,记者的职业素质

新闻实践中常有这样的现象:众多新闻工作者同去一地对同一新闻事件进行采访,有的高人一筹地写出了不同凡响、令人拍案叫绝的新闻作品,而有的却身入"宝山"不得宝,两手空空,反而怨天尤人,说三道四。

比如,1989年9月哈尔滨市有两座商业楼建筑落成。工人们为抢在国庆节前完工,昼夜施工,吃了不少苦。可是,在剪彩仪式上,领导讲话连建筑工人提都没有提一句。这个情况并没有引起众多记者的注意,只有一位新华社记者联系到近年来淡化工人阶级的情况,认为这看似平常小事,却是很值得报道的新闻。于是他马上通过采访,用建筑工人的语言和感受写成了一篇600字的新闻:《工人说:何时我们也剪个彩》。稿件发出后,不少报纸刊载。当时的黑龙江省省长邵奇惠看后,赞扬报道提出了一个重要问题,要各级领导增强工人阶级的主人翁意识,时刻不忘工人的作用。后来,省里几项重点工程竣工,领导都邀请工人一同剪彩,一时传为佳话。然而,在新闻界有的同志却把这类报道称之为"无中生有的新闻"。其实,所谓"无",是由于视线狭窄,视而不见;而所谓"有",则是胸怀全局,高瞻远瞩。这一"有"一"无",差距就在"新闻敏感"这个至关重要的问题上。

作为一名优秀记者,新闻敏感就是统领他采访报道的中枢神经。对采访现场发生的事情,他就要自觉地进行综合分析、判断、思考,透过细枝末节看清事物本质。

第九届中国新闻奖评选中获二等奖的消息《克林顿总统公开重申对台湾"三不"承诺》,这个新闻事实的及时发现与成功传播,说明作者具有很强的新闻敏感性。作者既像一位高明的摄影家,善于捕捉现实生活中极为珍贵的一瞬间,又像一位优秀的组装师,善于将一个个事实精巧组接起来,准确、鲜明、及时地传播出去。看来,提倡记者要有深入实际、深入现场的作风是十分必要的,同时还需要有眼力、有头脑、有业务能力、有新闻敏感,否则很难抓住极有价值的"活鱼";即便抓住了,也很难"活蹦乱跳"地传播开去。

据参评作品推荐表介绍,这篇消息虽然只有375字,但短小精悍,突出报道了克林顿1998年6月底至7月初访华期间第一次公开明确地阐述美国在台湾的"三不"政策,即,美国不支持台湾独立,不支持"一中一台"、"两个中国",不支持台湾加入任何必须由主权国家才能参加的国际组织。这也是"三不"原则第一次出自美国总统之口,它集中体现了涉及中美关系中最敏感、最重要的核心问题,以及在国际舆论所关注的这个焦点问题上美国的最新承诺。然而这篇主题重大、影响巨大的重要稿件的采写，是记者在一场不起眼的活动中的意外收获，是在克林顿于上海图书馆与市民座谈时，即席发表的大量言论中敏锐地捕捉到的。虽然事先没有列入对内发稿计划，但记者立即一面用手机报告北京的编辑，一面根据笔记很快整理成稿，请在场的外交部负责人转有关领导核实、审定。在第一时间拿到了审定稿，又及时地传回总社，使总社得以及时地以中、英等六种文字抢先发出。

稿件播发之后，引起了台湾当局、美国朝野和海内外传媒的广泛关注，全国几乎所有主要报纸都在显著位置刊登了这条消息。

新闻敏感是新闻记者必备的重要素质之一。它是指记者在纷繁复杂的社会生活中，迅速而准确地发现、识别和判断具有新闻价值的事物的能力；是做好新闻报道工作的前提。在改革开放的年代里，我们的现实生活，犹如一个浩瀚壮阔的竞技场，每一个参与者以求博得人生的辉煌，这就要求我们的新闻记者更必须具有特有的新闻敏感，深入"活水之源"及时捕捉"活蹦乱跳"的活鱼，奉献读者。如果没有这种特有的素质和敏感，很多有价值的新闻就会"失之交臂"，更谈不上能从错综复杂的政治、社会风云中，敏锐地发现某些微妙而又重要的报道线索了。

新闻敏感是新闻记者政治思想水平和业务素养的集中体现。缺乏政治敏感、知识面狭窄当不了记者；作风不深入、不勤奋敬业当不好记者；政策水平低、业务能力不强写不出有分量的新闻作品。江泽民同志在视察人民日报社时，对新闻工作者提出了"打好五个根底"的要求，即"要打好理论路线根底，要打好政策法律根底，要打好群众观点根底，要打好文化知识根底，要打好新闻业务根底"。这是我们每个新闻工作者锤炼新闻敏感、提高新闻敏感的终身必修课题。要成为一个有高度新闻敏感的合格记者，要超俗脱凡，写出有分量、有影响的新闻作品，必须扎扎实实打好这五个根底。

◆ 附作品

克林顿总统公开重申对台 "三不" 承诺

美国不支持台湾独立，不支持"一中一台"、
"两个中国"，不支持台湾加入任何必须由主权
国家才能参加的国际组织

新华社上海（1998年）6月30日电 （记者 邹春义 周解蓉） 正在这里访问的美国总统克林顿今天公开重申，美国不支持台湾独立，不支持"一中一台"、

"两个中国",不支持台湾加入任何必须由主权国家才能参加的国际组织。

克林顿总统是今天上午在参加与上海市民的座谈时公开重申这一承诺的。

克林顿说,他在北京时有机会向江泽民主席重申了美方在台湾问题上向中方作出的承诺。他说,美方的政策是一贯的。

克林顿说,他与江主席就美中关系和共同关心的重大国际问题广泛深入地交换了意见,增进了相互了解。他说,人们都知道,一个更加繁荣、开放和强大的新中国正在世界上崛起。他本人在这次访问中与中国各界人士的广泛接触,有利于美中两国人民增进友谊与合作。虽然美中两国在一些问题上还存在分歧,但双方应该通过对话与合作来消除分歧,进一步扩大共识。

多写善识"第一次"

古人有言：凡文章高手或言人人之未言，或言人人所未能言。前者人人心中无，能独具清声；后者人人心中所有而笔下所无，能别开生面。其妙在独到、新颖，能写出点独特的东西来。

在改革开放的新时期，我国以经济体制改革为中心的各项改革正在逐步深入，纷呈不绝的新观念、新做法、新事物使人目不暇接。新闻报道理所当然地要全力抓住这种变化，迅速地反映那些第一次出现的新事物，使笔下的报道既独具清声又别开生面。青岛市改革环卫管理方式，第一次对道路保洁权进行招标拍卖，在全国引起了很大反响。在第九届中国新闻奖评选中获二等奖的消息《青岛14名下岗工竞得道路保洁权》，这个"第一次"抓得及时、抓得好！

消息尽管只有400余字，然而却是一条意义重大、别具魅力的新闻。其一，稿件虽小，蕴含的新闻价值却很高，拍卖道路保洁权是改革环卫管理方式、在环卫工作中引入竞争机制的举措，这不仅在青岛是首次，在全国也是首次。其二，扫马路，搞环卫工作，又苦又脏又累，过去是没事干的人也不愿干的活，现在是下岗职工乐意去竞标道路保洁权，反映了下岗职工就业观念的新变化。其三，做好再就业工作事关社会稳定的大局，青岛市有关部门利用城市居民择业观念的新变化，适时地拓宽再就业门路的新思路、新经验，对做好再就业工作具有较强的指导意义。

新闻价值，是新闻事实安身立命之所在，是新闻作品魅力之所系，是新闻记者在采写活动中苦苦追求的东西。无怪乎当作者获得这一新闻线索后，立即投入采访，当天便把稿件发回编辑部；编辑在下班前收到稿件，立即编发，并决定在一版突出位置刊发。

稿件见报后，不仅在当地在职环卫人员中引起很大震动，在全国各地也引起了很大反响，全国各省市区的环卫部门纷纷派人来青岛取经，竞相拍卖道路保洁权。山东省已在130多个县市区推广了青岛的拍卖道路保洁权的做法。

1999年6月，江泽民总书记在山东考察期间，还专门看望了这支由下岗职工组成的环卫队，对这一做法给予肯定。

这里还必须特别提出，在新闻采写中要紧紧抓住"第一次"，提倡多写"第一次",因为第一次传播,"先声夺人",信息最大,给人印象最深。同样的事情,早报与晚报,产生的效果是不一样的。谁最先报了,谁就会赢得读者,赢得舆论。因为读者也有个"先入为主"的心理效应在发生作用。

但这也并不等于说是"第一次"就好、见"第一次"就报,还得有个善识"第一次"的问题。这是因为,就像新闻是新近发生的事实的报道,但并不等于所有新近发生的事实都是新闻事实一样,"第一次"并不能与"新生事物"等同。比如有的东西虽说新鲜,但不成熟,有待探索;有的从微观上看,是适宜的,宏观上看却未必妥帖,未必就适宜在全局提倡;有的可以在内部讲,不宜公开传播;有的需要统一行动,不能盲目抢先,等等。那种不问情由,见"第一次"就报的做法,从政治、从思想上讲是一个新闻工作者不成熟的反映。一个优秀的新闻工作者,不仅要有勇于创新的素质,有强烈地抓"第一次"的新闻敏感,又要有高度的社会责任感;既要善于捕捉"第一次"的独家新闻,又要善于识别和把握住新闻事实的新闻价值之所在。

对此,在我国新闻界已有的经验教训是不少的。比如,1992年在我国再度兴起的经商热潮中,出现过《教授卖馅饼》,并被一些人不加分辨地认为是"第一次"出现的新生事物加以炒作。实践证明,这条新闻的广泛传播,招来了许多负面影响,它引起了大学教授们的反感,冲击了校园的正常秩序,并使国外留学生对国内的工作环境产生了怀疑,国外对国内知识分子的境遇也产生了不正确的认识。这就像在当时有的文章所指出的那样,随着计划经济向市场经济的转变,我们的社会进步需要大批经商办实业的人才;"百年大计,教育为本"更需要大批专心于科技、文化事业的人才。市场经济发展以后,知识劳动也可以作为商品,进入市场,对于专家教授涉足商品经济领域本身,这一点毫不奇怪。"问题在于,我们的专家教授的价值积累是知识和技能,如今用来从事卖馅饼之类简单劳动,显然是一种浪费。这反映了我们社会还没有建立起使科技文化成果成为商品的大环境,知识劳动的价值还太低,所以科技知识阶层相对贫穷,'搞导弹的不如卖茶叶蛋的',因此便产生了摆摊经商的冲动。""因此,我们的知识分子政策应该体现出对知识劳动的更大尊重,专家学者们也应该看得远些,不必都去摆摊儿。"

时至今日,可以看得更清楚,上述分析和认识,是颇有见地的;《教授卖馅饼》在舆论导向上是有偏颇的。

◆附作品

青岛改革环卫管理方式

青岛14名下岗工竞得道路保洁权

本报青岛讯 （记者 于晓波 毕华德） 3月24日上午，随着青岛市教师之家礼堂中一声声清脆的拍卖槌声，青岛市市南区14条道路保洁权被下岗职工和失业人员在竞标中夺走。这是青岛市首次用拍卖形式对环卫岗位招标。

市南区这次共拍卖15条道路的保洁权，其中14条道路的保洁权经过多轮竞价，分别为6位下岗职工和8名失业人员所得，其价格都大大低于以往政府维护这些道路清洁所需的费用。竞争最激烈的是香港中路，29名竞标者从10850元开始，一直降到8400元，最后家住辛家庄的下岗女工宋珍玲中标。夺标后，她激动地说："我一定好好珍惜这个来之不易的岗位。"

据市南区清洁服务总公司负责人介绍，中标者对所竞标的道路要达到全天巡视检查，一天两次普扫，达到国家要求的"六不六净"标准。从3月26日起，这些中标者将与他们的招用人员共58人参加公司的统一培训，4月1日正式上岗。通过竞标省下的金额将作为浮动奖金，视考核情况返还中标者。

据悉，此次竞标对在职环卫人员震动很大，区政府正在计划让在职环卫人员也参加竞标管理。

（原载1998年3月30日《大众日报》）

切莫失去工作报道的灵魂

在第九届中国新闻奖评选中获二等奖的《我国铁路建设确定五年目标》，是在我国新闻界这项年度综合性的最高奖项中，极为少见的一篇反映工作部署的消息。

毫无疑问，包括反映重大工作部署在内的工作报道，是属指导性新闻中的一个品种。指导性新闻系指以宣传党的主张、政策和当前中心工作为内容，以指导各条战线的工作为己任的新闻报道。指导性新闻在我国历史上，无论是革命战争年代，还是改革开放新时期，都是我们各级党的机关报的重要新闻品种之一。《我国铁路建设确定五年目标》的采写成功，对于写好这类报道有诸多的启示。

工作报道对工作的指导，是通过其所具有的思想性来实现的。一篇思想性不强的工作报道，是谈不上对工作具有多大指导性的。工作报道的思想性主要体现在一定时期、一定范围内党的主要工作任务的精神实质、目的与要求上。党的政策、方针和一个时期的工作任务，是人民群众利益的集中反映，是读者阅读工作报道时最关心的大事。这对工作报道来说，是最大的新闻价值，是最具有意义的可读性。1998年是我国经济工作实施加强基础设施建设、扩大内需，化解东南亚金融危机的影响的一年，铁路建设又是重中之重。消息及时、准确、全面地介绍了我国铁路建设的五年规划，包括铁路五年建设的总体目标、投资规模、主攻方向、建设重点等人们普遍关注的重要内容，充分地显示了"加强基础设施建设、扩大内需"的经济工作方针已在启动、加快实施。

新闻实践中常有这样的情况，新闻事实往往是一个多棱镜，它常常可以折射出社会生活的方方面面。有的记者其主观意图看似在此而不在彼，但他的笔触却有似于无意间在彼处"泄漏春光"。这篇消息发表在九届人大会议结束和朱镕基同志就任国务院总理不久，对于宣传我国新一届政府对克服东南亚金融危机的影响和继续加快经济发展的魄力、能力和充满信心，对于推动我国的基础设施建设、加快经济建设的持续快速发展、促进改革开放，都有很强的社会意义。

这篇带电头的消息，刊发在1998年3月29日中共中央机关报的一版头条，作者与编者又配发了一幅"今年铁路建设主要开工项目"的表格。表中具体地列有9个重点项目的"起止点"、"建设规模"、"今年安排投资"等，这对于加大消息的分量，增强传播效果是起了很好的作用的。

工作报道尤其是工作部署性的报道，是容易写得沉闷，专业术语、空话、套话多，可读性差。而这篇获奖消息却能从读者最关心的角度切入，写得通俗易懂，又很有气势，文中洋溢着铁路职工跨世纪大会战的热烈气氛，文笔清新流畅，简洁有力。比如，标题就采用了散句与整句相结合的表达方式，既做到概事达意简洁明快，又读来琅琅上口。主标题以一个12字的散句，概括了消息的主要内容；肩题以排比句"快战西南，强攻煤运，建设高速，扩展路网"；副题以一个对称句"投资规模：2500亿元 营业里程：7万公里"，在阐明"五年目标"的具体要求、主攻方向、投资规模上，让人一目了然。

工作报道是现实工作过程在实践基础上的反映，因而用辩证的、一分为二的思想方法去观察事物，往往就是取得成功的关键环节之一。这篇获奖消息，坚持报喜也报忧，既讲了我国铁路建设的大好形势，又讲了当前铁路建设中存在的三大难题，给人以全面、可信的真实感。

有人说工作报道是政策、思想的载体，从强调其报道内容的要求来讲，也不无一定道理。一篇工作报道，如果不是一杯有一定政策、思想"度数的醇酒"，那就只是一杯淡而无味的白水，那就不免要令读者失望了。

可以这样说，一篇工作报道如果淡化应有的政策、思想意义，也就失去灵魂，失去了它应有的传播魅力。

◆附作品

决战西南 强攻煤运 建设高速 扩展路网
我国铁路建设确定五年目标
投资规模：2500亿元 营业里程：7万公里

本报北京3月28日讯 记者江世杰报道 "决战西南、强攻煤运、建设高速、扩展路网、突破七万"，这是新任铁道部部长傅志寰在今天召开的加快铁路建设动员大会上，提出的今后五年铁路建设总体部署和目标。他要求全路建设、设计、施工、监理单位，按照"快速度、有秩序、高效益"的原则，拿出比组织"八五"铁路建设会战还要大的气魄和决心，采取坚决有力的措施，夺取这场跨世纪铁路建设大会战的全胜。

党的十五大以后，党中央、国务院从加快国民经济发展全局的战略高度，作出了加快铁路建设的重大决策，要求今后五年完成2500亿元的投资规模。铁道部党组认为，贯彻落实这一重大决策，对于保持国民经济持续、快速、健康发展，培育和建立全国统一、开放的市场，抵御东南亚金融危机影响，发展和完善路网结构，提高铁路现代化水平，都具有十分重要的意义。经过紧张筹备的这次大会，就是要紧急动员全路干部职工，迅速掀起铁路建设新高潮。

傅志寰说，今后五年加快铁路建设的总体部署和目标是：决战西南、强攻煤运、建设高速、扩展路网、突破七万。就是要集中力量建设一批对国民经济全局有重要影响，在路网中起骨干作用的大能力干线和对完善路网布局、加快区域发展有重要影响的工程项目。重点抓好西安安康线、朔州黄骅线、南疆线（库尔勒至喀什）、内昆线（安边至梅花山）、宝成复线（阳平关至成都）、株洲至六盘水复线、西安至南京线、武昌至广州电气化、秦皇岛至沈阳客运专线、洛阳至湛江通道以及东北至长江三角洲陆海通道等重大工程建设，力争2000年开工建设京沪高速铁路。初步计划，五年建成新线5340公里，既有线建复线2580公里，既有线改电气化4400公里；地方铁路1000公里。预计到2000年，铁路营业总里程将从目前的6.5万公里达到6.8万公里；到2002年，铁路营业里程将突破7万公里。届时，西南地区路网骨架基本形成，进出西南通道能力翻一番；"三西"煤炭外运能力增加1亿吨；客运能力有较大增强，客车速度有明显提高；主要通道基本适应国民经济发展和社会进步的要求，我国铁路将以崭新的姿态跨入新的世纪。

傅志寰部长也指出，当前加快铁路建设也面临许多新问题、新情况：一是建设资金缺口很大；二是铁路建设前期勘测设计工作相对滞后；三是征地拆迁、电源建设等外部环境并不宽松。但是他相信，经过"八五"铁路建设会战洗礼的全路广大干部职工的努力，一定能够在这场新的大会战中，瞄准新的目标，创造新的辉煌。

（原载1998年3月29日《人民日报》）

富有针对性和指导性的佳作

新闻要多出精品！1995年随着这个口号在新闻界叫响以来，人们分别从不同的角度对这个概念的内涵进行了探讨和概括。次年在广东南海市举行的第六届中国新闻奖评选中，有位评委就有过这样的概括：脱离实际的是废品，反映实际的是成品，能深刻地反映实际与指导实际的是精品。

当然，这个概括并非精当、完善。然而，它把精品新闻要能够深刻地反映与指导实际作为最基本的一条，是颇有见地的。

我们的新闻事业是党的事业的一个重要组成部分，是党和人民的喉舌。固然，一张报纸如果不把发布新闻、传播事实摆在首位，就不叫新闻纸；反之，如果不讲指导性、不去反映和引导舆论就不是社会主义的新闻纸。固然，对一张报纸，我们不可能要求、也不能苛求每条新闻都要有指导性；但是，对于精品新闻来说，这应该是最起码、最基本的要求了。1997年是不平凡的一年，在我国发生了许多意义重大、影响深远的事件。《台州三千"党代表"活跃在股份制企业》之所以能在第八届中国新闻奖评选中与《别了，"不列颠尼亚"》、《中国拒绝金融风暴登陆》同被评为消息一等奖，评委们看好的正是它那"强烈的现实针对性和具有普遍意义的指导性"。

台州市，作为中国第一家股份制企业的诞生地，到1997年全市已有这类经济组织2500家，产值利税占全市经济总量的75%以上。然而人们对它却始终褒贬不一，直到1997年9月党的十五大的召开，才为这些是是非非的议论画上圆满的句号：充分肯定了股份合作制经济是改革中的新事物，赋予股份制应有的地位。这篇获奖消息的作者敏锐地意识到：这预示着在全国将兴起一个发展股份制经济的热潮。那么，台州在发展股份制经济的探索中遇到和解决了哪些主要矛盾和问题呢？经过深入地调查研究，作者了解到：台州的股份合作制企业从业人数和经济总量已在各类经济成分中占绝对优势，成为直接支撑近些年台州经济高速发展的支柱。但这些企业初创时期普遍存在薄弱环节：没有党的组织，党员数量少；党的方针政策很难及时有力地传达到这些企业内。市领导果断确定了"围绕经济抓党建，抓好党建促经济"的指导方针，及时总结、推广该市玉环县等地的经验，对有条件建立党组织的，采取村企联合、厂厂联合等办法建立党支部；对暂不具备条件的企业采取派驻党的工作人员的做法,发展党的组织、传递党的声音。此举一出,成效明显,取得了精神文明与物质文明的双丰收。由于选派的党的工作人员的出色工作,这些同志也被企业经营者和职工群众亲切地称为"我们的党代表"。

毫无疑问,台州用选派"党代表"的做法,在股份制企业中抓好党建工作,尚无先例,实属首创。联系到苏联的解体,东欧的剧变,社会主义制度在许多国家受到的挫折,它又一次向世人昭示:作为中国共产党领导的有中国特色社会主义的市场经济,其运作和发展离不开、也不能离开党的领导。消息《台州三千"党代表"活跃在股份制企业》,其强烈的现实针对性与具有普遍意义的指导性是显而易见的。1997年12月30日此消息在《浙江日报》一版刊出,在1998年新年第二天,《人民日报》就全文转载;接着,浙江省委组织部做出决定,在全省暂时未建党组织的股份制企业选派党的工作人员,以加强新经济组织的党建工作。河北、四川等省组织部门专门派人赴台州参观取经。

新闻的指导性,一般来自两个层面:一方面是传达、阐述、解释、论证、贯彻党和国家的方针政策、党和政府领导人的意图和举措,以指导人民群众的实践活动,是报纸宣传的首要任务;另一方面是及时地反映、研究、总结、传播干部群众在贯彻执行过程中的新情况、新问题、新经验,帮助干部群众解决实际问题,促进社会的进步与发展,也是报纸宣传的重要任务。前者是解决"纲"的问题,具有指导性;后者是解决"目"的问题,既具有操作性,也具有指导性。两者缺一不可,不能偏废。这就要求新闻工作者必须与实际、与群众、与社会保持密切的联系,要深入实际,到新闻的发源地——第一线去,采写新鲜活泼、指导性和可读性强的新闻。"春江水暖鸭先知。"历史前进的步伐、时代精神的气息、新生事物的萌芽、社会热点的萌发,无一不是首先来自现实生活的第一线。来自群众实践中的活生生的事实、创新、情况、经验、问题和人物等等均可进入新闻,特别是动态新闻取之不尽、用之不竭的线索和题材。切不可动不动就是想到写长篇通讯、深度报道、调查报告等。这里就有个要重视写作动态新闻、正确看待动态新闻的作用的问题,正如穆青同志所说的:"不能小看动态新闻的作用,不能贬低它的意义。政治气候常常就是由各方面的动态形成的。不能说动态新闻没有指导作用,它的作用不仅是沟通情况,读者常常是从动态新闻中受到激励和启发,了解当前的形势和气候的。"

◆附作品

填补新经济组织党建工作空白点
台州三千"党代表"活跃在股份制企业

本报讯 （记者 陆熙 沈建波） 在我党历史上发挥过重要作用的红军党代表，如今在台州被赋予了新的内涵。市委向暂不具备建立党组织条件的股份合作制企业选派的3000多名党的工作员，因其出色的工作被企业经营者和职工亲切地称为"我们的党代表"。

浙江隆中机械制造有限公司黄开发，就是台州"党代表"的典型。12月28日，记者在该公司采访，恰遇由他介绍的公司副总经理陈绪豹刚被批准入党，老黄说："这是我当党代表5年来发展的第13个党员，当时这家企业没有一名党员。"他介绍入党的孔夫寿已作为新一代"党代表"，被选派到了另一家企业。

在台州，像黄开发这样的"党代表"，肩负着培养入党积极分子、建立基层党组织的重任。据统计，全市股份合作制企业实行选派党的工作员制度以来，建立了一支5000多人的入党积极分子队伍，发展了3200多名党员，全市有3名以上党员的企业93%都建立了党支部。

台州市股份合作制企业已达2.5万余家，产值利税分别占全市的75%以上。这些企业党建工作和经济发展不同步的矛盾日益暴露，其中突出的问题是党的工作存在大量空白点。至1993年底，建立党组织的企业只占这些企业的1.08%，党员仅占职工总数的1.37%。

"围绕经济抓党建，抓好党建促经济"，这是台州引导股份合作制企业健康发展的一条经验。90年代初，玉环县借鉴国内革命战争时期对红军派驻党代表的做法，率先在股份合作制企业中派驻党的工作员。市委及时总结、推广，于1994年作出决定，凡年产值在100万元以上或固定职工人数在50人以上、暂不具备建立党组织条件的股份合作制企业，必须派驻"党代表"。今年10月28日，市委组织部又对"党代表"的选派任用、职责权利、管理考核等作了进一步规范。

据介绍，"党代表"由企业所在地党委选派聘任，分专职和兼职两种，他们在工作中坚持参与而不干预、配合而不迁就、引导而不强制，参与企业重大问题决策，协调董事会、监事会、厂长经理和职工等方面的关系。某公司因职工与经营者产生纠纷，造成停产，"党代表"骆石棉及时穿针引线，化解矛盾，还为企业筹措资金40多万元。

"党代表",受到企业经营者的欢迎和职工的拥护。玉环县坎门镇工办会计许云英,担任5家企业的"党代表",她深入车间做工人的思想工作,及时向厂长反映员工的合理要求,为他们解决实际困难。记者在与部分台州企业家座谈时,他们都赞成选派"党代表"这一做法,有的已向当地党委打报告要求选派"党代表"。

(原载1997年12月30日《浙江日报》)

主题，新闻报道的灵气

捧读《浙江：今年高考无"状元"》，给笔者第一感觉就是：这是一篇构思精巧、主题重大的动态消息。它取材于党和政府、千家万户关注的热门话题而又意蕴厚重。

我们知道，一切优秀新闻作品的传播功能归根到底是要引起读者认识的共鸣与感情的震撼，而不是或主要不是一种表层信息的传播。获得第八届中国新闻奖消息三等奖的《浙江：今年高考无"状元"》，正是这样的作品。

谁是高考"状元"？这个已延续多年、一年一度的热门话题，今年在浙江省率先消失了。无疑这又是一个牵动人心的热门话题。但这篇消息的作者并没有以传播这个"热门信息"为满足，而仅以此为起点，伸展开来，以"纵横捭阖"之势多侧面地告诉人们：它预示着我国的教育改革的重大举措——从应试教育到素质教育的转变，正在加快步伐，加大力度，已经步入全面启动实施阶段。同时它也启示人们，这一改革的成功，不光教育界要形成共识，整个社会也需要形成共识，才能为改革的成功提供必不可少的环境。

现代社会的飞速发展使人们深切地感受到，国与国、地区与地区的竞争已经面对面地进行，其核心是人才的竞争，教育的竞争，尤其是基础教育的竞争。实施从应试教育到素质教育的转变，就是为了造就新时期的有用之才，就是要以培养学生的创造精神和实践能力为重点，造就德智体美全面发展的新时期的社会主义事业的建设者和接班人。以往每年高考结束后，所在地区都要公布其间各个学校的高考成绩排名，公布高考文理科成绩前三名的名单，是适应应试教育需要条件下的产物，是为应试教育张目、服务的。如今为适应教育改革的需要，适应社会发展的需要，教育主管部门明令取消，这是情理之中的事，也是意味深长之事。它当然既含蓄而又明确无误地预示着，我国由应试教育向素质教育的转变已在全面启动，力度正在加强。它确有"一滴水见太阳"的功效。

这篇获奖消息的构思与主题的提炼是精巧的。主标题仅9个字，既巧设了一个露头藏尾式的悬念，又以轻松活泼的语气，表达了编者、作者对"谜底"的欣喜与认同；导语托出"谜底"，以一个极为简洁的提问句为起首，简练地交代了主要的新闻事实和主题思想；其后的3个自然段都是紧紧围绕对主题的说明来展开的。美中不足的是标题中的副标题应当省去，它既与导语重复，又过早地揭示出"谜底"，使主标题中设置的悬念没有什么意义了。

时下，有一种颇有蔓延之势的错觉，认为写动态消息，仅百十数百字，似无首尾腰腹可言，因此再无必要在立意、构思上白费力气。其实不然，任何一篇消息，即便是简而又简，也都会有过素材的觅得与敲定，也都会有过角度的选择、主题的提炼，以及表现得到位不到位、得当不得当等等问题，这无一不在考验着作者的功力，稍有不慎都会影响传播效果。

在众多的构思中，主题的提炼最为重要。唐代刘禹锡有言："山不在高，有仙则名；水不在深，有龙则灵。"若借以喻新闻作品，主题就是作品的山中之仙，水中之龙。无论作者报道的是大事或小事，只要选准了时新、准确的主题，这样的报道也就有了层次不同的占山之"仙"、居水之"龙"，也就有了引人的"灵气"。

有的同志将自己在主题提炼上的成功经验及体会概括为以下四条，特转述如下：

1. 要注意研究同人民群众的物质生活和精神生活紧密相连、为绝大多数人所关注的问题，力求从中提炼出较好的新闻主题；

2. 要注意研究当前实际工作中迫切需要解决的、回答的，对实际工作能起到推动作用的问题，力求从中提炼出较好的新闻主题；

3. 要注意研究人们议论纷纷的，并且成为舆论热点的问题，力求从中提炼出较好的新闻主题；

4. 要注意了解先进与落后这两个对立的层面，从事物发展变化中的一头一尾这两个侧面中提炼出较好的新闻主题，突出报道的针对性与指导性。

◆ 附作品

浙江：今年高考无"状元"

省教委、招生办规定：不对高考成绩排队，不公布前三名名单

本报讯 （记者 潘剑凯）谁是高考"状元"？这个一年一度的热门话题，今年却在浙江省消失了。浙江省教委、省招生办日前明文规定：今年将不对各间学校的高考成绩进行排队，不公布全省高考文理科成绩前三名的名单。

浙江省招生办主任王晓文在接受记者采访时说，对高考成绩进行排队，公布所谓的高考"状元"，有宣扬"应试教育"的倾向。如今不这么搞，正是根据学校教育要从应试教育向素质教育转变的要求提出来的，同时也是为了更好地体现公平公

正的原则。

他说，文理科前三名不一定是全省高考成绩中最好的，更不能说他们就是学得最好的学生。今年浙江省有600多位学生被保送直接进入各大学，他们没有参加高考，或是参加高考后成绩被注销，公布高考成绩，认定谁是"状元"，对这些品学兼优的保送生是不公平的。

近年来，一到高考成绩公布，一些企业就开始"炒"高考"状元"，或给予巨奖，或送补品，或让"状元"们为产品做广告。王晓文认为，高考只不过是学生能进入大学继续学习的一种途径，那些带有强烈商业气息的"炒作"容易让人产生骄傲自满的情绪，对青年学生的身心健康成长是不利的。

（原载1997年7月25日《光明日报》）

花香不在园小

在改革开放的大潮中,如何抓"活鱼",及时有效地为国有大中型企业改革、解困,提供可资借鉴的做法与经验,是时代赋予新闻工作者的义务和责任。

或许正因为是这样的缘故,在第七届中国新闻奖评选中,《重新评估国资增值3.5亿元》这则不足600字的短消息,被评委"一见钟情",荣获了一等奖。

俗语云:花香不在园小,鱼跃也喜小塘。这条消息篇幅虽小,但却表述了一个现实针对性极强的大主题。

近几年,国内一些企业为了提高市场竞争力,摆脱设备陈旧、经济亏损的困境,纷纷与外商合资。无疑,引进外资,嫁接改造老企业,已被实践证明是搞活国有企业的有效办法之一。但在诸多成功的先例背后,也不乏这样的教训:对国有企业原有厂房、设备估价过低,莫名其妙地让外方占据了主要股份。这不但造成了国有资产的白白流失,也有失中国人的尊严。天津奥的斯电梯有限公司中方股东在外方增资扩股时,依法提出按照国际惯例对企业资产进行评估,既做到公平合理,维护了投资各方利益,又使我国国有资产合理增值3.5亿元。奥的斯中方股东经营国有资产这一创举得到了江泽民总书记的肯定。国家国有资产管理局也发出通知,要求各地以天津奥的斯为例,依法保护国有资产,建立良好的法制的投资环境。

读过这条消息,怎能不让人为之振奋!

"不谋全局者不能识一域。"这则短消息之所以能揭示出具有如此深刻内涵的主题,来源于作者对这一事件的本质以及对当时社会大背景的正确认识与把握,是作者深入调查研究、潜心思考酝酿出的佳作。这篇消息的作者是今晚报新闻部主任。他们在人员比较少的情况下,坚持既跑市委、市政府机关,又深入工业系统基层企业调查研究,工作虽然非常辛苦劳累,但也尝到了把上下两头情况能摸清的甜头。这条消息的线索正是这样得来的,同时又及时获得中方股东代表、全国政协委员田世宜在即将召开的全国政协八届四次会议上就此做专题发言的消息。这既加深了对这条新闻的意义的认识,又大大增强了消息的新闻性。

随着改革开放的深入,国有企业的改革已进入攻坚的关键时期,不知原者难为耕,不知泽者难为渔。如果新闻工作者对自己的报道对象不甚了了,只满足于跑机关、泡会议、访领导,人云亦云,走马观花,依赖现成的书面材料写稿子,已经远远不适应经济改革打"攻坚战"的需要。因为深层次的经济报道,要求记者必须对全局、对现实有深刻的洞察,这就必须沉到群众中去,到大中型企业中去,一个一个地调查解剖,一个一个地分析比较,从中找出规律性认识,做出准确的判断,给人们提供行为依据。只有这样才可能写出落地开花、掷地有声、使人耳目一新的报道来。挖深井,方能得甘泉,讲的就是这个道理。

新闻时效的时间性,是包括消息在内的新闻写作不可缺少的构成要素。新闻是"新近发生的事实的报道"。这个定义以"新近"二字突出了时间性,把新闻事实锁定在"新近发生"的时间范围之内。其实,有许多新闻,尤其有许多重大新闻,就事实本身的发生时间而言,早已时过境迁,但它仍有为社会、为受众所需要的传播价值。这类新闻之"新",并不新在其事,而是新在其"闻",亦即新闻事实的"新"并不一定是"新近发生"的,但必须是新近获知的。这样,所谓新闻的时间性,不仅有新闻事实成因的时间问题,还有一个发现事实与报道事实的时间问题。

由此,可以看出,在新闻时间要素的表达上,常常可能包含三种时态:第一种是新闻公开发布的时间,这一般通过电头或刊播的日期来显示;第二种是新闻事实发生的时间,这是新闻中必须交代的时间要素;第三种是新闻事实被发现的时间,即为对远离公开发布时间的新闻事实找到时间由头。这三种时态,不一定每条新闻都会有,但是新闻事实发生的时态,却是任何新闻报道所不能缺少的,是任何时间由头所不能替代的。消息《重新评估国资增值3.5亿元》在新闻时态的表达上,新闻的时间由头虽然有中方股东谈判代表在全国政协会上介绍情况发言的"昨天"的交代,但新闻的主体事实——中外双方评估谈判的时间——即新闻发生的时间却没有写出来,这不能不说是一种不应有的疏忽,一种遗憾。

◆ 附作品

天津奥的斯中方股东　经营国有资产有创举

重新评估国资增值3.5亿元

企业中方代表在全国政协会上提出进一步完善有关法规

本报讯 (记者　顾建新　毛福忠) 中美合资的天津奥的斯电梯有限公司中国投资方,最近在外方增资扩股时,依法并按照国际惯例提出对企业重新进行资产评估,评估后国有资产合理增值3.5亿元。此举得到江泽民总书记的肯定。

中方股东谈判代表、全国政协委员田世宜昨天在全国政协八届四次会议讨论时,以此次资产评估过程为例，分析当前合资企业运营中常可见到的国有资产流失现象，提出必须依法加强中外合资企业的中方资产经营管理，进一步完善国有资产评估法规，确保国有资产合理增值。

天津奥的斯重新评估资产起因于企业成功发展后美方要求增资扩股。外方提出按美国奥的斯公司通用办法计算增资额。由于国情的差异，如果简单地以此方法计算增资额，中方投资者将蒙受很大损失。为维护投资各方利益，做到公平合理，中方提出应当依照国家颁布的国有资产评估管理办法重新评估资产并据此计算增资额。为此，中外双方进行了认真的谈判和讨论，外方接受了重新评估资产的意见。评估后，资产价值为账面资产净值的4倍多，使国有资产增值3.5亿元。

由于资产重新评估正确反映了合资企业的未来获利和资本增值能力，外方虽在增资时多投入了资金，但仍认为十分值得。增资后企业有了新的资本注入，增强了活力，得到更快的发展，经国家综合评价，现已进入全国企业前10名行列。国家国有资产管理局也发出通知，要求各地以天津奥的斯为例，依法保护国有资产，建立良好的法制的投资环境。

（原载1996年3月12日《今晚报》）

敏于从人之所是中见其非

有个成语叫"有的放矢",是指射箭要对准靶子。新闻传播要达到预期的目的,就必须要箭箭中读者心中的"的"。一个有经验的出色的新闻工作者绝对不会成天只埋在稿件堆里,就稿写稿,就稿编稿,而是要以更多的精力去积累和研究能拨动读者心、为受众所关心的各种社会问题。一篇好新闻,常常就是伴之与有能拨动社会和读者心弦的新问题。在第七届中国新闻奖评选中获二等奖的消息《评说罢跪 沉重命题》,便是这样的新闻作品。

这则消息翔实而又有分寸地披露了广东某大学在作文中评价孙天帅罢跪事件所表现出的不正确的价值观,而对应试教育导致青少年道德滑坡,提出了当金钱和人格尊严发生冲突时该如何取舍,荣辱意识和人格意识为什么会在年轻人中趋于淡化等一系列发人深省的问题,从而唤起人们对市场经济条件下应怎样保持做人的尊严这个现实问题的思考。

我们面临的不断发展的新时代,知识经济已向我们走来,知识经济呼唤新型人才。为适应新世纪对新型人才的需要,我国的教育制度正经历着由应试教育向实施素质教育的转变。

这则切中时弊、具有创建性的问题新闻,理所当然地受到社会的广泛关注。消息在《羊城晚报》刊出后,国内一些报刊纷纷转载,有的还配发评论。人们以各种方式参与广东几家新闻媒体以"今日热线"、"听众访谈"、"公众话题"等栏目组织的讨论。其中,《羊城晚报》的"公众话题"不到半个月就收到来自全国各地的700多篇稿件。法国一位评论家说:"我不计算我写了多少书,而计算我提出了多少思想。"我国一位老新闻工作者也说过:一个记者所取得的成就,并不或并不主要表现在他发表了多少字数的报道,而是看他发现过、提出过、说明过多少新的问题。

善于抓住新出现的问题,是新闻成功的前提。因为新出现的问题容易引起人们的兴趣,往往也是急需解决的问题。尤其那些善于从人之所是中见其非,敏于从人之所非中见其是的问题新闻,更有着独特的影响力和传播力。

我们的现实生活原本就是一个挂满问号的世界。按照唯物辩证的观点:事物即矛盾,问题即矛盾。我们所讲的问题新闻,简言之,就是要抓贯彻执行党的方针、路线、政策中和群众现实生活中出现的新矛盾。对上,要正确及时地反映党、政府和上级领导部门的声音;对下,要迅速准确地反映读者的愿望、要求,回答读者的疑难。一般地说，一篇新闻的价值的大小、宣传效果的好坏，常常是同问题抓得准不准关系极大。

但是，新闻报道所要抓的矛盾或问题，并非一般意义上的特殊矛盾，而是那些具有方向性、普遍性和迫切性的新问题、新矛盾。从新闻的特征和问题自身的特点看，我们所提倡的多写问题新闻，在思想上必须明确：

1. 问题新闻绝对不能与"曝光新闻"、"批评新闻"画等号。这类问题新闻既不是单纯的批评，也不是直接的表扬，而是针对广大群众普遍关心的政策性问题及普遍关心又模糊不清的认识问题，或给以答案，或给以开导，或指出方向，或介绍典型，既拨动心弦，也令人深思，通常是具有重要意义的报道。

2. 报纸是党和政府的喉舌，是党和政府联系群众的桥梁和纽带，报道的话题应尽可能地围绕党和政府的中心工作、围绕改革开放中的一些重大决策来选定。这类话题应把党和政府希望告诉人民群众的道理，通过交流、沟通、引导，给读者一个明晰、正确的认识。做到既反映群众呼声，又引导社会舆论。

3. 要注意回答读者心中的、具有普遍社会意义的问题。这类普遍存在的社会现象，是整个社会关注的焦点，引导正确，就能产生一定的震撼力，并有利于促进问题的妥善解决。

随着商品经济竞争的加剧，报纸的竞争也日趋激烈。报纸在竞争中靠什么取胜、取悦、取信于读者？当然要靠能拨动读者心弦、最能引起读者共鸣、最能引起社会各方面关注的新闻，其中不少的就是那些正确回答读者久存心头或发生在身边的问题或事情的问题新闻，或者用确切的话讲，就是话题新闻。如今，办报人都十分强调报纸的指导性、针对性、服务性。在改革开放、市场经济的年代，谁家报纸能及时报道改革中的新问题，促进问题的解决，推动改革深入，谁家就能收到好的社会效益和经济效益。于是，问题新闻或话题新闻便成了各报新闻内容改革的主攻方向，这便是题中之义了。

◆ 附作品

评说罢跪　沉重命题

广州地区某大学一些学生认为，为钱跪
一次并不可耻，下跪的人比孙天帅更勇敢。
此事引起一位老师对应试教育的尖锐批评

本报讯　（记者　**张洪潮**报道）　当那个不下跪的孙天帅受到人们的普遍赞扬

时，有的大学生却认为："只要有钱，跪一次又有什么了不起！"

广州地区某大学语文教学中心的孙副教授上周在家里接受记者采访时，披露了他的学生在一次命题作文时表达的上述观念。他说，赞扬孙天帅有骨气的人显然占了多数，有些学生还对一些不惜牺牲人格尊严拜倒在金钱、权力面前的社会现象进行了抨击。但是，有的学生却表达了这样一些观点：

——下跪的人并不是向谁下跪，只是向现实、金钱低头罢了。可悲并不可耻。下跪的可能比孙天帅更勇敢，需要更多的勇气。

——一个人暂时忍辱可以保障一家的温饱。

——难道要用死去的躯壳来发扬民族自尊吗？

——故事的主人公（指孙天帅）是不是教育电影看得太多了，一时间英雄主义冲上头脑，才有这么一次惊人的壮举？

以"孙天帅罢跪事件"为素材写一篇评论文章，这是孙老师给外语系96级学生布置的一次写作作业。孙天帅曾是珠海"瑞进"公司的一个打工仔，在韩国女老板去年制造的一起罚跪事件中，他是100多个工人中惟一不跪的人。孙老师说："这位穷不夺志、大义凛然捍卫民族尊严的小伙子的事迹，一直在激励着我。我也希望用这个故事来激励我的学生，唤起他们的写作激情。"

据孙老师介绍，他11月上旬改完学生的作文。他对有些学生文章中反映出来的不正确价值取向，感到痛心和忧虑。于是，在一个星期五的上午，他神情严肃地走上讲台，在黑板上抄录了有些学生的上述观点，打算在讲评作文时给予正确的引导。

在接受记者采访时，今年50岁的孙老师心情沉重地回忆说：当时，我在黑板上写，学生在讲台下笑。我自以为他们会有一番热烈的讨论。然而，想不到的事情发生了：近80人的教室里，居然立刻有5人举手赞同黑板上的观点，即使是在作文中称赞孙天帅的同学，也没表示异议。发言中也是赞同的观点占了上风……

孙老师说，连日来，他一直在思索着这次写作课反映出的几个非常严肃的问题：当金钱和人格尊严发生冲突时，究竟该怎样取舍？富贵不能淫，贫贱不能移，威武不能屈，这种最传统的民族气节，该如何发扬光大？荣辱意识和人格意识为什么会在一些年轻人中趋于淡薄？据记者了解，他已把自己的思考写进一篇题为《救救教育》的文章中，文章对"应试教育"中忽视学生人格塑造及爱国主义教育的倾向，给予了尖锐的批评。他认为："思想道德教育，似乎到了最严峻的时刻！"

（原载1996年12月12日《羊城晚报》）

真诚写真实，真实传真理

古人在讲到写文章时总是把文品与人品连在一起，所谓"道德文章"便是其中之一说。把道德与文章连在一起，并把道德摆在文章的前面，足见人品、文德之重要。

真实是新闻的生命。真诚、守信地恪守"真实、客观、公正、全面"的报道原则，是新闻传播立业之本，新闻工作者立身之本、最起码的职业道德。然而，对于那些把职业道德当作口号来喊、当作攻击他人的利器来使用的西方记者来说，他们或出于商业利益的驱动，或出于阶级的偏见，是做不到的，是兑现不了的。

从某种意义上说，一篇重要报道，特别是对一些政治性强的重大事件的报道，写什么，怎么写，取舍抉择，褒贬之间，无一不与记者的道德、良知勾连在一起。

1995年秋，由我国承办的联合国第四次世界妇女大会和'95非政府组织妇女论坛（NGO论坛），是联合国历史上规模最大、开得最顺利的一次大会。联合国官员对这次大会的承办评价很高，即"第一流的组织工作，第一流的设备，第一流的人"。然而，在会议进行中，特别是在世妇会非政府组织论坛开始的12天里，与会采访的西方媒体出于反华的政治动机和对广大发展中国家的偏见，对大会"平等、发展、和平"的主题毫不关心，不报道会议的概貌与主流，却绘声绘色地在签证困难、天气不好、一顶帐篷被大风刮倒、怀柔一中有7米围墙被大雨冲塌以及一位日本老太太在NGO论坛开幕式入口处举着反核武器的标语牌被警察带走等枝节小事，连篇累牍地进行引申分析报道，引起了广大与会者的强烈不满。在9月5日的论坛全会上，多位与会人士登台批评西方新闻媒体用小事掩盖大事、以支流"淹没"主流、以偏概全、误导大众、缺乏客观公正，呼吁"要正确地报道这里的一切"。

在场采访的新华社记者出于鲜明的正义感和良好的职业道德，发挥自身的业务与外语优势，进行了及时、充分的现场采访，采集了包括美国与会者在内的几位具有代表性人士的言论，写出了这篇《NGO全会代表批评西方新闻媒介缺乏公正》，集中对西方媒体披着"真实、客观、公正、平衡"的漂亮外衣搞两面性和双重标准做了切中要害的批评。

尽管当时有许多西方记者到场采访，他们的媒体对会上的批评却只字未露。从而使得新华社这条针对西方传媒的歪曲宣传、富有战斗力的中英电讯，播出后产生了更为强烈的社会影响，数十家海外华文报纸次日均刊载了此文。英文电讯也被广泛采用。于是在以后的几天里，在与会者中出现的谴责西方媒体忽视会议主题，进行片面、不公正甚至歪曲报道的情绪和呼声越来越强烈。9月8日，愤怒的与会者还自发地举办记者招待会，批评西方传媒的不公正报道。一位来自美国芝加哥的梅尔女士说，她丈夫每天来电话问她是否平安，因为美国传媒把怀柔说得"一团糟"，很可怕。她告诉丈夫，美国的报道不可信，她在怀柔一切顺利。一位来自美国伯克利大学的教授多次接到家人和学校的电话，担心她的安全和生活无保障。她给家人和学校发去电传："别相信我们美国那些新闻垃圾，我每天都生活在快乐之中。"西方媒体迫于与会者的批评和国际舆论的压力，从那以后便或多或少地转变了报道态度，有的还承认了缺点与不足。有的评论者认为：多年来发展中国家也在各种国际场合对西方媒体垄断和控制的旧的国际新闻秩序进行过抨击，但像在这次世妇会上如此有效地揭露和批判，并在这样的重大国际会议报道中占了上风，这还是第一次。这对于建立新的国际新闻秩序具有重大意义。

新闻是生活的教科书。通过这篇获奖新闻的产生与有效传播，给我们的新闻理论研究和新闻写作提供了不少的启示。它也有利于帮助我们认清西方某些人惯用的真真假假、以假乱真、以偏概全的报道手法的实质。

真实是新闻的生命。陆定一同志曾经说过："新闻工作者搞来搞去还是个真实问题。新闻学千头万绪，根本性还是这个问题，有了这一点，就有信用了。有信用，报纸就有人看了。"在对第四届世妇会的报道中，我国新闻媒体在西方传媒的竞争中，正是在这个根本问题上赢得了信誉，受到与会者称赞。联合国第四次世界妇女大会秘书长蒙盖拉夫人对中国传媒非常满意。她说："对第四次世界妇女大会的报道，在各国传媒中，中国传媒是最好的。"

对比这篇获奖消息注意使用各方面有代表性人士的引语、注意准确使用典型事实说话的写作特点与西方媒体的片面报道，对于新闻真实性的把握与表达上，我们时刻都不能忘记列宁的至理名言："在社会现象方面，没有比胡乱抽出一些个别事实和玩弄实例更普遍更站不住脚的方法了。罗列一般例子是毫不费劲的，但这是没有任何意义的或者完全相反的作用，因为在具体的历史情况下，一切事物都有它个别的情况。如果从事实的全部总和、从事实的联系去掌握事实，那么，事实不仅是'胜于雄辩的东西'，而且是证据确凿的东西。如果不是从全部总和、不是从联系中去掌握事实，而是片断的和随便排出来的，那么事实就只能是一种儿戏，或者甚至连儿戏也不如。"

这也就是说，在品评一件新闻作品是否真实时，不仅要看它所报道的事实是否真实、无误,而且还要看对事实的使用是否准确、到位。记者不仅要对事实本身的真实性负责,而且要对事实使用的准确性负责。在新闻写作的指导思想和写作方法上,必须坚持唯物辩证法的全面性,摒弃形而上学的片面性,对一些重要报道,从立意谋篇到具体事例的选用上,都必须充分地考虑到这一点。当我们在肯定一个事物的时候,既不夸大它在全局中的地位和作用,也不一概回避缺点和问题;在否定一个事物的时候,既不人云亦云地夸大它的消极面,也不一概回避曾经有过或确实存在的积极方面的因素。对于一些有影响的重要报道,在讲主流、讲成绩的时候,不可忽略次要的方面;在讲支流、讲问题的时候,要说清楚它在全局中的位置。这样,我们写出来的新闻作品,就会使读者感到真实可信,正像刘少奇同志讲的那样:"要做到真实,就要全面,缺一面就不是真理。"

在第六届中国新闻奖评选中,《NGO全会代表批评西方新闻媒介缺乏公正》这条富有战斗力的独家新闻,受到广泛好评,荣获消息一等奖。

◆ 附作品

NGO全会代表批评西方新闻媒介缺乏公正

新华社北京(1995年)9月5日电 (记者 张丹 陈瑶) 在今天上午举行的非政府组织妇女论坛第五次全会上,中国一位女记者批评西方主流媒介热衷于针对大会的消极面报道,呼吁西方传媒消除对发展中国家的偏见,做到客观公正。

中国首都女新闻工作者协会代表熊蕾的发言引起在场千余听众的共鸣,不到一刻钟的发言多次被热烈的掌声打断。

熊蕾说,西方主流社会的媒介对发展中国家抱有"强烈的偏见"。以这次妇女论坛为例,西方媒介避重就轻,把关注的焦点放在一些枝节问题上,连篇累牍地报道。而对大会主题"平等、发展、和平"以及两万多名与会妇女代表毫不关心。"它们总是在搜罗事端,如果找不到事端就炮制一个。"

今天上午的全会以"媒介、文化和通讯"为主题。大会主持人卡姆拉-巴辛表达了对熊蕾女士讲话的支持。她说,关于妇女论坛的报道,有些媒体以消极内容为主。这种现象应该得到纠正。她说:"要正确地报道这里的一切。"

美国"公正和客观报道"组织代表罗拉-弗兰德斯认为西方主流社会媒介根本不关心发展中国家。她用讥讽的口吻说:"我来自号称'世界新闻之都'的纽约,但我对你们的想法和生活完全一无所知,这当然应该'归功'于我们的广播、电视和报纸。"

她说，西方媒介这种混淆视听的做法不仅针对发展中国家，在对西方国家本身的报道中也很普遍。美国传媒充斥着对暴力、灾难的报道，对妇女保健、基层妇女组织等广大妇女关心的内容却很少见。

坐在听众席前排的巴基斯坦妇女法扎拉-马姆塔丝说，西方媒介的片面报道对一些发展中国家的社会动乱负有责任，这种现象应该彻底改变。

在两天前举行的一场相同主题全会上，与会代表也批评了西方媒介对此次妇女论坛的不公正报道。

非常之举与高深之谋

唐朝诗人胡令能在一首诗中写道："日暮堂前花蕊娇，争拈小笔上床铺。绣成安向小园里，引得黄莺下柳条。"绣花女巧夺天工，绣出的花儿栩栩如生，引得黄莺飞来，这是艺术的魅力。那么，在第六届中国新闻奖中获二等奖的消息《上海家化公司好气魄 1200万元买回美加净》，靠的是什么来牵动读者的心呢？笔者认为是家化人那与众不同的打"名牌战略"的非常之举与高深之谋。

应该说，近几年来在我国经济发展战略中，最引人注目的举措之一是"名牌战略"。所谓名牌战略，从经济学或营销学上的意义来讲，是指通过对民族工业产品品牌的培育和扶持，使之成为有巨大市场竞争力的名牌，从而带动整个经济发展的一种战略模式。但在前些年我国企业界的品牌意识十分薄弱，许多由我国企业创造出来的并经营了多年的名牌号都卖给外国公司经营。虽然出卖品牌号，这是改革开放后所允许的一项商业交往活动，可当人们眼看着一个个名牌号纷纷移师洋人麾下时，不免感到深深的惋惜。正是在这样的背景条件下，上海家化公司对不重视经营名品牌的弊端进行反思后，出重金把已经"卖"光了的美加净名牌号又"买"回来自己经营，并响亮地喊出了：面对国内外激烈竞争，要敢打和善打名牌战略，名牌是企业的灵魂，是抢占市场份额的重要手段。无怪乎家化人的非常举动，以及率先发出的"中国人自己创的名牌应该自己来经营"这一贴切民族情感又在经营方向上富有警策之言的呼喊，一经传播媒体披露后，立即在浦江两岸乃至全国各行各业中引起共鸣共振，对于促进在我国经济发展战略中"名牌效应"的形成与实施起了好的作用。

如果说，曾经是中国化妆品第一品牌的"美加净"化妆品牌号，这戏剧性地一"卖"一"买"的事实本身，也能给人以新奇感和某些启迪，那么，家化人为何不惜放弃几乎稳赚的数亿元净利，把"嫁出去的女儿"又重新迎回来呢？这非常之举的背后的高深之谋：家化人的反思以及企业方略的定位思考，则在更广的领域、更深的层次上具有广泛的社会意义和指导意义。这篇获奖消息正是较好把握住这个重点，不仅介绍家化人的非常之举，更着重介绍他们的高深之谋；不仅报道家化人做了什么，更着重介绍他们为什么要这样做。从而将新闻事实置于更深层次、更广阔的社会层面来展示它的社会意义。

毋庸赘述，新闻传播本是事实的传播、信息的交流。但是从总体上来说，无论是事实的传播，还是信息的交流，都不是或主要不是最终的目的，新闻传播的根本目的是要引导读者更好地去认识周围世界已经发生或将要发生的事情，更好地去规划自己的行动。正像高尔基说的："系统的、连续不断的、尽可能完整的新闻报道应该使千百万读者不仅从中得到对他们有益的消息，而且他们能够把这些消息用到自己的日常工作中去，能够从中意识到他们劳动的现实好处而感到安慰，并能满怀激情地去争取新的胜利。"

也毋庸赘述，倚重于用事实说话的消息，其特点之一就是通过所报道的事实来体现某种思想观念、社会价值，但由于新闻事实的具体性、地域性、专业性、行业性以及读者的广泛性和层次、素养上的不同等，对某一报道的思想内涵、社会价值，就常常会有个理解或不理解，理解得多或少、深或浅的差异。因而新闻工作者笔下的新闻报道，在讲清新闻事实的基础上，又要起"望远镜"和"显微镜"的作用，帮助读者透过新闻事实的表面现象看清事物的内在本质，提高读者对其蕴含的社会意义的认识。这篇获奖消息在这点上也是把握得比较好的。全文共分6个自然段，导语集中概述了主要新闻事实之后，其后便集中笔墨对其所包含的社会价值，进行纵向、横向的多方位的充分展示。

新闻传播是大众传播，是面向公众的传播。要让绝大多数读者看得懂、看后明白清楚，这是新闻写作最基本的要求。否则，新闻所传播的事实、信息就会出现这样或那样的障碍。在这点上，这篇获奖消息是有缺陷的。

首先，标题与导语在事实的表述上就有矛盾。主题写着："1200万元买回美加净"，导语又说"曾经是中国化妆品第一品牌的'美加净'化妆品牌号，4年前曾'卖'给 家著名合资企业经营，现在又被原主——上海家化联合公司以每年支付1200万元人民币的代价'买'了回来。到昨天为止，重归上海家化的'美加净'销售额已突破1.2亿元"。

第二，导语最后一句，讲了"美加净"品牌重归上海家化后的销售额的时间下限"昨天"，但上限为何时，"美加净"品牌号究竟是什么时候"买"回来的，消息根本就没有交代。

第三，上海家化公司究竟花了多少钱"买"回美加净？消息中有3种说法，标题与导语各为一种。第五个自然段的起首句"上海家化这次又为何不惜放弃几乎稳赚的数亿元净利，把'嫁出去的女儿'又重新迎回了'娘家'呢？"为第三种说法。

1996年5月在广东南海市举行的第六届中国新闻奖评选中，消息《上海家化公司好气魄 1200万元买回美加净》，评委们虽然认为，这篇报道无论从新闻事实的选择、内涵的开掘与阐释上,还是从传播后对经济工作的推动上看,在当年众多经济报道中不失为好稿,但由于新闻事实交代不够清楚,在大会定评表决时未获2/3以上票数,未通过为一等奖,只好惋惜降为二等奖。致使当年度消息两个一等奖名额中有了一个空缺。

◆附作品

中国人自己创的名牌应该自己来经营

上海家化公司好气魄 1200万元买回美加净

裴 新 何洛克

本报讯 曾经是中国化妆品第一品的"美加净"化妆品牌号,4年前曾"卖"给一家著名合资企业经营,现在又被原主——上海家化联合公司以每年支付1200万元人民币的代价"买"了回来。到昨天为止,重归上海家化的"美加净"销售额已突破1.2亿元。

"美加净"牌号戏剧性地一"卖"一"买",表明中国化妆品市场自己的精品与外国名牌的更高层次的角逐已揭开序幕。昨天,刚从美国归来的上海家化联合公司总经理葛文耀接受记者采访时表示出自信:"中国人自己创下的牌子,中国人最熟,应该由中国人自己来经营!"

"美加净"曾是中国销售量最大、知名度最高的化妆品品牌,在80年代曾创下国内化妆品的许多项第一:第一支摩丝,第一管二合一洗发香波,第一款混合型香水,第一种磨面膏、护手霜等……1990年销售额达3亿元,占当时全国化妆品市场总销售额的十分之一强。

90年代初,为了让国产的名牌在产品开发、管理和营销等方面赶上世界先进水平,上海家化以三分之二以上的资产与一家国际著名跨国公司合资,"美加净"随之移师"洋师傅"麾下,上海家化因此每年获得1200万元的转让费,期限为30年。

上海家化这次又为何不惜放弃几乎稳赚的数亿元净利,把"嫁出去的女儿"又重新迎回"娘家"呢?原来,公司领导在激烈的市场竞争中深深体会到:名牌是企业的灵魂。目前,国际化妆品大企业无不以各自的名牌产品作为抢占中国市场份额的"王牌",宝洁、雅芳、利华、资生堂、花王、高丝、汉高……竞争态势咄咄逼人。作为中国化妆品行业龙头的上海家化,不仅要具备国际一流的科研开发能力、全国最大的生产规模以及快速健全的市场网络，更必须拥有一支自己的"名牌部队"。除了现有的高夫、六神、清妃等名牌，曾经是"领衔品牌"的"美加净"重展"拳脚"，无疑将使上海家化如虎添翼。

上海家化"接回""美加净"后，又根据现代CI理论对它重新"梳妆打扮"，新的"美加净"品牌定位在"满足最广大消费者实际需要"这个层面上，并在产品外装上进行了系统设计。目前，"美加净"家族已拥有防晒护肤、蛋白洗面奶等4个新品种，形成了护肤、护发、洗发、美容、防晒等5大门类共40多种产品，并在各大百货商场、连锁超市频频亮相，与外国名牌面对面打起了擂台。权威人士说，两三年内，"美加净"年销售额将达5亿元，这是凤凰涅槃之后的新生。

（原载1995年4月27日《解放日报》）

隐性采访，舆论监督的一种特殊手段

早在1904年列宁就指出："我们的宣传应该常挂黑榜，对一些不良的风气、现象进行尖锐的公开或半公开的批评。"这就明确地指出了新闻舆论监督在新闻传播中的地位。舆论监督，既是无产阶级报刊当好党和人民的耳目喉舌的一项任务，也是实现正确舆论导向的手段之一。

在我国，人们的思想观念、价值取向、道德情操都在发生着深刻变化，呈现多元化态势。这赋予新闻媒体引导舆论、服务大局和舆论监督的光荣使命。保证引导正确、服务有效、监督有力，是各种媒体共同的追求目标。而新闻报道作为反映和记录短时距的社会生活的一种手段，作为一种精神产品，能对读者产生知行影响的最重要的是思想观念，即能启迪心智、传递社会生活深刻变化的种种倾向性信息。新闻批评、舆论监督，对为人们所斥责、唾弃的丑闻丑事丑行要报道，但最主要的还是抨击那些潜移默化地起着离心作用、腐蚀作用的旧观念、旧习俗、旧思潮、旧作风。

当今中国改革开放是中国社会的一次划时代的物质文明与精神文明的重建，是告别贫穷落后、愚昧无知，走向富裕、进步和真善美的重建。这种前无古人的时代大变革绝不允许昔日的丑恶和糟粕"粉墨更改"又重新浮起。

在第六届中国新闻奖评选中获二等奖的消息《"周易应用研究所"值得研究》，正是以敏锐和理性的目光，及时地揭露了在改革开放的大潮中打着"科学"旗号和各种时髦名词搞封建迷信活动的行为，一时间成为人们普遍关心的话题。消息通过隐形采访，掌握大量的第一手材料，并请工商部门同往现场考察，然后借"预测大师"之口，以自相矛盾的预测，以无可争辩的确凿事实，揭露其搞伪科学、搞封建迷信的实质。它给予了打着"科学"旗号的谋财害人的利令智昏者以当头棒喝，并警醒迷惘者和糊涂人，为科学昭辨，为正义呐喊，是一篇"合为时而著"的好新闻。

更为可贵，《长江日报》还以此为契机，在以后的一个多月时间里，编发了各类消息、通讯专访、评论等几十篇新闻作品，在武汉三镇形成了强大的舆论气势，最终迫使这个"研究所"关闭，并追查了为其颁发"营业执照"的有关部门的责任。

这篇不足450字的短消息能写得如此生动引人、证据确凿、监督有力，在很大程度上是得力于隐性采访这一特殊手段的灵活运用。

隐性采访，是相对于公开记者身份和采访目的的显性采访而言的。它是不公开记者身份或公开记者身份但不说出真实采访意图，在特殊情况下的一种采访方式。隐性采访的使用是限定在特殊情况下，或为了防范坏人对记者的伤害，或防范受访者弄虚作假，以了解公开采访采集不到的真实情况。在改革开放的新时期，隐性采访有助于帮助读者翔实地揭开社会生活的另一角，报道鲜为人知的有别于绝大多数正常人的另一类人的生存状态和生存空间，在坚持正确舆论导向的前提下，充分发挥大众传媒舆论监督的作用。

在新闻界，隐性采访的使用仍有不同意见。它的法律界定尚待研究明确，理论探索也有待规范。在使用中不可盲目利用，应遵守在显性采访难以采集到真实情况的特定条件下使用。在采访中，记者隐去真实身份，但不能冒充执法者、政府官员以及有违国家法纪的其他身份，只能以旁观者、记录者、见证人，在不违犯政纪国法的情况下也可以参与者的身份，参与到事件中去，亲身感受、了解事件的真相。

◆附作品

你说它"科学"？分明在搞迷信
你说搞迷信？却有营业执照
"周易应用研究所"值得研究
李利民

本报讯 武昌都府堤一片不到10平方米的门面打出"周易应用研究所"的招牌。6日中午，记者目睹了这里"研究人员"的工作情形：为几名青年人"科学预测"吉凶祸福。

令人惊讶的是，"研究所"墙上，端端正正挂着一份铝合金镶框的"营业执照"，"经营范围"是"周易应用研究、生命科学、社会科学开发"。执照注明为个体工商户，注册资金9000元，发照时间是1994年10月，有效期4年。

记者看到，一长须老者铺张白纸，为欲到广东谋职的某房地产公司职工蒋小姐预测前途。"预测"的结果是，她不能与属蛇的人交往，否则会"折财"。老者还建议她改姓名，因为她的名字"水"太多。蒋小姐付出"咨询费"80元。

另一位工厂女业务员花30元算了八卦后还不满意，又花200元做了包括生老病死、婚姻家庭、未来运气等内容的"全息"预测。

记者随即采访发照单位，一位负责人特地去"研究所"察看，证实他们的所作所为确有与执照经营范围不相符之处。他说，当初发照请示过上级，答复是：周易应用研究属技术咨询服务，可以搞。

这位负责人表示，将对这家研究所违规行为进行纠正和制止，加强管理，对类似经营单位的审批也将加以限制。

（原载1995年2月10日《长江日报》）

记者应有探求"真相"的意识

《"天河"设骗局 乱招委培生》与《"周易应用研究所"值得研究》，在第六届中国新闻奖中同时被评为消息二等奖，只是得票后者略高于前者，故本书即以此为序排列。

百年大计教育为本。在教育领域内搞坑蒙拐骗，对社会的文明进步、安定团结危害极大。这篇获奖消息及时地揭露了骗局，是继《"周易应用研究所"值得研究》之后的又一篇入选本书的"合为时而著"的好新闻。

捧读这篇获奖新闻，让笔者感受颇深的是：

第一，一个优秀的记者应该永远对"真相"感兴趣。日常社会生活中有许多"真相"，待新闻工作者去发现、去探明。记者有无探求事物"真相"的意识，就像有无艺术灵魂之于画匠和画家一样。有，你便是记者中的"画家"，反之，你最多只能是记者中的"画匠"。

第二，着眼社会时弊，关注现实生活中的热点问题，是舆论监督永恒的主题，也是批评报道永恒的思想魅力，更是记者不可推卸的重要责任之一。在改革开放的年代，社会热点很多，要做到所选择的热点问题既有大局意识又有群众意识，在坚持正确舆论导向的前提下，使报纸通过对热点的引导，以促进改革开放的发展和社会稳定为目的。

第三，注意分寸，讲究报道艺术，把握好批评的"度"。批评报道所涉及的大都是敏感问题，因此讲究批评艺术，把握好批评的软硬至关重要。过软，缺少锋芒，会使读者感到你的批评是隔靴搔痒，无济于事；过硬，凭激愤的情绪出发，图一时的痛快，用词尖刻，有失偏颇，达不到理想的批评目的。舆论监督、新闻批评是一种手段，不是目的。对于一种思想行为、一种倾向苗头、一种事件问题，要不要公开批评，怎样批评，批评到什么程度，都必须认真考虑，都应当认真考虑是否有利于党和人民的事业。

新闻是什么？从某种意义上说，新闻就是现实社会中人民群众创造历史的真实记录。无疑我们的新闻报道应该坚持正面报道为主的方针，但也不排斥必要的批评报道，这也是实现正确舆论导向所必需的。

新闻是时代的号角。新闻舆论监督应成为站在时代航船船头的"瞭望哨"，观风测雨，察视暗礁，及时发出警示。在改革开放的历史时期，新闻舆论监督巨大的力量就在于，能够及时地、不断地把改革进程和社会生活中孕育着的新矛盾和迫切需要解决的新问题提出来，以引起群众和有关部门的注意，促进矛盾和问题的解决。这样我们就必须改变那种过多依赖从读者来信等特定的渠道和特定的对象身上坐等新闻素材的被动局面，要对社会各方面问题主动干预。新闻舆论监督不同于党政部门的信访办，也不是调解委员会，更不是纪检、执法机关，我们不可能报道群众企盼的每一个问题，也不能鸡零狗碎碰到什么就抓什么，东一榔头西一棒子，而应把它作为一个系统工程来操作，在一个时期要有主攻方向、主攻目标，要集中火力从不同角度、不同侧面反复冲击，从而才能有比较大的成效。

新闻舆论监督，实质上是公民通过舆论机关依法对国家事务和公众利益相关的社会事务的监督。这里"依法"二字是不可少的，它至少包含着这样两层意思：其一，作为新闻舆论监督主体的人民群众及其载体的新闻媒介的舆论监督权必须受到法律的保障，而参与监督的行为人也要受到法律的规范，以防止舆论监督的滥用；其二，在监督的内容上，不应有个人的随意性，必须依照和遵循党的方针政策、国家的法律法规和社会公德去实施监督。这样，既有自下而上的对领导层面的监督，又有自上而下的社会层面的监督，既是我国实行的社会主义民主政治的一种有效方式，也是在人民内部进行自我教育的一种有效方法，从而构成了新闻舆论监督的全方位。我们既要明确监督重点是党和政府的工作及其工作人员，又不能简单地把监督归结为"矛头向上"，从而放松对社会一切有悖于政策法规和道德规范的不良现象实施监督。新闻是时代跳动的脉搏。经济体制转轨的巨大变革难免带来一些社会问题和某些混乱，泥沙俱下，鱼龙混杂，除了国家及其行政机关要加强和加速法制建设的进程和管理的力度外，新闻媒介的舆论监督管理应成为一种积极的制衡力量。

◆ 附作品

"天河"设骗局　乱招委培生

省高教厅负责人提醒学生和家长不要上当

曹轲　韩浩

本报讯　近来，广东天河商业广场有限公司宣称，以委托培养的形式，从我省招收自费生1300人，委托武汉大学、湖北大学代培全日制大专生乃至本科生。省高等教育厅副厅长刘育民前日就此接受本报记者采访时郑重指出，这是一种以营利为目的的行为，广大学生和家长要三思而行，以免上当受骗。

据了解，天河商业广场公司在一个月前就开始通过媒介刊登广告，以及散发《招生简章》，打着武汉大学、湖北大学的招牌，未经广东省教育行政部门批准，擅自在省内招收自费的委托代培生。他们宣称："应届、往届高中毕业生或具有同等学历的社会青年"都可报名，交上"代培费用"3万元，就可参加3年全日制大专班，学生在校期间享受武大、湖大学生同等待遇。考试成绩合格后，获得国家承认学历的大专毕业证书；其中成绩优异者将保送攻读本科，成绩合格后，将获国家承认学历的本科毕业证书及学士学位。他们还声称，学生毕业后，委托单位将优先录用或负责推荐到珠江三角洲、沿海开放城市工作。

然而，实际情况并非像所说的那么好。中山市的黎星照先生来信反映：这家公司的招生内幕疑点重重。本着对广大学生负责的态度，记者走访了天河商业广场公司，看到了企业与高校兴办"人才培训基地"和委托代培的合同协议，却越听介绍越觉得疑惑不解：该公司绕过了省教育行政部门以招工名义变相自行招生，谁来保证生源的质量？委托培养计划逾千人，该公司如何容纳？就算是招工和毕业后的职业介绍，也该有劳动部门的批准呀？按规定，未列入国家招生计划，未参加考试，未经省招生部门批准录取的学生，是不得发给国家承认的大专毕业证书的。而且收取学生3万元"代培费用"，也超过了省所规定的收费标准几倍。

上述做法违反了国家有关政策，属于乱办学、乱收费现象。《招生简章》巧妙地避开自学考试及成人教育的字眼，迷惑了许多不知内情的学生和家长，据说报名的人已达数百名。如果不及时予以处理，问题会变得更加复杂，甚至难以收拾。

省高教厅获悉情况后对此十分关注，并已迅速上报国家教委进行处理。据了解，武汉大学领导对此事非常重视。他们认为，天河商业广场公司散发的《招生简章》改变了合同的初衷，混淆了办学性质，没有按国家规定收费。他们要求该公司发表更正声明。目前，武汉大学和湖北大学正采取措施，妥善处理这件事情。

（原载1995年8月24日《南方日报》）

时效，新闻成因的第一要素

在第六届中国新闻奖评选中，《羊城晚报》的消息《寻人信发往山东》获得二等奖。作为当年的评委，笔者对这条消息的获奖至今印象深刻。这主要是一方面消息报道了广东高校实行收费制度以来首例因经济困难而自动离开大学校园的新生，在校方获悉后尽全力解决他遇到的经济困难，让他重返校园的动人事迹；另一方面则是记者可贵的时效观念，让人感动。

据了解，当记者获得这一新闻线索时，这位贫困生已离校好些天了，后又得知校方准备向这位学生的家乡县招生办发一封寻人信，便连续几天守在学校，一直等到眼看着这封寻人信发出去，才在消息中写下了这样一个鲜活的导语：

广州中医药大学昨晚向山东发出一封"寻人信"，希望找回一名在入学报到后因经济困难不辞而别的农村学生。

记者昨天下午5时在该校学生处看到了这封即将用快件发往山东省寿光市招生办公室的"寻人信"。信中说……

中国有句古话"文非一体，鲜能备善"。这个"鲜"，当然主指新鲜之意。新鲜对于新闻更具有特殊的意义。因为人们读新闻，主要是为了了解周围世事变动的新信息。时效对于新闻来说，犹如血液对于人体一样重要，有之则生，弃之则亡。这就是说，新闻报道要能起到传播信息的作用，时效是一个不可缺少的条件，新闻传播与新闻事件发生之间，时间的距离愈小，新闻价值就愈大；新近发生的事实，这比早已发生的事实，更招引读者，这是新闻传播的一条客观规律。

一个成熟的新闻记者，应该是时间观念最强的记者。他既善于捕捉"小荷才露尖尖角"式的新闻，也善于从旧闻中发现新闻，没有理想的时间要素，也会千方百计找出新闻由头。

当然，新闻时效，也并不单指从新闻事实的发生到公开发布的时间距离。它是指新闻公开发布以取得最佳社会效果的时机选择。这是一个含义宽广的概念。它不仅包含着对时间性的要求，同时也包含着对时宜性与时空性的要求。

所谓新闻的时宜性，指的是新闻发布时机的精心选择，从而使新闻事实中蕴含的新闻价值得到充分的展示，以获得最佳的社会效果。所谓时空性，指的是新闻发布的地域与环境条件。一则新闻如果发布时机选择得当，地域环境条件得宜，就会引起受众的特别关注，传播范围就会增大，传播目的就能如期实现。反之，受众关注的程度就会减弱，有时还会产生错觉和猜疑，甚至走向与传播者预期目的相反的社会效应。1982年《人民日报》曾加框刊登过新华社播发的一篇题为《美国总统里根的儿子失业》的报道。就报道而言，传播者的意图是明确的：主要说明连总统的儿子都失业，美国经济衰退何等严重！里根的"经济复苏计划"，连自己的儿子都"拯救"不了，何以"拯救"民众？这件事毕竟发生在美国，当地读者接受这样的意向，应该说是顺理成章的。可远在东半球的中国读者，就大多数来说对美国的国情、经济衰退的严重程度不甚了了，也是不大在意的。有的甚至认为，连总统的儿子都会被解雇而失业了，说明美国政府不搞特权、社会的民主风气好。编者的传播目的与有些受众的接受倾向竟出现如此严重的反差。显然，受众对新闻媒体发布的新闻的理解，往往并不只看报道本身，而且常常会与当时的社会环境、社会热点和自己的兴趣、感情与关注点联系在一起，形成特有接受倾向。新闻的发布，特别是对重大事件、重要新闻的报道时机，应充分考虑到它的时宜性与时空性，要充分考虑到传播目的与受众接受倾向的一致性与可能产生的不一致，力争最佳的传播效果。

◆附作品

广州中医药大学一名新生因家贫交不起就读费用悄然离校，校方决定：
寻人信发往山东

本报讯 记者张洪潮报道：广州中医药大学昨晚向山东发出一封"寻人信"，希望找回一名在入学报到后因经济困难不辞而别的农村学生。

记者昨天下午5时在该校学生处看到了这封即将用快件发往山东省寿光市招生办公室的"寻人信"。信中说，这个学生名叫姜永涛，是山东省寿光市一中应届高中毕业生，父母都是农民。9月5日晚，他由父亲陪同到广州中医药大学报到，领了一些生活用品，但未办理其他入学手续。次日早晨，姜永涛留下学校发的生活用品，悄然离校。

以614分的成绩被广州中医药大学录取的姜永涛，为何不辞而别？校方在他写给学校另一名山东籍学生的信中，找到了答案。信中说："我们家太穷，根本负担不起这里的生活费用。另外，因为凑不起学杂费，我拖到3号才出发，没有打上票，我们爷俩糊里糊涂地上了卧铺厢，光车票就花了我们一大半钱。没有好办法，我们只好回家……"

姜永涛是广东高校去年实行收费制度以来首例因经济困难而自动离开大学校园的学生。广东省高教厅有关人士认为，这表明政府和学校为保证"穷孩子"有书读而建立的奖学金、贷学金制度，尚未能"深入人心"。

不过，在广州中医药大学，人们目前最关心的，还是怎样让姜永涛重返校园。

据党务副书记何柏苍介绍，姜永涛父子俩离校当天，学校曾派多名老师和学生到广州火车站通过广播寻找他们，可是，直到深夜仍未见他们的踪影。

广州中医药大学本周早些时候举行新生工作会，专题讨论了帮助姜永涛返回广州读书的多项措施，其中包括以学校的名义写信给山东省寿光市招生部门，恳请他们找到姜永涛并转达学校的心声——校方将尽全力解决他遇到的经济困难，保证他不会因交不起学杂费（每学年1500元）和缺乏生活费而影响学业。

广东省高教厅负责人今天上午也向记者表示：欢迎姜永涛快快归来。

（编者按：姜永涛能否重返校园？相信人们都会关心。本报将作追踪报道。敬请读者留意）

（原载1995年9月15日《羊城晚报》）

淡化专业性，突出新闻性

在历届中国新闻奖评选的参评作品中，科技成果性新闻报道是少见的，能获奖的作品更是屈指可数。消息《春蚕到死丝未尽》能在第五届中国新闻奖评选中获三等奖，是评委们对作者在写作上探索淡化专业性、突出新闻性、增强可读性与思想性的充分肯定。

当过记者的恐怕都有这样的体会，科技成果新闻，易写难工。如果仅把在成果鉴定会上得来的消息，将该项成果的研究过程、鉴定意见以及它的意义，如实地一一道来，这不是什么难事。但是要把科技成果新闻写得鲜活引人，让专业以外的众多读者，能爱读、读懂，读过之后感到有益有用，就是很难的事了。当然"难为"，并不等于"不能为"。这里最关键的是，要像这篇获奖消息那样，要按照新闻传播规律的要求，在准确把握报道对象的新闻性与可读性上多下功夫。

报纸是新闻的载体。新闻传播不同于包括科技情报在内的内部情报，它不是个人间或少数人之间的互通信息。新闻是面向全社会、面向大众的公开报道，传播面越广，受众越多，价值越大。新闻传播的信息，必须有影响读者、惠及社会大众的新闻性。

新闻报道的"新闻性"，简言之，应有这样三层含义：它报道的是客观存在的事实，而且必须是新近发生的人所未知或人所少知的新事实，或者是已知事实的最新变动、最新发现；它必须做到大众化、通俗化，朝着"让识字人能读懂，不识字人能听懂"的要求去努力；它既给人以新鲜感、新奇感，又能给人以影响，给社会给大众以影响。人们的这种感觉越强烈，这种影响越深刻广泛，这则新闻的新闻性就越强，与之相连它的可读性也就强。

科技成果报道的新闻性的内涵，与其他新闻相比并没有什么本质的差别，只是因题材的不同，它比较集中地体现在这样两个方面：一是要比较集中地反映在体现"科学技术是第一生产力"的思想要求上，要可触可感地反映出科技成果对推动生产力发展和社会进步的重大意义上；二是要在比较充分地展示科技成果特有的知识性含义上。但这一特有的知识性必不可少的又是与专业技术术语结合在一起，因此作者在写作时要多做"翻译"解释工作，把专业技术术语通俗化，将其特有的专业性知识性与可读性结合起来，是包括这篇获奖消息在内的科技、专业类新闻写作获得成功的关键。

行文至此，笔者想起了，在第二届现场短新闻评选中，有两件同一内容的参评作品，一篇是经济日报的《欠债还房第一家》，再一篇是另一家报纸的《抵押房产拍卖》，两者都是讲我国首宗抵押贷款房产公开拍卖的。前者得了一等奖，后者却没有获奖，高下之分，关键在写作。前者不仅结构得体、语言通俗讲究，注意阐明它的意义，而且还着力围绕国内首宗抵押贷款房产公开拍卖这件新鲜事，向读者介绍了不少的相关知识。后者却原原本本讲拍卖会的技术操作方法、方式，内容倒是很丰富，"原汁原味"，但让评委读来觉得"很不轻松"，别说专业之外的读者大众会爱读了。

其实，可读性、知识性历来就是影响或者就是构成新闻价值、引起读者阅读兴趣的重要因素。特别是随着社会的发展，科技的进步，知识经济的来临，在现代新闻的传播中，知识因素越来越起着重要作用。因为人们要摆脱愚昧，认识自然，发现真理，是离不开科学知识的。科学技术是第一生产力，科学知识是全人类共同创造的精神财富，它总是在人们生活的一切领域里发生着巨大的作用。因此人们对知识是具有共同兴趣的。人的审美情趣，人的趣味性，就是人们认识科学真理的反映。欧洲文艺复兴时期的美术家、科学家和哲学家，意大利人达·芬奇就把知识比作人类"灵魂的粮食和唯一的财富"，认为"掌握无论哪一种知识对智力都是有用的。它会把无用的东西抛开把好的东西留住"。

所以，无论自然科学、社会科学，一旦有了新的发现，就必然会引起人们的强烈兴趣。

所以，当今读者阅读新闻报道，不仅要从中了解新的信息、新的视野、新的政策，同时还要求从各种各样的报道中，增长知识，开扩视野，以有益于自己的工作和各方面的长进。当然，这一切又是以可读、能读懂为前提的。

在这些方面，这篇获奖消息的作者是有意做了探索的。他在谈到自己的写作体会时说：我分析了蛹蛋白的长纤维技术研究这一成果后，觉得完全可以做一次写作探索。8日下午，我拿到成果鉴定意见，开始写稿。我抓住江泽民总书记获悉有关蛹蛋白长纤维技术研究这一研究项目后，将"春蚕到死丝未尽"这句改了一字的唐诗做文章，并以此作为新闻眼，作为处理好科技成果新闻的指导性、知识性和可读性关系的由头。我以"春蚕到死丝方尽"变为"春蚕到死丝未尽"的一字之变来做导语，引出蛹蛋白长纤维技术研究这一项目，并点明蚕蛹可以出丝的重大新闻。第二段交代了蚕蛹过去的用途及"春蚕到死丝未尽"的来由进一步强化新闻眼。第三段是重头。由于有了"春蚕到死丝未尽"

这句形象生动的诗，所以在介绍这项成果的技术时，简明扼要地叙述了研究过程及关键技术。行文至最后，我用了30万吨蚕蛹、20万吨蛋白纤维和上百亿元产值这3个数据，说明这项成果的运用前景及其对国民经济发展的重要作用。由于有了"春蚕到死丝未尽"这句诗，使得技术术语读来不甚枯燥，也使得这项成果的重大意义显得更为具体、生动，指导性也更强。

美中不足的是这篇消息在提行分段上似不够精当，没有把文中两处十分重要的背景材料突出出来。

一是江泽民总书记到中国核动力研究设计院考察时，将"春蚕到死丝方尽"这句几乎尽人皆知的唐诗改为"春蚕到死丝未尽"，意味深长地把这项高新技术的研究开发做了通俗化、凝练化的表述，并成为统领全篇的"新闻眼"，理应独立成段，把它凸显出来，顺理成章放在导语之后的第二个自然段。这样原文的第二与第三个自然段似应做如下调整为好：

江泽民总书记1992年4月在中国核动力研究设计院考察时，获悉该院正在进行将历来认为不能出丝、只能用作饲料或它用的蚕蛹，经过核辐照后提取出蛋白质，然后利用现代技术纺丝的研究项目，欣然把"春蚕到死丝方尽"这句唐诗改为"春蚕到死丝未尽"。

始于1991年的这项研究，是1992年被列入国家"八五"重点科技攻关计划的。……

这样稍加调整，既突出了重要的新闻背景，又使这项研究何时立项，何时列入国家"八五"计划，文意连贯，一目了然，不致再被背景材料插段。

二是文尾的那段资料背景："据悉，我国每年有30万吨蚕蛹，用这种国内外首创技术可获20万吨蛋白纤维，产值可达上百亿元，不仅为我国丝绸工业和纺织工业提供了新的材料来源，且社会经济效益巨大，前景十分良好。"它既简洁、具体、通俗而且有说服力地展现了蛹蛋白长纤维技术研究成功的重大意义及其运用上的美好前景，又使主题"春蚕到死丝未尽"的意味更加深长，更会使人从它的自然科学价值想到社会科学的价值。

像这么一段重要材料，也应让它独立成段，成为结束全文、深化主题的结尾段。

◆附作品

春蚕到死丝未尽
蛹蛋白长纤维技术研究获得成功，使从蚕蛹中取丝成为现实

本报讯 （记者 雷健）"春蚕到死丝方尽"的历史，由于一项高新技术的开发成功，已被改写为"春蚕到死丝未尽"。这是记者8日在国家"八五"重点科技攻关项目——蛹蛋白长纤维技术研究鉴定会上获悉的信息。

蚕蛹历来被认为不能出丝，只能作饲料或它用。始于1991年的蛹蛋白长纤维技术研究，是将蛹经过核辐照后提取出蛋白质，然后利用现代技术纺丝。1992年4月，江泽民总书记在中国核动力研究设计院考察时，获悉该院正在进行的这个研究项目，把"春蚕到死丝方尽"这句诗改为"春蚕到死丝未尽"。

1992年，这项研究被列入国家"八五"重点科技攻关计划。中国核动力研究设计院首先对蛹蛋白长纤维的技术研究做了大量工作。之后，四川三线经济技术联合发展总公司在有关部门和厂家的协作支持下，继续攻关。这项成果采用了当代先进的高分子技术、化纤技术和生化技术，解决了高蛋白含量的蛹蛋白提取技术和脱脂、脱臭、脱色以及蛋白质分子量的控制技术，解决了蛹蛋白同PVA共混纺丝技术和蛹蛋白同粘胶共混纺丝的共混比例和纺丝工艺技术，使得从蚕蛹中获取丝成为现实。用这种丝织的衣服面料，其各项指标与纯丝相仿，大大优于化纤产品。据悉，我国每年有30万吨蚕蛹，用这种国内外首创技术可获20万吨蛋白纤维，产值可达上百亿元，不仅为我国丝绸工业和纺织工业提供了新的材料来源，且社会经济效益巨大，前景十分良好。

（原载1995年6月9日《四川日报》）

写好被别人写过的新闻

在第五届中国新闻奖评选中,《六百勇士斗死神 雷场放飞和平鸽》荣获消息一等奖。作为当年的评委之一,笔者在嚼读全文时,脑海里就不时闪现过这样的问题:边境扫雷早已有过多次报道,按说这是作者在"旧闻"中开拓出的新闻了。它的采写成功,对于回答怎样写好被别人写过的新闻,确有诸多可供借鉴之处。

长期以来,我国新闻界对新闻资源的二度开发认识不一。有人认为新闻是易碎品,要"抢"新闻,假如新闻被人"抢"走了,报道过了,就不好再写了。不错,写新闻报道,要提倡打"第一枪"。但如果因种种原因,没有赶上"头班车",而又面对一些内涵丰富、影响重大、导向性强的事件和典型人物的报道,是不是就无所作为呢?从许多成功的报道实践来看,"不好写"并不等于"不能写",二度开发同样可以收到良好的效果。曾经影响一代甚至数代人的《谁是最可爱的人》、《县委书记的榜样——焦裕禄》,以及近年发表的新闻佳作《领导干部的楷模——孔繁森》、《北京有个李素丽》等等,在它们面世之前,有关的报道和文章已经刊发了不少。但是在深入采访、精心提炼的基础上,却写出了远远超过以前有过的社会影响的报道。

辩证唯物论告诉我们,客观事物的发展变动是有一个过程的,人们对它的认识也是有一个过程的。各种类型的新闻报道无不是作者对客观事物发展变化认识程度的反映。对于新闻资源是否需要再度开发,从这篇获奖消息的采写实践看,主要决定于这样三个方面:

一是事实有新的发现。事实是信息的载体,也是思想观念的载体。事实没有新的发现,全都是或主要是"别人嚼过的馍",即使勉强传播出去,也可能只收到"谁报道谁看"、"报道谁谁看"的弱化效应,甚至无效应。在审视报道对象时,有了新的发现,这是二度开发的基础和前提。这篇获奖信息紧紧抓住"提前3个月完成云南边境大面积扫雷使命"这一最新的变动信息,并把它灌注于消息的关键部位——标题与导语中,在新闻主体部分又紧紧围绕这个关键信息,从扫雷成果、科学的扫雷方法以及专家的评价"云南边境扫雷面积之大,雷种之多,条件之苦,方法之高,进度之快,消耗之小,均在中外扫雷史上少见,创造了具有中国特色、世界水平的扫雷经验"等,从多方面、多角度精选了最新的事实信息,成功写出了这篇既颇具新意又有一定史料价值的消息。

二是认识有新的见地。优秀的消息是要通过对新闻事实的选择与表现来表达作者的认识和看法的；但这种认识和看法应是新颖独到的、精辟的，而不是人云亦云的陈词滥调。唯其如此，才能引起广大读者内心的共鸣，这是一种内在的深层效应。一篇消息，如果读者不能从新鲜的、真实的事实中领略到作者对新闻事实独到的认识，那么，纵有"金玉其表"，也不能认为是一篇佳作。这篇获奖消息，从外部的表层信息看，它讲的是扫雷的成就、扫雷的方法等，但其深层的信息、广泛的社会意义却在于：它从一个独特的视角展现了当代中国军人特有的风采。当战争袭来的时候，他们义无反顾地在战场上流血献身，为保卫祖国、维护和平立战功；而当赢得了和平之际，他们又义无反顾地在扫雷场上舍身履险，为改革开放、为和平建设做贡献。他们以自己的行动又一次向世人宣告，中国军队是无私无畏、有高度文化素养的正义之师、文明之师，是维护与创造和平的重要力量。这也正是这篇消息高于其他同类报道最为重要的又一特色。

三是写作有创新。全文没有华丽的词藻，都用事实说话，用数据说话，写得情真意深、平实豪迈，中国军人的形象跃然纸上。正如《解放军报》原副总编费洪智所评论的那样："这篇信息容量很大的新闻在写作上也有其独到之处。消息报道整个云南边防扫雷部队的业绩，用的是全方位概括的写法，从雷带长度、地雷及其他爆炸物的数量，到排除雷障的土地面积、恢复和新增的国土资源，以及排雷的科学方法、节约消耗、雷障排除后带来的经济效应等等，用了一系列数字，使读者对这一庞杂、艰巨的行动一目了然，从时、空两方面获得清晰的认识。"

清人袁枚在《随园诗话》中说："凡菱笋鱼虾，从水中采得，过半个时辰，则色味俱变；其为菱笋鱼虾之形质，依然尚在，而其天则已失矣。谚云：'死蛟龙，不若活老鼠'。可悟作诗之旨。"这段话实在讲得太好了，写诗作文尚且如此，采写新闻报道，更得多花力气把"鲜菱笋"、"活鱼虾"奉献给读者。这篇获奖消息的作者，似乎深谙其中三昧，报道时机一旦成熟，便当天采、当天写、当天发出带电头的报道，为这篇新闻资源再度开发的消息增色不少。

◆ 附作品

六百勇士斗死神　雷场放飞和平鸽
云南边防扫雷部队提前3个月完成扫雷使命，262平方公里和平土地移交边疆人

杨统时　徐文良　郑蜀炎

本报昆明9月24日电　云南边防扫雷部队在建国45周年前夕，向祖国和人民

放飞一只和平鸽；提前3个月完成云南边境大面积扫雷使命，将全部清除雷障的262平方公里和平土地移交给边疆人民。

指挥长刘昌友少将今天在昆明向记者发布这条新闻时，欣喜感慨："我们没有辱没中国军人创造和平的神圣使命。"10年前，他曾指挥某师为共和国收复老山。

据悉，到9月20日，云南边防扫雷部队已基本清除边境1353公里的雷带，扫除20多个雷种的地雷28万余枚，其他爆炸物12万余枚（发），为边疆人民恢复和新增生产用地、经济林用地12万余亩，开通国家级口岸2个、省级口岸5个、通道75条。仅文山壮族苗族自治州去年边境贸易进口额就达到1.8亿元，比上年增长63%。

扫雷部队官兵在扫雷中告别高耗低效传统作业方法，探索出"火烧、爆破、压推、搜排"为主的18种科学方法、25种扫雷手段，研制革新出单兵防护装具、扫雷耙等8项科技新成果投入使用，并在老山创立"1根火柴棍＝1吨TNT"的旱季科学扫雷新公式。一位中将称赞他们："为未来高技术条件下局部战争的设障破障，提供了可借鉴的经验。"

扫雷部队完成使命时间比国务院、中央军委要求的时限，提前了3个月，节省扫雷经费39.5%，扫除1平方公里雷障平均仅耗资16.4万元，创造了"世界扫雷单位投资最低纪录"。626名官兵同"死神"打交道数百个日日夜夜，仅有13名官兵光荣负伤，没有牺牲1人，而且扫雷官兵50%此前不是工兵。

副指挥长李智伦大校正在编撰的《山岳丛林大面积扫雷法》，将为我军扫雷史写下科学扫雷新页。数名来自总部的我军工程兵专家，在云南边境扫雷工作全面考察后认为：云南边境扫雷面积之大，雷种之多，条件之苦，方法之高，进度之快，消耗之小，均在中外扫雷史上少见，创造了具有中国特色、世界水平的扫雷经验。

（原载1994年9月25日《解放军报》）

巧取角度，文显风韵事生辉

有一些事情常常令人感动，让你感动的事情往往又难以忘怀。

比如，远在1994年的夏秋之交，读过新民晚报的一则消息《同是苍蝇，两种待遇》，着实让笔者感慨万千，依稀的仍然记得这则消息的大致内容：苍蝇本是"四害"之一，然而在仅有一山之隔的花莲与台南两地，却有两种截然不同的遭遇，在花莲人见人厌，全力扑杀并有乡规民约的灭蝇措施；而在台南不仅不扑杀，反而鱼干款待，专门吸引苍蝇。原来这也是出于无奈啊！因为由于农药使用过多，原来担任传递花粉任务的蜜蜂大多与其他害虫同被杀死，致使芒果无法授粉结果，只好吸引苍蝇代替蜜蜂担起协助芒果"传宗接代"的任务。消息不长，事情不大，读过后自然而然地就会在心里涌起阵阵热浪：关爱地球，关爱生态环境吧！因为这就是在关爱人类的生存条件，关爱人类自己的生命啊！掩卷而思，当今之世迄今为止生态破坏的大小事件何止万千，呼唤关爱地球与生态的报道、文章又何止万千，然而这篇短文，这件小事，仍能让人入心入脑，作者选材、立意的角度，作者的"眼力"与"笔力"，确实让人赞叹、感动。

在事隔一年后，1995年6月在上海举行的第五届中国新闻奖评选中，作为评委笔者又读到过一则在选材、立意的角度上很有特色的消息《取下神像挂地图》。千百年来，农村上房的中堂一直是农民祖祖辈辈供奉祖先灵牌和神像的宝地。但在改革开放春风的吹拂下，海南省南部上蔡县东黑河村的村民却惊世骇俗地在这块农家最神圣的地方取下神像挂上了地图。过去东黑河地势低洼，"村民因十年九涝一贫如洗，在茅草屋里度日月。不傍城不临镇，谁要跑一趟五六十里外的县城，都是轰动全村的新闻"。

如今，地图却把东黑河人与外部世界越拉越近，当地居民日子越过越富，每到农闲季节，80%的青壮年劳力都带着地图走出去做工，搞建筑。全村第一个取下供奉的全神图、换上一个崭新地图的李满仓，凭着一张地图建起了一个覆盖几个地市的家电经销网络。36岁的李世英办起了农副品购销公司，走南闯北，手里总离不开一本地图册。他的生意越做越红火，家里的地图也越挂越大。而今，"东黑河村周围的农民，也开始喜欢地图了"。

东黑河人的惊世骇俗之举也给评委们带来惊喜。评委们盛赞这篇作品着墨取事、谋篇行文的角度可谓既巧又妙！正像在这则消息被评为二等奖后一位评论者指出的那样：从事物发展的变动中，巧选了一个全新的角度，"从一个侧面反映了改革开放以来中国农村从封闭转向开放，从传统转向现代，从自然经济、计划经济转向社会主义市场经济的沧桑巨变。广大农民在摆脱贫困、奔向小康的过程中，不仅创造了全世界所注目、惊奇的经济成果，而且在思想上、文化价值观上，经历了从保守到开明、从愚昧迷信到信仰科学的心理嬗变"。

取巧角度，文显风韵事生辉，真可谓别有洞天！

写新闻，选材、立意、表达，以及取事着墨、叙事状物，都有个角度问题。角度，就是看问题的着眼点，就是透视新闻事实的立足点和窗口。它好比摄影选镜头，摄取的镜头不同，表现的思想和意境也不一样，就有高低与深浅之别。

古人说："一树梅花万首诗。"事物的多样性，决定了角度选择的多样性。在某个角度的选择上很难说有优劣之分、好坏之别，应以因时因事得体为宜。但一般说来，在角度的选择上应注意：要从贴近读者的需要、接受心理上选取角度。新闻传播是一个由传播者到受传者双向交流过程，新闻传播价值的实现，又是以受传接受为前提的。面对纷繁复杂的客观世界，面对采访得来的一大堆材料，你必须从读者需要角度出发，精心挑选读者最需要、最感兴趣的事实传递给读者，精心选取最容易引起读者兴趣、最能说明问题的观察点和着眼点来进行报道，从而像上面两则消息那样，读者便会感到你传递的信息有独特视角、有不同凡响的见解，便会在一种惊奇之中主动接受它、认同它。

要从贴近展示事实本质的最佳侧面上选取角度。正如一个多棱镜，可以闪射出不同的折光来，客观事物是多侧面的，有些报道对象本身就具有多义性，这就为我们提供了丰富的报道内容，为我们选取多种角度创造了有利条件。我们在选取报道角度时，就应该广开思路，在事物的各个侧面中选取最能直接反映本质的最佳角度铺陈成文。

要从贴近报道对象的最新变动中选取角度。新闻是新近发生、发现、变动的事实的报道。变动出新闻、变动出角度，特别是遇到报道对象是熟人、熟事、熟路，就更要在通常报道角度的基础上加以扩展、补充，力求老中求新、异中求新。

新闻的品质在于新。用新颖的、鲜活的、人无我有的角度，把人们欲知而未知的事实准确、鲜明、生动地报道出来，便会收到锦上添花之效。

总之，只要立意、选材、表现的角度选得准，选得新颖可人，大题材可以写，小题材也可以写；小中见大（多用于动态消息）的路数可为，高屋建瓴的鸟瞰、纵深、横向视角亦可为。宇宙之大，苍蝇之微，皆可取材为文。

用有生活气息的口语化的语言，以浓浓的笔墨，从一个侧面写下了中国农村巨变的一幕，是这篇获奖消息在写作上又一个突出的特色。全文娓娓叙来，琅琅上口，朴实亲切，生动有趣。这说明，此文在语言的运用上作者是下了功夫的，是具有一定的审美价值的。

◆附作品

豫南庄户纷纷举行交接仪式
取下神像挂地图
上蔡县新华书店说，农民一年买走17500幅

李钧德　王方杰

本报讯 东黑河是豫南一个只有100多户人家的小村庄，在县级以上的地图上从来不见踪影。但在当地人觉得最神圣的中堂位置，却有20多户农家取掉神像挂上了各色各样的地图。

东黑河位于河南省上蔡县东北部，地势低洼，村民们因十年九涝一贫如洗，在茅草屋里度日月。不傍城不邻镇，谁要跑一趟五六十里外的县城，都是轰动全村的新闻。东黑河穷，东黑河闭塞，东黑河又很无奈。除了偶然外出看见别处的繁华产生瞬间的梦想，就是在家里挂一幅全神图。每逢春节，一把香火，几个响头，图的是万事如意，生财有望。然而，神仙求遍了，东黑河依然穷得叮当响，过着光嫁姑娘不娶媳妇的苦日子。

当外面的风终于吹来时，东黑河人开始探头探脑地闯世界。1986年春节过后，最远只到过县城、家里从未满过仓的李满仓，带着俩刚成年的儿子，拿着从当民办教师的邻居家借来的一幅河南省地图，徒步北上郑州。凭着庄稼人的吃苦耐劳和诚实守信，3年时间，他们学会了修理钟表家电的全套技术，到沿海贩了一阵手表零件，瞅准农村黑白电视销售的空当，建起了一个覆盖几个地市的家电经销网络。1989年春节，拥有10万元家产的李满仓，在全村第一个用地图换下了自己敬了几十年的全神图。

李满仓这一惊世骇俗的举动，让村里的年轻人彻夜难眠。几天之后，他们不约而同地进行了神像和地图的"交接"仪式。从此，广州、大连、北京、新疆，到处都出现了三五结伴的东黑河人。地图把东黑河与外面的世界拉得越来越近，东黑河人的腿也越来越长。每到农闲季节，80%以上的青壮劳力都会拿着一张地图走出去，

做木工，搞建筑。他们用勤劳的双手盖起了一座座钢筋水泥或红砖青瓦的楼房，挣来了儿女的学费，养育了自己的老人。

青年木工李列到大连奋斗了几年后，在那里办起了自己的家具商场，被村民们戏称为"东黑河的常驻大使"。36岁的李世英从走村串户替公家收粮，到成立自己的农副产品购销公司，走南闯北，手头总不离一本地图册。生意越做越大，他们家的地图也由县到地区到省次第更换，今年换了第4次，变成全国地图了。在他家的《中国政区图》上，有1/3的省份用铅笔、钢笔、圆珠笔划上了各种记号。他说："咱也知道啥叫地大物博，东黑河到底在哪里了。凡是图上画过的，我都去过了。总有一天，我会把地图上的所有省市都划上几道。"

年过花甲的李陈氏，尽管没上过学，没学过地理，但她认识地图上的北京、新乡、西安、上海，儿行千里母担忧，她的4个儿子在那些地方打工或工作。看着地图上一片黄绿色包围着的西安，好像儿子就在身边。

东黑河村周围的农民，也开始喜欢地图了。上蔡县新华书店说，1993年，农民从他们那儿买走了17500幅地图。

（原载1994年4月26日《中国青年报》）

加强宏观经济信息的传播

随着改革开放的深入、社会主义市场经济的发展，经济信息对于深化改革促进开放、对于市场机制的有效运转具有十分重要的意义。这里所指的信息，并不单单局限于市场的商品供求、物价涨落等动态消息，更大程度上是指包括经济政策以及经济发展战略、趋势在内的宏观层次上的综合性、指导性信息。正如美国著名未来学家莱斯特·布朗所说："随着专业化程度愈来愈高和社会分工愈来愈细，人们对事物的认识就如同瞎子摸象那样，不能得知全貌，应该有一些人能对各种情报进行综合分析，揭示其内在联系，并用通俗易懂的语言告诉公众，当今世界正发生什么事情。"

无疑，作为社会发展与社会生活"晴雨表"的大众传媒，在社会主义市场经济条件下，加强宏观经济信息的传播是理所当然的事。新闻之所以是新闻，就在于它对历史发展、时代变迁所做的敏感反应。一个记者所以能采写出新闻尤其是重大新闻，重要的在于他有发现的眼光，能在众多的报道对象中，发现那些有重大意义、能代表能推动社会前进的重要事实，并迅捷地传播出去。在第四届中国新闻奖中获一等奖的消息《中国投巨资加快长江沿岸地区开发》的采写成功，最主要的是得力于此。

这篇获奖消息，是新华社播发的一篇对外稿。它报道了我国改革开放的一个重大决策：中国的改革开放将从珠江流域推进到长江流域。这则仅有750字的消息，以具有权威的消息来源和简洁的文字，勾画出长江沿岸地区开放开发的宏伟蓝图和国际资本投入的巨大潜力，特别是文中首次披露的长江开发投资规模将高达一万亿元以及将兴建投资两亿元以上的骨干项目上百个的重大信息。对国人是巨大鼓舞，对海外投资者有巨大吸引力。

在写作上，作者娴熟地运用客观报道手法，注意交代具体、准确的新闻来源，巧用引语，消息所传递的信息都是有根有据的，可信度、权威性高。尤其是这则消息既有一个49字的"龙头"："中国在本世纪的最后8年内将在长江三角洲及长江沿岸地区动工兴建一大批重大工程，投资规模估计达1万亿元。"又有一个权威性和可信度极高的"凤尾"："长江发展战略是中国政府在去年6月提出的，中共中央总书记江泽民和国务院总理李鹏曾作出具体指示，要求加快长江三角洲及长江沿江地区的开放开发。据来自各方面的信息表明,近一年来这项发展战略开始有了实质性进展。"消息的主体部分也全是用事实说话。

这篇消息共8个自然段,除导语和6、7两个穿插背景材料的自然段外,其余5个自然段全是直接或间接引语(即意引)组合而成的。在引语的使用上,这篇消息是很讲究规范的。其中直引与断引各一处,其余均为意引。在引语的运用上大致体现了这样一些原则,即:一是完整性原则。其基本思路是一定要保持引用材料的相对完整,内容完整,力戒割裂肢解。二是准确性原则。无论直引、意引或是二者综合运用的断引,都必须准确无误。直引系直接引用原文原话,并用引号加以标明。意引系对原文或原话进行综合归纳,做概括叙述,不加引号。与直接引语相比,由于意引是对原文或原话的概述,要做到绝对准确,有一定的难度。因而必须对原文或原话进行反复揣摩,反复咀嚼,待掌握其确切含义后,再选择适当的语句进行概括。断引系直引与意引的结合运用。它既有直引真实、准确的优点,又有意引行文简洁、重点突出的双重效用。三是得体性原则。这里有两层含义:其一是引用必须结合上下文内容进行,使之衔接自然,勾联紧密;其二是引语要适度,亦即对引语的选择要适当、得体,只要能说明问题即可。切不可贪多求全、繁冗累赘。

据有关资料显示,这篇消息播发后,外电纷纷转播,港澳台地区,美国、日本、泰国、菲律宾、新加坡、法国、秘鲁等国家的许多华文、英文报纸争相利用,吸引许多海外投资者前来考察,谋划到长江沿岸投资。

◆附作品

中国投巨资加快长江沿岸地区开发

陈 铭

新华社(1993年)4月21日电 中国在本世纪的最后8年内将在长江三角洲及长江沿岸地区动工兴建一大批重大工程,投资规模估计达1万亿元。

国家计划委员会的一位官员今天在接受本社记者采访时说:"这项发展战略对于带动整个长江流域地区经济的新飞跃,乃至国民经济的腾飞,都具有重大意义和影响。这对外国投资者意味着千载一时的机会和巨大的市场。"

为了尽快建立起繁荣富庶的长江经济走廊,中央政府采取的是中央、地方、社会、外资一起上的方针。据悉,中央政府将为此投入1100亿元,约占总投资的1/10;其余将依靠地方政府的力量以及国际资本的投入,估计外资起码达100亿美元。

据政府官员透露，在这一揽子计划方案中，投资2亿元以上的骨干项目有100多个，其中包括投资规模达13亿美元的上海金山600万吨炼油工程、浦东国际航空港、上海年产30万辆轿车工程、投资6亿元的上海醋酸标准工程、秦山核电二期工程、京沪高速铁路、攀枝花有色金融工程、湖北年产30万辆轿车工程，以及铜陵—九江铁路、三峡工程等等。

国务院副总理邹家华在谈到沿江地区经济发展的基本方针和制定经济规划的主要原则时特别强调："要更加大胆地走向国际市场，更多地利用国外资金、资源、技术和管理经验。"

世界第三大河长江被称为中国的"黄金水道"，沿江地区是沟通中国东西南北经济联系的纽带和桥梁，具有广阔的腹地和国内市场。这一地区已经形成了以加工工业为主体、原材料工业发达、轻重工业比例协调、工业技术基础雄厚的产业体系。

长江三角洲和长江沿江地区范围，东起上海浦东、西至四川重庆，包括上海、南京、武汉等28个大、中城市和8个地区，人口占全国总数的14.7%，而国民生产总值约占全国的20%。

长江发展战略是中国政府在去年6月提出的，中共中央总书记江泽民和国务院总理李鹏曾作出具体指示，要求加快长江三角洲及长江沿江地区的开放开发。据来自各方面的信息表明，近一年来这项发展战略开始有了实质性进展。

立足于帮助人们把握"今天"或"明天"

新闻贵新。"新",是读者对新闻报道的基本要求。无须多说,一篇没有新鲜信息、充满陈词滥调的报道,是没有人喜欢看的。但是在改革开放的新形势下,让新闻工作者越来越清楚了,如果我们提供的新信息、新材料,没有"前瞻性"、"思辨性",不能回答积存读者心中的疑惑,不能帮助读者认识和把握"今天"或"明天"可能出现的新情况,这样的报道,同样引不起读者多大的兴味。

近一个时期来,常有研究文章论述:随着社会主义市场经济体制的建立与逐步完善,人们的实践活动、生活内容、行为方式的不断变化,读者对新闻的要求及其价值取向也在发生变化,新闻报道的可用性如何,将越来越成为决定读者取舍新闻的关键因素。于是,有的论者提出,有必要在传统的办好报纸的要求"指导性、权威性、可读性"之后,再加上一个"可用性";在新闻作品做到"可亲、可信、可读"之后,再加上一个"可用"。或者说,在报纸走入市场之后,要有"卖点新闻"。而这样的新闻只能把"可读性"作为新闻传播"争取读者最起码的要求",还必须加上一个以实用性为主要内容的"必读性"。应该说,所有这些都不乏为高见、高招。但是我们切不可对新闻的"实用性"的内涵,理解得过于狭窄,在实际操作上偏重于局限在像物质产品那样提供具体的实用信息上。

中国传统的文章学家,历来主张"文以载道"。毛泽东同志更从哲学的高度指出:"一定的文化是一定的社会的政治和经济在观念形态上的反映。"并进一步阐明,新文化是"反映新政治和新经济的东西,是替新政治新经济服务的"(摘引自《新民主主义论》)。作为党和人民的耳目喉舌的新闻纸,当然不是或主要不是供人们谈天说地的消闲读物;也不是或主要不是为饱人"口福"或"眼福"的"菜谱"或"节目单";也不是或主要不是为方便人们寻医问药、旅游出行的咨询台。讲"实用性",我们就必须把主要内涵,毫不含糊地盯在对现实的政治经济的"伟大影响和作用"上,盯在帮助人们认识和把握"今天"或"明天"可能出现的新情况上。

对于这一点,穆青同志1994年秋在苏南访问,同青年记者谈话时就明确地指出:新闻记者究竟是干什么的?有人认为搞新闻报道,就是把人家不知道的新鲜事反映出来,起一个信息传播作用。其实这是不完全的。我们的新闻还要求传播经验,指导工作，教育群众，解决工作中的实际问题。新闻记者应当起到推动历史前进的作用。

怎样才能抓住时代脉搏，写出好新闻？穆青说：要靠记者认真的调查研究，抓住群众最主要的活动，抓住那些最有典型意义，能推动社会前进的人、事和群众中亟待解决的问题，进行深入报道。像天灾、车祸、一胎生 4 个孩子之类的新闻，属于生活中最表层的东西。而那些体现时代精神的有价值的人和事，则要靠记者到生活的深层去开采、发掘。

作为当年的评委，仍然依稀记得，消息《武钢近 7 万人不再吃"钢铁饭"》之所以在第四届中国新闻奖评选中被评委看好，被评为一等奖，正是在帮助人们把握"今天"或"明天"可能出现的新情况上，在推动国有大中型企业的改革上起过一定的作用。

企业办社会，包袱沉重，劳动生产率低，这是旧的经济管理体制带给国有大中型企业的一个弊端。如何革除它，已经成为当时深化国有企业改革、推动国民经济发展的关键问题之一。党和政府、全国上下都期待着国有大中型企业的厂长、经理们以及广大职工努力探索写好这篇大文章。武钢是有 10 余万职工的特大型企业，他们与众不同地紧紧围绕改革经营管理体制、提高劳动生产率这个中心环节的改革举措，开始于 1992 年下半年的局部试点，取得经验后再全面启动的。

这条获奖消息的作者在掌握武钢试点情况后，也没有急于动笔，一方面搜集国有企业面上情况，力求对改革背景做全面了解，努力做到"到生活的深层去开采、发掘"，一方面追踪武钢的改革，把握住最佳的报道时机。直到 1993 年初，武钢将有约 2/3 的非钢铁生产人员"剥离"出来新组成 4 大专业公司，开始走向市场对外营业时，便抓住这个既新鲜又重大的新闻由头，对武钢这一重大的改革举措做了及时报道。

消息见报后，引起了社会舆论的广泛关注，国内外数十家媒体都对此做出反应，冶金部有关负责人称武钢的改革是"老企业改革的样板"。足见这条消息的力度和影响力。

重点突出，详略得当，是这条消息在写作上最为突出的特点和成功之处。消息紧紧扣住改革管理体制，甩掉企业办社会这个沉重包袱，形成一业为主、多种经营、大力发展第三产业的经营管理新体制这个"新闻核"，把文章做够做足。而对改革的过程、改革的必要性这些读者未必感兴趣或未必不知道的事情，只做简笔交代。

慎重行事，留有余地，这是写作上的又一特点。任何一个改革举措，都牵动着职工方方面面的利益，影响着方方面面的工作，因而必须"摸着石头过河"，慎重行事；况且它的成熟和完善也有待实践的补充和检验，对其的评价、赞美，是要分寸得当的。对此，这条获奖消息也是有所注意的。因而文中对于职工对改革举措的欢迎以及对生产带来的好处，只是通过他人之口做客观的报道，点到为止。因为新体制才刚开始运转，其优势的发挥以及人们对它的适应都会有一个过程，想一下子就会有什么惊人的变化也不现实。写多了，讲满了，会引来人们的逆反心理。

◆ 附作品

提高劳动生产率　大力开发第三产业
武钢近7万人不再吃"钢铁饭"
梅明蕾　李　军

本报讯　武钢年初新组建的4大专业公司，在完成机构设置和承包方案后，将于本月内相继对外营业。连同新近成立的4个专业公司，武钢将有约2/3的非钢铁生产人员从武钢"剥离"出来，有近7万人不再吃"钢铁饭"。

此举的动因是尽快提高劳动生产率。据介绍，日本新日铁人均年产钢800吨，我国宝钢人均年产钢也达200吨，而武钢目前人均年产钢不足40吨。武钢经理刘淇称：解决这个问题的根本出路就是改革管理体制，将直接从事钢铁生产及管理服务的人数控制在4-4.5万人左右，使武钢人均年产钢在本世纪末到达200-250吨。同时形成一业为主、多种经营、大力发展第三产业的经营管理体制。

根据这一思路，武钢于去年下半年开始了局部试点改革。生活管理和后勤部门率先提出变福利型为福利经营型，快餐食品厂、房产公司和医院等单位先后走出武钢大门，广辟财源；武钢下属的一些二级辅助厂也在确保大生产的前提下，办起实体，开发第三产业。

武钢"剥离"非钢铁生产人员的工作于今年初开始全面启动。武钢矿山系统、集团紧密层单位、生活后勤系统和设备制造单位分别组建成矿业公司、经营开发公司、企业发展公司和设备制造公司等四大专业公司之后，又将部分二级单位独立转换出去，成立了设备检修公司、建设公司、耐火材料公司和交运公司。这8家公司的总人数近7万。

日前，武钢交运公司有关负责人指着停车场上的上百辆汽车说："以前我们的车辆是两头（上班和下班）忙，成立专业公司后，我们就要整天忙了。自然，职工收入也会比先前多，大家欢迎这样的变化！"

与此同时，武钢一线岗位工人的工资也将随着劳动生产率的提高而增加。

（原载1993年2月10日《长江日报》）

尽可能多地发挥新闻的折射功能

镜子家家都有，人人会用。然而将镜子的作用引入新闻写作，笔者还是在一家刊物上见到的。这家刊物载文说："生活中，你也许有过这样的经验：借助镜子的折射作用，能将置于特定环境中的某种物体观察得更全面、更具体、更清晰。像镜子一样，有一种新闻也具有'折射'功能。它能帮助你透过纷繁复杂的现象，去看清某种事物的本质，或照出某个问题的症结。"

新闻作为新近发生的事实的报道，不仅要传播新近发生的事实信息，还要宣传党的路线、方针、政策和传播者的思想观点。这样，精心地选择和安排事实，客观地叙述事实，充分地发挥新闻事实的折射功能，就显得尤为重要。

在第三届中国新闻奖评选中获二等奖的消息《贵州告别最后一条马班邮路》，有值得借鉴之处。

据这篇获奖消息的作者之一记者杨煜光与编辑蔡绍绪介绍说，这条消息的原稿只写了晴隆县开办汽车邮路这一事实，就事论事只不过是已有过的众多类似事实中的又一个，显得平凡。他们把这一事实放在贵州全省的层面，做进一步的调查核实时，了解到这时贵州省最后一条由马班运邮改为汽车运邮的邮路，从而在改写时便决定突出展示"告别最后一条马班邮路"这个新闻要素的价值，这就使这个看似"平凡"的事实，折射出改革开放之光，从一个侧面反映贵州省邮件运输事业发展变化的里程，成为具有史料价值的一份真实的"记录"。因而，消息一起笔便形象、生动、传神、引人地把新闻的价值展现在读者的眼前，成为全文的"亮点"。

本报讯 唱了几十年"马儿啊，你慢些走"的晴隆县城至中营邮路，去年末已响起汽车喇叭声。至此，全省告别了最后一条农村马班邮路。

导语之后，通过背景材料，说明这条邮路的艰难，山岭连绵，沟谷纵横，要翻过海拔1700多米的两座大山，涉过3条大河；说明邮路的发展，从人背马驮，到办理汽车运邮件的艰巨曲折发展过程，既加深了读者对这条消息的新闻事实的理解，又折射出改革开放的道路不是平坦的，以及取得成果的艰辛。

整则消息,完全采用客观叙述、用事实说话的表现手法,让人读过不仅有如临其境、如睹其状的快感,又给人留下了广阔联想、思索的空间。

这则获奖消息的采写成功,给我们最重要的启示是:在新闻采写中,折射技巧的运用,最重要的是要有突破常规思维的创造性思维素质。这种思维的本质特征可概括为"求异"与"创新"这4个字。它既不像常规思维那样仅建立在已有的经验和知识的基础上去分析和发现问题,又不满足于已有的思想成果和现成模式,总之要立足一点向四面八方想开去,力求扩大自己的思索范围,力求从新闻事实中发掘出最具报道价值的因素与立足点。

行文至此,笔者还应当指出,这就像新闻是事实的报道,但不是所有的事实都能构成新闻一样,并不是所有的新闻或新闻事实都需要或具有折射功能。这里必备的条件是:首先,新闻事实本身必须隐含着引人思索的内涵。它在新闻主体事实中,或者闪烁着历史前进的路标,像贵州邮政路这篇获奖消息;或者显现着最富有生命力的新生事物的前声,像《珠海出了"科技富翁"》(1992年3月9日《羊城晚报》);也或许昭示着事物的本质与真相所在,像《取下神像挂地图》(1994年4月26日《中国青年报》)。其次,现实生活中存在着与之有某种内在联系的并为人民群众极为关注的热点、难点问题,且两者的反差与对比度又极为强烈。再次,它较之一般新闻事实更富有普遍意义的典型性,一经传播便有"一叶知秋"的功效。因而新闻折射作用的发挥,都应在"风起于青萍之末"就将其抓住,及时传播出去,而不是待到"天下大白"才做事后诸葛亮去报道。比如,1993年,"下海"之风波及社会的各个层面,连高校校园里也出现了摆摊热。人们热炒股、热"下海"、热买卖而唯独冷了读书的价值趋向是值得警惕的。就在此时,高校里出现了另一种现象,即一批在商海中搏击多年的年轻经理和董事们却自费重新又走进高校读研究生课程。一家省报以《重归读书堂》为题,对此及时做了报道,警示人们未来的商务竞争将更多地取决于"老板们"自身的"文化含量"和优良素质,对那些盲目跟风的浮躁心态进行了含而不露的引导。

生活是新闻的源泉,新闻是反映生活的一面镜子。纵观前文,新闻的"折射"作用,绝不只是"平面镜"式的,而应该是高、深、真的"显微镜"式、"望远镜"式的,使受众借此或能映照出问题的关键所在,或能点破迷津,或能发人深省。总之,这样的报道多一些,可供人思索的东西多一些,必将更有助于增强新闻传播的可受性和有效性。

◆附作品

贵州告别最后一条马班邮路

杨煜光　张启飞

本报讯 唱了几十年"马儿跑，你慢些走"的晴隆县城至中营邮路，去年末已响起了汽车喇叭声。至此，全省告别了最后一条农村马班邮路。

晴隆县位于乌蒙山脉南坡，山岭连绵，沟谷纵横。从县城到花贡、中营，要翻越海拔1700多米的两道大山，涉过3条大河。这里两个邮电支局服务范围内9个乡镇、56个行政村以及省属重点茶场、铅矿的邮件报刊，从来都靠人力背挑，50年代末才添置4匹马驮运，在山间小道上跑起"邮政马帮"。80年代中期曾一度利用委办汽车运邮，但由于公路要绕道普安县城和六枝特区，多走百多公里，往返一班要三四天，仍然还得靠马班辅助。中营区的群众说：从晴隆寄到中营的信，比寄到联合国的时间还长！

去年10月，地方交通部门修筑的县城到花贡的县内公路竣工。年末客车正式营运直发花贡。晴隆县局及时利用客车委办邮运，早晨从县局交发的邮件，3个半小时可到花贡，再经自行车班衔接，当天到达中营支局。中营区读者原来要一周之后才能读到的《贵州日报》，现在第三天就可以见到了。

（原载1992年1月24日《贵州邮电报》）

关注新矛盾，解决新问题

1993年8月在郑州举行的第三届"中国新闻奖"评选中，发表在《羊城晚报》1992年3月9日一版头条的消息《珠海出了"科技富翁"》受到评委青睐，荣获三等奖。应该说，这又是一篇很有分量的问题新闻。

优秀新闻作品本是时代的产物。这则消息为什么能在评选中受到评委们的好评，它的发表又为什么能在珠海、在全国各界群众中引起强烈反响，一个重要原因是它在全国率先提出了一个具有瞻前性与创建性的新问题：当今世界的竞争，主要是综合国力的竞争，从根本上讲是知识、人才与人的创新能力的竞争。在落实党中央提出的科教兴国、尊重知识、尊重人才的战略决策中，无疑是要靠转变观念、靠思想道德教育，但更重要的还要有包括适度而合理的利益回报在内的体制与机制改革。知识、人才是无价的，但也只有与企业的资产增值、利润实现程度挂钩，适度而合理的"有价"，方能很好地显示出其"无价"的特殊内涵。

这则获奖消息的刊发，标志着、折射出广大群众对知识和知识分子价值的认识提高了一个新的水平。它有助于为我国适应知识经济时代的要求，实现"科教兴国"战略，进一步加快现代化建设步伐。

这则消息的获奖，也可从另一个方面帮助我们对"问题新闻"中"问题"这个概念的理解。我们在这里所讲的"问题"，系指哲学意义上的事物即矛盾、问题即矛盾的理性"问题"观，而绝非是仅仅指作为成绩、光明、道义、正确的对立面存在的那种感性"问题"观，即阴暗面。正像有的同志说的，它系广指现实生活和实际工作中遇到的各种矛盾以及解决这些矛盾的方法，也可以说是对人们认识世界和改造世界的积极介入。因此，采写问题新闻决不能与揭露阴暗面、搞批评报道简单地画等号；也不像有的人讲的，新闻是与物质产品没有两样的一种商品，其本质就是传播信息。

新闻是社会生活的反映，反过来又会对人们、对社会产生影响。新闻的这种影响"今天"、惠及社会的功能，就是指导作用。报纸、新闻的个性——新闻性，决不可理解为仅是"信息性、新鲜性、新奇性"，而忽略它的有用性、指导性。明确这一点，对于提高新闻舆论质量是大有益处的。

新闻工作者虽不是政治家，但要有政治家的意识和眼光，这就是说，我们在采写问题新闻时不仅要用新闻价值的眼光去审视问题的存在，还要用一个政治家的眼光去审视实际中的问题，要从有利于开展工作、改进工作、推动工作的角度去抓问题。

吴冷西同志在一篇文章中写道："新闻记者到实际斗争中去体会生活的时候，不是一个'袖手旁观者'，不是一个只用冷淡的眼去巡视生活的'观察者'，而是一个伟大的共同事业的参与者。"

笔者曾有过在新闻实践第一线、在报社从事采编工作的较长经历。在编辑里，常常会碰到没"稿"用的情况，这倒不是"填"不满版面，而往往缺少的正是具有前瞻性、有分量，能做头条或要闻的问题新闻。至于那些什么问题也提不出来、什么问题也见不到、无针对性可言的一般报道，却是多而又多，从来也不会缺少的。

报纸称之为新闻纸，固然没有新闻、不传播大量的新鲜信息，便不成其为报纸，但是一张报纸如果没有相当数量为社会为读者关注的问题新闻，它的质量也是难以高起来的。《羊城晚报》之所以能成为读者较喜爱的报纸，这两者结合得较好不能不说也是重要原因之一。

改革是当今时代的主旋律。作为新闻媒体，只有善于引导新闻工作者站在改革的风口浪尖上，潜入问题的空间，揭示那些改革的今天、明天或后天可能出现的问题，进而用现实的事实启发或警示人们，便有可能更好地担当起"用正确舆论引导人"的历史重任。

从某个意义上说，化解矛盾、解决问题，是社会主义新闻媒体的独特作用与职能所在，新闻报道的指导性往往就体现在问题的针对性上，而其针对性往往又反映出抓问题的准确与否。

矛盾是客观存在的。矛盾的出现，常常就是现实生活中新情况、新动向的反映。关注这种情况、动向，解决其中的矛盾或问题，其实质就是研究新事物、新情况、新动向、新趋势。

◆ 附作品

在全国率先实行重奖政策
珠海出了"科技富翁"
迟斌元、沈定兴、徐庆中获得
汽车、住房及若干万元奖励

本报珠海电 （记者　林丹）当高级工程师迟斌元在千百双眼睛的注视下从

珠海市委书记、市长梁广大手中接过价值29万元的奥迪小汽车的钥匙、三房一厅的产权证书和26.7184万元的奖金时,他的眼睛湿润了。一名少先队员为这位"科技富翁"献上了鲜花。

珠海市在全国开先河实行重奖政策。今天重奖那些推动珠海科技进步的有功人员。全国政协副主席叶选平、中国科协书记常志海及广东大部分高校的校长们前来祝贺。

三辆崭新的披着红绸的黑色奥迪小汽车整齐地排列在会场门口,静静地等待他们的主人。

珠海经济特区生化制药厂厂长、高级工程师迟斌元是第一批上台领奖的特等奖获得者。与他同时受奖的另外两个特等奖获得者是珠海经济特区通讯技术开发公司总经理、总工程师沈定兴和珠海丽珠医药研究所所长、副总工程师徐庆中。沈定兴及7名参与者、徐庆中及4名参与者也领取了汽车钥匙、住房产权证及21.9804万元和111.2136万元不等的奖金。按照珠海市对科技人员的奖励规定,汽车、住房及奖金的50%归首席获奖者沈定兴和徐庆中。

这三位特等奖获得者开发的项目技术先进,都为国家创造了巨额的财富。迟斌元探索出在室温条件下(其他国家是在低温下)简单高效地提取凝血酶的工艺流程,开创了我国第一个按国际先进标准生产的生化药制剂进入国际市场的成功范例,创造了税后利润600万元的经济效益。沈定兴等开发的BH-01Ⅱ型80-480门系列控制用户交换机的软、硬件技术和徐庆中等人研制的"丽珠得乐"胃药,不仅在技术上有所突破,替代了进口货,还分别获得了1025.8万元和4246万元的利润,效益显著。

在今天的颁奖会上获奖的还有,江海电子股份有限公司查雁群等7人,获二房一厅住宅二套及24.4320万元的一等奖,汉胜特种电线有限公司寿伟春等6人获四等奖,奖金8万元。二等奖和三等奖空缺。据悉,获重奖的项目其税后年利润应在500万元以上,企业人均产值等各项主要经济指标和技术在同行中处于领先水平。

据了解,珠海市对科技人员的这种重奖,今后将每年进行一次。

(原载1992年3月9日《羊城晚报》)

着力写出消息的深度

写消息像擦玻璃似的，只是在表面上擦来抹去，缺乏深度，是一种让编辑感到困惑、读者感到头痛的常见病。因此如何把消息写得丰满、厚实、有深度，让读者有看头、有学头、有嚼头，很值得研究探讨，也大有文章可做。

消息在报道社会的人情世事和自然万物时，不以情节的离奇复杂见长，不以矛盾冲突的尖锐诱人，也不全以题材的重大、事实重要取胜。它常凭启人心智，让读者在读了你的几百字的报道后，能领悟到什么、琢磨出什么、思考点什么，令读者在感悟中赏心悦目。而这个"什么"已经超出文字表面所显示的信息、事实，它是凝聚在信息、事实中的意义，这便是消息的深度。

长江在造福华夏儿女的生息繁衍的同时，也自古多大汛。武汉三镇更是大汛的高发地段，仅在改革开放以来，常有这方面的音讯见诸报端，也时有佳作在各类评奖中频频亮相、获奖。而《武汉百里长堤巍然锁长江》，居然以自己特有的角度和颇有深度的意蕴，在1991年全国抗洪救灾好新闻评选中荣登榜首，之后又在第二届中国新闻奖评选中以全票获得一等奖。

这篇获奖消息，并不着力于去报道洪水形势严峻以及人水相搏的壮观场面，不是满足于谈些表面现象、满足于起个传播信息的作用，而是不局限在新闻事实的感性层面的藩篱内，力求进行深入分析，使之取材浅近而意蕴深远，让人读之在平静中见深致，有颇具慧眼的快感。这是一篇以深度取胜的佳作。

抗洪抢险，恶战连连，人心所系，人命攸关。写洪水肆虐、人水相搏、波澜壮阔的抗洪斗争场面，写不惧危难、不怕牺牲的抗争拼搏精神，写舍小家为大家、舍个人为国家、足以惊天动地的个人及集体的英雄事迹等等，根据不同的报道对象和报道要求，都是需要的报道题材和角度。然而这篇获奖消息却选定了独具特色的角度，以主要篇幅，集中笔触报道武汉三镇人民面临60年不遇的长江大汛，面对高水位的长江像一条摆在平地上的"巨龙"，处险不惊仍然以平静的心态在生活着、生产着、工作着，并着力于回答这种平静的心态是来自人民群众对党和政府的高度信任感，是来自从开国领袖毛泽东起一直关注武汉三镇人民的生命安全，经过42年的投资规模建设，已有了一条规模可观的钢筋水泥的长江防水大堤，是来自有在党领导下武汉百万军民筑成的抵御长江大汛的真正屏障，并通过历史的与现实的对比，从而满怀激情地讴歌了党的领导,并从一个侧面告诉人们:在前苏联社会动荡、东欧一些社会主义国家剧变后,中国老百姓对党的信念没有"淡化";对"领导我们事业的核心力量是中国共产党"、"没有共产党就没有新中国"这些来自实践的真理没有"淡化"。

这篇消息全文不足850字,由4个大段、11个自然段组成。起笔的3句话,即3个自然段,组成消息的"主次型"导语,仅用百字,便简洁交代了新闻的主要事实。接着,便以7个自然段,长达近600字的篇幅,分两个层次,通过现实与历史的对比,通过背景材料的穿插,一方面展现了在党的领导下经过长期投资建设的防洪大堤更加牢固;另一方面通过在党领导下的百万军民筑成的抵御长江大汛的真正屏障,以及数万军民上堤防汛,尽职尽责的紧张奋战,给了人民群众在大汛面前仍能安居乐业的自信。在结尾段中,记者通过对现场的一个紧张而有序的抗洪场面的勾勒,与临近的汉正街的安居乐业的生活、生产景象的对比,进一步较具体展示了武汉人民面对长江大汛,虽然面带惊奇,却见不到丝毫惊乱。

新闻事实的意蕴,好似果子中的果核,是包藏在事实中的"内核",而且是无形的。这就有赖于作者的正确认识和把握,进而在写作中诉诸有视觉形象的文字,还原于事实,或者通过精心地挑选细节,让新闻事实"自报门楼"。如消息中武汉市的党政主要领导冒雨巡查长江大堤后发出"抵御长江大汛的真正屏障是武汉的百万军民";或者穿插精当的背景,显示点染。如毛泽东同志的题词,在面临大汛的特定的时间和环境里,就更有着不寻常的深意;或者通过今昔对比,相关人物的引语,"画龙点睛"。如文中那位姓费的"老武汉",发自肺腑之言:只有共产党建造的长江大堤,"才能使武汉人民在大汛面前安居乐业"。这些都是这篇获奖消息的作者,着寓有深意、颇有深度的笔墨,以求把自己对新闻事实的"内核"的认识,潜移默化地传递给读者,从而产生共鸣共振。

◆附作品

26.94米:60年前三镇尽成泽国　看今日——

武汉百里长堤巍然锁长江

彭　晓　汪　洋

本报讯　长江汉口水位站昨21时定时提供的水位记录说,江汉关水位此时达26.94米。

据历史记录，60年前的1931年，江汉关水位在26.94米时，汉口溃堤。

眼下，武汉三镇308公里的沿江大堤牢牢护卫着面临长江大汛的这座城市。

10日凌晨2时，江汉关水位突破了这里26.30米的防汛警戒线，三镇沿江的部分码头、闸口已开始填土封闸。

汉口滨江公园里雄伟的武汉防汛纪念碑巍然矗立。暴雨将碑上镌刻的毛泽东同志题词冲刷得更加铮亮：庆贺武汉人民战胜了一九五四年的洪水，还要准备战胜今后可能发生的同样严重的洪水。

经过42年的投资建设，目前武汉长江大堤的总长度比1949年增长近两倍，标高较1954年29.73米的最高水位高出2.27米。"七五"期间开始，国家又投资将武汉市区的部分土堤改建为钢筋混凝土防水墙。

汉口龙王庙水位观测点的钢筋混凝土防水墙上，分别镶嵌着显示这里1931年、1954年、1983年的最高水位标志牌。一位家住大夹街姓费的"老武汉"在黑色大理石标志牌前，向人们讲述民国20年（1931年）"逃水荒"的情景。他说只有共产党建造的长江大堤，"才能使武汉人在大汛面前安居乐业。"

中共武汉市委书记郑云飞、武汉市市长赵宝江等近日冒雨巡查了南北两岸的长江大堤。他们在巡堤时认为，抵御长江大汛的真正屏障是武汉的百万军民。

武汉三镇目前已有数万军民上堤防汛。长江大堤上，每隔百来米即可见到填土封闭、巡堤查险的防汛人员。在武昌八铺街，市装卸公司九站司机杨立学驾驶一辆巨型铲土车将泥土填入闸口。他说，防汛是每位市民的应尽职责。

长江大堤的武昌八铺街、东西湖围堤、武惠堤古家头等险工险段，经过防汛军民的紧张奋战，已经得到加固。

昨日上午在汉口龙王庙堤段，插着黄色小旗的防汛指挥车辆频繁往来于大堤各个闸口之间。与此同时，毗邻的汉正街小商品市场生意依然红火；由上海驶来的客班轮准点靠上汉口码头。人们脸上虽然对长江大汛面带惊奇，却见不到一丝慌乱。

（原载1991年7月13日《湖北日报》）

成就报道要突出思想性和可读性

成就报道以及取得成绩的经验性报道，长期以来一直是我国新闻报道的重要内容。而这两种报道，以往常常都是以单纯为配合形势宣传的角度来组织报道的。存在的主要缺陷是，报道路数单调，直来直去地单纯地报道成绩、讲经验，往往仅是把某一件事、某一活动的经过介绍一遍而已，既缺乏力度又不吸引读者。

随着报业逐步走向市场，改革的呼声日高。不少业内人士呼吁：无论是成就报道还是经验报道，在报道思路、写作方法和切入角度等方面，都要注意它的新闻性与可读性，突出读者最关心的问题，注重思想性和可操作性，对具有普遍意义、信息价值高的内容要不厌其详；对没有新意的老生常谈、众人皆知的工作路数，要毫不犹豫地砍掉。切不可把成就与经验报道写成表扬好人好事的表扬稿，更不能写成变相的广告新闻。

消息《革命圣地延安无铁路的历史结束》，最为成功的是作者从报道对象的实际出发，突破了一般成就报道模式，写出了这篇寓意深刻、具有强烈时代气息的报道，在第二届中国新闻奖评选中荣获一等奖，是当之无愧的。

"要想富，先修路"，这是铁路和交通部门的成就报道的常见主题与报道模式。然而，西延铁路的建设与建成通车，其政治意义就远比经济意义重要得多，其影响与价值也重大得多。作者正确地把握了这个重心，并不厌其详地表现了这个重心，是这篇获奖消息获得成功的前提。

一条铁路支线的建成，在一般情况下，也许看不出什么特别的意义，但当它在特定的时间和环境里发生、寄寓特别关注的人们又非同一般时，就有不平常的深刻意义。这篇获奖消息的新闻事实发生的特定时间——毛泽东同志诞辰98周年这一天（应该说，这不只是施工进度的巧合，而是有意选定的）；特定的地点——中国革命圣地延安；特殊的关注——党和国家的几代领导人对西延铁路的十分关心；特定的大环境——从1990年下半年到1991年，东欧社会主义国家先后剧变、苏联解体，中国的社会主义事业和改革开放面临新的考验，江泽民总书记重倡延安精神和改革开放。作者紧紧地抓住上述特点来谋篇立意、选材叙事，着力反映党和国家领导人与人民群众的血肉相连的深厚感情，并向世人昭示：随着改革开放的深入，老区与全国经济的振兴，中国的社会主义事业和延安精神将会发出更加夺目的光彩。

我们的报纸作为党和人民的喉舌，不可避免地肩负着宣传的重任。但新闻报道不能等同于宣传品，要想让读者乐于接受你的宣传，途径只有一个：用事实说话。通过事实让读者接受你想说而未明说的话，通过事实让读者理解隐藏在事实后的思想、道理与情结。这篇获奖消息可以说几乎就是个事实的透明体，看上去从头到尾作者都只是在讲事实，用形象的现场事实，潜移默化地让读者感悟到新闻事实中蕴含的深意。即便是背景材料，或者通过现场景物，或者通过相关人物之口，化成现场细节展现在读者眼前。前者如"西延线铺轨到延安的庆典，把'延安热'推向高潮。窑洞型建筑镶嵌着茶色玻璃的延安火车站，象征着江泽民总书记重倡的延安精神和改革开放"。后者如周总理的指示"一定要把西延铁路尽快建成"，以及"为了早日修建西延线，李鹏总理曾动用了首长基金"等。此外，将铁道部部长的讲话，浓缩为"这条铁路的建成，不仅能促进陕北经济的发展，而且方便人民群众到革命圣地参观学习，将产生强大的政治感召力"51个字的引语，以及建设者们以"喜相逢"的欢快鼓点，擂出人们的企盼："老区经济振兴之日，延安精神将会发出更加夺目的光彩。"是事实，也是点睛妙笔。

如果要说美中不足的话，是对新闻事实的交代还有点欠缺，如果在末尾段的起首加上"西延线由西安至延安，全长××公里"。似乎会更完整一些，而且对延安对铁路以外的异地异域读者来说，似乎也是需要的。

◆附作品

在毛泽东诞辰98周年这一天
革命圣地延安无铁路的历史结束

赵中庸　王发伪

本报延安12月26日专电　毛泽东诞辰98周年的今天，铁路铺轨到延安。喜讯如一股春风，迎来漫山遍野的人，队伍从鞭炮、烟花齐放的市区，一直通向挂着3000多盏彩灯、夜放光芒的宝塔山。

下午2点多钟，当铁道部部长李森茂、副部长孙永福和陕西省省长白清才、省委书记张勃兴踏着丰年瑞雪，拧紧全长315公里的西延线最后一节轨排螺栓后，一名从百里外赶来、身着羊皮袄的80岁老汉，破例被北京型内燃机车司机任斌扶上操纵台，用穿土布鞋的脚踩响风笛，宣告：革命圣地延安没有铁路的历史结束！

"火车通，百业兴"，大街小巷挂满这样的大红标语。站台上，手拄拐杖的86

岁的陕北老革命王汝珍，向记者诉说周总理1973年来延安的情景：总理看到老区不富裕，心情很沉重。指示"一定要把西延线铁路尽快建成，早日改变延安地区的落后面貌"。由李鹏总理母校延安中学组成的秧歌队翩翩起舞，唤起人们的记忆，为了早日修通西延线，李鹏总理曾动用了首长基金。

西延线铺轨到延安的庆典，把"延安热"推向高潮。窑洞型建筑镶嵌着茶色玻璃的延安火车站，象征着江泽民总书记重倡的延安精神和改革开放。李森茂动情地指出，这条铁路的建成，不仅能促进陕北经济的发展，而且方便人民群众到革命圣地参观学习，将产生强大的政治感召力。

为这条铁路战斗了19个春秋、作出重大贡献的铁一局职工，用延安精神修建西延铁路。他们用"喜相逢"的欢快鼓点，擂出人们的企盼。老区经济振兴之日，延安精神将会发出更加夺目的光彩。

（原载1991年12月27日《人民铁道》）

精心地寻找新闻由头

在我国农村广阔的田野上，甘肃、河北、陕西等地的农民，历史上就有腰挎镰刀外出帮人收麦的习俗。人们俗称之为"麦客"。

在第二届中国新闻奖评选中获二等奖的消息《"女麦客王"出征陕甘宁》中，人们看到的却是另一番景象：

△今年43岁的农妇何俊英，前年自筹资金3.5万元从桂林买回一台收割机。她联络户县、周至等地5家收割机户联合作业，除在本地割麦外，还转战省内和甘肃20多个县，一天割麦五六百亩。乡亲们风趣地叫她"女麦客王"。

△今年"三夏"开始，何俊英又同户县、周至、咸阳等地10多家收割机户相约在眉县一带集中，上宝鸡，下甘肃，到宁夏，搞割麦会战。……

读过这段文字，看到这种变化，思索其间内涵怎能不让人兴奋不已：它预示着我国农村的深刻变化，麦区农民逐步走上富裕之后，迫切希望摆脱繁重的手工劳作；它预示着在社会主义市场经济初始之时，便有相当一部分农民已经开始自觉地跳出小农经济的圈子，摆脱地域的束缚，在农业这个本行里，在农村这个广阔天地里，顺应客观环境变化的新需求，探索勤劳致富的新型手段；它更预示着我国农业机械之路，要走农业机械跨地域集团化作业的新路子。一句话，时代要求新闻舆论不但应有众多的闻风而动的及时报道，更要有大量的引路型、探索型的问题新闻。

然而就是这么一条极有传播价值的新闻，谁曾想到当作者发现这一新闻线索时，该新闻事实从发生到当时已有两年了。但为了写这条消息，让旧闻变"新闻"，让它有鲜活引人的新闻由头，记者张宝贵连续一周守候在"女麦客王"何俊英家里采访，终于捕捉到了何俊英驾驶联合收割机离家出征这个"镜头"，并以此为由头，写下了这样的消息头："6月5日中午，一台桂林2号收割机从长安县申店乡何家营村隆隆驶出，'女麦客王'何俊英登上转战陕甘宁的征途。"

中国有句古语"文非一体，鲜能备善"。这个"鲜"，当然主指新鲜之意。新鲜对于新闻具有特别重要的意义。因为人们读新闻，主要是为了了解周围世事变动的新信息。时效对于新闻来说，有似血液之于人体一样重要，有之则生，弃之则亡。

新闻传播要能起到传播信息的作用，时间要素是一个不可缺少的条件：在一定的时间范围内，信息才会具备传播价值，让读者认识外界事物的效用；超出一定的时限，新闻变成了陈迹，报道的事实也就丧失了信息的价值。可见，一定的时限是新闻信息赖以存在的条件。新闻传播与新闻事件发生之间，时间距离越小，新闻价值越大；新近发生的事实，远比早已发生的事实招引读者。这是新闻传播的一条客观规律。

一个成熟的新闻记者，应该是时间观念最强的记者。他既善于捕捉"小荷才露尖尖角"式的新闻，也善于从旧闻中发现新闻，没有理想的时间要素，也会想尽千方百计找出新闻由头。

新闻要有新闻根据。新闻根据即新闻的成因，是新闻的标志，它是由事物新近的变动所构成的。有新闻根据的新近变动的事实的传播，才能称之为新闻。而新闻根据的核心是事物新近变动的时间概念。所以，一般情况下人们常常把事物变动的新近时间概念当作新闻根据，作为新闻成因的第一个要素。这个时间要素当然并不是指新闻事实形成的整段过程，而是指新闻传播与新闻事实发生之间的新近点。从当前的传播手段和技术条件来看，报纸上的新闻，都应是"今日"或"昨日"之事。当然，作为客观要求和主观愿望来讲应该是这样，但实际上却又不可能完全做到。当今之世，除广播电视的实况转播以外，新闻传播与新闻事实发生之间，一般都存在着时差。更有甚者，任何一个新闻单位，不管它拥有多么先进的传播技术，有多么庞大和雄厚的编采力量，都不可能把所有的新闻事实都一一捕捉到手。总免不了会有不少的新闻事实当你发现时，早已是"明日黄花"了，但从新闻价值上看，它仍有传播的必要。这就逼着我们不得不去想点子、找门路，探讨一下为之"招鲜"的艺术，使之旧貌展新颜。再加之，有的事实的变动，不是在一个时间、一个地点发生的一个独立事件，而是属渐进型的，它的变动需要经历一个阶段、过程才能显示出其所具有的新闻性。比如，一个先进单位和人物的模范事迹，一种好风尚的形成，一项政策、措施取得的成效，一个企业经营的经验，等等。这类新闻事实的变动非短暂时间所能完成，时间性不明显，这就更得努力寻找最新变动的事实，作为新闻由头，做好"引鲜"工作，把新闻写得尽量离读者新近一点。

新闻是新近发生的事实的报道。客观存在的变动的事实是新闻的主体，对失去新闻根据的旧闻或新闻根据不显著的非事件新闻，重新获得新闻根据，也只能从事实本身去寻找。在这方面，近年来已有不少成功的范例和值得借鉴的经验。

要立足于变动。这是寻找新闻根据的根本。新闻本是一种变动的记录。这就是说，新闻总是与事物的某种变动相联系的，没有变动，就没有新闻，变动乃是事实转化为新闻的根据。新事物、新经验、新问题、新动态、新情况、新人物……之所以成为新闻，无一不是变动的结果。但由于客观事物的变动又有着不同的情况，捕捉新闻根据，就得因事而异了。一般说来，在事物变动中，有一种从无到或从有到无的突发性或者跃进性的变动，往往能产生较高价值的新闻。因而新闻事件一经发生，就紧紧地抓住它，以"第一"或"最早"的时效，迅速地传播出去，这固然效果最佳。但是由于这种变动十分短暂，稍纵即逝，如果由于种种原因失之于始，就得把功夫下在捕捉与之相连的渐变过程中的新变动情况，采取以"新"带"旧"、由近及远的办法把"旧闻"变为"新闻"。这篇获奖消息的作者在寻找新闻由头上所做的努力是值得借鉴的。

那么，什么是新闻由头（或新闻根据）呢？新闻由头是新闻发布的依据或契机，是新闻事实中最敏感、最突出、最新鲜的部分。它包含着较强的时效性与连接新闻主题的重要性的双重信息。

1994年12月11日，中央电视台与山西电视台同时播出了一条当日新闻。这天上午，在山西省灵石县静升镇一条山沟里有两个相邻的山村同时发生了两件事：一个是晋中首富南浦村投资800万元的炭黑生产线投产，一个是穷得叮当响的南原村变卖集体的最后一点家当——村党支部的办公窑洞。

新闻以此为由头，引出一个又一个画面、事实，生动地说明：南浦村几十年始终不渝坚持党的领导，带领村民艰苦奋斗，无论是党支部、村委、村办中学、小学以至整个村庄一派欣欣向荣的景象；南原村长期放弃党的领导，经济不但没有发展，反而有所倒退，集体经济荡然无存，整个村庄残破不堪，村民年人均收入尚不足百元。

这则电视新闻的由头，是一个具有时效性和连接主题的重要性相结合的由头。它既深化、拓宽了原有的新闻信息，使之更光彩夺目，又使这则指导性很强的非事件新闻变成了今日新闻。

再有，对时间要素的表达，也绝对不能仅仅局限在"某月某日"这种确切义时间词语的表达方法上，也可以利用节日、节气等"有定指称"的时间词语，还可用时间词与当时相关的重大事件加前或拖后的方法来表达。这样，不仅能准确地交代时间概念，同时常常还能起烘托背景、显现新闻价值的作用。例如已为新闻工作者熟知的消息《长江大桥上车水马龙》，导语写道：

新华社武汉（1957年）10月16日电 武汉长江大桥正式通车后的第二天，长江上遇到了八级狂风，江面白浪滔滔，武汉市悬起了"风大浪急轮渡停航"的公告牌。但是，长江大桥却接待了南来北往的火车、汽车和络绎不绝的人群。

正像有的评论者指出的，起笔的时间概念的巧妙交代，就比直书"某月某日"精彩、有意义得多。因为大桥正式通车后的第二天，就遇上八级狂风，但大桥安然无恙，并且在"风大浪急轮渡停航"的情况下，发挥了"天堑变通途"的巨大作用，其新闻价值是显而易见的。

◆附作品

十多台收割机联合作业

"女麦客王"出征陕甘宁

张宝贵

本报讯 6月5日中午，一台桂林2号收割机从长安县申店乡何家营村隆隆驶出，"女麦客王"何俊英登上转战陕甘宁的征途。

今年43岁的农妇何俊英，前年自筹资金3.5万元从桂林买回一台收割机。她联络户县、周至等地5家收割机户联合作业，除在本地割麦外，还转战省内和甘肃20多个县，一天割麦五六百亩。乡亲们风趣地叫她"女麦客王"。

今年"三夏"开始，何俊英又同户县、周至、咸阳等地10多家收割机户相约在眉县一带集中，上宝鸡，下甘肃，到宁夏，搞割麦会战。何俊英说："我娘家姐妹5个，婆家劳力也少，尝过夏忙劳少的苦滋味。我买收割机联合作业，想让乡亲们从繁忙的体力劳动中解放出来。"

（原载1991年6月6日《西安晚报》）

大中取小，小中见大

《政治风险无人投保》这则不足 400 字的消息，在第二届中国新闻奖评选中获三等奖。篇幅不长，奖的等次不高，但仔细读读，认真想想，这篇动态消息却是运用"大中取小，以小见大"技巧颇有特色的成功之作。

新闻是时代的先声，是社会舆论的"晴雨表"。一切优秀的新闻报道都应当是反映、搏击时代风云的美文佳篇。然而，任何新闻报道尤其是动态消息又都是以传播新近发生的个别的、具体的、特殊的事实为特征，并不直接去宣传、论说、评判时代的风云。这样便正像鲁迅先生说过的："太伟大的变动，我们会无力表现的，不过这也无须悲观，我们即使不能表现它的全盘，我们可以表现它的一角，巨大的建筑，总是一木一石叠起来的，我们何妨做做这一木一石呢？"

善取现时代"巨大的建筑"中的"一木一石"，去反映时代的伟大变动，这种"大中取小，小中见大"的表现手法，正是新闻传播的常用技法，更是消息写作最基本的表现手法。这里的"小"，有两层含义：一是新闻事实是"一木一石"的，是个别的、具体的，甚至是极为普通、细小的；二是泼墨不多，篇幅短小，甚至是压缩饼干式的"豆腐块"。这里的"大"，也有两点含义：一是这个落笔的"小"，不是无关宏旨的"小"，而是最能在一定程度上代表一般、反映一般的"小"，是"巨大的建筑"中的"一木一石"，它事连宏旨，寓意深刻；二是尺水兴波，影响巨大，常有"小锤撞大钟"、"一石激起千层浪"的传播效应。

在 1989 年的"六·四风波"之后，一些西方国家蛮横地对中国实施所谓"制裁"，国内外一些居心叵测的人也乘机不断散布中国"政局不稳"、"社会不安定"等种种谣言。我国新闻工作者通过报道、评论，秉笔直言，有针对性地进行辟谣解疑，都起过有益的作用。在众多的这类报道中，《政治风险无人投保》在取事着墨上，有自己的特色和新意。

广东省作为我国综合性改革试验区，保险业务十多年来有了飞速的发展。据有关文章、资料介绍，在广东保险业务的项目早已五花八门，不仅乘坐轮船、汽车、火车和飞机要买保险，盖房子、办企业、种田、植树、养鱼、养猪、政治风险、防火防盗、人身平安、医疗人寿、婚丧嫁娶都可以买保险。"事事保险，岁岁平安"，已经成为一句流行语言。

这样,在买保险已经成为广东人身边的一件普通事、寻常事的情况下,已经很难出新闻,更难出大新闻了。然而这篇获奖消息的两位作者硬是从这个人们都见到了的身边小事中,看到了隐迹其中足以引起读者兴趣而又"事非小可"之处:为什么其他保险业务方兴未艾、红红火火,一年承保国内外保险业务金额高达3640多亿元,而"六·四风波"后,特意复办的政治风险保险业务却无一人问津?难道是宣传不充分?复办业务启动后,保险公司先后在国内外50多家报刊登消息、发文章,再联系到外商直接投资不断增长、投资者络绎不绝的现实,结论只能是:"六·四风波"后的中国政局稳定、经济稳定、社会安定、人心安定。于是作者就此成文,巧妙地引导海内外读者通过这个发人深思的小"窗口",正确地去观察分析中国这个引人关注的大社会、大市场。

消息见报后,受到了读者的广泛好评,被评为当年广东省新闻奖一等奖,并报送第二届中国新闻奖参评。

这则消息的采写成功,给人留下的印象是深刻的。

"胸无全局者,不足以谋一域。"这是江泽民同志针对做好领导工作讲的。这对于做好新闻报道工作也有着特殊的重要意义。生活是报道的源泉。社会生活中蕴含着丰富的新闻富矿。生活中有许多极有意义的事情,明明白白地摆在那里,习以为常,熟视无睹,常常不以为然地让其从人们的眼皮底下溜走了。其中原因可能很多,但胸无全局,就很难看清发生在"一域"里每件具体事在全局中的地位和意义,更难把那些"微言大义"的普通事、平凡事挑出来实现"小锤撞大钟"的传播效果。

"疾风而波兴,木茂而鸟巢。"古人这两句话有生活的辩证法:前句讲任何现象的产生都是有原因的;后句则阐明任何原因都必然会引出一定的结果。这对于掌握"大中取小,小中见大"的采写方法,也是很有启发的。在新闻工作者眼里:一个新闻现象的出现,都不是无缘无故的,即便是偶然发生的或极为细小的新闻现象,也会是"事出有因"的。如果能像这篇获奖消息的作者那样,有强烈的发现与追踪新闻的欲望,善于追根求源地探索它的"为什么",把刚刚发生或发现的新闻现象,置于深层面去加以揣摩和思辨,那么就有可能写出类似《政治风险无人投保》这样的独家新闻来。

"大中取小,小中见大"的表现手法,是符合新闻传播规律和读者获取新闻信息的认知心态的客观要求的。其间的大与小是辩证的统一,"小"是切入点与立足点,"大"是着眼点与落脚点;"取小"是手段,"见大"是目的。

◆附作品

广东保险业传出不寻常信息
政治风险无人投保

本报讯 （记者　许华成　通讯员　郑安　报道）　昨天举行的广东省保险工作会议上，披露了一条意味深长的信息：广东省保险公司自1989年6月19日恢复了被视为政治经济"晴雨表"的政治风险保险以来，至今无人投保。

1979年改革开放之初，广东省保险公司开设了政治风险保险业务，对因战争、类似战争行为、叛乱、罢工及暴动等而造成的投资损失予以赔偿。是年，兴建广州东湖新村的外商成为第一个投保的客户。其后数年，一直无人投保，使这个险种名存实亡。

1989年夏，北京发生动乱和反革命暴乱后，有部分外商由于担忧中国的时局不稳定，对来华投资或扩大投资存在着种种疑虑。广东省保险公司据此决定复办政治风险保险业务，先后在国内外50多家报刊杂志刊登有关消息和文章。然而，由于中国政局稳定，经济稳定，社会安定，结果无人参与这一险种投保，而到广东投资的外商依然络绎不绝。去年全省外商直接投资达14.6亿美元，比上年增长26%。

与政治风险保险相反，其他保险业务却方兴未艾。据统计，去年广东省承保国内外保险业务总金额达3640多亿元，保险业务收入18亿元，连续7年居全国之冠。

（原载1991年2月1日《羊城晚报》）

客观报道，新闻写作的重要表达技巧

新华社记者刘天白采写的消息《"伏契克是英雄的共产党人"》，是一篇好作品。这倒不仅是因为这篇作品在首届中国新闻奖评选中获了二等奖，更重要的正如当年的评委、新华通讯社新闻研究所原所长文有仁所指出的：在那反共谎言铺天而来的时刻里，这篇消息以确凿有力的事实揭穿了一些居心叵测的人在伏契克身上制造的谎言。"它犹如在满天乌云中拨开一道缝隙，使人们看到了璀璨的阳光。它使读者看到，英雄的共产党人伏契克是任何谎言都抹不黑的；使读者看到，在反共浪潮汹涌的东欧国家里，仍然有人敢于主持正义，坚持真理，说出事实真相。它可以起到增强广大读者对共产主义事业正义性的信念。正因为如此，此文一发表，就被报纸广泛刊载，引起读者强烈反响。"

伏契克曾是德国法西斯占领期间捷共中央地下领导人之一。在世界上广为流传的《绞刑架下的报告》就是他在布拉格德国法西斯监狱中，在3名捷克看守帮助下写成的不朽著作。在这部著作中，伏契克描述了他和其他共产党人在狱中不屈不挠的斗争以及他们对生活的热爱和对自由的向往，无情地揭露了法西斯刽子手的凶残，并为世人留下了不朽的名言："人们，我爱你们，你们要警惕啊！"

然而，就是这么一位为世界上有正义感、正直的人们所熟悉、所敬重的坚贞不屈的反法西斯的战士，在捷克斯洛伐克政局发生剧变后国内却出现一股全盘否定伏契克，并怀疑《绞刑架下的报告》是否属实的风潮。这究竟意味着什么呢？这里给读者留下的是广阔的思索空间，或者这则消息更深层次的内涵，正是妙在不言中。

这则仅有760字的消息，是一篇政治新闻。作者比较娴熟地运用客观报道手法，通过精选"会说话"的事实和背景材料，表达"无形意见"，把新闻的客观性与鲜明的倾向性巧妙结合起来，真实、客观、令人信服地向世人说明："伏契克是英雄的共产党人"，这已是无可辩驳的、名垂青史的结论！真正的共产党人，以及他们为了人民大众的利益为之奋斗的共产主义事业，是任何人也骂不倒的，是任何恶语谎言也抹不黑的。

写新闻，尤其是写政治新闻，坚持运用客观报道手法，艺术地处理好"无形意见"的表达，这常常关系到新闻传播能否充分发挥其应有的社会功能，实现自身应有价值的关键问题之一。

新闻的本源是大千世界新近发生的万事万物，是人类在同自然界和社会生存发展斗争中所发生的新鲜的、有意义的事实报道。这样，客观性便是新闻的重要特征之一。新闻的客观性主要体现在两个方面：即内容的客观与报道方式的客观。内容的客观要求所报道的内容同事物本身相一致，如实地反映事物的本来面貌；报道方式的客观，是指在表述方式上要坚持客观地、忠实地描述事实和他人对这些事实的评判，记者（作者）不直接发表自己意见的原则。

然而，新闻还有另一个必须时刻牢记的重要特性——倾向性。虽然作为新闻本源的事实是物质的、客观的，但事实毕竟不是新闻，事实要变成新闻，要经过人的采集、写作和发布，而在现实社会中的人又总是有思想、感情、态度和立场的。除少数关于自然现象和某些科技成果要求绝对客观报道外，绝大部分新闻报道都是"客观"的背后有"主观"，都存在着作者不同程度的思想倾向性。正像恩格斯在《致敏娜·考茨基》一文中说的："我认为倾向性应当从场面和情节中自然而然地流露出来，而不应当特别把它点出来。"当然，恩格斯的这段话是对文学作品讲的，但对新闻写作也适用。

也就是说，新闻，尤其是消息，是一种客观性很强的文体。它是要靠描述事实、靠事实说话的，作者一般不能在新闻里尽情地表示个人的意见，但它又要表达作者的意见，只不过所表达的是一种"无形的意见"。这种用事实说话、发表无形意见的客观报道方法，是新闻写作中必须时刻牢记的一条重要写作原则。

行文至此，对客观报道的内涵及要点似可做如下概括：第一，新闻的内容必须真实、准确，能反映事物的本来面目，是具有典型性、社会性和接近性的事实；第二，记者（作者）在新闻中只报道事实和他人对事实的议论，不直白地发表个人的意见；第三，新闻可以有作者自己的倾向性，但这只能靠提供"会说话的事实"，靠"事实的自动表白"，让人们自然而然地"理解所报道事实的意义及其可能产生的影响"；第四，记者（作者）是事实的报道员，不是事实的"评判员"，对事实的结论、判断，尽量让受众根据报道的事实及相关人物的言行自己去做出。要力避随意性，力避做主观的猜测、推论或判断。

客观报道手法在具体运用过程中，相应地便有许多写作上的规范与要求。比如，必须具体、明确地交代消息来源，一切对新闻事件、事实进行的评判、估价和描述，都应有具体、准确的来源；善于穿插使用新闻背景，使之与新闻事实交织在报道之中，为读者理解报道的实质内容起画龙点睛的作用；要精心选择能准确反映事物真实面目，有代表性、接近性强、社会面广的典型事实。另外，要巧用引语，借他人的嘴巴为自己代言，要灵活地运用折射、浓缩等技巧，这些都有许多值得研究的学问。

◆ 附作品

"伏契克是英雄的共产党人"
盖世太保监狱看守的证词

新华社布拉格（1990年）8月26日电 （记者 刘天白） "我用生命担保，《绞刑架下的报告》确是伏契克在狱中所著"，"伏契克是英雄的共产党人"。

一位当年在关押伏契克的盖世太保监狱服务的捷克看守雅罗斯拉夫·霍拉最近这样强调指出。

捷《红色权利报》6月中旬刊登了他对记者的谈话，8月23日又刊登了他作证的文章。

霍拉说，他是伏契克写这部著作的目击者。他和其他两名捷克看守，曾冒着生命危险掩护伏契克写作，并把他在险恶环境中写下的一页页手稿偷偷带出监狱。

最近，捷国内出现一股全盘否定伏契克，并怀疑《绞刑架下的报告》是否属实的风潮。霍拉是针对这股风潮发表谈话和撰写文章的。他说，"为了历史的真实，我不能沉默。"霍拉认为，伏契克虽然身受酷刑，面对死亡，但仍坚贞不屈。他十分乐观，丝毫不像许多人那样消沉，"他是我在监狱中所认识的共产党人英雄之一"。

这位在捷北部的杰钦市安度晚年的老人说，"我很想看到，那些不顾事实的人，如果处在伏契克的境遇下会如何表现"。

霍拉是目前健在的两名当年的监狱看守之一，另一名看守不久前也曾发表文章，捍卫伏契克的声誉。

捷公安部门的有关研究机构最近对《绞刑架下的报告》的手稿进行了鉴定，证明它确是伏契克的笔迹。

伏契克曾是德国法西斯占领期间捷共中央地下领导人之一。1942年4月24日被捕，1943年9月8日在柏林被法西斯杀害。在世界上广为流传的《绞刑架下的报告》就是他在布拉格德国法西斯监狱中，在3名捷克看守的帮助下，于1943年4月13日至6月9日期间完成的。在这部著作中，伏契克描述了他和其他共产党人在狱中不屈不挠的斗争，以及他们对生活的热爱和对自由的向往，无情揭露了法西斯刽子手的凶残，并为世人留下了不朽的名言："人们，我爱你们，你们要警惕啊！"

含蓄，紧扣题旨余味无穷

据史料记载：作为宋代亡国之君的第八位皇帝徽宗赵佶，不精勤于治国安邦，却酷好书画。在他当政时的科举考试中还将绘画列为应试门类，入选者可入仕"翰林图画院"。有一年，著名山水画派首领李唐参加画院考试，考题为"竹锁桥边卖酒家"。他在画面上巧妙地画出一泓清清的流水，水面小桥横架，桥畔崖边，一抹青翠竹林，竹梢上斜挑出一幅酒帘，迎风招展。李唐所作之画，虽未见酒家，但竹梢上的酒帘使人联想到竹林后的酒家，逼真地体现出"锁"字的意境。此画，深受考官赞许，认为此题此时此画虚出酒家远比众多应试者酒家、小溪、木桥和竹林应有尽有、样样摆出，更为含蓄，更有意味，更引人深思。李唐夺得了考试的第一名而进入图画院。

藏而不露，作画一法。文画相通，含蓄亦为作文之一法也。

深谙此道的新闻工作者，便常有精品佳作面世。1991年12月，中国新闻奖评委会主任、当时的人民日报总编辑邵华泽在《新闻战线》撰文介绍首届中国新闻奖获奖作品时，就曾提到过这样一篇作品，他说："羊城晚报消息《读者你猜：他的职称是……》抓住了评定专业职务中重学历、论文而不重实绩的现象，问题点到即止，含蓄而又犀利。"

这篇获奖消息报道的是，自学成才的广东顺德县第二建筑设计院院长梁昆浩，他经手设计的一座座格调新颖的建筑物令人赞不绝口，法国投资者又特邀他设计投资3亿法郎的巴黎"中国城"——这项世界上堪称规模宏大而极具特色的工程。然而，谁能想到梁昆浩竟是一名申报高级建筑师专业职务而未能如愿的助理建筑师。在消息的写作上，作者只着笔梁昆浩自学成才及其创造骄人业绩，而不是正面地去抨击专业职称评定中存在的某些弊端；更不是仅仅去为梁昆浩个人争得失论短长，而只是在回答有人认为梁昆浩学历低、没写多少论文的责难时，以两个反诘句"然而那一座座令人击赏的宏伟建筑，不正说明他的真才实学吗？不正是他的形象化了的'论文'吗？"含蓄而犀利的一点。整则报道800余字，紧扣题旨，让人回味无穷。

新闻写作同绘画艺术一样，从某种意义上说，都是"少少许胜多多许"的艺术。新闻无论其内容为何，都应当写得精粹简洁，都应当以少少许的事实、语言，来体现尽可能多的内容。所以，在新闻写作中，含蓄手法的运用是不可忽视的。它既可收到"说出者少，不说出者多"、"举一事于句中，反三隅于句外"的效果；又可以力避文章缺少必要的远视，过直、过露，以至肤浅的毛病。这就像宋代著名画家郭熙所讲的："山欲高，尽出之则不高；烟雾锁其腰则高矣。水欲远，尽出之则不远；掩映断其脉则远矣。"

早在南北朝的时候，我国卓越的文学理论批评家刘勰在他的《文心雕龙·隐秀》中，即把含蓄（隐）与突出（秀）这两种表现方法说成是"乃旧章之懿绩，才情之嘉会"。意思是说：这两种方法是前人成功的艺术经验及作者才能与情思的结晶。他进而认为，一切文采丰盛的名篇佳作，大凡都有不尽的意味，曲折地包藏其中。

那么，到底什么是隐（即含蓄）呢？刘勰说："隐也者，文外之重旨者也……夫隐之为体，义生文外，秘响旁通，优采潜发，譬爻象之变互体，川渎之韫珠玉也。"意思是，含蓄，指的是文词除其直接意义之外，还含有其他的重要意义。含蓄的特点，是作者不直言道破，其意义主要表现在言辞之外，音响从侧面秘密地传来，文采潜藏在暗处发光，就像《易经》中的爻象能变化出互体，川流中蕴藏着的珠玉一样。

其后，唐代诗人司空图在《诗品·含蓄》中又有过这样的解释："不着一字，尽得风流。"清人刘大櫆也说过："文贵远，远必含蓄，或句上有句，或句下有句，或句中有句，或句外有句。说出者少，不说出者多。"

伟大的现实主义作家茅盾生前曾就含蓄的表现手法，做过这样通俗的表述："所谓含蓄，就是不要把主题思想都摆出来，不要把所有的话都讲完，要留有一些给读者想。"

含蓄作为一个表达技巧的范畴，它的基本意思是：意不浅露，语不穷尽，句中有余味，篇中有余意，也就是人们常说的"意在言外"。

随着改革开放的深入，社会的进步，经济的发展，人们文化生活水平的提高，对精神生活的需要正向着更高层次发展，对新闻作品的鉴赏力也发生着变化。受众已不再满足于了解发生的事，而大都有一种探索奥妙、寻根求源的审美要求；同时，人们又不再满足于接受某种认识定式，而总是想要通过自己的生活体验来做出分析、判断。含蓄手法的巧妙运用，恰好能适应受众的这种需求，引导受众进入社会生活中去思索、去联想。

在新闻写作中，所谓有节制地运用含蓄的表现手法，通常包含有这样几层意思：

寓情理于事实之中。这是新闻写作的一项基本要求，也是含蓄手法的基本着眼点。新闻是事实的报道，但它决不是就事论事，而是与传播和表达某个鲜明的特定的思想观点相结合的。只不过它的思想观点，是要善于用实实在在的事实来体现，用事实本身和事实间的逻辑力量来体现，力避在行文中浅露直说。胡乔木同志说过："愈是好的新闻，愈是善于在内容（事实）上贯彻自己的意见，也愈善于在形式上隐藏自己的意见。"

当然，我们所讲的寓情理于事实之中，这个"事实"指的是具体的实实在在的事实，是"色、香、味俱全"、"呼之欲出"的，并能为人的感觉器官所感知的活生生的事实，而不是经过抽象、概括了的笼统的事实。

精选日常生活中那些能够揭示事物本质的"小事情"，以小寓大，以点寓面，落笔于小处，着眼于大处，把"小"与"大"辩证地统一起来。辩证唯物主义的认识论告诉我们：人们认识事物，总是从个别到一般，从个性到共性，从具体到抽象。越是具体化、形象化、个性化的东西，人们就越易于接受，而且经久难忘。再说，丰富多彩的社会生活，也总是由一个个具体的人、一件件具体的事组合起来的。作为现实生活画卷的新闻报道，就得像摄影那样，要善于把光圈放小，取其闪光的一点，图像才能明朗、清晰，才能更多地给人一些耐得咀嚼回味的远景、深意。《读者你猜：他的职称是……》在选材上也较好地体现了这一特点。

对于新闻事实及其思想意义，不一定件件都写得那么周全、直露，像这篇获奖消息中那两句反诘那样，恰当而简洁地插进几句精粹的，或抒情或说明的文字，以引导读者去判断、去想象，就能收到既有文采又含蓄有余味的艺术效果。这里所谓的"精粹"，就是指的那些能准确揭示新闻事实的本质及现实意义，意蕴警策的文字；而不是那些笼统、宽泛、无新意的闲言碎语。能让读者从中体会出许多蕴含其中之深意，掩卷而思，宛如吹沙见金，思想豁然，从而产生一种新的美的享受。

在全国第二届现场短新闻评选中，有篇获二等奖的新闻《郑州货站街信箱"十月怀胎"竟无人过问》，报道了这么一件怪事：明明印着"开箱时间：上午 11 点、下午 17 点"，属郑州市邮政局二里岗支局投递范围内的郑州货站街信箱，却长达 10 个月无人开取，人们怒斥这个大肚子信箱是"十月怀胎"，是"坑人箱"。信件如此积压延误，给居民和各有关单位带来了无可估量的损失。记者在报道了上述大量事实和负责开取邮件的投递员极不负责外，在结尾写道：

记者在二里岗支局看到，《支局长岗位责任制》赫然挂在办公室墙上。旁边又专挂一张《支局质量保证体系图》，上面红绿箭头指来指去，头头是道。可不知咋回事，竟没察觉这个"十月怀胎"的大肚子信箱。（1991 年 4 月 14 日新华社播发）

这个结尾留给读者的是不尽的感慨和回味。"不知咋回事"？这个"事"尽在不言中：官僚主义加形式主义作祟嘛！

当然，新闻毕竟不是文艺作品，含蓄并不是它的主要表现手法，更不能像文学作品那样不含蓄就难以成文。所以，或直白，或含蓄，都必须视行文的需要而定，该直则直，该曲则曲，切不可强求。

◆ 附作品

他是顺德第二建筑设计院院长，经手设计的一座座格调新颖的建筑物令人击赏，法国投资者特邀他设计巴黎"中国城"

读者你猜：他的职称是……

本报讯（记者 王华基） 人们称他为"鬼马浩"的广东顺德县第二建筑设计院院长梁昆浩，近日又前往法国巴黎，指导正在那里兴建的一座"中国城"的施工。这项在世界上称得上规模宏大和极具特色的工程，全部建筑、装修设计均出自这位自学成才者之手。

现年46岁的梁昆浩，小学毕业后便随父当"泥水仔"。在实践中长期坚持自学，使他的建筑设计走向世界。在南粤大地，一座座格调新颖的建筑记录着他闪光的轨迹：

——他参与设计的"顺德旅游贸易中心"，吸取香港"新世界"的格局和广州白天鹅宾馆的内庭特色。设计得气魄宏伟，外国游客见了连声称赞"不可思议！"

——采用并列式庭院组合处理，体现岭南庭园艺术风格的珠海宾馆，曾获国家优秀设计银质奖。他是该工程的主要设计者之一。

——集城廓之雄、园林之美于一体，成为珠海游览一景的"九州城"，曾获省优秀设计三等奖。他也是主要设计者之一。

——由他主持设计的顺峰山仙泉宾馆、海南琼苑宾馆等，都以其诗情画意和非凡气派，令人赞叹不已！

可是谁会想到，取得如此巨大成就的梁昆浩，至今仍是一个助理建筑师。巴黎"中国城"的投资者对此却毫不介意。他们参观过梁昆浩设计的珠海宾馆和九州城后，对他在中国庭园建筑方面的独特设计风格和手法赞不绝口，表示他们不在乎梁昆浩具有什么技术职称，特地聘请他设计这一投资3亿法郎的庞大工程。

1988年，梁昆浩曾申报过高级建筑师的专业职务，但未能如愿。对此，有人认为，梁昆浩学历低，理论基础薄弱。有人认为他没写过多少篇论文。然而那一座座令人击赏的宏伟建筑，不正说明他的真才实学吗？不正是他的形象化了的"论文"吗？

当然，国家对梁昆浩的贡献是予以肯定的。1988年，他获得国家人事部授予的"有突出贡献的中青年专家"称号，曾当选为广东省劳动模范，得过国家"五一"劳动奖章，全国总工会曾授予他"自学成才标兵"称号，城乡建设部也曾授予他"优秀科技工作者"称号。

然而，他还只是个助理建筑师……

（原载1990年5月29日《羊城晚报》）

对话，一种重要的表达方式

新闻是历史的记录，是历史的见证。这就在于它对历史的发展、时代的变迁所做的敏感反应。一个新闻记者所以能采写出高人一筹的新闻，尤其是重大新闻，关键在于他有发现的眼光，敏锐的新闻敏感，善于在日常纷繁芜杂的社会生活中，抓住那些能代表社会本质方面的事实，及时地传播出去。

消息《沈阳市防爆器械厂破产倒闭》，之所以能在1986年度全国好新闻评比中获得一等奖，并获得评委们一致认同、全票通过，关键在于它及时地报道了我国城市经济体制改革迈出极为重要的一步——实行企业破产倒闭。企业开"大锅饭"，职工端"铁饭碗"，企业和职工的积极性调动不起来，连年亏损、经营不善的"懒厂"、"懒店"随处可见，有的经济效益很差，长期靠国家的补贴过日子，这是旧的经济体制留下的一个沉重包袱。如何治"懒"？治"懒"的灵丹妙药在哪里？党的十一届三中全会以后，人们动过不少脑筋，采取过不少措施，诸如加强思想教育、实行不同形式的经济责任制，都取得一定的效果，起过一定的作用。但由于开"大锅饭"的体制没有根本改变，效果不明显，也难以持久。实行企业破产倒闭，无疑是为企业经济体制改革动了大手术，为"大锅饭"敲响了丧钟，为"那些长期只包盈不包亏的'不倒翁'企业，敲响了警钟"。在社会上引起极大震动，"令人震惊，发人深省"，便是情理之中的了。

这篇获奖消息是一篇纪实性的现场报道。在写作特色上，是作者较成功地运用了对话的表达技巧。这篇消息对主要新闻事实的叙述，主题思想的揭示和深化，几乎都是通过对话来完成的。

所谓对话，就是消息中的人物所说的话，它主要指两个人的对答、个人"独白"和几个人的"会话"。在写人、叙事为主体的新闻作品中，对话是一种十分重要的表达技巧。有了精当的对话，不仅能使新闻作品变得生动引人，有利于展示新闻的主旨、个性和时代特征，而且还能增强可信度、亲切感和感染力。

消息是以迅速将新近发生的事实告诉给读者为己任的。它的对话与文学作品中的对话，有相似之处，也有不同的个性。文学作品中的对话是作家根据人物性格发展需要创造加工而来的，它是刻画人物形象的重要手段。消息中的对话则是新闻工作者从真实人物的言谈话语中采撷出来的。它的主要任务：

1. 它是交代情节、传递信息的重要手段。新闻中恰当地运用对话艺术，主要是用于为交代和表现新闻事实服务，它常常可以一改第三人称的叙述那种平板的节奏，变得有起伏、有跳跃，给人以亲切、真实之感。这篇获奖消息共分为4个自然段，导语之后的第二、三个自然段为消息的主体部分，是对新闻事实的详述，主要内容都是通过对话介绍出来的。

2. 它是展现新闻事实发生的原因、深化新闻主题的有效方法。比如，这篇获奖消息写道：

在厂供销办公室，记者见到当年参加创办该厂的老工人宋玉珠，她不无忧伤地说："想不到我们一把水一把泥建起来的这个厂子，被'大锅饭'折腾到这步田地。"这位老工人满含热泪地告诉记者：这个厂子是1965年办起来的。当时，几十名家庭妇女全凭劳动吃饭，没有"大锅饭"可吃，大家越干越红火，厂里年年有积累。可是到了1978年，厂子上收到市里后，人人都端上了"铁饭碗"，干部得捞就捞，工人能少干就少干，慢慢地，企业由盈转亏，由亏损到借债，借遍了全国，债主多到240家，欠债50多万元，等于全厂家底的10倍。

话虽不多，却把这个厂子破产的过程及原因，讲得清清楚楚、明明白白。它又远比第三者来转述要实在、吸引人得多。

3. 它是窥视新闻人物内心世界、展示新闻的社会意义和时代精神的窗口。比如，消息写道："此时此刻，该厂的这位最后一任厂长心情十分沉重，他说：这是很不光彩的事情，但愿人们从我们的破产倒闭中汲取教益。""去年和防爆器械厂一起被'黄牌'警告的沈阳市五金铸造厂厂长周桂英说：以前，没想到企业会倒闭，工人会失业，现在，这些都成了现实。这说明，改革到了今天，是动真格的了。"

在消息写作中运用对话的表达方法，应特别注意以下几点：

一是要真实。新闻报道中的对话，应该是完全真实的人物个性化的语言，来不得半点虚假的杜撰，那种"越俎代庖"，让笔下的新闻人物充当自己的"传声筒"的做法，是绝对不能允许的。这不仅会造成新闻的失实，也是造成对话语言贫乏、一般化的通病。

二是要精炼。作家老舍曾说过："世界上最好的文字，也是最精炼的文字，哪怕只有几个字，别人可是说不出来。简单、经济、亲切的文字，才是有生命力的文字。"作为记者，在写作时除了材料取舍要求精选，对于要使用的对话语言也要句斟字酌。在保证真实的前提下，要坚决筛除那些多余的句子、字词，用尽可能少的句、词，表达尽可能多的信息，使对话语言能以一当十，精辟凝练，力求做到一两句对话就可反映一大段文字才能表达的思想意义。

三是要口语化，真正来自群众中的口语，是客观事物或人们心态的朴素反映，读来有滋有味。它带着生活气息、含着泥土味：有的凝练深刻，一语中的；有的感情炽热，让人动颜；有的幽默，弘扬正气；有的辛辣，抨击时弊；有的评人论事，直指要害。口语是人们在日常生活中所使用的语言，是真正的"对话"而非书面语。使用书面语或"学生腔"来写对话，为达到一定的写作目的或许会更便捷一些，但其可信度与感染力会大打折扣。

以上要求，是比较高的，要完全做到并非易事。就是这篇获奖消息的对话中，也不难找出书面语的痕迹。

◆ 附作品

负债累累　资不抵债　虽然拯救　复苏无望

沈阳市防爆器械厂破产倒闭

谢怀基　杨集才　侯恩贵

本报讯 这是一个令人深思的时刻：8月3日上午9时整，在沈阳市迎宾馆的一间会议室里，沈阳市防爆器械厂厂长王刚神情沮丧地把该厂的营业执照交还给工商管理部门。至此，这家连续亏损、常年靠借债为生的市属集体企业，正式破产倒闭了。

此时此刻，该厂的这位最后一任厂长心情十分沉重，他说：这是很不光彩的事情，但愿人们从我们的破产倒闭中汲取教益。

沈阳市防爆器械厂是中华人民共和国成立以来第一个破产倒闭的企业，沈阳市政府负责人在新闻发布会上宣布：企业破产倒闭后，全厂仅有的5万元固定资产，用以偿还外债；厂里职工，作待业处理，待业期间，由政府发给生活救济金。

记者当天上午来到防爆器械厂。只见大门紧闭，车间上锁，账目封存，一切财产等待处理。在厂供销办公室，记者见到当年参加创办该厂的老工人宋玉珠，她不无忧伤地说："想不到我们一把水一把泥建起来的这个厂子，被'大锅饭'折腾到这步田地。"这位老工人满含热泪地告诉记者：这个厂子是1965年办起来的。当时，几十名家庭妇女全凭劳动吃饭，没有"大锅饭"可吃，大家越干越红火，厂里年年有积累。可是到了1978年，厂子上收到市里后，人人都端上了"铁饭碗"，干部得捞就捞，工人能少干就少干，慢慢地，企业由盈转亏，由亏损到借债，借遍了全国，债主多到240家，欠债50多万元，等于全厂家底的10倍。

　　破产倒闭，给那些长期只包盈不包亏的"不倒翁"企业，敲响了警钟。对此，人们议论纷纷，归纳起来就是8个字："令人震惊，发人深省。"去年和防爆器械厂一起被"黄牌"警告的沈阳市五金铸造厂厂长周桂英说：以前，没想到企业会倒闭，工人会失业，现在，这些都成了现实。这说明，改革到了今天，是动真格的了。

（原载1986年8月4日《辽宁日报》）

悬念，迅速而巧妙地抓住读者

获1986年度好新闻二等奖的《谁是"最紧张的观众"?》，是一篇既精短又有思想分量的动态消息。

这篇消息的写作特色与引人之处，借用清代学者毛宗岗的话来概括，即为"文章之妙，妙在猜不着"。巧妙地运用了悬念技巧。

通过疑团、误会造成悬念，是小说创作惯用的艺术技巧。这种手法容易产生动人的效果，吸引人不由自主地读下去，而当疑团、误会消除，文章结束时，读者便会发出会心的一笑。

《谁是"最紧张的观众"?》运用的就是这种手法，它以疑团的产生、疑团的发展、疑团的消除为全文结构的主线。标题《(肩)在第七届世界杯体操大赛中(主)谁是"最紧张的观众"?》，一句仅20字的疑问句，便巧妙地在读者心中埋下了疑团。导语进而发展疑团：刘小明究竟是何许人士？他为什么会成为世界体操大赛中"最紧张的观众"呢？接着，消息再回过头以简洁而舒缓的笔触，娓娓而谈地交代事情的始末：原来这位40多岁的刘小明并不是一位普通的观众，而是天津春合体育用品厂厂长，这次世界性体操大赛使用的器械全是这个厂在3个月内赶制出来的。这对春合体育用品厂无疑是一次严峻的考验。在3天的赛程里，刘小明为了解产品质量始终处于紧张状态中，运动员赛到哪里，他就跟到哪里，"在世界十几亿电视观众面前，中国生产的器械不能出一点岔!"

结果如何呢？刘厂长和全厂职工所做的努力得到了满意的回报：这套器械达到了世界先进水平，并有外国朋友要向他们订货。直到这时，读者才会在会心的笑意中，意识到这不是一条体育新闻，而是一篇经济新闻。

报道产品质量的经济新闻，在不少人眼里是很难引人入胜的。而这篇仅400余字的短消息，却写得如此生动活泼，无疑得力于悬念技巧的娴熟运用。

悬念，即说书人讲的"卖关子"。书说到紧要关头，危急时刻，露头藏尾，惊堂木一拍，戛然而止，欲知后事如何，且听下回分解。不怕你次日不再来听个究竟。悬念在新闻写作中的运用，也就是作者有意识地把具有一定异常性的结果或在新闻事实中的结穴处，先来个揭示或暗示，而将原因、详情暂时隐藏起来，在受众心中悬下疑团，诱发受众探明情委的强烈欲望，待到缘由、实情抖出，这不仅抖开了受众心中的疑团，让他们顿生快感，同时也随之抖出了作品的深刻意蕴和弦外之音。

一桌佳肴需要借助高明厨师的烹调，一件精美的工艺品离不开巧妙的雕琢。悬念的组织当然也要有个设置巧妙、朴实，既单刀直入又妙趣横生的问题。我们在新闻作品中常见的悬念，按其文势和设置的特点来看，一般可分为两大类：一类是突笔式悬念，即三言两语勾勒出一个惊险、奇妙的情节，悬念蕴含其中，猛然间把读者神经"发条"拧紧；另一类便是漫笔式悬念，即开头便以神来之笔悠悠然地写景、叙事、发议论、感慨，让读者觉其所议所感比自己原有的感情、认识，高几格、深几层，尽管你没有"悬"出什么惊人之事，也能使读者随你步入佳境。例如，魏巍的《谁是最可爱的人？》开头没有什么抓人的情节，而是靠了优美的文字，动人的联想，巧妙地把悬念设在把人民战士比为"最可爱的人"这高人一筹的认识上，把读者带进了一个新的境界，让他们乐于跟着作者一道，一步一步地涉险、猎奇，乃至信服地从内心里发出"最可爱的人"的呼喊。这也正是这篇新闻作品的魅力所在。

怎样才能使悬念设置得精巧、有力呢？在一些名篇佳作中，似乎有这样一些方法可以借鉴。

一是"悬"在尖锐的矛盾冲突中。组织悬念是一种艺术，而艺术多是存在于斗争、冲突之中，存在于克服困难、战胜危险之中的。战斗、冒险、危险、爱情、生死、离别……都是人生的"大事"，人人熟悉、关心，这又都关联、体现着现实的社会矛盾，比较容易引起读者的兴趣和共鸣。所以，不少成功之作是精心挑选情节，把悬念设置在尖锐的矛盾冲突或严峻的环境之中。而造成一种变幻莫测的局面，逼着读者非往下读不可。

穆青同志的名篇《县委书记的榜样——焦裕禄》，一开篇便以洗练的笔法在重重困难中挑出一个覆盖全篇的总悬念：

1962年冬天，正是豫东兰考县遭受内涝、风沙、盐碱三害最严重的时刻。这一年春天风打毁了20万亩麦子，秋天淹坏了30多万亩庄稼，盐碱地上有上10万亩禾苗碱死，全县的粮食产量下降到历年的最低水平。

就是在这样的关头，党派焦裕禄来到了兰考。

困难，在重重困难面前，焦裕禄怎么看？这副担子怎么挑？能挑得好吗？这都是悬在读者心中的疑团，引起读者急着读下去的浓厚兴趣。

二是"悬"在反常的事理之中。文以反常为趣，可以在设置悬念上为我所用。

这就是说，我们运用悬念的艺术技巧时，要巧手进行反常的艺术处理，即：要敢于和善于把那些违反常规常理的表面现象，摆在前头、悬在明处，而将其符合逻辑的本质隐于其后。

1999年5月21日《羊城晚报》发表的题为《合肥医生为一少年巧施再植术》的消息的导语写道：

医生取下13岁少年李文廷的一只脚趾，然后魔术般的"装"在他的右手上，脚趾"变成"了拇指。

新闻一起笔便在读者心中造成一个悬而未决的疑团，让读者怀着极大兴味去了解新闻事实的始末。结果如何呢？手术相当成功。消息说："据专家介绍，小文廷'长'出的新拇指，再经半月的养护，就能活动自如了。"

三是"悬"在欲擒故纵的置疑中。新闻是客观事实的报道，而客观事实又是五彩缤纷的，有的新闻作品的悬念是以重叠形式出现的。用这种形式设置的悬念结构，作者往往露尾藏头且又不急于解"悬"，而是一环扣一环的，引起读者的阅读兴味，直至文尾方显出"文眼"及作者的写作意图。这类新闻作品，有利于层层推进事态的发展，避免平铺直叙，从而增强新闻的传播效果，能给人更为深刻的印象。

1996年初，新华社播发消息《新疆一批嘴馋干部被撤职》。这则消息仅600余字，虽然报道的是新疆维吾尔自治区党委严肃查处敢于顶风违纪用公款吃喝的干部，但作者并没有沿袭老套的写作路数，一起笔便推出了一个别具匠心的悬念：

新华社乌鲁木齐1月31日电（记者黎大东） 乌鲁木齐市沙依巴克区技术监督局副局长刘江福没想到因为吃个体户一顿饭而被撤职。

在当时用公款吃喝成风的情况下，一顿饭就撤了职，这中间意味着什么呢？原来刘江福在执行公务过程中，违反了中纪委关于"不准接受可能对公正执行公务有影响的宴请"，接受一名个体户的宴请，酒过三巡之后便将这位个体户应缴纳的30万元保证金及罚金随意降为5万元，既损害了国家利益，又在群众中造成很坏的影响。消息接着报道说，自1995年以来像刘江福因接受请吃而被撤职的干部在新疆维吾尔自治区就有十几个；全区各级纪检监察部门对群众举报的627起用公款吃喝事件进行了认真查处，到目前查出违纪公款吃喝242起，包括30多名县处级以上干部在内的168名干部受到党纪、政纪处分，清退出吃喝款11.36万元。消息通篇用事实说话，由点到面层层展开，它生动地告诉人们，顶风违纪者大有人在，不"动真格"的不行；同时也看到了自治区党委惩治腐败、廉洁勤政的决心。消息虽短，意义重大，对各地均有借鉴意义。

现实生活充满着矛盾，挂着不少引人探索的问号，不少事件本身就充满悬念、令人牵肠挂肚，作者只要如实地记录下来，便有可能成为引人注目的新闻。从这也可以看出新闻悬念和文字悬念的根本差别在于：新闻作品的悬念是根植于生活的绝对真实的基础上，是根植于真人真事的基础上的。它只不过是在新闻作品的写作上做些艺术技巧的处理。根据新闻这类文体的特点，在悬念的设置上还有这样一些问题值得注意：

第一，新闻本是事实的报道。新闻作品的悬念，应该是主要新闻事实"贯穿线索"的"索头"或"结子"，并与之相始终，通过解"悬"释疑，便能挑开主体事件的内幕，而决不是游离主体内容的"旁言"、歪枝。

第二，悬念设置要让人感到既熟悉而又新鲜。离读者的生活、思想太远，就生僻，不易为他们所接受；但过分熟悉，不奇又无以言新，就引不起读者的兴趣。所以，新闻悬念的设置，一定要着眼于埋藏在为读者熟悉而又关心的事理之中，给人以既熟悉又陌生的新鲜感。

第三，新闻要简明、短小，这是这类文体的显著特征。它的悬念的设置更要含蓄、简明而单一。所谓含蓄，即不要太直，忌过露，解"悬"也不宜过快。三言两语就捅开"内幕"，也就失去了设悬念的作用。所谓简明，即悬念的埋伏不宜过深，故意绕弯、拖延，就会给人以不实、故弄玄虚之感。所谓单一，消息的悬念不可像小说或有些通讯那样，大圈套小圈、层层设"悬"，以选准一个能统领全篇的悬念为宜。

◆ 附作品

在第七届世界杯体操大赛中
谁是"最紧张的观众"？

本报讯（记者　张妩丹）9月1日晚，在第7届世界杯体操赛闭幕的时候，有的新闻记者开玩笑地说：如果要评选本届大奖赛中"最紧张的观众"，我投刘小明一票。

40多岁的刘小明是天津春合体育用品厂厂长，本届体操大赛所用的全套器械都是这个厂在3个月内赶制出来的。

　　世界性体操大赛全部使用中国器械，这还是第一次，而且要求采用国际体联公布的最新标准。这对在体育界已经享有一定声誉的春合体育用品厂，无疑是一次严峻的考验。

　　在3天的赛程里，"身经百战"的刘厂长始终处于紧张状态中，运动员赛到哪里，他就跟到哪里，不停地观察、拍照。他的信念是：在世界十几亿电视观众面前，中国生产的器械不能出一点岔！

　　刘厂长和全厂职工所作的努力得到了满意的结果。在世界杯体操赛决出女子全能名次以后举行的记者招待会上，获得女子全能冠军的苏联选手舒舒诺娃和获得女子全能亚军的罗马尼亚选手西利瓦斯，都赞扬中国生产的体操器械很顺手。从苏联代表团传出的信息：这套体操器械达到了世界先进水平，苏联运动员在这套器械上发挥得很好，他们正在考虑向中国订货。

（原载1986年9月2日《经济日报》）

敢于排除非议，推进改革

以党的十一届三中全会的胜利召开为标志，我国进入了一个新的历史时期。新时期最鲜明的特点是改革开放。从那时起，在960万平方公里的中华大地上，便升腾起一浪高过一浪的改革开放的春潮。南起春花烂漫的珠江两岸，北到冰雪覆盖的松辽平原，神州大地春意盎然，充满生机。

回顾改革历程的风风雨雨，我们也不难发现，改革开放从来都是与解放思想、排除非议同生共长的。解放思想、排除非议，一直是改革开放的推动力。改革开放的每一步进展，改革所取得的每一个成效，莫不是解放思想、排除非议的结果。

1985年是我国进行经济体制改革的重要年头，农村改革正向纵深发展，城市改革方兴未艾，人们畅谈改革，加快步伐，奋力实干。然而，改革之路是有荆棘和风险的，自然会有缺点和失误，也会有人借改革之名搞不正之风。于是有的人一叶障目，对此大惊小怪，百般挑剔指责，把改革出现的一些缺点、失误，也一律说成是不正之风，有的人甚至借纠正不正之风来否定行之有效的改革举措。获1985年度好新闻一等奖的消息《保护群众改革积极性 企业越搞越活》，在全国率先提出了这个问题，尤其是消息提出的"四个区分"，即：一是要把改革中因缺乏经验出现的某些失误，与借改革之名搞新的不正之风区别开来；二是要把利用富余技术力量、劳力承接外委活，与不顾国家利益、损公肥私捞外快的歪风区别开来；三是要把改革中的重奖重罚，与违犯财经纪律滥发奖金区别开来；四是要把正常的礼节性的业务交往，与动用公款大吃大喝、行贿送礼区别开来。

这些极富现实针对性的、原则性的、政策性的区分，在当时对于排除非议，保护干部和群众改革的积极性，继续推进改革，起了很好的作用。消息是1985年5月27日在《湖南日报》头版头条刊发的，到次年初中央有关单位便陆续订出一些具体规定，划分各种界限，强调既不允许趁改革之机搞不正之风，也绝不允许借纠正不正之风否定改革。

在写作上，消息既有面上经验的概括，又有具体事例的分析，使之政策界限分明，经验具体可操作。特别通过两个典型事例的分析，生动而清楚地告诉读者：

要改革，就可能会有某些失误或偏差，我们应当随时总结经验教训，修正错误，继续前进。我们应当允许为建设前无古人的社会主义事业有失误，但绝不允许因怕失误而无所作为,甚至放弃改革。

为减少改革过程中的失误,一切有志于改革的人们,都应当认真学习,应当深入到实际中去,深入到群众中去。只有如此,才能做到是非明,方向正,决心大。

上述这些,正是这条消息用生动引人的事实所凝聚的"文眼"。

这里还要特别值得提及的,这篇消息的作者是在当时社会上有那么一些人不能正确对待改革,发出种种非议的情况下,站出来排除非议、支持改革的。应该说,人云亦云,本是新闻工作的大忌。新闻报道,尤其是"小荷才露尖尖角"似的问题新闻,要有见人所未见、论人所未识的非凡见地,就显得特别重要。历史的经验告诉我们:非凡的见地,常常就伴随着非凡的风险,一个新闻工作者如果没有不畏风险、深入实际的调查研究就没有非凡的胆识,其见地是难以非凡的。从这篇优秀作品的采写成功中,我们可以较为清晰地看到,这非凡的见地与胆识是来自扎扎实实的调查研究和集体的智慧,是来自作者在纷纭复杂的时政条件下的洞察力,是来自忠于事实,敢于说话、讲真理的精神品格。这也是这篇优秀消息最为珍贵之处。

◆附作品

株洲电力机车厂厂长正确区分
改革中的失误与不正之风的界限

保护群众改革积极性　企业越搞越活

今年头4个月该厂生产的"韶山"
型电力机车已完成年计划的43.8%

游军雄

本报讯　株洲电力机车厂厂长王裕臣正确区分改革中的失误与新的不正之风的界限,保护干部、群众进行改革的积极性,发展了工厂的大好形势。今年头四个月,这个厂生产的"韶山"型电力机车已完成年计划的43.8%。

去年10月以来,这个厂进行内部体制改革,2100多名干部全部实行了聘任制。有些新同志受聘走上车间、科室领导岗位后,积极工作,勇于改革,但由于缺乏经验而在工作中出现了一些失误,有的人就把这些失误当成新的不正之风来加以斥责。王厂长意识到不正确区分改革中的失误与新的不正之风的界限,就有可能挫伤大家的改革热情。他要求全厂干部职工掌握好"四个区别":一是要把改革中因缺乏经验出现的某些失误,与借改革之名搞新的不正之风区别开来;二是要把利用富余技术力量、劳力承接外委活，与不顾国家利益、损公肥私捞外快的歪风区别开来；三是要把改革中的重奖重罚，与违犯财经纪律滥发奖金区别开来；四是要把正常的礼节性的业务交往，与动用公款大吃大喝、行贿送礼区别开来。

工程师何闻铎受聘担任铸钢车间主任后，大刀阔斧地改革，四个月就使全车间经济效益明显提高。他发现车间还有余力承接外委活，便直接和外单位签订了一项合同，但对职工分成的比例订得偏高了一些。有人说他是搞新的不正之风。王裕臣调查分析这件事后，充分肯定老何改革的方向是对头的；同时帮助他处理好国家、工厂、车间三者关系，并协助车间制定了有关规定。这样既保护了何闻铎进行改革的热情，又纠正了工作中的失误。今年来，铸钢车间月月超额完成厂部下达的任务。还通过工厂同外单位签订了24项外委合同，产值达到27.3万余元，工厂也增加了财富。

建筑车间主任葛重光受聘的当月，要求车间实行独立核算、自负盈亏。有些科室却不肯轻易把采购、财务等权交给车间。王厂长知道后，及时督促有关科室松绑放权。在车间实行独立核算后，老葛重奖有功者，有的人又说这是滥发奖金。王厂长听到反映后，多次深入建筑车间调查研究，肯定老葛拉开奖金差距，对有贡献的职工实行重奖是正确的。同时，对他在改革车间体制上想一口吃成胖子的急躁情绪给予了具体的帮助。老葛的积极性更高了，车间的经济效益也显著提高，今年头四个月已盈利20万元。

（原载1985年5月27日《湖南日报》）

一位合格记者必备的基本功

　　这是一条特色鲜明的动态消息；是一篇震动世界的重要消息，历届奥运会第一块金牌落谁家，举世瞩目；而且这又是中国在奥运史上获得的第一块金牌，足显其分量之重。

　　快，这是动态消息特有的优势。这条消息可以说是快而又快的快讯。它比东道国的美联社快20分钟，比路透社快15分钟，成为中国记者在与各国记者抢发新闻的时间上夺得的"金牌"。

　　无怪乎有评论者在评说这条消息时，标题就是"时效上的荣誉"。至此，我还要说，这也是记者善于使用并深谙动态消息写作之道的荣誉。

　　不是么，请想想看：新华社的这条消息是在新闻事实发生后，只用了10分钟就成文发出。如果不是用动态消息的形式报道出去，而是埋头去写那篇千余字的特写《"零"是怎样突破的?》，这就像有的同志计算的那样，就按每小时写2400字的超常速度计算，当写到600字的时候，路透社的消息就第一个播出；当写到800字时，美联社又第二个播出了。那么，不管这篇特写写得多么动人，那也是会逊色的。

　　优秀的动态消息，是真正意义上的新闻，是名副其实的现实生活的"速写画"。新闻是与时代、社会生活共脉搏的，今天的现实，昨天的历史，时代的风云，社会生活的斑斓色彩，只要我们翻阅一下当时的新闻，尤其是动态消息，大抵便可置身其境了。这则动态消息不就是准确地记录了我国体育史上具有深远意义的"零的突破"这个历史瞬间吗？这不就是一幅完整的"动态画"、"速写画"吗？

　　这则消息不仅出手快，而且紧紧围绕"零的突破"这个核心事实来谋篇、选材、布局，结构紧凑、完整，篇幅短，有深度。全文313个字，导语一起笔便将消息的核心事实"零的突破"的精确时间及其在中国体育史上的重大意义推在读者面前。接着便围绕核心事实概括叙述了陈先副团长的谈话，以及金牌得主的年龄、籍贯和职务，夺冠后的心情，这都是应该交代、读者也极有兴趣知道的信息。

　　这里还值得一提的是，文中"他在获得金牌后对新华社记者说，这还不是他最好的成绩，只不过是正常发挥技术。他的最好成绩是583环"。这48个字，并非像有的评论说的是应删去的"空话"。其实，它或许言者无意，听者却有心：这颇能引人联想到，此次夺冠并非运气、偶然，而是运动员自信、苦练与实力的结晶。这也正是写作技巧上的含蓄、巧妙和功力。

不言而喻,这条消息是作者饱含激情之作,但字里行间又含而不露,没有一句直白表露,通篇都是朴朴实实地讲现场发生的事实,现场感强烈,动感强烈。

对于报道瞬间即逝的突发性事件消息,是典型的"急就章"。许多善于为文著述的大手笔,也有过似易实难、易写难工的感叹。难在哪里?这是多方面的。字词的锤炼便是一难。这篇优秀作品在文字上确实存在一些考虑欠周到、欠精当之处。消息写作忌讳的是标题、导语与正文的重复,特别是直接用语的重复。而这篇消息的导语和第二个自然段与标题中"奥运会第一块金牌"重复出现三次,"零的突破"两次,以及文中两处"新华社记者"中的"新华社"三字都应删去。导语仅两句话,就两次出现"许海峰",同时其中括号内的时间注释也似可不要,这不仅影响文势,也让人读来费力,更何况洛杉矶与北京时差在当时未必就不为人们所知晓。于是,有的新闻工作者提出,如将导语做如下改动是否会好一点呢?

新华社洛杉矶7月29日电 中国在奥运会历史上"零的纪录"在今天11时10分被突破,中国射击运动员许海峰以566环的成绩获得男子自选手枪冠军,夺得了本届奥运会开幕后的第一块金牌。

在新闻实践中,《我国选手获得奥运会第一块金牌》,已被作为动态新闻的范文之一,供人们分析、研究和学习,上述导语改动,作一家之言,也可供研究、参考。

此文曾在1985年成都举行的1984年全国好新闻评选中获得特等奖。

◆附作品

我国选手获得奥运会第一块金牌

新华社洛杉矶(1984年)7月29日电 (记者 高殿民) 中国在奥运会历史上"零的纪录"的局面在今天11时10分(北京时间30日凌晨2时10分)被中国射击选手许海峰突破。许海峰以566环的成绩获得男子自选手枪冠军,夺得了本届奥运会的第一块金牌。

中国体育代表团副团长陈先在许海峰获得金牌后对新华社记者发表谈话说,这对中国运动员是极大的鼓舞。这是中国在奥运会历史上得到的第一枚金牌,实现了"零"的突破,在中国体育史上具有深远的意义。他表示感谢运动员和教练作出的艰苦努力。

　　许海峰今年27岁，是安徽省供销社的职员。他在获得金牌后对新华社记者说，这还不是他最好的成绩，只不过是正常发挥技术。他最好的成绩是583环。他表示要不骄不躁，继续努力，争取今后取得更大成绩。

时代变迁的敏捷反映

1981年，在党的十一届三中全会的政策给神州大地，特别是广大农村带来蓬勃生机的喜人形势下，这则只有246个字的动态消息，一经传播不到半月，就波及全国，一时间成为一股促进工业、促进农业、促进商业、促进领导作风转变的强大动力，成为全国城乡的一个舆论中心。直到当年的全国好新闻评比中，评委们仍在津津乐道地谈论着"杨小运新闻冲击波"对新闻改革、对新闻传播的影响，并无争议地被评为了1981年度全国好新闻（不分等次）。

然而，这则获奖消息从"废稿"堆走上领奖台的曲折过程，却让人感受颇深：新闻之所以是新闻，就在于它对社会发展、时代变迁所做的敏捷反应。一个新闻工作者之所以能编采到有重大影响的新闻，很大程度上决定于他有发现的眼光，有对新闻事实高人一筹的感悟。只有如此他才能在日常纷繁芜杂的生活中，发现那些看似寻常却有普遍意义、能代表社会演变本质方面的事实，并及时地传播出去。

不是么？请看事实吧！

据有关材料介绍，这篇获奖消息的原稿是1981年8月29日寄编辑部的。尽管当时的社领导对有关编辑做过要好生处理此稿的交代，但编辑考虑到：一、此稿只说要车，但无呼应，见头不见尾，情节不完整；二、卖粮就卖粮，何必伸手要车，境界不高，不值得宣传；三、稿中一些数字含混、有矛盾。最终被作为"废稿"处理了。

9月3日，当时的总编室主任张仲彩下乡归来，听社领导讲到这个线索后，找回原稿认真做过调查了解、研究分析后认为，在当时一户农民承包20亩粮田、一年向国家交售万斤粮的事不算新鲜，如果把这一素材处理为丰收不忘国家之类的常见报道，很难有太大的传播效果。其"新闻核"正是在于要求买到一辆名牌自行车上。杨小运的要求正是代表着农村实行生产责任制后，已经逐步富裕起来的、正在积极为国家做贡献的亿万农民向工业、财贸等战线提出的一个挑战；也是广大农村改革、丰收的喜人形势，向城市改革提出的挑战。认真地对待、回答杨小运的挑战，必将有利于推动整个社会物质文明和精神文明建设。至于"卖粮要车，境界不高说"，与事实不符。其实，杨小运是一个爱社会主义、爱国家的有头脑的青年，他并不是以要买车作为售粮的"交换条件"，而是在他超卖万斤粮以后，当县里同志向他调查有什么要求时，才说出买车的话，本意是对农村改革的喜人景象、农民对物质文化需要的日益增长与工业商业等部门跟不上这个需要的矛盾的一声清醒的呼吁。这一呼吁与挑战，正凝聚着这条消息的主旨——在党的十一届三中全会改革开放政策指引下，各行各业都应齐心协力，相互支援，共同促进，共创四化大业的深刻内涵。

至于"见头不见尾"，正是这条有重要价值的消息做连续报道的契机，不是报道本身的缺陷。于是经过核实、修改后，9月5日在《孝感报》配百字小言论发表。事隔两天后，又发表了应城县委、县政府的答复。消息说："应城县报道组盛善平电告编辑部，县委和县政府已明确答复：杨小运已交售粮食8200斤（队里给他的任务是8500斤），候他割了中稻，超卖万斤粮食以后，将卖给他一辆上海产的永久牌自行车。县委还确定：凡是全年超卖万斤粮的户，都供应一辆永久牌自行车或一台上海产的缝纫机。"

1981年9月12日，《工人日报》在第一版就此事发表题为《农村在挑战》的述评；9月18日，《人民日报》应读者推荐全文转发了《孝感报》9月5日和9月7日的两条消息；新华社，中央人民广播电台，上海、广州、武汉、沈阳等地的报纸都有大量报道。正像新华社在一篇记者述评中说的，"杨小运的倡议确实是挑战，但它不仅仅是对工厂的挑战，也是对商业、交通运输以至经济领导机关的挑战。""在它的'冲击波'下，引起了工业、农业和其他行业的连锁反应。"一时间，"学习杨小运，多为国家作贡献"，成为各行各业的人们的共同口号。

新闻写作，究其实质来讲，就是写生活，反映生活。但这并不是或主要不是去写生活的表面的东西，而是要着力去写、去反映能推动生活前进的内容。要想写出这样的好作品，对新闻事实的考察分析切不可就事论事，要有高瞻远瞩的宏观视角、理性思维，对其产生的内外条件应有个全方位、多层面的分析，视点要高，视界要宽，视角要独到，对报道对象才有可能有自己独到的感悟，写出的作品才会具有创见而显得深刻。杨小运报道的成功，不正是得力于此嘛！

《人民日报》原总编辑范敬宜曾撰文说：我曾在不同的场合强调新闻工作者要有悟性。这是我在几十年的新闻生涯（特别是在担任新闻单位领导职务的一段时间）中的一点感悟。我看到，有的同志年纪并不大，学历并不高，"报龄"并不长，经验并不丰富，但写出了不少有影响的好作品；而有的同志虽具有较高的学历，较长的新闻工作经历，工作也很努力，作风也很深入，却苦于长期写不出比较满意的作品。出现这个反差的原因比较复杂，但有一个一直被人忽视的原因，就是缺乏悟性。平时，我们要求新闻工作者具备各种"性"：党性、原则性、战斗性、群众性、知识性、科学性,等等,这些"性"都很重要,可是不大讲悟性,不能不说是一个缺憾。

他说,所谓悟性,是一种善于对事物进行由表及里、由实及虚的融会贯通的思考和认识能力,也是不断地对自己的实践进行总结和升华的结果,是自己的思维由具体到抽象的过程。作为新闻工作者,勤于学习,勤于调查研究,勤于新闻实践,都是必不可少的,但不能停留在这一步,还必须思考、消化、总结、升华,才能成为真正有出息、有成就的新闻工作者。(见《新闻与写作》1999年第9期)

动态消息一般都采用倒金字塔结构,这条获奖消息是以时间为序的金字塔结构。行文流畅、自然,文字朴实,单刀直入,没有一句多余的空话,让人读来亲切、可信,实实在在。但对要求"卖给他家一辆永久牌自行车"这一关键性的新闻事实,缺少具体的时间概念以及必要的环境背景交代,以致引来包括初始那位编辑和一些读者的误解与非议,也在情理之中,也是写作上的一个美中不足。

◆附作品

愿向国家交售粮食两万斤
只求买到一辆"永久"自行车

古 越

本报讯 应城县杨河公社卫东大队农民杨小运,全家6口人,今年在队承包20亩粮田,定产16796斤,其中包括征购任务8530斤。他是生产队长,农活内行干劲足,8亩夏粮和10亩早稻就收了12400斤;还有12亩中稻和11亩晚稻,长势很好,有把握再收获粮食15800斤。这样一来,杨小运家全年可生产粮食28200斤。

到8月中旬,他家已交售粮食6700斤,他还打算把超产粮和自留地打的万把斤粮食都贡献给国家。他只有一个要求:卖给他家一辆永久牌自行车。

他向县委办公室的一位干部表示,只要让他买到一辆上海产的永久牌自行车,他愿意先拿出交售两万斤粮食的红券来。

(原载1981年9月5日《孝感报》)

加大新闻传播的政策含量

在我们所处的时代里，新闻传播可以说是一种无时不在、无处不有的社会和自然现象。在这浩瀚的信息海洋里，在这五光十色、千姿百态的新闻的百花园里，作为一个党和人民的新闻工作者，首先要奉献给读者的是什么呢？应该毫不迟疑地回答：政策新闻。是的，作为大众媒体的信息传播，是多功能的；而且由于各自在新闻事业中所处的层次、地位、面向的不同，是会有所差别的。但作为社会主义的新闻媒体，无论是党报，还是非党报，无论是政治的，还是经济的，以及军事、法制、科教、文艺、文化卫生、文摘等等的，都应该把及时宣传与己有关的党和国家的政策、法规摆在重要位置上。

应该看到，由于现代社会生活节奏的加快，一个人每天用于看报的时间是很有限的。我们不可能要求读者每天都把进入传播渠道的每条新闻一览无余，更不能要求他们对每条新闻掩卷而思，争相传告。这就是说，读者对新闻信息总是有选择的。对于那些与己无关、人云亦云的新闻报道，读者是无暇也不会去关注的。然而，一条具有特色的政策新闻，却常常能牵动着众多读者的心，不但在见报的当天能吸引读者，事后也会为人们津津乐道。无怪乎有人把政策新闻称之为新闻报道中的"明珠"。

1978年12月22日发表的党的十一届三中全会公报指出："社员自留地、家庭副业和集市贸易是社会主义经济的必要补充部分，任何人不得乱加干涉。"十一届三中全会确立的改革开放政策，全国人民拍手称快。正如一位评论者所指出的，按照全会指引的方向，走在改革前头的是农民。首先是那些吃不饱肚子的贫困农民。其中，很有代表性的是闻名全国的安徽省凤阳县梨园乡小岗生产队的农民。他们在1979年春搞起了大包干。在当时，城里居民私人开饭馆和乡下农民搞大包干相类似，同样代表着改革的方向。1979年，在乌鲁木齐市出现了艾得力斯开办的一家私人饭馆，从早到晚顾客盈门，生意红火得很。记者敏锐地看到了它蕴藏的政治意义，以《一张营业证解决了十三口人生活》为题，如实地予以报道。这事实，这消息，立即在社会上引起强烈反响。

艾得力斯居住地的居委会干部说："艾得力斯以前东讨西借，吃百家的饭，现在百家都去买他家的饭。一张营业许可证，把背了十多年的穷包袱卸掉了，一家13

口人的生活有着落啦!"

艾得力斯指着市场管理委员会发给的"营业许可证"说:"三中全会的政策落实到我头上,集市贸易的绿灯一开,我便办起了小饭馆,每天平均营业额280元左右,除去成本、税收和交纳管理费,赢利15元,每月能赚450元。现在全家13口人能经常吃到抓饭、包子,每人还做了一套新衣服,不再为生活打饥荒了。"

市场管委会的同志说:"我们以前光干蠢事,生怕产生'资本主义',其实啥叫资本主义,自己也没搞清。你看,艾得力斯小饭馆一开,自己的问题解决了,又方便了群众,支援了国家,他今年已交营业税和管理费500多元。"

事实胜于雄辩。这篇1979年度全国好新闻的获奖消息,所报道的艾得力斯私人小饭馆的成功开办,以及那一句句发自肺腑的感人话语,不就是对党的"在初级阶段,尤其要在以公有制为主体的前提下发展多种经济成分"这个大政策的正确性与必要性的有力证明嘛!

毛泽东同志曾多次讲道:一切空话都是无用的,必须给人民以看得见的物质利益。我们的政策宣传,也必须与人民群众的实际生活、物质利益联系起来,用群众贯彻执行政策所产生的良好效果,给现实生活带来的新变化、新气象、新成果、新事物,让他们自己从切身体验中一步步地提高认识,正确地理解党的政策,坚定不移地站在党的政策的一边,自觉地执行党的政策。这也正是按新闻规律办事、充分发挥新闻传播的优势的要求所使然。

党的路线、方针、政策,是人民群众利益的集中反映,是读者阅读报章时最关心的大事之一。随着改革开放的深入,许多改革的新举措、新政策不断出台,以及衍生出群众最关注的"难点"、"疑点"和"热点"问题,这些都急需新闻工作者运用新闻手段、用党的政策及时地做出解释、回答。因此在新的历史时期,提高新闻舆论的质量,在很大程度上是要加大新闻传播的政策含量。

◆附作品

一张营业证解决了十三口人生活
乌鲁木齐市居民艾得力斯办起了小饭馆,
既养活了全家,又方便了群众,支援了国家

本报讯 (记者 顾月忠 通讯员 张建军) 乌鲁木齐市天池路在今年初新设了一家私人小饭馆,经营传统的民族小吃抓饭、羊肉包子等,开业半年多来,从早到晚顾客盈门，生意红火得很。居民委员会的干部高兴地对记者说："艾得力斯以前东讨西借，吃百家的饭，现在百家都去买他家的饭。一张营业许可证，把背了10多年的穷包袱卸掉了，一家13口人的生活有着落啦！"

艾得力斯是这家小饭馆的厨师，今年58岁。就在10个多月前，人们还时常见他在街头流浪，吃了上顿没下顿，孩子因没衣服穿出不了门口。他有一套做抓饭、烤馕、烤包子的手艺。"文化大革命"前曾开设过小饭馆，尽管人口多，又无别的经济来源，日子仍然过得美满。"文化大革命"初，评判"资本主义"的大棒砸到他的头上，小饭馆一夜之间被捣毁了，钱和粮票被抢走，他的肋骨也被打断。饭碗砸了，一家人的生活顿时失去依靠。孩子们喊肚子饿，他的心碎了，硬着头皮在巷口摆个小茶摊，靠一点微薄的收入糊口度日。可就连这样的日子也不让过，小茶摊又被当作"资本主义尾巴"取缔了。

"唉！"艾得力斯说，"这都是林彪、'四人帮'的罪孽。现在好啦！"他指着市场管理委员会发给的"营业许可证"说："三中全会的政策落实到我头上，集市贸易的绿灯一开，我便办起了小饭馆，每天平均营业额280元左右，除去成本、税收和交纳管理费，赢利15元，每月能赚450元。现在全家13口人能经常吃到抓饭、包子，每人还做了一套新衣服，不再为生活打饥荒了。"艾得力斯又让我们参观他今年新买的一条地毯、两条毛毯、一架收音机和一张写字台，他说这些东西价值400多元。此外，手头还有现金六七百元。"真没想到，穷汉子过起富日子来啦！"他得意地笑起来。

市场管理委员会的同志对记者说："我们以前光干蠢事，生怕产生'资本主义'，其实啥叫资本主义，自己也没搞清楚。你看，艾得力斯小饭馆一开，自己的问题解决了，又方便了群众，支援了国家，他今年已交营业税和管理费500多元。"

（原载1979年11月9日《人民日报》）

简言成要义，尺幅见跌宕

消息要短小精练、生动引人，这是消息写作的基本要求之一。

当然，要将消息写得短小精练、生动引人，又是一件很不容易的事情。

马克思曾经说过："发电讯稿首先要避免一切多余的东西。"这是对消息写作规律的重要概括。对事实材料要精心剖析，要沙里淘金，突出最引人、最精要的新鲜事来写。

古人云："文以辨洁为能，不以繁缛为巧。"语言要精确、简练、深刻、生动，是消息写作又一条重要原则。

获1979年度全国好新闻奖的消息《"光棍堂"引来4只"金凤凰"》，全文仅400字，确实短得可爱，短得有味。

这篇消息是一篇政策新闻。往往这类新闻最容易写得干瘪枯燥，然而它却读来清新可人，荡气回肠。

无疑，这首先得力于党的政策的感召，得力于事实的典型、新鲜引人，更得力于作者那生活化、口语化的文字表现功力。

这篇消息的语言组合，组合后的各种不同情调的语感，以及彩色的调配、节奏等，都是下了功夫，有特色的。全文共3个自然段，作为消息主体的第二个自然段，几乎全是生活化、口语化的语言的组合："马志文有4个儿子，……哥4个，个个精明强干，一贯劳动扎实，是庄稼地里的好把式。可是，就因为是地主家庭出身，一直说不上媳妇。他家成了村上有名的'光棍堂'。今年春天，大队在落实中央关于对四类分子的政策中，根据马志文的实际情况，改变了他本人的成份。于是，前来说媒的踢破了门坎子。不到一个星期光景，老大、老二、老三都说上了媳妇。老大很快就成了亲。前些天，老四也搞上了对象。这4个媳妇中，有3个是贫农的女儿。"这字字有情，句句有深意的生活化、口语化的文字，构成了这篇消息明快婉转的旋律。它既简洁明快，又不粗浅流俗，细细品鉴，有如畅饮甘醪，含义回味不尽。

语言，是新闻事实的载体，是新闻作品的最后存在。没有准确、简洁、鲜明、生动的新闻语言，就没有上乘的新闻作品。这篇消息的语言特色，一是口语化，一是含蓄、简洁。其实，自古以来，优秀的作品，很多都注意提炼生活中的口语入文，有如花苞上闪亮黎明露水，胜似绿叶上闪烁着春日的阳光，何况面向大众的新闻作品。这篇消息的口语运用，活色生香，富于新鲜感和生活气息，而不像某些作品只会将一些人所熟用的书面语言搬来运去。

近年来，新闻界有识之士不断呼吁：随着人民生活与文化水平的不断提高，新闻应该是一种美文，它必须是在充满文采的氛围中间展开对事实对信息的叙述，如果离开和违背了这些来自群众的呼声和要求，谁还有多少耐心去光顾它呢？当然，新闻作品的文采，由于传播内容、选用的体裁以及作者各不相同的修养和审美情趣，可以有不同的表现，但切不可是雕琢、晦涩，甚至是粗浅流俗的，这往往容易阻挡读者进入你笔下的文字里去。一切都应当既有利于表情达意，又让人们读得津津有味，让读者不知不觉地启开自己的心扉，对作者融入于其中的思想观点产生应和与共鸣。

这则消息既是一则事件性消息，又是一篇人物消息。人物消息一般都是一人一事的报道，但也有像这篇人物消息的不只是写一个，而是写两个以上的多个人。写这样的人物消息应注意的是，对消息中的每个新闻人物人人都应写到，哪怕是只有寥寥数语也必不可少，否则将会造成新闻事件不完整或残缺。

消息的第三个自然段，实际上就是一句话的间接引语。美中不足的是这句引语的概括多少有点空泛的书卷气。按说，写人物遭遇与活动为主要内容的新闻，是需要有分量的引语的。而这有分量的引语大都是新闻人物宣泄情感、抒发心志的袒露。一般地说来，越是情节紧凑，情感大喜大悲、大起大落时，越容易显现出来，反之也越是这样的紧要处、关键处，越需要有分量的"肺腑之言"来展示新闻人物的内心世界，而不是要到处乱撒胡椒面。可惜的是这篇获奖消息唯一的也是紧要处的引语，实属人所熟用的书面语言的搬用。这恐怕也与采访的"火候"不到位有点关系。

◆附作品

"光棍堂"引来4只"金凤凰"

张 青

本报讯 最近，在蓟县上仓公社后秦各庄大队，人们都传颂着一段"'光棍堂'引来4只'金凤凰'"的佳话，说的是地主家庭出身的社员马文志，过去曾被错划为地主成份，今年被落实政策，改为职员成份以后，他的4个打光棍的儿子先后找上对象。

马志文有4个儿子，大儿子明珠41岁，二儿子明泽31岁，三儿子明辉29岁，四儿子明伟26岁。这哥4个，个个精明强干，一贯劳动扎实，是庄稼地里的好把式。可是，就因为是地主家庭出身，一直说不上媳妇。他家成了村上有名的"光棍堂"。今年春天，大队在落实中央关于对四类分子的政策中，根据马志文的实际情况，改变了他本人的成份。于是，前来说媒的踏破了门坎子。不到一个星期光景，老大、老二、老三都说上了媳妇。老大很快就成了亲。前些天，老四也搞上对象。这4个媳妇中，有3个是贫农的女儿。

马志文一家看到家境大变，都非常高兴，一致表示要多出勤，努力大干，为四化多做贡献，用实际行动回答党的关怀。

(原载1979年8月19日《天津日报》)

小问题引出大道理

获1979年度全国好新闻奖的《北京酱油为啥脱销?》，自面世之日，便为新闻界和读者看好。有的读者称它"从发生在居民身边的'小事'，引出了发人深思的大道理"；一些新闻理论工作者和教育工作者说，这是一篇"没有讲理论的理论文章"、"用事实说话的理性新闻"。

所谓"理性新闻"，简言之，即是新闻报道所提供的信息，不在于满足读者"想知道"、"应该知道"但"尚未知道"的表层信息的需求，而是力求在读者已知信息的某些方面，经过记者的挖掘，使之或转化了认知角度，或深化了事物变动的缘由、走向，从而使实践的东西上升为理性的东西，使表层信息上升为具有普遍性的深层信息。这样的报道具有强烈的思辨性、针对性和指导性，其着眼点在于让人读后，能受到某种启迪，明白一点道理，让人确有所思、有所感、有所悟。

这篇获奖消息是这样的报道。从这篇报道采写经过看，作者也是着力于此的。据资料介绍：

1979年初冬，段心强在北京和平里一家副食商店采访大白菜乱涨价问题时，忽然发现柜台前排了一条很长的队伍买酱油。大人小孩提瓶子，挎篮子，骂骂叽叽，怨天怨地。为什么酱油这么紧张？他前去一问，一个经理告诉他：社会上传说两个青年搞恋爱没成，女的跳酱油缸自杀了，很多酱油不能吃了，所以紧张。段心强听来心疑，追踪到酱油厂采访，证实那是谣传。真正的原因是酱油厂厂房年久失修，危机四伏，负责安全生产的单位为了不出事故，下令他们停产了，因此，酱油供应一下子紧张起来。

澄清了谣言，查明了紧张的原因，采访似乎可以结束了。然而，记者的职业神经使段心强深入思考了一步：酱油厂为什么不及时维修或扩建呢？他再进一步采访，得知酱油厂不是不想维修，3年中他们就维修和改建问题先后打过35次报告，有关部门始终没有批复。采访到此，一个主题在他的脑海中形成了："官僚主义作风导致酱油厂停产，引起了社会生活不安定。"按说，从酱油脱销的单一的表面的事实中提炼出这样一个比较有深度的主题，稿件完全可以落笔了。但段心强还是没有动笔。他在走访酱油厂的上级领导部门以核实没有批复报告的原因时，进一步发现，酱油厂多次打报告不得批复的原因是酱油生产在市经委领导那里挂不上号。其中批了一次资金，结果又被区里截留搞重工业生产了。到这时，记者深厚的理论功底放出了理性之光——一些领导干部只重视产值高的重工业，忽视产值低但和人民生活紧密相关的轻工业，这说明这些同志对社会主义生产目的不甚明确，社会主义生产归根结底是为了不断地满足人民群众物质和精神生活的需要嘛。应该抓住酱油厂停产这一事实，给这些同志敲一敲警钟……

——摘引自《新闻三味》1999年第3期 周克冰《从〈北京酱油为啥脱销?〉获奖想到的》

　　无疑，一时一地的酱油紧缺，一个酱油厂的停产修建问题，算不上什么大事，然而记者却独具慧眼地从小事入手，客观、简洁地把相关事实报道出来，较早地发出了经济体制需要改革的呐喊！这实属难能可贵。

　　不是么？请想想看：

　　一个酱油厂因厂房危险需停产维修，这本是入情入理的寻常事；但这个厂在停产前的3年中打了35次报告，结果还不得解决，这固然有官僚主义在作祟，然而人们便会想到其背后恐怕还有管理体制问题。

　　经过几十次请示报告，好不容易拿到批地建厂指标，可区里一位书记又把它转给了产值高的汽车配件厂。这固然会有个某些领导同志对社会主义生产目的不甚明确的问题，但能说不存在着一个党政不分、政企不分的深层原因？

　　经力争，虽然要回了9亩建厂用地，修建计划也批准了，可又只给钱，不拨料。无奈，酱油厂又派人上下跑了几百趟，商业局打报告13次，又拖了两年，料仍然没备齐。这固然有"划圈的多，办事的少"的问题，但管企业的"婆婆"、部门太多，条条块块分割，恐怕也不会不是原因吧！

　　等等这些，不都触及了当时的经济管理体制需要改革么！这也正是这篇获奖消息获得好评的价值所在。

　　从《北京酱油为啥脱销?》的采写过程看，写作理性新闻最要紧的应把握住这样几点：一是写作目的要敲定在明理上。平铺直叙，就事写事，缺少理性思维、思辨特色，不是理性新闻的写作路数。二是要在提炼上下苦功。所谓提炼，就是通过对新闻事实的归纳、分析、概括、升华，把感性材料上升为理性认知。对不同题材的报道，有相应的不同侧重的要求。一般地说，政治新闻侧重政策性，经济新闻侧重思想性，工作报道侧重指导性，社会新闻浓缩警示性。三是要寓理于事，用事显理，论之有据，言之有理，不讲空话。

理性新闻的"理"字，是"道理"、"事理"的意思。唯物辩证法告诉我们：形之于外的现象，可以为人的感官所直接感知；藏于内的本质、道理、事理，则看不见、摸不着，这就需要用钻井机式的"钻探术"，即通过周密仔细地调查研究，尽可能多地占有大量的感性材料，然后在此基础上进行由表及里地科学分析，以揭示其规律性或本质。

古今中外，新闻作品被称为"易碎品"，在时间的长河中，它的"寿命"很短。那么，是否可以延长新闻作品的生命力，使之成为相对的长效产品呢？笔者认为，是可以的。新闻作品生命力的长短很大程度上是由其中所包含的理性和社会性的强弱与否决定的。可以这样说，一篇新闻作品若没有必要的理性思维，仅仅满足于表面层次的"扫描"，就像擦玻璃那样只是在表面上擦来抹去，就不可能有深度，也就无以言"长效"。反之，一则新闻具有较深刻的理论深度，它不仅仅是反映一时、一地、一事，又不仅仅是满足对某个行业、某个专题的局限性与业务性的表述，由此它就必然产生相对长效的功能。在刊发时，固然是新闻，在事后影响力、生存力和可传性仍将不断显现出来。《北京酱油为啥脱销？》是又一个例证。

当然，新闻作品中的理性——既不只是把生活的原始材料拿来堆放在一起；也不只是就事论事、一件事一层道理的肤浅。而是要就事论理，概括、提炼和上升到理性的高度。由此及彼，由表入里，由浅到深，给读者以更多更深一些的启发。所以，新闻作品中的"理性"，也可以理解为是一种非感性、非浅层次的认知。

◆附作品

北京酱油为啥脱销？

段心强

本报讯 前些天，北京的街头巷尾都在议论：酱油为啥突然脱销？我们走访了北京第二大酱油厂——宣武酱油厂。

宣武区酱油厂多年失修。1974年经有关部门鉴定，应停产修建。厂里立即向商业局报告，商业局又向市级机关打报告，3年之间，写了22次，根本挂不上号。直到1977年底，市里才批准建新酱油厂，并给50亩地。指标下到区里，一位书记把地转给了产值高的汽车配件厂等单位。经力争，区委才从煤建管理处要出9亩地给了酱油厂。

计划批准后，只给钱，不拨料。酱油厂派人上下跑几百趟，二商局打报告13

次，结果，划圈的多，办事的少，拖了两年，材料还没凑齐。

今年9月，老厂房险情严重，被迫切断电源，停止生产。宣武区酱油厂停产，一个月少上市100万斤酱油。因而，使全市酱油脱销半个多月，直接影响了居民的生活。

脱销后，市里有关部门采取紧急措施，日夜修缮老厂，并从郊区调酱油进城，这才使供应情况有所好转。

（原载1979年12月15日《市场报》）

综述 多写短而精的动态消息

改革开放的深入，社会主义市场经济的运行机制，对新闻传播提出了一系列的新要求，当前最为紧迫的任务之一，是要多写信息量大、指导性强的短而精的动态消息；下功夫改变我们的日常报道，大力减少一般化、概念化、程序化报道，注重从日常报道中，抓动态消息精品。

快节奏的现实生活，要求新闻必须简明化快捷化

新闻是时代的艺术。新闻写作的一切规范、原则，都是适应社会和读者的需要而做出的要求或进行的创造。作为社会主义新时代的新闻工作者，更应当自觉地时时处处为读者着想，站在社会的两个文明建设和广大读者的角度来考虑什么是新闻、怎样写新闻。

很显然，改革开放的深入与市场经济的运行，就必然要求新闻传播更加浓缩化与快捷化。市场经济是一个复杂的系统，其中的各个构成因素，瞬息万变。新闻报道要争分夺秒，即以最简洁的篇幅、最快的速度报道已经发生、刚刚发生的事实，已是题中之义。同时，在市场经济的运作过程中，社会成员的直接利益与市场的关系越来越密切，人们对社会、经济的关心程度也比以前大为增加。在激烈的市场竞争中，人们需要更多的新闻信息以作为他们生活、生产、销售、购买或投资的参考性依据。在计划经济时期，旧闻充新闻，读者望而生厌，读来不新鲜、无兴趣，而在今天不仅如此，乃至可能损害到读者的切身利益。

当然，对于有些题材特别重大、回答社会公众关注的热点、难点问题，需要写一些长一点的报道，是必需的。但作为新闻媒体，大量的应该是消息，只有如此，才能使之成为信息密集的载体。更何况改革开放的时代，人们都自觉不自觉地感到社会前进的脚步越来越快。不断加快生活节奏的人们又面临着大量信息的需要，因而读者迫切要求新闻简单明了，短些，再短些。因为就城市读者来说，大多数人都是在阅报栏前，在地铁、公共汽车上，在工作的零散空闲时间里读报，获取新闻信息的。

胡乔木同志在他即将走完人生的最后里程时，不多几次有关新闻工作的谈话中，就说过：把新闻写短些是社会主义时代的民主要求，报纸上稿长了，既使读者感到

乏味，也侵占了别人的民主权利。版面是多数人的，不是少数人的。新闻短些是民主的要求。对于读者来说是民主，可以提供更多的信息，对作者来说也是民主，大家来写新闻。尊重读者就是民主。

在中国新闻奖的评选中，总是把兴短文、限长风，作为写作的重要导向之一来倡导的。早在1991年首届中国新闻奖评选时就明确提出"提倡短而精的作品"。评选要求：文字消息在600字以内，通讯作品在2000字以内，评论在800字以内。首届中国新闻奖评选过程中，几乎所有的指标均被多数作品突破。鉴于此，一方面，参加首届中国新闻奖复评的36名新闻界专家联名呼吁狠刹"长风"。另一方面，根据实际情况，从第二届中国新闻奖评选起，对字数进行了调整，规定消息限制在1000字以内，言论限制在2000字以内，通讯限制在3000字以内，以期将新闻"长风"控制在这个范围。现在看，这个字数限制是很宽松的，在日常报道中，特别是动态消息，一般不应这么长。当然个别也可破例。

动态消息、长报道各有优势，但需摆对位置

音乐以和谐为美。新闻传播亦然。电讯、消息以一件件事实、一幅幅画面、一个个细节、一缕缕真情的和谐组合，让受众在活生生的事实面前获得信息，受到启迪。它确有其他报道方式不能代替的优势，但它也不能完全代替其他报道方式。比如说，新闻事实总是作为一个过程而存在、而发生的，有些新闻事实的新闻价值，并不完全表现于某个现实的瞬间，其形成原因及其后的影响都极有价值；比如说，有的新闻不是单个事实，而必须囊括多个事实；比如说，对有些报道对象必须做纵连古今未来、横连中外诸方的考察，呼吁要立体化、全方位、深层次地反映社会生活的某个侧面，等等。所有这些，显然动态消息报道的方式就不完全是最佳的选择了。因而深度报道、长篇通讯、软新闻、大特写，以及专栏专版、专刊副刊、周末周刊等，作为一张现代化报纸都是需要的，都应充分发挥各自的作用。

再从信息的传播与活化上看，长新闻也还是少不了的。我国著名科学家钱学森在一次讲话时指出：现在大家都在讲信息的重要，这是对的。我要强调的是信息的分析研究工作。就是说，如何把死的知识、情报、信息变成活的、有用的东西。这个工作越来越重要。

钱学森教授的这一呼吁，很值得我们重视。作为一种信息交流的新闻传播，捕捉信息是重要，但是更重要的是每天当信息如潮水般涌来的时候，能不能善辨其真髓，识别其真假，及时活化，充分利用。活化信息，这就成为现代新闻传播一项带有关键性和基础性的工作。

什么是信息的活化呢？简言之，就是人们对信息源所产生的信息不仅能随时保持着灵敏反应，而且能迅速地作出正确评价、正确处置，使之很快转化为社会效益。

信息的活化，关键在于要有正确的评价。因而，对于那些极为重要的、深层次的信息，在传播过程中，就不仅要提供信息，而且要提供认识、观点。要引导人们由回顾以往，关注现在，转向从现在推知未来。因而，文字略长一些的述评性新闻、解释性新闻、预测性新闻，仍是不可少的。但报纸毕竟是新闻纸，大量的应该是消息，这样才能使之成为信息密集的载体。这一点在任何时候都是不能动摇的。

无疑，随着社会事物发展日趋复杂化以及读者文化素养的提高，人们不再满足于知道这个世界发生了什么，更想了解事情发生的缘由，以及自己可能会受到的影响。这样尽管深度报道的分量和影响都将是深刻而广泛的，但它在整个日常报道中占的比例仍然不会很大。因为现代社会，信息流动疾速，人们的生活节奏加快，对信息的需求不断增大，讲究时效、追求快捷、简短微型的动态消息，仍将备受社会舆论推崇和受众的偏爱，从而形成当代新闻传播中的短消息与深度报道先后崛起、和谐统一的二元走向。

切实发挥新闻舆论传播信息、引导舆论的整体效应

新闻作为一种社会文化，无不在于发挥自身的价值。马克思曾明确指出："'价值'这个普遍的概念是从人们待满足他们需要的外界物的关系中产生的。"新闻作品作为一种语体化、书面化的文化，它不像物质产品那样直接作用于衣食住行，其价值在于满足人类特定的精神文化需要。社会、读者需要的多样性，决定了其价值功能的多样性，诸如传输信息、传播知识、沟通思想、提供娱乐、交友购物，乃至解决具体问题和处理具体事物等等，而其喉舌、引导、传播、监督等则是社会主义新闻事业的主功能，或者概括为"传播信息、引导舆论"八个大字。

新闻，就其本能来说是要解决读者需要知道而又"不知道"的信息（问题）。尽可能又多又快地给读者送去"不知道"的信息，这是报纸主要功能之一。其所以要多，因为读者是一个群体，需要又是多种多样的；其所以要快，因为新闻传递的信息一旦人们知道了，那么它的作用也就消失了。而读者的"知道"，往往是一瞬间就可以完成的，一般情况下是一次性完成的，因而信息的接受具有"排他性"。因为读者对同一内容的消息看一次就行了，不管这个消息是从哪里来的。

市场经济体制的确立，正在改变着人们的生活，也在改变着人们接受新闻的兴奋点和注意力。比如，现在的读者都在变，尤其是城市的读者，30多年的改革开放，在他们的头脑中，"视新闻为文件"的观念在悄悄地淡化，他们中不少人已经

在一定程度上把新闻还原为信息来读了。这就是说，在市场经济体制下，新闻的主要功能之一是传递信息，通过传递信息来开阔人们的思路，丰富人们的生活，来为经济建设服务、为改革开放服务。这就要求我们在办报过程中，在坚持正确舆论导向前提下，注意发挥喉舌作用、引导舆论主功能的同时，也要注意到读者观念在悄然变化这一现实，处理好这两者之间的关系，不断满足读者在市场经济的大背景下对新闻的新要求，多多地编发来自生活、来自实际、来自老百姓关心的事的简明新闻、动态新闻、信息新闻，这样有助于新闻事业的发展，有助于提高新闻宣传的质量。

正像有的同志指出的那样，我们既要重视引导舆论的宏观信息，但也不要看不起具体的、微观的信息，只要有价值，不管是宏观信息，还是微观信息，都是我们应该传播的。过去我们不重视简讯、简明新闻、信息新闻，这种观念在市场经济体制下将会受到冲击。现在是信息时代，信息时代的重要标志之一，就是各种传媒能向社会提供大量的信息，以便供有关团体和个人分析、处理、运用。这大量的信息里自然包括众多的微观信息，微观信息和宏观信息实质上是统一的，从众多的微观信息里可以分析出宏观的东西来。今后我国的社会生活将进一步活跃，经济生活的面也将进一步拓宽，这当中必然会产生出许多有传播价值的微观信息。事实上，新闻信息的价值，不在表面的长短上，也不在宏观与微观上，而在它的内容是不是对别人有用，对经济建设有用，对社会进步发展有用。

人类的生存、社会的发展不仅需要信息，还需要有舆论来调整相互关系。如果说传播信息以多、快为特色，引导舆论则是以抓大、求深取胜。所谓抓大，就是抓大事，即政策上、政治上的大事，改革开放、经济工作中的大事，精神文明建设、社会生活中的大事，群众广泛关注、涉及国家人民利益的热点等大事；所谓求深，则是不仅告诉人们发生了什么事，而且要把它的来龙去脉，对各方面的影响，发展趋势，把一个问题、一种倾向、一件事件、一项决策措施讲深讲透。

报纸直面群众，处于社会舆论的前沿，正确地反映舆论与引导舆论，就必然成为党、政府和人民群众所企盼、所关注的焦点。以正确的舆论引导人，这既是新时期新闻宣传工作的神圣任务，又是新时期新闻宣传工作必须遵循的重要原则。

在舆论引导上，传统的"传达政令、介绍经验、表彰先进、评述新闻"的方式，固然仍是行之有效的，但在改革开放的新时期，社会舆论往往同社会的"热点"、"难点"问题以及一些复杂的社会现象交织在一起，与不断出台的重大举措以及在执行过程中的新情况、新问题、新矛盾交织在一起，需要社会各个方面都来外研内省，各方求索，以寻求解决矛盾做好工作的新方法、新路子。在这种形势下，如果仅满足于此，在舆论引导上就难以产生应有的力度和深度。这就很需要我们不拘泥于以往的引导框架，开拓引导舆论的新领域——善于发挥"以科学的理论武装人，以正确的舆论引导人，以高尚的精神塑造人，以优秀的作品鼓舞人"的整体优势，集聚舆论的强势，组织适度的规模宣传，重视发挥长于分析、富于思辨、信息容量大、能展示事物发展趋势和轨迹的深度报道的特殊作用。

把握时代脉搏，努力适应读者阅读心理的变化

如前所述，市场经济体制的建立，正在改变着人们接受新闻的兴奋点和注意力。比如，在市场经济条件下，新闻给读者以信息，是一种双向交流，读者的接受条件首要的就是得益。更何况在如今生活节奏加快，功利目的的驱动下，许多人读报已不仅是为了学习政治，不仅是为了消遣，而是要找到与他们工作、生活相关的知识和信息。各类实用信息的增加，也就成为必然之趋势。所以，一张报纸，读者欢迎程度的大小是与他们需求在这张报纸中得到满足的大小成正比的。据学者们考察，在社会生活节奏不断加快的条件下，读者对新闻的选择出现了"挑着看、跳着看、追着看"的阅读心理。基于这些，要提高新闻宣传质量，就必须研究和适应读者这种新的选择心理，做到：

有内容挑——一张内容单调、信息量少的报纸，不会受读者青睐；内容广泛，但缺少"有用"的东西，也同样会受冷落。读者层次不同，需要各异，这就要求报纸必须为自己的读者群提供丰富的"短、平、快"的有效信息，琳琅满目的各类栏目，让读者有东西挑。

现在报上有些新闻尽管编者巧意安排，突出处理，但就是引不起读者的兴趣。原因之一，就是这些新闻缺乏吸引力。仔细分析，这些新闻多数不是内容不好，主要是作者忘掉了读者的兴趣和需要。即在采写新闻报道时，并不了解读者的心愿，不理解读者的心态，不讲究在采写新闻时，读者希望看到什么，不希望看到什么。

市场经济，推销商品，不研究消费者的心理不行；新的时期，提供新闻，不研究读者心理不行。写报道要人看，就得研究人，把眼光投向社会的芸芸众生，从单个的人到群体的人，掌握群众中各种各样的心态，了解人们对社会上各种各样问题和现象的看法，从中理出群众的喜怒哀乐，看清群众在一个时期关心的是什么，厌恶的是什么。只有把握了这些，写起报道来，才会有的放矢，有感而发，报纸才会办得有个性，有特色，有内容供读者可挑。

避开其跳——大千世界，消息林林总总；媒体如林，信息传播渠道又很多，信息量令人目不暇接，耳难尽听，在这种背景下读者接受传播媒介所提供的信息总是

严加挑剔的。一条消息，如果连导语都吸引不住读者，一篇通讯开头一两段都不能勾住读者，那么，读者当然就只好另就它篇了。可以这样说，今天的读者，对一张"新闻纸"的要求，越来越高；对一条新闻的期望值，也越来越高。报纸的功能正逐步发生着新的变化：向读者简明报告新闻事实的发生，是一种功能；要注重文采、结构，把新闻写得精粹引人，从而产生"一见钟情，爱不释手"的美感效应，也是一种功能。这两种功能的结合，决定着报纸的质量。随着改革开放的深入，随着人民群众整体文化素质的提高，现时代的人们不仅需要通过新闻媒介获得众多的信息，同时也要得到美的享受。这就像人们需要合体、入时的衣着，不仅是为了蔽体、御寒，也希望它成为一种装饰品一样。如果我们的新闻作品不仅有新鲜的事实和信息，而且又写得有文采、有美感，能让人"一见钟情"，不就能更好地实现自己的传播目的吗？

马克思主义的美学认为，美是一种客观存在。它的最主要的特性是，同生活、同社会实践、同文化艺术都有着密切的联系。新闻作品的美，一方面来源于新闻事实的美，另一方面则出自作者的构思与文采。当新闻作品如实地反映具有一定美的价值的事物时，构思和文采的价值也就自然寓于其中了。这里新颖的构思、优美的文采，无不经过作者煞费苦心的选择、安排与推敲。因此创造美的新闻，构思与文采起着不可忽视的作用。因为它既直接影响到读者是否愿意接受其内容，同时还可以体现出作者的才华和写作技巧。卓越的才华和娴熟的技巧，作者笔下得心应手，节奏快慢相间，结构上波涛起伏，文思得来或如奔腾怒涛，或如涓涓细流，读者享受舒适的阅读美已在其中矣！这样的新闻，它所描述的新事实、新信息，它所展现在你眼前的人物形象及其思想精神、道德风貌，就能激起你的向往之情。它那叙事的完美、结构的严谨、语言的传神，使你赞叹不已。它像一篇诗歌，意境深远；它似一篇散文，满目珠玑。这样的新闻，读者往往一读再读，每读一遍，就觉得多一些享受。

吸引其追——新闻是新近发生的事实的报道，但又并非所有新近发生的事实都可成为新闻。只有那些有传播价值的事实，才能成为新闻。有没有传播价值，读者会不会认同，关键看两条：一是事实本身是否具有新闻价值因素；二是这个事实是否对读者有益有用。一条新闻，如果是广大读者最迫切关心、与他们的利益直接相关，或能回答他们急于要得到回答的问题时，读者不仅会积极地去阅读，甚至会主动设法去找着读、追着看。因而，一张报纸能不能抓住读者，就在于能否抓住读者所思、所虑、所急的事情；就在于能不能切中时弊，抓住社会发展的症结所在；就在于能不能点出人们感到但没有自觉意识到的事情，说出人们想说但还说不清楚、道不明白的是与非；就在于人们迷惑不解的时候，能不能为人们澄清认识；就在于人们束手无策的时候，能不能为人们指出一条解决矛盾的道路。如果在这些方面都下了功夫，都做得好了，读者便不会挑着看、跳着看，而是追着看、找着看。

减少一般化报道，从改进日常报道中抓新闻精品

好新闻出在哪里？只有重大事件才能出好新闻吗？这也不见得。从笔者参加历届中国新闻奖评选看，有百分之六七十的获奖作品都是来自基层、来自现实生活、来自日常报道中的新闻。要提高动态消息质量，多出新闻精品，就必须从改进日常报道，大力减少一般化、概念化、程序化的报道入手。

较长时间以来，我们有不少的日常新闻报道总是摆脱不了表扬性、工作性、简报式、文件式的模式，这与新闻写作规律的要求，与新闻宣传要贴近实际、贴近生活、贴近群众的要求相差甚远。所以，读者意味深长地呼吁新闻报道要"放下架子"。什么是"架子"？最主要的就是要从表扬性、工作性、简报式、文件式的报道圈子里跳出来，使新闻报道努力做到贴近实际、贴近生活、贴近群众，把握时代脉搏，及时反映群众心声和社会生活。历届中国新闻奖获奖作品及其他新闻佳作的面世，都说明了这种转变和改进的必要性。

1. 要从单纯地宣传好人好事的圈子里走出来，多着眼于当前工作、社会生活和引导社会舆论的需要来写新闻

我们的报纸毕竟不是光荣榜，它是党和人民的喉舌，既是信息的传播工具，又是反映和影响舆论的工具。所以，每当我们在写一件好人好事之前，一定要反复思考一下，报道这样的好人好事，对其他人会产生什么影响？对当前工作、两个文明建设有什么指导意义？切不可与当前工作、现实问题无关，不着边际地就事论事。

这是因为新闻的基本职能是要通过传播事实、传播信息来表达舆论、引导舆论的。社会生活中每天发生的事实千千万万，新闻媒介不可能都反映、都报道，但新闻又必须反映社会生活、反映社会的动态和变化，而这种反映又不能离开具体的新闻事实来完成。这就要求新闻工作者要有见微知著的本领，能透过新闻事实发现其重要的社会意义。而绝对不可以把自己禁锢在好人好事的圈子里。这也就是说，新闻无论是写人或者写事，无论其题材的大小，都应力求以短小的篇幅，去搏击时代的风云。

1989年3月，《湖南日报》编辑部收到通讯员寄来的一篇短稿，简要地反映了工人刘作发见义勇为的事迹，并提到他救火负伤后生活陷入困境。如果就稿编稿，发一个表扬性新闻，也是可以的，但有关编辑想到，刘作发的困境折射出了当时社

会生活中一个普遍性的问题：好人不得好报，人们正气在胸而苦于无助，进而见义就不勇为了。于是决定重新采写，把表扬稿作为"问题新闻"来写。经过现场新闻采访，从而知道了：刘作发是湖南国营常德七一机械厂的工人，他先后4次奋不顾身为群众扑救火灾，救出了两条人命和大批财物，其事迹人人称赞。但在最后一次救火中受了重伤后，其遭遇却可怜巴巴：入院就医时，由于医生不负责任和少了点钱，被折腾了两个多小时才得到治疗；到4月初，已花费医药费7000多元，地方推厂方，厂方也有难处，无处报销；他在农村的家便由此债台高筑，生产和生活都困难重重。面对这种情况，家里人怨他做了傻事，旁人叹息"好人没有好报"。4月12日《湖南日报》即在头条位置，以《救火勇士刘作发陷入困境》披露上述事实。

消息见报后，引起了全省各级领导、各界人士和省内外广大读者的极大关注。当时的省委书记熊清泉当天看了报道后，随即要求省民政厅长协同有关方面尽快帮助刘作发解决困难；第二天又约见记者发表谈话，指出"刘作发现象"发人深思，值得研究、讨论。《湖南日报》于4月14日发表了熊清泉同志的谈话。4月16日在一版开辟了《"刘作发现象"大家谈》专栏。省人大常委会、省军区、省总工会、省公安厅、省民政厅的负责同志，全国、全省知名的专家、学者、作家，还有许多省人大代表、政协委员以及工人、农民、干部、战士、学生、教师、营业员、个体户纷纷向该报投稿，各抒己见，展开热烈讨论。为鼓励见义勇为，创造"善有善报"的舆论和社会环境，作为一种尝试，湖南日报社便相机成立了"湖南日报刘作发见义勇为奖励基金会"，并于4月29日在该报一版发表了基金会成立的消息。在不长的时间里，这一保障见义勇为者利益的社会机制便遍及湖南许多地方。

滴水见太阳。刘作发这篇仅有千余字的日常报道里引发出的新闻，所取得的社会效果有多大啊！

2. 要从单纯地报道工作过程、社会活动的程序动态的圈子里走出来，多着眼于从工作过程与社会生活中发掘有普遍意义的内容来写新闻

新闻写作，究其实质来讲，就是写生活，放映生活。但这并不是或主要不是去写生活表面的东西，而是要着力去写、去反映能推动生活前进的内容。要想写出这样的好文章，首先就要按新闻规律的要求，用正确而独特的视角去观察生活。

从某种意义上说，在我们的日常报道中，居多的是报道发生在我们周围许许多多的看似平常的新人新事。何者可以下笔见报，衡量的标尺，就是要从全局的高度来衡量，看能否通过一人一事反映具有普遍指导意义的问题。这就是说，要多从政治意义、社会意义而不是从表面形式、工作程序上去观察事物的价值。在选材立意上把握全局，还常常可以触发我们的发散性思考，引起由此及彼的联想，独辟一条选材立意的蹊径。

如前文所提过的《工人说：何时我们也剪个彩》的采写经历就告诉我们，新闻现场发生的事情、现象，往往都带有微观的印迹，如果记者不站在宏观的高度去观察、处理和权衡，就很难发现它的普遍意义。这就像"一滴水"，放在密闭的容器里，就只能是"一滴水"；只有把它放在阳光的照射下，才能反射出不同的光泽。

3. 要从单纯地报道成绩的大小，介绍工作方法、技术经验的圈子里走出来，多着眼于选择最佳的新闻角度对人们思想心灵、心理心态的影响来写新闻

报纸毕竟不是内部文件，不是工作简报，我们的新闻报道，是要报道成绩、经验，但只能按新闻传播规律办事，既要讲成绩、讲工作经验，也要讲思想、讲针对性、讲可读性。不然，单纯地报道工作方法、技术经验，一串又一串的数字，其指导性和可读性，都会大大地减弱，直接影响到报纸的质量。

成就报道以及取得成绩的经验性报道，长期以来一直是我国新闻报道的重要内容。而这两种报道，以往常常都是从单纯为配合形势宣传的角度来组织报道的。存在的主要缺陷一是量太大，二是直来直去地单纯地报道成绩、讲经验。时下有些所谓的经验性新闻，也只不过是程序的代名词，往往仅是把某一件事、某一活动的经过介绍一遍而已，不吸引读者。这就存在个既要压缩，又要创新的问题。

对此有的同志提出了这样的意见，可供参考。关于成就报道，对一张地区性报纸来说，国家级的、地区级的成就可以重点报道，行业性、企业性的成就宜少报道；应多报道那些有突破性、比较难得的成就，少报道那些年年都有、早已不新鲜的一般成就。不管什么样的成就，报道篇幅都不宜太长，让人知道有这么回事就可以了。至于经验报道，更应少而精。比如改革方面的经验，如果仅是行业性、技术性的经验，不是具有普遍意义、确能帮助人换脑筋的经验，最好是少报、小报或不报。又如企业经营方面的经验，如果不是具有独创性、确能令人耳目一新的新招数，最好也不要浪费读者的时间。

在写作方法上，要摆脱政工和内部经验材料写作思路的影响，要依照新闻写作规律的要求，要突出重点和可读性，切忌一讲成绩就ABCD，一写经验就一二三四面面俱到，结果却往往把真正的新闻淹没在成串的数字、成堆的素材之中。这就少不了要选择一个最佳的新闻角度，或者粗略地概括整体内容，抽出最有新意的一点做详细报道；或者舍去枝节，挑出最有价值的部分展开写；或者跳出条条看整体，围绕全篇内容的交汇点做文章。总之，要立足给读者在信息上、知识上、思想上真正有所启发。因为任何一个读者，都是不愿把光阴虚掷的，他们阅读新闻是要从信息里获得妙谛真知。

要破除这种不符合新闻写作规律大而全的条条模式的消息写作模式，最为重要的还是要树立写经验性消息，要以思想性、指导性为主轴，强调贴近性为着眼点的写作思想。使之真正做到贴近实际、贴近生活、贴近读者。这里所说的贴近，不是一个单纯的从微观上如何选题，如何贴近切入的问题，而是一个从宏观上如何面向读者，立足于实际，为实际工作、为读者服务，使读者对我们的报道感到息息相通，丝丝入扣。大至党的方针政策、重大决策，小至具体问题，在报道时都要力求缩短与读者、与实际工作的距离，不能满足于简单地传达和解释条文，而要针对群众的思想与工作的实际，针对群众的思想、认识、心理和接受情况，对报道素材的条条进行有选择、有的放矢的宣传。因为我们是在写新闻，而不是在写政工文件、写工作经验总结。

新闻的采写行为，从传播学的角度看，是把少数人知道的事告诉多数人，并要以此来影响多数人、得益于多数人。这种"影响"、"得益"，当然不是或者主要不是具体的工作方法、业务技术的，而是思想、观念的。新闻事实，包括经验性新闻的事实，都是在人们的心理、思想活动的影响和指导下作用客观实际而产生的。而新闻报道的根本目的，就是要通过物化的心理和思想观念的新闻事实，去反作用于读者的心理、思想和行为，而不是或主要不是给某项工作、某个具体行动以方法的指导。因而，新闻传播的艺术，归根结蒂是一种"攻心艺术"，是一种旨在影响人的心理、观念、心灵的艺术。

改进新闻处理方式，拓宽动态消息的报道面

克服版面上消息的弱化趋势，一个很重要的方面，就是打破动态消息信息量少、报道面窄的局面。要跟上形势发展的需要，创造便于信息传播，改进新闻处理方式，拓宽动态消息的报道面。

动态消息信息量少，报道面窄，远远适应不了改革开放新形势的需要，适应不了广大读者日益增长的信息需要。现实的情况是，一方面由于改革，新事物层出不穷，极大地丰富了动态消息的传播内容；另一方面，由于市场经济的建立与运作，人们对切身经济利益比以往任何时候都有更多的关注，各种利益关系的不断调整变化，人们对日常生活、周围事物、社会舆论、精神生活有更多的关心。一句话，新时期、新形势，人们要跟上社会变革的步伐，对信息的了解面大大地扩展了，要求报纸的信息传播频率要加快增多。在当前，就应当——

要重视新闻传播的首因效应。先入为主、先声夺人，这是读者接受信息的一个重要的心理态势。新闻的首次传播，能给读者留下深刻的"第一印象"，这就是首

因效应。

从信息论的原理来看，第一次传播，不但信息量大，而且给人的印象最深，形成不易改变的心理定势。同时，新闻信息对读者的影响，往往又存在多种可能性。"仁者见仁，智者见智"，对同一新闻信息，不同的新闻媒体会从不同的角度来进行报道，不同的读者对此也会有不同的理解和不同的态度。因而，新闻传播者就应力图通过首次传播来赢得读者，赢得舆论。消息这种报道方式对获得首因效应有着不可取代的优势。

对一项新政策、新举措、新做法，一个新精神、新思想、新口号的宣传，都可以采取两种做法，一是抢"头班车"，先用电讯、消息把这些内容宣传出去，尽管开始对它的精神实质的理解还有待深化，也力争先发出"信号"，形成必要的氛围；紧接着，在进行深入调查研究的基础上，从把握好这些内容的宏观意义着手，有针对性地回答人们关心的一些普通问题，写出有分量的具有"阐释性"或"穿透力"的纵深报道来。

对于这两种方法要正确把握，既不能因为后者耽误对新闻信息的发布；又不能把两者简单凑合"煮夹生饭"，影响传播效果。

而且就即便是重大问题的剖析、重要政策观念的阐释、复杂社会现象的透视、重要的典型报道等等，诸多的也应当是进行式的，先有电讯、消息在前，再有解释报道、深度报道紧随其后。这样，我们便有可能改变动态消息那种紧扣时代脉搏、抓重大问题不多的状况，一些为人们十分关注的热点也可大量进入动态消息的选题。

要改进工作报道。配合党和政府各方面的工作，搞好工作报道，遵循"工作—报道—工作"的报道方法，是达到运用舆论手段来推动工作，加强舆论的力度，调动各方面的积极性的有效方式。但这种报道必须遵循新闻规律，要坚决改变那种写成对下做总结、发号召的内部文件式的或总结式的状况。

1. 报道工作的消息，也必须严格遵循新闻规律，报道工作中新近发生的新闻事实，以事件为主体，以动态消息为主要方式，寓工作经验于事实之中。要坚决砍掉那种没有具体事实，只是为了所谓"体现精神"搞出来的观点加例子的"印证式"的"新闻"，以及大而全、长而空总结式的"新闻"。

2. 报道工作的消息，主要应是反映工作中涌现出来的新人新事、新情况、新经验。事件一发生，新人物一涌现，就迅速报道，不要等工作结束了再算总账，贻误时间。某项工作、某个专题或一定时期的综合报道也可以搞一点，但一定要确有新的观点、新的思想，不应当只是为造声势。

3. 报道工作的消息，应面向广大社会群众，使大家都有兴趣读，并能从中受到启发教育。因此，一般不搞只对一部分人的那种单纯业务技术性的经验报道，也不要从介绍组织领导经验特别是高级领导机关组织领导经验的角度编发信息。

4. 报道工作的消息，要敢于接触实际，敢于提出工作中的尖锐问题，即使必须介绍具体做法和经验时，一定要讲清背景条件，不搞一刀切。

要确立动态消息在版面上的主体位置。版面安排要体现消息为主的精神，要给那些以新近发生的、重要的、人们关心的事实写成的动态消息，提供版面上的最佳位置。要克服"消息被挤出专版"的倾向，各个专版要向消息靠拢。消息应当挂着牌子或不挂牌子地走向各个专版，即不同的专版，都应介绍一些相应领域内的专业信息；各专版应当有相当数量的内容，是根据当前工作、群众生活中所提出的问题引申出来的；专版所刊发的言论或文章，主要应是针对现实生活中具有普遍意义的重大问题而发，更多的时候还应当有新闻做依托，使之有鲜明的新闻性。

新闻是时代跳动的脉搏。当今读者所需求的信息，远非过去一般意义上的新闻信息。经济体制的变革难免带来社会的多元化，在社会的多元化选择中，人们的信息概念是广义的。在内容上，它既包括时政、经济、社会、人文等新闻时事，也包括知识、服务、娱乐、交往等广泛的内容；在传播方式上，作为一种音信、消息其传递方式也是多种多样的。除新闻版外，报纸的其他版都可以发挥自身特有的优势，及时传播与自己定位内容相关的新闻。专刊周刊要登新闻（消息），但不登与所涉及的专业或领域不沾边的新闻，尽可能使之成为专业类新闻。不能是菜都往自己的篮子里装、哪块"地盘"都争着去挤占。这也就是说，专刊周刊新闻的定位不能背离专业或专门领域的特色，要在报纸总体格局中找准自己的位置，以求在自己的优势空间里施展才干、显示风采。

第三编 综合消息

概论 综合消息的界定及应把握的要点

综合消息，亦称综合新闻。是指对持续一段时间内发生的某个重大事件或某个重要会议所讨论的问题进行综合的、概括的报道；或者围绕一个鲜明的主题思想，把一个时期内发生在不同地域的诸多情况、现象和事实有机地组合起来，以反映全局性的情况、概貌、成就、动向、经验或问题为内容的消息报道。

综合消息属于非事件性新闻，其最突出的特点是报道面广、概括性强。它所报道的内容，头绪纷繁，材料丰富，但写入报道的却只能是说明事物发展过程、动向和基本情况的梗概，不要求展开。这类报道既有面上的情况，又有典型的具体事实；既有概述，又有分析。做到点面结合、叙议结合，使消息既有广度又有深度，能给人留下比较完整的印象，或揭示事实中的内在联系与规律性的东西。综合消息的常规结构形式大致可概括为：新闻根据，即典型性代表性最强并能反映全局状况和本质意义的事实或数据，对事实画龙点睛式的评判、分析，以及对事物动向、趋势预测等要素的优化组合。

显然，综合消息较之一事一报的动态消息——只传播一个信息、一个发现、一个事实，或一种行为风尚、道德情操，就有许多不同的特点。

首先，综合消息不是以传播某些事实、信息为目的。综合是方法、是手段，通过对众多的事实的综合所要说明的问题，所要表明的思想认识、意图结论，才是传播的目的。

其次，在写作和表现手法上，不拘泥于以叙述为主，而常常是在描述和白描的基础上，必须伴之以精当的归纳、概括、证明、推理为前导或归宿。在坚持以叙事为本的前提下，努力在筛选事例、综合提炼中，引导读者认识和把握事物的本质，使读者对事物的发展及其社会意义有一个正确的理性认识。

再次，综合消息可供选择的材料范围广阔，比较丰富，这就要善于分析、比较，不仅要注意到它的典型性和新闻性，又要注意到它对报道意图的表现力和证明力，以及对读者的吸引力和说服力。在一定意义上说，综合消息是要靠主题思想的深邃，报道内容的典型意义和指导意义的强弱而取悦于读者的。那种材料平平、观点陈旧的综合消息，是不会有吸引力的。

又次，综合消息对事物的表现一般采用对多种情况及多个事实做夹叙夹议的综合分析方法。除其中个别重要的事例多写几笔外，一般不去有头有尾地详述某个事实。当然，夹叙夹议的"议"，必须是由新闻事实直接引出来的，能反映事物规律、说明事物本质意义的结果或结论，而不是那些离开新闻事实的空话和大话。这就要坚持寓议于事，叙事出议的原则。

由此不难看出，综合消息与新闻综述、新闻述评的共同点，都是要运用综合概括的方法来报道新闻事实。但两者不同的是，前者的"议事"，多为展示归纳综合后的结果与结论，或进行直观地举例实证；而后者的夹叙夹议则要充分地展开分析与论证，有时还要叙述归纳过程。从这个意义上说，综合消息是一种凝练的、不充分展开的新闻综述或述评消息，是将评述寓于综合之中，"不评述"的述评，两者的相似点颇多。

还有，现实的针对性与指导性，是写作综合消息的基本依据。我们采写综合消息首先要考虑如何通过自己笔下的报道，使更大范围内的读者受到启迪，得到鼓舞或促进。这样只有抓准问题，选准"火候"，适时发表，才能奏出有的放矢、一语中的的效果来。因而在时效性上，动态消息较多地注重时间性，综合消息则较多地注重时宜性，或抢或压，要讲究时机。

常见的综合消息可分为两大类：

一类是以报道事物发展变化中某个阶段的情况、概貌、动向、成就、问题为内容的综合消息。客观事物是复杂的。往往一个事实、一种情况会涉及许多有关联的方面。对这种事实或情况的报道，只有借助综合报道，才能收到较好的传播效果。

这就是说，或做横断面的综合，其特点是就某一方面的问题，把某一个事物（工作）在一些地区或单位发展变化的进程加以综合。这类综合消息所报道的事实大都不是发生在一个单位，一个时间内的。它是在掌握有关的大量材料之后，提炼出一个主题思想，所做出的分析和综合。或做纵深性的综合，其特点是或就某个单位的某一方面的情况做阶段性的综合，或将面上的情况归纳为几个问题或几个层次，分门别类、层层深入地加以叙述。或纵横交错式的综合，即先讲总的概貌，然后从横断面分别叙述，再从纵断面分析原因等。

另一类是以报道事物发展中某个阶段性上的经验为特点的综合消息，通常亦称为经验性消息。这类消息在传播媒介中常见的式样为：用消息的形式报道在一定时期内，就某项活动或工作任务，对某些地区、单位或个人的实践，进行总结、分析，整理出的可以起到示范、借鉴作用的成功做法或理论性条理性较强的知识的一种新闻式样。

经验性消息属于典型报道中的一种。典型报道，即对社会生活中具有代表性的有普遍意义的人和事进行比较深入的报道，是我国新闻实践中常用的一种报道方式。"典型宜多，综合宜少"，就是毛泽东同志从长期新闻实践中总结出来的一条重要的新闻工作经验。毛泽东同志说："深入一点，取得经验，推动全般，""就是我党在全国一切群众工作中早已行之有效的一条著名的马克思列宁主义的路线。"他又说："应当注意收集和传播经过选择的典型性的经验。"

经验性消息，按内容分，有综合经验、专题或专项经验，工作经验、学习经验，单位（集体）经验、个人经验等等不同的区分。

古人云："授人以鱼，只供一餐之需；教人以渔，则终生受益无穷。"包括综合消息在内许多消息品种都特别明确强调指导性。而这种指导性，一般地都应该是侧重于"教人以渔"式的思想指导，即通过我们的新闻报道，多给读者一些思想上的启迪，侧重于能帮助读者走出认识的误区，树立正确的思想观念，打开智慧之门，开阔创新的视野。但由于经验性消息的报道目的是在于广而告之、推而广之，借以指导解决现实生活中突出的紧迫的问题。这样，在写作中既要"教人以渔"，主要着眼于思想观念上的引导；又不忘"授人以鱼"，让经验具有切实可行的操作性，有推广价值的可借鉴性。

经验性消息多属非事件性新闻；也有事件性新闻，但也多为重大事件的综合报道。因而本书没有把它从综合消息中分离出来，专门归类研究；当然更重要的还在于，选入本书的综合消息、经验性消息数量不多，再细分类，显得单薄，故将二者归入一类。

作品赏析

倾心尽力地写好写活经验性新闻

在第十八届中国新闻奖评选中，荣获消息类一等奖的《诸城农民迈进3公里社区服务圈》，是一篇指导性和可读性俱佳的经验性新闻。

经验性新闻报道的是某一地区或单位经过一定时间反复实践中积累起来的行之有效的新做法、新思路、新技能、新知识。它以极强的现实针对性和有用性为特征，它既凝聚着党报的权威性和指导性，又对党报读者群体中那些或负有一定社会责任、或有一定社会责任意识的人，以及那些在事业上想上进、想发展、想有所作为的人，有很强的吸引力和感染力。

当然，我们提倡应重视抓好经验性新闻，是要用极大的努力去捕捉真正的新闻，使之多一些符合新闻传播规律要求的有价值的经验性新闻，少一点食之无味的"瓜菜代"；不仅要努力寻找重要的经验性新闻，更要使这类新闻重要起来、活起来，努力做到可亲、可信、可读、可用，以求更有效地发挥党报在舆论引导上的特殊作用。

那么，什么是"经验性消息"呢？我们可否做这样的概括：即用消息的形式报道在一定时期内，就某项活动或工作任务，对某些地区、单位或个人的实践，进行科学总结、分析，整理出的可以起到示范、借鉴作用的成功做法或理论性条理性较强的知识的一种新闻式样。

在我国，经历了改革开放30多年的今天，农村要实现新的提升和发展，必须面临着从单一强调经济建设向注重农村社会建设的重大转变。诸城以服务代管理的农村社区的出现，是中国农村发展到新阶段的必然产物，是新时期农村社会建设的一项重大突破，是统筹城乡发展、落实科学发展观、加强新农村建设的创新实践。作品敏锐地把握住这一全国首创之举，简明、清晰地提炼出新闻事实及其深远意义，是一篇精悍、洗练的独家的经验性新闻。

作品发表后，诸城的做法引起了广泛关注，《人民日报》、新华社、央视《新闻联播》等国家级媒体都进行了深入报道。目前，诸城实践已被民政部誉为"农村社区建设的诸城模式"，并确定诸城为全国农村社区建设实验区，国家副主席习近平在山东考察工作时，高度评价其为"创新农村基层组织建设的好探索"。

从写作上看，这则获奖消息较好地把握住了写好经验性新闻几个重要的关键点，即：

要处理好经验与过程的辩证统一关系。经验性消息报道的一般是事物发生、发展、结果的一个阶段性的过程。经验是在做一件事情的过程中积累和摸索出来的，把经验与过程对立起来，不展示必要的过程是不行的。但过程绝对不能等同于经验。那种把过程当作经验的现象在实践中并不少见。比如，有的经验性消息实质上就是把某项工作、某件事情或活动的经过介绍一遍而已，这能让人看出有什么"经验"？经验既然是从实践中得来的独具特色的知识或技能，它应该是在某个"过程"中与大家做的不一样的最成功的地方，应该为大家不知道或不熟悉，而又是应该和必须知道和熟悉的"知识或技能"。

古代画论常道："泼墨如亏，惜墨如金。"写作经验性消息在处理"经验"与"过程"的关系上，对"经验"，应用墨如泼，酣畅淋漓；对"过程"，该藏减的一定要藏减，字斟句酌，惜墨如金。

这则获奖消息共分7个自然段，近千字。除主导语与副导语两个自然段以不到160字的篇幅简洁明了地介绍了这一新生事物及其发展过程外，集中主要篇幅详细介绍了农村社区建设好的做法、理念以及发展的远景。

正确把握经验性消息的文体特征。经验性消息，顾名思义当然是要以介绍经验为主要内容的，但又不能忘记这类报道是以新闻形式来传播经验的，这就要求必须坚持寓经验于新闻事实之中，正确把握这类文体特有的个性，做到下面这样两个结合。

一是经验的客观性与作者的认知性相结合。经验是实践的总结，它具有无可忽视的客观实践性；但它又不是客观材料的堆砌，而是作者对客观材料经过分析、综合后形成的理性认识。这就既要讲清楚经验是什么，更要有理有据地回答"为什么"，令人信服地阐释清楚经验的价值和意义。

二是鲜明的目的性与经验的可借鉴性相结合。经验性消息的报道目的是在于将经验推而广之，借以指导解决现实生活中突出的紧迫的问题。这样，在写作中既要"教人以渔"，给予思想观念的引导；又不忘"授人以鱼"，让经验具有切实可行的操作性，有推广价值的可借鉴性。

这则获奖消息在导语之后，接下来就通过记者的亲眼目睹，描绘了农村社区服务窗口的陈设布局、服务范围和服务对象，以及社区化的一般原则、机构设置、服务人员的来源等，转而引述了市委、市政府的未来规划和目标以及实现农村基层组织由管理农民向服务农民的转变理念等。

此外,这则获奖消息还着力于把经验融合在事实中,通过事实来传播经验,突出新闻人物的言行,力求生动活泼。经验性消息,容易写得空洞、枯燥,令人难以卒读。这无不与一些记者把它当作工作部门的工作总结来写关系极大。"经验"固然是总结出来的,但它不是工作的总结。"工作总结"中有"经验",但总结又不能等同于经验。经验性消息不能像"工作总结"那样堆砌材料、罗列现象、谈过程与做法,必须按照新闻价值规律的要求来选材。再说,任何经验都是人创造的。经验的形成过程就是人的活动过程。因而在经验性消息的写作中,一定要注意将人物的言行活动等鲜活引人的材料恰当地、精练地写进文中,这既能增加消息的可信度,又能增强它的感染力和吸引力。

任何经验,都是在特定的历史条件下和社会环境中产生的。为了让经验令人信服,这篇获奖消息在写作中注意交代必要的背景及其所取得的效果或成绩。

经验性消息多属非事件性新闻;也有事件性新闻,但大多为重大事件的综合报道。因而具有时空的长跨度、事实的概括性、观点的抽象化,以及"经验"本身所具有的实践性、认知性和特有的传播目的性等特点。在写作实践中,必须注意寻找新闻由头,起笔就给人以新鲜感。

这则获奖消息的明显不足是,缺少新闻由头即新闻根据。它是新闻事实中最敏感、最突出、最新鲜的部分,它是包含着较强的时效性与连结新闻主题的重要性的双重信息。在非事件新闻中,新闻由头应该突出地在导语中"现身"。

◆ 附作品

跟城里人一样享受政府公共服务
诸城农民迈进3公里社区服务圈

齐淮东　宋弢　孙志山

编者按　今年以来,诸城市重整农村组织资源妙招频出:先是以居带村,组建联合党总支;后是以服务代管理,建设农村社区。这两项改革举措,既为新农村建设提供了组织保障,又为城乡一体化统筹发展搭起了有效平台,同时也是新形势下农村组织结构改革的有益探索。近日,本报记者赴诸城深入采访,写出这则消息和一篇调查性报道,向读者展示诸城改革的新做法,以资借鉴。

本报诸城讯 在农村集中连片兴建社区，让农民享受到跟城里人一样便捷、周到的公共服务。眼下，一场意义深远的基层组织结构创新正在诸城市顺利推行。从今年7月在18个社区先期试点，短短两个多月时间，全市已设立65个农村社区，涉及573个村，占全市行政村总数的46%。

据了解，以县市为单位连片推行农村社区化服务，在全国尚属首创。

舜王街道金鸡埠村的董福兰老人切身感受到社区化服务带来的便利。今年80岁的她6年前患了胆囊炎，打针输液要到13公里外的舜王医院，一住院就是一周多。7月底，松园社区建成，社区卫生室离家不到2公里，儿子用三轮车推着董福兰去，输完液就回家，啥事都不耽误。

9月12日，在松园社区服务大厅，记者看到，这里设有文教、社保、环卫、计生、治保等服务窗口，负责为周围2公里内6个行政村的5667名群众服务。优抚救助室主任乔冒军原在街道民政所工作，是20个村的"网长"。他说，以前坐等群众上门办事，很多久拖不决，现在离服务对象近了，接到救助申请马上就能到现场查看，有的当天就能办结。

农村社区，一般按服务半径2至3公里、居住户不超过3000户的原则设立。中心村设公共服务机构，即社区服务中心、社区警务室、卫生室、建设环卫室、计生服务室、优抚救助室、纠纷调处室等，由镇政府从现职干部职工或乡镇撤并后富余人员中选派工作人员，为整个社区提供近距离、全方位的公共服务。这种"3公里服务圈"的建设，为打破公共服务产品供给上的城乡二元结构搭建了有效平台。据市委、市政府9月7日公布的《农村社区建设考核奖励办法》，到2008年底，各乡镇、街道100%的村都要纳入社区化服务范畴。规划中，这样的农村社区有156个，涵盖全市1257个村庄70多万农民。

今年初，诸城市委在调研中发现：随着农业税费的取消和农村市场机制的完善，农村基层组织的管理职能越来越弱化，而面对群众越来越多的公共服务需求，却缺乏有效的服务平台，不少群众反映"想办的事不好办、办不好"。同时由于乡镇撤并，镇域面积扩大，有的偏远村庄距镇驻地几十公里，到镇上办事成了村民的一件头疼事。经反复研究论证，市委、市政府作出建设农村社区的部署。

"建设农村社区，就是通过创新农村组织结构，实现基层组织由管理农民向服务农民的转变。今后诸城人提起农村社区，想到的不是它管几个村，而是有哪些服务机构和项目，我们的改革就算成功了。"诸城市委书记邹庆忠这样总结。

（原载2007年9月15日《大众日报》）

以指导性为主轴，以针对性为着眼点

在改革开放的新时期，古老的中国不仅外在的自然风貌、人文景观在发生着巨变，而且内在的社会结构、道德文化和精神面貌，也正发生着深刻的变化，社会热点的演变更迭便成为常见的社会现象。

新闻报道作为反映和记录社会生活的一种手段、一种精神产品，在任何时候都应把聚焦点始终对准群众最关心的、党和政府最关注的、与人民群众切身利益贴得最近的热点问题。抓住了这些，也就抓住了最具现实意义的关节点，也就把握住了时代的脉搏，写出的报道也就有了新闻性、贴近性、可读性和指导性。这样的报道才有可能产生深入、持久的影响力。

然而，当一个社会热点冒出来了，你也上，我也上，他也上，最容易一哄而上，一窝蜂，好事就容易过头，出现诸多需要注意解决的新矛盾。新闻工作者在报道社会热点时，既要满腔热血、聚精会神地投身其中，又要热中有冷，心头要热，头脑要冷，即不追风逐浪，不人云亦云，而是站在"热潮"之中，以冷静的思考观察各种热潮的涌动，了解新情况，分析新矛盾，总结新经验，写出发人深省的独家报道来。

在第三届中国新闻奖中获一等奖的消息《溧阳兴办开发区杜绝盲目乱圈地》就是这样的独家报道。

1992年，随着邓小平同志在南方的重要讲话的发表和党的十四大的胜利召开，极大地推动着我国改革开放事业的巨大洪流滚滚向前。在这个洪流里建立开发区，无疑是一个有重要作用的新举措之一，但是当成千上万的开发区一哄而起，盲目乱圈地，随意占用农地，损害农民的当前利益的矛盾也日益暴露出来了，给深化改革、加强宏观调控带来不能忽视的负面效应。这篇获奖消息的作者，面对众多的媒体不分青红皂白仍在推波助澜的情况下，难能可贵地从"热闹"中发现了与全面贯彻中央政策不和谐的"音调"，便深入农村了解农民的忧虑和有识之士的呼吁，终于发现溧阳市"既确保开发区建设速度，又不忘保护农民利益"、坚持"先落实项目，后征用土地"的原则、严格控制土地征用，做到不荒废一分土地的正确做法，并立即以《溧阳兴办开发区杜绝盲目乱圈地》为题报道了这些做法和经验。消息见报后，众多报刊转载。20多天后，国务院办公厅便下发了关于控制耕地的通知。

这篇获奖消息，属于经验性消息。在写作方法上，它摆脱了政工文件和内部经验材料写作思路的影响，而是按照新闻写作规律的要求，从经验的整体内容中，抽出最有新意的、最有普遍意义的一点做详细报道。溧阳市建设开发区的成功经验和做法，无疑是多方面的，然而在全国范围最有普遍意义的却是在兴办开发区过程中，既要确保开发区建设速度，又要严格控制土地征用，不能盲目乱圈地，要切实保护农民利益这个核心问题。这条消息的标题，较好地凝聚着这个"核心"，较好地概括了全文的中心思想。消息的导语和主体部分都紧紧围绕这个"核心"来展示，其中既有生动的细节、场面的描述，又不乏具有可操作性的经验的概括。当然，在经验性的动态消息中对细节、场面的描写应该是有度的：一是应惜墨如金，点到为止，突出思想，突出精华；二是截取的细节、场面之间，不宜用直统统的观点硬性串连，要做到依靠事实的内在逻辑关系构成一个有序的整体，切忌"观点加例子"或条条式的写作模式。在这点上，这篇获奖消息是做得较好的。

新闻报道是一项社会性活动，是为影响他人而做的。任何体裁的新闻作品，都会通过它传播的某种事实、信息体现出的某种思想、倾向、主张和道理，借以影响和引导受众的行为。这便是新闻的指导性。作为经验性消息的写作，更要以指导性为主轴，强调针对性为着眼点的写作思路。使之真正做到贴近实际、贴近生活、贴近读者。这里所说的贴近，不是一个单纯的从微观上如何选题，如何贴近切入的问题，而是一个从宏观上如何面向读者，立足于实际，为实际工作、为读者服务，使读者对我们的报道感到息息相通，丝丝入扣。大至党的方针、重大决策，小至具体问题，在报道时都要力求缩短与读者、与现实生活的距离，力求针对群众的思想与工作实际，对报道素材进行选择，有的放矢地写报道。因为任何一个读者，都是不愿把光阴虚掷的，他们阅读新闻是从信息中获得妙谛真知。

◆附作品

既确保开发速度，又不忘保护农民利益

溧阳兴办开发区杜绝盲目乱圈地

省土管局向全省推广了该市做法

邓　超　李金堂　陈建共

本报讯　到昨天为止，24家中外合资、独资和内联企业先后在溧阳市昆仑新技术开发区"安家落户"。记者在现场采访时看到，首期启动区内项目已基本布满，建筑工地热火朝天，而四周3.2平方公里的控制区依然一派生机，葱绿的油菜、麦苗上挂满露珠。几位正在田间施肥的农民对记者说："这样办开发区，我们举双手赞成！"

该市新技术开发区规划总面积为4平方公里。为了既确保开发速度、又杜绝一哄而上地盲目征地，切实保护农民的利益，溧阳市专门邀请有关专家进行科学论证，划出0.8平方公里为首期启动区，其余的大片耕地则列为控制区。在启动区项目没有摆满之前，控制区耕地一律不准乱占乱圈，严禁污染和破坏水利设施，让农民安心在这方土地上继续耕种，对首期启动区的耕地，该市按照"先落实项目，后征用土地"的原则，做到从紧从严控制。市委、市政府明确宣布：凡是申请征地的单位和项目，必须由开发区办公室牵头，市土管局、市计委、市经委等职能部门进行"三堂会审"，严格把好四道"关"：一是任何单位不得无项目先占地；二是所有项目必须通过投资规模、产品结构、技术含量等可行性论证；三是进区项目必须按照开发总体规划，以合理的建筑密度和容积率，在指定地块限期完成工程建设；四是如发现多征少用、征而不用者一律严肃查处。9月中旬，一外商独资企业急于进区征用一片土地，当时正值稻穗扬花期，开发区主动与对方商定先局部开工，等收获后再全面启动，仅此一家就给农民挽回粮食损失2万余公斤，到目前为止，进区的24家企业先后征用开发区耕地70.5万平方米，没有发现一分土地荒废。

严格控制土地征用，并没有影响开发区的建设速度。在这里，只要顺利通过"三堂会审"的每一个项目，都能享受到"特事特办"的待遇，且能千方百计地让其及早投产。投资650万美元的"华意非织造布有限公司"递交征地报告后，开发区仅用9天时间就办完了从审批到征地的全部手续，外商十分满意。

溧阳市的这些做法，得到了著名经济学家费孝通的高度评价，国家体改委秘书长王仕元也给予肯定，江苏省土地管理局还专门向全省推广了他们的经验。

(原载1992年12月12日《常州日报》)

凝聚党心与民心的举措

我们的新闻事业，是社会主义的新闻事业，是党和人民的耳目喉舌，肩负着宣传党的方针政策，传播经验、指导工作，反映人民群众的意志和呼声的重任。新闻工作者的光荣使命要求他们必须要有为人民服务、为社会主义服务、为党的中心工作的大局服务的政治责任感。只有这样，在新闻实践中，才能成其材，精其业，为新中国的新闻事业留下一点有用的东西。

在第十届中国新闻奖中获二等奖的消息《"庄户日记"》，在这点上是值得称赞的。

1999年春夏之交，这篇获奖消息的作者获知这样一件新鲜事：河北省高碑店市数百名市和乡镇的干部吃住在农家，白天忙工作，晚上入户拉家常，每人都有一本市委统一印制的下乡工作日志。它既是下乡干部了解民情、认真工作的真实记录，又是市委考核干部的重要依据。他们敏锐地意识到这是体现和落实党的全心全意为人民服务宗旨的重要新闻线索。于是便先后3次深入实地采访，不仅进村入户，还吃住在农户家里，亲身体验下乡干部的生活和工作。并先后对十几个村庄、上百名干部群众进行走访，记下了2万多字的采访资料。后又经过反复研究，精心写作、修改，才写成了这篇不足千字的消息《"庄户日记"》。

消息用翔实、生动的事实告诉人们：高碑店市干部带着下乡工作日志下乡入户，是凝聚党心和民心的举措，是密切党群、干群关系的举措。它还明确地告诉人们：党的全心全意为人民服务的宗旨，对党员对干部，不仅是思想道德、人生观、价值观的规范，而且又是一个明确的工作规范与工作要求。这有利于把全心全意为人民服务的要求落实到坚定正确地执行党的路线方针政策中去，落实到党的各项工作任务中去，落实到建设一支素质高、作风硬的干部队伍中去，落实到保持社会稳定、发展农村经济的实际行动中去。

1999年5月28日，消息在《河北日报》一版见报后，引起了强烈的社会反响。次日，河北省委主要领导都做了批示，认为这一报道写得好，当地党委的做法好，应推广学习。省和中央驻省新闻单位组成采访团再次深入采访，形成报道规模。《人民日报》、《经济日报》等媒体都做了充分报道。中共中央组织部部长曾庆红予以充分肯定，并派研究室主任率队调研、总结。

写报道新做法、新举措的综合消息，给人的印象往往是有用而不耐读。这篇获奖消息的作者在写作上没有走做法加反映与议论的老套路，文中除导语和必要接承转合的文字外，几乎全都是摘引高碑店市下乡干部的日记和村民发自内心的感受写成的。这些全都讲的是庄户人家的事，说的是庄户人的话，文中虽然没有什么叫座的"警语"，但全文结构缜密，事实具体，文字朴实，生活气息浓郁，可信度高，可读性强。

这篇消息的获奖及其取得的不同凡响的传播效果，进而启示我们：新闻工作者素质的优劣，新闻报道中投入的大小，直接影响着新闻价值的蕴含量。新闻工作者的主观能动性增大，投入的智慧和劳动增多，新闻事实中蕴含的价值就会增高，新闻作品便能越发显现出它应有的光辉。

有位新闻工作者说得好：新闻报道要"抢眼"、"出彩"，要少些"匠气"，多些灵气，普天下写稿多如牛毛，但成为大师、名家的寥若晨星，原因就在于此。

那么，"灵气"何来？笔者认为，作为一个党和人民的新闻工作者来说，最为重要的就是要有胸怀国家前途、人民命运、群众要求的崇高责任感。从马克思、恩格斯开始，共产党人就把自己创办的新闻传媒视为为人民大众谋利益、为实现自己崇高理想而奋斗的重要工具。在今天，一个党和人民的新闻工作者，只有有了这样崇高的使命感和政治责任感，他才会有慧眼识珠与点石成金的灵气，以滴水见太阳、一叶而知秋的锐利目光，从中把握到社会变动与发展的脉搏，及时发现群众中的新创造、新事物，不断写出凝聚党心和民心的佳作。

◆ 附作品

高碑店下乡干部是怎样工作的？请看他们的

"庄户日记"

本报讯 （李振海　阎云　李金辉）　眼下，高碑店市有520多名市和乡镇干部吃住在农家，白天忙工作，晚上入户拉家常。笔者所到之处，发现这些干部都有一本市委统一印制的下乡工作日志，他们自称为"庄户日记"。

5月23日，在北城办事处杨漫撒村，我们见到正在入户走访的下乡干部赵金福、史建文、李伟。打开李伟的日志，一股浓郁的乡情民情扑面而来。其中："4月24日。村里部分麦田发现吸浆虫病。上午，我们3名干部配合农技站给村民播放了防止吸浆虫的录像片，有80多位农民参加。下午，我们又到地里查看，帮助农民实地解决了问题。"

在方官镇大铺村,我们看到了下乡干部王腾洋、蔡保君正和村干部研究工作。王腾洋的日记,记录着他们两个多月来的酸甜苦辣。仔细翻阅,我们看到这样两则:"3月24日。从早晨起来到晚上10时许,我们两人共串了19户。村民孔召国谈了企业占地、用电难的问题;杨英说孩子结婚相互攀比,负担太重;杨广学老人说,都忙自己的事,村里的事没人管等等。总之,村里班子不健全给村民带来很多不便。组建党支部、村委会班子是当务之急。"

"5月12日。人们盼望已久的村委会班子终于产生了。新任村委会主任褚得明得票90%。选举前他妻子就怕选他当干部。为这事儿,我们买上水果到他家里探望,一家人思想通了,我们心里的一块'石头'也落了地。"

打开东盛办事处龙堂村下乡干部张世平的日志,一则记录映入眼帘:"5月22日。修筑环村路到了关键时刻,偏偏没了买水泥的钱。我从早晨一睁眼便到处跑,总算顺利,找来6000元。可是,刚把送水泥的人打发走,傍晚风雨又起。水泥堆在露天,雨一淋还能用吗,便急忙和村民们一起没命地将水泥搬运到一座空房里。浑身泥水汗水分不清,回到屋子躺下就不想动了。不管如何,一定要帮助村里把路修好。"

群众称赞下乡干部的"庄户日记"是用汗水写出来的。在方官镇北衣巾村,村民李铎告诉我们:"下乡干部的工作看得见摸得着。看看俺村新修的街道,再看看新打的机井,就知道他们有多辛苦了。"在龙堂村,我们看到张世平正和村民一起搅拌沙石水泥,给街道铺路。他说:"保持社会稳定,发展农村经济,关键是干部用实际行动和群众打成一片。"

市委书记李书信说:"'庄户日记'由市委督查办公室每季抽查一次,它既是下乡干部了解民情、认真工作的真实记录,又是市委考核干部的重要依据。有了它,500多名下乡干部工作更加认真、细致。"

(原载1999年5月28日《河北日报》)

读之有味，思之有得

近年来，随着科教兴国战略日益深入人心，在报坛新闻苑地中也悄然长出一枝奇葩——科教新闻，奏响了教育改革和科技改革的新乐章。

有位有心人曾做过这样的统计，在第六届中国新闻奖评选中，参评的消息作品有77件，其中科教报道占了近1/5，而有关教育改革的报道又占了多半的份额。这一方面反映教育改革力度的加大，牵动着千家万户的心；一方面也引起了读者和媒体的广泛关注。

我国的基础教育面临的"高分低能"现象如何解决？应试教育向素质教育转变的改革如何深入下去？这一直是困扰教育改革的难点问题之一。在第九届中国新闻奖评选中获二等奖的消息《浚县少年怀揣"两证"出学堂》，为县级中小学教育改革提供了有益的做法与可供探索的思路。

无怪乎，该文1998年6月1日刊出的当天，即被中央人民广播电台、中央电视台摘播。教育部办公厅也向报社通报了部领导对这篇消息的关注，表示他们将鼓励更多的地方学习浚县经验，把应试教育向素质教育转变的改革更加深入广泛地进行下去。

无疑，在改革是当今时代主旋律的新时期里，作为新闻媒体，只有引导新闻工作者跃上改革的风口浪尖，潜入问题的空间，去研究改革，探索改革，才能使自己的作品摆脱泛泛而谈、隔靴搔痒的困境，有针对性、切中要害地去揭示那些改革的今天或明天可能出现的问题或倾向，进而用现实的事实或做法去加以解决或完善。这则获奖消息一起笔便生动而具体地勾画出该县素质教育取得的成果，使人读后有如临其境的真情实感。之后，消息又通过事实重点介绍了该县素质教育的主要做法和经验。消息的重点突出、逻辑清楚、文笔流畅，是一篇有较强的针对性与指导性的新闻作品。

这篇获奖消息属于非事件性的综合消息的一种——经验性的综合消息。消息时间与空间跨度都比较大，为了把面上存在的问题带到客观实际中去分析认识、研究思辨，作者先后走访了十几个学校，召开了4次师生、家长座谈会，掌握了大量的第一手材料，经过反复酝酿、构思，才有了自己的写作特色：从结构层次上看，从小到大，由点到面，由实见虚；从思想深度上看，从具体到概括，由浅入深，由近及远，经验成果，有理有据，实实在在，不是信口开河，读了令人信服，发人深省。

作为经验性综合消息，顾名思义当然是要以介绍经验为主的，但又不能忘记这类报道是以消息形式来传播经验的，这就要求必须坚持寓经验于事实之中。同时，为了让其经验令人信服，还需要交代必要的背景及其所取得的成果。在这些方面这篇获奖消息都做到了，特别是在第4个自然段里，作者更像一位优秀的电影导演，巧妙地将一个个生动的生活画面组接起来，令人信服地说明：浚县少年技校的实践不仅沟通了教育与经济、学校和社会的关系，同时还取得了良好的育人效益、经济效益和社会效益，出现了学生爱学、教师愿教、学有所用、家长欢迎的喜人局面。

作为非事件性消息，时效当然没有动态消息要求那么高，但这条消息缺少时间要素，而且导语也过于臃肿，如稍加调整，组成主次型导语，或许会比现在好一点。即：

本报讯 （记者 王泽农） 果树结果不多怎么办？猪养不肥怎么办？这些在外行人看来很难办的问题到了浚县少年手里就不算什么了——少年技校的课堂上早就讲过其中奥妙。

记者日前在河南省浚县见到，有80%以上的中小学校同时也是少年技校，孩子们在学习文化知识的同时还学到了一些劳动技能，大部分学生在走上社会时都拿到了技校合格证和学历毕业证。

融经验于事实之中，让事实成为经验的载体，是这篇获奖消息最为突出的写作特色。这样就避免了把经验性消息写成公文或工作总结的"常见病"，让人读之有味，思之有得。

◆ **附作品**

学了文化学技能　实惠实用受欢迎

浚县少年怀揣"两证"出学堂

该县八成中小学校同时也是少年技校

本报讯 （记者 王泽农） 果树结果不多怎么办？猪养不肥怎么办？这些在外行人看来很难办的问题到了浚县少年手里就不算什么了——少年技校的课堂上早就讲过其中奥妙。在河南省浚县，有80%以上的中小学校同时也是少年技校，孩子们在学习文化知识的同时还学到了一些劳动技能，大部分学生在走上社会时都拿到了技校合格证和学历毕业证。

长期以来，我国基础教育中课堂教育同经济建设脱节问题一直存在，除少数"尖子"之外的学生不能学有所长，不能在社会实践中发挥应有的作用，这一现象在农村尤为突出，以至于有的农民认为毕业回来既不会干农活，又瞧不上干农活的人，全无用处，不如辍学。因此，改应试教育为素质教育的呼声日高。在此背景之下，少年技校应运而生。

浚县的少年技校是从1991年开始办起来的。为了达到实施素质教育的目的，他们采取一个学校两块牌子、一个讲台两块基地的形式，从小学三年级开始设置劳动技术教育课程，小学每周两课时，初中每周三课时，由专兼职教师根据当地实际，有组织有计划地加强劳动教育、职业教育，逐步培养有知识、有技能的新型劳动者。目前该县少年技校总数已达205所，学员总数达42000人。

浚县少年技校7年来的实践证明，它不仅沟通了教育与经济、学校和社会的关系，同时还取得了良好的育人效益、经济效益和社会效益，不少学生成了农村科技致富的领路人。像该县小河镇小河村少年技校先后培育出的"中华一号"、"红世界"等四个冬桃和"中华巨梨"等三个冬梨新品种已推广到全国十多个地市；新镇镇胡岸少年技校试验大棚韭菜成功后，很快带出了一个蔬菜种植基地，该村村民人均纯收入迅速提高400多元；城关乡后嘴头村技校学员回家后指导家长饲养从国外引进的优良种鱼，全村当年净增收入50多万元；善堂镇利用少年技校的人才优势，结合本地资源优势，形成了苹果、大枣、蔬菜、西瓜、红薯、花生六大支柱产业，成为全国首批"明星镇"等事例都是成功进行素质教育的印证。原国家教委领导视察了浚县少年技校后盛赞其为农村基础教育改革摸索出了一条有效的途径。

据有关人士介绍，尤其令人兴奋的是，由于少年技校重视对学生全面素质的提高，有效地帮助了学生智力的发展，全县设有少年技校的学校文化课教育质量都有不同程度的提高。

（原载1998年6月1日《农民日报》）

突出经验的可操作性与可借鉴意义

被评为第八届中国新闻奖消息二等奖的作品中,有一篇经验消息《中华铅笔写出大文章》,读过让人激动,催人奋进,它向世人展示了中国第一铅笔股份有限公司大打市场战的成功经验,从而使小小的一支笔,卖遍全世界。全球消费市场每卖出10支铅笔,就有1支是"中华"牌。铅笔制造业本是微利行业,当时全国140多家铅笔生产企业80%以上亏损,而"中铅"却一枝独秀,1996年的利润总额达6208万元,占全行业盈利总和的90%以上。

小产品何以能成为市场的"巨无霸"呢?消息更以主要的篇幅、感人的事实、生动的笔触介绍了"中铅"股份公司"加强市场开拓,扩大发展空间"的三条成功经验:以"无空间战略"从高、中、低三个档次来挤垮竞争对手,抢占市场;依托主业优势实施多角经营战略;按照"市场无边界战略",确定以国际市场为主攻方向的营销体系。

1997年4月,上海市委、市政府提出,搞活国有企业,要一手抓改善外部环境,加紧形成"五个机制",一手抓提高企业自身素质,切实体现"五个加强",以此作为上海建立现代企业制度基本框架的主要标志。"五个加强"之一,便是"加强市场开拓,扩大企业的发展空间"。《中华铅笔写出大文章》,是体现这一加强的重要典型报道。

经验性消息作为非事件性综合消息中的一种形式,多用于报道某个地方、某个单位的工作方法、经验、成就和形势,借以达到传播经验、引导舆论、树立典型、指导工作的目的。不少的新闻学者都把它单独列为消息的一个品种,归为典型报道的一种形式。

辩证唯物论告诉我们:经验来源于实践。用消息的形式对客观实践进行科学的总结、分析、整理出的有借鉴意义的条理性强的新闻报道,就可称为经验性消息。

经验性消息按内容分有综合经验、专题或专项经验;按性质分有正面经验、反面经验(教训);按量限分有集体经验、个人经验;按范围分有工作经验、学习经验等等。

结合这篇获奖消息与其他写得较为成功的经验性消息看,在写作中应注意:

1. 要把经验性消息与工作总结区分开,把"经验"写成具有切实的操作性、有推广价值的可资借鉴的新鲜经验。经验是总结出来的,但不是某个单位或个人的"工作总结"。"总结"中有"经验",但这种"经验"必须具有典型性、针对性,才能成为经验性消息的报道内容。

2. 寓经验于事,着眼于揭示普遍意义。用事实说话,以事实为基础的理性升华,是写作经验性消息的基础。没有生动、令人信服的事实,经验消息就没有生命;没有反映出事物发展变化中的"是",就不成其为经验。经验性消息的核心是要层次清楚地阐明经验是什么,它的中心内容和基本观点;有理有据地回答为什么是"是",用事实或数据令人信服地阐明经验的可借鉴性,以及经验的价值和意义。

3. 结构不拘,贵在因文制宜的不断创新。正像有的新闻工作者指出的那样:随着新闻改革的深入,经验性消息写作中的那种不问情由的"三段式"结构早已被突破,而且"倒金字塔"等结构也不再是唯一的模式。从实践经验看,我们可以从点到线到面构思,也可以面、线、点倒过来或交叉过来出现;可以正叙,也可以倒叙;可以按事物的顺序和事物之间的逻辑关系排列,也可以按读者的阅读兴趣和心理需要组合。记者应该从具体的报道内容出发,灵活运用,而不囿于某一种模式。在这个过程中,有无新颖而重要的由头(新闻根据)是结构的关键。因为经验性消息往往没有事件性消息那样容易吸引读者,没有新颖引人的由头,更收不到应有的宣传效果。

在这点上,《中华铅笔写出大文章》是做得较好的。当新闻由头产生后20分钟内,记者便赶到现场,经过3小时的采访,于凌晨成稿,加配编者按,在头版头条刊出。

◆附作品

加强市场开拓　扩大发展空间

中华铅笔写出大文章

黄　强

本报讯 中国第一铅笔股份有限公司大打市场战,小小一支笔,卖遍全世界。全球消费市场每卖出10支铅笔,就有1支是"中华"牌。一份由权威机构新近公布的"中国530家上市公司1996年经营业绩综合排序"报告显示,"中铅股份"在上海100多家本地上市公司中名列首位。著名的法国里昂证券公司在每半年发布的投资评估报告中对"中铅"这样评价:"中华牌"铅笔是中国铅笔的"代名词"。

铅笔制造业是微利行业，全国140多家铅笔生产企业80%以上亏损。在同等竞争条件下，"中铅"却一枝独秀，去年的利润总额达6208万元，占全行业盈利总和的90%以上。小产品何以成为市场"巨无霸"？"中铅"董事长兼总经理胡书刚说，"中铅"首先以"无空间战略"从高、中、低3个档次来挤垮竞争对手，抢占市场。高档产品比对手高出一筹，紧跟国际流行趋势开发热转印铅笔、镭射铅笔、荧光笔、签字笔等高附加值产品，在沿海市场牢牢占据领先地位；中档产品质量比对手更好，用新技术、新工艺和新材料包装老产品，原来一二角一支的铅笔，通过"包金镶银"、"磨面上光"后，摇身一变成了人见人爱的精品；低档产品主要抢占内地市场，价格做到比对手更具竞争力。紧贴市场的"无空间战略"使年产10亿支铅笔的"中铅"淘汰了一大批竞争对手，市场占有率达15%，成为中国铅笔业的"龙头老大"。

依托主业优势实施多角经营战略是"中铅"领先市场的又一"法宝"。借助"中华"这个第一品牌的牌誉，"中铅"大力延伸产品线，开发相关市场。公司投资1000万元组建的古雷马化轻公司，生产铅笔油漆、油墨、白胶，一下子吸引各地45家铅笔厂订货，年销售1747万元；"中铅"全资的上海铅笔机械公司生产的优质铅笔机械，不仅成为业内同行的首选产品，替代了洋设备，而且还出口到美、德、日等国，70人的小公司，年盈利达283万元。最近，"中铅"还着手到东北林区办铅笔板加工厂，朝"铅笔王国"又迈出一步。

按照"市场无边界战略"，"中铅"确立了以国际市场为主攻方向的营销体系，产品已打入世界72个国家和地区。目前，"中铅"与德国"法伯卡斯特"、"施得楼"和日本"三菱"公司一起跻身世界铅笔业四强。今年初"中铅"跨出国门，在世界铅笔工业的发祥地德国投资开设了"北德铅笔制造有限公司"，成为第一家在德国本土创办合资企业的中国工业企业。即将于今年8月开业的"北德"公司将利用"中铅"的设备、管理和技术，年产1亿支高档铅笔，全部进入欧共体市场销售。

（原载1997年6月14日《解放日报》）

抓住个性做文章

几乎每次重大的军事演习，如无保密等特殊的需要，《解放军报》都要写报道见诸报端。这类报道专业性强、军事术语多，要写得引人爱读，读了又能使人颇有所得、深有所见，给人留下深刻的印象，实属不容易。

在第七届中国新闻奖评选中荣获一等奖的消息《我军在台湾海峡成功举行三军联合作战演习》，在这方面取得了较好的效果。它发表之后，产生了较大的政治影响，受到军内外、国内外读者的广泛好评。

抓住个性，集中笔墨具体地说明展示个性，是这篇获奖消息的重要特色。这次军事演习同以往的军事演练，在演练武器装备、军事技术、后勤保障、培养合格的军事人才等等方面有着诸多的相同或相似之处，同时也有着非同寻常的个性，即：非同寻常的地点——人们关注的敏感地区台湾海峡；非同寻常的时间——台湾岛内李登辉等一伙台独分子，挟洋人以自重，明目张胆地鼓噪台独，破坏祖国统一大业；非同寻常的演习内容——渡海登岛作战与岛上山地进攻作战。集中起来这次演习的个性特点便可概括为：规模大、课题新、政治性强。在写作中作者正是紧紧地抓住这些个性特点，集中地展现演习的恢宏气势和壮观场面、集中地展现高技术条件下三军联合作战的特点以及指导员的作战指挥艺术、集中地展现广大官兵高昂的士气，进而表明在革命化现代化正规化道路上阔步前进的中国人民解放军，完全有决心有能力有办法维护中国统一、捍卫国家主权和领土完整。其实这也是用另一种方式向海内外重申我国政府一贯的主张：我们一贯致力于和平统一祖国，但决不承诺放弃使用武力。如果出现"台湾独立"或外国势力干涉中国统一，中国政府将采取包括军事手段在内的一切手段，坚决维护祖国统一、捍卫国家主权和领土完整。

中华民族"上下五千年，纵横九百六"，这在世界历史上绝无仅有。自秦统一中国以来，历史已反复证明：统一，人心所向；分裂，人心所背。无疑，这篇有极强现实针对性的消息的发表，对于渴望统一的全国同胞和海外的华夏儿女，是巨大鼓舞；对关心中国统一的友好人士，是由衷的欣喜；对企图插手我内部事务的势力，是严肃的警告；对坚持搞台独、搞分裂的一些人，是当头棒喝。

善于紧紧地抓住报道对象的个性，集中笔墨写个性，这是新闻传播规律的客观要求。任何写作活动，包括新闻采写活动，都是一种有意识的认知行为。从反映论的原理来看，新闻采写本身就是一个由"客观事物→主体认识→新闻作品"的双重转化的行为过程。因而就新闻报道而言，它是以客观事物为报道对象、以新闻事实为报道素材的有意识的行为过程。新闻事实来源于客观事物，然而并非所有的客观事物都能成为新闻事实，也不是所有的新闻事实都能构成或需要写进新闻报道。新闻写作的终极产品——新闻作品，特别是消息作品，它既不是新闻事件的全过程，也不是新闻事实的全部内容，而是其中的一个有别于其他事物的、有个性特点的亮点。当然也绝对不是众多新闻素材的大拼盘，而是作者对诸多事实进行过滤、筛选，然后按照新闻价值规律和读者阅读心理的需要，将最富有个性特点的事实重新排列组合而成的。这样新闻的传播价值、可读性，便蕴含其中矣！一篇个性鲜明，有重大社会意义的新闻作品，有似清泉那样醇美，又如百合花那样芬芳，更像一位能导善教的老师给人以有益的启迪。

　　这篇获奖消息，是对发生在军事领域内的重大事件所做的综合报道，是一篇以重大事件为内容的综合消息。再加上，报道对象是高科技条件的三军联合作战演习，课题新、专业性强、采写难度大。这篇消息的写作成功又一次告诉我们：没有作者对报道对象富有个性的体察与把握，就没有新闻作品的个性；没有源于作者富有个性的体察基础上的感悟与再现，就很难有作品的可读性。无论是体察、把握，还是感悟、再现，都必须只能是属于作者的、个别的、特殊的。这样的新闻作品才会是有个性的、有价值的、有可读性的。同时，也只有明确了写新闻就是写个性、写特点这个重要的指导思想后，以往长期困扰新闻界的新闻短不了、可读性差的痼疾，就有可能有所改观。写新闻应当围绕新闻事实的个性、特征做文章，空话、套话，与之无关的一般性事实，就必然会与之无缘。

　　作为综合消息，在写作上它既不是对一人一事的报道，也不是面对庞杂的世象有闻必录、把各种各样的事实材料都纯客观地写进报道中去，而最关键之点是要在对报道对象的个性的认知基础上，提炼出有现实针对性的主题，并以此作为选材用事、谋篇布局的依据。在这点上，这篇获奖消息的作者做得比较好，主题是鲜明、重大而有力的。

　　由于消息篇幅的限制，归纳、概括地使用材料便成为综合消息最常用的手法。明显看得出来，这篇获奖消息的作者为消除这种方法带来的抽象、呆板的不良影响，在写作时便尽可能地变概括叙述为镜头式的描写，截取报道对象变动过程中的一个个细节、场面，构成一组组生动的画面，让人从具体事实中对新闻事实与主题思想，有身临其境般的、直观的、具体的感知与感悟。消息的作者不是只靠静态的叙述，而是着力于抓取事物的动态，从动态中写出报道对象的壮美。消息一起笔，便把一幅"全景式"的动态画推到读者眼前:"从争夺制海制空权到快速装载航渡,从装甲集群抢滩登岛到空、机降部队垂直登陆,从多层次火力突击到多路强击突破,从立体穿插分割到纵深越点攻击,记者在演习现场目睹了现代技术特别是高技术条件下三军联合渡海登岛作战和山地进攻作战演习的壮阔场景"。接着,在四、五两个自然段,作者更以飞动的文字,浓墨重彩地绘成了"渡海登岛作战"与"岛上山地进攻作战"两幅气势恢宏、锐不可挡的画卷,凸显了我军有能力有办法维护祖国统一、捍卫国家主权和领土完整的坚定决心。

美中不足的是这则消息的导语负载过重。如果这些内容全要,也应采用"多段式"导语为好;篇幅过长,引语似可再精练一些。

◆ 附作品

我军在台湾海峡成功举行三军联合作战演习

显示了我三军官兵优良的军政素质和高昂的战斗意志,表明我军完全有决心有办法有能力维护祖国统一、捍卫国家主权和领土完整

中央军委副主席张万年观看演习并讲话,转达了江泽民主席对参加演习的陆海空军和第二炮兵部队全体指战员的亲切问候

本报讯 (记者 顾伯良 郑宗群 赵险峰) 3月18日至25日,南京战区在台湾海峡成功地组织了陆海空三军联合作战演习。从争夺制海制空权到快速装载航渡,从装甲集群抢滩登岛到空、机降部队垂直登陆,从多层次火力突击到多路强击突破,从立体穿插分割到纵深越点攻击,记者在演习现场目睹了现代技术特别是高技术条件下三军联合渡海登岛作战和山地进攻作战演习的壮阔场景。演习的成功,显示了我三军部队优良的军政素质,高昂的战斗意志,表明我军完全有决心有办法有能力维护祖国统一、捍卫国家主权和领土完整。

中央军委副主席张万年观看演习,转达了中央军委主席江泽民对参加演习的陆、海、空军和第二炮兵部队全体指战员的亲切问候。此前,张万年还观看了海军和空军在南海和东海举行的军事演习。

近几年来,我三军部队以邓小平同志新时期军队建设思想为指导,遵照中央军委主席江泽民提出的"政治合格、军事过硬、作风优良、纪律严明、保障有力"的

总要求，依据新时期军事战略方针，努力探索现代技术特别是高技术条件下三军联合作战的特点和规律，部队战斗力有了显著的提高。这次演习进一步检验了训练改革和战法研究成果，使三军部队的整体作战能力有了新的提高。

渡海登岛演习海域风雨交加，浪高涌大。由导弹驱逐舰、导弹护卫舰、扫雷舰、猎潜艇、登陆舰艇和民用船只组成的登陆编队，在空军、陆军航空兵和海军舰炮、导弹强大火力的支援下，一次又一次地粉碎了"敌军"的拦阻行动。空中硝烟弥漫，海上水柱冲天。扫雷舰、猎潜艇奋勇当先，破除水际滩头障碍；水陆两栖坦克突击群跃出登陆舰，多梯队编波冲上滩头；由步兵、装甲兵、炮兵、防空兵等组成的登陆艇波和搭乘民兵、预备役部队的民船编队，连续抵滩冲击；海军陆战队乘坐气垫船和冲锋舟，像一支支利箭射向登陆点；神勇的空降兵和陆军特种兵，在"敌军"纵深阵地伞降、机降着陆，实现了指挥员多点登陆、立体突破、分割围歼、夺占和连接登陆场的战役意图。

岛上山地进攻作战演习地域山峦起伏。完成登陆后的我主攻部队在空军、陆军航空兵和地面炮兵火力掩护下，采取并肩突击、两翼卷击、乘隙穿插和越点攻击等机动灵活的战术手段，集中兵力火力向"敌军"发起猛攻。顿时，战机呼啸，战炮轰鸣，使"敌军"前沿笼罩在火海硝烟之中，为主攻部队向"敌"纵深发展创造了条件。担负主攻任务的部队是参加过南昌起义的红军部队，功勋卓著，威名远扬。在诸军兵种以空中打击、火力拦阻、电子干扰、障碍迟滞、兵力抗击等多种手段联合抗"敌"反击的同时，由直升机、坦克、炮兵和步兵组成的我合成突击群，以风卷残云之势围歼了纵深核心阵地之"敌"。

参加演习的三军技术、后勤保障部队官兵运用伴随保障、强行保障、立体保障等多种方法，为三军联合作战提供了有力的技术和后勤保障。强有力的思想政治工作，使部队始终保持了高昂的士气。具有拥军支前光荣传统的福建省各级党政领导和广大人民群众，像革命战争年代那样急部队所急，送部队所需，成为三军将士坚强的后盾。

在这次三军联合作战演习中，一系列高科技装备发挥了拳头作用，诸军兵种协同作战能力强，新战法运用威力大，克服恶劣天气和复杂海情影响的办法多，进一步增强了我军在现代技术特别是高技术条件下的整体作战能力。

记者采访了南京军区司令员陈炳德和政治委员方祖岐。他们表示，南京战区三军官兵坚决听从以江泽民同志为核心的党中央、中央军委的指挥，为维护祖国统一，捍卫国家主权和领土完整，随时准备完成党和人民赋予的神圣使命。

中央军委副主席张万年在接见参演部队领导干部时作了讲话。他指出，我军要坚定不移地贯彻"和平统一、一国两制"的基本方针和江泽民主席关于推进祖国和平统一进程的八项主张，增强为实现祖国和平统一大业多作贡献的使命感和责任感。

张万年强调，我们主张并且一贯致力于和平统一，但决不承诺放弃使用武力。如果出现外国势力干涉中国统一和台湾独立，我们将采取包括军事手段在内的一切手段，坚决维护祖国统一、捍卫国家主权和领土完整。

张万年要求全军部队要按照邓小平同志新时期军队建设思想和江泽民主席关于军队建设的一系列重要论述，深入贯彻新时期军事战略方针，大力加强部队思想政治建设，深化战法研究和训练改革，增强训练的针对性和适应性，加大训练的强度和难度，努力提高我军在现代技术特别是高技术条件下的实战能力，随时准备完成党中央、中央军委赋予的各项任务。要认真贯彻党的十四届五中全会和八届全国人大四次会议精神，坚持科技强军，注重质量建设，在全军形成学科学、讲科学、用科学的良好风气，向科技进步要战斗力，向质量建设要战斗力，向科学训练和管理要战斗力，圆满完成"九五"期间军队建设任务，把我军质量建设提高到一个新水平，以崭新的面貌迈入21世纪。

（原载1996年3月26日《解放军报》）

一篇有特色的调查性报道

1990年，对我国人民来说是极不平凡的一年，因为在当时的特殊形势下，西方一些国家不断对我们施加种种压力，即便是一些海外友好人士也有种种疑虑。但我国人民在党的领导下，团结一心，继续坚持改革开放，不断推进建设有中国特色的社会主义事业。正是在这样的背景下，我们的新闻工作为适应这个形势、反映这个形势、推动这个形势，做了很大努力，写出了不少令人难忘的佳作。在首届中国新闻奖评选中获一等奖的消息《百家"三资"企业调查表明：在华投资大有可为》，便是其中的一篇。

这篇获奖消息，是新华社的3位记者，顶烈日，冒酷暑，历时3个月，对华东沿海5个省市100多家"三资"企业，逐个地进行实地的调查，用辛勤的劳动汇集10多万字的原始素材，然后又精心写作，最终浓缩成了这篇1080字的有中国特色的调查性报道。

这篇调查性报道最突出的特点是有极强的现实针对性与权威性。实行对外开放，这是新时期最重要的特征之一，是我们党的基本路线的一个重要组成部分。然而，在当时的国际环境下，要继续坚持对外开放并非容易的事情，敌对势力散布的谣言，海外人士的种种疑虑，西方一些国家施加压力，国内投资环境某些不足，都是直接影响对外开放的重要因素。那么，中国投资环境的现状究竟怎样？到中国投资到底前景如何？事实胜于雄辩。回答这一个又一个问题的最有效的方法，当然是请看事实，让科学的数据、真实的事实说话，让亲历者"现身说法"。最好的报道方式，当然首推纪实性、实证性、科学性与权威性较强的调查性报道。应该说，3位记者的正确选择及其付出的"瘦了一圈"的艰辛，没有白费，他们通过对100家企业的走访面谈，用无可辩驳的事实、一系列的科学数据，客观真实地回答了"三资"企业的盈利、自主权、员工素质以及当地基础设施、优惠政策等十几个世人瞩目的"热点"问题，都实话实说，有喜说喜，有忧说忧，逐一进行客观报道。通过事实与数据，也明确无误地告诉人们："在华投资大有可为。"

应该说，调查性报道最早出现于西方新闻界，他们称之为"调查性新闻"，是对某些个人或集团"隐瞒的消息"经过记者调查弄清真相后，以"揭露问题为主旨"的报道形式。揭露的对象，主要是为大众所关注、在社会有一定影响的人物的各种违法活动与内幕丑闻，以求在揭露耸人听闻的"内幕"或"丑闻"上取得轰动效应。

我国在新闻实践中出现的调查性报道，虽说是从西方新闻界"引进"的，但决非照搬、套用。由于我们的国情、社会制度以及新闻媒体的性质与西方国家的不同，我们的调查性报道形成了自己的特点和要求，它主要是记者对社会公众关心的新闻事件、新闻人物或深藏的潜在的社会问题、社会现象，经过周密的调查研究，用活生生的第一手材料和可靠的数据，写出的具有一定的权威性的一种报道形式。其报道对象，是以贯彻党的路线、方针、政策，推动两个文明建设为主要内容；虽然对腐败行为、不正之风、丑恶现象也应有所揭露，但也决不热衷于去收集、揭发什么离奇曲折、耸人听闻的内幕与丑闻，而是着眼于除弊兴利，用积极的、建设性的态度，以推动社会向法制化、民主化、健康向上的理性方向发展。

从这篇获奖消息及其他一些写得较为成功的调查性报道看，在写作上值得注意的有以下几点：

一、紧扣报道主题，着力显示新闻性。调查性报道是新闻，当然就体裁上讲它可以是消息或通讯等，但既然是新闻，无论是消息或通讯都应当强调新闻性、针对性与时效性，在写作时必须紧扣主题，围绕新闻价值的最佳表现来选择和安排事实材料。这篇获奖消息尽管所涉及的问题有10余个，但全篇都是紧紧围绕在华投资的"三资"企业是"有所作为，还是无利可图"这个核心问题来展开的。而这核心问题，又是海外人士存在的种种疑虑的焦点，其针对性又是极强的。这也正是这篇消息引人的魅力之所在。

强烈的现实针对性与着力显示报道对象的新闻性，正是调查性新闻与调查报告的重要区别之一。调查报告与调查性报道同属于"新闻家族"，相同之处在于两者都是以调查事实为写作前提的；不同之处却在于，调查报告是一种比较完整地反映调查研究成果，以指导或引导实际工作为目的，它不仅要比较详细地介绍事物的发展过程、来龙去脉，还要对事物进行分析、评介、归纳，总结出带有规律性的经验教训、办法意见，以便指导面上的工作，调查性报道则强调传播事实和信息，用典型的事实，发表"无形意见"。

二、实话实说，是与非要真实而准确，分寸得当。新闻写作要用事实说话，写作调查性报道更要坚持实话实说，要用没有副词或形容词的事实来说话，不搞文字游戏，不搞逻辑推理，坚持用铁的事实和朴实的语言，把情况和意见分寸恰当地报道出来。

三、以定量化的数据，提高调查结论的精确度，增强调查性报道的可信度和影响力。随着时代的进步,数字已不仅是一门自然科学研究的基础,而且在包括新闻写作在内的人文科学领域里也有越来越广泛的应用。实际上,无论是自然科学,还是新闻报道的主导方面,其共同目的都是为了探究事物的本质和规律。而事物的本质和规律既有定性的表现,也有定量的表现。而且定量化常常又是它更高层次的精确表现。就调查性报道的写作来说,既要强调用典型的生动的事例说话,更要强调用数据说话。因为在社会调查或舆情测量中,数据的多少和正确与否都会直接决定调查的结论的价值和精度。这篇获奖消息共分 14 个自然段,其中包括导语在内就有 12 个自然段有数字,有 8 个自然段可以说就是"数据段"。文中对每个问题的回答,都采用了定性与定量相融合的表现手法,并坚持既讲成效又讲不足,既讲满意又讲不满意之处,以及批评建议也一一如实报道,从而把结论性的认识放在了精度极高的事实基础上。

四、旗帜鲜明,观点结论明确。这是调查性报道最基本的写作要求。对此,这篇获奖消息的主标题"百家'三资'企业调查表明:在华投资大有可为",以及导语"尽管大多数外商对大陆'单调'、'枯燥'的业余生活有所抱怨,但 90% 以上的外方伙伴对在华投资的前景表示乐观",均有明确体现。调查性报道的采写动机与报道目的,既然是为了或回答疑难、反映真实情况,或寻求问题的症结,或探索奥秘,探求事情的实质和寻找合理的解决办法,而作为向公众报道结果的意见、看法或结论,如果是含糊不清、模棱两可,或者只是材料的罗列,不置可否,受众是不会满意的。所以,美国密苏里新闻学院编写的《新闻写作教程》中,就强调了"要告诉读者,你调查的结果意味着什么。有人主张,调查性报道应当'列举事实,让读者自己得出结论'。其实,这无论对你还是对你的读者,都是不合适的。列出事实固然有必要,但还要告诉读者,这些事实加在一起说明了什么"。

◆ 附作品

百家"三资"企业调查表明:在华投资大有可为

新华社北京(1990 年)9 月 14 日电(记者 陆国元 张伟弟 周正平) 记者最近在华东沿海对百家"三资"企业进行的一次调查表明,尽管大多数外商对大陆"单调"、"枯燥"的业余生活有所抱怨,但 90% 以上的外方伙伴对在华投资的前景表示乐观。

这项调查是于今年 6 至 8 月间进行的。记者就这些企业的盈利、自主权、当地基础设施和优惠政策等12个问题，随机选择了福建、浙江、上海、江苏和山东五个省市的100家中外合资、合作和独资企业，逐家进行了走访调查。

这100家外商投资企业均已开业投产，其中39家已在原有注册资本的基础上追加了投资，另有8家也表明将于近期追加投资的意向。

接受调查的百家企业中，有77家已获得可观的利润。尚未盈利的23家企业中，因经营不善而亏损的仅有8家，其余15家则因快速折旧、还贷负担或刚刚投产等原因而未能获利，但它们认为盈利只是早晚的事。

日商独资的厦门浦田服装有限公司总经理佐藤忠良在接受记者采访时说："厦门地区的基础设施已相当完备，与海外相差无几。"

另外99家企业在对当地基础设施进行评价时，回答"较好"的有39家，回答"一般"和"较差"的分别为22家和18家。

51岁的中美合资无锡华美糖果有限公司总经理佛雷德·高尔文坦率地说："与东南亚一些国家相比，中国有关外资的法规和政策不够多，也不细，我们从中受益不大。"将近20家企业发表了与他相似的意见。

然而另外80家企业则持不同的看法，它们将各自的成绩归功于中国的优惠政策，尽管其中18家认为这些政策落实得还不够理想。

调查结果表明，76%的企业对中国员工的素质表示满意。上海大众汽车有限公司董事马丁·波斯特博士评价说，勤劳、智慧、积极和坦诚的中方合作者是联邦德国技术得以发挥效益的重要保证。

这家总投资近10亿元的中德合资企业，迄今已为国内市场生产了6万辆桑塔纳轿车，每年还出口8万台发动机。

在回答调查中的其他问题时，74%的企业认为政府的帮助是"实实在在的"，是外商投资企业的支柱；而17%的企业则表示"没有得到政府多大的帮助"。

82%的企业认为他们拥有较充分的自主权，能够独立自主管理企业；另外18家则声称它们时常受到企业外部主要是某些政府部门的牵制和干预。

大多数外商对出于追求事业的成功而选择来华工作并不后悔。中日合资的南通力王有限公司总经理加藤纪生从企业成立便来华工作，至今已有7年。

他操着一口流利的汉语说，南通力王投产一年后，日本力王就先后关闭了它在台湾地区和韩国的分厂，而将资金转移到中国大陆。7年来，这家企业所获利润，已达到注册资本的6倍。

客观典型，无可辩驳

获1987年度全国好新闻一等奖的消息《一些中央国家机关的情况表明需要加强劳动纪律》，当年6月15日播发后，在社会上产生了强烈的反响，取得了较好的社会效果。中央领导同志对此十分重视，要求各部把克服官僚主义、加强劳动纪律，提高到建设廉洁、高效、全心全意为人民服务的国家机关的高度来认识，检查存在的问题，切实采取有效措施，认真加以整顿。一些省市机关也自觉仿效，借此整顿了自身的劳动纪律。这充分显示了新闻舆论监督作用。

这篇综合消息的播发，又一次说明，党的十三大提出的"增加对政务和党务活动的报道"、"提高领导机关的开放程度，重大情况让人民知道，重大问题经人民讨论"的要求，正在各个方面逐步落实，我们国家的社会主义民主和法制建设已经步入一个新的发展阶段。这篇消息所批评的对象，不是一般的机关，而是共和国的高级机关，不是一个部委而是8个部委，不是一时一事而是连续4天的跟踪"曝光"，它的深刻性与典型性，格外引人注目，令人吃惊，发人深省。这恐怕在新中国成立以来，尚属首次。

这条消息是一篇目击式的现场新闻。通篇都是用记者在现场所获得的第一手材料来说话的，数字与细节的客观性、可信度毋庸置疑、无可辩驳。这是批评报道最为重要、最为可贵之处。

对这条消息的获奖，也有过不同意见，集中起来就是"缺乏分析"。这篇消息的材料，是记者在暗访中获得的，如果要求记者在数据中也来一个明确的"具体分析"——列出迟到者中的各种情况，这无异于是一种不可能的苛求。其实，记者在写作时也充分注意到这一点，才在消息的结尾处，写下这样一段："记者观察的这些情况，只是一个现象。在迟到的同志中，有的可能是因为加班来迟了，有的可能因为交通拥挤耽误了，但是可以肯定确有一些迟到者是因为纪律松弛造成的。这种情况，总不能习以为常地让它继续存在下去。"

这样的分析与判断，是客观的、辩证的，因而也是有说服力的。最能支撑这个正确的分析与判断的，还有消息那些可视可感的现场细节，以及迟到者的表情与自白，比如：

"6月9日——位于东长安街的某部共有217人迟到……8时15分，一位20多岁的年轻人走进大门，与他相识的一个同志看着表对他说：'都一刻了。'他头一扬说：'我今儿算早的。'8时26分，一位30来岁的人一手拿着油饼，一手推着自行车进来。在门口等客人的一名工作人员问：'怎么还没吃饭？'他答：'昨晚玩迟了……'据记者观察，在迟到的人中，约有3/5的人骑自行车上班，而不是挤公共汽车或电车来的。"

值得一提的是消息还写了这样一个细节："在上班铃声响后16分钟，一名副部长坐轿车来到机关，据介绍，这位副部长是这天来得最早的一位部领导。"它意味深长地告诉人们：一些中央国家机关劳动纪律松弛的根子在领导。

◆ 附作品

一些中央国家机关的情况表明
需要加强劳动纪律

新华社北京（1987年）6月15日电 （记者 邹爱国 张严平） 8点上班的钟声响过之后，中央国家机关有多少人迟到？

6月9日到12日8时至8时30分，记者到中央国家机关8个部委门前作了一番观察，发现各部委迟到人数最多的竟有371人，最少的也有124人。

难怪一位外地来京的同志说："如果你早上8点准时到中央一些部委办事，保准办不成！"

在半个小时的统计中，记者发现迟到者有许多是年轻人。他们有的骑自行车，有的步行；有一般干部，也有坐小轿车的。走进机关时，他们有的托着油饼，有的提着蔬菜，有的拿着鱼肉，或者匆匆忙忙，或者懒懒散散。8点30分之后，记者离开一些部委时，还见到一些人陆陆续续朝机关大门走来。

请看这8个部委的情况：

6月9日——位于东长安街的某部共有217人迟到，其中8时10分的有139人，8时10分至20分的有45人，8时20分至30分的有33人。8时15分，一位20多岁的年轻人走进大门，与他相识的一个同志看着表对他说："都一刻了。"他头一扬说："我今儿算早的。"8时26分，一位30来岁的人一手拿着油饼，一手推着自行车进来。在门口等客人的一名工作人员问："怎么还没吃饭？"他答："昨晚玩迟了……"据记者观察，在迟到的人中，约有3/5的人骑自行车上班，而不是挤公共汽车或电车来的。记者8时30分离开这个部时，见到的最后一个迟到者是一名骑摩托车的年轻人。

6月10日——位于阜内大街的某部迟到者多达302人。这里还不包括8时06分开进部机关的两辆班车里的人数。8时10分前后，3辆小轿车径直驶进部大院，走下来的是几个提着公文包首长模样的人。8点10分至30分，这个部迟到者达180余人。8点12分，一位中年女同志抱着一捆莴笋急匆匆走来，到大门口突然看了看表："才12分"——脚步立刻慢悠悠起来。8点15分，一位40多岁的人托着一大块排骨走进来，有人对他说："哎呀，你东西都买来了！"他举着排骨应道："可不，早市上买的。"

6月10日——位于东安门北街的某部共有256人迟到。在迟到者中，骑自行车者多达167人，约占迟到者总数的2/3。在记者统计的半个小时内，有四五位进门后放下自行车，又出大门走向离这个部30多米远的小吃店，坐下进早点。8时29分，一对男女边吃边聊，从小吃店出来进了机关。以上统计还不包括坐班车上班迟到者。在上班铃声响后16分钟，一名副部长坐轿车来到机关，据介绍，这位副部长是这天来得最早的一位部领导。

6月11日——西单北大街附近的某委迟到者有218人。迟到者大多骑自行车。他们中间在上班途中采购到蔬菜鱼肉的有20多人。一位女同志提着几条鱼走进机关，有人问她买的什么鱼，她美滋滋地说："鲅鱼！鲅鱼！"8点20分，一位中年人手提黑色公文包心满意足地走进机关，他那鼓鼓囊囊的公文包里塞满了黄瓜和西红柿。8点15分来上班的是七八个青年人。据了解，他们的住处离机关只有100来米左右。

6月9日，西长安街某部——迟到者262人。

6月11日，位于月坛南街的某部——迟到者371人。

6月12日，太平桥大街某机关——迟到者124人。

6月12日，位于复兴路的某部——迟到者293人……

以上统计不包括从后门、边门进入机关的迟到人数。

记者观察的这些情况，只是一个现象。在迟到的同志中，有的可能是因为加班来迟了，有的可能因为交通拥挤耽误了，但是可以肯定确有一些迟到者是因为纪律松弛造成的。这种情况，总不能习以为常地让它继续存在下去。

可读耐读，指导性强

1983年，是我国农村自党的十一届三中全会以来发生深刻变化的一年。

从1979年开始的家庭联产承包责任制到1983年已在全国范围内全面铺开，我国农村出现了令人鼓舞的深刻变化。获1983年度全国好新闻一等奖的综合消息《我国八亿农民搞饭吃的旧局面开始发生了变化》，及时地综合总结了这一变化，明确地指出："我国10亿人口有8亿农民搞饭吃的旧局面已经开始发生变化。最突出的表现是，目前全国大约有一亿左右的农民已经从插秧种粮中转移出来。他们从事养殖业、加工业、经济作物种植业、农副产品运销业等商品生产，在农村这块广阔土地上绘出了'种田里手包粮田，能工巧匠搞专业'的生机勃勃的新画卷。"

导语之后，消息更以一个个生动的事实和数据，从4个方面展示了这一变化的深度和广度，向读者展现了一幅幅令人振奋、鼓舞的情景，并令人信服地告诉人们：这一历史性的变化表明，我国农业正稳步而健康地走向专业化、社会化，正在从自给半自给生产向着较大规模的商品生产转化，从传统农业向着现代化农业转化。这种转化不仅关系着全国农村经济的繁荣兴旺，也关系着整个国民经济的繁荣兴旺。

无疑，这种变化是极为深刻的，是史无前例的，也引起国人和新闻界的广泛关注。在此之前也有不少这方面的报道，但大都停留在对一些地区和先进人物的事迹的介绍上，缺少的是对这种变化的总体概括、评价，有分量的报道。这篇获奖综合消息写得有气势，高屋建瓴地热情讴歌了党的十一届三中全会以来的农村政策，讴歌了改革开放政策，讴歌了建设有中国特色社会主义的路线。是一篇主题重大，寓意深刻，指导性强的综合消息。

应该说，指导性是我们采写综合消息最主要的出发点，也是综合消息最主要的特点。在我们的社会生活中，事物的发展是不平衡的，发展的快慢，认识的高低，是会有差别。要推动事业的不断前进，尤其是在贯彻党的路线、方针、政策上，新闻舆论运用新闻手段适时地进行必要的指导和引导，是完全必要的。综合消息这种报道形式，是负有此重任的诸多报道方式中的一种。

应该说，写综合消息，篇幅有限，且写作面广，材料繁杂，时空跨度大，又要竭力为表达比较原则的传播目的服务，很容易写得枯燥乏味。但这篇消息较好地运用了形象概括手法，文笔流畅，繁简得体，生动形象，读来一气呵成。比如，"在农村这块广阔土地上绘出了'种田里手包粮田,能工巧匠搞专业'的生机勃勃的新画卷","这1700多万户开始脱离或半脱离土地的农民,以商品生产者的面貌出现,因地制宜地经营着天上飞的,地上跑的,圈里卧的,笼中养的,水里游的,山野放的,盆里栽的养殖业……"都是有生活气息的生动概括。

当然,这篇综合消息最大的优势还在于作者敏锐的洞察力与预见力。应该说,在1983年初,我国的改革开放正处于初始阶段,不少人生活在计划经济的模式下长期形成的以农为本的传统观念根深蒂固,他们片面地认为以农业为基础,农民便不能离开土地,土地就是种植粮食及其他农作物。而作者通过对当时全国农村情况的调查分析,用无可辩驳的事实和数据说明我国10亿人口有8亿农民搞饭吃的旧局面正在发生着历史性的变革,农民单纯依靠种田为生的局面已经开始变化,使之具有极强的瞻前性和影响力。时过一年,到1984年初中央一号文件就明确指出:不改变"8亿农民搞饭吃"的局面,农民富裕不起来,国家富强不起来,四个现代化也就无从实现。

◆ 附作品

我国八亿农民搞饭吃的旧局面
开始发生了变化

新华社北京(1983年)2月22日电 (记者 柳梆 马成广) 我国10亿人口有8亿农民搞饭吃的旧局面已经开始发生变化。最突出的表现是,目前全国大约有1亿左右的农民已经从插秧种粮中转移出来。他们从事养殖业、加工业、经济作物种植业、农副产品运销业等商品生产,在农村这块广阔土地上绘出了"种田里手包粮田,能工巧匠搞专业"的生机勃勃的新画卷。

据分析,从粮食种植业中转移出来的一亿左右的农民,目前正在更多的领域向生产的广度和深度进军:

——约有3000万个农村劳动力放下锄头镰刀进入了社队企业,由农民变成了主要以农副产品为原料的商品生产者。这3000万个劳动力,占农村总劳动力的10%。也就是说,每10个劳动力中现在就有一个从农民变成农村的经营者和职工。他们借助现代科学技术,在变低值产品为高值产品方面大显身手。

——全国17600多万农户中,平均每10户就有1户是从事养殖业或其他行业的专业户或重点户。这1700多万户开始脱离或半脱离土地的农民,以商品生产者的面貌出现，因地制宜地经营着天上飞的，地上跑的，圈里卧的，笼中养的，水里游的，山野放的，盆里栽的养殖业，源源不断地为城乡市场提供丰富多彩的农副产品。沈阳郊区农村，目前占农户总数 14.6% 的养猪专业户（重点户），向国家交售的商品猪占全地区收购生猪总数的 46%。

——全国农村还有一大批劳动力加入到服务性行列中，进行农村的生产前和生产后的服务。他们当中有供应种子的，有供应饲料的，有搞防疫植保的，有提供技术咨询的，有从事产品加工和购销的，也有干修理和运输的。

——据统计，到 1982 年秋，全国农村社员经营个人工商业的有 127 万户。全国社员个人购买的拖拉机已有 50 万台。这意味着至少有 50 万个懂技术的劳动力加入了农机、运输队伍。

与此同时，我国粮食生产也获得了可喜的成就。从 1978 年到 1982 年，我国的粮食播种面积由于进行了合理调整，大约减少了近 1 亿亩，经济作物播种面积扩大了 6800 万亩。在这种情况下，粮食总产量不仅没有减少，反而有较大幅度的增长：1981 年比 1978 年增加 400 亿斤，1982 年增产的粮食，从许多地区未经最后正式公布的材料看，可能接近于前 3 年增产的总和。粮食平均亩产量，1979 年为 370 多斤，1982 年突破了 400 斤大关。各地都涌现出一批粮食高产、商品率很高的种粮专业户。江西省新建县去年有 5252 户社员（占全县总户数的 15.6%）向国家交售商品粮在 1 万斤以上，其中超过 4 万斤的有 18 户，最多的一户交了 9 万斤。

我国一些农业经济专家说，人们都还记忆犹新，在那个单打一抓粮食的年代，许多省市区为了达到粮食增产的目的，砍果树，伐桑麻，开山劈岭，拦湖围海，造田又造田，种粮还种粮，结果并没有给全国人民带来丰富的食品。现在，按照党的现行政策办事，不用 8 亿农民都去搞饭吃了。结果大家反而吃得饱、吃得好。这种历史性的变化表明，我国农业正稳步而健康地走向专业化、社会化，正在从自给半自给生产向着较大规模的商品生产转化，从传统农业向着现代化农业转化。这种转化不仅关系着全国农村经济的繁荣兴旺，也关系着整个国民经济的繁荣兴旺。

综述 对于改进非事件性新闻写作的理性思考

翻开报纸，或在广播电视里，我们常常会发现这样一种新闻：它既不是对一个独立事件的叙说，也不是对一个固定人物的描述，而是环绕一个鲜明的主题，由多个不限于时间、地点的新闻事实，经过综合、归纳、概括、提炼而成，它具有明显的针对性与很强的指导性。这就是我们所要研究的非事件性新闻。

在新闻类别的划分上，如按照新闻事实的时差性与事件性特征来划分，便有事件性新闻与非事件性新闻两个品种。

由这个限定出发，消息、通讯、调查报告等等新闻报道的所有体裁几乎都可以为其所用。消息中的综合消息、经验性消息、述评消息均可归类为非事件性新闻。因而，我们在研究综合消息、述评消息的写作时，就不能不对非事件性新闻的写作特点，有个正确的认识和把握。同时，作为非事件性新闻，不论其是消息、通讯或其他文体，写作特点及其所面临需要探讨的问题都是共同的，不可能、也没有必要再从非事件性新闻的角度加以区分。基于上述认识，本文从拟题、行文、举例都着眼于此，力求不在认识上造成不必要的混乱。

非事件性新闻的界定与固有特性

事件性新闻与非事件性新闻是新闻宣传中最为常见的两个重要品种。事件性新闻历来为新闻界所重视，这自不待言，非事件性新闻也越来越多地受到人们的青睐。人们的思想需要不断解放、深化，各项事业需要不断创新、开拓，各类问题需要人们进行理性的思考、探索。于是，那种力争从表层的、平面的报道走向透视的、分析的报道，那种不但报道事实，而且以事喻理、崇尚分析研讨式的非事件性新闻多起来了。

应该说，作为新闻源泉的社会生活是多样化的，社会与读者需要又是多方面的。这样，我们的报纸既要十分重视向读者提供新近发生的事件性的新闻事实与信息，也需要报道一些非事件性的新闻。比如：当一个重大事件、一种倾向性问题正在萌生过程之中，一切还是扑朔迷离的时候，当一项重大政策出台的时候，当社会出现了一些众所关注的"热点"，尚在众说纷纭的时候，当各个时期党和政府的中心工作、会议以及节日需要舆论配合的时候，这也正是非事件性新闻发挥优势的时刻，特别是在重大新闻战役、重要主题深入宣传中，更需要事件性新闻与非事件性新闻的相互配合。

非事件性新闻由于其指导性方面的特殊质的规定，而充分体现了无产阶级政党对党的传播机构的要求，并因此成为党通过传播机构向群众宣传自己的主张和各项方针政策、阐明形势、交流经验、指导工作、对群众进行宣传鼓动、解惑释疑，在党与群众中建立广泛联系的重要途径和方法。新华社曾对1979年一个半月内发的1601篇国内新闻进行统计分析，结果表明，非事件性新闻占65%，事件性新闻占35%。一位新闻学学者最近研究指出，我国报纸70%是非事件性新闻。

非事件性新闻在我国新闻传播中占据特殊重要的地位，是和社会主义新闻事业的性质和特殊历史使命分不开的。作为社会主义的大众传媒，尤其是作为党和政府的喉舌的机关报，非事件性新闻的组织、策划和写作水平，在某种程度上反映着整个编辑部的舆论引导水平。新闻媒体之间舆论引导水平的高下之分，一定程度上也反映在非事件性新闻报道上。

那么，究竟什么是非事件性新闻呢？作为讨论前提，先要明了事件性新闻和非事件性新闻各自的特点。

事件性新闻是以一个新近发生的事件或一个独立的事实为中心组成的，并且着重依靠事实自身的逻辑力量来表达主题的新闻。

非事件性新闻不是以一个独立的事件为中心，而是由许多事实，或者说，由一件以上的事实，经过综合、归纳、概括、提炼而成的，有鲜明主题的新闻。

从上述特点的概括中，可以看出，与事件性新闻相比，非事件性新闻在内容选择、表现方法上都有着不同的特点：

1. 在传播目的上，有明确的指导性。指导性是非事件性新闻最主要的特点，尤其是在贯彻党和国家的方针政策、重大决策上，非事件性新闻这种适时的指导，更显得十分必要。这就是说，非事件性新闻不以记录某个事件为满足，而是注重事物渐变的过程中某些带有规律性内容的揭示，或揭示事物的本质，或回答读者中的某个疑难问题，或阐明事物发展的轨迹与趋势。

2. 有作者的主观介入，倾向性明确。非事件性新闻一般都具有一定的分析、研究色彩，通常要有一定的思想或理论深度。因而，它的指导性往往要通过明显的倾向性去体现。再加之非事件性新闻不受某一具体事物发展的局限，可以广泛地选材用材，选择性较大，所以选此而不选彼，详述或简叙，作者自己的观点渗透其间的机会便多得多。因此，在对大量有关事实进行分析、归纳、综合的过程中，作者往往把自己的观点毫不隐晦地表现出来，以此达到指导工作的目的。

3. 在事实的选择上，非事件性新闻也如同事件性新闻一样要求具有新闻性，然而它对新闻时效性的要求没有事件性新闻那样严格。事件性新闻所报道的事实应是新近发生的，事实的时间、地点要素鲜明、具体；事件是突发的、独立的，或有明显的阶段性；事情的本质也较明显、集中地反映在一个事件上。非事件性新闻报道的事实也必须是新鲜的，但并不一定都是今天或昨天发生的，时间、地点要素不像事件性新闻那样鲜明、具体；事情的发生是渐进的，发展过程相对地要长一些，一般不是在一个时间、一个地点发生的一个独立的事件；事情的本质也不明显地集中表现在一个时间、一个地点或一个事件上。因而，时间、地点因素对非事件性新闻来说，不是最关键的。最关键的是所报道的内容要有现实针对性，是广大读者应知、未知而又渴望知道的事情。

4. 在报道的深度上，事件性新闻多为动态性、反映性新闻，而非事件性新闻是一种透视性的新闻报道。就报道本身而言，切不可简单地罗列现象，要通过纵横对比、层层剖析、由表及里地揭示事物的实质或新闻背后的新闻，从而得出独创性的结论和能给人以启发的见解。并以此为依托，进而说明某种新发现、新见解或解决问题的新方式。在新闻实践中，系列报道和深度报道，常为非事件性新闻所独占。

非事件性新闻是一种既有深度又极富魅力的新闻品种。它在当今我国的传播媒体上出现的频率是很高的，尤其是其中的精品、佳作对社会的震撼力和对读者的感染力是十分巨大的。但是也必须看到，非事件性新闻又是一种新闻的显现性较弱、报道难度相当大的新闻品种。受众对那些想跟形势而又被形势抛在后面的"大路货"；对那些缺乏个性，犹似记流水账，只见观点不见事，不堪卒读的"中不溜"报道；对那些动辄数千言，面面都讲到，唯独缺少新闻的非事件性新闻，多有微词。一位评论者认为，此类非事件性新闻难以唤起读者的阅读兴味，"在大多数情况下是被报道者自己看看，抓这项工作的少数领导看看，写稿人自己看看，有时甚至连被报道者和采写人自己也难以读完"。此论或许有失偏颇，但也说明对非事件性新闻的写作确有研究、改进的必要。

强化非事件性新闻的新闻性

非事件性新闻，不苛求它是新近发生的事情，因而有人说它是资料性新闻或者叫"组织新闻"。新闻性本来就不强，但又要求它必须是新闻，这是采写非事件性新闻的最大矛盾。当然，它也有有利的一面，主题的确定、材料的选择，不受一时一地的限制，写作形式与表达方式有更多的灵活性，这样，记者可以发挥更大的主观能动性与自己的才智去弥补它的不足。所以，对非事件性新闻，我们一要承认它的存在和有不可忽视的作用；二要看到它有缺点，要把不是或不全是新闻的事实，写成必须是新闻；三要改进它、提高它。如何把非事件性新闻写成指导性、针对性、可读性俱佳的新闻呢？

第一，要精心提炼，铸成重大而新颖的新闻主题。这是首要的一条，是非事件性新闻成败的关键。非事件性新闻的新鲜性，不完全表现为时间要素上，主要表现为在内容特别是主题的确立上。事件性新闻一般是以报道事件为主，常常是寓理于事，言事明理，无须过多地去强调主题的提炼。而非事件性新闻则不然，主题是否重要而鲜明，就成为它能否成为新闻至关重要的一环。

衡量一条非事件性新闻的主题是否新颖而重要，一般应从两个方面来掂量。

1. 看新闻主题与读者的关系。新闻主题的选择，有一个基本的出发点，就是要注意反映人民群众的利益和呼声。读者是新闻传播的对象，因此主题是否新颖和重要，首先决定于它与读者的关系。这种关系包括两个方面：一是关心的人数，它关系到读者的人数越多，作用和价值就越高，新颖程度就越大；二是关心的程度。它与读者的关系越密切、越重要，就会显得越重大、越新鲜。

在第五届中国新闻奖参评作品中，有两件反映军嫂事迹的通讯。一篇是《"军嫂"风采——介绍汶上县农家妇女韩素云支持丈夫安心戍边的事迹》，充分地体现了一个农家妇女身上的中国妇女传统美德和坚忍不拔的优良品德。她耕耘田园、孝敬老人、养育子女、默默奉献、含辛茹苦、患病持家。另一篇是羊城晚报的《爱心无价》，把主题定在了"军嫂为国奉献爱心"、"我们为军嫂献爱心"、"两个平凡人与千百个素不相识的人"这个舞台上来做文章，从而充分展示了在社会主义市场经济条件下唤起社会人与人之间一种共同的精神需要——即在人与人的社会交往中，渴求着一种真诚友爱、相互理解、相互关心，金钱有价、爱心无价的社会主义的道德文明。

这两件作品都写得不错，事迹也很感人，前者获了二等奖，后者获了一等奖。这恐怕只能说主题的选择不同导致社会效果不尽相同所致。

2. 看新闻主题与实际工作和社会生活的关系。新闻主题是否新鲜、重要，往往还决定于新闻是否抓住了实际工作与现实中亟待解决的矛盾。社会上各种各样的热点问题，是社会上绷得很紧的弦。新闻一旦击中当前社会上绷得很紧的那根弦，就会在实际生活中产生巨大的反响，有力地推动实际生活前进。因而，与实际工作与生活的密切联系，是新闻的巨大力量所在。凡有助于解决或回答实际生活中的热点问题，具有强烈的针对性，就会成为重要的新闻。

当今中国创造的辉煌业绩，足以令人自豪，让世人刮目。但也不可否认，转型时期的社会，传统的道德观念又不完全适应，某些新的道德规范又缺乏现实的操作性，许多不道德现象趁机滋生蔓延，一些人因此思想混乱，而更多的人则探索着什么是正确的人生道路，呼唤着社会加强道德建设。《工人日报》1995年5月中旬陆续推出的"重访精神高原"的系列报道，针对在市场经济条件下提出的道德、社会风气和现实人生的精神家园等诸多问题，注意"用事实说话"的表现手法，回答了苦与乐、家与国、金钱与人生、索取与奉献、为我与为人等许多人都面临的问题，也是许多人都感到困惑的问题，说出了人们想说而没有说出的心里话，深深地打动了读者，在社会上引起巨大的反响。这组系列报道的首篇《寻找时传祥》，在第六届中国新闻奖评选中荣获通讯一等奖。

第二，细心寻找新闻由头，巧用招鲜引新的技巧。新闻由头即新闻根据。新闻要有新闻根据。新闻根据是新闻发布的依据或契机，是新闻的标志，它是由事物新近的变动所构成的。它可以是最重要的事实，也可以是次要的事实，也可以是新闻来源，但必须是能说明最新动态的事实。理想的新闻根据应有时效性与重要性的双重要求。对于已经失去新闻根据的旧闻或新闻根据不显著的非事件性新闻，就必须细心寻找，使之重新获得新闻根据——即一个较为引人注目的新鲜而重要的事实，由近及远地采用以新带旧的办法，把背景材料和其他相关的材料带出来，才能给人以新鲜感，才能避免"不像新闻"的弊端。

采写非事件性新闻，尤其要细心寻找可做新闻根据的新闻由头。非事件性新闻反映的事物发展变化的阶段性、因果性，它的时间跨度较长、新闻事实的时效性本身就不强，写作时尽量找出一个可做新闻根据的由头，就十分必要。

第三，注重分析，着眼于向深处开掘。一则非事件性新闻，要写得新颖、生动、引人，关键之一是注重分析，着眼于开掘。所谓分析，就是分析事物的矛盾，把所反映的主题如实地在对事物的分析过程中展现出来，而不是靠作者直接说出来。所谓开掘，就是眼睛不能只盯在眼前的事物上、就事论事，要抓住事物的内部联系，深究其实质。真正把事件或问题分析透了，让读者从中看到人所未言，才会有"新意"，才可能吸引读者。但是，我们也不可一般地以"深"为由来排斥非事件性新闻的"新"，即其主要新闻事实都应是近期发生的，应坚持"新"与"深"的统一。

再有，一提起非事件性新闻，人们常常会想到工作通讯、人物通讯、典型报道、新闻综述、综合新闻、述评新闻和深度报道等篇幅较长的多种报道形式。其实，在篇幅短小的消息体裁中，也不乏非事件性新闻。比如，至今仍被新闻界同人提到的新华社播发的《从邮局看变化》，以及《深圳商报》1994年9月28日刊登的消息

《深圳劳务工每年寄回家乡60亿元》，均属于此。写好篇幅短小的非事件性新闻，分析与开掘，同样是关键。例如，《从邮局看变化》，如果作者只盯住新闻事实本身，只看到眼前邮局工作人员不像往年那么忙，只看到外地寄往新疆的包裹少了，新疆寄往外地的汇款也少了，而不去分析、深究这些现象背后的原因，就不可能见微知著地发掘出从邮局变化看到经济形势变化这一引人注目的重大主题来。

非事件性新闻，究其实质来说，本是一种研究性的文体。它的重心不在于回答某个问题或某项工作的成果及其来龙去脉，而在于在更深的层次上回答所研究的工作或问题是什么、为什么及怎么办。而这些看法与回答一般都是具有研讨式、探索式的特征。它既可以就某项工作做论断式的回答，也可以就某个问题只做研究式的说明。因而，无论是触及揭露矛盾，促其解决的，还是解决矛盾，总结推广其经验型的非事件性新闻，要写好它，都必须从分析矛盾着手。从分析事物的矛盾中，透过现象把握本质，推导出具有一定启迪作用或指导意义的结论来。当然，这种分析绝不是就事论事的观点加例子，也不是靠引证、演绎，而是要对事物的内部联系和它的各个侧面做科学的分析，从而有作者自己的新鲜见解，如果文中没有自己令人信服的见解，或者只是客观地报道事实，或者只是就事议事地发表一通人人皆知的定论，这样的非事件性新闻，是没有多少生命力的。

让非事件性题材显现事件特色

古人取唐诗命题作画，曾流传"深山藏古寺"的佳话，颇为发人深思。画家在反映"深山藏古寺"这一题旨时，没有走前辈群贤的老路，而以独特的表达技巧，为人盛赞不已：画面上没有出现古寺，而是在通往深山幽谷中，画了一位快要消失在密林深处的小和尚，他肩挑了一担水，画中之意使人在品味中领悟。

就画而论，同样的题材、同样的主题，在不同作者的"操作"下，可以有不同的表现。写非事件性新闻，同绘画一样，是否也需要讲点"工艺学"，也有个对题材如何"操作"的问题呢？我们切不可一讲写非事件性新闻，就只能"自古华山一条路"——"论题+事例+解释+议论+结论"，采取宏观、全方位扫描，纵论式报道模式。而对某些问题比较单一、论题相对微观的非事件性题材，能否相应地做些技术处理，让这类非事件性题材呈现出某些事件性特色？回答是肯定的。

人们常用鲜活、形象、生动这几个词来赞美一篇好的新闻作品，其实这些都不过是社会生活中的人物、事物和环境的变动情况在新闻作品中的再现。一般地说，由于非事件性新闻兼容众多独立的新闻素材，新闻的主体内容没有完备的事件性、没有明显的发生与发展过程的时限，"新闻核"也难以从事实中得到明确的判定，因而它的新鲜性、形象性、实证性和显现性从总体来看不如事件性新闻。因而近些年来各新闻媒体在重视写好题材重大、主题重要、总揽全局的纵论式非事件性新闻的同时，不断地探索将某些非事件性题材或采取"深山藏古寺"的表达技巧，或用"取一斑，以窥全豹"等多种方法，因文制宜地做一番技术性的处理，让非事件性新闻"轻型化"、"事件化"，出现了许多引人注目的优秀作品。

新闻传播不仅是一种社会现象，而且是一种认识活动。作为一种社会认识活动，新闻传播是对以社会实践为核心的人类活动及其社会存在的反映。根据认识论原理，可以充分利用新闻事实的变动规律在诸多方面展示出来的特征，采取不同的操作方法和途径，让非事件性新闻素材呈现事件特色。

比如，在非事件性新闻素材中，常常会包含某种"偶发事件"，但这"偶发事件"的背后往往又隐藏着某种深刻的必然性。如果我们能抓住偶然事件的表象着力挖掘，揭示其发生的必然性，就能让非事件性新闻呈现事件特色。1995年6月6日刊发在《贵州日报》上的通讯《师魂》，报道的是一位苗乡民办教师田沛发29年来对山村教育一片赤诚、无私奉献的动人事迹。事件性的紧凑结构是这篇通讯的一个最鲜明的特点：全文2000余字，以田沛发在学校因缺师资面临关闭的时刻叫回在外打工的大儿子，一起苦苦支撑起学校的正常教学，可一伙歹徒因抢劫受阻转而疯狂地大打出手、抢砸学校时，父子俩又挺身而出与之搏斗，儿子惨死刀下，他也身负重伤；为了不让山里娃辍学，他从昏迷中醒来，便喊人拍电报要在广州打工的三儿子回乡接哥哥的教鞭为主线，自自然然地融进了田沛发近30年为山村教育不懈追求、震撼人心的大量生动事实与崇高精神。通讯发表后，立即产生了广泛影响，全国各地各界群众纷纷来信、捐款、慰问学习。李岚清副总理做了指示，贵州省委做出开展学习田沛发的决定，江泽民总书记、李鹏总理还在北京亲切会见了田沛发。田沛发成为人们尤其是广大教师的榜样。

比如，在事物的变化过程中，常有呈现周期性现象的特征。如果我们利用这一特征，做一个短暂周期过程的追踪报道，便有可能让非事件性新闻呈现事件特色。在首届现场短新闻评选中有5件作品获一等奖，有4件为事件性新闻，《华阳礁上补给忙》却属非事件性新闻。作者从无数次周而复始的补给航行中，选定其中一次进行现场素描式的报道，向读者展示了守卫南沙群岛的海军战士们的艰苦生活与奉献精神。

1994年初，北京菜价猛涨，百姓议论纷纷，人大代表、政协委员慷慨陈词，国家领导十分关注，一时间菜价问题成了社会舆论的一大热点。可这个看似平常的"菜价"，却涉及生产、流通、生活、管理等十分广阔的领域，关系国家、集体和家庭方方面面的利益，对此像前些年曾有过的《关于物价问题的通信》那样，写作一篇纵论式的深度报道，也无不可。但这次新华社两名记者却来到北京的大"菜园子"——山东寿光市，从源头开始，行程千余里，对蔬菜价格的变化作了一次全过程的追踪报道。2400余字的通讯，由6个画面，即6个小插题组成。即：

"产地菜价比去年没贵多少，菜农收入增加不多"——集中报道4月2日凌晨，山东寿光蔬菜批发市场的见闻。

"长途贩运，1公斤菜净赚一两角，挣的是'辛苦钱'"——报道4月2日下午3时，记者搭乘寿光市一辆运菜卡车上路，次日到达北京市大钟寺批发市场后的销售情况。

"五里一'炒'，十里一'倒'，蔬菜'批发环节多达五六道'"——报道了记者在北京西直门等农贸市场的调查情况：从产地到菜摊，一般要经过三四道批发环节，有的要炒五六道。几经倒卖，每公斤不到两元钱的蒜苗，到零售时价格就涨到六七元。无怪乎菜农说：我们辛辛苦苦干一年，不如菜贩子"倒几天"。

"手续繁杂，菜霸横行，农民进城直销几多难"——报道了记者在京郊一些蔬菜产地调查了解菜农诉说进城直销难以实现的苦衷。

"'菜价落差'提出新课题：如何建立一套新的价格调控机制"——报道记者对政府工商、物价等部门的采访、听取意见的情况，以及北京市已对"菜园子"、"菜摊子"、"菜贩子"等诸多环节齐抓共管，已取得菜价逐步回落的良好开端。

请看，这则非事件性新闻的"事件"特色，能说不鲜明吗？

再比如，事物是存在于普遍联系、不断变化之中的，非事件性新闻素材间亦是如此。我们如能截取其中某个特定的场面或片断，从联系中去探求本质，从变动中去揭示意义，亦可让某些非事件性新闻呈现事件特色。1990年3月3日《法制日报》有篇获奖作品《刘大妈的57岁生日》，就是通过2月2日上午有30多位昔日失足青年特意赶来为唐山市路北区甲三居委会主任刘明大妈庆贺57岁生日的场景，栩栩如生地向读者介绍了这位刘大妈热心社会公益事业，以一颗赤诚的爱心对帮教工作做出的巨大成绩。

还比如，从众多的非事件性素材中抽出一件，用背景材料加以铺垫，形成"以点概面"式的现场报道，也是常见的技法。1980年2月4日《参考消息》上的电讯《莫斯科出现手纸荒》就能给我们一些启示：

合众国际社莫斯科1月31日电 莫斯科居民又碰到另一种短缺：没有一处地方可找到厕纸。

一名恼怒的莫斯科人星期二说："我们就是到处找不到，店主人只说出现短缺。"

存有厕纸的寥寥可数商店，挤满人群。

有人说："有人暂时裁用纸台布或纸尿片充厕纸，但这些东西现时也用完了。"

一年多来行之有效的办法，是裁用苏联《真理报》。

作者写此短文的用心，我们姑且不去管它。在当时，报道前苏联物资短缺就是一个大题目。莫斯科短缺的物资也绝非只是手纸。如果合众国际社记者写一篇全面介绍莫斯科物资短缺情况、分析短缺原因的消息，篇幅就很难短小，效果也未必顶得上单写手纸。那么，只写手纸的短缺，读者会不会以为只是短缺手纸，别的物资却很丰富呢？不会。因为消息一起笔便写得明白："莫斯科居民又碰到另一种短缺"。手纸都如此短缺，更何况其他物资了！

客观事物的多样性，决定了在可能条件下，对非事件性题材做事件性处置的方法也是多种多样的，难以一一例举。这里还要特别提及：这种方法也仅是改进、写活、写好非事件性新闻的途径之一，绝非唯一的途径。同时它也代替不了那些题材重大、主题重要、写作精良的纵论式非事件性新闻在分析问题、化解矛盾、凝聚人心、引导舆论中的担纲作用。

采写非事件性新闻当前应注意的几个问题

"用事实说话"，这是每一个新闻工作者从业伊始就必须明白的基本常识。新闻写作最忌的是华而不实，对于较之事件性新闻有更多"可塑性"的非事件性新闻更是大忌——切不可把它写成水多肉少的"花架子"。

非事件性新闻既然属于新闻范畴，在真实的前提下，就应该写得活，写得美，写得生气勃勃，富有浓烈的感染力。办法之一，就是在坚持"由事实中出问题，用事实来回答问题"的前提下，大胆去构思、去表现，写出个性特色来。

文学作品中那些生动具体、富有独特性的细节描写，对于读者总是有磁石一般的艺术魅力。而新闻写作不同于文学创作，记者不能像作家那样去虚构细节，必须恪守新闻事实的真实性。但是，由于非事件性新闻对事实的选择上，作者有较多的主观能动性，聪明的记者总是善于从中捕捉和选择富有意义的典型事实与细节，并使之成为新闻链条中最富光彩的一环。缺乏生动事实与细节的非事件性新闻，往往只是一般化、概念化的叙述介绍，呆板的套话，千篇一律的模式，因而不能给人留下难忘的印象。

如今，在报纸上，有不少的非事件性新闻是以新闻透视、新闻分析、深度报道等报道样式出现的。但无论什么样的报道方式，首先应该是新闻，是新闻就应该不折不扣地遵循"用事实说话"的原则，写这样的新闻无论是分析也好，透视也好，都要凭借新闻事实，依托新闻事实，如果靠"论"来支撑，用"论"来取代新闻事实，那只能是空洞的说教，是起不到说服人、打动人的作用的。在新闻传播中，事实才是最能打动人、最能回答和说明问题的。

1993年穆青同志在山西考察采访中，同晋西北一家报纸的记者谈话时指出："现在有些年轻人喜欢赶时髦，什么全景式、大手笔、大气派，不是用事实感人，而是用语言诈唬人，看了给人留不下多少印象，我就看不惯！文章要写得朴实些、生动些，用事实感人。感人的事例才能打动人心。我不想让年轻人学那种华丽浮躁的文风。"

对此，美联社特派记者、曾经两次获得普利策新闻奖的雷尔迈·莫休在谈到自己的采访经验时，讲到这样一件事：一次，他去采访一家10口人被刺客全部杀光的新闻，来到现场，把那些血污的房间逐个看了一遍。他看到了搬运尸体的人，还访问了在现场的警察队长。他听别人给他介绍说，一个警察来到这血污的房间时被血滑倒，警察在滑倒时"呸"了一声。他回到报社写这条新闻时，为琢磨一个好的开头作了难，不知道该去哪儿找强有力的字眼带动这个报道。就在他苦费脑筋不知何去何从时，别人指点了他：用不着费脑筋，让事情本身说话，用普通的词汇来讲述这件事。例如，警察让血滑倒这个事实，就把他写进导语，还引上那声"呸"。妙极了！这样就把读者带进那所房子里去了，让他们自己去看、去闻。他在谈到这次采访体会时说：事情本身往往就能说明问题。

采写非事件性新闻应遵循以事实为本的原则，坚持从众多的事实和材料中提炼观点，用事实去说明观点。非事件性新闻所报道的事实，要像有的同志提出的那样，应该具备典型和新鲜这样两个条件。"这里说的典型，是指所选择的事实具有普遍意义，能够生动、鲜明、深刻地提出或回答广大读者所关心的问题，对广大读者的生活或工作有指导意义。这里说的新鲜，虽然不是像事件性新闻强调的必须是新近发生的事件，但大量的也应该是近期发生的，或者是'以新带旧'的——构成新闻的主要事实应当是近期发生的。总之，必须是具有现实感、有现实意义的，是读者欲知应知而不知的。"无疑，只有事实新鲜，才对读者有吸引力，读者才会愿意看；事实有典型性，有个性，有代表性，才能有说服力，有指导性，读者才愿意接受你所报道的事实与观点。

我们强调非事件性新闻也应坚持"用事实说话"的原则，但并不排斥行文中有评有议，虚实结合，以虚带实，否则就难以深化主题，表现新的思想、见解。应在以事实为主的前提下，把报道事实和阐发议论有机地结合起来，即新闻中的议论或评说，不仅要紧紧围绕主题思想，而且还要同所报道的人和事密切关联，让人感到虚实之间有着互为因果的必然联系，而不是无病呻吟，从而使事实的叙述由于有议论而显得更有生命力，议论也因有事实依托而显得更有说服力。

恰当地安排事例，也是非事件性新闻结构中经常遇到的一个问题。这里最忌叠床架屋，雷同的事例一大堆，数字一串串，令人读来乏味。要使之结构精巧，应毫不手软地砍掉一切雷同的事例。对多个事例的剪裁，也不能平列，着笔要有轻重浓淡之分、前后远近之别，使之疏密、高低得当，给人以立体感。

对于采写非事件性新闻需要注意的问题，新闻界同人还有不少议论，择其要者言之：

1. 要防止"大、中、全、空"。所谓"大"，即"大路货"，系指一些想跟形势而又被形势抛在后面的稿子；所谓"中"，即"中不溜"，系指一些如记流水账、平铺直叙，缺乏个性，不堪卒读的稿子；所谓"全"，即面面俱到，系指一些洋洋数千言，心肝肺腑，事事都讲到，唯独缺乏新闻的稿子；所谓"空"，即空洞无物，系指一些"五百字的事实，七百字的侃"，水多肉少的新闻。

2. 要深入采访，不可带观点去套例子。胡乔木同志生前说过：一个记者要写一篇关于党支部工作的文章，最好能去访问10个支部，积累起来许多材料，把10个支部中碰到的问题加以综合研究；这样再动笔写，一定会得心应手。这段话对于采写非事件性新闻是很有帮助的。那种带着观点找例子，按照既定观点归类入框的做法不可取，也写不出好的新闻来。

3. 要重视调查研究，力戒片面性。采写非事件性新闻的成败，很大程度决定于记者对事物分析、归纳和提炼的方法是否正确，认识是否正确。这就是说，非事件性新闻绝对不是记者随心所欲写出来的，采写的每一个环节，都离不开对实际工作的调查研究。因此，在采写过程中，一定要防止片面性，既要带线索、观点采访，又不能受框框限制；既要以事概意，又不能以偏概全，以现象代替本质。新闻是社会生活的反映。云蒸霞蔚的现实生活，要求新闻写作必须不拘一格，应多姿多彩。采写非事件性新闻要防止片面性，目的就在于要力求把新闻报道写得更加近似生活的原貌，以增强新闻的可信性与可读性。

4. 要坚持把事实的生动性与鲜明的思想性紧密地结合起来。新闻的功能归根到底是要通过对事实的传播，用思想的力量去征服读者。让人读过以后，能给人一种思想，一种使人受到鼓舞、受到教育或启发的思想。也就是说，它不只是单纯地给人以直观事实的美，而且要能使人体味到事外之言的美。这"事外之言的美"，就是新闻的思想性，是新闻事实所体现出来的思想意义。这种思想意义，不像文学作品那样是通过描绘、塑造典型形象来完成的，也不能像理论文章那样是运用概念进行判断、推理引申出来的，而是通过叙述客观事实，用事实本身的含义来影响读者。有些新闻事实不仅本身就是冒尖的事物，而且它所体现出来的思想性也很显著、强烈，只需把事实说清楚就是了。也有一些新闻事实，尽管本身思想性和生动性都很强烈，但事实内向，不经过必要说明，往往就显示不出来。遇有这类情况，就要采用解释、说明的办法，用与其有关联的事实，把它的思想性和生动性开掘出来。1948年11月5日毛泽东同志为新华社撰写的《中原我军占领南阳》，文中仅用了"南阳为古宛县，三国时曹操与张绣曾于此城发生争夺战。后汉光武帝刘秀，曾于此地起兵，发动反对王莽王朝的战争，创立了后汉王朝。民间所传二十八宿，即刘秀的二十八个主要干部，多是出生于南阳一带。在过去一年中，匪首蒋介石极重视南阳……"短短的几句话，便非常清晰地由远而近、从古至今地说明南阳战略地位很重要，突出了解放南阳的重大意义。真是言简意丰，纵论古今，很有气势。

第四编 述评消息

概论 述评消息的界定及应把握的要点

述评消息，亦称述评新闻、新闻述评，是一种融新闻与评论于一体、把新闻报道的信息性与新闻评论的说理紧密结合起来的边缘文体。它是以传播新近发生的事实为基础，却又以评论剖析新闻事实为"灵魂"的一种独特的报道方式。是消息中具有思考现实、明辨事理的非常重要的一个品种。

述评消息，作为一种报道形式，在我国并非始于当今，早在近代报纸产生时就已经有了，只是近些年来它作为新闻领域内一朵重放异彩的鲜花，正方兴未艾，越来越受到大众媒体的重视和读者的好评。

述评，这种边缘文体，由于其本身所包含的述与评的比重、评论的表达口吻和行文格调以及评论范围的宽窄不同，可划归为不同的文体。一种较为常见的是以述为本，述到评随，往往述多于评，其具体表现形式接近于新闻，则划归为述评新闻（消息）。比如，毛泽东同志的名篇佳作《中原我军占领南阳》，即为此类。另一种是以评为本，以论点的逻辑层次为结构，往往评多于述，便划归为评论，成为评论系列中的述评。比如，在第九届中国新闻奖评选中获评论二等奖的新华社的述评《危险的开端》，是为此类。

这样，在新闻实践中就有个要善于区分新闻述评与评论述评的写作问题。述评消息，是新闻，但又不同于一般新闻，比一般新闻有更多的议论与分析。但述评消息的议与评，都必须是在新闻事实的基础上进行的，这与评论述评的评说、议论不尽相同。也就是说，述评消息要以报道事实为基础，做到夹叙夹议、边叙边议，着重在揭示事物的本质和意义上表明记者的看法、见解。评论述评则是以评论为本，全文的结构与展开是借助概念按事理逻辑而逐层深入，事实之作为论证观点的论据，证明自己观点的正确。这样，述评消息与评论述评虽然是两种不同的文体，同样都要叙事、用事、说理、发表意见，都要处理好议与叙、理与事的结合问题。

新闻要用事实说话，这是新闻写作的基本规律。述评消息作为新闻报道，当然要受它的制约与规范，在用事实说理、议论上，一般主要采取两种方式：一是就事议理，就实论虚，即先叙述事实材料，再加以分析、评说，从事实中画龙点睛式地点明观点、讲明道理，这是常用的；二是寓理于事，叙事出理。即在叙事过程中，将观点很自然地揉进事实之中，做到观点与材料浑然一体，熔叙议于一炉，自然而然地阐明事理。

但评论述评的叙事与用事，更多的则是围绕一个中心议题，分解、归纳出一些小问题或分论点，在行文过程中，先把这些问题或论点提出来，然后再摆事实进行论证、分析。做到以虚带实，点面结合，材料与观点的统一。

述评消息虽说有浓重的评论色彩，但它又不同于评论述评。评论述评是"就事论理"，即大都只是依托新闻事件借题目做文章。它可以离开新闻事件去评是非，论长短，受新闻事件的约束不大。述评消息作为一种新闻体裁，基本上是"就事论事"，即从事实出发，就事实本身进行分析解剖，采取夹叙夹议、叙议结合、缘事发议的方式来发表评论。它仍然重在体现，而不在论证，不能像评论述评那样可以运用逻辑论证的方法进行说理。

述评消息与一般新闻报道相比，就其本质看都是相通的，都必须提供事实，传播消息，要有新闻性，五个W俱全。其主要区别在于：一般新闻报道，主要是忠实地客观地报告事实，局限于用事实来发表无形的意见；述评消息则是有述有评，夹叙夹议，而且是以述为手段，以评为目的，以评为核心，述要服从于评。

从评论的范围上看，述评消息又可分为一事一评与多事综评两大类。前者是在于抓住一个蕴含深意的新闻事件，或事件中的一个片断，给以评述、阐发，或提倡，或反对，旗帜鲜明地表明作者的立场、态度；或由此及彼、由表及里地引申发挥，窥见事物的奥秘和趋向。后者则是就综合性的新闻材料或某种倾向，进行综合性的、概括性的分析，通过评述当前形势，剖析事物特点，引出具有普遍意义的问题，提示解决办法。

述评消息由于其评述的广度与深度、写作人称与作者的身份的不同，报章上常见的又有多种称谓或类别：新闻综述、新闻分析、记者述评、记者手记等。

新闻综述。这是一种与综合消息颇为相似的常见的述评消息。它不仅要准确客观而又综合地概括报道新闻事实，而且还要对新闻事实进行直接的精确而有启发性的评说。新闻综述带有明显的新闻报道主体的主观倾向性，它不仅要让读者对新闻事实的发生有个综合的总体的认知，而且还要启发读者对所报道的新闻事实发生、发展的原因、意义及其趋势等进行深入的思考。

新闻分析。这是一种侧重于引导读者思考现实、明辨事理的非常重要的述评消息式样。它是对新近发生的重大事件发生的原因、后果及影响、前景预测等的分析性报道。新闻分析不是或主要不是事件的综合报道，而是侧重于对事件的深层次的评析，是报道新闻事实的概括性与评析新闻事实的透视性的高度统一。新闻分析的突出特点是"分析"，它侧重通过事实的逻辑、客观分析事件的发生与发展，表明作者对事件的立场观点，让读者明白"是什么"、"怎么样"。因而它常被人们视为是一种寓观点立场于客观的事实分析之中的客观形式的"评论"。

记者述评。是记者通过调查研究或观察思考对某一新闻事件或某一重要问题所做的有事实有分析、有述有评的新闻报道。记者述评的突出特点是有记者在采访中得来的第一手材料与自己独立的见解。当然这种第一手材料尽管并非报道的唯一材料来源，但必须要有；凡文章都要有作者自己的见解，但记者述评中的见解应当是新鲜的带有独创性、属于记者个人的。也就是说，它是记者从采访实践中、从事实中引发出来的看法、感想等等，而不是游离于此的空发议论。

记者手记。它是记者在采访过程中，获得的一种可资评述的事实或问题，以随笔实录的形式所做的有见有闻有思有得的报道。显然，记者手记，从体裁看，既不同于记者见闻，见闻属于纯新闻，主要报道的是所见所闻的事物；也不完全同于采访札记，札记虽然也有所见所闻所思的特点，但其侧重点是前者而不是后者。记者手记的传播目的的重心，不在于告诉读者看到了什么、听到了什么，摆出事实固然必要；但更重要的还要告诉读者这些事实加在一起说明了什么、意味着什么、预示着什么、发现了什么；等等。当然记者手记的有所思有所得，必须以事实为依托，这样在选择可资评述的事实上，要注意抓好"两个突出"，即：一是评述的事例是典型的、突出的；二是所涉及的问题性质或人们的关注程度要突出。事实不典型不突出就难以反映全局，言之成理；涉及的问题不突出就难以引起读者的关注，达到预想的传播目的。述评消息的生命力，就在有的放矢！

现代新闻传播，面对知识经济的来临，读者需要从享有声望的专家学者那里得到信息、解惑释疑。在社会主义市场经济的条件下，财经报道、科技新闻、突发事件，更需要有权威效应，于是由记者采访"搭桥"，有关专家"唱戏"式的专家学者述评，近来多起来了。在第八届中国新闻奖中获得消息一等奖的《中国拒绝金融风暴登陆》便是较有影响的一篇。

从内容上分，述评消息又可分为形势述评、工作述评、事态述评、思想述评等多种。

形势述评。有评析国际形势的或国内形势的述评；有分析经济形势的或政治形势的述评；还有针对某一领域、地区或某个单位的特定形势的述评。这类述评，常常是及时抓住影响全局的重大变化或某种转折，在报道事物最新变动事实的同时，用自己掌握的相关材料和智慧，进行分析、评析，总揽全局，指明趋势，展望未来。

工作述评。针对实际工作中存在的亟待解决的问题，或针对某一领域、某项工作中取得的经验、成就、成功做法、出现的新倾向，进行深入的评述，借以解决矛盾、鼓舞士气，推动和改进实际工作。

事态述评。主要是针对当前即将发生或已经发生的重要时事进行述评，对事态的出现或发展及时地表明记者的立场和看法。

思想述评。针对现实生活中有普遍意义的思想倾向，或处于萌芽状态的新动向，用摆事实、讲道理的方法，有的放矢地加以评述，帮助人们明辨是非，提高认识。

前不久，笔者在一份资料上读到了一位读者说过的一段话：我读了多年的报章，我最钟爱的除动态新闻外，就是述评新闻了。它短小精悍，事理融合，数百千把字，通过一件事情、一种现象、一种倾向，说明了一个道理，或褒扬新风，或明辨是非，或抨击时弊，写起来有感而发，轻松自如；读后就像吃精美的压缩饼干，解饥耐咀嚼，让人回味无穷。

一位读者的意见，我们当然不能以此概全，因为读者作为一个群体，需要和爱好是多样性的。但这位读者的意见又是很有代表性的，眼下大报小报都极为重视应用这一文体，并放在显要位置。这就是佐证。

重视述评消息的写作、研究述评消息的写作，已经成为时代的需要，读者的需要。

作品赏析

准确把握非事件性述评消息写作的三个节点

消息，一般都用来报道事件性的纯新闻。但有时候也报道一些非事件性新闻。它常常用来反映某种思想、观念的变化；或者是提倡、传播一种理念、工作经验；或者是经济社会发展进程中出现的"小荷才露尖尖角"具有拐点性的重要新闻。在第21届中国新闻奖评选中，《羊城晚报》荣获二等奖的消息《珠三角民企老板百亿巨资砸向"低碳产业"》，便属于此类作品。

这篇获奖消息是一件非事件性的经济述评新闻。它不仅敏锐地捕捉到当时社会经济发展潮流中的重要节点，及时地反映了地处改革开放前沿广东经济结构调整大潮下的市场新变化，取得了很好的传播效果。同时，也又一次昭示人们，要采写好非事件性述评消息，必须准确把握三个关节点：一是选题、立意要正确、重大，要有极强的现实针对性。这就像加里宁所说的："如果你写得平常，但是你触及了群众最关心的问题，并对这个问题给予了回答，那么，一篇最平常的文章，也会发生很大的作用，得到很大反响。因为它正好击中了当时绷得特别紧的社会的弦。"二是要有调查有研究，将立论根植于足够的精准的事实材料之上，有令人信服的说服力。三是夹叙夹议，以叙为主。非事件性述评消息写作最忌两点：述而不评，评而不述。前者表现为只顾铺陈材料，让人感觉一盘散沙，不知所云；后者表现为材料不足，空泛不实，没有说服力。

这篇经济述评消息，如果再细分，它应归于记者述评一类。即系记者通过调查研究、实地考察思考对某一新闻事件或某一重要问题所做的有事实有分析、有述有评的新闻报道。它的突出特点是记者在采访中得来第一手材料并有自己独立的见解。据此，作者之一的《羊城晚报》深度新闻部主任马勇在采访心得中介绍说：2010年初，一个偶然的机会，记者在与民企老板闲谈中发现，广东民企老板敢于创新，纷纷投向光伏、电子信息等低碳产业。我们便意识到，在国际金融危机后，广东民企已经找到了一条经济再度腾飞的新路子，昔日那种靠牺牲环境、拼廉价劳力获取利润的经济模式已经不合时宜。这种新现象触动了我们的神经，并给予高度关注。

那么，在经济形势不甚明了的情况下，珠三角老板为何敢于如此大刀阔斧地吃

"螃蟹",进入新兴行业?在重大节点性新闻捕捉上,记者不仅要听,还得眼见为实。"不涉深水","难见蛟龙"。于是,前前后后又费时一个多月,记者深入珠三角地区的深圳、东莞、佛山等地调查,亲身感受各行各业的老板转变之路。

如佛山有名的鞋业大王梁凤仪,金融危机一来,一双鞋赚不到一元钱。一气之下,她把鞋厂关了,改行搞 LED 照明。没想到,一年赚了几千万,成了 LED 大王;又如佛山南庄陶瓷第一人关润尧,一年之内关闭属下 11 家陶瓷厂,开办全省最大的环保商品城;还如南海"塑料罐大王"罗意自,急流勇退,转行当了风力发电的"行业干将";东莞"机电大王"沈剑山摇身一变,成了当地最大的可再生能源开发商。

虽然眼见为实了,看到广东民营企业在经济结构调整大潮下如何华丽转身,但是总感觉,新闻不够厚度,缺乏冲击力的节点。于是,记者又不厌其烦地到广东省经信委了解情况,在一大叠材料、一大堆数据中,记者惊喜地发现——珠三角民企老板投资"低碳产业"超过百亿元,纷纷从陶瓷、纺织、有色金属等传统行业,转向光伏、风能、电子信息等低碳产业。投资额首次超过传统产业。

在民企的冲锋陷阵下,广东低碳产业迅猛发展。粗略估算,广东低碳产业总产值约 6600 亿元,占全省工业总产值的 9%;工业增加值 1250 亿元,占全省的 8.2%。这一重要节点反映广东省委、省政府提出的产业升级政策的一个效果。

于是,一个重大的新闻主题便在记者胸中凝聚而成:这些昔日"洗脚上田"的农民企业家,之所以如此青睐低碳业,绝对不是一时一事的偶然现象,而是产生于广东产业转移的社会经济大背景下合乎规律的历史必然。这才有了这篇获奖新闻的面世。

《珠三角民企老板百亿砸向"低碳产业"》消息发表后,社会反响强烈。国内中央和地方十多家媒体和新闻网站转载,有的媒体和网站还配发评论,展开讨论。从与时俱进上讲,从产业结构调整升级上讲,广东又走在全国前列。

◆ 附作品

珠三角民企老板百亿巨资砸向"低碳产业"

投资额首次超过传统产业,产业结构调整大潮下,珠三角民企再次走在市场前面

本报讯 羊城晚报记者马勇、彭纪宁报道:国际金融危机后,敢为天下先的珠

三角民企老板厌旧贪新，纷纷抛弃陶瓷、纺织、有色金属等传统行业，迷恋上光伏、风能、电子信息等低碳产业。据不完全统计，去年以来，珠三角民企投资低碳产业的资金已超百亿元，投资额首次超过传统产业。省经信委有关人士认为，在产业结构调整的大潮下，珠三角民企又一次走在市场前面，成为广东低碳经济的"先锋"力量。

昨天，广东昭信集团董事长梁凤仪一见到记者就高兴地说，他们自主研制的半导体照明芯片设备即将投产。梁凤仪曾是佛山有名的鞋业大王，金融危机一来，一双鞋赚不到一元钱。一气之下，梁凤仪把鞋厂关了，改行搞 LED 照明。没想到，一年赚了几千万，成了 LED 大王。

记者走马珠三角发现，像梁凤仪这样"厌旧贪新"的民企老板不胜枚举。佛山南庄陶瓷第一人关润尧一年之内关闭属下 11 家陶瓷厂，发展全省最大的环保商品城；南海"塑料罐大王"罗意自急流勇退，转行当了风力发电的"行业干将"；东莞"机电大王"沈剑山摇身一变，成了当地最大的可再生能源开发商。

这些昔日"洗脚上田"的农民企业家，谈起低碳产业滔滔不绝。他们最青睐的是半导体照明、OLED、太阳能等行业，仅佛山，规模以上光电企业超过 250 家，总产值 200 多亿元。

投资低碳产业，珠三角民企老板毫不手软，项目动辄过亿元，如三水的薄膜太阳能项目，总投资达 50 亿元；顺德的彩虹 OLED 项目，前期投入就达 5000 万元。

在民企的冲锋陷阵下，广东低碳产业迅猛发展。粗略估算，目前广东低碳产业总产值约 6600 亿元，占全省工业总产值的 9%；工业增加值 1250 亿元，占全省的 8.2%。

最近，省经信委制定了一份《广东省新兴产业发展研究报告》，把新能源、电子信息产业、生物医药和新材料等四大低碳新兴领域作为产业结构升级的突破点。

省经信委一位负责人说，预计未来 5 到 10 年，低碳新兴产业将以每年 20% 以上的速度高速增长，成为广东工业经济的主要增长点和国民经济的重要支柱。

（原载 2010 年 3 月 22 日《羊城晚报》）

动态易得，深度难求

读罢获第十一届中国新闻奖一等奖的消息《法警背起生病被告》，让人感动不已。

在第十一届中国新闻奖的评选中，评委们阅评此稿时，不少人激动地流出了眼泪。消息的作者不仅以生动的笔触对新闻事实进行了具体的现场描述，还多侧面地进行解读；不仅让人看到了法警的形象和职业道德的进步，更从中领悟到依法治国的基本国策的贯彻落实。

当我捧读此稿时，便想起一位同行的感叹："动态易得，深度难求。"当然，动态未必全都易得；但深度确实难求，特别是消息要写得有深度，实属不易。讲文体，动态消息不是深度报道；说效果，读过这篇获奖消息，又无异于读了一篇信息解读式的深度新闻。由此，我们可以说，同众多优秀深度新闻作品一样，优秀的消息作品的作用，也不应该仅仅是传播信息。包括消息在内的新闻作品，它的品位的高低、传播价值的大小、传播效果的优劣，很大程度上取决于对新闻事实所包含的社会意义的感受、捕捉与表达是否准确、得当和深刻。

这篇获奖消息，仅有700多字，共7个自然段，而其中的基本新闻事实可以概括为一句话，即北京西城法院正常开庭时，一位法警背着一名戴着手铐行走不便的被告，爬楼出庭，让原本乱哄哄的大厅顿时安静下来。可以说，这一新闻事实是瞬间发生的，然而作者的笔触并没有停留在"瞬间"的偶然，而是着力于深入开掘这一新闻事实背后的价值——着力于说明"偶然"中的"必然"：具体地描述当事人——那位法警及他所背过的女被告当时的感受；从有关部门了解到的与此有关的我国司法界的一系列变化；最后又通过最高人民检察院的一位厅长，对此现象所包含的重要意义做了进一步阐释。通过这些生动的事例与背景材料的解释、铺垫，引导读者一步一步地感受到我国司法制度正进行着一场前所未有的变革及其所取得的成果，从而从更高层次上体现了我国司法制度对人权和人格的尊重。

我们生活的时代，是信息时代，也是注意力时代。在新闻传播中，谁的作品能吸引人们更多的注意力，谁就能在新闻的竞争中多一点收获，多一份份额，这就是成功。可眼下媒体如林，人们获取信息的渠道很多，好看的新闻也很多，常常让大家眼花缭乱，读者的注意力会更多地投向何方？我们应该靠什么来吸引读者呢？

正像许多同志指出的那样,由于互联网和电子媒体的普及,读者获取平面的、直观的、未经审视的事实信息已像吃"快餐"一样容易。在这种情况下,未经研其事究其理的"深加工",显得就事论事的新闻已经很难留住读者的目光了。

这篇获奖作品的成功传播,正是得力于研其事究其理的"深加工"。消息通过对目击者以及当事人的采访,具体生动地让人感受到,我国的民主、法制和文明建设正发生着深刻变化。

所以有人说,在信息短缺时代,一张能为读者提供大量信息的报纸无疑是受欢迎的。而在信息丰裕时代,一张既能提供鲜活、重要的信息,又善于解读信息的报纸才可能是最受欢迎的。这话是有道理。应该说,在信息像潮水般大量涌现的时代里,读者对信息的需求,已不限于要了解"是什么"、"发生了什么",而对那些社会关联度大、事关全局发展的重要信息又有"说明了什么"、"意味着什么"的深层次要求。这就要求新闻工作者既要敏于求新,对各种新事物、新现象有足够的新闻敏感,及时地把最新鲜、最能引起读者关注的新闻奉献给读者;又要善于求深,通过自己的体察和观察,对新闻事实深看一层,进行理性思考,把前瞻性、导向性强的深度信息开掘出来,及时传播出去。

新闻的"深",源于对新闻事实的理性把握。这就要像这篇获奖信息的作者那样,接触到新闻素材时,把它放到其发展的纵向时序和横向空间中比较,再对它做一番寻根究底的思考,从而抓住特征开掘下去。这样,记者笔下的新闻作品给予读者的就不仅仅是一些浅层次的事实性信息,而是包含有读者想得到的一些或知识或智慧或思想或经验。

在新闻界长期流行着这样一种认识:新闻作品大都是急就篇,是快速的,也是肤浅的。此言不准确。新闻作品固然不是慢条斯理的鸿篇大作,容量不大,难以纵横展开,但决不能用"浅"来对它的特点进行概括。相反,一篇优秀的新闻作品无论篇幅长短,题材大小,不仅要写出事物外在之形,还要让人领悟到内在之"神"。这"神"便是事物变动的规律、动向以及它的本质、社会意义。这就要求记者在构思着墨时,要站得高,看得远,切不可囿于一隅,就事论事。衡量一篇新闻作品的价值,不但要看是否客观地报道了事实,传递了信息,还要看是否给了人们深刻的启迪,《法警背起生病被告》这方面给了我们很好的启示。

◆附作品

法警背起生病被告

  司法界人士认为，这反映了我国司法体制改革，更加注重体现对人格的尊重

  本报记者杨永辉、**实习记者王雪莲**、**通讯员吴怡报道**：前天，西城法院正常开庭。法警11083号把一个行动不便的女被告背上了三楼的法庭。当旁听的市民见到法警背上来一个戴着手铐的被告时，大厅立刻安静下来。

  据目击者吴小姐介绍，她在11月29日去西城区法院办事时就看到过这一幕。当时女被告深埋着头，不时地发出啜泣声。背进三楼休息室时，法警的额头已渗出了汗水，女被告则流出了眼泪。

  昨天，女被告告诉记者，今年6月她被确诊患有椎管狭窄症，两腿走路十分困难。被法警背起时，她问过法警的姓名，可法警没回答。

  11083号法警叫贾文家，今年26岁，在西城法院已工作6年。昨天，记者采访了他。"我没觉得这个举动有啥大不了，她一个老太太，得了病走路很困难，虽然是被告人，但作为法警帮她这个忙是我的职责。"据他介绍，那天背着老太太从楼下上来时，正赶上大厅里有50多个等候旁听的市民。见他背着个戴手铐的，本来乱哄哄的大厅顿时安静下来。"那会儿，我听见背上的老太太哭了，我能感觉到她低下头，把脸靠在我肩膀上。"

  目前，该妇女已被宣判犯有贪污罪，判处有期徒刑11年。宣判结束后，已成犯人的中年妇女仍由法警一步步地背下楼梯。

  记者注意到，在此之前，我国司法界连续出现了一些意义深远的变化。诸如：罪犯在未受到法院判决前一律改称犯罪嫌疑人；抚顺推出了"零口供"；有些地方刷有"坦白从宽，抗拒从严"字样的墙壁被画上了山水画等。这从一个侧面昭示了我国司法制度正在进行着一场前所未有的变革。

  为此，本报记者采访了最高人民检察院民事行政检察厅杨立新厅长，杨厅长认为，从罪犯到犯罪嫌疑人称谓的改变以及法警背着行动不便的被告人到庭，反映了我国司法体制改革的进程，更重要的是体现了对人的人格的尊重。

（原载2000年12月16日《北京青年报》）

洞察力，精品新闻的"催化剂"

　　新闻传播作为一种能动的认识活动，它的成功与否往往取决于新闻工作者是否具有慧眼识金的洞察力。

　　客观事物总是在不断发展变化的。事物的发展变化又总是有一个由量变到质变的过程。一个优秀的新闻工作者往往能够细心地洞察到事物变动过程中刚刚"露出水面"的细梢末节，在充分调查分析的基础上，理出事物发展变动的因果链条，在新现象、新动向刚刚冒头的时候，就能及时地抓住给予报道。

　　在第十届中国新闻奖评选中获二等奖的述评消息《国庆放长假　消费掀热浪》，便是这样的一篇视角独特、发人深思的独家报道。

　　1999年国庆节，放了第一个7天长假期。这期间，不仅乐了百姓，也乐了商家；长期平淡的消费市场出现了红红火火的热闹场面。这是一时的偶然现象，还是有其必然性？作者凭着假日期间的所见所闻，又走访了旅游、交通、商贸等部门，就如何启动消费这一经济生活中的重大主题进行了探讨，认定"假日消费"必将给消费市场带来无限商机，只要各方面多动脑筋，早做准备，携手开发适应节假日市场需求的产品和服务，"假日消费"对于启动消费将带来更为精彩的一幕。

　　这篇独家新闻比众多媒体的假日消费报道棋高一着，《人民日报》在头版加花边全文刊登，《新华每日电讯》、《北京青年报》等20多家报纸采用了此稿，显示了独家新闻的魅力。

　　应该说，当文明高度发达的信息时代来临之际，人们对外部世界了解的欲望比以往任何时候都要强烈。加之现代资讯的发展，新闻传播速度越来越快、信息流动越来越疾速，采写"人无我有"的独家新闻，尤其是述评消息，就显得越发重要。

　　1999年度国庆长假期已经热热闹闹地走过去了，长假给社会和老百姓带来的欢乐与思考，又红红火火地向人们走来了。这篇获奖消息首次提出的"假日消费"、"假日经济"这个概念，从总体上看，可以说是我国经济形势发展的必然，它从一个侧面说明了人民生活水平的提高和国家财力物力的增长，这对启动消费已经发生和正在发生着巨大的作用。

　　由此它还启示我们，在现代社会中，经济总是作为一个社会系统化的整体而存在的。任何一个经济现象的出现，常常既是直观的又同时呈现出多种多样的斑驳色彩的复杂性。因而，我们的经济报道，尤其是经济述评，决不能停留在表面，特别是当某一经济现象直接或间接地以某些社会行为表现出来的时候，更不能停留在一般化叙事报道的水平上，而应对新闻事实的发展态势有一个理性的认识，对各种经济现象应拓宽思路，力求"高看一眼，深看一层"，透过现象揭示出事物变动的内在联系和本质。尤其是当某种经济现象和社会行为的出现，人们对它的发展态势并不十分了解，一时间更多地表现为一种自发行为时，新闻工作者更应该通过调查分析和自身的学习求教，给予积极正确地理性引导——即用党的基本理论和现行政策的目光去分析生活中的事实，把新闻事实中包含的思想意义提取出来，奉献给社会和读者。

应该说，包括经济述评在内的述评消息的价值，不仅仅在于它所提供的情况和事实，更主要的还在于对事实的理性把握。当然，写述评消息，是要就事论理、用事说理的，但它与理论文章和新闻评论不同，要做到理至而不繁杂，点到为止，即假彼时彼地之事，说出众人所欲晓之理，或起到"沁人心脾"的作用，或收到"入木三分"的功效。

◆ 附作品

国庆放长假　消费掀热浪

索　研　贺劲松

今年国庆放假7天，不仅乐坏了百姓，也乐了商家。"假日消费"掀起热浪，消费市场红红火火。

在天安门广场，来自贵阳医学院附院的田强对记者说，今年国庆假期长，他有时间坐火车来北京旅游。他粗算了一下，这次少说也得花费5000元。他说，他的同事们都纷纷利用国庆假期到外地旅游，从贵阳到北京、昆明、海南等地的车票、机票在节前一下子紧俏起来。

上海春秋国际旅行社国内部副总经理陈基胜告诉记者，10月1日至4日，这个旅行社接团、发团人数比今年春节增长了50%以上。国家旅游局新闻发言人魏小安估计，全国近5000家国内旅行社在国庆期间都忙得"不亦乐乎"，国庆期间，确实掀起了"南来北往"、"进城下乡"的旅游热。

各地旅游部门汇总的情况表明，今年国庆期间旅游"热度"明显比春节期间高。今年春节期间，出门旅游的人次就超过1800万，旅游花费140多亿元。这还不包括庞大的个人旅游消费。虽然目前国庆期间出游人数、旅游花费还没有统计出来，但肯定比春节多。

来自交通部门的消息同样令人欣喜。10月1日到7日，全国铁路日均发送旅客347.8万人次，比春运多42.4万人次，客运收入超过6.7亿元。北京铁路局仅增开的54列临时客车就增加收入上千万元。

在首都国际机场，10月6日、7日出租车发送量超过4000辆，比平常多了1/4。信发出租车公司的张师傅说："出门旅游的人这几天都往回赶，所以活儿特别多，过去在机场排队拉活少说也得等5个半小时，这两天4个小时就跑一趟。"

国庆期间，各大商场生意同样红火。北京赛特购物中心10月1日营业延长到凌晨2时，营业额大幅上升。北京西单商场日客流量达到10多万人，日销售额也都在500多万元以上。其中照相器材日销售额达四五十万元，比平常翻了一番。

文化、体育消费也明显升温，京城长安大戏院的多场戏票在节前就被抢购一空，各家体育场馆健身场地也告"客满"。

有关人士指出，今年国庆的消费热浪，让旅游、交通、商贸等部门看到了国内"假日消费"巨大的市场潜力。只要各方面多动脑筋，早作准备，携手开发适应节假日市场需求的产品和服务，"假日消费"必将带来更大的商机。

（新华社1999年10月10日播发）

敢言人所未见，敢论人所未识

1996年1月，江泽民同志在接见解放军报师以上干部讲话中指出："新闻作为一种意识形态，作为宣传、教育、动员人民群众的一种舆论形式，总是直接或间接地反映我们党和国家的政治立场、政治主张和政治观点。"无疑，我们的新闻舆论要紧紧地围绕和服务于此，就不能仅仅满足对已经有了定论和结果的人和事的报道，而应该多关注一些在党和政府的工作进程中，对经济建设和社会生活中出现的新问题、新矛盾、新情况具有瞻前性的分析报道，注意解决好人们在认识上、理论上的深层次问题，为全面反映和贯彻我们党和国家的政治立场、政治主张和政治观点，创造良好的舆论环境。

再说，新闻事业从来就是一定的社会经济基础在上层建筑领域的反映，它的存在与发展必须也必然要与一定的社会经济基础相适应。建设有中国特色社会主义市场经济是一项前无古人的创造性事业，是一场广泛而深刻的社会变革。其中包括新闻工作从报道思想、观念，到报道方式方法等广泛而深刻的变革。比如说，社会主义市场经济的建立与运作，是在复杂的国际国内环境中进行的。在前进的道路上，必然会面临各种新情况、新问题，遇到各种各样的困难、风险。我们的新闻媒体就不能像过去在高度集中的计划经济体制下那样，事事都要等一等、看一看，等到有了定论、有了结果再报道。即便有时候自己对有的新情况、新问题与受众同样陌生，也必须调动自己全部的智慧心血，想尽千方百计，甚至借助社会力量，也要力争及时予以分析报道。让新闻舆论真正成为站在时代航船船头的"瞭望哨"，观风测雨，察视暗礁，或及时发出警示，或及时发布释疑、解惑的信息。

总之，无论是中国还是整个世界，都正处在一个新的发展时期，人们的思维方式也正在经历从面向现实到面向未来的转变。西方有的学者甚至提出："忽视未来的人们，就很容易冒丧失未来的危险。"在自给自足的农业社会阶段，人们习惯于根据以往的经验，从事春耕夏耘、秋收冬藏式的生活，与之相适应的思维方式是习惯于面向过去；在商品经济的工业社会里，人们则习惯把注意力放在眼前的生产、消费，以及短期内所要达到的目标上。今天，在知识经济、信息时代里，如果只把眼睛盯住眼前，是肯定会落后于客观事物的发展的。因而，人们在思考、决策问题时，在面向现实的同时，又必须面向未来，要充分估计到将来会发生什么变化，然后再决定眼前干什么，下一步再干什么。对于能否掌握住这把智慧的钥匙，已经成为现代人决定自己所从事的事业兴衰成败的关键一环。在现实生活中，有些有胆识的企业家和科技工作者提出的：眼前干一个（正在生产的产品），手里拿一个（正在研制的新产品），脑子里装一个（产品开发更新的远景设想），这不正是面向未来思维方式的运用么！大众媒体作为人们用以传播、获取信息的手段，作为反映实际、指导实际的工具，在人们指导生产、规范行为、规划生活的思维方式正在发生深刻变革的时候，还能陈陈相因、墨守成规地只报道有定论的事物吗？所以，邓小平同志提出的"面向现代化、面向世界、面向未来"，应该成为我们的新闻事业、新闻报道必须遵循的一个基本的指导思想。

正因为如此，在历届中国新闻奖评选中，那些为人们普遍认同并为之叫好的瞻前性、动向性报道，也普遍地受到评委们的青睐，为评委们看好。有的评委甚至认为：这类报道敢言人所未见，敢论人所未识，将是精品新闻的一个新的生长点。

在第八届中国新闻奖评选中获消息一等奖的经济形势述评《中国拒绝金融风暴登陆》，便是这类报道中有一定代表性的一篇。

这篇述评消息的作者任侃，是中国日报负责金融报道的记者。当1997年7月初，东南亚国家出现金融动荡，当地货币纷纷贬值，强烈的责任感和职业敏感使他意识到，这一事件的影响在世界经济全球化的步伐大大加快的现实条件下，绝不会仅仅局限于东南亚国家，中国作为东南亚国家的邻国、世界上最大的发展中国家，由于改革开放的成功实践，在国际经济体系中正发挥着越来越重要的作用，会不会步其后尘也出现类似的金融动荡？这是国际社会、海外读者十分关心的焦点。

事态初起，国家经济风云变幻复杂，要去分析它的走势、评论影响，难度是相当大的。国内其他媒体，或许可以放一放、看一看、等一等，作为担负对外报道任务的《中国日报》，却应该想尽千方百计，敢为天下先地力争及时做出回答与报道。于是，任侃同志迅速与有关主管部门联系，但由于当时金融危机刚刚开始，官方不宜发表意见，人民银行与外管局没有接受采访。作者便转而联系金融界，希望能从专家的角度就此发表评说。经过多方周折，他终于联系上了外管局顾问、长期从事外汇问题研究的陈全庚同志。在独家采访中，作者又查阅了许多相关资料，对采访问题做了充分准备，从而使采访进行得非常顺利，获得了相当丰富的有说服力的材料和观点，最后终于写出了这篇内容翔实、论证有力、说服力强、预测准确的独家报道。消息从外资、外债、宏观经济、外汇储备、人民币汇率等诸多方面，对中国的金融业进行全方位的分析、评说，从而得出中国凭借其稳定的经济形势，充实的外汇储备，良好的外资结构和外汇管理，完全有能力避开目前席卷东南亚的金融动荡，人民币依然保持坚挺，中国经济依然稳步发展的明确判断。

消息经外管局审定公开发表后，引起了国内外传媒的广泛关注，路透社、美联社、法新社纷纷转发，海外一些报纸也纷纷转载。一些国外媒体还打电话询问陈全庚的电话，希望联系采访。消息在国际社会对中国能否抵御得住金融风暴冲击尚存疑虑时，宣传了中国经济的光明前景，客观上稳定了国际投资者对中国的信心，打消了海外一些人的疑虑，有利于国家吸引外资政策的落实，取得了良好的社会效果。

事后，这篇获奖新闻的作者在谈采写体会，以及评委们对这篇消息的评说中，可以看出采写这类题材报道值得注意的是：

一、要快速反映，不怕风险。重大的突发性事件，往往多与人民群众的利益息息相关。因此，人们对它极其敏感、格外关注。在遵守宣传纪律、坚持正确舆论导向的前提下，应树立抢新闻争时间的快速作风，在别人不说话的时候敢于说话，别人不表态的时候敢于表态，尽可能早地把事件的发生、势态的发展告诉读者。

二、要有全局意识。随着越来越多的国家实行对外开放政策，参与国际分工和竞争，建立国际政治、经济新秩序呼声日益高涨的形势下，国内是一个全局，国际也是一个全局。面对全局性的重大事件，不能就事论事，既不能孤立地看国内问题，也不能孤立地看国际问题。要善于从国际事件中发现与国内有关联的问题，从国内问题中找出对国际社会的影响。只有国际国内两个全局在胸，才能站得高、看得远，才能从现象透视本质，最快地做出反映，写出有深度、有分析、准确度高的精品、佳作来。

三、记者对自己所担负的报道领域要非常熟悉，平时注意搜集材料，多思考问题。只有这样，一旦发生重大事件时，才能迅速地发现重大报道线索，找准切入点，写出切中要害的报道。

◆附作品

人民币将继续坚挺
中国拒绝金融风暴登陆

本报讯 （记者 任佩 报道） 中国凭借其稳定的经济形势，充实的外汇储备，良好的外资结构和有效的外汇管理，完全有能力避开目前席卷东南亚的金融动荡。

最近一段时间，东南亚国家货币纷纷贬值。一方面是受国际金融投机者的冲击，另一方面也由于近年来这些国家经济项目逆差增大，出口下降，经济增速放慢，外国投资者信心受到影响，从而导致外国资本短期内大量撤离。

外汇专家陈全庚日前接受本报记者采访时指出，"中国的情况完全不同"，并断定不可能会有大量外资短期内流出中国而导致人民币大幅贬值，引发金融危机。

他说，虽然多年来有大量外资流入中国，但多是长期直接投资，并得到良好的管理和有效的使用，不会突然撤离。另外，中国的外债也以中长期为主，决定了一段时间内的外资回流是有限的。

陈全庚说，由于中国没有开放其资本市场，外资无法进入债券和A股市场，只能从事B股的交易，因而不会影响到国家的外汇储备。虽然的确有一些短期投机资金通过一些途径进入中国市场，但其数额和影响都是有限的。再加上中国对外资的流入流出实行严格控制，外国投资者很难在中国有所作为。

更为重要的是，中国有非常坚实的经济基础和良好的宏观经济状况。经过三年的宏观经济调控，中国经济已成功实现软着陆。中国经济继续保持稳定增长，货币供应量合理增加，财政收入大幅提高，通货膨胀得到很好控制，今年上半年，经济增长9.5%，而零售物价指数只上涨1.2%。

此外，陈全庚说，中国自1994年以来，经济项目一直顺差，也为国家的金融稳定提供了有力的支持。

他说，泰国及东南亚国家一直依靠外国直接投资和出口刺激经济发展。而去年以来，这些国家的出口开始下降，外贸逆差增大。与此相反，中国外贸在经历了去年上半年的逆差之后，已连续12个月保持顺差。今年上半年，中国出口额达808.2亿美元，顺差177.7亿美元，比去年同期增长8.76亿美元。据估计，今年下半年，出口将继续稳步增长，而进口将保持稳定，使得中国今年的经常项目依然有大量顺差。

同时，中国今年还将保持资本项目的顺差。今年上半年，外商实际投资达207亿美元，比去年同期增长5.4%。

陈全庚还指出，中国有足够的外汇储备防范可能出现的金融危机。到上月底，中国的外汇储备已达1209亿美元，并将在今后继续保持增长。

他预计人民币在下半年仍将保持稳定。人民币利率将根据市场供求在合理的范围内变动。他说，目前的人民币利率比较合理，支持了出口的增长的外资的流入。人民币没有受到任何贬值的压力。

陈全庚说，中国外汇改革的长期目标是逐步实现人民币的完全可兑换。去年，人民币实现经济项目下的完全可兑换，但中国政府对实现人民币在资本项目下完全可兑换仍持谨慎态度。

"在目前，中国加强对资本项目的管理是正确的和需要的。"他说，中国正处于由计划经济向市场经济的过渡期，宏观调控能力有待完善。为了防止外资的流入和流出冲击中国的金融市场，影响国际收支平衡，干扰经济的发展，中国将在一段时间内继续对国际资本的进出实行必要的管制。

陈全庚说，虽然东南亚的金融风暴不会对中国的金融业产生冲击，但可能会给中国的出口带来一些不利的影响，货币贬值将增强东南亚国家的出口竞争力，同时加大中国对这些国家出口的难度。

（原载1997年7月27日《中国日报》）

分析透辟，切中要害

在第二届中国新闻奖中获消息一等奖的《"东北现象"引起各方关注》，是一篇针对性强、分析透辟、切中要害的述评消息。

这篇述评报道了实力雄厚、资源丰富、交通发达、科技力量强的东北"工业巨人"，1990年却陷入生产步履维艰、经济效益在全国处于落后地位的反常表现。从而揭示了我国老工业基地和国有大中型企业面临的共同性问题，进而催人深思地去探讨这种"东北现象"的深层根源，使读者深刻认识到国有大中型企业的经济体制改革、企业组织结构和产品结构的调整的紧迫性与重要性。

东北三省是我国的"工业巨人"，发展经济有着得天独厚的条件。可是1990年东北三省工业总产值仅比上年增长0.6%，与全国平均增长7%的水平相差甚远；预算内企业实现利税下跌25%至45%，明显大于全国平均18.5%的降幅。

述评消息以两组大反差的数字对比，引人注目地把这一异常情况鲜明地摆在读者面前。述评接着逐一分析了其中的原因：东北工业结构"一头沉"，适应不了市场的急剧变化；"大中型企业比重大，国家指令性计划任务重，经营机制缺乏活力"；"设备陈旧，工艺落后"，2/3的设备落后于全国先进水平。

在此基础上，述评又进一步用事实说明这些还不是最本质原因，比如，"在商品经济的舞台上，东北明显没有南方沿海开放地区活跃"；"同样在东北，吉林化学工业公司、沈阳电缆厂、哈尔滨锅炉厂等一批先进企业锐意改革，脱颖而出"。令人信服地看到：这原因，那原因，最本质原因还是思想不解放，"有些企业还没有摆脱传统的产品经济模式，迈不开搞活的步子"。锁住这个"工业巨人"的"链子"不是别的，是高度集中的产品经济模式。

现象与本质，构成了事物的两大层面。一个复杂的社会事物，在任何时候都包含着极为丰富的现象层面，其本质则是隐蔽在现象之中的，尽管它们也是客观地存在着，但不一定必然为人们所意识到。本质是事物发展变化的内在原因与规律，记者在述评消息写作中不能光靠感性认识去写报道。因为感觉到的东西不一定能理解它，只有理解了的东西才能够更深刻地感觉到它。我们只有对面临着的种种复杂的矛盾、困难和疑惑，进行深层的分析，才能善于从表面上存在的大量现象性事实中，选出最有价值的新闻事实，并通过解剖典型事例来回答面上亟须解决的问题，展示事物正确的发展趋势，给人以思想的、哲理的和现实的启迪。这正是这篇获奖述评取得成功的关键。

据介绍，这篇述评的作者，均系分别在东北三省长期从事新闻报道工作的新华社记者，对东北三省工业生产状况比较熟悉；近几年又不断地进行深入的调查研究，走访了各种类型的国有大中型企业，听取了各方面人士的意见，才把"东北现象"以及这种现象产生的原因，鲜明地提到广大读者面前。述评消息播发后，许多报纸都在一版显著位置刊发。东北三省省长也就"东北现象"发表谈话，三省相继召开座谈会，探讨东北地区的工业现状和出路。此后，朱镕基同志到东北调查时，曾多次谈到"东北现象"，并随身带有登载电稿的国外一张华文报纸，认为稿件对现象原因分析中肯、客观。一时间，"东北现象"成了东北各地街谈巷议的热门话题。

这篇述评消息取得的较好社会效果，又一次启示我们：在改革开放的新时期，在激烈的新闻竞争中，记者无疑应该反应敏捷，有善于捕捉动态消息、打"短、平、快"的本领；然而仅有这些是不够的，还必须在求深求重上下功夫，要抓重点、抓问题，写有深度的新闻述评。应该说，在改革开放的年代里，要报道的事情很多，要探索、要解决的矛盾和问题也不少。有的如果光发条动态消息，是不够的，如果能很好地运用"述评"的形式，就可以弥补动态消息在"评论事实"上的某些不足。

这篇获奖述评消息在写作上还有两点值得称道：第一，坚持以叙事为主，又精心评议。这篇述评选取的事例和数据比较典型充分，并在行文中多处巧妙地运用数字和事实的多种对比，辅之以恰到好处的就实论虚。"东北现象"的含义及其形成的原因，被揭示得更加鲜明、具体，增强了消息的针对性。第二，在广泛调查研究中，掌握大量的数据、事例，并进行科学的归纳，按照一定的逻辑顺序来安排事实材料。述评消息与一般的消息写作不同，不大讲究按事实的重要性顺序来安排结构，一般也不讲究用现场描写或悬念来吸引读者，但必须讲究严密的逻辑性。要做到逐层深入，环环相扣地分析、推理，力求得出科学的、有说服力的结论。

写新闻、尤其是写述评消息，是对一个记者应当具有的善于思索的能力的检验。一个记者如果只能依赖于事实的表象性材料，就事论事地写稿，那么他将是事实的奴隶，把自己的成功押在只有少数幸运者才能遇到的事件上。而一个成熟的、真正想有所作为的记者必须靠自己的思想写稿，要靠深入实际调查研究取得的正确思想认识，去"吃透"事实，这样才能走向新闻写作的自由王国。

● 附作品

"东北现象"引起各方关注

赵玉庆 刘广军 马义

新华社北京（1991年）3月20日电 经济发展曾经居全国前列的东北三省近年来工业生产步履维艰，去年黑龙江、辽宁和吉林工业增长率分别倒数全国第二、第四和第五位，经济效益也处于落后地位。这一异常情况正在引起各方关注，称之为"东北现象"。

据统计资料表明，1990年东北三省工业总产值仅比上年增长0.6%，与全国平均增长了7%的水平相差甚远；预算内企业实现利税下跌25%至45%，明显大于全国平均18.5%的降幅。今年头两个月工业生产虽有回升，但仍未摆脱困境。

东北是我国的"工业巨人"。论实力，东北三省拥有大庆、鞍钢、一汽等1700多家国营大中型企业，占全国总数的七分之一强，机械、冶金、石油、煤炭、化工、建材等行业在全国占有举足轻重的地位。论条件，东北三省资源丰富，交通发达，科技力量雄厚，发展经济可谓得天独厚。

"工业巨人"步履蹒跚、行动迟滞的反常表现，催人深思：

——东北工业结构"一头沉"，重工业产值占三分之二，产品多为大型机械装备和基础原材料，当国家压缩基建规模，实行经济调整时，便显得船"沉"难掉头，适应不了市场的急剧变化。

——大中型企业比重大，国家指令性计划任务重，经营机制缺乏活力。产品平价调出多，原材料则议价购进多，去年仅辽宁省因"高进低出"就多支出了30亿元。

——骨干企业大多建于"一五"时期，为国家建设奉献了"大半辈子"，而今已"青春"耗尽，设备陈旧，工艺落后。由于无力进行大规模技术改造，三分之二的设备落后于全国先进水平。

有人形容东北是一个"被链子锁住的巨人"，锁住了手脚，也锁住了思想。在商品经济的舞台上，东北明显没有南方沿海开放地区活跃。去年东北三省为启动市场举办的一些展销会，唱"主角"的多是外地企业，本地企业反倒只是"跑跑龙套"。同样在东北，吉林化学工业公司、沈阳电缆厂、哈尔滨锅炉厂等一批先进企业锐意改革，脱颖而出，但有些企业还没有摆脱传统的产品经济模式，迈不开搞活的步子。

"东北现象"已开始唤起9900万东北人的忧患意识，特别是在经济领导部门和经济理论界引起很大震动。他们普遍认为，重振"工业巨人"雄风的根本途径是深化改革，调整经济结构，扎扎实实地搞活大中型企业。为此，黑龙江省已经制定了搞活大中型企业的八条措施，吉林省也开始实施企业组织结构和产品结构调整的"大动作"。辽宁省正在组织经济界、企业界人士探讨"东北现象"的深层次根源，进一步解放思想。

重在分析问题与对策的准确度

《应当让国库券上市流通》这篇工作述评，获得1987年度全国好新闻消息一等奖。

这篇述评消息的获奖，评委们主要看好的是它那强烈的现实针对性和指导性。作者通过长达两个多月的调查研究，提出了应当允许国库券上市流通五大好处，对推动国库券发行改革的决策起了积极的作用。消息见报后不到两个月，当时主管金融工作的陈慕华同志就宣布，国库券将于1988年上市流通。

工作述评是述评消息中的一个常见品种。它主要是以实际工作为研究对象，有针对性地分析现实工作中出现的新情况，提出解决问题的对策和措施，用以推动和指导实际工作。其主要传播目的是供领导机关、领导干部和有关管理人员决策参考，也让读者从中得到启示。

工作述评的写作结构，一般是"提出问题—分析问题—解决问题"，或"情况 分析 对策"。其重点大都集中在分析问题与提出建议和对策上。具体地说：

1. 标题。或明确标明观点，或提出问题，或概要消息内容，或多项兼而有之。这条获奖述评的标题《（肩）本市金融界有关人士建议（主）应当让国库券上市流通（副）第一步可先由银行开办委托代理国库券买卖业务》，便属于标明观点类型的标题。

2. 导语。紧扣题旨，突出目的。有的直接提出问题，有的概括全文，有的说明述评目的等等，不拘一格，得体为好。这篇消息的导语仅一句话："'国库券能不能上市流通？'这是人们普遍关心的问题。"导语一起笔便提出当时老百姓关注的热门话题。

3. 正文。多为分析报道对象的特点，产生问题的原因，以及解决问题的途径、办法和对策。这是工作述评消息的重点，既要述得具体实在，又要评得辩证、深刻，说理充分，令人信服。这篇获奖工作述评采取从具体材料入手，以虚带实、就实论虚的写法，即从具体材料中引申发挥，边述边评，层层解剖国库券不上市流通造成的问题，以及国库券持有者在"黑市"上遭受的厄运，进而顺理成章地列举了国库券上市流通的五大好处，并就此提出改革建议。

4. 结尾。可因文而异，有的需要写，有的不需要。这篇获奖述评，就没有另写结尾。

工作述评这种报道形式,还可以用来反映某一项具体工作中的成绩,总结实际工作中的经验与教训,或者用来探讨有争议的亟待解决的倾向性的问题等等。工作述评既不像理论文章、新闻评论那样重在说理,又不像纯新闻那样多在叙事,而是针对某一项工作、某一个活动或某种工作倾向,进行深入分析,或给人以启示,或给人以警策,或给人以沉思;千姿百态的工作内容,丰富多彩的经验、问题,决定了工作述评的样式姿态纷呈,不拘一格,贵在新颖、得体,重在分析问题与提出建议或对策的准确度上。

◆附作品

本市金融界有关人士建议
应当让国库券上市流通
第一步可先由银行开办委托代理国库券买卖业务

本报讯 (记者 应延安) "国库券能不能流通?"这是人们普遍关心的问题。

日前,本市金融界有关人士对记者说,国库券上市买卖,国家无需拿出钱来就可以办好这件事,如果上海能在这方面率先进行改革,这将是一件利国利民的大好事。

近几年来,我国发行了国库券、债券和股票,其中最受市民欢迎的是股票和各类债券。今年9月8日,工商银行静安证券业务部代理发行上海飞乐股份有限公司60万元股票,出现了数千市民通宵排队争购"飞乐"股票的盛况。工商银行、建设银行、交通银行发行的各类债券,市民也踊跃争购。惟独国家每年发行的国库券,尽管发行期限从10年缩短到5年,年息从8%提高到9%和10%,但购买者往往兴趣不大。实际上,目前发行的5年期国库券是信誉最高、无风险的债券,到期稳拿本金和利息;国库券利率不算低,购买1986、1987年100元面值国库券,5年到期可得利息50元,比在工商银行存5年定期储蓄所得利息还要多。

据了解,国外发行的各类债券都能上市买卖。由于国库券不能上市流通,缺乏吸引力,市民认购后就是一笔"死钱",以致出现了非法倒卖国库券的黑市市场。本市虬江路黑市市场大致是"六进七出",即100元面值的国库券,票贩子用60元现金买进,再转手用70元或75元的价格卖出,一进一出,加上未兑现的利息,持有者至少损失一半，而票贩子可赚 10—15 元。

今年 9 月，本市工商银行开办了国库券贴现业务，允许 1985 年国库券可以贴现，即 100 元面值国库券，银行 9 月份贴现价为 31.25 元，10 月份为 83.12 元，11 月份为 85 元。已经购买了两年国库券的市民，两年多利息损失不算，还要少拿 10 多元。因此，贴现者寥寥无几。

金融界有关行家建议让国库券上市流通。他们认为，这样做有五个好处：一、可以重新树立国库券的威信，把它的价值充分体现出来，有利于今后国库券的发行工作。二、将使国库券的黑市市场难以存在。三、有利于改变目前证券柜台交易债券、股票"有行无市"的局面。四、逐步为中央银行调剂货币流通创造一些基本条件。五、通过代理国库券买卖，银行能收取转让手续费，为国家增加收入。

他们建议，本市银行可先开办委托代理国库券买卖业务。以目前国家规定可贴现的 1985 年国库券来说，银行以国库券的面值价或高于面值价作为上市挂牌价。以 100 元面值国库券为例，如上市价定为 100 元，转让者损失两年零 4 个月利息 21 元，而购买者只花了不到 3 年时间就可得 5 年利息，投资 100 元，获利 45 元，平均每年利息越过 15%，比上海石化总厂发行的 3 年期债券利息等都要高；如按 110 元挂牌转让，转让者只损失 11 元，而购买者仍可得利息 35 元，平均年利息 12% 左右。这样转让者乐意，对购买者也有相当大的吸引力。

（原载 1987 年 11 月 22 日《文汇报》）

取材广泛，内涵丰富

新闻分析最鲜明的特点是长于分析，即作者要通过叙述事实、人物对话、事例选材、材料对比等多种方法，把自己"思考现实，明辨事理"的认识、结论明确地告诉读者。这就要做到：有事可述，有话可说，有据可依，以理服人。而且，"据"要权威，"话"要有味，"理"才有一定的分量，才足以服人。获 1985 年度好新闻一等奖的消息《二百零五家企业调查 半数的自主权不落实》，是这样的一篇新闻分析。

1984 年 3 月 24 日《福建日报》刊发了《五十五名厂长、经理呼吁：请给我们"松绑"》的来信，最先提出了简政放权问题，在全国引起了强烈的反响，有力地推动了城市经济体制改革。一年多过去了，情况如何呢？导语明确指出："最近，省经委对 205 家企业进行重点调查的结果表明，近半数左右企业没有完全落实国务院和省政府规定给的自主权。"在接下来的 3 个自然段便紧扣这个事实，开展递进性分析。

在第二个自然段中，着重分析了对被调查 205 家企业中，半数以上自主权落实的企业，增强了企业活力，经济效益显著；近半数不落实企业也做了具体分析，其中有人事任免、招用权不落实的 157 家；自选工资形式、奖励方式权不落实的 145 家；产品自行定价不落实的 136 家；发展横向经济联合权不落实的有 106 家。

在第三个自然段中，用点面结合的方法，深入分析了存在的主要问题，这既有"三多一少"的面上概括，更有运用引语的手法，以 7 个排比句展示了主要表现。

在结尾段中，作者在分析事实的基础上，顺理成章地直截了当指明：产生上述问题的根本原因是"左"的思想影响没有彻底清除以及企业主管部门的改革不同步。并借厂长、经理们之口点明消息的主旨："左"的影响要清除，上下改革要同步；扩权规定要落实，搞活企业才有保证。

这篇新闻分析不足千字，而综合的面广、涉及的方面多，取材广泛，内涵丰富，却让人读来有一气呵成的快感。作者笔力简练，对所叙述的"事"和所要点到的"理"，总是"一步到位"，既让读者一目了然，又有回味无穷的余地。

这篇新闻分析在处理事与议、述与评的关系上也是比较好的。全文自始至终都把叙述、分析、评说三者紧密结合在一起，环环相扣，简洁明快，事实表述得突出、引人,增强了分析、结论的权威性、可靠性和说服力,给读者以"分析深刻,切中要害"的较深印象。

新闻分析是述评消息中的一个常见品种。包括新闻分析在内的述评消息的分析、评说及其必不可少的独具个性的思想见地,都是作者对生活的观察、体验、分析、研究以及对新闻事实概括、提炼的结果。作者对生活对新闻事实透视、破译的程度较高,理解、感悟得越深,作品的分析评论、思想见地就越高,内涵就越丰富,引人的魅力也就越强。

有人说述评消息是评述的艺术。从强调其传播目的与要求来讲,是有道理的。数百千余字的述评如果不是一杯有点"思想度数"的醇酒,那就不免要让读者失望了。

其实,新闻作品,无论是什么题材、什么体裁的,都应当包含着作者对生活的体验与人生的阅历,或者说,它能够使看不见的东西被看见,使没有被发现的东西被发现。只有如此,读者才能从作品中感受到它的力量与分量之所在。

◆附作品

二百零五家企业调查 半数的自主权不落实

希望各级政府督促有关部门继续
贯彻国务院和省府各项扩权决定,以
利于经济体制改革、搞活企业

本报讯 我省55位厂长、经理呼吁"松绑"放权一年多来,放权落实得怎么样了?最近,省经委对205家企业进行重点调查的结果表明,近半数左右企业没有完全落实国务院和省政府规定给的自主权。

在被调查的205家企业中,半数以上企业基本拥有生产经营权、产品自销权、内部机构设置和人员选配权、"五金"提留使用权、多渠道进货和择优供货权、租让多余和闲置的固定资产权。这些自主权的落实,增强了企业活力,对去年全省工业实现"二位数、三同步"增长,今年继续保持好势头,起了重要作用。但是,各地改革放权发展很不平衡,国务院和省府扩权规定在一些地方没有完全落实,即使搞得较好的地方和单位,也还有不少薄弱环节。被调查的205家企业中,近半数左右企业自主权很不落实,其中,人事任免、招工用工权不落实的有157家,自选工资形式、奖励方式权不落实的有145家,产品自行定价不落实的有136家,发展横行经济联合权不落实的有106家。

调查报告提出,当前在"松绑"放松上存在的主要问题是"三多一少",即:各方面干预多,企业有权难用;任意摊派罚款多,企业合法权益无保障;条条块块规定变化多,企业自主权难落实;一少是各主管部门为基层企业服务帮助少。有的搞虚放实揽、明放暗收、放了又收;有的把缺乏经验而出现的某些失误和不正之风,归咎于"松绑"放权;有的公开提出"放权风头已经过去,现在还要按老规矩办";有的说"如今强调抓宏观管理,就是要收,还谈什么自主权";有的无视国务院、省府下达的扩权文件,说什么"管你红头不红头,反正我主管部门还没点头";有的主管局竟动用组织手段,对企业自主参加横向联合进行粗暴干预,还说"你有你的自主权,我有我的管理权","不是干预多了,而是干预少了"。

调查报告在分析产生上述问题时指出,根本原因是"左"的思想影响没有彻底清除。在某些地方,仍然把企业当作行政机构的附属物。有的主管部门没有适应企业扩权需要,加快自身的改革步伐,把工作重点转到为基层服务上,而是机构臃肿,人浮于事,会议多,文件多,表报多,检查验收多,企业穷于对付。有的行业只有6个厂,也成立一个行政公司,养一批人,公司经理、书记配了9个,大事定不了,小事又不管,截留企业自主权,每年还向企业收回2%的管理费。厂长、经理普遍认为:"左"的影响要清除,上下改革要同步;扩权规定要落实,搞活企业才有保证。

(原载1985年8月2日《福建日报》)

综述　述评消息写作论要

如前所述，述评消息是消息体裁中具有思考现实、明辨事理非常重要的一个品种。毋庸置疑，当今之世，现代传媒的竞争正在由单纯"抢消息"等浅层次报道向具有穿透力和思辨色彩的深层次报道发展，述评消息在各种新闻媒体上出现的频率将会越来越高。

我们的社会主义新闻媒体是党和人民的喉舌，它在各个历史时期的舆论引导上都发挥过重要作用。在改革开放的新时期，我们的国家日益繁荣昌盛，社会生活日益缤纷多彩，平面静态式的报道已远远反映不出当今改革开放大潮的波澜壮阔与多彩多姿；读者也日益需要了解、认识和把握各种事件出现的原因、过程、影响和趋势。再加之，由于新旧体制的转换、新旧观念的碰撞，不可避免地会带来许多新问题、新矛盾。这些问题和矛盾与广大人民群众有着千丝万缕的联系，便会不断形成公众关注的热点、焦点。对这些热点、焦点，人们既会街谈巷议，也存有希望新闻媒体有一个权威而令人信服的"说法"的心理需求。这样在新的形势下，新闻媒体舆论引导的责任更为重大，更需要寻求读者易于接受的报道形式。重视和加强新闻述评，便是在情理之中的众多选择之一了。

述评消息在写作上应当注意什么问题呢？综合近年来一些同志的心得体会，大致有这样几个问题值得注意：

一、在题材的选择上，要突出针对性。新闻事业本是社会经济生活和政治生活发展到一定阶段的产物，不管谁喜欢不喜欢，承认不承认，在阶级还存在的社会里，它只能既是经济、政治、军事、文化、商品等信息的传播工具，也是被一定的阶级或社会集团所控制并利用其为之服务的政治舆论工具。在我们这样的社会主义国家里，党和政府之所以要兴办和发展新闻事业，一个重要目的就是要利用新闻手段，通过传播新闻信息的方式，及时地对眼前发生的各种事情发表意见，引导舆论，解决当前最需要解决的问题。在每日每时发生的新闻事件和新闻现象中，要精心挑选那些新闻性强、评论价值高的来写成述评消息。正因为述评消息具有发挥这种特殊宣传手段的功能，在我们的党报历史上它历来就具有重要的一席。它可以或者是针对当前工作中的薄弱环节，需要提出来加以克服；或者是针对社会上的某种倾向，需要提醒人们加以注意；或者是针对群众中流行的错误观点、错误思想，需要加以批驳，以正视听；或者是针对人们普遍关心、议论最多的重要的新闻事件和问题，需要给予正确的回答和指引；或者是针对某种处于萌芽状态或正在发展变化的新事物、新思想、新风格出现以后没有被人们所认识，需要加以倡导；等等。总之，引人的新闻性与强烈的针对性，这既是述评消息选材的标准，也是衡量它的评论价值大小的尺度。

述评消息的针对性和时效性是紧密联系着的。1948年11月4日下午南阳守敌王凌云弃城南逃，新华社于次日播发了《中原我军占领南阳》这篇高屋建瓴、纵览全局，很有针对性的述评消息。既要有针对性，更要及时，这是述评新闻一个十分重要的特征。这是因为，述评消息所要评论的新闻事件或现象，评论所要针对的某个问题或某种思想，是在事物发展过程中的一定时间内才存在的，如果我们在这个时间内抓住了，及时地加以评论，或着力揭示其本质，阐发它的意义，展示美好前景，激励人们的斗志；或排疑解难，明辨是非，批评错误，指明方向，就会产生强烈的社会效果。相反，如果等到事物的过程向前推移了，原来的问题或者已经解决了，或者变得无关紧要，而新的问题已突出来了，人们的思想又集中到新的问题上去了时我们才去传递过时的信息，还去评论原来的问题、原来的思想，那还会有多少作用呢！

二、在材料的占有上，要打破一事一报的狭隘圈子，尽量做到面要广，质要高。述评信息不是像纯新闻那样只述不评，而是又述又评，且以评为其最终目的。所谓"述"，就是报道新闻事实与背景事实；所谓"评"，就是揭示意义、实质和分析矛盾。这就决定了它也不可能像纯新闻那样一事一报，常常是多事一报。这样，作者掌握的面的材料和点的材料，现实材料和背景材料，正面材料和反面材料，都必须非常丰富。如果作者不善于立足全局，去占有材料，驾驭材料，很可能评得空泛，击不中要害。在占有了足够的材料之后，还要对大量的材料进行排队、归纳、分析、综合，做出概括和提炼。这就既要掌握材料，又要"吃透"材料，根据述评消息写作的要求，做概括的叙述；并要抓住典型事例，从点面的结合上说明问题。没有概括，就很难表现述评的普遍意义和实用范围；没有典型事例，又很难深入地进行评述。所以，写述评消息掌握的材料一定要面广、质高，要面上的概括叙述和点上的具体事例的论证结合起来。在这一点上，毛泽东同志写的《中原我军占领南阳》，也堪称典范。作者在导语中简洁地报道了新闻的主要事实"南阳守敌王凌云于4日下午弃城南逃，我军当即占领南阳"之后，随即便对这个新闻事件的重大意义层层深入地进行评述。

作者首先通过南阳自古就是兵家必争之地的背景材料，点明南阳的战略地位的重要，而后又用过去一年中蒋介石对南阳极端重视的多起典型事例，使读者进一步理解南阳解放的重大意义。南阳如此重要，而不得不放弃，这就说明蒋介石反动统治已到了不可收拾的地步。接着，作者再引导读者把占领南阳同南线战局联系起来，用事实揭示战局发展的趋势。从1947年7月以来的一年多时间里，我们不但歼灭了大量敌军，而且创立了7个军区，中原军区所属的4个军区不但连成了一片，而且和华北也连成了一片。在战斗中，我军不断壮大，"增加了20万人左右，今后当有更大的发展"。这些丰厚翔实、多侧面的生动事实，雄辩地说明：敌方全局败坏，节节溃逃，败局已定；我方发展壮大，势如破竹，大局在握，不可阻挡。而这种历史发展的必然趋势，正是当时解放战争发展形势中最本质的东西。

三、在评述的立足点上，要视野广阔，纵览全局，分析矛盾，研究问题。述评消息的评论，究其实质就是分析矛盾、研究问题。但这种研究、这种分析，不是拘泥于一人一事一地的微观分析，而必须坚持宏观分析的原则。这就是说，与一般性新闻比较起来，述评新闻着重于宏观上评述事实，从总揽全局中概括面上情况，以从个别中窥见一斑、从偶然中显现必然见长。它主要是靠思想观点正确、新鲜、高人一筹而取胜于读者。作者应当视野广阔，要从全局出发提出问题和分析问题，一针见血地点明问题的实质，对于运动的趋势、工作的开展、事态的发展，要以高屋建瓴之势为读者指明方向、点出实质。特别是一些人思想认识还比较模糊，甚至有分歧争议的时候，述评消息新闻要以高人一筹的见解来剖析事物，给人以震撼心灵的启发与引导。《中原我军占领南阳》，无疑是一篇从宏观上评论问题的上乘之作。而90年代初《北京日报》的经济形势述评《飞雪迎春》也有这种特色。

当90年代第一个春天在治理整顿、深化改革的鼓点中向我国人民走来的时候，我们正面临着政治、经济和民族心理素质的严峻考验。当前的经济形势究竟如何，更是众议纷纷。复杂的经济现象引起人们不同的思考，也引发人们不同的情绪，因而对眼前的事实进行冷静的实事求是的宏观分析，帮助人们正确认识和理解当前的经济形势，是十分必要的。《飞雪迎春》对这个具有普遍意义的问题的分析回答，正是立足于此。文章通过有理有事、步步深入的分析，令人信服地让人们看到了目前我们的社会主义祖国正处在中国历史上伟大的变革时期，同时也处于未曾料到的困难之中。机会与挑战并存，困难与希望同在。只要我们同心协力把正前进的航向，树立必胜的信心，把现代知识的巨大力量同立足中国国情的科学态度结合起来，脚踏实地地去奋斗、去创造，渡过暂时困难，曙光就在面前，一个欣欣向荣的社会主义春天必将到来！

四、处理述与评的关系上，要述评结合，叙议交融。述评消息中评议的目的是要把纷纭复杂的新闻事件中隐现其间的精华发掘出来,它有这样两个鲜明的特点:一是必须以新闻事件为依据,不能离开新闻事实发空泛的议论,要力求做到缘事发议,夹叙夹议;二是在一般情况下,仍要坚持多用背景材料烘托,说明观点且不可乱发议论,更要禁绝大发议论。在非发不可的时候,也要做到有述有评,边述边评;而且要精辟、简洁、具体、实在,要让人能从新闻事实的直观感受中咀嚼出更多的东西来,收到见微知著、举一反三的效果。《中原我军占领南阳》,在叙述与议论的结合上,也是极为成功的。文中叙中有议,议中有叙,水乳交融,让人难以断然分开。比如:

白崇禧经常说:"不怕共产党凶,只怕共产党生根。"他是怕对了。我们在所有江淮河汉区域,不仅是树木,而且是森林了。不仅生了根,而且枝叶茂盛了。

这既是涉笔成趣的叙述,又是文气磅礴、富有政论色彩的议论。

我们在这一区域……普遍地利用了抗日时期的经验,执行了减租减息的社会政策和各阶层合理负担的财政政策。这样,就将一切可能联合或中立的社会阶层,均联合或中立起来,集中力量反对国民党反动统治势力及乡村中为最广大群众所痛恨的少数恶霸分子。这一策略,是明显地成功了,敌人已经完全孤立起来。

这不既是事实的叙述又是"点睛"的议论么!

我们之所以要强调述评消息要善于熔叙议于一炉,还因为这是符合人的认识规律的。人的认识是来自于实践,人们的认识也是始于实践的。任何认识与见解都是从生活实践中抽象出来的,依托典型而用有说服力的事实来阐发议论,就会讲得具体生动。这种水乳交融的叙议,让人读来就会感到亲切、有味。

五、在报道的深度上要有认知事物本质的深刻,力求把新闻事件中隐蔽的内在逻辑性和社会意义展示出来,给人以理性的启迪。同一般消息报道相比较,述评消息具有分析性、解惑性和预见性的理性特征与报道的深刻性。从哲学意义上看,认识事物的本质就是深刻;从新闻传播的角度看,报道的深刻,是在展示新闻价值基础上的深刻,就是要把新闻事实中隐蔽的内在逻辑性及其价值评判充分地展示出来。我们所说的深刻,并不是新闻事实的自然流露,而是新闻工作者对报道对象了解研究后的"发现",并通过对实事的选择与表述把这种"发现"告诉读者。这样,述评消息是新闻,当然要遵从事实讲话的原则,但它又并非排斥理性,并非拒绝理性的介入,这种介入是与新闻事实的深入展开的走向融为一体的。它不可能单独运行,不可能同事实割裂开来。这样,述评消息的写作不是就事论事的报道,更要拒绝那种"概念加事例"、"求证式"的写作方式,而是要对报道对象进行分析、判断,从感性认识上升到理性高度来认识事物。理性的高度,也就是述评消息深刻程度的一个突出标志。其目的在于揭示事物的本质规律及其内部联系,就是告诉人们"是什么"及其"为什么";告知人们要怎么办及其为什么这么办,力求使人们懂得应如何行动及其为什么要这么去行动。具体而言,就是要从对新闻事实的评述,集中宣传、阐释党的路线、方针、政策,宣传、阐释党和政府的中心工作任务,总结、传播改革开放和现代化建设中的新鲜经验,对人们思想上尚不能正确认识的问题,进行释疑解惑。

六、篇幅上以力求短小精悍,要注意用思想观点和见解的新颖去打动读者。短小精悍,是对新闻各种文体的共同要求,述评消息更要注意节省篇幅。因为述评消息既要述又要评,而且涉及的面广、问题多,比一般新闻的篇幅是会长一些,所以更要特别注意短小精悍,不宜过长。长了,黑压压一片,读者望而生畏,很难坚持读下去。

写述评消息,注意依赖于作者严密的逻辑思维来谋篇布局,以对新闻事实精深、准确的评论来启发、影响读者。因此,在简洁地叙述新闻事实的基础上,关键要言简意赅地把观点讲得细,说得透,叙事出理,顺理成章地阐发自己的见解,把事理说得丝丝入扣,犹如珠联璧合,浑然一体。切不要摆开教训人的架势,虚张声势,搬用一些现成的术语和口号,以强说硬灌来代替对新闻事实的分析说理。这样的述评才可能写得亲切自然,以独具特色的新鲜见解来征服读者。

第五编　人物消息

概论　人物消息的界定及应把握的要点

人物消息，亦称人物新闻，即用消息的形式来报道新闻人物的事迹、成就、行为风尚或遭遇。它有写单个人物的，也有报道群体的。它有写正面人物的，也有报道反面人物的。但在实际操作上主要是用来报道先进、模范人物的先进事迹以及社会生活中涌现出来的新事新思想新风尚的普通人。而极少数写反面人物的劣迹、丑闻的消息作品，一般都归入曝光新闻、批评报道一类。如《钱向金动用"拉达"轧场火烧连营》（获1987年全国好新闻消息一等奖），便是这样的作品。

人是社会生活的主体，是社会关系的联结点，是人类社会活动的主体。因此，人又是新闻传播的中心，成为古往今来新闻报道的主要对象、主体内容。应该说，不会写人物报道、人物消息的记者，不是一个合格的记者，记者工作这碗饭他是吃不好、吃不长的。

当然，在新闻实践中，我们的新闻报道并不都是人物报道，即便以报道新闻人物的活动、言行为主要内容的消息作品，也并不完全都是人物消息。比如，1980年度获奖消息《经济学家赶集》，集中写了经济学家薛暮桥到北京北太平庄农副产品市场赶集的活动、言行，但该文的主旨，并不是要展示新闻人物自身的精神风貌，而只是借助新闻人物的言行，来说明在城市开设集市，是贯彻党的十一届三中全会精神，拨乱反正涌现出来的新事物。进而，我们可以这样说，人物消息是以新闻人物为报道对象，以其本身的事迹、成就和精神风貌为内容的新闻。

提倡多写多发人物消息，是社会主义新闻媒体的重要特色之一。早在50年代，报纸广播就刊播了不少优秀的人物消息，如《马特洛索夫式的英雄黄继光》、《向秀丽舍身扑火救工厂》等，就产生了巨大的社会影响。进入80年代，随着改革开放的深入，新人新事大量涌现，人物消息更是勃然兴起，大显身手。有的新闻工作者称,人物消息,是报道改革开放和社会主义现代化建设中涌现出来的新人新事新风尚不可缺少的重要新闻载体。它与人物通讯(含人物特写、人物专访)一样,各有千秋,各派用场,谁也代替不了谁。提倡多写、多发人物消息,是新时期弘扬主旋律、提倡多样化的内在要求,是时代赋予新闻工作者的使命。

人物消息的主角是人。第一位的是要选准报道对象,那什么样的人可以成为人物消息的主角呢?社会主义新闻事业是以人们的社会生活为其报道对象,主要是通过写人的活动来教育、鼓舞和引导人们奋发向上为其目的的。同一件事,可以由不同的人去做;同一个人,也可以去做不同的事,这样就构成了生活中色彩斑斓的画面。一个人不问其地位、职业的高下,不问其身价的贵贱,只要做的是不同于一般的,又是社会的文明进步所需要的,他们就可以成为新闻人物,成为人物消息报道的对象。这样我们的人物消息就不是单纯的先进模范人物的报道。它可以写英雄、模范、名人、领袖、风云人物;也可以写实实在在、普普通通、平平凡凡的芸芸众生。地不分东西南北,人不分老少尊卑,或贡献,或感受,或行为,或风尚,或遭遇,或品德,在某个方面、某一点上,有了与众不同的独具特征的个性。而这种个性,又是正面的、健康高尚的、赋有时代特征积极向上的,就可成文报道。

新闻是时代的号角。人物消息的主角应是最具有时代精神的,能或多或少给读者以启迪、效法、教育、示范的人物。一条好的人物消息,就是一面镜子、一个声明、一把火,它所产生的影响是难以估计的。

我们所处的时代,是改革开放的时代,是建设有中国特色的社会主义的新时代。坚定信念、开拓精神、创业精神、艰苦奋斗精神以及爱国主义、集体主义精神,就是我们时代需要大力弘扬的时代精神。这就需要我们用心发现、捕捉代表时代主流前进方向和具有这种时代精神的人物进行报道,当然就数百、千把字的单篇而言,也许并不完美、雄伟有力,"但组合起来的整体,如同群雕,可以从不同角度折射出当今中国人的整体美",就能使我们的人物消息成为鼓舞人们奋发向前的时代号角。

新闻传播,尤其是纯新闻特别是人物消息写作的一个重要特征,就是客观报道、"形象传播"。或者说,事实为载体的形象传播是形象地、具体地反映报道对象的现实面貌,是可以看得见、摸得着的人和物的外观及外貌。而对人物的内心世界和事物的内在规律,则往往是难以表达。因此,它所展现的人和事,便具有"表象性",对其内涵所表达的内容,相对来说就比较肤浅。这就要加深对新闻要素"何因"、"何果"的开掘,可以对新闻事实所表达的内容进行高度概括,或借助新闻背景加以提示或点评,以帮助受众加深对所表达的内容和意义的理解与认识。这又是从宏观上把握人物消息的特色与传播目的的一个重要关节点。

作品赏析

凝聚时代真情的赞歌

捧读着《张品正带着"奶奶"出嫁25年》，深受感动，崇敬之情油然而生：这篇作品在第十七届中国新闻奖评选中荣获二等奖，奖项虽然不是最高，但这确确实实是一曲凝聚时代真情的赞歌，是一份弘扬社会主义核心价值观的教材。

领导干部的楷模孔繁森生前有一句他最喜欢的名言："一个人爱的最高境界是爱别人，一个共产党员爱的最高境界是爱人民。"

张品正与靳奶奶毫无血缘关系，当靳奶奶老伴去世之时，老人无儿无女，又没有房子住，张品正毅然认下了这个"奶奶"，几年后结婚时又做出了一个惊人的举动：带着奶奶出嫁。张品正像对待自己的亲人一样无微不至地照顾靳奶奶已有32年了。

"每天早晨6点多，52岁的张品正就会下楼到奶奶屋里，为99岁高龄的老'奶奶'梳洗穿戴，打扫房间，伺候老人吃完早饭才去上班。"

"每天下班以后，张品正总是在楼上的家里做好饭，然后送下楼和老人一起吃。20年来，她几乎没有和丈夫、孩子吃过一顿晚饭。……张品正说，'奶奶都快100岁了，我一定要让奶奶活一天就享一天福。'"

张品正是个普普通通的人，做的是普普通通的会计工作，然而，在她为靳奶奶献爱心这朴实的一举一动、一言一行中就蕴藏着崇高的精神境界和巨大的人格魅力！当这篇作品刊发后，张品正这个鲜为人知的普通人，便顺理成章地走进了你我他的身边，走进了千千万万读者的心灵！据资料显示：稿件见报后，社会反响极大，读者纷纷来电来信，对张品正的行为大加赞赏，许多人愿意与张品正一起帮助奶奶。稿件受到中宣部、北京市委宣传部的表扬。《人民日报》、新华社、中央电视台等纷纷跟进对张品正事迹进行报道。电视台还出资为奶奶重新装修了住房。

毫无疑问，张品正向靳奶奶向社会献爱心的事迹，也向人们提出了一个不可回避的问题：人生应当追求什么？也毫无疑问，应当追求物质生活的改善，分享改革开放带来的物质成果。但是，在追求物质生活改善的同时，还要不要追求精神生活的高尚、完美？如果人人都仅满足于前者，而不思奉献、不思助人，社会主义的和谐社会是不会实现的。

应该说，人是社会的主体，社会和谐的关键在于人与人之间的和谐。良好的道德素质，人们彼此之间讲理解、讲爱心、讲奉献，必然成为构建和谐社会必不可少的重要条件。但在当今社会，这方面的现状尚不容乐观，一些人重实惠轻理想，重索取轻奉献；在有些人眼中，"爱心"、"奉献"几乎成为了"土老冒"的词语。但《张品正带着"奶奶"出嫁25年》的刊发及其引起的社会反响，一次又一次地向社会、向世人昭示：悠悠华夏两千年文明，圣人贤达的遗训，民族自强的精神，先进分子的引领，华夏儿女这条文明长河虽有暗礁、险滩，但毕竟春水东流，不可阻断！必将澎湃向前！

◆ 附作品

张品正带着"奶奶"出嫁25年

当年少女的一个善举结下了没有血缘的祖孙奇缘

刘湘琼　孟　环

每天早晨6点多，52岁的张品正就会下楼到奶奶屋里，为99岁高龄的老"奶奶"梳洗穿戴、打扫房间，伺候老人吃完早饭才去上班。

张品正是北苑学校的会计，她的"奶奶"姓靳，熟悉的人都知道，靳奶奶其实与张品正毫无血缘关系，但张品正却像对待自己的亲人一样，无微不至地照顾了靳奶奶32年。

靳奶奶原是张品正家的房客。1974年，靳奶奶的老伴去世了，老人撕心裂肺的哭声触动了张品正的心。张品正想，老人无儿无女，又没有房子，看着真让人心疼，从那以后就认下了这个"奶奶"。

1981年，张品正结婚的时候又做出了一个惊人的举动，带着奶奶出嫁。从那时起，她把靳奶奶接到了自己的新家，开始照顾起当时已七十多岁的老人。孩子出生以后，住房明显紧张，张品正就和丈夫请人在楼下的空地上盖了一间小平房。从那以后，她和丈夫搬进了小平房，把楼房留给靳奶奶和孩子。

住了几年之后，靳奶奶说什么也不住楼房了，非要换到平房去住，万般无奈之下，拗不过靳奶奶的张品正才和老人换了房。"奶奶心疼人，其实她是不愿意让我们住在小平房里。"张品正说，"每天早上我来之前，奶奶都会把痰盂清理得干干净净，从不让我帮她倒，她说那东西脏。"

为了防止老人摔倒，张品正每次离开之前都会特意在屋里多放几把椅子，"她随手都能摸着，就不会摔了。"靳奶奶不喜欢穿套头的衣服，张品正就将老人的衣服一一改成了开衫。本来张品正不会针线活儿，但为了让奶奶穿上可心的衣裳，她还学会做棉裤。

　　如今，北苑学校又新分给张品正一套房子，"本来我想把奶奶接进来住，可她就是不肯，非说房子是给我儿子结婚用的。"如今，每天下班以后，张品正总是在楼上的家里做好饭，然后送下楼和老人一起吃。20年来，她几乎没有和丈夫、孩子吃过一顿晚饭，"每次我外出时，都会先安排好送饭的人。"张品正说，"奶奶都快100岁了，我一定要让奶奶活一天就享一天福。"

（原载2006年4月4日《北京晚报》）

集中笔墨写好"独特的这一个"

有位哲人曾经说过：对于漫长的人生之旅来说，爱心犹如一支牧笛轻吹的晨曲，温馨、清纯、深情；爱心又犹如大漠深处的一泓甘泉，纯净、甜美、清澈。

在第五届中国新闻奖中获二等奖的消息《昔日伐木建功　今朝栽树"还债"》中的马永顺就是这样一个对自己所从事的事业充满爱心的人。

这篇获奖消息，仅以700字的篇幅，就在我们面前耸立起一个卓绝的林业工人的高大形象。

马永顺是新中国第一代伐木工人。早在50年代，他在铁力林业局创造了全国手工伐木产量之最，1人完成6个人的工作；60年代，他又创造了《安全伐木》、《四季锉锯法》，成为全国闻名的劳动模范，14次受到毛泽东、周恩来等老一辈革命家的接见。1982年离休后他又带领全家历经20多个春秋的风风雨雨，在荒坡上种下了3万多棵树木，了却了他多年"还债"的夙愿。

江泽民总书记在得知马永顺离休后带领全家植树造林、向大山"还债"的感人事迹后，称赞："马永顺了不起！"

近年来，我们的新闻媒体经常以消息的形式推出形形色色的新闻人物，他们来自各行各业，其中不少也是英雄、模范、明星，但给人留下的印象深的不多，这倒不是这些英雄的事迹不够英勇，也不是模范们的事迹不够感人，其中一个重要原因，是我们的报道没写出特点来。无怪乎有的读者颇有感慨地说："现在记者笔下的人物，大多似曾相识，没新意。"

现实生活中的人，都是活生生的，每个人都有与他人的不同之处，这就是特点。写好人物消息，关键在于抓住特点，集中笔墨写好"独特的这一个"。这样的人物消息，也就立起来了，活起来了，新起来了。《昔日伐木建功　今朝栽树"还债"》，好就好在抓住并凸显了马永顺众多事迹中与众不同的特点——离休后带领全家植树造林，向大山"还债"，造福后代的动人事迹与献身精神。这也是这篇获奖消息的"新闻核"。

有人说："几百个字，千把字写篇人物消息，还要生动、感人，给人以启示，比较困难。"这话说得有理。但这篇获奖消息的写作成功，再一次告诉我们：消息篇幅短小，切忌有闻必录、贪大求全、包罗万象。"人是立体的、活生生的"，这就是说人有很多面、很多的事,如果一个人的一个面一件事就可以给世人启迪,又何必求全呢?一个人的一种追求、一种人生态度、一种抉择、一种生活方式都可以入文成篇。这样就有可能写得简练逼真,生动引人。不言而喻,老模范的感人事迹,可用斗量车载,但有一双时代慧眼的作者,把马永顺的事迹跟大的形势、跟时代要求结合起来加以审视研究,仅缩龙成寸地写了他一件事——栽树"还债",而这又是一件上合党心,下顺民心,造福子孙后代,极有现实针对性的大事。这怎能不赢得读者呢!

这篇获奖消息的获奖也启示我们,写新闻,尤其是写消息,切不可面面俱到;如若不然,面面俱到,就会面面不到,形同一盘散沙,搞成新闻素材的"大拼盘",这样既"失之东隅"又不能"收之桑榆"。聪明的记者应当突出特点写个性。

这则消息在写作上有美中不足之处,时间性不强;新闻导语没有落笔于"今日"之事,而是落笔于一段背景材料上,没有把"新闻核"尽早地凸显在读者眼前。再加上一些别的原因,致使这篇人物消息在第五届中国新闻奖的评选中大会定评时未获得一等奖所需要的2/3以上票数,而被评为二等奖。

◆附作品

昔日伐木建功　今朝栽树"还债"

江总书记说:"马永顺了不起!"

刘继章

本报讯 一位82岁高龄的离休工人,在大半辈子的伐木生涯中,为国家采伐原木3.6万多棵,成为闻名全国的劳动模范,14次受到毛泽东、周恩来等老一辈革命家的接见。离休后,他带领全家历经20多个春秋的风风雨雨,又在荒坡上种下了3万多棵树木,了却了多年的夙愿,还上了一笔他心中的"欠债"。他,就是黑龙江省伊春市铁力林业局的老工人马永顺。

今年10月28日,在伊春市暨铁力林业局召开的向马永顺学习动员大会上,伊春市委副书记魏秉仁宣布,"在这里,我受省委书记岳岐峰委托,郑重转达江泽民总书记对马永顺同志的亲切问候。"语音一落,会场上爆发出经久不息的掌声,与会的上千名林业局职工为他们的老模范感到由衷的自豪,更为马永顺造福后代、献身林业的精神深深感动。

马永顺是新中国的第一代林业工人,曾靠弯把子锯在一个冬天采伐木材1200立方米，1人完成6人的工作量，创下全国手工伐木产量的最高纪录。时至今日，马永顺还忘不了1959年全国群英会上周总理对他说的一番话："林业工人不但要多生产木材，还要多栽树。"总理的教诲印在了他的心底。从那时起，栽"还债"树成了他念念不忘的心事。离休后，马永顺开始实施他的"还债"计划，带领全家人爬荒坡踏荒岗，栽下一棵棵幼树苗，年年不间断，整整22个年头，共栽下3万多棵树，还完了全部"欠债"。

今年9月，黑龙江省委书记岳岐峰、代省长田凤山在北京向江泽民总书记汇报工作时讲到全国著名劳模马永顺离休后，带领全家植树造林，向大山"还债"的感人事迹。江总书记听后称赞说："马永顺了不起！"并请岳岐峰转达他对马永顺的亲切问候。

听到江总书记问候自己的消息，马永顺非常激动，表示感谢总书记的关怀，只要身子骨不散，还要上山栽树，为青山常在、造福子孙再献余热。

(原载1994年11月17日《工人日报》)

写出人物与时代的血肉联系

近一个时期以来，新闻界不少同志著文指出，人物消息这种报道方式，要在传播媒介中据有其应有地位、发挥其应有的作用，关键是要着力于反映重大新闻主题，加重其新闻价值的含"金"量。这就是说，我们要奉献给受众的人物消息，决不是或主要不是"餐桌上的小菜"，或茶余饭后供人们谈天说地的自娱品，而应该是着力反映两个文明建设和时代风貌，具有信息价值、宣传价值和审美价值的新闻佳作。固然篇幅要短小，但更主要的在题材的价值取向上思想性要强。它应当是搏击时代风云、催人奋进的鼓点。人物消息作为新闻，无疑是要以能及时给人以信息、知识为其存在的前提条件，但作为无产阶级的新闻，更重要的还要能给人们以思想、情操上的启迪，能帮助人们正确认识周围世界和人生，推动两个文明建设。新闻的思想性，指的就是它的政治意义和社会意义。所以，有的同志把新闻价值的大小，简单与重大事件、高层领导人的活动等同起来，是不准确的。

其实，新闻价值的大小，主要取决于新闻事实所包含的意义大小。重大事件、高层领导的活动，意义大者，固然有重大新闻价值；发生在下层的凡人凡事，意义大者，未必就不重大。在新闻心理学来看，世间一切新闻现象无不是人们心理活动的影响、指导着人们的行为作用客观实际的结果。也就是说，只有人们的心理活动转化为一种思想、认识，并引导人们的行动去作用于自然、社会以及人与人之间的关系时，才会产生某种新闻现象、新闻事实。相反，也只有当某种新闻事实准确地反映了具有普遍意义的典型心理活动与思想认识时，它才会是具有与之相适应的新闻价值的新闻事实。所以，有人曾把新闻传播的艺术，归结为是一种"攻心艺术"；新闻作品是一种旨在影响人的心理、思维、心灵的特殊精神产品，其新闻价值的大小，在很大程度上取决于其导向作用的正确程度、影响的深度和广度。这样，人物消息就要迅速及时、生动形象地报道激动人心的重大新闻事件，记录有重大影响的新闻人物的活动。但这毕竟是少量的，居多是要寓政治思想、情操风尚和政治观点于看似平常的凡人新事之中，潜移默化地达到传播信息、启迪教育和感染人的目的。

这些凡人新事大都是取决于社会生活的一幅幅小景，它有厂矿企业、建设工业的，有马路边上、居家庭院的，有田间农舍、集贸市场的，有边疆海岛、商店课堂的，有人物的，有事件的……这些小景看起来似乎很小，大都局限在一时一地、一人一事，可细细回味，小景并不小啊，它们都是两个文明建设这宏伟的巨幅画面里的"分镜头"，是改革大潮中涌起的一朵朵光彩夺目的耀眼浪花，是社会生活中一个个多姿多彩的动人风情，因而它们同样取得了极佳的传播效果和社会效果。

在第四届中国新闻奖评选中获二等奖的人物消息《农民刘春生建碑林呼唤环境美》，报道的是一个"小人物"的事迹，它却反映一个牵动人心的重大主题：珍贵的环保意识，感人的奉献精神。

无疑，在中华大地上，湍急的大江长河日夜奔流，辽阔的草场牧区风吹草动见牛羊，滋养着周围的土地和华夏儿女，但人们也经常目睹那里发生的一切——频繁的洪水泛滥、沙化干旱。这固然直接原因是气候异常，但一些地区毁林毁草，乱采滥挖，植被遭到严重破坏，生态环境日益恶化，也不能不是重要原因。因而党和政府不断地发出号召，构筑绿色屏障、防洪治旱、防沙治沙，促进可持续发展目标的实现；保护和治理生态环境，是造福子孙后代的伟大事业！无疑，这个号召的落实，目标的逐步实现，是需要华夏儿女众志成城地发扬艰苦奋斗的精神，苦干实干，经过一代又一代人坚韧不拔的努力的。

当我们读到农民刘春生，年复一年，日复一日地凭着锲而不舍的毅力，把一块块1.67米见方的碑，刻上环境保护的文字，立在新宾满族自治县宝汤村马家沟小流域的路旁和山上时，人们怎能不为之振奋和崇敬呢！

而所有这些耗资3万元，全是刘春生携妻带子在小山沟里，过着近乎"与世隔绝"的生活，艰苦劳动、省吃俭用的全部积蓄。当"他的名字被国家环保局推荐到联合国'环球500佳'的名单时，刘春生依然住在两间草房"。"记者在刘春生家采访，除了看到一台旧的31厘米的黑白电视机，几只装衣服老式箱子之外，再也找不到几件像样的东西。"这不就是为造福人类，造福子孙后代的奉献精神！

人脸上，最吸引人的是眼睛，没错；读人物消息，最抢眼的莫过于新闻事实中包含的思想意义、精神风貌。

这样，写"小人物"，写普通人，不是着眼于平凡，而要着眼于不平凡，要努力表现他们内在的真善美。这种美的事实载体看似琐碎，实则新奇；看似平凡，实则伟大。这就需要记者放眼当代，努力写出普通人的新特点，展示新的时代精神。《农民刘春生建碑林呼唤环境美》的采写成功，不正是得力于此么！

由此我们也可以这样说：一篇人物消息，一旦离开了与社会、时代的血肉联系，再精粹的个人人生，再曲折的百姓故事，也会变得苍白无力，甚至是小家子气，难以提起神来！

◆附作品

农民刘春生建碑林呼唤环境美
他耗资3万元，用时3年，刻碑45块，
立于路边、山上。国家环保局推荐他为联合国"环球500佳"

郭瀛燕　彭淑芬

本报讯　一块块1.67米见方的碑，上刻环境保护的文字，立在新宾满族自治县宝汤村马家沟小流域的路旁和山上。这是农民刘春生耗资3万元，用时3年整镌刻的。而谁能想到，他的名字被国家环保局推荐到联合国"环球500佳"的名单时，刘春生仍然住在两间草房。

刘春生今年47岁，高中毕业，自幼对家乡的山水林木有着一种特殊的情感。1989年初，他同乡政府签订了承包宝汤村马家沟小流域8000亩荒山治理合同，尔后，他携妻带子迁居离家15公里外的小山沟，住进简易房里，过起了近乎"与世隔绝"的生活。5年来，全家人取石运土，挖沟垒石，吃尽了常人难以想象的苦头，改变了马家沟小流域生态，也改善了家庭的经济状况。

每每看到有人滥砍盗伐，毁坏植被情景时，这位有着良好文化素质，抱负很大的山里人就痛心疾首。"把环保法刻在石碑上，立在路边和山上，既可保护咱的马家沟小流域，又可让咱这块的人长点见识。"手中有了点积蓄的刘春生把自己的想法与妻子说了。妻子与他志趣相投，二话没说同意了。1990年2月25日，刘春生拿着3万元，雇了一台汽车，从辽阳买回90块上等的石料。此举别人说他干傻事，就连亲兄弟也不理解，他们跑到刘春生家大喊大叫："要房子没房子，要摆设没摆设，你图个啥？"记者在刘春生家采访，除了看到一台旧的31厘米的黑白电视机，几只装衣服老式箱子之外，再也找不到几件像样的东西。

尽管刘春生自小酷爱书法，又有3年书法函授的功底，但真要在青石板上"石打石凿"比量一番，他还真有点棘手。他开始在废石上一练就是3个月。

年复一年，月复一月，刘春生凭着锲而不舍的毅力，到今年3月初硬是镌刻了45块石碑，碑文的内容有《森林法》、《环境保护法》、《里约宣言》等共计1.5万字。为此，刘春生所吃的苦头是数不清的。白天上山干活，晚间凿石不止，有时忙到凌晨两三点钟。记者和刘春生握手时，感觉他的手真像石头一样硬。

刘春生告诉记者，他现在正准备用家里现有的45块石料，把《森林法》、《环境保护法》、《里约宣言》再刻成英文，送到联合国。他还计划用中、英、德、法等6种文字刻碑3000块，树起一片碑林，办一个环境保护的旅游区。

（原载1993年12月10日《辽宁日报》）

选准"紧"与"近"的结合点

提倡知识分子走理论联系实际的道路、走与生产劳动与工农结合的道路,已是一个老话题,但由于种种原因在当前却有一种非常流行的说法,或者说是一种观点:那已经是不适应现代社会需要的"旧话题"了。无怪乎,当我国屈指可数的颇有建树的冶炼工科博士宫峰,自愿选择了"炉前工"时,许多人感到迷茫、感到难以理解。那么,事实究竟是怎样的呢?

我们还是来听听宫峰是怎么想的吧,面对各种疑问,宫峰坦然地说:"我是在为自己补课呢。一补对工人阶级的认识课,二补社会实践课。我从未参加过炼铁实践,研究冶炼的不知怎么炼铁,理论如同建筑在沙滩上的高楼。在实践中发现问题去研究,效果会更好。"

我们还是来看看宫峰是怎么做的吧!在与工人朝夕相处中,宫峰时时受到工人阶级无私奉献精神的感染,思想感情发生极大变化。他主动向工人学习,脏活累活抢着干,工人师傅拍着肩膀夸他:"宫博士,好样的!"在生产实践中更丰富了他的专业知识,他出色地完成了多个科研项目。他撰写的论文在美国波士顿国际冶炼学术会上发表,引起各国专家关注。

事后又如何呢?这条消息1990年11月7日刊发,据作者介绍,一年过后的次年8月宫峰漂洋过海,在加拿大的一个国际学术会议上宣读了他在实践中写成的论文《高炉矿焦混装空气动力学技术研究》,引起了与会各国专家、学者的关注。加拿大矿业冶金学会当即聘请他为会员。1991年10月1日,他从国外归来时还透露:"当外国一些专家、学者听说我在鞍钢当炉长,都非常钦佩,我的科研成果是和生产实践分不开的。"无疑这又是一条重要新闻。难怪当年的评委,《工人日报》原总编辑刘建国,在消息《宫峰学成博士乐当"炉前工"》荣获一等奖的评析中,也连声感叹,可惜啊,没有连续报道!

就新闻传播本身来说,对这么一个极有现实意义的典型没有跟踪报道,无疑是个缺憾。但作者的眼力与编辑的匠心仍然是值得称道的。作者根据自己对社会生活的认识,从跟中央的精神与贴近社会生活的需要的高度,从宫峰众多的事迹中,提炼出一个"上合党心,下顺民意"的具有现实意义的重大主题——理论联系实际,与生产劳动相结合、与工农相结合,仍然是知识分子的成才之路。并在导语中借用江泽民总书记对宫峰的勉励,给予充分肯定。

编辑们慧眼独具,在众多的群众来稿中,一眼就识别出这条消息的新闻价值,不仅精编快发,而且放在一版头条位置,及时地将一个胸怀大志又脚踏实地的青年专家的生动形象推到了读者眼前,而让人感到可亲、可信、可敬、可学。

这条消息在选材上写作上也给我们多方面的启示。

跟中央精神紧些再紧些,同读者与社会生活近些再近些,时下已经成为许多报纸坚持正确舆论导向,力求把报纸办得生动一些、活跃一些的共同追求。那么,怎样才能做到两者的结合呢?这条消息给我们的启示是:及时掌握人们的思想实际,找准这个"的",有针对性地做文章,用过硬的典型事实,帮助人们深入理解中央的精神,从而潜移默化地自觉贯彻执行,这样就把"紧"和"近"结合起来了。

人物消息,顾名思义,它报道的是新闻人物的社会活动。而新闻作品要报道他们的工作、生活、创造和事迹,往往免不了要涉及他们的思想、语言,在新闻报道中恰当引述,常常可以收到"如闻其声,如见其人"的效果,特别是那些意蕴深刻的话语,一旦引入新闻,可以代替作者客观地点明主题,借新闻人物之口,说出作者必须说出的"心里话"。这条消息的精彩引语,正是起到了这样难能可贵的作用,是紧连全文的点睛之笔。整则消息的篇章结构、选材布局,都是紧紧围绕引语中的"两个补课"来展开的。

◆ 附作品

宫峰学成博士乐当"炉前工"
在炼铁实践中已解决多项难题
撰写的论文引起各国专家关注
臧 虹 光 明

本报讯 我国屈指可数的冶炼工科博士宫峰,自愿到鞍山钢铁公司炼铁厂做"炉前工",和工人一起把汗水和智慧融进钢花飞舞的铁流中。10月27日,到鞍钢视察工作的中共中央总书记江泽民亲切接见了身着工作服、头戴安全帽的宫峰博士,勉励他走理论联系实际,同工农相结合的道路,为"四化"建设做出更大贡献。

今年34岁的宫峰15年前考入鞍山钢铁学院冶炼系。1985年,再度考取东北工学院攻读博士。去年11月他终以14万字颇有建树的《高炉矿焦混装空气动力学技术研究》论文通过了博士学位答辩,并荣获冶金部"科技进步二等奖"。不少科研院所和高校慕名向他伸出热情的双手，甚至以优厚的生活待遇吸引他去，宫峰却出人意料地选择了鞍钢炼铁厂炉前工。从此，历经沧桑的10号高炉有了位博士副炉长。

宫峰的选择令很多人不理解。面对各种疑问，宫峰坦然地说："我是在为自己补课呢。一补对工人阶级的认识课，二补社会实践课。我从未参加过炼铁实践，研究冶炼的不知怎么炼铁，理论如同建筑在沙滩上的高楼。在实践中发现问题去研究，效果会更好。"

和工人朝夕相处，宫峰时时受到工人阶级无私奉献精神的感染，思想感情发生极大变化。高温季节，他每天都要冰上一箱汽水，逐一送到工人手中。他主动向工人学习，脏活累活抢着干，不讲报酬。每当处理渣铁分离，需要工人制作沙口时，他总是跟班大干。工人师傅常拍着他的肩膀："宫博士，好样的！"

宫峰以解决生产难题为已任。他看到操作工由于缺乏理论知识，操作不准确，影响生产，便随时随地给工人讲如何布料，矿石比重大小对煤气流分布的影响等问题，提高了大家的操作水平，对炉况能准确判断并及时调剂，提高了铁水质量。宫峰在实践中发现，多年来我国高炉冶炼采用的层装布料，在一定程度上限制了高炉的强化，造成煤气分布及炉料运动的不合理，影响降低焦比和生产率的提高。因而，他致力于矿焦混装研究这一目前国内冶铁界重要课题。他撰写的论文在美国波士顿国际冶炼学术会上发表，引起各国专家关注。现在，他正全力把这项重大科研成果往大型高炉上推广应用，已收到较好的节能增产提质效果。

(原载1990年11月7日《工人日报》)

小人物也能做出大"文章"

新闻报道不同于虚构的艺术，它是当代社会生活的真实记录，对后人来说是"有声有色的历史"。作为时代记录与"明天的历史"，它不单要描摹在山林荒野间穿行的小溪，更要展示汹涌澎湃的大江大河。

作为大众传播、作为人民大众生活与心灵的记录的新闻传播，毫无疑问应该多关注人们在改革大潮中的所思所想、所喜所虑、所得所失、所作所为，在坚持正确舆论导向的前提下，择其要者及时地记录下来、传播开去，以推动改革大业的顺利发展。

在首届中国新闻奖评选中获得一等奖的消息《宝钢"小人物"推动了国家金融政策调整》，就是这样一篇改革大潮中的真实记录。

这篇消息及时地记录和报道宝钢两位从事财会工作的职工，站在关心改革、支持改革、参与改革的高度，利用自己掌握的专业知识，经过深入地调研和分析，终于发现了建行贷款利率数额太高，企业不堪承受的原因：一是计双重复利，二是短期贷款混合套用长期利率。并整理成材料数次向中国人民银行总行呈述，为国家宏观金融政策的合理调整提供了依据。他们不愧是企业的主人，国家的主人。

新闻界有位同人认为，从某种意义上说，非凡地表现人物是一张新闻纸的灵魂。他认为，有人说时代与历史是由事件构成的，那么，历史与时代又是由什么构成的？人！"人构成了社会，人物的活动构成了事件，因此，以文字、声响或画面为不同特征的新闻样式，也必须由一个又一个具有不同的个性、不同风格、从事不同职业、进行着不同个体思想和社会活动的人所构成。"

无疑，作为有声有色的历史记录的新闻作品，它所记录的主要是活跃在这段历史中的不同层次的人物及其活动，尤其是那些具有时代特征的平凡而伟大的芸芸众生。从这一点看，《宝钢"小人物"推动了国家金融政策调整》题材重大，难能可贵。

当然，有了好的题材，未必就能写出传世佳作。这里还有个表达技巧问题。在这方面这则获奖消息似有美中不足之处。整则消息不是一则"有声有色"的社会生活记录，主要原因是作者在遵循新闻规律的要求立体地来报道新闻事实上存有不足，较多地是工作总结似的平板地来反映事实。

新闻作品是现实生活中的真人真事的报道。现实生活中的真人真事，都是生动的、立体的、有声有色的。按理说，新闻报道的真人真事，也应该是生动形象、有声有色的。

那么为什么有的作品会显得平淡呢？这大都与选材和表现手法的平面、刻板有关。这也就是说，一篇上乘的新闻作品，必须要用生动、具体、感人的事实来反映现实、评价现实，进而服务现实。这种感人的事实，不但要紧紧抓住新闻事件本身的价值，更主要的是要抓住新闻事件中最能打动人的有声有色的行动、形象、真情，这样的作品才能有强烈的震撼力和感染力。这样的素材，也只有作者深入新闻事件现场，眼到、心到、手到，经过精心地选择、提炼才有可能得到。

◆附作品

降低建行贷款利率　取消"双重复利"计息

宝钢"小人物"推动了国家金融政策调整

仅冶金行业即可减少利息支出近百亿元

阮海儿　叶全发

本报讯　最近，中国人民银行总行明文规定：降低建行贷款利率，取消"双重复利"计息。这一金融政策的调整，可使冶金行业减少支出近百亿元的利息。

推动这一重大调整的是宝钢职工崔可惠和朱玉麟。年初，财务处在测算宝钢二期还款能力时，崔、朱两人发现建行贷款利息数额太高，企业不堪承受。宝钢二期工程的40.6亿元的建行贷款，到9年还款期满时，本息总额竟高达172亿元。他们与资金科一起，对建贷利率数据进行了测算和分析，还会同经研所和上海大华会计事务所，研究了国内外利率制定的理论依据，终于找出建贷利息呈几何级数上升的原因：一是计双重复利，二是短期贷款混合套用长期利率。

他们在宝钢指挥部支持下，整理出材料，数次向中国人民银行总行呈述。总行认为宝钢是第一家以正确明白的观点和材料，反映建行利率过高的单位，为国家宏观金融政策的合理调整提供了依据，并决定在今年建贷年结息日之前，开始执行新的计息方法。

现在宝钢在每年偿还五六亿元贷款的情况下，二期投资利息从原50亿元降为21.5亿元，而且有能力自筹资金进行三期工程建设。为了奖励减少利息支出的有功人员，宝钢已分别给崔可惠记一等功，给朱玉麟和经研所的李学纲记二等功。

（原载1990年12月4日《冶金报》）

事实新颖，写法独特

　　荣获1986年全国好新闻一等奖的消息《好啊！诚实永存》，歌颂了一个普通中国人的高尚精神。一个食品店的年轻女售货员因工作中的差错，少找给了一位外国顾客的钱，却不惜拿出高于她工资两倍的钱自费做广告，寻找那位外国顾客。从这位普通人身上，让我们看到了：即使是打开国门，商品经济有了很大发展的情况下，已经站起来的中国人民那种诚实劳动、认真负责、严于律己、不取不义之财的美德，仍然深深地根植于民众之中。

　　这件事情深深地打动了《中国日报》广告部的工作人员，"给她的广告以特殊优惠"；商店领导得知此事后，又决定给她经济补助。至于那位外国顾客呢？则来信赞扬说："她（指售货员）付出这么大的努力来纠正自己的过失，给我留下了极深刻的印象，她为人类的美德增添了光彩。"

　　在一篇《民风：国脉所系》的杂文里，作者曾讲这样一个事例来论述民风的重要。他说：

　　二战前夕，德国统帅部曾派一批特殊的间谍——笑容可掬的学者——大模大样地走到各国普通人的生活中，细心地观察人们的行为风尚和交往特征，以此确定一个民族的性格和潜力。

　　不久，来自大西洋彼岸的报告说，美国人仍保持着当年漂洋过海闯荡新大陆的精神，什么险都敢冒。他们是世界上最好的赛场运动员，富于竞争，遵守规则，讲究技术，并能相互协调。因此，不要去招惹他们，让他们忙自个儿的事。而派往法国的学者则根据法国的社会风貌断定，一旦开战，法国将迅速失败。他们认为许多法国人还没有从一战胜利的陶醉中清醒过来，贪图享乐，玩世不恭，松松垮垮，大大咧咧，强大的军事机器背后却是一种不那么强悍的民族风气。战后，美国人也对德国做了类似的考察。他们看到许多沉默寡言的德国人在一片几乎不见生机的困境中保持着强烈的秩序感，于是惊呼，德国还会崛起。

　　人是要有一点精神的。历史的和现实的事实一再告诉我们：国家的实力、民族的强盛不仅有物质方面的因素，而且有精神文化方面的因素。没有一定的物质条件，民族不能生存，国家不会强盛；没有健康向上的民族精神、社会风尚，民族也难以生存，国家也难以强盛。国家、民族的伟力藏于民风之中，国家的实力基于其国民的精神风貌。这篇获奖消息深蕴的传播价值不正在于此么！

这篇获奖消息在写作上除事实新颖、意义深刻外，在表达方式上也新颖别致、别具一格。面对这生动感人的新闻事实，作者没有采用一般常见的平铺直叙的写法，即把自己采访得来的材料拿过来再转手介绍给读者，而是将新闻人物与报社工作人员的对话、情景、神态，经过剪裁、取舍，活脱脱地直接呈现在读者面前。这就好似被采访者与读者直接见面，娓娓而谈，议论风生，使人读后像是饮过一碗浓茶、一杯醇酒，鼻有余香，口有余味。这恐怕是那些生花妙笔的第三人称叙述所难以收到的效果。

中国有句俗话："话到人到。"人物的语言，是思想和性格的反映。语言对于显示人物形象和风采的艺术表现力，是不可低估的。尤其在写人、记事为主的新闻报道里，对话更是一种很重要的表达技巧。新闻报道中的对话，主要是两个人的对话以及多个人的"会话"。它用以展示新闻人物的内心世界，发展故事情节，再现新闻事实。在新闻写作中，对话用得巧妙，不仅能使文章生动活泼、真实自然，而且通过对话由于集中地袒露了新闻人物的内心世界，从而使新闻事实的亲切感和说服力得到了强化。这样，在记者笔下的新闻报道，就不是或主要不是由记者的转述，而是通过独具特色的对话，用人物心灵的倾诉去扣动读者的心弦，引起彼此心灵的交流和共鸣。这就仿佛在新闻人物与读者之间，架起了一座色彩缤纷的虹桥——心与心那么地贴近，情与情是那么地相通。

清人金圣叹在赞扬《水浒传》写人物的成功时说："一样人便还他一样说话。""叙一百八人，人有其气质，人有其形状，人有其声口。"前人称道的这种对话艺术的巧妙，正是告诉我们，在对话技巧的使用中，要注意人物因地位、身份、经历、学识、意向和气质等的不同而所具有的不同的说话口吻。这篇获奖消息在这点上把握得也是比较好的。整篇对话简洁、朴实、自然，符合新闻人物的身份与气质；道理深刻、有力、高尚，能使读者由对话中看出人物的品德来。新闻事实及其对话都给读者留下了深深的印象，甚至是抹不去的印象。

◆ 附作品

好啊！诚实永存

聂黎生　许杰　姚翔

本报讯　一位年轻的女售货员昨天来到本报，要求登一则广告，寻找她接待过的一位外国顾客。因她在卖给他酸奶时，少找了钱。

她叫张建华，26岁，是北京市东单大街祥泰义食品店的售货员。11月3日，她错把一张50元外汇券当成了5元。

"那位顾客看上去像是欧美留学生。星期一下午6点左右，他来买酸奶。走后没多久，我就发现钱找错了。"小张说。

"我马上追出去找他，但他已经不见了。我一连两个晚上没睡好，担心我的过失会带来很坏的影响。最后，我决定在《中国日报》上登广告找人。"小张说，"当时还有许多其他顾客，而且这也是我头一回见到外汇券。"她解释说。

虽然她每月的工资只有51元（约合13.8美元），但对于高于她工资两倍的广告费，这位妇女似乎并没有被吓倒。

广告部工作人员问她为什么不找她自己的单位报销广告费，她说："因为这是我自己的过错。"

《中国日报》给她的广告（见本报今天第8版）以特殊优惠。商店领导得知此事后，决定给她经济补助。

（原载1986年11月6日《中国日报》）

重在写事，少说空话

获1984年度全国好新闻一等奖的消息《撤销成命　奖勤奖优　不搞照顾》，虽然从头到尾只讲了一件事，然而一个锐意改革、既往敢咎、有胆有识的厂级领导干部的形象，便栩栩如生地站在我们面前了。

鞍钢无缝钢管厂厂长王泽普贴出的一份公告，决定撤销不符合百分之一职工晋级的厂党委组织部长、厂劳动工资科长等3人所晋的工资；同时又决定，将空下来的名额给有特殊贡献的工程师郑继洲等有关人员晋升工资。一时间在全厂职工中引起强烈反响。职工们伸出双拇指称赞说："厂长能把一碗水端平，干事的不白干，往后更要铆劲干！"

一石激起千层浪。

消息见报后，北京、广州、浙江、湖北、黑龙江等全国许多地方的厂长（经理）、学者、专家和工人，纷纷给《辽宁日报》和王泽普去信，高度赞扬王泽普"既往敢咎"、正确行使厂长职权、赏罚严明的胆略和气魄。

"既往不咎"这句成语，说的是对已往的过错不再追究、责怪，以后再办起事来，审慎点就是了。

这对一个领导者来说，对下属的工作上、生活中的一般失误，或许是需要的。但对于事关大局、事关政策原则的失误或失当，那就不可不咎了。

企业吃"大锅饭"，干多干少、干好干坏一个样，工资照升照拿，劳保福利照领，企业和职工个人的积极性调动不起来，企业经济效益差，这是高度集中的计划经济体制的一个严重弊端。对于这种长期以来普遍存在的状况，很多人习以为常，见怪不怪；而有识之士则痛心疾首，盼望早日改变。

党的十一届三中全会以来，党和政府也采取过不少相应的措施来治理这个"痼疾"，其中就包括实行经济责任制以及给企业厂长经理每年百分之一的职工晋级权，为有特殊贡献的职工晋级。王泽普厂长"既往敢咎"，敢于顶住来自多方的说情和压力，正确行使厂长职权，坚决纠正了晋级不当的偏向，实属坚持改革、有胆有识之举。

在当时有关晋级、工资之事，常常交织着各种各样的矛盾，而这次拿下的又全是厂里要害部门头头脑脑的工资，无怪乎有人认为是"太岁头上动土"，为他捏着一把汗："王厂长这回可着实得罪人了。"但王泽普却有自己的看法："我这样做确实得罪了一些人。但是从另一方面说，却激励了更多的人奋发向上，何乐而不为！"短短的一句话，明白地向人们昭示，王厂长的敢为是建立在以企业的健康发展为基础上的。

著名物理学家爱因斯坦为讨教成功秘诀的人，随手写下了这样一个数字等式：

$X+Y+Z=A$。

他解释：X 代表艰苦劳动，Y 代表正确的方法。Z 代表什么呢？"少说空话"。

这个数字等式对于我们写好人物新闻，也是很有启发的。我们的人物新闻应该着力于要写的是报道对象在正确的理论、原则和政策指引下所做的利国利民的实事，而要注意的是"少说空话"。这条获奖消息的写作特色，也正是在于此。

◆附作品

厂长王泽普用好百分之一职工晋级权

撤销成命　奖勤奖优　不搞照顾

厂党委组织部长等人无突出贡献撤销晋级工资　工程师郑继洲等人贡献突出补晋工资

本报讯　（记者　王新铭）　11 月 16 日，鞍钢无缝钢管厂厂长王泽普写出一份公告，决定撤销不符合按百分之一职工晋级的厂党委组织部长、厂劳动工资科长等 3 人所晋的工资；同时又决定，将空下来的名额给有特殊贡献的工程师郑继洲等有关人员晋升工资。公告一贴出，就在全厂职工中引起强烈反响，成为人们议论的中心。

今年 7 月，王泽普外出期间，厂领导按厂长每年有百分之一的职工晋级权，为厂组织部长、厂劳动工资科长和金工车间的一名党支部副书记晋升了工资。王泽普回厂了解到这一情况后，认为厂长每年握有百分之一的职工晋级权，只能是为有特殊贡献的职工晋级。组织部长等人工作没有突出贡献，这次晋级是纯属于照顾上来的，不应该在百分之一晋级的范围内，应该拿掉。王泽普顶住了来自多方的说情和压力，行使厂长职权，坚决纠正了这种偏向。

热轧二车间副主任、工程师郑继洲，是轧管方面的行家，进取心强，干劲大，车间在去年完成 3.8 万吨产量的基础上，今年计划 5.5 万吨，预计到年底可完成 5.8

万吨,为完成全厂任务和提高经济效益,作出了特殊贡献。这次厂长从撤销下来的名额中为郑继洲晋升了一级工资。热轧一车间乙班党支部书记马维家,结合经济改革,做深入的思想政治工作,连续几年被评为厂先进工作者,这次也为他晋升了工资。

职工们看到王泽普在为厂里百分之一职工晋级,是奖勤、奖优、不搞"关系"、不予"照顾",有的人伸出双拇指称赞说:"厂长能把一碗水端平,干事的不白干,往后更要铆劲干!"

也有人看王泽普拿下来的全是厂里要害部门头头脑脑的工资,认为是"太岁头上动土",捏着一把汗说:"王厂长这回可着实得罪人了。"

王泽普为什么要得罪这些人呢?他有他自己的见解。他说:"我这样做确实得罪了一些人。但是从另一方面说,却激励了更多的人奋发向上,何乐而不为!"

(原载1984年11月27日《辽宁日报》)

踩着时代鼓点的普通人

如今，当我们捧读着1981年度全国好新闻获奖消息《杜芸芸将10万元遗产献国家》，只觉着强烈的时代气息似乎扑面而来，字里行间所流露出来的思想感情、人生理念、爱国情怀，无不具有一种催人奋发向上的力量！

女青年杜芸芸捐献给国家的，既不是个人的奖金，也不是自己劳动所得的存款，而是从姑妈那里继承的遗产。虽然不能以遗产是否捐献来论褒贬，但消息紧紧围绕"10万遗产献给国家"这条主线，充分地报道了杜芸芸的身世、生活经历，尤其是消息中新闻人物的语言、对话，都围绕"献遗产"来选定，讲的虽是"献遗产"，传递给读者的却是在商品经济的大潮中应该确立什么样的信念、如何做人的大原则、大道理。

这是一篇很有思想分量的人物消息。

我国现阶段，各种新事物层出不穷，各种新观点不断涌现，社会的转型和观念的多元化，使得一些人的人生观、价值观被扭曲，人们所谓"见钱眼开"，说的就是金钱对于那些以财富为追求目的的人所产生的生理效应。这与杜芸芸对金钱、人生的理解，与她追求国家富强的使命感和生活责任感相比，高下优劣自见矣！

这篇消息的写作特色是作者比较娴熟地运用对话技巧，几乎全篇都是通过人物对话来完成的，让人读来鲜活、有味。全文千余字，从起笔到收尾，就有10处对话。对话在消息中担负起表述新闻事实、交代背景、深化主题、展示新闻人物内心世界的重任。文中对话的精彩之处，也是全文的画龙点睛之处，是主人公在结尾之处与记者坦诚的对话："对我个人来说，这笔遗产确实一辈子也用不完，但是过这种生活没有意义，它不能给我带来真正的幸福。我是新中国的青年，真正的幸福要靠自己劳动去创造。国家富强了，四化建成了，大家都可以过幸福的生活。"

这条消息的对话，采用了这样三种方式，也是新闻写作中常用的对话表达方式，即：一、直接对话。消息中相关人物之间面对面地直接交谈。二、独白式对话。即新闻人物与外界发生思想与行为上的碰撞后，个人直抒胸臆的自白。三、间接对话。即为了行文的简洁，省去问话人或接话人的对话。

这条消息中人物对话的特点，可用12个字来概括：笔墨精炼，言简意赅，亲切自然。人物与对话都给读者留下深刻的印象。

这条消息的采写成功告诉人们：我们的人物消息，应更多地寻觅报道那些踩着时代鼓点前进的普通人。

这条消息美中不足之处，正如有的评论指出的：3月下旬发生的事，7月底才见报，文中缺乏明确的时间交代；作者也没有下功夫去寻找新的新闻根据。

◆附作品

支援社会主义现代化建设
杜芸芸将10万元遗产献国家
王复初

本报讯 女青年杜芸芸到上海司法机关，要求将继承的10余万元遗产捐献给国家。她说："我还年轻，应该靠自己的劳动来生活。我愿意将这笔钱拿来支援国家的四化建设。"

杜芸芸今年23岁，1年前刚从插队的农村调回城市，到一家工厂当艺徒。她5岁的时候，被孤独老人姑妈收为养女，住在上海。1966年底"十年内乱"开始时，家中的金银、珠宝首饰和存款被查封，按当时折价，这笔财产价值10万多元。她9岁时，养母病故，从此杜芸芸便寄宿在苏州的亲戚家。14岁开始，她就靠自己一双手替人家洗衣服和做零活，来维持最低的生活；进中学读书后，还经常帮人家做事，将每月所得一半作为学费，一半补贴生活费用。后来，有关单位先后几次共发给她近千元钱，她除一部分用于自己的学习和生活费外，其余都给亲戚用掉了。

中学毕业后，年仅18岁的小杜，开始考虑今后如何度过自己的一生。当时，像她这样的孤儿，照理可以不必下乡插队，周围人也劝她，说：你落户在农村，养母的财产能不能给你就成问题了。有的人教她：如果这笔财产拿到手，光是利息就够你吃几辈子，你不应该朝农村跑，应当到上海去找街道办事处。杜芸芸想：这笔财产是我养母留下的，将来是不是给我，这由政府决定。可我现在不能把自己的一生寄托在这笔财产上，还是要用自己的劳动来创造自己的前途，不能伸手向街道办事处去要钱。就这样，她拒绝了亲戚的劝阻，毅然报名要求下乡务农，将户口迁往农村。在她插队期间，有些亲戚多次催促她去向有关单位讨还被查抄的财物，说："只要拿到一只角，就够你用一辈子了，根本用不着吃这样的苦。"可是小杜回答说："我相信党和政府的政策，要我去争去闹，坚决不干。"1979年5月，有关单位临时先发还她5000元钱，结果这笔钱大多数都给亲戚用掉了。

今年初,本市司法机关对这笔遗产的归宿问题进行了调查处理,确认杜芸芸是这笔遗产的惟一法定继承人,便通知她向有关部门申请办理继承权手续。当时,她向承办人员诚恳地表示:我是养女,按法律规定有继承权,但我还年轻,我能劳动,我不需要这笔钱来过生活。国家建设很需要钱,我愿意将这笔钱上交给国家。她还说:我深深体会到金钱不能给我带来幸福。将遗产交给了国家,自食其力,勤奋学习,这才是真正的幸福。她不仅口头提出要求,而且还写了书面申请报告。经市司法局、街道办事处、区法院等单位研究同意,上海市公证处已将她继承的这笔遗产上缴国库。

前些日子,记者专程到苏州去看望了杜芸芸。现在,她自己还没有家,寄居在一个同学的家里。20多岁的姑娘,生活过得很艰苦,穿着很朴素。她告诉记者,对我个人来说,这笔遗产确实一辈子也用不完,但是过这种生活没有意义,它不能给我带来真正的幸福。我是新中国的青年,真正的幸福要靠自己劳动去创造。国家富强了,四化建成了,大家都可以过幸福的生活。所以,我经过再三考虑,还是将这笔钱交给国家。

(原载1981年7月29日《文汇报》)

综述 人物消息写作论要

写好人物消息，有方方面面的诸多问题需要注意把握。

1. 善取一事，不及或少及其余

事实的最新变动是人物消息取事着墨的基础。事因人生，人因事显，是写作人物消息的重要原则。这个"显人"显的是人的精神风貌、思想风尚，即通过事实来传播思想观点、道德情操。这也就是说，围绕展示新闻人物的信念、追求、思想、风貌、感受、意愿，选好写好最有典型意义、传神的一件新鲜事，不及或少及其余，是写好人物消息的关键一环。

人物消息与人物通讯，是及时报道现实生活中涌现出来的各类新闻人物的重要载体。一般地说，人物通讯篇幅较长，可以比较充分地反映人物的成长过程、多方面地展现人物的事迹和精神风貌，能较细致地展开故事情节，引起读者感情的共鸣共振。人物消息受篇幅的限制，它不能唱"整本戏"，只能唱"折子戏"，只能立足于把新闻人物事迹中最精彩、最新鲜、最引人的内容奉献给读者。1990年穆青同志与周源、冯健重访兰考采写《人民呼唤焦裕禄》时，同驻地记者谈到了这么一件事：在河南辉县有一个区委书记，带领群众修水利，心脏病很严重也不回家休息，春节时还要把工程赶完。第二天，人们就叫不醒他了，他死在床上。县里给他开追悼会，干部群众都来了，县委书记郑永和把他的两只手举起来，让大家看，他那被石头渣子扎得血肉模糊的两只手，缠满绷带的两只手，说：你们看看，这就是我们的干部！看这两只手吧，就知道他为改变辉县的面貌做出了多大的贡献。我们可以忘掉这个人，能忘掉这两只手吗？全场失声痛哭。

穆青同志说：我说这些，不是要把这位区委书记写成焦裕禄。聪明的记者，就写这两只手，也够感人的了。

要突出一事，少及其余，以一胜多。在我国民间曾流传着这样一个故事：它说的是一位山东人与一位江南才子用对联的方式来赞扬自己的家乡。我国的江南素有山清水秀、地灵人杰的美称，于是江南才子出口成章，出了个"多山多水多才子"的上联，囊括了江南的美好事物。这位山东人也不含糊，应声便对出了"一山一水一圣人"的下联。"一山"即五岳之尊的泰山；"一水"即横贯中华大地的黄河，中华民族的母亲河；"一圣人"即大成至圣先师孔丘。这"三个一"分别都是我国的山、水、人物之最，显然后者是占据了上风。

故事毕竟是一种传说，是否真有其事，姑且不去管它。但这件事对我们写好短新闻却有借鉴之处，即：必须坚持以一胜多，关键要选好最有典型意义的一件新鲜的事。短新闻较之长篇报道有一个很大的不同，即受篇幅的限制。长新闻可以围绕主题用多个事实，众星捧月，使之丰满；短新闻没有这个条件，只能以一当十，以一胜多。

《合肥晚报》有篇获奖作品《省委书记新"家规"》，写的是原安徽省委书记卢荣景廉洁奉公的动人事迹。据有关材料介绍，卢荣景同志廉洁奉公的事例很多，如他的爱人至今仍是一家普通商店的营业员，3个子女都安排在外地从事普通职业。而作者却抛开这些，有意选择了他至今仍安于住两室一厅、子女只能按"家规"轮流回家过年这个典型事例，针对有的干部多占住房和超标准建房这种现象，采用贴近生活的客观写法，仅用500字的篇幅，就为我们树立起了一个党的高级干部朴实感人的形象。新闻发表后，引起强烈反响，有的读者投书该报题诗作画表示敬意。

2. 重在言行，少做形容

一幅绝妙的风景画，因为有人的活动，才富有生气，才引人遐想。人物消息也是如此，一篇写活了人物的人物消息，肯定有能打动人心的言行。只有写活了人物的举止言行，写出人的精神面貌，才具有动人心魄的力量。

一位著名的新闻工作者有言：写人物消息，要力求把全部笔墨都直接用来写人物的行动，写人物的语言，写人物的心理，从开篇到结尾，始终如一，不枝蔓，不旁逸斜出。这确实是写好人物消息的甘苦之谈，经验之说。

新闻的本源是社会生活，是新近发生的事实的报道。这一点无可疑义。但社会是人构成的，人物的活动构成了事件、构成了事实。人物消息不能用空泛的赞语、形容词和一般的叙述来支撑，必须抓住新鲜的、典型的、具体的事件或事实、以事显人。入选本书的各篇人物消息，人物的思想、品德、精神风貌，无一不是与他们的一定的新闻事件和新闻事实联系着的。如果没有这些事件或事实，人物消息就会变成空洞的说教、枯燥的聒絮。人物的精神风貌也只能是在其社会实践的活动中来显示的。马永顺、刘春生、宫峰、崔可惠、朱玉麟、王泽普、杜芸芸等等的理想、信念、道德、品质、情操、风格、追求……无一不是通过他们的社会实践来反映的。

在人物消息的写作中，要努力通过新闻人物的行动、言语，去认识人的心灵，展示人的心灵，透过人的心灵去揭示人生哲理。这样我们不仅要向读者报道新闻人物做了些什么，更要回答他们为什么要去做。俗话说："言为心声。"人物消息就离不开人物自身的叙述或感受，特别是在表现人物内心情感世界或亲身经历时，人物自身朴素而有个性的语言、对话，就具有很强的说服力和感染力。甚至可以说，在人物消息中，常常最重要和最有感染力的内容是有分量的、精彩的新闻人物的语言和对话。

这里要特别提及的，所谓新闻人物的语言，一定是新闻人物自己的言语、话语。"天然去雕饰"应当是它的基本要求。战国时韩非有云："和氏之璧，不饰以五彩；隋侯之珠，不饰以银黄，其质至美，物不是以饰之。夫物之待饰而后行者，其质不美也。"人物消息中的人物语言，一定要符合新闻人物的身份、涵养、性格、职业习惯，要符合语言产生的环境气氛。总之不能过度粉饰，少做作，更不能主观臆造。

人物消息的作者应该善于把新闻人物最传神、最动人、最简练、最精辟的语言传递给读者，并力避空泛、拉杂，要割舍去一切与主题无关的话，使读者通过人物语言理解新闻的丰富蕴意。

3. 有细节，不陈铺

人物消息，大都属于一人一事的动态消息。它与人物通讯不一样，不需要那么多的情节与细节的陈铺和描写刻画。但天生万物，均有所别；人分百态，难觅雷同。这"有所别"、"不雷同"，在人物消息中常常是要通过细节来展示的。要写好人物消息，是要一点细节，特别是能表现人物个性特征、思想风貌的细节，更是少不得的。

有一位新闻工作者在谈到自己的写作甘苦时，语重心长地说过：写人物消息，不应忘记给人物一些必要的生活细节，有了这些生活细节，人物才真实可感，摸得着看得见，血肉才能丰满起来。在新闻实践中，我们常常读到这样的人物消息，有的人物苍白、概念化；有的人物则丰满、鲜活，其功过往往在于有没有给人物以典型的生活细节上。一个激动人心的好细节，常常可以使人物光彩照人，使作品通篇生辉。

人物消息篇幅较小，事情单一，但要"借勺水兴洪波，寓百巧于一隅"，要写得富有艺术魅力，是很不容易的。如果没有作者对报道对象的生活、人生事事的细细咀嚼和精心选用典型的细节，使之在短小之中见容量，单一之中显变化，让读者能"窥一斑知全豹，以一目尽传精神"，那是难以实现其自身价值的。

包括人物消息在内的消息作品细节的运用，一要少而精，只能简笔勾勒，不可精雕细刻。二要服务于主题的展现。成功的细节运用，应当是真实的、健康的、生动的、有助于表现消息的主题。至于那些游离于主题之外的、烦琐的、卖弄做作的细节，不可入文。三要集中于展示形象，体现人物的精神风貌。让人物丰富的思想感情、无穷的思想底蕴通过典型细节自然而然地表达出来。

4. 以事服人，以情感人

高尔基曾经说过："寓于感情——这是写好作品的最好手段。"采用以事服人、以情感人的表现手法，也是写好人物消息最重要的手段。

新闻传播本是事实的传播，是以事实为载体的信息交流，如果离开了事实也就无所谓"事实的传播"与"信息的交流"了。但是这种"传播"与"交流"，又绝非对新闻事实仅做纯客观的、冷漠机械的复现，而是要在选择与剪裁的基础上按照事物的本来面目及其深邃的底蕴做纪实性的再现。这中间就少不了寄寓着作者对生活对事物的认识、感受、判断和爱憎。可以说，作者没有健康而饱满的情怀，不去记录、表现新闻人物的真情实情，就不可能使读者在理智上有所领悟，在情趣上有所唤起。这就像有的新闻工作者所论及的那样："如果记者仅以旁观者姿态出现，无动于衷地去记述人物的事迹、采访对象的谈话、观察中的见闻，而没有对这些材料进行消化，写出自己独特的感受和情感，那只是人物鉴定、谈话记录或毫无生气的材料罗列，这样的新闻必然是索然无味的。"

不是么，请想想看：

有人说人生是一首歌；有人说人生是一出戏。是歌总有个抑扬顿挫；是戏总难免苦辣悲喜。

有人说前进的路上，既开满鲜花，也布满荆棘。回首来路，总会有几许欣慰，也会有几许叹息。

作为联系新闻人物与读者的纽带的人物消息，能没有喜与怒、欢与忧、爱与恨、是与非……尽是干巴巴的事实？这样的作品即便有，也正像有的同志说的，它也只能像寒冬中的枯树，毫无引人的生机活力。

托尔斯泰说过："诗是感情的跳跃。"其实，饱满的激情又何尝不是人物消息的灵魂。感人心者莫过于情。这个"情"字，古人认为包括"喜、怒、哀、惧、爱、恶、欲"七样。其实，所谓的"感情"、"情趣"，讲的就是这七情的价值取向与价值判断。无可否认，有情采的人物消息，就像一杯诱人的碧绿碧绿的碧罗春；无情采的人物报道，有似一碗乏味的煞白煞白的白开水。真正好的人物消息必然是充满诗情画意的，总是以其炽热的感情将爱的热血直接捧给真善美，把恨的鞭子直接鞭打假恶丑，来拨动读者的心弦。人生一出戏，真情最美丽！

5. 时代精神，人物新闻的聚焦点

马克思主义哲学告诉我们："物体只有在运动中才能显示它是什么。"人物亦然。任何一个人物都是运动、发展过程中的人物，都是集生活、学习、工作、劳动于"一幅由种种联系和相互作用无穷无尽地交织起来的画面"之中，都是历史的、

时代的、具体的"这一个"。

人物消息的主角，就必然是现实时代中的"这一个"，是有着浓郁的时代精神的。

时下，新闻界关于"新闻要出精品"的提法颇为流行，一时成为新闻界同人津津乐道的话题。但什么是新闻精品，其本质是什么？却是仁者见仁，智者见智。有的把优美的文字、完美的表现形式视为至尊；有的则论及能满足受众需要的、好的选题。但笔者认为，新闻精品有一个好的选题，有完美的表现形式，有着质朴、平实、优美的语言文字等固然重要，但一篇新闻精品，最具有感染力和震撼力的，关键在于其是否把握时代脉搏，是否反映了时代精神，是否提出了现时代需要注意解决的问题及其应特别关注的方面，给人以浓郁的、引人的思辨色彩。

什么是时代精神？简言之，即指一定历史时期内，时代发展的客观趋势及其本质特征在人们的头脑中的反映，是推动社会繁荣进步的一种精神力量。一个国家、一个民族要发展进步，离不开坚强的精神支柱。从古至今，几乎没有哪一个时代不产生属于自己时代的精神。

时代精神的含义是相当丰富和广泛的，其内涵也随时代的发展而发展，随着时代的变革而变革。中华民族在创造新的历史的同时，也产生了新的时代精神。我国人民在改革开放的伟大实践中，使时代精神得到了更高的升华。江泽民同志倡导的在新的历史条件下的"64字"创业精神，就是对当代时代精神的高度概括。近些年来，涌现出的像孔繁森、李国安、李素丽、徐虎、李向群等一大批英雄模范人物，虽然事迹各不相同，但在他们身上都闪烁着当今时代精神的光彩。

人物消息的主角是历史的也是时代的，既是阶级的也是民族的。所以我们的人物消息必须善于把握时代精神，站在时代的制高点上，要用心发现、选择代表时代主流和具有时代精神的人物进行报道，使人物消息真正成为时代的号角。

《人民日报》原总编辑范敬宜说："我的原则是：人不求全，文不求同。以全求人，则天下无可用之人；以同求文，则天下无可读文章。"如果将"人不求全，文不求同"，按字面意义搬用来作为人物消息写作的又一条原则，也不乏为精论。其实，人物消息就是"瞬间的艺术"。它不像人物通讯那样，撷取生活的纵剖面或横断面进行较细腻的刻画，往往只选取新闻人物生活中一个小镜头，一朵小浪花，一个小片段，即一个稍纵即逝的"瞬间"予以生发。因为这能反映事物的本质，具有凝聚事理情的典型意义。这一瞬间就不再是稍纵即逝的一瞬，而是有着意蕴的延伸，成为超越时间引人思索的"长久的一瞬"。

古人说："文无定法，文成法立。"古往今来，一切可读之文，无不是生成于

"文称其人，文称其事，文称其体"的创造之中的。写作人物消息的创造性可以从两个方面来理解：一是在审视报道对象的事迹与人生时，要有能给人以启迪的新的认识、新的发展；二是在构思行文、节奏安排、表达技巧、修辞用语上要有与众不同的精美奇巧。任何一篇优秀的人物消息都是少不了这两个方面的。

第六编　社会新闻

概论　社会新闻的界定及应把握的要点

在社会主义市场经济的大潮中，我国新闻界在既坚持正面宣传为主又讲究宣传艺术的大前提下，愈来愈重视社会新闻的报道。社会新闻已经进入了包括党的机关报在内的各层次、各种类型的传播工具。经济新闻、政治新闻与社会新闻已经成为我国传媒中的三大支柱。这绝非夸张之辞，而是活生生的现实。因而我们也确有必要对社会新闻的界说、适应范围、地位和作用做一番重新认识。从体裁上看，社会新闻与现场短新闻一样，不为一格所拘，或消息，或通讯，或特写、速写，完全放得开，如行云流水，得体为宜。但不管运用何种体裁，既为社会新闻（现场短新闻也一样），在写作上除体裁不同各有相应要求外，就无别的不同要求了，作为社会新闻其写作要求都是共同的，不必也不可能再去细分了。

从内容上看，社会新闻就其本来的意义来讲，其范围极其宽泛，可谓五光十色，是一种多领域、多边缘性的新闻类别。它报道的领域无所不在，题材十分广泛，又多为突发事件，在体裁的选用上，多为时效性较强的消息。

社会新闻同其他新闻一样，是人的社会性的产物，是一种源远流长的社会现象。社会新闻作为新闻的一个门类，伴随着人类社会的产生及其信息交流的需要，早在远古社会就存在了。那时候的口头新闻，不少就是社会新闻；同时，人类社会发展的历史表明，一定的社会形态，就会产生与之相适应的社会新闻。因而，即便在同一时代，社会制度的不同，就会有不同的人生价值观念、伦理道德观念，就会有不同立场和观点的社会新闻。在现代社会中，资本主义的和社会主义的新闻机构，在对待社会新闻的态度和传播目的上，是大不相同的。前者主要是吊读者的胃口、消闲助读，以实现其赚钱、营利的目的。因而，资产阶级新闻媒介的社会新闻名声不太好，大量的是抢劫、凶杀、强奸、跳楼、追"星"隐私之类，其特征可以概括为：猎奇—刺激—色情—低级趣味。而我们所倡导的社会新闻，是为了发扬社会生活中的积极因素，服务于党的基本路线与改革开放政策，推进两个文明，尤其是社会主义精神文明建设。

由此出发，我们在界定社会主义制度下的社会新闻时，似可做如下概括：社会新闻是以报道当前社会生活中的社会现象、社会事件和社会问题为题材，以反映社会风范、思想道德为主旨，具有社会教育意义的新闻。

其中的第一句话，主要指明"社会新闻"一词，系指区别于政治新闻、经济新闻、军事新闻、科技新闻、法制新闻、文教新闻、体育新闻等的新闻分类的概念；同时，也指明社会新闻产生的主要领域。这也就是说，社会主义传播媒体的社会新闻，不是指的新闻体裁的分类，而是在新闻实践中新闻所涉及的行业领域的大致区分。尽管社会新闻与政治、经济、军事、科技、法制、文教、体育等新闻不可能没有某些联系，但它却又有其鲜明的特色。它所反映的是社会风尚、社会生活；报道的是社会动态、社会事件和社会问题；提供给人们思考和研究的是社会趋向、道德情操。所以，从某种意义上讲，社会主义传播媒体的社会新闻所涉及的范围，就是社会科学中社会学和伦理学研究的范围中的部分内容。明确了这个带有根本性的问题后，我们可以完全不受西方资产阶级新闻媒体和旧中国报纸形成的社会新闻报道范围的局限，拓宽社会新闻的报道面，增强社会新闻的教育作用，充分发挥社会新闻的宣传功能，使之成为弘扬社会正气，增强爱国主义、集体主义和社会主义的凝聚力，鞭挞各种不良现象，促进社会主义精神文明建设的有力武器，创造出有中国特色的社会新闻的鲜明特色。

其中的第二句话，主要是进一步从社会新闻与其他新闻的种差与本质特性上来区分。这也是必不可少的。这是因为，前面对社会新闻的内容的大致划分，并不是绝对的。因为社会生活、社会现象、社会事件、社会问题等，都是各自有其内涵的丰富性与外延的广阔性，包括社会新闻在内的那一类行业新闻，都会有所涉足，但又都是包容不下的。比如，社会问题作为社会学中的一个概念，它的含义是"指那些对社会构成危害成为社会负担的社会现象，是社会的一种病态表现"。仅就此已经表现出的现象来看，我国存在的社会问题主要有以下几类：经济方面的（如盗窃、走私、贪污、受贿等经济犯罪以及搞非法竞争、假冒伪劣商品），政治方面的，文化教育方面的，社会风气方面的，自然灾害方面的，等等。总之，社会问题是大量存在的，涉及国际和人民生活的各个方面。并且旧的社会问题解决了，还会产生新的社会问题。社会就是在不断解决社会问题的过程中前进的。再有，世界上从来就没有孤立存在的社会现象、社会事件、社会问题;任何社会现象、社会事件和问题都和当时当地的政治、经济、文化或军事、文教、科技领域有着各种各样的联系,并从这些方面表现出来。反之,政治、经济、军事、文教、科技等等专业性新闻,也决不会只禁锢于"八小时之内"。"八小时之外"的社会生活中,也必然会有它的直接投影或折射。特别是随着社会生活的变革和社会主义商品经济的发展,人们交往与日俱增,社会新闻与其他行业新闻的综合性、交叉性更会日益增强。所以从某种意义上,也可以说,我们的社会新闻主要是关于人们的政治活动、生产工作之外,与个人的道德情操、思想情趣有密切关系的社会风尚、社会现象、社会事件、社会问题和社会生活的报道。

其中第三句是"具有社会教育意义"。应该说,这是区分社会主义新闻媒体的社会新闻与资本主义媒体的社会新闻的重要标志之一。在阶级社会或者在阶级还存在的社会里,新闻媒体从来就不是纯客观反映社会生活的万花筒。各个阶级都要用自己的世界观、价值观来观察社会、反映社会、影响社会。这不是已经过时的"左"的观念,而是反映着一条不以人们意志为转移的规律性的认识。社会新闻较之经济、科技、文教、卫生、体育等其他方面的新闻,在这点上表现尤为突出。诚然,社会新闻既然是新闻,在题材的价值取向上与其他新闻的要求应是一样的。但由于它的内容涉及面广,而且大都又具有"软新闻"的特殊性,强调其应"具有社会教育意义",目的在于区别社会主义新闻传播媒体的社会新闻的传播目的、报道手法,以及挑选事实和对事实的评价,同西方资本主义的社会新闻在总体上讲是有很多不同的(尽管其中也有不少相通之处可供借鉴)。从理论上说,我们讲社会新闻的社会兴趣,但决不搞庸俗的低级趣味;我们要报道恋爱婚姻方面的内容,但决不用黄色下流的东西去腐蚀读者。我们报道社会新闻的目的,也不只是报道一般的社会现象、社会事件,起个传播信息的作用,而是通过某些社会现象、社会事件的报道,反映当前的社会风貌和社会问题,从而激励人们团结向前,启发人们正确处理社会问题,焕发出为贯彻党的基本路线一百年不动摇、为社会主义市场经济的建立和完善服务的信念与热情,焕发出为精神文明和物质文明建设贡献力量的热情。像西方报刊的社会新闻中常反映的那些消极题材,我们不应"有闻必录",可以用正确的世界观与方法论有选择地报道。对于积极反映改革开放政策的正确性,反映社会主义制度的优越性,反映爱国主义与集体主义精神的重要性,反映社会主义市场经济时代人们的新精神、新风尚、新道德、新风格的题材,应该是社会新闻的主体。

上述三者是一个相互联系的统一体。它从报道的范围和角度、传播目的、采写与表现手法,以及对新闻事实的挑选与评价上,都对社会新闻有着明确的要求。无疑,这对于编采人员写好编好社会新闻,更好地服务于贯彻"一个中心,两个基本点"的党的基本路线,服务于社会主义精神文明建设,是大有益处的。

再有,社会新闻既然是一种题材广泛,涉足于社会生活的方方面面,八小时以内与八小时以外,各个行业领域的多领域、多边缘性的新闻,它同政治新闻、经济新闻、法制新闻、军事新闻、科技新闻、文教新闻等既有联系又有区别。其所谓联系,主要是指社会新闻离不开社会,离不开社会生活中各个重要的专业和行业领域;所谓区别,主要是指社会新闻的采写,不能囿于某个行业和专业领域,要立足于整个社会主义精神文明建设的高度去选材立意,着眼于展示人与人之间的关系,以及社会的道德风尚、行为规范和具有普遍意义的社会问题与社会风范。

作品赏析

不该忘却的怀念

社会新闻依其形式轻松、快捷、贴近社会生活的优势,既应该善抓社会热点的及时报道,更要对那些容易被忘却而又不该忘却的重要问题适时发出警示。从而让不该"热"的东西冷下去,使原来该热而不热的"热"起来。

在第八届中国新闻奖评选中获二等奖的消息《寂寂烈士坟　纷纷春雨泪》,就是这样的一篇作品。它从一个许多人都见到了,许多人又不以为然的社会现象——由于经济大潮的冲击,商业利益的驱使,烈士陵园、烈士公墓被荒芜,烈士墓已是堆堆黄土,让人们为之心碎,呼唤"饮水不忘掘井人","烈士为建立共和国无怨无悔倒下,现在,大地繁花似锦,该让他们与我们一道分享胜利的甜蜜了"。进而,以此为契机,在读者的广泛参与下,以"告慰英灵、让正气正义永远闪光"为主题,又进行了长达8个月的跟踪报道,在广州市民中形成了一条越"炒"越热的新闻热线。这实际上就是一次以弘扬正气与正义为主线的加强精神文明建设的成功报道。这也反映了在社会主义市场经济的新形势下,在社会主义物质文明有了很大发展的时候,人们热切呼唤加强社会主义精神文明建设的紧迫意愿。

学会"两手抓",坚持"两手都要硬",是我们党建设有中国特色的社会主义的一个重要的指导思想。在社会主义建设的整个历史时期,在新闻舆论工作中,都有个要正确处理物质和精神、经济和政治的关系问题,即物质文明建设和精神文明建设的关系问题。物质文明建设与精神文明建设二者是相互促进关系,必须同步进行。物质文明建设是精神文明建设的基础,离开了物质文明,精神文明不能自行建立起来。我们不能离开物质文明讲精神文明,这是一方面。另一方面在改革开放和经济建设中,又必须抓紧精神文明建设,这对于促进改革开放、加快经济建设发展,不但不矛盾,而且能起到端正方向、净化环境、提供保证的作用。

当笔者提笔为这篇获奖消息撰写评析文章之时,20世纪的大幕已经落下,新世纪的钟声已经敲响。毫无疑问,21世纪将是人类寻求和平、向往发展和进步的更文明而理智的时代。掠夺、压迫、侵略、战争,这些人类社会从私有制出现以来已经存在几千年的怪物,新的世纪当然不能革除,仍继续存在,但和平与发展将在相当长的时间里仍是时代的主旋律。国际间不同意识形态间的斗争、不同文化形态间的冲突也将是长期的，而这种斗争更多地也将是在和平的环境中进行，西方敌对势力的"分化"、"西化"还会变着招数地进行下去。同时，在新的历史时期，社会主义市场经济体制的建立与完善，也出现了许多新的情况、新的问题，比如：经济利益、经济效益变得突出了；个人的物质利益受到重视和尊重；人们的物质生活和精神生活越来越丰富；金钱在整个社会生活中的作用和地位日益突出；等等。当然这些巨大的变化，是必需的，是有利于国家的昌盛和人民的利益的。但是，历史的发展难免利弊交织，正效应与负效应往往伴随而来，于是又一个重大的历史考验摆到了人们面前：在新的形势下，还要不要坚持正确的理想、信念、人生观和价值观，还要不要继承光荣的革命传统和优良作风，所有这些无疑都呼唤着需要加强思想政治工作，加强精神文明建设。

鲁迅先生说过：中国自古以来就有为民请命的人，有舍身求法的人，有拼命硬干的人，这些人才是真正的中国的脊梁。历史证明，一个民族总是需要有一点气节和精神的。如果被一些短期行为蒙住双眼，忘却英灵，丢掉传统，到头来是会吃苦头的。

以江泽民同志为核心的党中央在1996年提出要加强精神文明建设，并在党的十四届六中全会做出了《中共中央关于加强社会主义精神文明建设若干重要问题的决议》。消息《寂寂烈士坟，纷纷春雨泪》及其以后长达8个月的连续报道，对加强和配合当时的社会主义精神文明建设的宣传起了积极的作用。同时，有关单位耗资40万元重建烈士墓，也使这一有强烈反响的报道有了一个圆满的结果。

◆ 附作品

莫忘豪华墓园旁堆堆黄土
寂寂烈士坟　纷纷春雨泪

本报讯　（记者　梁卫国）　昨天，一场纷纷扬扬的春雨，泪水似的撒落在银河革命公墓公安坟场的烈士墓碑上，令近在咫尺的豪华墓园与黄土一堆的烈士坟形成了强烈的反差，扫墓者不禁为之心碎。

穿过绿草如茵的墓园到了山岗顶，便见50多堆黄土上的杂草在冷风中摇曳，其中由市政府和市公安局立的陈达洲、谭龙烈士墓碑，分别刻着他们是当年长寿分局和永汉分局的人民警察，于1949年和1952年牺牲在带河路和文明路捕匪战斗中。

岁月的风霜已使他俩的坟头残缺不全。1961年牺牲的许登烈士墓碑，小小的石块还被黄土淹没了部分碑文。这些散落在200平方米荒坡上的烈士坟墓，不少已称不上"坟"，也不像"墓"，有一些仅在凹凸沙石草丛中露出半块石碑而已。可是，相邻的某墓园却长年翠柏、鲜花簇拥，拜祭先人的香烛发出缕缕清香，墓园每穴2.4万至3.1万元，可安置600多穴，大部分已售出。不少到该墓园的扫墓者都会拾级来到烈士墓前，双手合十三拜，还会烧上三炷香。显然他们的心也在流泪，烈士为建设共和国无怨无悔倒下，现在，大地繁花似锦，该让他们与我们一道分享胜利的甜蜜了。

记者采访了市民政局和银河革命公墓的有关负责人获知，在这里长眠的先烈，有在国民党统治时期牺牲的地下党工作者，有建国初期对敌斗争牺牲的干警。公安部门自50年代末把坟场移交公墓后，烈士墓基本没有修葺过，一些墓已经成了无主墓，连烈士的档案也找不着了。在该处墓园建成后，有关干部也认为，同在一地的公安坟场不应再被冷落，否则心里有愧，更无法向人民交待。但苦于资金难以筹措，又一时无法找到坟主，重建烈士墓依然纸上谈兵。听到这样的解释，记者想起了"饮水不忘掘井人"这句老话，面对此情此景，我们还有什么不能做到的呢？

（原载1997年4月5日《广州日报》）

慧眼识珠，巧手妙构

有人对新闻的选材、立意和写作有过这样的解释：在读者眼里，它常常是新奇的、不同一般而又意想不到的。如果这话有一定道理，那么在第四届中国新闻奖评选中获三等奖的消息《儿子全当兵　姚妈妈好光荣　陆海空武警　四兄弟都过硬》，的确是一篇异乎寻常的社会新闻。

当过记者的，恐怕都有这样的体会，好新闻的产生，最难得是在"寻觅"和"捕捉"。这样，一个新闻工作者就应当具有善于思索的头脑和洞察一切的敏锐目光。这篇获奖消息的作者，正是从天南地北的众多素材中，独具慧眼地捕捉住了一件颇为少见、新闻性又极强的新事：姚慈贤大妈4个儿子都当兵；4个儿子又分别在陆、海、空、武警部队服役；4个儿子全都立功受奖、入了党，并且都成了干部（四儿子在武警指挥学院就学，亦是"准干部"）。在4个儿子个个过硬的对照下，军属姚大妈也是个"十里八乡闻名的'新闻人物'"，她把4个儿子全送去当兵，独自一人无怨无悔地挑起全家的生活重担，并照顾瘫痪的婆婆、长期患病的老伴和小女儿。作者以真诚敬重感情，倾注于波澜起伏的笔端，热情地讴歌了姚慈贤大妈爱家爱乡、拥军爱国的模范事迹，热情地讴歌了姚大妈一家为国防建设做出的贡献。

俗话说："无巧难成书。"巧合是文艺创作最基本的技巧。而今，随着时代的发展进步及各门学科的交叉渗透，我们的新闻写作正越来越密切地与文学的表达技巧联姻结缘。这篇获奖消息，在题材选择、主题表现、结构形成上借用巧合技巧的慧眼灵思、巧手妙构，便是成功的一例。

当然，文学作品的巧合，是作者巧妙的设置。而新闻报道中的巧合，是缘于事实和真实，即把新闻事实与外部联系的某个富有情趣的象征、情结，将它与新闻中的人、事、理、情巧妙地扭结在一起，从而产生奇巧合道、豁然开朗的审美效果。新闻写作中巧合技巧要运用得好，既要讲究奇巧，更要着眼于合道——合于对新闻事实叙事达意的需要。"巧"而不"合"，是生硬捏合，不仅徒有其表，还会引来逆反心理；"合"中见"巧"，方见奇效，让其闪现出特有的引人注目的光泽，方能拨动读者阅读兴味，勃发出一种美的情趣，引导他们去领会理解新闻的主题、思索品评新闻的内涵。

常言道："宁饮三斗醋，不听无味言。"消息写作要讲究文采，这既是增强传播效果的需要，也是当今读者的一种审美追求。新闻应该是美文，对优秀的新闻作品不是苛求。如果它的文字、构思平庸与琐碎的话，读者就很难有耐心读下去。语言的洁净、流畅和富有生活气息，并且蕴藏感人的激情，是这篇获奖消息又一突出特色。

语言，是新闻的最后存在。没有准确、简洁、鲜明、生动的新闻语言，就没有上乘的新闻报道。这篇获奖消息语言文字的特色，一是含蓄，一是口语化。注意选择提炼生活中的口语入文，让人感到活色生香，富有新鲜感和亲切感。

语言，是新闻价值最直接的体现。新闻语言的作用和意义，绝不仅是作者表述的工具或报道内容的载体，它在描述形象和表达感情的同时也具有自身的美感意义。这篇获奖消息的语言组合，组合后的各种不同情调的语感，以及彩色的调配、节奏等，都是有特色的。入笔于"今天上午"的导语段，形象、欢快与明达定下了全文语言色彩的基调；分别介绍4个儿子表现的一人一个自然段，均冠以生活口语"瞧"为提挈语，形成了4个语感强烈、语句大体相似、文字大体相等的排比段，化静为动，为文增辉。在消息的结尾处，作者巧妙地以一个简洁的现场细节，含蓄而有力地成为概括全文的点睛之笔，荡气回肠，引人联想。

◆附作品

儿子全当兵　姚妈妈好光荣
陆海空武警　四兄弟都过硬

本报广州8月30日电（记者　林曹飞　胡训军）　今天上午，广东揭阳市井都镇下南村姚慈贤大妈家门口响起了一阵鞭炮声。郑村长进门就喊："老嫂子，恭喜恭喜，你二崽在部队上立功啦！县人武部的同志给您送立功喜报来了！"

在下南村，军属姚大妈可算是个十里八乡闻名的"新闻人物"。她在一人担起全家的生活重担，并照顾瘫痪的婆婆、长期患病的老伴和小女儿的同时，把4个儿子全送去当了兵。更巧的是，4个英武的儿子依次分别在陆军、海军、空军和武警部队服役，并全都入了党、荣立军功。

瞧，大儿子郑庆明，一入伍就在保卫南疆的战斗中立了战功，后被送到桂林陆军学院学习，毕业后分配到某守备连，带领连队两次荣立集体三等功，他本人也被树为"标兵连长"。

瞧，二儿子郑庆奎，入伍到海军某部后，主动要求到南沙守礁，第二年以优异的成绩考入海军工程学院。毕业后他又申请回到了海岛，先后6次立功受奖，被评为"优秀共产党员"。

瞧，三儿子郑庆德，入伍到空军某部后，第一年就当上班长入了党，第二年以优异的成绩考入了空军雷达学院。现在是空军某部雷达连的排长。

瞧，四儿子郑庆鹏，入伍到武警某部第一年，就熟练掌握驾驶、攀登、格斗等过硬军事本领，成为训练尖子。如今，也成了昆明武警指挥学院的一名优秀学员。

当记者要向姚大妈要一张"全家福"时，她不无遗憾地说："这4个孩子在部队上工作忙，很少回家，十多年了也没照成一张团圆像。"

（原载1993年8月31日《解放军报》）

对比，让新闻释放出强烈的撼人能量

这些年来，随着舆论监督的加强，坚持正确舆论导向观念的深入人心，对比式报道多起来了，在中国新闻奖评选中的获奖频率也增高了。

所谓对比式报道，即将两种或两种以上具有一定内在联系的且富有对照反衬的新闻事实，置于同一体中进行分析对比、相反相成地加以报道。

这种报道形式不同于在一般新闻报道中插入对比性材料，即局部的运用对比性写作技法；它是结构性的全文式对比，通篇以对比为主线，或逐次向纵深展开，或多侧面横向展开，在强烈的反差中，报道事实，凸显主题，明辨是非、美丑，区分先进与后进、现象与本质。

这种报道同一般报道相比，不是单纯的表扬或批评式的报道，它是将表扬与批评融为一体，在以正压邪的前提下，好坏同在，褒贬同在，是舆论监督中一种极具建设性的报道式样。它既能在强烈的对比中无情地鞭挞丑恶、披露缺点或问题，又能给人以信心、启示和鼓舞。同时，更由于强烈的反差，对读者在视角上、心理上形成强有力的冲击力与震撼力，极易唤起读者的共识共振。

在第三届中国新闻奖评选中获一等奖的消息《大学生列车上见义勇为斗歹徒 乘警列车员闻警不动受指责》，便是这类报道中极有代表性的一篇。

这则获奖消息从标题的制作、导语的写作，以及正文的展开，始终贯穿着善与恶、美与丑的强烈对比，一方面是新疆广播电视学校的学生们，在当时一些地方和部门腐败现象滋生，社会不良风气蔓延的情况下，敢于挺身而出与邪恶做斗争，与持刀歹徒英勇搏斗，实在令人起敬；另一方面是当学生们与歹徒搏斗，并一个个负伤亟须帮助的时候，正在当班执勤的列车员和乘警居然闻警不动、对报案不理，实在令人不可思议。这两者形成的对比是何等的强烈和鲜明啊！消息见报后，怎能不激起社会和读者的强烈义愤！

据资料介绍，新华社于1992年4月22日播发通稿后，"全国各地报、台普遍采用，274次列车洗劫案成为街谈巷议的热门话题。中央政法委、广播电影电视报、铁道部、河南省委和省政府、新疆维吾尔自治区党委和政府纷纷派人前往医院看望受伤学生，许多群众自发到医院对受伤学生表示慰问。记者本人收到几百封电报、信函，赞扬报道尖锐、泼辣、一针见血。强大的社会舆论形成了，几名罪犯得到应有的下场，这组报道取得了极好的社会效果"。

一则消息,这组报道,顷刻间便形成了一股扶正压邪的强大社会舆论,其作用之大、社会效果之显著,不言而喻。

在改革开放的新时期,我们的物质文明与精神文明建设,已经取得还将继续取得巨大的成就,但我们毕竟还处于社会主义的初级阶段,我们的社会,也将会正邪并存,美丑同在。旗帜鲜明地大力讴歌真善美、鞭挞假恶丑,是社会主义新闻工作者经常性的政治使命。对比式报道样式的正确使用,有着独特的积极的作用。

对比式报道的体裁选用,可以是信息,也可以是通讯、述评等。其组合方式常见的有以下三种。

一种是同一时间、同一空间,两种新闻成分的对比。它多用于批评一个坏典型,树立一面旗帜;鞭挞一种不良现象,褒扬一种高尚的行为、风尚。

另一种是同一空间、同一事项,在不同时间内形成的对比。常见的是某地区、部门或单位的某项工作不同时期的对比。它多用于或显示变化,或总结经验,或揭露问题,借以说明一个思想观念,宣传一种理念、道理。

第三种是同一时期、同一事项,在不同空间领域内形成的对比。这一对比最常见的是同一时期同一工作在不同地区、部门或单位的不同结果间的对比报道,借以比出先进的和落后的、正确的和错误的思想观念、做法和措施,看到存在的问题和不足,找到值得推广学习的经验与做法。

对比式报道最大的特征是运用多个有内在联系的且具有对照反衬的新闻事实,进行对比表述,其目的在于分优劣、辨正误、判美丑、明褒贬,有极为强烈的舆论导向作用。因而,必须特别注意报道事实的精确,必须以高度负责的精神调查核实每一个素材,做到报道的客观、公正、真实、准确。据材料介绍,写作获奖消息《大学生列车上见义勇为斗歹徒　乘警列车员闻警不动受指责》的记者张晓华冒着极大的风险,先后3次登上274次列车,明察暗访,还到其他一些列车上调查研究,先后共采访了200多人,将每个细节都一一弄清后,再精心写作,浓缩成这篇尖锐泼辣的、不足900字的新闻精品,终于使道义的力量战胜了邪恶,正义压倒了邪气,5名犯罪分子被依法惩处,那些渎职的乘警及列车员也受到严肃查处。真是大快人心!

◆附作品

大学生列车上见义勇为斗歹徒
乘警列车员闻警不动受指责

新华社(1992年)4月22日电　　(记者　张晓华)　最近发生在274次列车

上的一起特大洗劫列车案于4月19日被铁道部公安局侦破，5名案犯全部被抓获。新疆维吾尔自治区广播电视学校学生在列车上见义勇为，与歹徒英勇搏斗的事迹，受到群众的赞扬；乘警列车员闻警不动，对报案不理，受到人们指责。

4月1日凌晨1时55分，广州铁路局所属274次列车由西安返回广州将要进郑州车站前10分钟，坐在9号车厢、前往株洲市中南无线电厂进行毕业实习的新疆广播电视学校89级电子工程大专班一学生发现一名男青年正在行窃，戴伟同学上前制止，被盗窃犯用刀顶住胸脯。戴伟、王进峰、桂星3名学生奋勇夺刀，王进峰、桂星被刺伤。睡梦中被惊醒的吴刚等几名同学也上前夺刀，又被相继出现的几名歹徒用菜刀、匕首分别伤及咽喉、眼睛、鼻子、腹部等部位。女同学慕志红发现一歹徒拿刀砍人，大喊一声："你干什么？"伸手阻挡，3个手指被砍伤。吴刚发现一歹徒刀刺戴伟后心，奋不顾身上前掩护，被一名歹徒连刺3刀。其他师生有的抢救伤员，有的去报警。

当歹徒开始行凶时，学生干部李晓英奋力向8号车厢挤去，敲响乘务员门报警求救。屋里一位身穿乘务员制服模样的人冷淡地说："这事我们不管，你找列车长和乘警去。"随即将门关上。在9号车厢，当歹徒们持刀威逼乘客闪开一条道，有组织地撤向10号车厢之后几分钟，从8号车厢过来一位身穿警服的人。一名学生迎上前向他报告案情，并提供了歹徒向10号车厢逃走的方向。这位警察听后未发一言，扭头返回8号车厢，一去竟杳无音讯。师生们在郑州下车后，又找到一位从车上下到站台的乘警，反映同学被歹徒刺伤，求他去看看。这位乘警也不予理会。开车时刻一到，乘警径自登上踏板，随列车扬长而去。

对这起特大案件，274次列车长没有向郑州车站客运值班主任交接，乘警长也未向车站公安段交接。后来在有关部门领导追问下，他们承认当时知道这一案件，但认为这次列车经常发生偷窃及流血事件，所以才没引起重视。

国务院、河南省以及铁道部等领导听到案情后，对学生们见义勇为的精神十分赞扬，对受伤学生表示慰问；要求对这些渎职的乘警及列车员在查明情况后进行严肃处理；并要求公安机关尽快破案，依法严惩犯罪分子。

在铁路公安机关的努力下，这一案件的5名罪犯已于19日被全部抓获。案件目前正审理中。

少些平面叙事，多点立体记事

读过荣获首届中国新闻奖二等奖的消息《江泽民自费购书送一汽职工》，掩卷而思，眼前闪现的是那一幅幅人物活动的画面，耳旁回响的是那一句句真情浓浓的人物语言，确有给人以如见其人、如闻其声的快感。如果把这篇获奖信息比作是一幅反映中央最高领导与基层职工情深意浓、有声有色的速写画，是不以为过的。

近些年来，为了克服新闻作品枯燥、呆板、干瘪、老套的痼疾，新闻界一些同志不断呼吁要写"视觉新闻"、"现场新闻"。笔者认为，"视觉新闻"也罢，"现场新闻"也罢，它的核心是要彻底摆脱新闻写作只是平面叙事的表现手法，应多采用一些融人、事、理、景于一体的立体化写作方法。生活是新闻的源泉，生活是多姿多彩的，我们的新闻作品本应是有声有色、有滋有味的，但是如果我们的新闻写作只是一味地平面叙事，客观事实即便再丰富多彩，留给读者的也只能是长长的"叙述长廊"。如果采用忠于事实的原貌，多用融人、事、理、景于一体的立体化的叙事方法，无论是大事或小事，在作者的笔下，将会"活"起来，"立"起来。

行文至此，笔者随手从身旁刊物上摘下两则短消息。

王昭君出塞和亲青铜铸像落成

新华社呼和浩特 7 月 29 日电 （记者石圭平） 王昭君出塞的青铜像，昨天在呼和浩特市郊修茸一新的昭君墓前落成，为庆祝内蒙古自治区成立 40 周年增添了新的色彩。青铜像高 3 米，昭君和呼韩邪单于并辔而行，雄姿英发。

昭君墓前新增了一座阙式墓门，墓体周围的墙壁上新刻了 40 帧历代名家题词。

（1987 年 7 月 31 日《人民日报》）

这则简而又简的简讯，也不是一味地平铺叙事，其引人之处是那妙笔生花的"并辔而行，雄姿英发"八个字，便将早已作古两千余载的王昭君和呼韩邪单于相亲相爱、骑马并行的形象和风景，栩栩如生地展现在读者前面。这"八个字"本身就是用立体化手法的叙事，是新闻事实不能缺少的交代，而决非点缀的闲笔。

滦河水质胜过京沪　天津居民待品甘泉

据新华社天津（1983年）8月25日电 （记者杜继昌）　据天津自来水公司化验后宣布：滦河水质优于国家规定的饮水卫生标准，比北京、上海等城市的原水质要好。

近日来，天津市人民纷纷购买高档名茶，准备在引滦入津工程正式通水那一天品尝甜水沏香茶的味道，喜庆喝苦咸水历史的结束。

（摘自《全国短新闻选》）

从写作上看，这则只有百余字的简讯，妙在第二个自然段，作者把天津人民准备喜饮甜水告别喝苦咸水的极度喜悦，难以用文字表达的心情，还原于生活事实，诉诸读者的有形的视觉形象。这就为读者留下广阔的思索空间，真可谓"此处无声胜有声"！确是生花妙笔。

消息《江泽民自费购书送一汽职工》，在写作上也有这种异曲同工之妙。这条消息共分5个自然段，江总书记与一汽职工的旧友情、同志情以及对新闻事实的叙述，都是通过人物活动的画面和人物语言来表现的。有的自然段就是一幅生动的速写画。

3月2日，100册载着总书记深情厚意的书从上海寄到汽车厂。有人建议："请新闻记者来，搞个隆重的授书仪式！"熟知江泽民的一位老同志摇头说："不中，这么做让泽民知道会不高兴的。"

读着这段有情有景、有事有人的叙记，怎能让人不感慨呢！尤其是一位老同志直呼总书记的名字那句话，实在是精彩、意味深长。它显示了江总书记在一汽工作期间的人格力量，至今仍深深地刻在职工们心上。

全文的结尾段，也是意味深长的。

工厂发书的工作是悄悄进行的，但消息还是不胫而走。由于要书的人太多，负责分书的女资料员左右为难，直到昨天有的总厂厂级领导还没分到书。

这个自然段虽然没有人物的话语，但仍然不是平面叙事，字里行间仍然活动着人物的身影，同时又有着言已尽、意无穷的丰厚信息含量。

要把新闻作品写得有声有色,当然不仅是个表现手法,这与采访、选材、立意都有密切关系。近代学者王国维在《人间词话》中说:"大家之作,其言情也必沁人心脾,其写景也必豁人耳目,其辞脱口而出,无矫揉妆束之态。以其所见者真,所知者深也。"与其他写作相通,我们的新闻写作,也从来就不是一个单纯的写作行为,首先是一个对报道对象的认知活动。新闻作品要写得情真意切、引人入胜,首要的前提是对报道对象必须有个"见真"、"深知"的把握。

◆附作品

总书记系念旧友　赠译著情深意浓

江泽民自费购书送一汽职工

本报讯　(通讯员　王蕾　记者　范云波　王坤)　到昨天为止,长春汽车厂40多人接到江泽民总书记赠送的《机械制造厂电能的合理使用》一书。一位老技术员捧着装帧精美的书说:"总书记自己掏钱给我们买书,当上中央最高领导还记着咱们,难得呀!"

这本书是江泽民50年代在长春的一汽工作期间翻译的。此书对我国汽车工业的节能、节电具有较高的参考价值。由于"文革"和工业变迁等历史原因未能出版。所幸,原译稿被汽车厂他的老同事们保存完好无缺,于今年1月在上海出版。

总书记将这本书稿费中的1000元赠给上海市儿童基金会,余额除付给一些同志校稿报酬外,还剩300多元,全部转寄给长春汽车厂副厂长沈永言。他在电话中嘱咐说:"用这钱买批书,送给我的老同事、老朋友吧!"

3月2日,100册载着总书记深情厚谊的书从上海寄到汽车厂。有人建议:"请新闻记者来,搞个隆重的授书仪式!"熟知江泽民的一位老同志摇头说:"不中,这么做让泽民知道会不高兴的。"

工厂发书的工作是悄悄进行的,但消息还是不胫而走。由于要书的人太多,负责分书的女资料员左右为难,直到昨天有的总厂厂级领导还没分到书。

(原载1990年3月29日《长春晚报》)

在变动中发现并报道新闻

用马克思的话说,社会"是人们交互作用的产物"。它是以共同的物质生产活动为基础而相互联系的人们的总称。在人与人的共同生活和生产劳动交往中,个人既是社会关系的主体,又是社会关系的客体。作为客体,他要以自己的外在价值来满足社会和他人的需要;作为主体,他的需要又要从社会和他人那里得到满足。在改革开放的年代里,随着商品经济的发展,人们对公共事务和社会风气的关心程度不断增强,人们的思想观念也在不断发展、变化和更新。及时地发现并反映这种变化,发挥新闻舆论的导向作用,促进两个文明建设,是新闻工作者义不容辞的责任。荣获1988年度全国好新闻一等奖的消息《劳模马学良嘉奖乡亲促进双文明建设》,向社会向读者饶有兴味地展现了这种变化。

专业户,这个作为在农村改革开放中出现的经济群体,当其面世之日起便有不少人认为他们大都是"想着法儿赚钱的人"。囿于此见,在当时不少的有关报道大多是写他们如何深谙生财之道而发财致富的。可这篇获奖信息的作者,不是一般地去报道农村专业户中的劳模如何勤劳致富,发挥示范带头作用,而是另辟蹊径,写马学良劳模致富后不忘乡亲,但又不局限于帮贫济危,而是"走家串户,摸底调查,选定了种植、养殖、经商、教书育人、尊老爱幼等方面的10名先进个人",自掏腰包,为他们发奖,以"鼓励乡亲们比富裕,争文明"。从而以一个全新的角度,向人们展示了一位回族劳动模范、个体专业户马学良崇高的精神风范。信息题材新颖,视角独特,写作手法不落俗套。

有人说,新闻是"明白文",应用朴实、明白、简洁的文字来交代事实、传递信息。此言有理。但在明白、简洁的基础上,如能给人一点意味、给人多一点美感,那就有可能是上乘之作了。因为用明白、简洁、有味、精彩的语言所传播的事实、信息,所讲的道理,比较容易让人接受。作为一个优秀的新闻工作者,千万不要以为你讲的道理很正确,你报道的事实很真实、很重要,就不去讲究语言的表现,以为自己只要事情与道理讲"清楚",人家就一定会接受。其实,动态新闻篇幅有限,"尺水"能否"兴波",其得失往往还取决于语言的活力。

这篇获奖信息,在语言的表现上也有值得称道之处:

生动的口语。信息起笔写道:"本报讯 2月3日上午,惠农县礼和乡礼和村小学教室里，男女老少挤得水泄不通，娃娃们把窗户也趴得满满登登，原来是自治区农民养鱼企业家、石嘴山市劳动模范马学良召开表彰会，奖励本队在'双文明'建设中做出突出成绩的乡亲们。"现场描述，情景交融；语言简洁，生动形象。

有味的引语。"发奖后，县委副书记张敬平说：'奖品不算多，劳模的情意重，为的是扶正气，树新风，促进双文明。希望大伙学先进，争先进，不要辜负劳模一片心。'"言简意赅，画龙点睛，深化主题。

结尾的含蓄。消息的结尾段，连标点仅有41字："连日来，礼和4队的农民们备耕生产搞得呼隆隆。好胜的小伙子们个个憋足了劲，瞄上了马劳模的奖励。"此处虽无惊人之事，但含蓄有力，给人留下无尽的思索空间。

◆ 附作品

黄河岸边大沙窝　　庄户人家新事多

劳模马学良嘉奖乡亲促进双文明建设

本报讯 （记者　王焕章　李双全）　2月3日上午，惠农县礼和乡礼和村小学教室里，男女老少挤得水泄不通，娃娃们把窗户也趴得满满登登，原来是自治区农民养鱼企业家、石嘴山市劳动模范马学良召开表彰会，奖励本队在"双文明"建设中做出突出成绩的乡亲们。

马学良是黄河岸边礼和4队的回族农民，1985年春，他率领妻儿老小，迁居到沉睡了千年的大沙窝，开发碱滩上千亩，其中养鱼水面480亩，成为全区最大的养鱼专业户。他还种粮种草500亩，养牛38头，又鸡鸭成群，真是五业兴旺。去年总产值23.5万元，获纯收入7.3万元。今年1月12日被自治区命名为农民养鱼企业家，1月27日又被石嘴山市政府命名为劳动模范。在荣誉面前，马学良思绪万千，萌发了出钱发奖，鼓励乡亲们比富裕、争文明的念头。他走家串户，摸底调查，选定了种植、养殖、经商、教书育人、尊老爱幼等方面的10名先进个人。他在会上介绍说，马国民责任田种得好，还开荒10来亩，这几年平均每年交售粮食上万斤；吴国林老师教书育人10多年，为咱们的娃娃操碎了心，也是咱们科学致富的"活财神"；党员杨学祥兄弟妯娌和睦相处，尊老爱幼，团结四邻……他们是咱队"双文明"的带头人。他给这些先进个人每人发了奖状，奖给尿素1袋、床单1条。

发奖后，县委副书记张敬平说："奖品不算多，劳模的情意重，为的是扶正气，树新风，促进双文明。希望大伙学先进，争先进，不要辜负劳模一片心。"

马学良在乡亲们的掌声中宣布:"1988年我还要拿出2100元,设一、二、三等奖,奖励15人。"

连日来,礼和4队的农民们备耕生产搞得呼隆隆。好胜的小伙子们个个憋足了劲,瞄上了马劳模的奖励。

(原载1988年2月22日《宁夏日报》)

讽喻辛辣，谐趣横生

　　幽默、富有谐趣的表达技巧，能引发喜悦、带来欢乐，使人获得快感。如今我们的生活丰富多彩，人们的思想开放，收入增加，日子越过越好，就需要有轻松活泼的精神食粮，使生活更多一点情趣。把蕴含在新闻事实中的幽默因素挖掘出来，引入文中，这是近些年来许多新闻作品写得更能撩人情趣、更能楔入接受者记忆中的一个显著特点。

　　1999年5月10日出版的《中国电视报》刊登了一篇题为《金庸说不完》的专访。专访说，1999年3月26日金庸接受浙大聘请担任浙大人文学院院长。他说：来到杭州，我很高兴。浙大这些学生，我都不叫他们学生，我叫他们小师弟，小师妹。第一天上第一节课时，黑板上写着"欢迎大师兄"几个字，金庸当时很高兴，对学生说："以后大家一起研究学问，大师兄传授给你们几招，你们有什么问题跟我讨论，不要当我是老师。"

　　这幽默风趣的连连妙语，既显示了这位中国文学大师平易近人、可亲可敬的"大侠"风范，又表明这样别开生面的授课，更引来了学生们的极大兴味。无怪乎当4月8日晚金庸授第二课时，浙大人文学院的学生几乎是在严格控制人数的"秘密"状态下聆听讲授的，为的是以防"金庸迷"们把报告厅挤"爆"。

　　获1987年全国好新闻一等奖的消息《钱向金动用"拉达"轧场火烧连营》，更可称得上是一篇事实罕见、写作手法独特的幽默性的新闻小品。消息报道的是一位县建设银行的副行长，夫妻双双乘坐新购进的小卧车，衣锦还乡，竟然用小车为自家和岳父家打麦轧场，结果公家的小车起火付之一炬，数千斤小麦也化为灰烬。作者抓住这个影响极坏的事实，比较娴熟地运用幽默的技法，以辛辣的文字，形象的比喻，对其所作所为无情地嘲弄和鞭挞，进而产生了生动、风趣、幽默的传播效果，引人深思，耐人寻味。

　　幽默既然是人们对某种事物的风趣描述，是人们表达思想感情的一种方式，很自然和语言有着极为密切的关联，从某种意义上说，幽默就是一种语言的艺术。这篇获奖信息在语言上的幽默感，是贯穿全文的。其中有反常比喻造成的幽默，比如："一辆银白色小汽车，像磨道里的小叫驴，在打麦场上'嗖嗖'地打转转——用小汽车轧麦子，村里人围着看稀罕！是谁这么'现代化'？"有反语式的幽默，比如：

"钱向金是后寨村人,本村门婿,坐着这般漂亮的小车还乡,既光宗耀祖,又衣锦荣亲,真是'两全其美'。"有庄词谐用式幽默,比如:"不一会,一场麦子就'出溜'完了。钱向金的爱人见到小汽车轧场'多快好省',乐不可支地说:'明儿叫王师傅再来一趟,连孩子他舅那麦子也给轧轧。'夫人的'议案',钱向金完全有否决权,但不投反对票。"等等。

新闻是现实生活的记录,是事实的报道。新闻幽默又不仅是一个语言表述问题,首先它是来自生活,存在于事实中的情节或细节。现实生活中有各种各样的矛盾,它们中有的现象与本质并不一致、有的主观愿望与实际结果相背离。新闻工作者的任务,常常只需忠实地记录生活,巧妙地点破这种不一致,当人们看到事情的实质或结果时,就产生幽默的情趣。消息《钱向金动用"拉达"轧场火烧连营》,这情节细节、其人其事,本身就是一个幽默小品。而这种饱含在情节、细节中的幽默,最能体现新闻主旨,是最富有思想光华、最耐咀嚼的幽默。很显然,新闻幽默不是滑稽,不是说笑话,更不是耍贫嘴,而是一种技巧,一种机敏,一种风趣,一种艺术。同时又无可否认,新闻作品含有引人入胜的幽默感,不仅是一个写作方法问题,重要的在于发现。

那么,新闻幽默指的是什么呢?似乎可以这样概括地说,这是一种用诙谐有趣的方式,揭示生活中的某些矛盾或哲理,让人在轻松愉悦中感到意味深长、有所了悟的艺术表达方法。新闻幽默的表现形式大致可概括为两种类型:一种是否定性的幽默,其事实的本质与基础是丑,它主要是对生活里的乖讹和谬误,有违公德、公理的事物或现象进行讥讽或鞭笞,从而通过对丑的否定达到对美的肯定;另一种是肯定性的幽默,其事实的本质与基础是美,它主要是通过对优良品德、风范与正面典型饶有兴味地直接肯定和颂扬,以增强对受众的吸引力和感染力。

随着新闻改革的深入,幽默的艺术表现手法已日渐广泛地运用到新闻写作中来了。应该说这是一件大好事。固然,新闻写作不同于写小说,也不同于说相声,更不是画"漫画",它是客观事物真实的报道,但这并不等于新闻就只能写得贫乏呆板。如果我们把采访来的素材,进行精心筛选和组织,把那些有益于表现主题、含有幽默感的细节,写进作品里,对于增强新闻的鲜明性和可读性是很有好处的。当然,把幽默的表现手法用于新闻写作,就绝大多数作者来说,还刚刚开了一个头,还有许多问题值得探索,也有些问题值得注意。比如:

我们说的幽默,意在用最少的语言,具体、生动地表达丰富的思想感情,以达到"意在言外,思而得之"的艺术效果。但不是要把新闻写得隐晦、朦胧、模棱两可,和读者故意"逗乐"。

同时，一定要恪守新闻必须真实的原则。我们这里讲的新闻情趣，指的就是生活中确实存在的情态意趣，它存在于新闻事实当中，是新闻事实原有的属性之一。但并不是任何新闻事实都会含有这种幽默情趣的，因此切不可不看条件，不分内容，一律强求。

再有，要划清幽默与油滑的界限。新闻作品中的幽默一定要服务于主题思想的表达，它是在一本正经、庄重严肃的基础上，让读者轻松、愉快地在知事明理上得到启迪，切忌用语或行文上的油腔滑调。

这里还要特别提及，幽默首先是一种文化，是现实中人们行事言谈的一种风格。因而在新闻中有没有幽默本身并无好坏可言。关键要看新闻素材中是否存在这种因素，以及有无必要引入新闻中。一般来说，新闻要写得谐趣引人，幽默往往是不可少的。除去那种单纯传播信息的新闻，尤其解释性新闻，大都是事、理、情的结合体。当然，叙事不必借助幽默，但抒情与议论则常常又少不了幽默。因为应有而没有幽默的抒情则会少了几分情趣，弄不好还会给人增添几分赤裸裸的多愁善感；应有而没有幽默的议论也就少了必要的含蓄，难免就会陷入直白而袒露、是非分明的说教之嫌，无异于有形体而少神韵。

◆ 附作品

有钱能使"鬼推磨" 有权汽车能轧场
钱向金动用"拉达"轧场火烧连营
近三万元的进口小汽车成了"糊家雀"，
几千斤麦子化为灰烬

本报讯 （记者 李其昌 张盛金） 6月16日下午3点多钟，在阜城县城关镇后寨村东，一辆银白色小汽车，像磨道里的小叫驴，在打麦场上"嗖嗖"地打转转——用小汽车轧麦子，村里人围着看稀罕！是谁这么"现代化"？说起来，"官"还不大——阜城县建设银行副行长钱向金。

钱向金发现小汽车有轧麦子的"多功能"，早在前天就做过"实践证明"。6月14日下午，钱向金和他爱人坐着机关的小汽车，"夫妻双双把家还"，去接两个孩子。钱向金是后寨村人，本村门婿，坐着这般漂亮的小车还乡，既光宗耀祖，又衣锦荣亲，真是"两全其美"！车过村东场边，适逢其父轧麦。其父提出用小汽车轧轧麦子。身为共产党员、县建行副行长的钱向金，明知这么干会在群众中造成什么影响，可他唯父命是从。司机看不清进场的道路，他就"挥手指方向"："从这边过去！"……

"拉达"轧场就是快当，气死老牛拉碌碡。不一会，一场麦子就"出溜"完了。钱向金的爱人见到小汽车轧场"多快好省"，乐不可支地说："明儿叫王师傅再来一趟，连孩子他舅那麦子也给轧轧。"夫人的"议案"，钱向金完全有否决权，但不投反对票。在"三会一课"上，他说的那些话早忘了，碰到个人的事上又"权令智昏"了！商定16日再来为其内弟王庆明轧麦子。

6月16日下午，钱向金瞒着领导和办公室管车人员，和爱人乘"专车"回家——专程回来轧麦子。但"拉达"牌越野汽车毕竟不是轧场的玩艺，想不到转着转着，滑到了场边被麦秸掩着的土坑里。麦秸打滑，司机用上前后加力，也进退两难。司机猛踩油门，车下麦秸冒烟起火，烈日、干柴、南风，眨眼火焰腾腾，场里无灭火设施，人们用铁锨往汽车上扔土，但"杯土车薪"，无济于事，麦场相接，火烧连营，价值29700元、才购进7个月"拉达"车被烧得一塌糊涂，1500多公斤小麦也化为灰烬。案发后，地区公安处和阜城县公安局干警立即赶赴现场。县委、县政府十分重视。此案已由县检察院提起公诉，县人民法院正立案审理。

（原载1987年6月23日《衡水日报》）

有的放矢，奇异制胜

"好奇之心，人皆有之。"平平淡淡，老一套的内容，激不起读者的兴味。异常的社会新闻，常常有惊世醒俗，先睹为快的效应。

获1982年度全国好新闻一等奖的消息《15斤牛肉干成了难题》，便是这样的一条社会新闻。一位外地采购员到上海联系工作，带些牛肉干送送人情、走走门子，在当时的一段时间里可谓司空见惯、习以为常的事了。而在眼下礼物却送不出去，无奈只好请工商行政管理所收购，这便成了一件"新鲜事"，便成了新闻。正像有的评论者指出的那样："社会新闻是在特定的社会生活中发生的新人新事新情况，评价新闻的时候，也要联系社会背景来考察它的社会意义。这条新闻发生在第一个'全民文明礼貌月'当中；同时打击经济领域严重犯罪活动的斗争也正深入展开。一方面是在提倡建设社会主义精神文明，一方面是在反对资本主义腐朽思想的侵蚀，两大社会力量汇合之处，五讲四美的鲜花开得更茂盛，社会风气已有好转。"

这是对这条"牛肉干新闻"最具有代表性的评价。这条"牛肉干新闻"在读者中、在新闻界流传比较广，一些新闻院系把它列为范文，一些新闻刊物不断有评介文章，主要称赞它从一件具有典型意义的小事中体现了党的方针、政策威力，体现党风和社会风气在上海一些部门正在好转。

今天，重读这条新闻，无疑上述评价仍然是正确的。但从另一方面看，这则"牛肉干新闻"还包含着丰富的潜信息。

时下，常有人愤世嫉俗地抱怨社会风气不好，这种抱怨无疑是有根据的。惩治腐败，净化社会风气确实是摆在我们面前的一项十分艰巨的任务。有些人——其中包括某些常常抨击世风不正的人，对其艰巨性实际上缺乏认识，在这些人看来，似乎社会风气不好，责任全在别人。其实问题并不这么简单，不良的社会风气已经污染了相当多的人的灵魂，包括某些常常抨击世风不正的人在内，而这些人受了污染却全不自知。请看看，办事情，要靠送钱送物拉关系、走门子，这本来就是一种不正之风，但不少人出于无奈还得从世人俗地照着去办，办过之后，并无半点自责。这则"牛肉干新闻"从另一个侧面告诉我们：净化社会风气任重道远；净化社会风气首先要净化自己的灵魂，从我做起，从每一件小事做起。只有如此，方能积小胜为大胜、全胜。

文似看山不喜平。社会新闻的选材、立意，更应该多讲点奇异效应。求奇求异，是受众接受新闻传播的共同心理。对社会新闻，对于身外的奇闻异事，受众常常睁大眼睛关注着它。心理学常识也告诉我们：人的求奇心理是与生俱来的。它是人们在社会实践中寻求自身发展、寻求自我保护、寻求心理愉悦、寻求心理刺激的一种本能的活动。当周围环境发生某种新异刺激物的时候，人们常常会本能地去关注这种变化、以各种方式探询这种变化。

◆附作品

15斤牛肉干成了难题
一位外地干部到沪办事任务完成了礼品无人收

本报讯 （记者 陈铭灿） 3月13日，南市区老西门工商行政管理所里来了一个操四川口音的外地人，要求把他随身带来的15斤牛肉干收购处理。

原来，他是四川省奉节县机械厂干部，名叫向友府。他这次来上海出差，联系业务，本来以为"圆图章不及熟面孔，不送礼办不成事"。为了让工作进展顺利，他特地在当地买了15斤牛肉干，作为联系工作时拉关系之用。可是他到上海两个星期来，去了化工局、农机公司等五六个单位，都拒绝收礼，15斤牛肉干也没送掉。向友府在要求收购的申请书上写着："我已圆满地完成了任务，所带的牛肉干只得请你们协助，按照上海规定牌价处理。"南市区工商局按市价收购后，交给老西门中华食品店按牌价出售。

（原载1982年3月25日《新民晚报》）

社会反响强烈，归类存有分歧

本书之所以将《一位母亲的呼吁》选入，一则考虑到这篇作品的发表在社会上引起的反响实在太大，上至党和国家的最高领导人，下至普通百姓，许多人都是含着泪水读完这则报道的；另则是考虑到关于新闻体裁的分类，作为一门新开拓的学科，在我国还没有完全成熟，没有形成一套完备的理论，在新闻实践中对某篇作品的归类常有不同的划分。这篇获奖新闻也是如此。

在第六届中国新闻奖评选中，新华社的《一位母亲的呼吁》是作为通讯参评，评选结果也获得通讯二等奖。但在评比过程中，有的评委提出过归类欠妥。应该作为消息参评。笔者认为这篇作品归类于消息是有道理的：

其一，此稿 1995 年 2 月 17 日播发后，全国多达数十家报纸次日便在重要位置刊登，但包括《人民日报》在内有些重要报纸，都是按消息处理的。《人民日报》在发表这篇电讯稿时，将原题改为双行主题《一位母亲强烈呼吁，扫黄打非不可手软》，带消息头并配评论《警惕"电脑"犯罪》，在一版头条位置发表。

其二，内容不同，但结构与这篇获奖新闻颇为相似，仍视为消息的，以前也有过。如 1982 年 8 月 5 日《人民日报》就刊发过这样一则消息：

（肩）1937 年日本报纸上的一段新闻
（主）日本侵略军在南京进行杀人比赛

本报讯 日本政府文部省在修改中小学教科书时，把日本军国主义者对中国的侵略篡改成"进入"。他们甚至想掩盖日本侵略军在南京杀害中国几十万人的大血案，把南京大屠杀改为"占领南京"。但是，历史是不能更改的。这里，我们把 1937 年 12 月日本《东京日日新闻》登载的一段新闻抄录下来，用以示众：

题目：《紫金山下》

内容："准尉宫冈和野田曾约定作一个砍杀 100 敌人的比赛"，12 月 10 日，二人在紫金山下相见，彼此手中都拿着砍缺了口的军刀。

"野田道：'我杀了 105 名，你的成绩呢？'

"冈田答：'我杀了 106 名。'

"于是两人同作狂笑：'哈哈，宫冈先生多杀了一个！'

"可是很不幸，确定不了是谁先达到100之数。因此他俩这次是不分胜负，重新再赌谁先杀满105名中国人。

"12月11日起，比赛又在进行。"

一则引导性导言，一个新闻由头，把几十年以前的事情变成了新闻。

至于，《一位母亲的呼吁》的社会效果，对当时阶段性的扫黄打非工作起了极大的推动作用，这已是人所共知的事实。据资料介绍，《人民日报》在刊发这组报道后，江泽民总书记和当时的李鹏总理，都称赞这条新闻处理得好，读了以后，催人泪下。许多读者反映这组报道"强烈反映了人民的呼吁"，"说出了读者的心里话"，"表明了党和政府开展扫黄打非的决心"。不少读者反映，他们是含着泪水读完这篇呼吁的。

这篇报道的成功关键在于切入角度选得好、选得准。正像作者曲志红在《面向大众，寻找角度——一个母亲的呼吁引起震动后的反思》中所讲到的：

大致回顾一下自己近两年来在"扫黄打非"报道中所写的稿件，大部分是工作部署、要求、成效、处罚决定和新出台的管理措施等……这些报道无疑是最重要、准确的，也是有新闻价值的，但它的角度和姿态却拉开了自己与普通群众的距离。与《一个母亲的呼吁》这样生动具体、极富感情色彩又平易近人的稿子相比，那些报道缺乏感染力的弱点一望而知。

我自省造成这种态势的原因可能多种多样，比如深入调查不够、参与具体行动较少等等。但就我个人而言，某种思维定势的局限可能更多地影响了自己。

我觉得，由于我们国家通讯社的地位，对所报道的内容要求十分严格，许多正在发生的、没有最后结论的、没有权威人士部门认可的、容易引起争议的事情，都被排除在报道范围之外。所以有许多很新鲜但不十分牢靠的题材往往被我们舍弃了或改变为"大路货"后才出台。特别是比较重大的、政治性政策性强的报道更是如此。在这类采访中，我们更多的是注意事实的准确、内容的分寸（这当然是必要的），注意力也主要集中在有关领导部门的意见，却往往忽视了群众的接受和欢迎的程度。

而《一个母亲的呼吁》这封群众来信，则把"扫黄打非"这样一个被许多人认为与自己无关的带有浓厚政治色彩的问题，通过一些最易引起社会共鸣的话题，和每个人的生活联系在一起。应该说，这篇稿件之所以引人注目，关键是找到了最能打动普通群众的视角和切入点。

其实在各种报道中,似乎都有这样的可能。无论多么重要的政治事件、多么高深的科技成果、多么抽象的理论、多么高雅的艺术,也就是说,无论你所报道的内容有多权威、多宏观、多重大,都应该尽力去寻找最易于让广大群众关心接受的角度和形式。

大众传媒的价值就在于面向大众。这也是这次报道的成功给我的最大启示。

(摘引自1996年第4期《报林求索》)

角度,即观察事物的立足点与出发点,亦称"视角"、"视点"、"观察点"。新闻角度,即透视新闻事件的立足点与出发点。新闻角度,已经成为一种新闻写作手法,内容十分丰富,主要有:新闻立意的提炼与选择角度;新闻题材的选择角度;新闻事实的观察与选择角度;新闻事实的选用与表现角度,新闻受众的接受角度。

新闻角度的选择是新闻写作中的重要环节,一篇报道能否实现自身的价值,与此关系极大。在新闻角度的选择上,既要考虑到新闻主题的需要,在坚持正确舆论导向的前提下,更要多考虑新闻客体的需要——读者的需要,要多选择读者最关心的角度、最容易接受的角度。在这点上《一位母亲的呼吁》是成功的。

◆ 附作品

一位母亲的呼吁
—— 摘自一封震撼人心、发人深省的举报信

曲志红

一位苏州的普通女士,在今年11月21日给江苏省副省长、苏州市委书记杨晓堂写了一封举报信。在这封信中,她讲述了突然发生在她幸福家庭中的一段痛心不已的故事,令读到此信的人无不为之动容。她也向全社会提出了一个严肃问题,在我们社会主义国家里,难道竟能坐视那些黄色出版物侵蚀毒害我们的青年一代吗?我们将此信摘录如下,希望来自这位普通母亲泣血的呼吁,能进一步唤起全社会对黄色出版物所带来的灾难性后果以足够的重视,也希望那些为牟取暴利而"制黄""贩黄"的人们,能意识到自己的罪恶而悬崖勒马!

我是一位普通的中年妇女,原来有一个幸福的家庭。可近来,我每每以泪洗面,夜不能寐。思前想后,使我下决心给您写这封信,因为我相信我们的党、我们的国

家、我们的政府。

我和丈夫都在企业中工作，生活条件比较差，但我们认为这没什么，我们有我们的骄傲——我们的儿子。儿子很聪明，读书成绩一直不错，我和丈夫把所有的希望、所有的一切都倾注在他身上。我们希望他能争气、能成材。可是最近发生的一件事，却彻底打碎了我们的梦想。

事情还要从年初说起，儿子从去年开始自学电脑，而且学得不错。丈夫和我商量了半年，终于咬咬牙花了8000多元钱给他买了一台电脑。我的家庭经济并不富裕，不怕您笑话，家里的电视机还是黑白的，可是我们认为值得。谁想到，事就出在这电脑上。

近两个月来，我发现儿子一直神神秘秘，经常把自己锁在自己房间里，当时也没觉得怎样。后来发现他近期几次考试成绩直线下降，好几门功课竟只有六十分。问他原因，他一直说粗心，未答好试题。有一天，班主任打电话给我，说我儿子几个月来上课一直不认真，神情恍惚，最近几个下午竟没来上课。我接了电话，气得不行，马上请了假冲回家，打开儿子的房门，发现儿子正和他的两个同学在看电脑放的电影（后来才知道叫VCD）。可待我仔细一看，天啊！那是什么镜头。我当时气得手脚发凉，呆呆站了十几分钟不知该怎么办。

晚上，我丈夫回来了，他一生第三次，也是最狠的一次打了儿子，他问儿子这些黄色VCD是哪来的，儿子说是托人从苏州宝碟激光电子有限公司买的，很便宜，而且就是这家公司生产的。丈夫和我简直不敢相信自己的耳朵，这家公司并不是什么地下工厂，它是一家正式的中外合资企业。前几天我们还在吴江电视台的节目中看到这个企业的领导出现过，而且是介绍先进经验。这难道是真的吗？

可事实回答我是真的。杨书记，我想问一下，在我们国家里，中外合资企业难道可以为所欲为生产这种黄色的东西吗？！这难道不是违反国法吗？！

当然，出了这件事，我们做父母的也有不可推卸的责任，但我想，我们共产党领导的社会主义中国也决不允许有这样的企业。我的儿子只有16岁呀！如果没有好的社会环境，他该怎样走完他的人生啊！

（新华社1995年12月17日播发）

综述　社会新闻写作论要

社会新闻的线索生长在社会生活的各个方面、各个领域，大多又生长在街谈巷议的最基层——街道里弄、田间地头、村寨、班组、校园、商店、家庭、大街小巷、公共场所等，一切有人群活动的地方。它确实是一种令读者感到亲切的报道题材。读好的社会新闻，确有似在豆棚瓜架之下倾听一位智者讲述老百姓身边的故事的情趣。它集事趣、理趣与情趣于一身，巧谈时事、品味人生、赏析文化、怡情感怀、讴歌正气、鞭挞邪恶，俊逸隽永地反映社会的人际关系和道德风范、张扬美好的事物和人物形象、鞭挞束缚和阻碍社会进步的消极社会现象和邪恶势力，推动社会的文明进步。

从本质上说，社会新闻首先是一种社会文化，是一种传播文明、激励进步、推动创新，对全社会的思想文化、道德风尚建设起贯通作用、疏导作用、规范作用的文化。眼下的重要问题，就是要使我们的社会新闻，在社会主义新闻媒体中发挥其应有的积极作用。从目前各新闻单位报道的实践看，对于社会新闻主要的还不是写作技巧问题，而其着眼点还应该放在指导思想的确立与报道原则的掌握上。

一、正确认识社会新闻的特殊作用

社会主义的传播媒体应该有自己的社会新闻，似乎已是定论了。现在的问题是，我们应当怎样认识它在新闻宣传中的地位，怎样正确地评价它的特殊作用？

在回答这些问题之前，应当肯定地说，我们应当下功夫抓好有中国特色的社会新闻，决不仅仅是社会新闻可以拓宽信息的覆盖面，增加信息量；更为重要的还在于：它能含而不露、潜移默化地弘扬社会主义精神文明，起到协调各方关系、增强社会主义事业的向心力和凝聚力、推进改革开放的大潮、推动以经济建设为中心的各项事业发展的特殊作用。为什么这样说呢？

第一，社会新闻在体现社会主义新闻的指导性上有着特殊的作用。社会主义新闻是要讲究指导性的，特别是作为党的机关报更要把指导性作为新闻宣传的重要功能之一。然而新闻毕竟不是党和政府的"红头文件"，它对受众来说只具有说服性、舆论性，而不具有强制性、指令性。特别是在市场机制下，随着政府职能的转变和经济成分的多元化，传播者要实现自己的传播目的，是要以受传者乐于接受为前提的。因而新闻的指导性只有同趣味性、可读性结合起来，才有可能实现。在这方面社会新闻有着独特的魅力。

社会主义新闻事业在宣传党的政策、体现新闻的指导性上，社会新闻与其他新闻各有不同。也就是说，政治新闻、经济新闻等多采用"正视角"的扫描，而社会新闻则主要采用"侧视角"的折射。比如前文提到的《光棍堂引来四只"金凤凰"》，整条新闻只有200余字，文中也没讲党的政策如何正确，但它却用具体生动的事实，令人信服地看到了党的政策是正确的，是大得人心的。格调高雅而又有广泛社会教育意义的社会新闻，在宣传党的政策、体现新闻的指导性上，有着其他新闻无法替代的特殊作用。

第二，社会新闻在宣传社会主义优越性上有着特殊作用。这里着重谈谈如何从社会指标方面来展示社会主义制度的优越性。

在以往的宣传中，讲社会主义的优越性，我们比较注意运用经济指标——经济建设的速度来说明它。当然是对的。但是恰恰在这点上，我们忽视了它的另一个重要方面，即社会指标的宣传问题。对于这个问题，《广播电视研究》曾载文有过专门论述。文章认为，每个国家都是一个主体社会，若要衡量整个社会的进步与文明程度，单看经济指标是不够的，还要看它的社会指标。文章列举了80年代初期世界银行对126个国家的社会所做的统计资料：从经济指标看，我国人均国民收入总值为300美元，居世界第100位，属于低收入国家；但是从社会指标看，我国的生活素质、人口素质、社会秩序、社会风尚等方面又都高于低收入国家，有的指标已经超过了中等收入国家或达到发达国家水平。例如，平均预期寿命这一社会指标，是反映社会生活水平和健康水平的综合指标，1982年我国平均预期寿命68岁，比59个中等收入国家的平均寿命长7岁，接近原苏联和东欧国家的70岁。我国婴儿死亡率为38%，居世界第40位；成人识字率占66%，居世界第47位；平均每个医生负担人口数为856人，居第41位。这几个指标都高于中等高收入国家的水平。在社会指标领域里，我国与世界差距正在缩小，如能运用社会新闻恰当地宣传，不正是可以说明我国的社会进步巨大，社会主义道路无比光明吗？

第三，社会新闻在增强新闻的可读性上有着特殊的作用。这是因为与其他新闻相比，社会新闻有着更为浓郁的人情味、趣味性和知识性。社会新闻涉及社会生活的方方面面，除了及时通过新近发生的奇闻逸事，向受众介绍有关方面的科学知识外，主要是反映人与人之间的伦理道德关系以及带有趋向性的社会问题。无疑，它与其他新闻相比，在生活和心理上更能接近受众，同时也更富有人情味。我们所讲的"人情味"，指的是人与人之间的友爱、合作、同情、尊重和讲究文明礼貌等人之常情的思想感情。这也是社会新闻能拨动受众的心弦,能引人爱看,令人感动的重要之点。同时,通过这些方面坚持不懈的宣传,就能形成一种良好的社会道德、社会风气,创造一个健康融洽的社会生活环境。有了一个良好的社会道德和友爱、团结、协作、安定的生活环境,就有利于社会主义民主与法制的建立,从而促进经济的稳步发展。

还有,社会新闻大多是作者在新闻发生的现场,用自己耳闻目睹、观察分析得到的第一手材料,忠实地向受众报告新闻事实的发生及其变化的状貌,以"活动"着的视觉形象和现场画面来传递信息、报道事实、感染受众。它所报道的内容或者是"我"(或"我们")亲身的经历,或者是"我"亲眼所见的事实,或者是"我"亲耳所闻的消息及由此想到的问题。它常常是事实具体、以小见大、语言亲切、观点鲜明、文笔形象,又大都是与广大群众的思想脉搏、切身利益息息相关,这怎能不为受众所欢迎呢?《京郊四胞胎应征记》(1990年11月27日《解放军报》),就是一篇以小见大,用社会新闻表现重大主题而又有极强可读性的力作。当过记者的,恐怕都有这样的体会,好新闻的产生,最难的是在于"寻觅"和"捕捉"。这篇社会新闻的作者,正是从当年京城数十万应征青年的海洋中,独具慧眼地捕捉住了一件颇为少见、新闻性又极强的新事。

第四,社会新闻在弘扬社会主义精神文明、移风易俗上有着特殊的作用。社会主义精神文明大体上可以分为科学文化建设与思想道德建设这样两个方面。从思想道德建设方面的宣传来说,社会新闻承担着大量的报道任务。比如,在现阶段要进一步加强精神文明建设的宣传报道,就要大力提倡体现社会主义、爱国主义、集体主义的新道德、新风尚,努力造就"有理想、有道德、有文化、有纪律"的一代新人,反对各种旧思想、旧习俗和不良风气;就要提倡解放思想、实事求是的科学态度,增强商品与竞争意识,正确处理国家、集体、个人三者利益的关系,反对坑害国家、集体和他人的行为;就要提倡"一方有难,八方支援"助人为乐、无私奉献、团结友爱,发展社会主义的人与人之间的新型关系,反对只顾自己、不顾他人,甚至以邻为壑的旧习气;就要提倡晚婚、婚姻自主、婚事新办和革新礼仪祭典,反对早婚、包办婚姻、买卖婚姻、红白喜事大操大办;就要提倡移风易俗,男女平等,尊老爱幼,反对溺弃女婴,歧视和虐待妇女、儿童、老人;就要提倡相信科学,反对封建迷信活动;就要提倡健康有益的文娱体育活动,反对和坚决查禁淫秽书刊物品等等。而这些方面的宣传,正是社会新闻的报道范围。

第五,社会新闻对于形成强大的持久的健康舆论、让普通劳动者唱主角有着特殊的作用。这里既要重视抓好重大先进典型的报道,更要重视从大处着眼,小处着手,从普通劳动者身上发现大量富有人情味而且又能揭示我们党、我们国家、我们的人民的本质,给人以启迪的那些"凡人新事"一类新闻。

应该说,让普通劳动者唱主角,这是个历史唯物主义的命题,是社会主义时代的主旋律,也是社会主义新闻媒介的主调。当前在社会主义市场经济的大潮中,新闻改革的一项重要内容,就是要适应社会主义市场经济的需要,由单纯的面向领导、面向机关,转到面向群众、面向实际、面向生活。要让人民群众用自己创造的新风尚、新生活来教育自己,形成鼓舞人们前进的巨大力量。在这方面社会新闻有其独特的优势。

我们提倡写普通人,并不是着眼于普通,而是要立足于不"普通",要努力表现他们内在的特殊美;要通过一件看似平常而又有意义的小事,来透视我们社会文明的进步、展示时代的发展。这些进入传播媒介的普通劳动者,只就个体而言,也许并不出奇而完美,但组合起来的整体,犹如引人注目的群雕,可以从不同角度折射出社会主义新人的整体美。而这些普通劳动者实实在在、平平凡凡,就和受众身边的人一样,它似"报春的燕子","能飞入寻常百姓家",能吸引不同年龄、不同职业、不同文化程度的受众,具有很强的接近性。

从以上论述中,我们是否可以得出这样的结论:在经济建设已经成为我们党的工作重心的今天,在突出党的方针政策宣传这个"主功能"的前提下,经济新闻理应成为报道中心。但是,社会新闻也不是可有可无的,应给予社会新闻应有的地位,充分发挥它应有的作用。这是加强"两个文明"建设宣传的需要,是坚持党的基本路线的需要,是巩固和发展社会主义制度的需要,也是建立具有中国特色的社会主义新闻事业的需要。

二、正确区分社会新闻的类别

新闻学作为社会科学的一门学科,在我国还比较年轻,一些基础理论还不够完善,很多问题还在通过实践进行探索之中。作为社会新闻的分类问题,更缺乏完善的理论阐述,很难有一个统一的看法。现仅从新闻实践中看,一般有两种分类方法。

一种是按内容分:有社会生活中的新人新事;新道德新风尚的典型事例,社会人物的生活与活动;恋爱、婚姻、家庭;民事、刑事案件;社会秩序、交通安全;风土人情、风俗习惯;揭露坏人坏事,抨击恶风陋俗;人口、市政、风光、衣食住行;社会灾祸、社会问题以及奇闻逸事等等。有分十类,也有归为八类六类的,极不一致,由于社会新闻涉及的内容十分广泛,也就难以囊括,也很难一致。

另一种是按社会新闻的题材特征归类,这种分类对选材和写作有一定的帮助,各种说法也比较接近。大致可分为这样几类。

（一）事件性社会新闻。这类社会新闻是以一个独立而完整的事实或以一个独立而完整的事实为中心组合成的，主题自身的表达也主要依靠事实的逻辑力量"发表无形的意见"来完成。它鲜明的特点是：事实必须是新近发生的突发的、独立的，或者在原有事实基础上又有突破性的发展的事件；其发生发展的时间、地点等要素明确、具体。这类新闻大都篇幅短小，如《陈毅向毛泽东诵诗》（1992年12月20日《解放军报》）、《最早的一枚毛泽东像章》（1993年1月3日《解放军报》）、《一封来信》（1992年12月30日《中国物资报》）、《保存十九载，刻意等亲人》（1988年6月4日《广州日报》）；也有篇幅较长的重大事件新闻，如《为了六十一个阶级弟兄》（1960年2月29日《中国青年报》）。这类社会新闻，有新闻性，现场感强，时效性强，有较完整的故事情节，读后如身临其境，看到人物的音容风貌，使人感到亲切、可信。这是社会新闻中的主要品种。

（二）动向性社会新闻。它是围绕一个鲜明的主题思想，由两个以上的事实，经过综合、归纳、概括、提炼组合而成的新闻。主要在于直接反映当前社会生活中出现的新事物、新变化、新动向。这变化或动向，包括人们的思想、观念、生活方式、生活习惯等方面。这类新闻尽管事实也必须是新鲜的，但不一定都是昨日发生的，时空跨度都比较大，甚至很难指明确切时间，但它都是首次发布的新闻。这类新闻不仅要对事实做客观报道，而且还要对事实做分析、综合、解释、评论，以揭示其本质和发展方向；不仅要有具有说服力的典型事例做定性式的判断，也要有必要的统计、对比、抽样调查等资料做定量的分析。这类新闻的表现手法是多种多样的，可以描述，可以议论，可以抨击，也可以抒发感受。总之，是多角度、多层次的，往往覆盖面大，比一般的简单印证法得出的结论更具有可信性和权威性。比如，1988年2月26日《经济日报》发表的《话说"不稳定感"》，就敏锐地告诉人们在我国的政治、经济体制改革中，人们心理上产生着微妙变化——"不稳定感"。新闻以较翔实的事例和材料，描述了"不稳定感"的各行各业中的表现，不同利益群体的种种心态，并剖析了"不稳定感"产生的社会根源与心理根源，呼吁人们正视现实，变革观念，参与竞争，迎接挑战。《天津日报》1986年发表的《家庭裂变的新惑因》，以及其后的《本市四所高校阅读趋势出现变化，大学生对马列兴趣渐浓》，均属于动向性的社会新闻。

（三）问题性社会新闻。这类社会新闻，不拘泥于某个具体事件的报道，而是以此为由头，提出某个社会问题，进而从各个侧面、各个角度，夹叙夹议地进行剖析，使读者对此有一个全面的、立体的、深邃的认识，从而促进大家都来研究探讨，造成有利于问题解决的舆论环境。比如，1988年5月22日至6月3日《江苏工人报》的《南京特价商店问世以后》的一组报道，在当时那股乱涨价、抢购风正盛之时，见微知著地抨击了那种"以特沽钱"、变着戏法乱涨价的歪风，反映了人民群众的心声，对纠正当地领导机关的错误决策、促进问题迅速解决起了积极的作用。又比如，1988年9月15日《新晚报》发表的《（肩题）本省难分配，出省要交费（主题）兽医博士无奈摆烟摊（副题）人们呼吁为人才的合理流动创造条件》，就从社会新闻的角度，及时发现并提出教育改革中一个带有普遍性的问题：许多地区制订的高校毕业生实行"有偿分配"的新政策，弊端很大，对贯彻知识分子政策、人才合理流动十分不利。新闻见报后，立即引起社会各界的关注。

（四）批评性社会新闻。这类社会新闻完全可以包含在批评性报道中，如有特点也只表现在题材发生的领域，及其更具有广泛的社会性和事件性上，这也仅是微小的不同。当然，作为社会新闻，比一般性批评报道在写法上要活泼具体一些。1988年5月22日《工人日报》发表的新闻《（肩题）扶凤县发生令人痛心的"牛奶"事件（主题）职工愤然把万余公斤鲜奶倒进县府大院（副题）因索要"买路钱"扯皮县领导议而不决，造成重大损失》，就有此特点。这条新闻批评的是县领导的官僚主义，在社会上引起强烈反响。陕西省领导要求扶凤县接受教训，教育干部，处理好工农关系。县领导也举一反三地检查工作作风，制定了监督领导和干部的具体措施。

（五）珍奇性社会新闻。主要是报道社会生活中出现的奇异现象或异常的自然现象，包括新近发现的或弄清的历史疑案趣闻逸事、珍奇古物、自然变异，以及与人们息息相关的科学发现等知识性、趣味性较浓的社会珍闻。这类题材虽然不一定就有那么重要的社会意义，甚至有的也不会给人们有多大的启迪，但它却能给人以新的信息，开阔人们的眼界，而且生动有趣，为受众喜闻乐见。比如《方志敏手稿之谜》（1992年12月30日《中国物资报》）、《瞬间的永恒》（1992年12月26日《解放军报》），以及《一对珍珠鸡，情笃如夫妻；公鸡被宰杀，母鸡绝食亡》（1992年7月30日《文汇报》），均属此类社会新闻。

（六）交叉性社会新闻。我们正处在一个伟大的变革时代。在社会生活中发生的诸多社会现象、社会事件和问题，往往都是立体化的，甚至是五光十色的，其成因又大都有着政治、经济和社会文化的多元化特征。对于这样的认识对象和报道对象，就必须进行多方位的思考和探索，力求真实地反映这个事物的整体结构以及这个整体与周围事物构成的立体形态。这样，就出现了对某个新闻事实，除了要从政治的、经济的、科技的或者法制的某个角度进行扫描外，同时又必须从社会新闻的角度切入，围绕人们的生活、心理、道德、欲望、感情适当开展。这样的新闻就很难简单地归于哪一类，它就具有多栖性。近年来，有的同志把社会新闻与经济新闻嫁接起来，提倡写社会经济新闻，便属于此。其实这样的新闻，见诸报端已不少见了。

比如，1988年10月8日《农民日报》的《从假农药引起的——哭声、笑声、骂声》，就是一则社会经济新闻。作者抓住了一个极有戏剧性的事实：河南省宁陵县刘桥乡农民常老汉到该乡农药门市部买了一瓶"敌敌畏"治棉虫，后因家庭纠纷，儿媳妇盛怒之下喝了半瓶，全家人慌作一团，但过多时仍不见有反应，这才发现这"敌敌畏"是假货。常老汉气愤不过便向农药门市部赠送了一个匾额，上面写着："喝药半斤人不死，赠匾深谢救命恩"。很显然，如果这条新闻只从经济角度单纯地批评销售假农药，就不如现在这样从社会和经济的两个角度进行批评，让人读来啼笑皆非，颇有新闻性和幽默感。

（七）综合性社会新闻。这是近几年崛起的一种以揭示、剖析和探讨某种复杂的社会现象、社会问题、社会心态为主的社会新闻，亦被人们称之为"社会大特写"。世界上一切具体事物都是发生在一定的社会形态之中，社会新闻更有其直接性。同时，更由于社会生活中发生的任何一种重大的社会现象、社会事件和社会问题，往往都是社会经济基础与上层建筑、生产力与生产关系相互作用的结果，因而在其特有的丰富内涵的背后，有着深刻的政治、经济、法制、社会道德、社会文化等多种原因。认识和反映这样的社会题材，少不了就需要组合式或连续性地做多角度、全方位的宏观扫描的报道。这样的报道就有更为明显的全方位的社会性的特征。所以，近年来在我国的新闻媒介上，出现了不少令人耳目一新的人称"社会大特写"式的社会新闻。它们以超时空，大跨度，多角度，多侧面，给受众描绘了一幅幅绚丽多彩的社会生活画面，充满鲜明时代气息和浓郁社会新风的气氛。

比如，1993年1月16日《羊城晚报》就金钱、事业、生活、家庭、前途等十分广泛的问题发表的大特写《与杨百万的无题对话》，1993年1月16日《人民日报》就社会心理咨询热发表的《给心灵一个支点》，其所涉及的内容均已不再是某个单纯的一人一事的社会新闻的范畴。

这类社会新闻可以是没有任何主观介入的客观报道，也可以是就事论理，不受只能用事实发表"无形意见"限制的剖视性报道。即从事实出发，作者可以将自己的智慧融入作品中，就事实本身进行科学分析、解剖，由事生发出理，给人以启迪。美学的常识告诉我们：人们对美感的获得，总是伴随着对审美对象的理解。一个人、一个物、一件事，可能很平常并不美或者并不怎么美，但是一旦对它的意义有了深刻的理解，就会产生强烈的美感。新闻作品同样存在理解的问题，比如对某些复杂的社会问题和重大题材的社会新闻，如果就事论事地去报道，往往很难把理说清楚、把事物最本质的东西深刻反映出来，而那些颇有影响、耐人寻味的大特写，往往正是由于主题立得深，事实选得好，而又剖析、生发得妙，一般兼有新闻、政论、学术等文体的表现手法的融合，才在这方面取得了好的效果。当然，这其中的关键是融于文中的政论，要"论"得犀利，"论"得透辟，具有思辨和研究的特质。如果融于文中的政论，仅是新闻事实的点缀或游离于此的空道理，这都不是这类社会新闻的写作路子。这类社会新闻中的政论，也不同于一般新闻中抒情式的议论，它要言之有物，又要善于发挥。同样的主题和材料，有没有新见解，常常就是这类社会新闻质量高低的一个重要因素。

三、正确把握社会新闻的采写原则

在社会新闻的编发、采写过程中，有下面这样一些原则是不可忽视的。

健康有益。我国为文著述历来就注重它的教化功能。古人早就有过文学艺术要"成孝敬、厚人伦、美教化、移风俗"，"文章合为时而著，诗歌合为事而作"之说。在我国悠悠两千多年的人文史，教化功能无不受到重视和强调。乃至今日"为人民服务，为社会主义服务"的社会主义新闻事业，更是如此。新闻报道要注意新闻价值和宣传价值这双重价值的取向。社会新闻当然更不能例外。它既要讲究可读性、趣味性、娱乐性，更要把握新闻的思想性，要健康，有益于改革开放和现代化建设事业。对于社会新闻，在社会主义的传播媒体中，最佳的社会效果，首先应该是健康有益的，对社会有积极作用，对人们应该是有益无害的；再者就是要有新闻价值，是受众乐于接受的新鲜事儿、新鲜信息，这两者应兼顾，缺少其一，都难以获得最佳社会效果。

有人认为社会新闻只要题材新奇，有"嚼头"，又在描写与文采上多下功夫就可以了，至于主题就可不必苛求了。这是一种误解。社会新闻的任务与作用是多方面的，但尽管它的主要任务，不在于对人们的工作和经济生活的直接指导，而是在于潜移默化地引导广大群众的学习、生活以及各种关系的正确处理，它回答广大群众亟须得到解答的各个方面的具体问题，从而实现其对广大群众进行生动活泼又灵活多样的潜移默化的教育与启迪。因而社会新闻的教育与引导作用的显著特点是："用具体事实说话"、"潜移默化"；是要寓教育与引导作用于新奇性、知识性与趣味性之中。正因为如此，就更得注意主题的鲜明性与写作的目的性，切不可漠然待之。在这点上，我们既要时刻考虑到新闻发布后会引起的社会效果，绝不能片面追求

"有闻必录"与"耸人听闻";又要时刻牢记恩格斯的名言"倾向应当从场面和情节中自然而然地流露出来,而不应当特别把它指点出来"。

还有一种意见认为,在社会主义市场经济的条件下,随着文化市场的逐步形成与完善,由于传播媒体对买方市场的依赖,对读者就得投其所需。应该说,这种认识有一定道理,但不全面。在当今的改革开放时代环境下,受众对新闻的选择性的加强,他们将会愈来愈多地对新闻信息提出自己的要求和期待,愈来愈鲜明而强烈地采取多种方式表达自己对新闻媒体的欢迎或不欢迎的态度。客观地说,这无疑是对新闻传播具有决定意义的制约因素之一。但由于当代受众构成的不同素质,以及所处地位所决定,他们的期望与要求中也常常包含了合理的与不甚合理的,应该予以满足和应该加以引导的成分。作为一名有责任感的、清醒的党的新闻工作者,就应该满腔热情地正视受众每一要求与期待,并科学地进行分析和区分,决不采取一味迎合的态度。比如说,在一些城市出现的"追星热"现象,它反映了一些青少年文化价值观由过去对思想、政治、军事、文化、英雄人物的偶像崇拜,转向表现生活个性的娱乐偶像模仿体验,至于"星"们的品德、情操、人格却不去过问。这本来是需要全社会对青少年加以关心和引导的问题。可有的传媒却不加区分,为赢得读者的青睐,通过社会新闻,对明星轶事、隐私秘闻、追踪花絮,什么谁与谁的婚变、谁与谁的私情、谁爱猫、谁爱狗,津津乐道;谁爱吃什么,爱穿什么,爱玩什么,爱生什么病,已生什么病;等等,都一一追踪探询。至于什么社会效益、舆论导向,一概置之脑后。这就像有的报纸载文指出的那样:崇拜名人,本是不足为怪的。"但崇敬什么样的名人,崇拜什么样的事,反映着一个民族的观念的新旧,精神境界的高低。如果不能经常引导和培养人们把这'崇名'的热度与倾斜度调到适当的位置,那么,我敢说,我们这国家、这民族将一定会另是一番模样。"

把握住这些基本思想,无疑可以帮助我们在浩如烟海、纷纭复杂的社会生活中,客观地观察生活、明辨是非,捕捉住具有社会教育意义的题材,不被一些表面现象所迷惑,或者单纯为满足读者的某些乐趣,追求离奇古怪的事件,或者单纯报道隐私秘闻,搞一些猎奇式、消闲式的东西,这都是同我们所倡导的社会新闻不相一致的,或者不是我们应当追逐的主要目标。至于通过所采写、编发的社会新闻告诉读者一些什么,帮助读者解决什么疑难,给读者什么启迪,引导读者追求什么、发扬什么、克服什么,都必须进行严肃认真的思考,一句话,要从总体上注重社会新闻的思想性与目的性。

一篇好的社会新闻的写作目的不仅要明确,而且要服从于总体宣传思想,服务于两个文明建设的大局。我们不能要求每一篇社会新闻都有"思想深度",也不奢望一篇报道就能给读者很多，但是总该有一定的意图和目的。我们不赞成也不需要连篇累牍地发表那些思想意义薄弱的社会新闻，那些鸡毛蒜皮，罗列现象，家庭琐事，不能说明问题的一般违法、违纪和人际纠纷的报道。

注意社会新闻的教育功能、社会效果，还与表现手法的取舍有极大关系。因为一篇社会新闻的写作手法同传播的目的直接联系着。自然主义的描写、为暴露而暴露，恐怖场面、污浊、丑恶、残忍行为等都是我们写作中极应避免的。更不能离开目的性而片面追求情节的曲折和趣味，也不能用猎奇和欣赏的笔调描写犯罪情节，或者用轻率的态度报道悲剧。1989年3月《城市时报》有一则连续报道的社会新闻，说的是被遗弃女孩瑶瑶，因养父母离异又面临一次被遗弃的厄运。作者对以上悲剧性内容淡淡地一笔带过，而大量文字是写瑶瑶在寄养她的老工人家受到的疼爱和健康成长的情景，以及他们之间纯真深重的感情。由于养父母离异，老工人年迈无法伺候到孩子长大成人，只好为瑶瑶寻找新父母。稿件发表后引起强烈反响，编辑部接到领养瑶瑶的电话不断，来访络绎不绝。在人间真情的感召下，瑶瑶的养父母破镜重圆，决定复婚，重新领养瑶瑶。这便是成功之作。

真实科学。新闻的生命在于真实，然而真实对于社会新闻却有更高的要求。因为心理学的常识告诉我们：人们对外界传来信息的吸收，总是以自己原有的情感、信念、知识、经验所形成的是非标准为转移的。如果超出了这个原有的范围，他们是会毫不犹豫地拿"是否真有其事"这面显微镜，"是否合乎情理"这把解剖刀，去思索、去探讨、去挑剔、去求知的。一般地说，社会新闻的题材都比较新、奇、巧，很多事实的发生出于偶然、巧遇，与常规常理不一致，乃至在所思所想所言所行的方面总有异于常人、过于古人之处。读者在阅读这类社会新闻时，往往有种警惕上当的心理，会情不自禁地拿起"显微镜"与"解剖刀"，对其进行透视或解剖。因而在编采这类稿件时，不用说失实，就是某个细节交代不清楚、不全面，都会影响社会效果。

然而，由于社会新闻博而杂，再加之种种条件的制约，又极易失实。这是因为，社会新闻要求时效性特强，要有独家特色，一经发现线索，就要快采快写快发。这就容易造成道听途说，事情还未完全弄清就写就发；再有，社会新闻要求生动有趣，还得快，而有些事件的过程短暂，甚至转瞬即逝，采访难以充分展开，于是有的作者就走"捷径"——"合理想象"。类似这样的失实一再告诉我们，采写社会新闻要快要生动，都是对的，但是在事实没有完全弄清以前，与其冒失实的危险，不如慢点动笔；或者了解到什么程度就写到什么程度，哪怕是一个细节也不可搞"合理想象"。因为新闻一旦让人感到有虚假，再好也没劲了。社会新闻要生动有趣，决不可有丝毫的添枝加叶，而应该在采写上多下功夫，把新闻事实中所包含的有情有景的情节、细节挖掘出来。

近年来，在新闻界还流行一个"真事实，假新闻"的说法，也是我们采写社会新闻时应特别注意的。比如，为骗取荣誉和信任，自己纵火又奋勇救火，竟以救火勇士加以报道者，有之；故设圈套、图谋骗人钱财，竟以助人为乐、救死扶伤的使者加以报道者，有之。何以会如此呢？这倒不是我们的记者、作者有意写假新闻，在很大程度上问题出在新闻五要素中"何因"这个要素没有弄清所致。在山西省某县就发生过这种事，有一个村干部趁改革之机，把全村群众20多年来的集体财产据为己有，当上"承包大户"，发了财，盖起了楼房、雇了佣人、买了汽车。此时，这位新贵忽然"善念"萌生，出资数万元，重修村头石桥。开工之时，请上面的人剪彩，报社记者来采访，电视台记者来录像；桥成之后，又以全村人名义在桥头上立个大石碑，以传后世。不过这位新贵的小老婆对此很不理解，骂他"迂头"、"蠢货"，新贵却一语露天机："你懂个屁！没有知名度，共产党容得了我吗！"显然，如此"善事"成文，不去深究"何因"，自然就会写出"真事实，假新闻"来了。这就提醒我们，作为纪实性报道的社会新闻所"摄取"的、真实记录的是社会生活中一件新事、一个画面，或一个片断、一簇浪花，或一种风貌、一种思绪，时空概念、人物、事件要具体、明确，新闻的五个"W"应齐全，一定要符合"今天的新闻，就是明天的历史"的要求。因而"何因"这个要素不可不察，以防个别人居心叵测，上以假乱真的当。

人类社会与大自然有着神奇的力量，它常常可以创造出一些千奇百怪的奇人异事，随时都可以让人们遇上一些惊奇和难解之谜。而这些又常常是社会新闻的"摄取物"，这样社会新闻的真实性，除了应是确有其事这个重要方面外，还应具有科学性——要能经受住科学的检验，要符合科学的真实，应有科学的说明和解释。现实生活有些事实以及人们对它的认识与评论是真实的，但不一定就是科学的，要多分辨。可以引导人们去思考、探索，但切不可人云亦云，妄加推论，更不能随意肯定。这也是社会新闻真实性的特殊要求。

形象具体。社会新闻的特殊作用，是用事实的逻辑来反映生活、说明生活，从而对人们的思想和行动起着一种潜移默化的作用。因而社会新闻的选题、立意，一般具有"小中见大"、"以一滴水见太阳"的深意，从这个意义上说，社会新闻本是一种形象性的报道。这也就是说，写社会新闻的大忌莫过于"笼统、抽象与平铺直叙式的概括"，而要求把新闻事实的具体形象、声色、气氛，展现在受众面前，从而构成一定的可感、可触的画面，使受众有所闻，有所视，有所感，有所悟，进而产生共鸣与联想。比如，在社会主义市场机制下，竞争无处不在，无时不有。有竞争，必有对手，其间究竟应是一种什么样的关系？像这样的大题目，可以写出无数篇大文章。然而，早些年有篇来自吉林市的社会新闻，只有声有色地讲了一件事，却能给人颇深的感受。

这篇新闻说的是，吉林市有两家啤酒生产企业，一是松源食品工业公司，一是吉林市啤酒厂。多年来，两家企业在激烈的市场竞争中，你争我夺，你追我赶，齐头并进，难分伯仲。后来，吉林啤酒在曼谷获得国际名酒特别金奖，松源公司为此花了6000元在当地新闻媒体刊播祝贺广告。为竞争对手做广告，原因何在？"松源"总经理的解释是："我们之间，虽说是竞争对手，但这种竞争不是拳击台上的角斗，而是百米线上的赛跑；我们不想挤垮对手，而是要和它联合起来共同进军国际市场。"读罢这字字珠玑的新闻，掩卷而思，是啊，比起那些视对手如仇敌，甚至千方百计置其于死地而后快的竞争者，"松源"的企业家真具有大将风度，胸襟宽阔，志存高远。这才是社会主义市场经济中强者的素质。社会主义市场经济赋予我们的竞争机遇与风险都是平等的，与其处心积虑地"挤垮"对手，莫如联手打好"中华牌"！

从某种意义上说，普通百姓的生活是社会新闻的主要源泉。社会新闻不像政治、经济、军事等等方面的新闻，易于从领导机关、上层活动中找到报道线索与题材，它大量地散存于社会生活的角角落落，而且多数并非重大题材，多为日常琐事、家长里短、巷陌轶闻。它对读者首先是可读、愿读，有吸引力，并有教育、陶冶与审美等功能。因此，社会新闻就必须事实新颖，写得生动活泼，切忌干巴、呆板。这就是说，社会新闻最重要的基础是对新闻事实的选择与文字表达功力，一定要发扬写真实、抒真情、讲实事的文风，坚决摒弃矫揉造作和空话连篇。它要凭借事实的新颖与用事实讲话的光泽，让思想的激流蕴藏和渗透于其间，让读者看得津津有味，不忍释卷，在审美的愉悦与激动中，不知不觉地产生共鸣，潜移默化地使自己的精神得以升华。有的同志说得好，写社会新闻最忌落入"好人好事"或"坏人坏事"的俗套。一位读者反映：我阅读社会新闻，是想知道我不知道的事儿、懂得我不懂得的理儿。这就要求社会新闻的写作在选材上，必须贴近生活、逼近生活，写出的新闻要有家长里短、街谈巷议的新鲜味儿，又要体现一个记者对中国现状的整体宏观认识。当然，这个认识不是板着面孔的说教，而是要将大大小小的凡人新事放在宏观背景下来表现它，这样写出的俗事就有了震荡读者的"理儿"。比如，金鸡报晓，当1993年来临之际，有家报纸刊登这样一则社会新闻，说上海某里弄有位男青年，已是当婚之年尚未落实对象，终于又有人给他介绍一位女郎，那女郎头一回应约来他家,他一见钟情,当即要人家答应与他结婚。人家说还得回家同父母商量,他却耐不住了,十分地"入戏",高呼着"爱你没商量",猛地扑身上前强行拥抱人家并要接吻。那女郎大惊失色,挣脱后一边哭着一边跑出弄堂,惹得一群邻里路人围观,以为发生了一宗流氓施暴案,那男青年则直到人们拖住他时,才省悟到戏是戏,而生活是生活,戏好玩,而生活则玩不得。这则新闻不就是一页"生活的教科书"!它提醒人们在一些青年人中那种迷"星"、迷"戏"的"追星热",已经热得像烙铁一般,假戏也要当成"人生指南"去照搬照抄,真飘飘然有似成了"仙"。这样于己于国于社会,都不是有益的。对此,人们不能无动于衷,能不加关心与引导?!

重在建设。社会主义市场机制下的社会新闻确有诸多功能,其中最主要的功能就是要着眼于为改革开放和现代化建设提供精神动力、思想保证和良好的舆论环境,弘扬社会主义精神文明,促进社会主义精神文明建设。邓小平同志对社会主义精神文明建设有过一段精辟的论述,他说:"所谓精神文明,不但是指教育、科学、文化(这是完全必要的),而且是指共产主义的思想、理想、信念、道德、纪律、革命的立场和原则,人与人的同志式关系,等等。"1993年初,江泽民同志在全国宣传部长座谈会上也强调地指出:"要认真研究在改革开放和发展社会主义市场经济的条件下,人民群众在精神需求方面发生的变化和发展趋势,努力创造更多更好的精神产品,不断满足人民群众日益增长的精神文化需求。广泛运用日益发展的大众传媒和各种文化场所,开展健康有益、积极向上、生动活泼、为群众喜闻乐见的活动,吸引群众广泛参与,在参与中受教育,提高民族的思想道德素质和科学文化素质,努力造就'有理想、有道德、有文化、有纪律'的一代新人。"这些内容中相当一部分都是属于社会新闻可以而且必须涉猎的范畴。因而新时期的社会新闻,也就必须紧紧把握住社会主义精神文明建设这条主线,力争作为倡导改革开放、市场经济和现代化建设所需要的新观念、新道德、新风尚、新型人际关系,鞭挞不符合上述需要的旧思想、旧道德、旧风尚以及不正当的人际关系的有力武器。

社会主义精神文明建设,重在建设;上述要求的实现也主要靠弘扬正气,贯彻正面宣传为主,真抓实干。按照唯物主义观点,人是社会的人,我们每个人都要生活在一定的社会里,人人离不开社会。我们的新闻媒介既然要反映社会、反映生活,就要利用社会新闻这块阵地大量地反映日常社会生活中的新人新事、新道德、新风尚,歌颂真善美;同时也要抨击恶风陋习、谴责伤风背理的不良现象,以引导人们遵守社会主义的法纪、道德,建立起文明健康的生活秩序和生活方式。在我们这样的社会主义国家,社会主流是好的;需要抨击和谴责的人和事,大都是由于人们的道德修养、觉悟水平有高低，再加之历史上遗留的某些旧思想旧道德的影响所致，是属于正确处理人民内部矛盾的问题。同时，由于社会新闻有广泛的社会影响，我们的抨击、批评，既要旗帜鲜明、坚持原则、维护正义，又必须以注重社会效果、立足于建设性、着眼于正效应、避免副作用为最高准则。一定不能实用主义、片面性、绝对化、追求轰动效应、搞短期行为。在批评内容的选择上注意典型性和普遍性，要瞻前顾后权衡利弊得失，绝对不搞"有闻必录"；注意着眼于需要批评的主要对象或主要的方面，力争缩小批评面，避免"面面俱到"；对于一时难以解决的问题，不公开传播，不诱发群众的情绪。要讲究批评的艺术，做到不给社会"添乱"出难题、不引发争论、不激化矛盾、不单纯暴露、不诱发其他社会问题。一句话，讲求批评的正效应，一切服从于服务于社会的稳定、人民的安定。比如，1990年8月《天津日报》记者采写了一篇新闻《桃树生产"亮黄牌"》，批评近5年来由于盲目栽种，天津桃树面积达10万亩，供大于求，鲜桃价低，只得砍伐一批桃树。这个批评本来是无可挑剔的，但报社领导考虑到，如果这样发表，可能会引起群众的误解而不满：让人们吃点便宜有什么不好？用砍树的办法来提高桃价更会造成众多意见。于是便同作者一起推敲，四易其稿，最后从社会生活的角度，以《鲜桃满街任君挑》为题写了一条社会经济新闻，在一版头条发表。新闻既介绍了天津市近年鲜桃增长，消费者满意的情况，又批评了盲目栽种的后果：由于栽种桃树所需的农药、化肥开支较大，鲜桃成本升高，但供大于求，鲜桃价格低廉，使果农收入受到影响。新闻还提出了改变这种状况的办法：控制桃园面积；形成早、中、晚上市系列；发展外加工。

稿件见报后，获得了好的社会效果。这可谓是成功的一例。

当然，我们在采写这类"社会经济新闻"和"交叉性的社会新闻"时，一定要注意它的"社会味"。应该说，读者看社会新闻，大都是冲着"社会"二字来的。尽管在现实生活中，不少新闻单位的同志很注意变"硬新闻"为"软处理"，那种既是政治、经济、军事、科技、文化新闻又是社会新闻，即所谓"多栖性新闻"日渐多起来了。但由于社会新闻与政治、经济等新闻在反映人们的思想、行为、情趣、风尚上的直接性与间接性的不同、主导性与附属性的差别，我们就不能把这类新闻写成"既是"、"又是"。而是要从写作角度的选择、主题思想的确定，到标题制作、语言文字的运用，都要立足于社会新闻的特色，把握社会新闻与其他新闻在直接性与间接性、主导性与附属性上的差别，以求不失社会新闻的"社会味"。

第七编　现场短新闻
（特写性消息）

概论　现场短新闻的界定及应把握的要点

自1990年以来，我国新闻界兴起了现场短新闻（居多是消息或特写性消息）热。继1990年6月首都21家新闻单位首届现场短新闻评选之后，这一竞赛评比活动已扩大到中央各部委的报纸、全国各省（市）和部分地市新闻单位。第二届的参评单位已多达1500余家。现场短新闻的兴起，无论是对推动新闻改革，改进新闻之风，使之更好地贴近实际、贴近生活、贴近群众，还是反映时代风情和广大群众的两个文明建设中的业绩、风貌，都取得了可喜成果。

1992年全国第三届现场短新闻评选之后，已不再另设奖项评选，而并入中国新闻奖（基本上是归于消息类）中评选，至今包括《人民日报》在内许多报纸仍在新闻版上辟有现场短新闻专栏。无疑现场短新闻已经成为新闻家族中最活跃的"成员"。它理应成为新闻工作者娴熟掌握和运用的十八般武艺中的一艺。

那么，什么是现场短新闻呢？

有的同志就现场短新闻的三个要素——新闻价值要高、现场感要强、篇幅要短，提出了一个"现场＋短＋新闻"的界说。这个界说有可取之处，它简明易懂，而且三个必备要素提得很明确。但作为界说，在内涵上还不够完备，不能完全准确地回答实践中提出的问题。试想，有现场感的短新闻能等同于现场短新闻吗？显然不能简单地等同。因为现场短新闻一个必不可少的特征是：新闻事实的主体必须是现场发生的，它的新闻价值与现场事实是融为一体的，有些新闻有新闻价值，篇幅短，也有现场感，但其主体事实并非作者所目击或者并非此时此地的现场发生的，是不能冠此称谓的。像1947年2月7日新华社播发的《刘胡兰慷慨就义》，以不到300字的篇幅，有声有色地再现了女英雄、年仅17岁的共产党员刘胡兰壮烈牺牲的情景。这不仅是好新闻，而且是传世名篇的范文，但也不能因此把它归入"现场短新闻"类。这与下文将要提到的《青年博士郑民荣获陈嘉庚奖》一样，作品写得也不错、也有现场感，但不能冠以"现场短新闻"的称谓而入选的理由是相同的。

其实，现场短新闻这个概念的内涵，绝非"现场、短、新闻"三者的捏合，像汉语的其他短语一样，其意义具有完整性。所谓意义的完整性，系指其内涵并不仅仅等于各个组成部分简单的总和。比如"远走高飞"这个短语，其含义是"摆脱困境，另寻光明前途"，而绝非是两个组成部分的简单相加——远远地走开，高高地飞去；"落花流水"这个短语，其意义也不简单是"落下来的花和流走了的水"，实际运用时却是表达"零落""溃散"的意思。再比如，五个"W"是新闻的五个要素，新闻的定义一般公认的却是"新近发生的事实的报道"，而不是五个要素的简单相加。

还有的同志提出了这样一个界说，他说："现场短新闻的定义十分明白。用我的话来说，就是用较短的篇幅描写反映现场发生的新闻。"这位同志还指出，现场短新闻的三个要素及其新闻本身所具有的共性，就不必在现场短新闻的定义中重复了。这是很有启发的。但这个定义尽管很简明，可不甚严密，有破绽。请想想吧，新闻报道的本源是变动中的客观世界，世间的一切变动着的事物又无不在一定的时空中运行。也就是说，新闻事实的发生都会有严格的时空范围的现场的。那么，既然现场短新闻是"描写反映现场发生的新闻"，难道还有"非现场发生的新闻"吗？其实，"现场短新闻"这个概念的提出，其中"现场"二字有一个很重要的含义，就是指作者与新闻事实发生的现场的关系来说，即作者必须置身于新闻事实发生的现场，是新闻事实发生的目击者、见证人，甚至是参与者。这一点是不能含糊的。

究竟什么是现场短新闻呢？我们既要考虑到这个概念提出的针对性，即"6·4"风波后，我国新闻界在批判资产阶级自由化思潮对新闻工作的影响，在坚持正确舆论导向的过程中，针对长文章多、会议新闻多、来自新闻发生现场的报道少的特定环境下提出来的；又要从这个概念的完整性、准确性和实用性上来考虑，我想是否可以做如下表述：即记者（作者）在新闻事件发生的现场，以耳闻目睹的事实和短小的篇幅，再现于形象描摹中的纪实性报道。

在上述界说中，最为重要的是要把握以下几个要点。

一、现场短新闻是作者发自新闻发生的现场的见闻式新闻，是进行式的有动感的新闻；而不是事后深入新闻发生地采访写成的终结式、补白式的报道。新闻事件发生时的现场，是现场短新闻的事实载体，是它进入传播渠道的出发点，是记者（作者）采写、制作现场短新闻最重要的契机和基本前提。新闻事件发生发展时记者（作者）必然是它的目击者、见证人，甚至就是"参与者"。他们笔下的作品，就是忠实地向受众报告自己的见闻，自己就是新闻事实发生时的见证人。如果不是如此，如果失掉了这个契机和前提，也就不可能或者不宜选择现场短新闻这种报道方式。

现场短新闻的"现场"与新闻传播者的关系是密不可分的。也就是说新闻传播者的新闻活动与新闻事件的发生与发展，具有共时空的特性。当然这种"共时空"，既可能是贯穿于新闻事件的全过程，也可能是其中的一段，还可能是事情发生后及时赶往现场的。但无论何种情况，新闻传播的采访制作活动与新闻事件的发生发展有过共时空的关系，如果失去了这种关系或者根本就没有过这种关系，也就不可能或者不可以称之为"现场短新闻"。在第二届现场短新闻评选中，《中国电子报》送了这样一件参评作品——

（肩）　千淘万滤虽辛苦，吹尽狂沙始得金
（主）　青年博士郑民荣获陈嘉庚奖

本报讯　（记者方兴业）　11月5日，厦门大学礼堂里乐曲雄厚，掌声阵阵。第三届陈嘉庚奖发奖仪式在这里举行。

几位年届古稀、鬓灰发白的著名科学家、教授依次登台领奖。

当一个身材高大的年轻人走上领奖台时，众科学家投以惊异的目光。负责颁奖的中国科学院院长周光召和世界著名学者李远哲也有些迟疑了：如此年轻的人获取如此崇高的奖赏？

台下有人窃窃私语："他是代别人领奖吧？"

不。他确确实实是陈嘉庚奖的获得者。他郑重地接过了红色的获奖证书和3万元人民币，走下了领奖台。

他引起了人们的关注。

马路上，餐桌旁，宿舍里，人们主动与他攀谈。

交谈中人们了解到，他叫郑民，年仅33岁。1982年起师从"当代毕昇"——华光激光照排发明者王选教授。近十年来，他寒窗苦读，先后攻下了学士、硕士和博士学位。更重要的是，他作为主要研究者，完成了高性能书刊排版软件系统、华光Ⅳ型多功能科技书刊组版软件系统和多窗口集成组版软件系统。第一个系统获北京地区优秀软件一等奖，后两个系统均通过了机械电子工业部主持的鉴定，并交付香港、澳门、台湾等地使用，深受用户的好评。可以说，这几年华光照排系统的发展凝结着他的心血。

人们不再怀疑他，人们相信、羡慕、佩服他：陈嘉庚奖，他当之无愧！

他没有陶醉于成功的喜悦，也没有心思去领略厦门日光岩和华侨博物馆的旖旎风光，第二天他又登上了返京的飞机，迫不及待地回到了那朝夕相处的实验室……

（原载1990年12月16日《中国电子报》）

这条新闻无论是选材、立意，还是文笔、写作都是较好的，现场感也强，不失为一条较好的新闻作品。但是由于它不是作者的现场目击，作者也并没有去厦门参加授奖大会，而是散会后向有关人员采访、了解写成的，当然也就不能归入"现场短新闻"入选受奖。

这样一来，便引起新闻界许多同人的疑虑，有的说这样的要求过严了，现场短新闻的选择面就窄了；还有的认为中国这么大，新闻随时可能发生，怎么可能做到记者事事都在现场呢？对此，中宣部一位领导同志1991年9月中旬在武汉举行的现场短新闻研讨会上讲了下面这样四条意见：

第一，许多事情是有计划发生的，下多少雨没有计划，但什么时候开闸泄水、炸坝分洪却是有计划进行的。完全可以事先赶到现场。第二，有些事情是必然要发生的，可以根据已有的经验判断。第三，记者要有随机捕捉新闻的能力。新闻随时可能发生，但不是所有的人都能捕捉到新闻，这决定于记者的职业敏感和事业心。第四，有些事情发生时，记者尽管不在现场，但只要及时赶到，仔细观察，深入采访，把众多目击者从不同角度看到的事实都反映出来，也可以写出好的现场新闻。

这个讲话见1991年9月16日《人民日报》第二版。这四点意见对于帮助我们开阔现场短新闻采写制作的思路、认识现场短新闻的特性是有益的。这四条意见的非常重要之点，仍然强调了现场短新闻的制作必须包含有新闻传播者的现场目击，这可以是"事先赶到现场"，也可以是事情发生时"随机捕捉"的，还可以是事情发生的过程中"及时赶到"的，总之新闻传播者的新闻活动与事件的发生或发展共时空的关系，不能可有可无。由此看来，的确中国这么大，新闻随时可能发生，要求记者事事都在现场难以完全做到，所以也就不可能事事都写成"现场短新闻"，传播媒介也不能全是现场短新闻。

第二，现场短新闻是再现式的报道，而不是反映式的报道。凡是新闻，都必须坚持用事实说话。但再现式新闻与反映性的新闻不同的是要用那种可触可感可视的事实，加以巧妙地安排，从而以显示特定的传播目的。尽可能少用那种经过抽象、概括了的笼统的事实说话,要少叙述,多描写、再现,这是现场短新闻的重要特色。这一点也正是我国传记文学的优秀传统。比如,《史记》写张良得兵书一事就堪称范例。《史记》写道:

良尝闲从容步游下邳圯(桥上),有一老父,衣褐,至良所,直堕其履圯下,顾谓良曰:"孺子,下取履!"良愕然,欲殴之。为其老,彊恶,下取履。父曰:"履我!"良业(已)为取履,因长跪履之。父以足受,笑而去。良殊大惊,随目之,父去里所,复还,曰:"孺子可教矣。后五日平明,与我会此。"良因怪之,跪曰:"诺。"……

这一段全是具体可感的事实,作者没有一句抽象的概括,但是却将张良宽忍、知礼、机敏聪明,在青年时期就显示出非凡的素质,凸显在读者眼前。

如果将这件事加以抽象概括,那就是:张良心胸宽广,有涵养,具有将佐之才。比如有一次,在桥上散步,遇一老翁,故意把鞋坠入桥下,叫张良去取,张良开始不解,想打他,因为见他年老,还是取上来,并且给他穿上……。这虽然也记下了此事,但只是一个轮廓,缺乏声情之美,不能给人以具体感受。

现场短新闻对新闻事实的再现,不是静态式的再现,而应该是一个个动感强烈的现场画面。即使是消息体的现场短新闻,也应力求像《热闹的拉萨元旦街头》(新华社1990年1月1日)、《后溁泸村双向承包》(《经济参考》1989年12月17日)那样,像《74次特快列车上的奇遇——厕所进去出不来》那样,有"正在进行时"的目击式场景的简洁勾勒。

现场短新闻对新闻事实的再现,是要有声情之美的,但它又不能像小说、散文、诗歌那样可以由作者任意抒发,它必须根据客观事实的真面貌,以实景、实声、实情再现生动的、有意义的生活画面,给受众以生活气息浓郁的视觉美感。在第一届应氏杯世界职业围棋锦标赛第一局赛过后,上海《新民晚报》有则报道赛场气氛的现场短新闻:

应氏杯围棋决赛的对局室里,聂卫平掏出一支烟,再拿出根精制的烟嘴,反复了多次才把烟插入烟嘴。他的手,在轻轻地抖动。曹薰铉的手也不听使唤了。他指向香烟上的烟灰,弹了五六次才弹掉。两位身经百战的棋手,在这场人称"一子值万金"的决赛中,也不免有点紧张了。

读过这则仅有百余字的现场短新闻,让人也领略到了两位围棋大师"对阵"的紧张气氛。事后,据作者说:"写一则围棋比赛的短新闻可以很省力,比赛完了裁判长会讲棋,凑个消息的材料是足够的。有的记者上午开赛不来,下午棋赛结束后再来,消息也就出来了。有的记者干脆打个电话,知道个结果发挥一下也能完成任务。但是,要写好一则现场短新闻,则非从早到晚细心观察,而后抓住特点进行构思,用简洁、生动的语言把它表现出来。"

第三,现场短新闻是纪实性的报道,而不是解释性、思辨性、预测性的报道。记者(作者)对新闻的参与感,是以"目击者"、"见证人"而出现的,而绝不是"评论者"、"仲裁人"。一定要保持作品的直观性、客观性和真实性。而要做到这一点,对所描述的事物,一定要直截了当、明白无误;而且时空概念都十分具体、准确。要把握客观纪事、客观报道的手法,即便非"挤"进新闻中的个人观感,也尽量糅合在客观的叙事之中,使之带有"目击"的印记。

现场短新闻就单篇而言,它所"摄取"的、真实记录的是社会生活中的一件事、一个画面,或一个片断、一簇浪花。对现实生活的大潮来说,不过犹如一幅画、一首诗、一支歌,甚至表达一种意境、一种思绪,展示一种风貌、心志。然而汇合起来却是时代的风情画。

作为纪实性报道的现场短新闻,时空概念、人物、事件要具体、明确,一定要做到五个"W"俱全,一定要符合"今天的新闻,就是明天的历史"的要求。早在1945年12月13日延安《解放日报》就以《从五个W说起》为题发表社论,指出:新闻必须有五个"W","犹之乎人的头脸必须有耳、目、口、鼻一样。缺少了一件,就会不成样子。""五个'W'是把事实弄清楚的最起码条件,是走向精确的初步阶梯。"现实生活中无数事实都说明:新闻是报道事实的,构成事实的五个要素都没弄清楚,既不能保证事实的真实、准确,也不可能真正弄清事实的本身。在全国三届现场短新闻的评选中,都始终坚持了五要素不全不入选的原则。

第四,现场短新闻是来自新闻发生地的现场报道,而不是事后采访写成的追忆式、回溯式的报道。它的重要特征是必须坚持"两个同步并进",即新闻事件的发生与记者(作者)的采写、制作的同步并进,新闻的形成与传播发布的时差要短而又短,力求同步并进。现场短新闻最大的特点是记者(作者)通过现场观察,充分运用自己的眼睛所看到的、耳朵所听到的、亲身所体验到的种种感受、种种第一手材料写成的报道。或者也可以说是记者(作者)主要用眼睛写成的报道,而不应是借助别人的"眼睛",靠自己的"耳朵"写成的。当然,如有可能和必要这也并不排除必要的事前采访和事后仍要做一些必要的补充采访、查证,以及必要的背景材料的运用。

　　凡新闻都要讲究时效，现场短新闻对时效则有更高要求。因为新闻所以要短，一是为了多，即在有限的时空范围内，让受众能获得更多的信息，另一就是为了快，即早而又早地让受众知道新闻事实的发生。既然是现场新闻，当然就应当是冒着热气的今日、昨天或近日的新闻。

作品赏析

至精至诚，淡朴多意

现场短新闻，作为一种篇幅短小，直观的、形象的新闻报道形式，已经越来越多地为新闻工作者所采用。它在写作上最突出的特色，就是记者凭借自己的视觉器官，对所报道的事物进行细心观察，然后通过文字描述，绘制出一幅幅鲜活的画面来报道新闻、传播信息，给人以如临其境、如见其人、如闻其声的真情实感。

荣获第十六届中国新闻奖消息类一等奖的《海拔4161米：总理跟我们合影》，就是这样的一篇好作品。

举世瞩目的青藏铁路格（尔木）拉（萨）段是世界上海拔最高、线路最长的高原冻土铁路，是人类铁路建设史上最具挑战性的项目。在那被称为"生命禁区"的"地球第三极"上，我国13万铁路建设大军，以惊人的勇气和毅力，在高寒、低氧、强紫外线的恶劣环境中，拼搏着、奉献着。他们誓言：不仅要修建世界上难度最大的高原铁路，而且要把它建设成为世界一流的高原铁路，使之能与"长城媲美"。

就在工程即将"收官"的关键时刻，温家宝总理带着党中央、国务院的关怀，来到了工地考察，看望慰问职工。这篇获奖新闻真实而生动地记录了其中的一个片段。

导语之后，新闻一起笔便把读者带进了新闻现场："今天是第116个五一国际劳动节。14时30分，温总理来到青海格尔木市郊30公里的青藏铁路南山口铺架基地。他健步走下汽车，直奔工人中间，与大家热情握手交谈。工地上，欢呼声、掌声响成一片。"接着，新闻又以时间为序，随着时间一分一秒地推移，现场画面也在一幕一幕地铺展：无论是在格尔木市郊、海拔3000多米的南山口，还是在海拔4161米的玉珠峰站，总理同围在身边的职工们一直都在无拘无束地交谈、合影。当时针指向16时40分，总理要离开时，文章结尾处，也勾画出这样一个意味深长的画面："看到机车上两位司机一直坚守岗位，温总理多次举起右手致意。16时40分，总理独自走上铁道，背对机车和机车司机。霎时间，快门声响个不停。"

这真可谓文虽尽意无穷啊！这一个个细节、一幅幅流动的现场画面，就像一股股情感的暖流冲击着读者、感染着读者：一位共和国总理的亲民、爱民和为民也就栩栩如生地显现在读者的眼前。

笔者多遍研读这篇700余字的现场新闻，心中逐渐凝聚着这样一种感受：这篇获奖消息重事实、善白描、求简洁、喜凝重，少有华丽辞章，淡化情感极度渲染，行文泼墨都是些平实、普通文字，不求语出惊人，但求真情实事打动人，这是一种朴实无华、淡朴多意、用事实描绘事实的行文风格。

应该说，质朴无华、淡朴多意、用事实描述事实，这是新闻写作的老路常规；评价一些优秀新闻作品，人们也常用这类话语。这样一来，不是就落了俗套了么？但事实并非如此。质朴无华、淡朴多意、用事实描绘事实，固为常规，说来容易，要做到做好却是很不容易的。更为重要的，它是一条新闻写作的大规律。在具体操作时，则能够由于主体、客体的不同，时空环境的不同，进而演化出各具特色、各具情韵、千姿百态的不同来。从而具体形象、真实无妄、准确鲜明、活泼生动地反映社会现实与时代特征；从而在自己定位的传播范围内，为不同民族、不同地域、不同阶层、不同文化程度的人们所"喜闻乐见"——既接受了新鲜信息，得到思想启迪；又领略到美感，陶冶情操。

◆ 附作品

海拔4161米：总理跟我们合影
毕　锋　李晓华

今天16时30分，共和国总理温家宝专程乘坐火车，来到海拔4161米的玉珠峰站工地，与工人们共度劳动者自己的节日。

今天是第116个五一国际劳动节。14时30分，温总理来到青海格尔木市郊30公里的青藏铁路南山口铺架基地。他健步走下汽车，直奔工人中间，与大家热情握手交谈。工地上，欢呼声、掌声响成一片。

"来，我们一起合个影。"总理的提议让早已激动的工人师傅们更加欣喜若狂。青工小夏非常兴奋地说："真没想到，总理会主动同我们照相，跟做梦一样。"

"和大家在工地上过节，心里感到非常高兴。"总理对这些长年累月工作在"生命禁区"的辛勤劳动者深情地说，"建设这条世界上海拔最高、难度最大的铁路，非常不容易。""我向大家表示致敬和感谢！"

轨排成品区旁，温总理与70多名劳模合影。站在前排中间的罗发兵、李金城、马新安、程红彬最令人羡慕。他们昨天与总理同在北京人民大会堂出席全国劳动模范和先进工作者表彰大会，今天又和总理在青藏高原相聚。

15时，总理登上一列由两台东风4型高原机车牵引的铁路工作车，沿着尚未运行而被称为"幸福路"的青藏铁路新线，以70公里的时速，穿越戈壁荒滩。90分钟后，列车徐徐停靠在玉珠峰站。

玉珠峰站在全路首次采用数字无线通信网络，是全线25个无人值守车站之一，离格尔木站110公里。

天公作美，这里虽然不像南山口那样阳光明媚，但飘飘洒洒的雪花突然消失了。温总理身穿橘红色羽绒服，和蔼的笑容让大家无拘无束。职工们围在总理身边，用照相机将历史定格在"玉珠峰"站牌前。站台上100多名职工几乎人人都与总理合了影。

看到机车上两位司机一直坚守岗位，温总理多次举起右手致意。16时40分，总理独自走上铁道，背对机车和机车司机。霎时间，快门声响个不停。

（原载2005年5月3日《人民铁道报》）

重视会议新闻资源的开发利用

重视会议报道，写活写好会议新闻，是党报新闻改革的老话题，但要真正做起来并把它做好，却并非易事。在第十一届中国新闻奖评选中，《人民日报》获二等奖的作品《国家计委问计于民》，是党中央机关报——《人民日报》朝着这个方向努力迈出的可喜一步！

这篇获奖消息是一篇以会议为题材的现场短新闻，一起笔便以寒冷的天气与现场热烈气氛的对比，直奔"拳拳爱国心，殷殷报国志"这个主题，把读者带入新闻发生的现场。然后再将会议中最具新闻价值的事实的细节、侧面，聚焦、放大，通过描述和说白，有条不紊，从从容容，把建言者畅所欲言，与会领导认真听取意见，向百姓问计等一幕幕生动的场景，展现在读者眼前。在行文中，时而有似写景写人写事的散文，时而又像戏剧中的对白、说白。这样，作品给我们的感觉是，不仅简洁地将新闻事实的筋骨和精髓奉献给了读者，而且将新闻现场的场景、氛围、细节也一同展现在了我们面前。读之如身临其境、耳闻其声。通过记者的笔，即使是远在天边的读者，也好似在同与会代表一起沟通、对话，共商国是。

这一新闻见报后，在社会上引起了较大的反响。国家计委有关领导认为，在各新闻媒体对此次座谈会的报道中，《人民日报》的报道角度新颖、现场感强、语言生动，对集思广益编制好"十五"计划的重大意义阐述也比较自然，是一篇好报道。写作形式也得到了新闻界的肯定。

这篇获奖新闻的写作成功，也从一个侧面启示我们，写会议新闻也应当充分展示新闻文体生动活泼的美感。

会议是人员聚集、信息密集、思想活跃、便于沟通的场所，会议往往汇集了某个方面的行家里手，有准备地研究某个方面的专题，是一个相当丰富的新闻信息源。

从这个意义上看，重视会议这一宝贵新闻资源的开发利用，要充分肯定报道会议的重要性和必要性。然而，我们必须看到，在当前的会议报道中，也同时存在着报道量上的适度控制、报道内容上的选择确定和报道的方式方法要不断改革创新的问题。

从某种意义上说，会议报道都应该是来自现场的即时播报。会议新闻所报道的事实本是一个个正在发生或刚刚发生的鲜活的、流动的、跳动的事实。记者的使命就是去观察、感受这些鲜活的事实,用文字记录下所见、所闻、所感、所思、所想,为此在报道的方式的选择上,现场短新闻当是首要的选择。而要写好这样的现场短新闻,记者要"隐身"文后,要管好自己的"嘴巴",要让新闻中的人物说话,引语、独白、对白技巧的运用,常常是不可少的。因为这样才能增添现场感和情趣感,才能让事实流动起来、跳跃起来。

在会议报道的取舍确定上,这篇获奖新闻给我们的另一个启示是:会议并非无新闻,但会议并不等于新闻。新闻报道的是会议活动中具有新闻价值的事实,而不是会议活动、程序本身。记者参加会议,无论是阅读材料还是听报告,也不论是旁听座谈还是讨论发言,都必须从有无新闻价值的标准定取舍。什么是有价值的新闻,就报什么样的新闻,有多少,报多少。没有的话,就不必逢会必报。一篇会议报道,只要所报道的事实,思想之花是鲜艳的,就可以成为读者喜闻乐见的佳作。

再有,现场短新闻是记者在新闻事件发生的现场,以耳闻目睹的事实和短小的篇幅,再现于形象描摹中的纪实性报道。这样在写作中对新闻事实的叙述和评论,记者要管住自己的"嘴巴",同样在背景材料的交代上,也不宜由记者大段大段地转述,可通过交代新闻来源等做些技术处理,使之成为记者眼睛看到的、耳朵听到的和心灵感触的活材料,巧妙地融入全文中去,这就更美满了。在这点上,这篇获奖新闻是有美中不足的。

◆附作品

集思广益编制好"十五"计划
国家计委问计于民

本报北京12月16日讯 (记者 王政) 冬日的北京寒气袭人,可在今天下午召开的国家计委"十五"计划问计求策座谈会的会议室里,却显得温暖如春。

"我国每年有几千亿元废旧设备报废,其中约百分之六十至百分之九十的废旧部件可以再利用。目前美国有三千三百个废旧部件再制造企业,一九九六年产值就达到五百三十亿美元,欧盟从二○○二年起废旧汽车的可再生利用率将达到百分之八十五……"

"效益如何?"石家庄铁道学院教授易新乾话音未落,国家计委主任曾培炎就表示出浓厚兴趣。

"经济效益很好,社会效益也不错!"

"要注意防止出现新的假冒伪劣哦!"国家计委副主任王春正的提醒,引发会场一片笑声。

随后,福建省上杭县下都乡和睦村农民刘兴发就农村户籍制度改革,海军装备部技术部原部长郑明少将就实施海洋战略,全国政协委员、山东经济学院教授郭松海就职工住房问题,中国农业大学博士李道亮就储备农业生产能力,甘肃省静宁县党校副校长李忠良就西部开发中的县域经济结构调整等问题,发表了建议。国家计委主任曾培炎,副主任王春正、汪洋,以及十几位有关司局的司长一起参加了座谈会,认真听取了这些建议,并详细了解了有关情况。

为贯彻好中央五中全会精神,提高计划编制的参与度,今年十月,国家计委采取公开征文的形式,动员全社会为"十五"计划献计献策。这一举措在社会各界引起了强烈反响,在不到两个月的时间里,共收到专家学者、企业家、工人、农民、解放军、在校大中专生、公务员、离退休干部等发来的各类信函、电子邮件四千多份。他们中年龄最大的八十六岁,最小的只有十岁。建议内容涵盖了国民经济和社会发展的各个方面,其中发展战略、结构调整、体制改革、西部开发、对外开放、人民生活、生态环境、城镇化、地区经济以及基础设施建设等方面是大家关心的焦点。

国家计委对这些建议非常重视,专门成立了征文工作小组,对每一封来信都进行了编号、登记和分类,经汇总、摘编后,报送"十五"《纲要》起草小组和有关司局研究参考。

国家计委在组织"十五"《纲要》起草中,已召开各类咨询会、研讨会、座谈会三十多次。公开举办这样的座谈会还是首次,今后此类会议的召开将逐步走向制度化、经常化和公开化。

(原载 2000 年 12 月 17 日《人民日报》)

为时而作的警世之文

　　新的历史时期，我们的社会生活在不断发生变迁，众多美好的事物和混迹其间的有些不和谐的东西交织在一起，作为一个有责任感和使命感的新闻记者，多么需要满腔热情地去赞颂美的事物，又多么需要责无旁贷地去警示和谴责那种不和谐，同时还更要努力地去思索怎样使得我们整个社会在建设现代文明时能够变得更为美好。

　　在第九届中国新闻奖评选中获一等奖的消息《长江上游仍在砍树》的作者，正是怀着这样的责任感和使命感，及时地发现和采写了这篇很有针对性的警世之文。

　　当今中国的改革开放是中国社会的一次划时代的重建，它既是物质文明的重建，也是人的精神文明的重建，是告别贫穷与落后、无知与愚昧，是包括重视保护生态环境在内的富裕、进步和真善美的重建。

　　在相当长的一段时间里，由于过度砍伐林木，使素以风光妩媚、山水秀丽著称的长江上游流域许多葱绿的山林被剃成了光头，植被遭到破坏，岩石裸露，丧失了涵养水源、稳固泥沙的功能。据测算，长江上游目前每年通过三峡输入中下游的泥沙超过10亿吨，泥石淤积不断抬高河床，形成水患。有识之士不断呼吁：如果这种情况继续下去，长江早晚会变成第二条黄河。

　　1998年长江全流域的滔天洪水，又一次敲响了保护生态的警钟，它从更为广阔的层面上警示人们：人与大自然必须保持一种和谐的关系，这样才能使人类在此种绚丽的氛围中更好地生存与发展下去。作者正是在这样的认识与思考的前提下，抓住抗洪的时机，深入到长江上游的雅砻江、金沙江等主要干支流进行了深入的专题调查，在掌握大量第一手材料的基础上，以现场见闻的形式报道了长江上游仍在大量砍伐原始森林的事实。消息以"放下斧头，拿起锄头"为主题，发出了停止天然林砍伐、根治水土流失、确保大江大河安全的重要性与紧迫性的呼声。

　　消息播发后，这一事关国家大局利益、民族长远利益的呼声，回响在全国军民抗击特大洪水灾害的背景下，一时间激起了强烈的反响。国务院总理朱镕基看到报道后，立即向有关部门做出"停伐"的指示，国家林业局向全国宣布长江上游天然林一棵也不能砍，谁砍就拿谁是问，并严肃指出违背自然规律的滥砍滥伐，是"吃祖宗饭，造子孙孽"的行为。李岚清副总理及四川省委书记谢世杰等也分别就此事做出指示,国务院并派调查组赴川检查指导禁伐工作。全国有 18 家省级以上党报刊发了这条消息。

善于用事实发表"无形的意见",是这篇切中时弊的消息的主要特点。全文 600 余字,分 5 个自然段,每一段都是具体的、扎扎实实的事实。其实也可以说,这篇消息就是作者在新闻事实发生的现场,以自己的眼睛为"摄像机"、以耳朵为"录音机",把那些进入自己视角、具有新闻价值的新鲜事实"摄入和录入"其中,及时奉献给读者的纪实性报道。

消息一落笔,作者便像一位摄影师,首先把镜头推向新闻现场:"记者近日随世界银行组织的 14 名生态、环保和人类学专家考察雅砻江下游的二滩水电站库区生态环境,见到江面漂浮着上游漂运下来的上万根三四米长、脸盆般粗的木头,小舟左冲右突一个多小时后才驶离码头,行出不到 1000 米,数万根粗木密密麻麻地塞满了几百米宽的江面。"显然,作者没有简单地用干巴巴的概括性语言来陈述新闻事实,而是寓理于事,运用特写的笔法,让读者如身临其境,在浓郁的现场气氛中,感到砍伐的严重性与禁止砍伐的紧迫性。

导语之后,作者又不露声色地引述几位不同身份的现场人物的看法,展开对新闻事实的叙述和评论,而这些也正是作者所要发表的无形意见。尤其值得称道的是,作者没有忽视向读者交代所有重要事实的准确来源,如"攀枝花市一位林业干部告诉记者"、"世行专家组成人员、四川省林业科学院研究员刘仕俊说"等等,这都有力地增强了事实报道的可信度与权威性。

消息的最后一段,作者更采用"见"与"录"、点与面相结合的叙述手法,深切地表达了停止砍伐天然林的急切心情,这是有关国家大局利益、民族长远利益的大事。

唐代白居易有言:文章以为时而作。《长江上游仍在砍树》,堪称为时而作的独家报道。

◆附作品

长江上游仍在砍树

新华社攀枝花(1998 年)8 月 19 日电 (记者 熊小立 黎大东) 长江上游地区大片森林仍在遭受数千把斧头和电锯的砍伐。记者近日随世界银行组织的 14 名生态、环保和人类学专家考察雅砻江下游的二滩水电站库区生态环境,见到江面漂浮着上游漂运下来的上万根三四米长、脸盆般粗的木头，小舟左冲右突一个多小时后才驶离码头。行出不到1000米，数万根粗木密密麻麻地塞满了几百米宽的江面。

攀枝花市一位林业干部告诉记者，这仅是雅砻江沿岸近期所砍伐树木的很少一部分。由于二滩水电站关闸蓄水拦住了漂木的去路，大量木头在上面几个水运站捞上岸运走了，漂下来的只是"漏网之鱼"。他说，仅沿江国有森林工业企业今年就至少砍伐了30万立方米的木材，相当于砍光了5万亩原始森林，而流域各县乡伐木企业的砍伐量更大。

世行专家组成员、四川省林业科学院研究员刘仕俊说，四川宜宾市以上的长江三大干支流中，金沙江、大渡河两岸的森林早已所剩无几。雅砻江主要流经人烟稀少、交通闭塞的横断山脉，但现在，这条江两岸的森林资源也遭到了十分严重的破坏。

全长1517公里的雅砻江主要流经四川省甘孜、凉山、攀枝花等地市州。因水急谷深，沿江所伐树木主要以顺江漂流的形式运往下游，然后再装上火车经成昆铁路运出。

记者在几天的采访中看到，雅砻江下游两岸目前仅存些残次林木，水土流失严重。当地老乡说："每一场暴雨都造成洪水和滑坡、塌方，以前江水一年四季都是清的，现在变成'黄河'了。"

历史性重大事件的见证

1997年的7月1日，是一个彪炳史册的日子。

这一天的零点，全世界都在谛听从东方响起的庄严钟声。它响彻环宇，向五洲四海郑重宣告：中华人民共和国政府恢复对香港行使主权的时刻到来了！这是中华民族洗雪百年耻辱、长民族志气振国家声威的喜庆时刻。这是中华民族的一件百年盛事，也是20世纪世界历史上的一件大事。

为了报道并见证这一具有划时代意义的盛事，世界上各大新闻传播媒介纷纷聚集香港，其阵容之庞大、人数之众多，是世界新闻史上所罕见的。仅据香港市政司办公室交接仪式统筹处统计，截至1997年5月8日，全球有778家传媒、总人数多达8423人登记采访香港政权交接仪式。这就超过了90年代以来世界发生的重大新闻事件——海湾战争和奥林匹克运动会，也超过了南非曼德拉大选获胜和纪念诺曼底登陆50周年，这些活动采访的记者人数约为5000人、最多不超过6000人的规模。

在这样的情况下，作为中国国家通讯社的记者，就远远不是一报就能了之的了，而必须力求拿出精品来：为盛事纪实、为历史留影。数位新华社记者不辱使命，作为历史的见证人，真实、准确地记下了这难忘的时刻，写下了《别了，"不列颠尼亚"》这篇寓意深刻、耐人寻味的佳作，备受海内读者欢迎，并在第八届中国新闻奖评选中荣获消息一等奖。

在体裁的选择上，这篇获奖新闻是成功的。像采写这样具有历史性的重大事件，最需要的是记者亲临其境，以见证人与目击者的身份，写出有真情实感的纪实性报道。这样运用特写的表现手法，写实录性的现场短新闻，便是首要的选择了。这篇获奖消息，并不是一般意义上的消息，其实就是一篇特写式的现场短新闻，它是香港主权回归、末代港督乘"不列颠尼亚"号撤离香港最后时刻的一份简洁、真实的历史记录。它也是自1990年我国新闻界风行现场短新闻以来，特别是自1992年起现场短新闻纳入中国新闻奖评奖以来，现场短新闻在中国新闻评选的获奖作品中，比较出色的一篇。

现场短新闻都是迅速而及时地来自新闻事件发生地的现场报道，即作者在新闻事实发生的现场，主要用目睹耳闻、观察分析得到第一手材料，在浓郁的现场气氛中，忠实地向读者报告新闻事实的发生及其变化的状貌。这也就是说，现场短新闻与其他新闻形式相比最显著的特点之一，就是它要用作者在新闻发生的现场捕捉到的细节、材料，以"活动"着的视觉形象、现场画面来传递信息、报道事实、感染读者。

《别了，"大不列颠尼亚"》的作者真像一位高明的摄影师，善于捕捉香港主权回归、末代港督撤离香港的最后时刻里那一个个重大场面的一瞬间，又像一个熟练的影视导演，巧妙地将一个个镜头组接起来，既准确生动又色彩明快地再现了这一历史时刻的真情实景。全文有 11 个自然段，除了有两个为阐明与深化主题必不可少的背景段与一个转换角度的过渡段外，其余 8 个自然段，都是作者在新闻发生的现场，以眼睛为"摄像机"，以耳朵为"录音机"，简笔勾勒出的清晰可视的一个个场景、一幅幅画面。

香港回归祖国，普天同庆，举国欢腾，是亿万中国人抒发爱国情怀的中心话题。是啊，香港回归祖国，当在香港飘扬了 150 多年的英国"米"字旗最后一次在这里降落的历史时刻到来之时，经历了百年沧桑的中国人有太多的感受要抒发，有太多的情操要宣泄。这篇获奖作品不仅巧妙地借助现场景物寓意抒情，还通过精辟、凝练的点睛之笔与现场事实深厚内涵的对比去叩开人们联想的心扉，比如英国末代港督的告别仪式是"在蒙蒙细雨"中进行；"停泊在港湾中的皇家游轮'不列颠尼亚'号和邻近大厦上悬挂的巨幅紫荆花园案，恰好构成这个'日落仪式'的背景"；港督旗帜在"日落余音"的号角声中降下旗杆，"每一位港督离任时，都举行降旗仪式。但这一次不同：永远都不会有另一面港督旗帜从这里升起"；"掩映在绿树丛中的港督府于 1885 年建成……随着末代港督的离去，这座古典风格的白色建筑成为历史的陈迹"；"将于 1997 年年底退役的'不列颠尼亚'号很快消失在南海的夜幕中"，以及"在 1997 年 6 月 30 日的最后一分钟，米字旗在香港最后一次降下"与"在新的一天来临的第一分钟，五星红旗伴随着《义勇军进行曲》冉冉升起"、"从 1841 年 1 月 26 日英国远征军第一次将米字旗插上港岛，至 1997 年 7 月 1 日五星红旗在香港升起，一共过去了 156 年 5 个月零 4 天。大英帝国从海上来，又从海上去"，等等，或借景寓意，或对比引申，既含蓄地对殖民主义进行了无情鞭挞，又抒发了包括香港人民在内的中国人民自信、自豪、欢乐、振奋的感情。

◆ 附作品

别了，"不列颠尼亚"

新华社香港（1997 年）7 月 1 日电　（记者　周婷　杨兴）　在香港飘扬了 150

多年的英国米字旗最后一次在这里降落后,接载查尔斯王子和离任港督彭定康回国的英国皇家游轮"不列颠尼亚"号驶离维多利亚港湾——这是英国撤离香港的最后时刻。

英国的告别仪式是30日下午在港岛半山上的港督府拉开序幕的。在蒙蒙细雨中,末代港督告别了这个曾居住过25任港督的庭院。

4时30分,面色凝重的彭定康注视着港督旗帜在"日落余音"的号角声中降下旗杆。根据传统,每一位港督离任时,都举行降旗仪式。但这一次不同:永远都不会有另一面港督旗帜从这里升起。4时40分,代表英国女王统治了香港5年的彭定康登上带有皇家标记的黑色"劳斯莱斯",最后一次离开了港督府。

掩映在绿树丛中的港督府于1885年建成,在以后的一个多世纪中,包括彭定康在内的许多港督曾对其进行过大规模改建、扩建和装修。随着末代港督的离去,这座古典风格的白色建筑成为历史的陈迹。

晚6时15分,象征英国管治结束的告别仪式在距离驻港英军总部不远的添马舰东面举行。停泊在港湾中的皇家游轮"不列颠尼亚"号和邻近大厦上悬挂的巨幅紫荆花图案,恰好构成这个"日落仪式"的背景。

此时,雨越下越大。查尔斯王子在雨中宣读英国女王赠言说,"英国国旗就要降下,中国国旗将飘扬于香港上空,150多年的英国管治即将告终。"

7时45分,广场上灯光渐暗,开始了当天港岛上的第二次降旗仪式。156年前,是一个叫爱德华·贝尔彻的英国舰长带领士兵占领了港岛,在这里升起了英国国旗;今天,另一名英国海军士兵在"威尔士亲王"军营旁的这个地方降下了米字旗。

当然,最为世人瞩目的是子夜时分中英香港交接仪式上的易帜。在1997年6月30日的最后一分钟,米字旗在香港最后一次降下,英国对香港长达一个半世纪的殖民统治宣告终结。

在新的一天来临的第一分钟,五星红旗伴着《义勇军进行曲》冉冉升起,中国从此恢复对香港行使主权。与此同时,五星红旗在英军添马舰营区升起。两分钟前,"威尔士亲王"军营移交给中国人民解放军,解放军开始接管香港防务。

零时40分,刚刚参加了交接仪式的查尔斯王子和第28任港督彭定康登上"不列颠尼亚"号的甲板。在英国军舰"漆咸"号及悬挂中国国旗和香港特别行政区区旗的香港水警汽艇护卫下,将于1997年年底退役的"不列颠尼亚"号很快消失在南海的夜幕中。

从1841年1月26日英国远征军第一次将米字旗插上港岛,至1997年7月1日五星红旗在香港升起,一共过去了156年5个月零4天。大英帝国从海上来,又从海上去。

佳篇每自真情出

像很多新闻界同人所说的那样，优秀的新闻报道应该是一种美文，它必须是在充满人间真情的氛围中间展开叙述的，如果离开了这种氛围，又正像穆青说的"倘若缺乏这种激情，没有爱，没有恨，那写出来的作品只能是泛泛而谈，或者现象罗列，读起来味同嚼蜡"。反之，一篇好文章能使人"为数日喜，寝食有味"。味从何来？有情才有味。所以，《文心雕龙》中云："情者，文之经。"

新闻是新近发生的事实的报道。写新闻固然要告之以事、晓之以理，但还得动之以情。真情，是联系事理的纽带，是联系读者的纽带。清人袁枚说："作者情生文，斯读者文生情。"一篇好的新闻作品，必须用新颖、生动、感人的事实来传递信息、反映和引导舆论。这种感人的事实，不但要能体现新闻事件本身的价值，更要抓住新闻事件中最能打动人的真情。因为缺乏真情实感的作品，尽管有铺陈华丽的辞句，但也只能像塑料花一样，虽然艳丽夺目，却因毫无生机，不能像真花那样异香扑鼻、自然动人，谁还会有耐心去读它呢？应该说，文以情取胜，佳篇每自真情出，似已成千古定论。

消息《向劳模鞠一躬》之所以能面世，首先是新闻事实饱含的人间真情深深地打动、征服了作者，所以面世后引来广泛好评，并在第三届中国新闻奖评选中荣获二等奖。

据材料介绍，这篇获奖消息的作者，也与其他出席会议的记者一样，准备发一条安全生产的消息。但听到分局长王冉讲到火车司机董振东的感人事迹时，深深地被董振东那浓浓的亲情、无私奉献的敬业精神所感动，再看看王冉同志"抑制不住内心的激动，泪水夺眶而出。他泣不成声了。坐在主席台上的铁道部部长韩杼滨和黑龙江省省长邵奇惠也跟着落起泪来。顿时，会场里一片抽泣声"。是啊，在一个充满爱心的社会里，亲情温馨，爱情则似无瑕美玉，爱父母妻儿本是人之常情，可当这种感情为事业为国家而奉献而牺牲时，怎能不使人崇敬、激动，甚至潸然泪下。

"缀文者情动而辞发，观文者披文以入情。"（刘勰《文心雕龙》）作者决定打破安全会议写安全生产的新闻报道常规，而写下这篇催人泪下的《向劳模鞠一躬》。当笔者在评介此文时，那感情奔涌如滔滔江水，一直在心中涌动，我的眼睛湿润了，我似乎看到了挂在分局长、铁道部长、黑龙江省省长以及作者脸腮上的泪珠，仿佛听到了会场上以及作者的抽泣声。的确，人非草木，孰能无情。人作为血肉之躯，当然不能脱离凡俗生活，但作为用正确舆论引导人的优秀新闻作品，就应既出自凡俗又超越凡俗，飞凌更高的视界：要善于发现社会发展、时代需要弘扬的人间真情，使自己笔下的一切报道对象，即使是极细微平凡的生活，也流溢着奋进盎然的情趣。

新闻是现实生活的反映，现实生活又是通过人们七情六欲的追求而色彩缤纷的。如果我们笔下的新闻作品把这些都舍去了，即使再重大的题材也就成了没有血肉的"骨头"，很难打动人。所以，新闻传播绝不是一位浅薄的"花大姐"，它在本质上是一种入心入脑的情感活动。它一旦触发，往往视通万里，思接千载，万途竞萌，在读者内心深处引起共鸣共振。

这篇获奖消息尽管只有500余字，它的写法也值得一谈。篇幅虽短，但作者却像是在精心绘制一幅宏大场面的油画，近景、中景、远景，层层推开，层次分明；人物、动作、言谈又都收拢于一个视点——舍小家为国家的奉献、敬业精神，是安全生产的支撑点。起笔的导语，简笔交代新闻事实的出处，蓄势、铺垫于情，就像歌手演唱一首歌曲一样，要定好调子，通常还有一段过门，目的是营造歌曲所需要的一种感情氛围，是为远景。分局长介绍董振东事迹及会场气氛，是画面的主体，是为中景。最后一个自然段，是事实的升华、感情的升华、主题的升华，全文的点睛之笔，是为近景。

读者对新闻传播的需要既有认知需要，又有感情需要。西方有的新闻研究者认为："新闻要抓住一切能使大多数人感动、任何人都不能对此无动于衷的内容，并把人的感情，即喜、怒、哀、乐、爱、憎等作为衡量新闻价值的补充指数。"这位论者还认为，这种补充指数在一定情况下，往往超过其他因素在新闻中的作用。

当然，包括消息在内的新闻报道，绝非无情物，但新闻报道中的感情因素，并不是可以任意做渲染的点缀品，而是新闻事实的有机组成部分。

当然，新闻中感情的抒发，既不完全同于散文，散文依托对事物的感受，可以直抒胸臆地抒发感情；又有别于文艺作品，小说是通过对人物形象的塑造抒发感情，戏剧凭借矛盾冲突表现感情，诗歌是感情的凝聚。新闻中感情的表露，主要是一靠形象传神，寓情于事、寓情于人、寓情于景中；二靠以理导情，优秀的新闻是理性的，但是新闻中的理性又常常与情感交融在一起，因理见情，理在情中。没有理性、思想的新闻，常常也没有什么感情；感情淡漠的新闻，思想往往也肤浅平庸。优秀的新闻报道，必定情理兼备，情真意切。《向劳模鞠一躬》，堪称事、理、情交织融合得较好的新闻作品。

真情有似消息奔流的"血液"。只有"血液"流畅，消息才能活起来，动起来，立起来，使读者爱看爱读。

◆附作品

向劳模鞠一躬

刘英贵　周子平

本报讯　文化宫大厅里一片寂静，坐在前排的劳模们胸戴红花，肩披红色绸带，聚精会神地倾听分局长王冉的总结报告。

11月12日下午3时，齐齐哈尔铁路分局正在召开安全生产3000天祝捷大会。分局长的讲话，句句叩击着人们的心扉。他说："有个火车司机叫董振东，他的父母一瘫一傻。不幸的是，5年前，他的妻子得了脑溢血，瘫痪在床，董振东一个人担负着全家十几口人的生活担子。出乘前，要一次做好两三天的饭，送到老人和妻子的床前。更不幸的是，去年春的一天，妻子病情突然恶化，董振东本想请假照料妻子，但当时车间人手紧，他话到嘴边又咽了回去。当他驾驶机车刚走完单程，单位领导和亲友就赶来了。到医院后，他看到的是妻子的遗容。他曾向妻子许诺：'再有两年，我就实现安全行车25年，那时，我就退休，好好伺候你，等我两年吧！'他猛地扑到妻子冰冷的身上，放声大哭：'亚芳，我对不住你！'"

讲到这里，王冉同志再也抑制不住内心的激动，泪水夺眶而出。他泣不成声了。坐在主席台上的铁道部部长韩杼滨和黑龙江省省长邵奇惠也跟着落起泪来。顿时，会场里一片抽泣声。

许久，人们才渐渐恢复了情绪。王冉用手绢擦了擦脸上的泪珠，嗓门提高了些："在我们分局，正是有了像董振东这样的职工，才有了安全生产的今天。我作为分局长，向你们深深地鞠一躬，谢谢你们啦！"

王冉离开讲台，站好立正的姿势，向劳模们恭恭敬敬地弯下了腰……

（原载1992年11月17日《人民铁道报》）

一份有历史价值的记录

历史犹如生活的一面镜子，映照着过去与未来。自有文学记载的历史的长河中，具有惊世之一事一物像浪花一样，均有记录她灿烂辉煌的一刻。

优秀的新闻作品其实就是这样的浪花，她记录着历史。在第三届中国新闻奖评选中获消息一等奖的现场短新闻《上海证券交易与国际市场接轨》，就记录了中国金融改革开放史上一朵艳丽夺目的浪花。

1992年2月21日9点30分，这是标志我国建立与完善社会主义市场经济又迈出了重要一步的时刻，它已经载入中国金融改革开放的史册，而客观、真实、具体地记录了这一时刻的消息《上海证券交易与国际市场接轨》也必将载入新中国的新闻史册。

这篇获奖信息属于事件性新闻。事件性新闻由于其厚重的分量和极强的时效，历来受到人们的广泛关注。事件性新闻主要包括预期性事件新闻与突发性事件新闻。预期性事件新闻由于事先各媒体都能预测、把握到它准确发生的信息，不可能是独家采写，而面对着激烈的新闻竞争，要写出高人一筹的独家报道来，结合《上海证券交易与国际市场接轨》一文的写作特点看，似有以下几点是值得注意的。

准备充分，立意要高。事件性新闻一般发展时间短，要在有限的时间内迅速抓住事件的本质，选择到最佳报道角度，客观上给记者带来了难度。这就要求记者对事先获知的事件内容，把它置于全局的整体的大环境去思考和分析，而不能孤立地、单侧面地去考察报道对象，否则无法凸显出它的社会意义和获得最佳的报道角度及主题。古人有言："文以意为主。"但也绝非有"意"即成佳文。"意"有优劣之分，"意"优文则优，"意"劣文亦劣。这篇获奖消息之所以能在众多同类报道中脱颖而出正得力于此。

这篇获奖消息的作者时赛珠，是解放日报司职金融的一名记者。他在前一天有关方面召开的新闻发布会上获知1992年2月21日这一天我国唯一拥有全世界230名"股东"老板的电真空B种股票将在上海证券交易所上市交易的信息，但并没有把目光仅仅盯在这个新闻点上，像其他与会记者那样发个会议消息了事，而是把它看成是一度封闭的中国国内资本市场正式向国际资本开放的起点。也正是这一高屋建瓴的宏观把握，才有了这篇立意高、主题大、时代感强的消息。在消息的写作上，从标题的制作到导语、正文的写作都极力凸显了"上海证券交易首次与国际证券市场接轨"这一重大的主题,以强烈的视觉冲击力,给读者留下"兴奋"的"第一印象",从而扣开了读者的心扉,取得较好的传播效果。在第三届现场短新闻以及其后的第三届中国新闻奖评选中,两度留住了评委们的目光,均被评为一等奖。

深入采访,亲知报道对象。不知原者难为耕,不知泽者难为渔。唐代名相魏征也有云:"求木之长者,必固其根本;欲流之远者,必浚其泉源;——源不浚而望源之远,根不固而求木之长——臣虽下愚知其不可。""不入虎穴,焉得虎子"、"新闻精品来自深入的现场采访",这已是尽人皆知的常理。到新闻发生的现场去,既要注意寻找不寻常的情节和细节,又要注意新闻事件中相关人物的体态语言,以求达义传情。这篇获奖消息在这点上也是做得比较好的,从起笔的"昨天上午9点30分,'当!'随着一声洪亮的铜锣声"……到落笔的"本市一位证券公司经理认为:从第一天B股的交易情况看,人们对A股将更具信心"。通篇都是记者在上海证交所大厅内耳闻目睹的情景,一环扣一环地一气呵成的,让人读过有如临其境、如见其人、如闻其声的快感。

善用引语,点明新闻价值。一则事件性新闻,有的只需客观地报道事实,读者一般便能明确无误地看出它的价值所在;但也有的需要读者去认真思索。这是因为,在不少情况下,或者由于新闻事实专业性强、价值"内向",或者由于新闻这种文体总是要用个别反映一般的局限型,它只能通过客观地叙述事实来表达观点,发表意见,不能过多地"自报家门",自己申诉自身的价值。高明的记者在坚持事实讲话的前提下,请人代言,以点出深藏在事实中的深意,便是常用的技法。这篇千字文的消息中,用于点染现场气氛、点明新闻价值的引语有五六处之多,而且各有特色,又排列有序,逐层深入。

这则消息共分六个自然段。随着第五个自然段起笔两句的简洁勾勒,便活现了现场的热烈气氛,再加上那段"点睛"之笔的引语:"一位先生动情地说:B股顺利发行只是成功的一半,交易成功才是真正的成功。1992年2月21日上午9点30分,应该记入中国金融改革开放的史册。"报道至此,本该结束了,但记者又用130多个字添了上海市民关心电真空B股走向,来预测电真空A股前途的一段。正像在第三届现场短新闻评比中,有的评委指出的那样,这是一段节外生枝的多余段,而且也没有什么引人的事实,反而引来加上消息头就突破千字的评比规定字数的要求,留下个不够精练的美中不足。其实,如有必要,可另文加以详细报道,效果也比现在这样好。

◆附作品

1992 年 2 月 21 日上午 9 点 30 分——这一时刻
应记入中国金融改革开放史册

上海证券交易与国际市场接轨

电真空 B 种股票昨天首场交易一派兴旺

本报讯（记者时赛珠） 上海证券交易首次与国际证券市场接轨。昨天上午 9 点 30 分，"当！"随着一声洪亮的铜锣声，我国惟一的拥有全世界 24 个国家和地区 230 名"股东老板"的电真空 B 种股票，在上海证券交易所开始首场交易。

在交易大厅内，闪烁着红绿灯光的电子行情显示屏，清晰地显示出发行价每股 70.8717 美元的电真空 B 种股票、开盘价每股为 71 美元。开市 1 分 40 秒，显示屏就开始频繁地出现海外客户要求买入 B 股的申报价：71.60 美元、72.8 美元、73.2 美元、74 美元、75.4 美元……由于 B 股的交易完全按照国际证券市场的做法，价格视市场供求随行就市，所以昨天的行情迅速闹猛。上海证交所总经理尉文渊告诉记者："这里的交易行情，早已通过路透社通讯网络，同步向世界各地发出，首次与国际证券市场接轨。"

昨天，担任 B 股交易海外代理商之一的香港新鸿基有限公司执行董事叶黎成对记者说，B 股在香港在国外引起强烈反响，每天都有投资者询问情况。B 股的发行和上市交易，使得上海与国际市场更接近，使得更多的外国人对中国的改革开放有了进一步了解和信心。他再三表示对 B 股市场交易的前景看好。果然，昨天的 B 股行情看好。被万国证券公司抢先的第一笔以 72 美元成交的 10 股 B 股生意，买入的幸运者是位香港先生，然而他要求委托买进的却是 1500 股。新鸿基公司和另一家海外代理商瑞士银行特意从海外派来两位小姐，"驻扎"在主承销 B 股的申银证券公司，通过申银公司为海外客户买进抛出，昨天收获不小，90 分钟成交 1300 股。昨天整个交易中，从上午 9：30 分到下午 3：30 分闭市，B 股成交 3440 股，成交价格最高 92.40 美元，最低 72 美元，收盘价 88.50 美元。

不少海外证券专家昨天特意赶到上海察看 B 股上市的动静。这些西装革履的先生们，挤在交易大厅楼上贵宾室的窗前，目睹交易动态，情不自禁、不约而同地为每次成交拍手鼓掌。有一位先生动情地说：B 股顺利发行只是成功的一半，交易成功才是真正的成功。1992 年 2 月 21 日上午 9 点 30 分，应该记入中国金融改革开放的史册。

电真空B股只对海外投资者发行,然而,它却也牵动着众多上海市民的心。他们关注什么呢?原来是在研究从B股的走向预测电真空A股(国内发行的人民币股票)的前途,而A股的变化是否又会引起上海其他股票的变化等等。本市一位证券公司经理认为:从第一天B股的交易情况看,人们对A股将更具信心。

(原载1992年2月22日《解放日报》)

立意深邃，事连宏旨

用"现场新闻"这种形式也可以写出有重要思想意义与政治含义的深度新闻！这是获全国第三届现场短新闻评比一等奖的作品《"战士永远是和平的使者"》为我们提供的一个启示。

在祖国的南疆边陲，老山、法卡山的枪声与炮声，或许使许多人至今难以忘怀，然而《"战士永远是和平的使者"》运用现场见闻的客观手法，向人们报告了这些边疆地区已经发生了新的变化：昔日的战场，如今已干戈化玉帛成为繁忙的边贸商场。新闻既展现了南疆边贸一派"兴国富民，睦邻安邦"的景象；又此处无声胜有声地告诉人们：中华人民共和国既是和平共处五项原则的倡导者，更是它的忠实的实践者。和平共处，睦邻友好始终是我们对外政策的基石。

面对眼前边境的和平，从硝烟中走过来的战士又是何心境呢？新闻巧妙地运用了历史与现实的对比。面对和平，人民的战士并不像攻克柏林的将军那样怅然若失，他们认为："和平，才更显示出军人的价值！"深刻地表现了战士的博大胸怀。

边防军人对和平做出的贡献祖国人民是不会忘记的。面对和平，作为戍边军人时刻也没有忘记自己是一个战士："你做你的生意，我守我的阵地。"新闻的作者又浓墨重彩地勾画出一幅既威武雄壮又独具特色的戍边图。

古人在讲到绘画艺术时有云："令人惊不如令人喜，令人喜不如令人思。"写新闻又何尝不是如此。这篇获奖新闻正是以流畅的笔触、精当的事实、紧凑的结构，较好地表达了"战士永远是和平的使者"这个深刻的主题，以"令人思"的魅力而赢得了评委们的一致好评。这条新闻也是在报纸、通讯社组评比中，唯一获全票通过的获一等奖的作品。

现场短新闻，是新闻，首要是要有新闻性，没有异乎寻常的事实，没有读者欲知、未知、应知的信息，没有可读性，就不成其为新闻，也就失去了存在的意义；但是如果仅止于此，一味追求离奇、怪异、玄乎，柔中不见刚，不讲教化和启迪作用，不讲思想性，也就不是社会主义的现场短新闻。这篇获奖新闻可以堪称一篇新闻性与思想性结合得较好的佳作。新闻性，自不待言，只须看一看题目便颇有新闻性。其思想性，则采用了"柔中寓刚"的手法，作者看似集中笔墨，写情、写事、写真、写实，言不虚发，却让读者从铁的事实中得到领悟。正因为这篇新闻做到这一点，就具有明显的潜移默化的教育作用和吸引力。

因而，可以这样说，衡量一篇现场短新闻优劣的标准可以列出多条，然而首要的一条是立意要高雅、深邃。有些现场短新闻报告的事实确实曲折、引人，颇有下笔响"惊雷"的优势，可如果只停留于一般叙述、表象上，哪怕题材再曲折、引人，写得再精巧，至多也不过是一片绚丽的浮云，稍现即逝。反之，有的作品所言之事尽管不怎么奇异、曲折，但立意深邃、事连宏旨，再加上结构巧、文字美，其生命力和价值就非同凡响。《"战士永远是和平的使者"》就有此明显的特色。

文字清新、流畅，层叠深进，是这篇获奖新闻又一引人之处。作品较成功地运用了清新的散文笔法去描述新闻事实，文中饱含着散文的情趣与引人联想的散文意境。作品凝练的主题是严肃的、现实的，也是重大的，但作者在表达时，不是用抽象的议论、干巴巴的说教，而是寓理于情，依靠事实、形象、感情来拨动读者的心弦，引导读者去思考，在轻松活泼、意趣盎然的快感中，随着事实的层叠深进，不知不觉地从感情到思想上达到了与作者相一致的认同。

在评委们的赞扬声中，这届评委会主任、《解放军报》总编辑杨子才同志，却讲了它在写作上的一个明显不足，即在开篇处缺少了一个对友谊关边贸市场场面的简要勾勒。作为当时的评委之一的笔者认为，这恐怕不全是杨总的客气，因为它是新闻生发主题的基础啊！虽然文中也有"过去的战场，今日的商场"、"山上守卡子，山下数票子"这样概括的交代，但仍显得虚了些，给人印象不深。

◆附作品

11月14日，友谊关见闻——
"战士永远是和平的使者"

本报讯 （记者　张驰　高艾苏）　11月14日，记者穿过友谊关城楼前行200米，站在了那座刻写着"HA—NO172KM"字样的红头里程碑前。四周合抱粗的榕树无声地遮掩着坑坑点点的柏油路面。中越边境0公里处静悄悄。

然而，驻友谊关某部五连哨所望远镜中的景观已悄然发生变化：过去的战场，今日的商场。

这种历史性的变化已被记者目击证实：我们在友谊关哨所举起照相机，阵地上那警惕的雷达天线竟和山脚下广西最大的边贸集散地——弄尧市场进入同一个画面。当地亦有首民谣说此景是："山上守卡子，山下数票子。"

面对边境的和平，从硝烟中走来的战士是何心境？

一位大学生排长平静地和记者聊起当年苏联红军攻克柏林的一个镜头：两位将军望着柏林广场上狂欢的男女青年怅然若有所失，说，"我们失业了。""其实，戍边战士所付出的一切，不都是为了祖国的安宁与边境的和平吗？和平，才更显示出军人的价值！"

"你做你的生意，我守我的阵地。"记者在友谊关看到的是一幅独具特色的战士戍边图。哨所内像大部队作战室一样整齐地摆放着军用图表、器材。山头石缝中已开垦出只有4.8亩的782块菜地。山顶平地虽然只有篮球场大小，但战士们硬是依山势建造了一个U型400米障碍训练场。记者来访时，炮排战士们正练得热火朝天。

据说，前几天总部来人考察五连军事训练质量，当场点考23名官兵，总评成绩竟超过优秀标准。

人民没有忘记边防军人对和平的贡献。五连哨所前几天一次就收到从祖国四面八方寄来的慰问信170多封。记者在祖国亲人赠送的吉他上见到这样意味深长的赞语："卫国戍南疆，凯旋在子夜"。指导员王定升深情地对记者说："默默在凯旋，才不会打扰人民的安宁。战士永远是和平的使者！"

（原载1991年11月22日《解放军报》）

跳跃，简洁清新的行文方式

跳跃式行文法，亦称间奏式、断裂式行文法，原本是散文作品中，特别是诗词作品中常用的写作方法。它最早被国外的新闻界广泛用于新闻写作，取得了显著的效果。如今，我国一些新闻工作者也注意使用这种手法，并逐步形成了一股时兴的新闻写作潮流。一批行文活泼、语言精练、篇幅短小、信息量大的新闻作品屡见报端。

1991年9月在第二届现场短新闻评选中，就有这样一篇作品《雨中情》荣获一等奖。

这篇获奖作品的开头仅用16个字，就勾画出一幅鲜明的洪涝肆虐图："大雨倾盆，江河暴涨，农田涝渍，灾情严重。"接着，便以主要篇幅记叙李鹏总理一行视察活动的两个场面：一个场面是在全椒县襄河闸口，另一个场面是在滁州市琅琊乡粮站，这两个现场活动记叙的主要是对话和交谈。但就在这些简洁的对话和交谈中，既表现了党和国家的领导人急人民所急，忧人民所忧，与人民群众同呼吸、共命运的真挚感情，也表达了在当时抗洪抢险的紧急情况下，作为各级领导应当抓住的工作的重点是：首先要救人，其次尽可能减少财产的损失。无疑，这对广大干部和群众都有重要的启示作用。文章的结尾写总理一行在"电闪雷鸣，大雨如注"中看到许多群众或在抗洪前线拼搏，或在田间奋力抢收、抢种，共同感受到："中国人民走社会主义道路的决心是天大的困难都压不倒的！"这是由事实到精神的跳跃，是画龙点睛之笔，新闻的主题思想进一步深化，把读者的认识引上更高的层次。

这篇获奖作品在写作上的最大特点是，作者较娴熟地运用跳跃行文法，将新闻事实中对表现主题一切无关、次要的材料统统截去，把饱含信息的片断场景、动人画面，巧妙地剪辑、组合，使之浑然成篇。全文不足700字，由4个大段、17个自然段组成，而且大多数是一个短句就是一段，最多的自然段也只有4个句子。同时，大段与大段之间，自然段与自然段之间，虽然时间、空间乃至文笔、思路都在大幅度地跳跃，但"笔断"而"意连"，一个个相对独立的、分散的片断材料，就组成了一部移动的电影镜头，各找各的位置，各显各的面目，做到"形散"而实则"神聚"。

那么，什么是跳跃式行文法呢？可否做这样简单的表述：紧紧围绕表述主题的需要，按照新闻事件的内在联系、逻辑关系，合理区分思想层次，适度分析事实材料，截去一切无关、次要的部分，采取片断取材，断续组合，以意贯之，自然衔接，小段落，短句子的行文方式。这种结构行文法，容量大，节奏快，概括力强，能用极俭省的笔墨，把纷繁复杂的事物迅速地再现出来，把事物、情景写"动"写"活"。

这种行文方式在西方之所以能久盛不衰，在我国正逐步形成时兴潮流，绝非偶然。

1. 适应了新闻传播规律的需要。

新闻是新近发生的事实的报道。首先新闻必须是最近发生的真实的事实；但新闻中的事实又是经过作者筛选、提炼过的能准确反映事物本质特征的新的、真的、有用的那一部分事实，而不是纷繁复杂的事实的全部。这样，从内容上看表现为原型事实量的减少，但它却变得更加精练，本质特征更加突出、鲜明；而对事实的表现形式则被人们按新闻传播规律的需要能动地加以重新组合，使之变得别开生面、富有吸引力。这正是跳跃式行文法的选材原则与结构原则。

新闻写作毕竟不是讲故事、拉家常，一切都只能按部就班地娓娓道来。文无定式，章无定法。传统的沉重死板的"板块结构"的行文方式，不完全适应新闻传播规律的要求。

2. 适应了时代和读者阅读的需要。

重信息已经成为当今社会的一"热"。新闻作为人们用文字、语言、图像传播的"新近发生的事实"，是信息家族中独具特色的一支。传播媒体都面临着一个在有限的版面空间、节目时间里，如何使所采用的文字、语言、图像尽量多地负载信息的问题。"文似看山不喜平。"一篇四平八稳、平铺直叙、水波不兴、缺少跳跃的新闻，是不会赢得读者的。

作为信息载体的新闻，应力求跳跃，减少无信息的过程、枝节和语言、文字，以尽量多地负载信息，给接收者传递充足的信息。构成信息的信号——文字、语言、图像的不可预测性和变化性是与其跳跃程度成正比的。信息论学者们在研究信息传递时认为：如果一位教师在一堂课上的全部时间中只持续发一个音调，那么这堂课等于浪费时间。教师在课堂上"应该不断地改变所用字句，而且这些字句在大多数情况下，应该是事先不知道的"。跳跃式行文法适应了这种需要：用简洁明快的语言，通过最简捷的途径，把受众未知而又急欲认知的事实、信息，告诉他们。

3. 适应了把新闻写"动"、写"活"、写"深"的需要。

求变性本是人们普遍存在的心理特征，也是读者的重要心态。惟妙惟肖的静物写生，固然能引起人们的美感，矫健活泼的飞禽走兽，则更能令人为之神往。为什么静止的东西容易使人心理疲惫，运动着的东西最能吸引人的注意？道理正在于此。

事物的流动能够产生一种动态的美、跳跃的美、跌宕的美，这种美的韵律与人们的心理追求就能形成共振。电影、动画片原来拍摄的只是连续的静止照片，只是在放映时以每分钟900张的速度通过镜头，由于视觉后像的作用，静止的摄入便变成了活动的画面。跳跃式的行文结构，在一定程度正是利用了这种原理，要求打破那种把新闻作品写成从头到尾都是平铺直叙的事实的大拼盘，使报道对象变得活跃起来、动起来。跳跃式行文对事件的描述打破时间、空间限制，一个简短的句子展现一个独立的思想、事实、细节、背景，一个或几个句子便组合成一个思想层次的段落，每个段落都相对独立，段落之间不是"文连"，而是讲求"意到"，自然便形成一种跳跃式、快节奏的活泼明快、富有动感的行文效果，使之视之悦目、听之悦耳、读之舒心。同时，更由于跳跃式行文法不强调时空顺序、因果关系、逻辑顺序的衔接承转的材料组合原则，而要求新闻材料为适应表现主题需要的有机组合，这就有利于视角易位，便于把多视角、多方位的在时间、空间上差别很大的事实、景物和人物等并列在一起，揭示出事件内在的深刻意义，使新闻富有深度。其实质就是力图从多方位、多层次、多角度真实地反映报道对象的整体及其与周围事物构成的立体形态。

再有，短段落与短句子，有利于形成轻松的阅读节奏，让人视之悦目、听之悦耳。西方一位新闻学者认为："把一长段文字分成三小段叙述，使读者下意识地感到每读一段都得到一些'新东西'。重新开始三次，要比一长段容易读下去。"

可以这样说，跳跃式行文法，在新闻特写，尤其在消息写作中，常常有着不可替代、不可缺少的独特作用。但一切事物都是一分为二的。同任何一种行文方式都有个适用的范围、并非万能的一样，跳跃式行文法也是如此。它并非是所有的新闻题材、新闻体裁，在任何情况下都能适用。还是要遵循"文无定法，得体为宜"的原则，"宜用则用，不宜用不可滥用"。

◆附作品

雨　中　情

张振国　王礼贶

大雨倾盆，江河暴涨，农田涝渍，灾情严重。

正在安徽视察的李鹏总理,心情焦虑。

14日早晨,李鹏总理一行,驱车前往灾情严重的皖东地区。车到全椒县襄河闸口,他冒着倾盆大雨走到抗洪抢险群众之中。

总理急问:居民和财产都安全转移了没有?!

在场群众回答:转移了!

总理问:人员有伤亡吗?!

干部回答:到现在为止,人没有伤亡,财产有损失。

总理又问:企业设备、生产安全情况如何?!

滁县地区专员张友道说:大都架到高处了。

李鹏总理满意地挥手称道:同志们辛苦了!

省委书记卢荣景在暴雨声中高声说:李鹏总理代表党中央、国务院来看望大家啦!

此时,扛锹荷锄的民工含着感激的泪花热烈拍手。掌声伴着雨声经久不息。记者看到:总理自撑的雨伞水流如注,脚蹬着深筒胶鞋灌进了泥水……

时近中午,李鹏同志又急切地要去看看储粮仓库。总理一行赶到滁州市琅琊乡粮站。

总理凝视着一排排露天仓库,急切地询问:这里储存多少粮食?

站长皮新民说:有550万公斤!专员张友道说:全区有1万4000个露天仓库,有10亿公斤粮食在里边!

总理又仔细询问建一个库要多少钱,雨大了会不会漏雨、霉变,现在仓库粮食温度多高?并当场让人登上仓顶用电子测温仪进行了测试,温度为28摄氏度。此时他高兴地说道:这个很好,是土洋结合。粮食一定要保管好,老百姓收的粮食不容易啊!在场的干部群众点头连声称是。

返程路上,电闪雷鸣,大雨如注。总理一行看到:许多群众,抗洪的仍在前线拼搏,抢收、抢种的仍在田间奋战,热情很高,干劲极大。他们归来彻夜难眠。言谈中共同感到:中国人民走社会主义道路的决心是天大的困难都压不倒的!

(原载1991年6月18日《人民日报》)

精选最能打动人、说服人的事实材料

俄国现实主义大作家托尔斯泰曾说过："写作艺术之所以好，并不在于知道要写什么，而是在于知道不需要写什么。"从某种意义上，我们似乎也可以说，新闻写作的艺术就是对新闻素材的选择、删减的艺术。

新闻报道，作为以客观事物的发展变动为本源的精神产品，是作者对新近发生的事实，经过认知、思考、分析，有所选择，有所取舍，有所概括、提炼后制作出来的。它绝对不是不问青红皂白"拣到篮里就是菜"，绝对不是已经发生的事实的"大拼盘"。

在第二届现场短新闻评选中获一等奖的消息《"这段历史我作证"》，全文仅500字，经记者的精心采写、剪裁，令人信服地向世人展现了一幅西藏从黑暗走向光明、获得和平解放的历史画卷。也是一份极为难得的、珍贵的历史资料的准确记录。难怪有的评委在研读这篇作品时，就情不自禁地赞道：短文500，长卷风云图。文中所介绍的看似作为当年签订西藏和平解放十七条协议的9名汉藏代表唯一健在的阿沛·阿旺晋美副委员长的从容细谈，实是铿锵有声，如板上钉钉。记者在书写这些"作证"之词时，心里是装着世界风云的。

作为记者之一的新华社记者温闽同志在讲到自己的采写体会时讲得就更明白了："如果说一般的现场新闻都是含有若干个动人或独具特色的细节，那么选用好最生动、最具说服力的细节，则是一篇好现场短新闻成功的一半。"

接着，作者介绍说：1991年6月7日，作为西藏和平解放40周年大庆的特邀贵宾，阿沛·阿旺晋美来到拉萨，并专门前往西藏档案馆参观。当时，来自全自治区各新闻单位的十几名记者或前或后地伴随在阿沛身旁，大家都希望能在他的言谈或神态中，捕捉一些有意义的细节或瞬间。但是，使汉族记者懊恼的是，阿沛副委员长从头到尾只说藏语，我们无法听懂他的一句话。于是，我就特别注意阿沛仔细看过的文物名称，观察并记录他在看这些文物时的神态举止。虽然直到最后，我的特写稿件在心中还没有一点模样，但阿沛对哪几样文物看得特别仔细，我却心中有数。

阿沛要走了，并不甘于发一般消息的我走上前去，询问阿沛参观完档案馆后的感觉。这一次他用汉语微笑着说："这些文物很珍贵，至于西藏和平解放，由黑暗到光明的这段历史，我了解，也可以作证。"

要的就是这段话!马上,我找来馆里的藏学专家,请他为我讲讲刚才阿沛谈话的内容。于是他回忆了七八个细节,而我则参照笔记本上记录的阿沛神态,挑中了能澄清史学界争端、驳斥分裂分子谣言的阿沛等代表亲笔签名和能说明达赖喇嘛叛逃前后两种面孔的颂词等两个关键细节。

阿沛的论断是有力的,他的解释词也是精彩的。当我自然组合这两个细节,并以同时介绍时间、地点、阿沛特殊身份的一句话作为承上启下的过渡时,我的现场短特写已经初具规模。(引自《全国第二届评选获奖作品集》,第12至13页)

业内人士有言:牡丹花虽乃百花之冠,但是一枝牡丹若夹杂在花丛中就很难展现出它的娇贵与艳丽,只有把它从中挑出来,顿时芳香扑鼻,光彩夺目令你爱不释手。

赏花是这样,写新闻似也同此理。光有好的题材,有丰富而厚重的素材,这并不一定就能写出好的作品。至少还需要提炼,需要表达技巧,需要精心地剪裁、打磨。

在新闻写作中,精选与写好细节,需作者努力的环节很多,但最为重要的是要有着眼于"宏观掂分量,落笔精写作"的指导原则。具体地说:

第一,要紧紧围绕主线选用细节。新闻是精神食粮。它主要是满足人们的精神需求,帮助人们增长知识、开阔眼界、转变观念、陶冶情操、了解自然、认识世界。因而,细节的选用必须紧紧地服从和服务于此。刘勰在《文心雕龙》中说,作文要"思—意—言"一致,其关键是"博而能一"。讲的也是这个道理。"博"指丰富的素材,"一"指能够贯穿一切的主线。这"主线"可做多种解释,但最为重要的是思想意义。在第二届现场短新闻评比中,特写《泉州"情侣堤"被冷落》(1990年7月26日,中国新闻社播发),荣获一等奖。在这篇作品中,作者通过大量的细节描述,一会儿追溯"情侣堤"的来历;一会儿又移步堤上,实地观察"情侣堤"冷落的情景;一会儿又去向久经世故的摊主讨教冷落的原因;一会儿又同在场情侣攀谈。但是,无论是回溯铺垫、现场观察、请教原委,还是与情侣的对话攀谈,都始终一以贯之——反映改革开放以来,当地群众生活的提高与社会的文明进步,正像"吃着甘蔗上楼梯,步步高、节节甜"。

第二,要着眼现实针对性选用细节。作为新闻作品,纯客观报道事实,而不表明赞成什么、反对什么、提倡什么,限制什么,不去引导人们判断是非、回答现实生活中的各种矛盾,模棱两可,含糊不满,是没有多少读者的。而新闻事实的说话功能的重要体现之———用有针对性的典型细节"说话"。

可以说,《"这段历史我作证"》中的几个细节,既是十分珍贵的历史资料,又有力地回击了逃亡海外的达赖等人妄图在西藏从黑暗走向光明、获得和平解放的这段历史上耍花招，进行分裂祖国的勾当。

第三，要在思想性与可读性的汇合点上选用细节。有许多新闻事实，既有思想性，又极富引人的情趣，可经过某些作者的"提炼"，往往就把后者给扔掉了。剩下的净是些叫人难以卒读的概念性货色。这是很不应该的。即便是对政治性很强的题材的写作，我们也应该把现实生活中有兴味的细节奉献给读者，以增强新闻的影响力和传播力。在这点上，《"这段历史我作证"》做得也是比较好的。

可以这样说，新闻事实如同一座山，素材、细节有似山中之岭或峰，但岭是岭、峰是峰，都不是完整意义上的"山"。如果我们不注意精选能反映事物本质、具有代表性的"山"中之"峰"或"岭"，就贸然落笔，难免会有失偏颇的。

新闻写作绝对不是"任写游疆"，见到什么写什么，愿意写什么就写什么，叫人读起来热热闹闹，看起来花枝招展，但掩卷而思，又不知作者意欲何为。这样的作品偶然有点尚且能有消闲助兴的作用，但多了，只会让读者晕头昏脑，最终失去他们。因而对素材、细节的选用，要紧紧服务于主题的凝练和作者情思的浓缩。作者温闽的采访体会，归结起来恐怕也正是在这点上颇为动人。

◆附作品

"这段历史我作证"
——阿沛·阿旺晋美参观西藏档案馆
温 闽　黄宝福　段继禹

6月7日上午，阳光明媚，晴空万里。作为当年签订西藏和平解放十七条协议的9名汉藏代表的惟一健在者，阿沛·阿旺晋美副委员长来到西藏自治区档案馆，再一次回想起40年前的那一幕幕情景。

"当时，中央人民政府的代表是李维汉、张经武、张国华等人。"阿沛副委员长站在一张张历史照片前对人们说，"直到今天，仍然有人对协议上的印章争论不休。你们看嘛，当时我们每个人的亲笔签名不都在上面吗？"

走在卷帙浩瀚的西藏档案馆里，阿沛副委员长显得精神抖擞。他仔细地观看了从元朝到新中国成立时的一件件历史文物。他来到14世达赖喇嘛丹增嘉措当年献给毛主席的颂词的文物前，面带微笑地对周围人说："这是真迹。'毛'在藏文诗歌中的意思是'母亲'，'席'的意思是'和平的象征'。丹增把'毛主席'三个字都镶入了深情的藏文颂词中,他的颂词是发自内心的。"

他的讲解赢来了一片掌声。他接着说:"不仅如此,丹增在献颂词的同时,还请画师强巴为毛主席画了一幅精美的画像,并在周围饰以金边。这里的细节我全知道。"

阿沛副委员长走出档案馆,一字一顿地对记者说:"西藏从黑暗走向光明、获得和平解放的这段历史,我可以作证。"

(新华社1991年6月8日播发)

跑出来的独家新闻

新闻界有行话"脚底板下出新闻"。意思是说，新闻不是蹲在办公室或招待所里等来的，而是要到新闻发源地去跑新闻、找新闻、发现新闻。

在全国第二届现场短新闻评选中荣获一等奖的《战争气氛紧张的华盛顿》，便是这样的新闻。

1991年1月15日，全世界都在焦虑地注视着华盛顿和巴格达，等待着决定海湾危机前途的最后一刻：海湾一战能否避免？是战，是和？作为重要决策中心的华盛顿自然就成为举世瞩目的焦点。当时作为新华社常驻美国的记者吴晋，深知自己有责任及时向国内外读者提供任何可能的信息的重要。然而当时的华盛顿从外表看官方机构一切都与往常一样正常，要想从他们那里得到一个明确的答案，从正面获得某种动向、线索的信息，显然是不可能的。于是记者便决定有选择地跑一些地方去看看、听听、问问，看能否捕捉到一些相关的信息。

于是记者不顾风险劳累，访白宫、国会、国务院、国防部，跑新闻大楼，察看公园、博物馆、地铁车站……终于从外表上的平静，感到了其中孕育着的不平静。

——华盛顿的紧张气氛在升温。安全人员比平时增多几倍；官员们来去匆匆、频频会商；布什总统放弃晨跑而独步沉思。

——人民群众加紧反战示威，人们普遍预感到战争可能正在迫近。

——美官方借白宫发言人之口放出风声：对伊拉克发动攻击的决定可能不久即做出。

于是记者用自己观察到的一桩桩、一件件看似寻常的事实，以白描手法、漫不经心的笔调，把战争逼近海湾的结论摆到了千百万读者的面前——果然，一天之后，海湾战争爆发了！

这则独家新闻的社会效果是不言而喻的。这对于取悦读者、占领市场份额效果尤为显著。

而今，随着社会主义市场经济体制的确立，我国的改革开放和现代化建设事业进入了一个新的历史时期。市场经济较其他经济形式的一个重要优长之处，即它不但信奉"时间就是金钱"，而且从现代生活节奏加快、商品换代周期缩短的实际出发，提倡高速运转，追求投入少、产出大的高效性。无疑这对新闻传播来说，是一种刺激和冲击、一种机遇和挑战。为适应变化的客观形势的需要，各新闻单位比以往任何时候都重视独家新闻，尤其是重大题材和重大事件的独家新闻的采写与编发。

其实，说得远一点，自从以报道为中心的商业性报纸面世以来，媒体在独家新闻上的竞争就从未间断。

然而，什么是独家新闻？在新闻界认识又很不一致。有一种比较流行的说法，凡是某媒体独家公布的新闻，就应该是独家新闻。其实这很容易导致独家新闻的宽泛化与平庸化，从而失去它应有的魅力。

从这条获奖消息看，一般来说，独家新闻当然必然是某一媒体率先发布的，同时更应当是"含金量"高的重要新闻，而且它还具有超越地域或行业的传播价值。那么，什么是独家新闻，我们是否可以做如下概括：独家新闻是由某一媒体率先发布的、具有广泛传播价值的重要新闻。这样，发布上的率先性或独家性、内容上的重要性、传播后对其他媒体和受众的影响力，就构成独家新闻三个相互联系的必备条件。从而使独家新闻的内涵，既有了定性的界定，又有了可操作性的定量标准，还避免了把那些独家公布的芝麻绿豆大的新闻也算是"独家新闻"的倾向，以确保独家新闻独具的魅力。

从独家新闻产生的过程看，大概分为两大类：一类是在率先刊发上打"时间差"，主要体现在对新闻源的垄断性或率先开发上；另一类是在深度上质量上打"质量牌"，即以选材、立意、视点上的独到，有高人一筹、胜人一筹的传播效果。

现实生活是丰富多彩的，这就决定了独家新闻题材的多样性，但我们首先应该把目光盯在重大题材与重大事件上。可这类题材就某个记者来说，一是屈指可数的，常常是可遇而不可求，如《北约野蛮轰炸我驻南使馆》（1999年5月9日《人民日报》）。二是信息的共享、消息来源的多渠道，以及高度发达的通信技术、交通工具，地球已成为名副其实的信息村落的今天，"一家执酒樽，全村闻酒香"，众多同行蜂拥、云集，或独占新闻源，或"打时间差"难度大，我们还应该多多把笔触放在"打质量牌"上。即像这篇获奖新闻的作者那样，面对一个共同的报道事件，你能否思考得更深一些，写出与众不同的重要内容来；或者像《政治风险无人投保》（1991年2月1日《羊城晚报》）、《取下神像挂地图》（1994年4月26日《中国青年报》）的作者那样，从众所周知，甚至是人们熟视无睹的社会现象中，特别注意从日常报道中去发现、提炼出有重大社会意义的独家报道来。这样对一个优秀的记者来说，就要时刻瞄准发生在自己身边的这样的题材：能牵动全局的突发事件、带有方向性的现实问题，以及人民群众正在探索中的有旺盛生命力的事物等等。

从这篇获奖消息看，好新闻是"抢"出来的。独家新闻更得要"抢"，它常常是与记者采写的"快"、编辑发稿的"快"紧紧连在一起的。如若不然,磨磨蹭蹭的,即使你的报道写得"滴水不漏",错过最佳发稿时段,其价值也就大打折扣,更难说是独家新闻了。

◆ 附作品

战争气氛紧张的华盛顿

吴 晋

今天是这里近来少见的一个晴和的冬日,阳光普照,但是海湾战争的迫近却成了亿万美国人心头的一块乌云。联合国安理会规定的伊拉克从科威特撤军的限期到今天午夜截止,而为和平解决海湾危机所作的一切努力均以失败而告终。我们在这里接触的各阶层人士中,甚少人对和平前景抱有希望。

从外表看,白宫、国务院、国防部等重要政府机关今天似乎一切正常,但是可以感觉到空气中弥漫着紧张与不安。在这几个部门的记者室里,除了不断的电话铃声外,人们都表情沉重地静候着可能的重要宣布。官员们来去匆匆,对任何问题都是两肩一耸、两手一摊,表示无可奉告,当布什总统今天上午会见他的顾问们时,神情严肃,拒绝回答记者的任何问题,国务院通常准时的例行新闻发布会今天一再推迟。

由于伊拉克早就扬言,如果美国发动进攻,将在世界范围内发起针对美国和某些西欧国家的恐怖活动,这里的保安工作明显加强了:白宫院子里的安全人员比平常多好几倍;国会布双岗,即使是议员出入也必须出示证件;连平常不设防的全国新闻大楼也加了警卫。地铁车站、博物馆等公共场所也是如此。今天中午五角大楼中央大厅理发店发现一只黑色提包,引起一阵惊恐。这就足以证明人们对恐怖活动的担心。

各种反战活动仍在继续举行。白宫对面的拉斐亚特公园的示威活动从早到晚不断。示威人群举着的标语牌上写着:"把部队撤回来!""不要海湾战争!"有人高呼口号,唱歌,有人俯首合掌祈祷,许多人贴着白宫铁栅栏久久凝视,似乎想探明这座白色建筑物的主人要把美国引向何方。在示威者当中有人参加过侵越战争,至今余悸犹存。一位须发斑白的越战老兵对我们说:"去过越南之后,我再也不想看到战争。"在美国民众是否支持对伊拉克动武的问题上,据美国哥伦比亚广播公司和《纽约时报》15日公布的一项民意测验表明,有46%的人表示反对,但有47%的人表示赞成。

　　白宫里边的紧张策划很难为外人所知。人们只知道,今天一早布什总统放弃了他的晨跑,独自在白宫南草坪踱步沉思,他当然不会不知道他将作出军事决定的后果之严重。据白宫发言人宣布,布什今天再次召集他的高层决策官员在白宫开会研究海湾战争问题。这位发言人说,对伊拉克发动攻击的决定很可能在安理会规定的限期过后不久作出。美国报纸指出,现在是1962年古巴导弹危机以来最紧张的时刻。

(新华社1991年1月15日播发)

以身当笔写新闻

据资料介绍，墨脱是全国唯一不通公路的县，在第二届现场短新闻评选中高居获奖作品榜首的《铁肩担国防》的两位作者，是全国首批徒步走进墨脱采访的记者。

墨脱位于西藏自治区东部边境，藏语语意为"莲花盛开的台地"。然而要徒步摘到这朵美丽的"莲花"，并把它奉献给读者，谈何容易！这必须闯一道"鬼门关"多雄拉，进一回"老虎嘴"，过6条冰川，跨8条江河。背粮路单程虽然只有105公里，但这是千百年来，墨脱人人脚马掌踩踏亿年岩山、千年树根，"打磨"出来的平均宽不足一米的山巅林底小径啊！

据作者回忆说："我们随背粮队越往上爬，看到倒毙在山间的骡马尸骨越多，行至一架坠毁的直升飞机残骸前，仰望仍然见不到顶端的多雄拉，我们甚至顿生一股恐惧感。然而，和民工同走墨脱路，我们深切感到同采访对象的心理距离在一步步缩短，我们同任何一位民工都可以在喘息声中交谈如知己。"

作者说："《铁肩担国防》见报后，曾有同行问我们：就为这篇千字文，走趟墨脱值得吗？我们回答：'值得。'倒不是预见能获得一等奖，而是为一句话自豪：凡是有国防行为的地方，就应该有军事记者的足迹。还因为，我们毕竟用自己的双脚'写'下了一个小小的记录：首批徒步走墨脱的记者。"

无怪乎一位评议者满怀敬佩之情地写道："这篇现场短新闻，恐怕蹲在办公室或招待所里是无论如何也写不出来的，记者背起那位妇女肩上的45公斤粮包向山口爬去，才能真正体验到来自'天府之国'的民工们的满腔爱国拥军情；记者抢在老民工之前涉进齐腰深的冰河，将被瀑布冲弯的绳索拉直，让大家紧攀着绳索前进，才能在实践的考验中真正冶炼出记者一不怕苦、二不怕死的采访作风；记者和背粮队员们一起钻原始森林，一起和衣睡在林边废弃的仓库里，一起手抓绝壁一步一险地挪过千米栈道……才能不只将亲眼所见，而是亲身所历的生动、亲切、感人的现场情景，活脱脱地呈现在读者面前，拨动人们的心弦。"

铸剑为犁本是人类共同的梦想。可当今之世并不太平啊，国不可一日无防！于是，在硝烟散尽的土地上，有人在享受着和平，有人在保卫着和平。只是，过着安宁生活的人们是否记得保卫这份安宁的军人们？是否记得为这份安宁为国防建设默默奉献的人们？请读读《铁肩担国防》这篇千字文吧，或许会有一些收获和感受。

生活是一座开发不尽、五光十色的新闻富矿。新闻作品，尤其是好新闻作品，是要靠一双脚板跑出来的。跑到哪里去呢？跑到现实生活中去，跑到群众中去，跑到新闻发生的现场去。记者深入生活、深入实际、深入群众，不仅是提高思想素质的需要，也是写好新闻作品的最起码的要求。有了生活之树，才会有新闻之果啊！

南宋诗人陆游有云："纸上得来终觉浅，绝知此事要躬行。"要想写出实情、实景、实感、实事的新闻作品，那种不深入现场，不深入群众，不了解群众在干什么、想什么，不熟悉你所要报道的对象，靠跑机关、泡会议、看简报、找例子、想路子，是绝然做不到的。以身当笔搞采写，这才是必行之路。

东汉人王充在《论衡》中说："涉浅水者见虾，其颇深者察鱼鳖；其尤甚者观蛟龙。足行迹殊，故所见之物异也。"擒"蛟龙"，写新闻，事不同而理通。要擒"蛟龙"，就要到深水中去；要抓住"蛟龙"那样高质量的新闻报道，同样需要到现实生活的"深水"中去。

◆ 附作品

铁肩担国防
——徒步随民工支前背粮队进墨脱

郑蜀炎　徐文良

墨脱——全国惟一不通公路的县。

7月至9月——徒步进入"高原孤岛"的百日开山期。

7月2日，今年首批运往墨脱驻军的主副食品，开始由来自10个省区的支前民工背向雪山那边。

7月21日8时30分，墨脱的咽喉要道多雄拉天险仍被雪封雾锁时，记者随360名各族民工踏上漫漫墨脱路。

30岁的门巴族民工柴觉，肩背65公斤大米走在队伍前头。他15岁起开始为部队背粮，在这条路上走过了两个二万五千里。

终年积雪的多雄拉山口在望。雨夹雪向背粮队迎面扑来。在依稀可辨的雪道上，记者眼前出现一幅画面：一位肩背粮包的妇女，正迎风冒雨向山口挪动。她叫石本玉，来自"天府之国"，她和丈夫熊再军今天首次参加背运。上山前，部队领导深为她这份爱国拥军心所感动，安排她留在山下煮饭，她执意不肯，说："我到西藏支前，就是来背米的。"趁石本玉歇脚不注意时，记者转身背起她那重45公斤的粮包向山口爬去。

背粮队中，要数退伍兵靳诗领负荷最重。他曾在墨脱边防当过5年兵，今年4月退伍回陕西结婚，度完蜜月他即刻返回边关。当记者问他干嘛还要回头吃这份苦时，他说："你要是在墨脱干5年，你就会真正理解墨脱人心目中的背粮队了。"

13时30分，越过多雄拉山口。队伍又被一道从天而降的瀑布阻在山间。这道天堑上接遮天陡壁，下泻百米冰湖，水湍流急，就在人们止步犹豫时，51岁的民工周仕财站出来："我孙女都6岁了，没啥子好顾及的，我先过。"记者抢在老人之前涉进急流，将被瀑布冲弯的绳索拉直，让大家紧攀绳索一步一步涉过齐腰深的冰河。

越过茫茫的原始森林已是小半夜了。记者和背粮队的同志和衣睡在汗密食宿站——两间废弃的仓房。

次日黎明，背粮队迎战墨脱路又一险关——"老虎嘴"。这是一条从绝壁间炸出的栈道，长约千米，宽仅一米，上有瀑布飞石，下是深渊沟壑。前不久，一位叫顿珠坚赞的支前队领导，在这里为抢救支前物资，被急流吞没了。走进虎口，大雨如注，只能手抓绝壁，一步一挪动，短短千米栈道，竟走了近一个小时。

20时30分，背粮队终于到达部队营地。记者在物资接收点记下一串数字：此趟360名民工每人徒步60小时，往返5昼夜，行程200余公里，背运的物资无损坏、无受潮、无丢失。

7月30日，当记者告别海拔近5000米的多雄拉山口时，迎来了又一队支前背粮队。

（原载1990年8月27日《解放军报》）

融情于事，情真意切

笔尖带着感情描述事实，把感情倾注笔端，熔铸在现场短新闻的字里行间，这是增强作品的感染力与现场感，不可缺少的一环。

现场短新闻的抒情，不是像抒情诗文那样"直陈肺腑"式的直抒情怀；不是像小说、戏剧那样"句有余味，篇有余意"式的含蓄曲折，而是通过寄情于人、寓情于事、融情于物、含情于景、藏情于议等多种多样的方式，把作者的现场感受，插进对新闻事实的叙述和再现中去。

《庄子·渔父》中说："不精不诚，不能感人，故强哭者虽悲不哀，强怒者虽严不威。"善于为文著的人都懂得不披露真情实感或者缺少真情实感的作品，必然读来乏味，也难以打动人心。《万里圆月》就是一篇以情动人、催人泪下的力作。

不是么？我们先来听听苏大娘在"儿行千里母担忧"的画面里那浓浓亲情的话语："仁堂啊，我听到你声音了。咱全家都来了，一块圆月。我的病好了，好了！真的好了！你放心工作，多打油，多打油啊！别惦念我。"

再来听听8岁的小韩雪在"母女想亲人"的画面里的呼喊："爸爸，爸爸，我是小雪，我是小雪……"小雪的母亲拿过话筒对丈夫说："小雪想你，我也……家里，我能挺住。"只两句话，就再也说不下去了。

在"是喜不是哭"的画面里，张大娘破涕为笑的阐释，也是颇让人动情的。68岁的张大娘坐在对讲机前，早已掩饰不住内心的激动，泪水涌入眼帘。老人却反反复复对儿子念叨："家里都好，家里都好……"当挂上听筒，儿媳虢泓芬劝慰时，却又破涕为笑地说："不是哭，不是哭，是喜呀！"

这篇获奖新闻，正是以这种"柔中寓刚"的白描手法，用具体的描述，生动的语言，深沉的感情，再现了现场的情景。读来令人心潮起伏而泪水难禁。

人间自有真情在。在改革开放的新中国，这真情，既有那浓浓的乡情、温馨的亲情、纯真的爱情……更有高于斯的一腔石油情、祖国情！作者正是基于这种感受，把笔力紧紧地凝聚于此，让人们从铁的事实中得到领悟：90年代的石油工人，远离亲人去征战塔克拉玛干沙漠，他们做出了无私的奉献，他们的家人同样在做着超常的付出，这一切都缘于一腔石油情、一腔爱国情啊！这不正是当年大庆精神、铁人精神的继承和发扬吗？！这是多么动人的一曲社会主义的人间真情啊！

所以，在现场短新闻的写作中，我们在记事的同时，切莫忘了记情！

无疑，现场短新闻是新闻事实纪实性的再现。但是这种"再现"，也绝非对现实生活做纯客观的、冷漠机械的复现，而是要在选择和剪裁的基础上按事物的本来面目及其深邃的底蕴作纪实性的再现。这中间就少不了寄寓着作者对生活对事物的认识、感受、判断和爱憎。现场短新闻对历史的记录、对生活的表现，究其实质就是作者的思想感情与相应的现实生活的再现。

现场感要强，要浓郁，给人以如临其境、如见其人，如闻其声之感，这是现场短新闻的重要特色。但这种现场感，也不仅是场景描写、细节和人物外貌的描写，还必须有现场新闻人物的真情实感。现场人物的言谈、举止、情绪、心态、气氛无不与现场感息息相关。我们所说的现场短新闻要写得生动、引人，其中很重要的是要写得有感情，要以情动人。刘勰在《文心雕龙》中有100多处讲到情字，并在《情采篇》中概括为"情者文之经"。文章要写得生动引人，核心是要有情采，无情则无佳文。为了加强现场短新闻的感染力，就要有动情之笔。新闻是事实的报道，而进入传播渠道的新闻事实，无一不是饱含着人民群众的丰富的感情的，作者不仅要记录事实，而且要记录群众的感情，把新闻事实的创造者们的真情实感表现出来。正像有的评委感受的那样：读罢这篇960字的《万里圆月》，我的眼眶湿润了。这是阅读200多篇"现场短新闻"参评稿时唯一的例外。为什么会这样？原因之一是，如凸镜聚焦，如银针点穴，读者人人都有每逢佳节倍思亲的那一根神经，就被撩拨得难以平静而共鸣起来。我的泪大概就是这样涌出的。

◆ 附作品

万里圆月

刘东昌　陈　晓

中秋之夜，记者在胜利石油管理局钻井总公司目睹了"万里圆月"的一幕。

在山东东营到新疆库尔勒，遥遥相去近万里。万家团聚之时，参加塔里木石油勘探开发会战职工的家人们，通过无线电对讲机与亲人共圆中秋月。

20时，记者走进钻井总公司调度室，只见无线电对讲机旁，早已围满了四五家老老少少十几口人。人们不时地抬腕看表，似乎那期待已久的时刻来得太慢、太慢。

20时30分是约定的通话时间。随着对讲机的调通，人们的情绪旋由焦灼转为激动和欣喜。塔里木胜利钻井公司党委副书记苏仁堂的母亲，第一个接过话筒：

"仁堂啊,我听到你的声音了。咱全家都来了,一块圆月。我的病好了,好了!真的好了!你放心工作,多打油,多打油啊!别惦念我。"68岁的苏大娘几乎是一口气说出的这一切。当她听清对方一切都好时,舒心地喘了一口长气。

儿行千里母担忧,更何况是万里呢。但为了能让儿子安心会战,老人是硬撑着病弱的身子来和儿子圆月的。就在苏仁堂赴塔里木之时,老人还在医院的病榻上呢。

8岁的小韩雪,今晚却一直噘着小嘴,显得满脸的老大不高兴。她对记者说:"听妈妈讲,爸爸中秋节要外出,可能不在。"韩雪的爸爸韩宗森,是搞物资供应的计划员,整日奔波于天山南北。还好,他今晚刚从外地赶回来。当小韩雪听到爸爸呼唤她的声音时,竟高兴得忘记早已准备了足够一百遍的话,只是一个劲地喊:"爸爸,爸爸,我是小雪,我是小雪……"小雪的母亲张新民拿起话筒对丈夫说:"小雪想你,我也……家里,我能挺住。"只两句话,就再也说不下去了。看得出,她是不想让远在边疆的丈夫为她们母女分心。

记者注意到,当张维宗的母亲——68岁的张大娘坐在对讲机面前的时候,老人早已掩饰不住内心的激动了,泪水涌入眼帘。老人反反复复对儿子念叨:"家里都好,家里都好……"当挂上听筒,儿媳虢泓芬劝慰时,却又破涕为笑,"不是哭,不是哭,是喜呀!"情景十分感人。

十五的月亮,照在塔克拉玛干飘逸油香的沙海,也照着黄河三角洲这片新生的土地。21时30分,短短1小时的通话时间结束,但圆在亲人们心中的月亮却从此不会阴缺,因为:心圆人自圆,"千里共婵娟"。

(原载1990年10月14日《中国石油报》)

难得的佳作

读《难忘的时刻——小平同志会见最后一批外宾侧记》，不能不令人信服地作如斯说：这篇名列榜首、荣获首届现场短新闻竞赛一等奖的作品，堪称难忘而又难得的佳作。

唯其难忘，说的新闻所传递的信息的重大。今天的新闻，就是明天的历史。这篇佳作的作者，以其特有的新闻敏感，为我们记下1989年11月13日上午10时这个难忘的时刻——一个举世瞩目的历史伟人利用接见日中经济协会代表团的机会，向中国、也向世界宣布，他即将告别正式的国务活动了。无疑这是一个极为重要的信息，也是一个必须载入史册的重要时刻。记者及时地捕捉住了这个重大信息，并及时地奉献给读者，这是多么难能可贵啊！

唯其难得，主要指的是新闻的写作上也有许多值得称道之处。

采写角度的新颖，不落程式。据参加评选活动的人民日报同志介绍：通常，写高层领导人外事活动的会见新闻，总是那么个场面，那么个程式——宾主之间除了寒暄便是交谈，"他说"、"又说"。固然其中也不乏引人入胜的新闻价值，但由于写作上的程序化，就很难让人读来有味。可这次，当记者在采访中突然听到小平同志郑重宣布："日中经济协会代表团将是我会见的最后一个正式的代表团……"，即打破"惯例"，独具一格地以此为主线，通过现场的仔细观察，详细地占有相关材料，进而谋篇布局、取材行文，终于写出了这篇角度全新、可读性极强的佳作。由此也可以看出，新闻确像一把锋利的多刃刀，角度选择是否得当，是成功与否的重要条件。它也集中反映着作者思想的敏锐程度。生活中尽管万事万物纷呈，似曾相识者亦甚多。这里的关键，就是要在寻常中见到不寻常，给读者以"众里寻他千百度，蓦然回首，那人却在灯火阑珊处"的新鲜感。

作为一篇纪实性的现场短新闻，写人论事，虽然不能排除那种直观式的正面描述手法，但读者更喜爱的却是那些最能体现主题思想的，既能最使作者自己感动而又能感染别人的活生生的细节和事例。这正是现场短新闻特有的优势。在这点上《难忘的时刻》也值得称赞。比如，在长期的革命斗争中，小平同志为我国的革命和建设事业做出了卓越的贡献，当他年事已高，为了让党的第三代领导人，让政府、军队的领导人能够放手工作，要正式告别国务活动了，人们的心情确实难以言表，作者便通过在场工作人员的感受"近70分钟的会见，竟像一瞬间那么快地过去了"，以及会见结束后他们要求与小平同志合影等细节，含蓄而又诚挚地表现出来了。因为这些来自现场的画面，是感情的折光，是感情的汇合与凝聚！

读过《难忘的时刻》，还使我感到总有一种力量、一股气势在胸中涌动。这是作者奔放的激情。清人袁枚说："作者情生文，斯读者文生情。"真正好的新闻作品，必然是充满诗情画意的，总是以其炽热的感情来拨动读者心弦。《难忘的时刻》一起笔，便托物寓情地推出一个引人思索的悬念：

还是这间透着八闽风情的大厅，还是上午10点这一时刻，背景依然是那幅日光岩巨画，茶几上照例摆放着两盆鲜花。

接见现场的一切似乎都和往常一样，但是今天这里熟悉的一切，却又给人以不同于过去的感觉。

……

接着，作者便丝丝入扣地以饱含深情的笔触，声情并茂，情景交融地再现了接见现场一个又一个感人的画面。

当然，如同一切事物都是一分为二的那样，《难忘的时刻》在写作上，也并不是毫无斑疵。比如，有个别的字句欠推敲，似应将"正式告别政治生涯"改为"告别正式的国务活动"为好；悬念之后的行文接转，似欠自然、紧密。但区区斑点，无损美玉的光泽。

◆附作品

难忘的会见
——小平同志会见最后一批外宾侧记

孙 毅

还是这间透着八闽风情的大厅，还是上午10点这一时刻，背景依然是那幅日光岩巨画，茶几上照例摆放着两盆鲜花……

接见现场的一切似乎都和往常一样，但是今天这里熟悉的一切，却又给人以不同于过去的感觉。

1989年11月13日，邓小平同志于人民大会堂福建厅会见外宾。

这是一个历史性的时刻。

小平同志身着深灰色中山装,站在屏风旁边,容光焕发,同来访的日中经济协会访华团的日本客人一一握手。当着几十位日本客人、几十位中外记者,小平同志向他们、也是向中国、向全世界宣布:"日中经济协会代表团将是我会见的最后一个正式的代表团,我想利用这个机会,正式向政治生涯告别。"

短短几句话,像以往那样说得明快、平和,几十位在场的中外记者却由此得到一条重要信息:今天,敬爱的小平同志将正式告别他60多年的政治生涯。

"退就要真退,这次我就要百分之百地退下来。我退下来,也是想让党、政府、军队的领导人能够放手工作。我相信他们能够把工作做好。"

记者注意到,当小平同志说这句话时,深邃的目光中透露出的神情是坚定的,是自信的。

整个会见充满亲切、友好的气氛。从斋藤英四郎先生向小平同志问候开始:"看到您满面红光我很高兴",到最后道别时斋藤先生双手紧握小平同志的手,深情地说:"为了中国的繁荣、亚洲的繁荣,为了中日两国人民的友好情谊,希望您健康长寿!"近70分钟的会见,竟像一瞬间那么快地过去了。

以往会见结束时,在场的工作人员深知小平同志时间宝贵,虽然都想和他说上几句话,但谁都不忍心去占用他的时间。然而今天,几位经常采访小平同志会见外宾的记者再也按捺不住对小平同志的崇敬之情,异口同声地请求:"邓主席,与我们这几位中国记者合个影吧!""好!和记者们合影要轻松多了。"小平同志答应得这么痛快,引起一片欢笑,连几位大会堂工作人员也挤了过来,说:"我们也要和邓主席合个影。"小平同志愉快地满足了大家的要求。

小平同志告别了他光辉的政治生涯,但人们永远不会忘记他……

(原载1989年11月14日《人民日报》)

不求最全，但求最佳

写现场短新闻最忌面面俱到，它是一种"以不全求美"的品种，其精美正是在于"不全"之中。

其实，任何体裁的新闻报道，都需要在一定时空内展开。一般说来，现场短新闻时限极短，空间面也十分有限。它要求情节不能过于陈铺、过于繁杂，越单一越好。但单一不等于单调，力求在单一的情节中，却能小中见大，真实、深刻、形象地反映社会生活的方方面面，做到尺水兴波。

《总书记的问候》这篇在第一届现场短新闻评比中获一等奖的作品，报道的是1989年10月1日，江泽民等同志到广播电影电视部、铁道部、交通部、北京长途电话局、北京无线通讯局微波站，慰问坚持节日工作的干部职工，途经复兴门立交桥时，决定临时停车看望聚集在那里的群众。这篇获奖作品全文有900余字，其中只有："江泽民同志今天上午和李瑞环、李铁映、李锡铭、丁关根同志一起去慰问节日坚持在第一线工作的同志们。车过复兴门桥头，看到这里的群众很多，他临时决定停车，看望大家。"近80字，一段话，一笔带过与往年相差无几的"看望活动"，而且集中笔墨只写了发生在立交桥头十几分钟里的事情，凸现了总书记与普通群众自然轻松、亲切祥和地交谈的情景，从"一辆乳白色的面包车在桥旁轻轻停下"到结尾处总书记与群众两次互道"再见"，着力显示我们党的第三代领导核心与人民群众的鱼水关系，以及自身的清廉、简朴的重大主题。另一篇同一题材的电视新闻《江泽民等节日慰问在岗职工》，虽然也很亲切感人，在评比中也获了二等奖，但由于缺少必要剪裁和合理地安排情节与结构，对主题的提炼和表现上比前一篇就显得略为逊色一些。全文抄录于后，便于读者从对比中看出结构剪裁对于表现主题的重要作用。

江泽民等节日慰问在岗职工

今天上午，江泽民、李瑞环等同志来到广播电视部、铁道部、交通部、北京长途电话局、北京无线通讯局微波站，慰问坚持节日工作的干部职工。

这是中央人民广播电台。

（同期声）总书记：你们是少数民族采访部？

答：对，蒙、藏、维等民族。

总书记：人员都是从哪些地方来的？

答：都是从边疆调来的。

这是哈萨克族播音员。

（现场效果声）

这是中国国际广播电台。

（现场效果声）

这是中央电视台。

（同期声）总书记：广播员就坐在这儿？

播音员：对，就坐在这儿。

总书记：我给你讲个经验。我在上海进电视台讲话好多次，比我在大会发言难得多。为什么呢？因为演播室里没有人，全是空的，进来好多人就好讲了。没有人，在空旷的空间里，这时人的感情发挥就不一样，这是怎么回事？

播音员：播音员跟您不一样。我跟您正相反，您是在人民大会堂数万人当中不慌。我是在这里不慌，可能见人多就慌了，这是经验，可能不一样。

江泽民说，广播电视很重要。最近几年来，广播电视发挥了重要的作用，在传播信息等方面给人们留下了深刻的印象，你们责任重大。

江泽民等同志来到铁道部、交通部、北京长途电话局、北京无线通讯局微波站慰问节日期间坚持工作的干部职工。

（现场效果声）

慰问途中，当面包车途经复兴门立交桥时，江泽民总书记看到这里的群众很多，他临时决定停车看望大家。

（同期声）总书记：这是李瑞环同志。

你们辛苦了，请问部队同志好。

同心协力把我们国家建设好。

（现场效果声）

参加慰问的有：李铁映、李锡铭、丁关根等。

(1989年10月1日，中央电视台)

显然，两文相比，高下之分主要在结构上。

文章的结构，即指文章内部各种成分的结合及其组织方式，刘勰在《文心雕龙·附会》中说："何谓'附会'？谓总文理，统首尾，定与夺，合涯际，弥纶一篇，使杂而不越者也。"这便道出了文章的结构与任务，是在于综合整理全篇使之条理化，做到首尾连贯，经过取和舍，把各个部分融合起来，组成一个整体，使之内容丰富而不松散。现场短新闻是以忠实地报告与描述事实为特征的，其结构形式也就受此的制约。由于客观事实的多样性及其对它的描述手法的千变万化，它的结构形式也是变化无穷的。但是，又正如刘勰所说的"思无定契，理有恒存"。苏轼所说的："文章以反常合道为工。"前者所说，尽管思无定势，推而用之为文亦无定势，但仍然存在着大致需要共同遵循的原则。后者说的"反常"，即创新、标新立异之谓也；"合道"者，系指不能离开基本的原则。由此可知，文章的结构虽然变化无常，但又总会存在一些相同的基本原则，如果能正确地加以总结，再灵活地运用到实践中去，就能根据不同的事实创造出更多新颖的结构形式来。

根据现场短新闻在传播媒介中的功能，及其忠实地报道事实、再现事实的特征，其结构形式不应脱离这样一些原则：

它应有利于表现事实的完整性。如前所说，现场短新闻所"摄取"的是社会生活中的一件新事、一个画面，或者是一个片断、一簇浪花。但它应如同一幅画、一首诗、一支歌一样，具有独立存在的完整性。这种结构形式上的完整性包含两层意思：一是其结构形式要有助于把事实表现得和事实本身一样，明了、生动而富有立体感；二是新闻中的事、理、情、景安排得错落有致，使事实中蕴含的深意能无声无言而明白无误地显示出来。在现场短新闻的评选过程中，常常都会碰到这样的参评作品：有的虽说题材很重要，立意也不错，但让人读过疑点很多，该交代的情节没交代；也有的事情虽然已是明白无误了，但所言何意却又让人捉摸不定，显得模糊不清。这两者都不能说不是结构不贴切上的缺陷。

它应有利于突出新鲜感。现场短新闻的职能是要报道和再现新近发生的新鲜的事实的魅力去感染读者，传播思想，组织和影响社会舆论。新鲜性，就成了包含在新闻事实的价值因素中最为活跃的"因子"。突出新闻事实的新鲜感，也就成了现场短新闻结构形式的一个必不可少的着眼点。

在报道重大事件的发生时，就要像《难忘的时刻》那样，起笔就给读者一个异乎寻常的新奇感："还是这间透着八闽风情的大厅，还是上午10点这一时刻，背景依然是那幅日光岩巨画，茶几上照例摆放着两盆鲜花……接见现场的一切似乎都和往常一样，但是今天这里熟悉的一切，却又给人以不同于过去的感觉。"

在报道重要人物的有重大意义的活动时，就要像《总书记的问候》、《雨中情》那样，要抓拍新闻中的新闻"镜头"，把最能征服读者的最佳事实，尽快地活生生地再现读者眼前。

在报道新人新事的出现、新生事物的诞生、重大成果的取得时，更得要把最重要、最时鲜、最吸引人的事实放在最前面。

总之，开门见"新"，不能不是现场短新闻的结构形式的一个重要着眼点。

它应直接服从于服务于突出主题的需要。现场短新闻对新闻事实的报道与再现，决不是凡现场发生的都"有事必报、有闻必录、有事必现"，它所报道的事实是经过分析、精选、综合筛选的事实。对于次要的不完全能说明问题的材料，能去就坚决去掉，能省就尽量省用；对于最有典型性、最能体现主题思想的生动材料，要浓墨重彩加以凸现。在现场短新闻的写作中，常常有这样的情况：一堆未经合理组织安排的材料，即使是很生动引人，也并不能说明多少问题或者给人很深的印象和启发。但把它们放在有层次的合理结构中，即使不加点评，也能显现出十分引人的思想意义来。这样在结构中，对那些次要的事实和场面又必须交代时，也应让它像天上的流星一样，一闪而过；对那些能体现主题思想的材料、情节和场面，就要像电影中的慢镜头一样，把快速运动中的事物缓慢地呈现在读者面前，使人对现场的其人其事、其景其物，都有充分的感受和联想。在这方面，《总书记的问候》是做得比较好的。

现场短新闻是以再现新闻事实的自然美为特征的，但这也并非原始地机械地摹写。顺乎事实和情理的需求，对现场材料进行合情合理的结构、组合、剪裁，这是必不可少的。

完整、新鲜、主题，可以说是现场短新闻结构的三原则。这三者是统一的，是相互制约、相互影响、相成相辅、缺一不可的。没有完整的情节，让人不知所云何事，新鲜与主题也就无从谈起；失去了新鲜感，让人望而生厌，即使有再生动的事情、再鲜明的主题，也难以让读者"一见钟情"；如果只有事实、材料的堆砌，而无明确的主题，也如同给读者送去一捆鸡肋，就未必不如同嚼蜡，同时也与我们的社会主义新闻的性质相悖。

◆附作品

总书记的问候

邹爱国　罗观星

10月1日，沐浴着灿烂阳光的首都，处处是鲜花绿树，处处是欢声笑语。

复兴门立交桥的花坛旁，人群熙攘，有人在观花，有人在拍照，有人在休息谈笑，人们沉浸在秋日的阳光和国庆的花香之中。

上午10点40分，一辆乳白色的面包车在桥旁轻轻停下，一群干部模样的人走下车来，最前面的那位身材魁梧，身着蓝色中山服。

在绿茵草地上欢度节日的人们，没有注意到他们的到来，一个摆弄相机的小伙子猛地抬起头来，怔住了："呀，这不是江泽民同志吗?!"

"总书记!"人们的目光不约而同地投入了过来，江泽民笑着向大家招手。

江泽民同志今天上午和李瑞环、李铁映、李锡铭、丁关根同志一起去慰问节日坚持在第一线工作的同志们。车过复兴门桥头，看到这里的群众很多，他临时决定停车，看望大家。

江泽民首先向一名正在执勤的人民解放军战士走去，那位战士走下岗哨，向前走了两步，立正向总书记行军礼，江泽民向他伸过有力的双手："节日好!"并问，"同志，你是哪儿人?"

"江苏兴化。"战士腼腆地答道。

"哦，我们是老乡啊，我是扬州人。"江泽民亲切地说。

望着满头是汗的战士，总书记说："你们辛苦了，请转达我对戒严部队广大指战员的节日问候!"

看到江泽民同志和战士亲切交谈，人们"哗"地一下聚拢过来，一个身着红色衣裙的小姑娘朝江泽民奔来，伸出了小手。江泽民高兴地握着小姑娘的手，连声说："你好! 你好!"

在一旁的中共中央政治局常委李瑞环称赞说："这是个勇敢的孩子。"

刚才还有点胆怯的几个孩子，这时都抢着伸过了小手，并高声喊道："爷爷，节日好!"

看到一个女孩子额头点有"吉祥痣"，江泽民对她的母亲说："我的家乡也有这个风俗，小时候我也点过红痣。"总书记亲切的话语，逗得大家笑了起来。

两对身着礼服的男女青年挤过人群告诉总书记，他们刚结婚，今天是国庆节，能见到中央领导同志，感到很高兴。江泽民拱手祝贺："新婚志喜，新婚志喜!"

李瑞环等同志也和群众亲切交谈起来。李瑞环问大家："国庆了，你们节日过得好吗?"

"很好!"大家齐声笑答。

人们越来越多。大家争相同总书记和中央其他领导同志握手，气氛十分亲切、热烈。

"我们一起照张像好不好?"丁关根同志提议说。

"好!"人群中发出了欢呼声。

江泽民等同志和身着节日服装的群众挤在一起,让记者们拍下一张张难忘的照片。一个小伙子把相机递给一位记者,急切地说:"请帮我拍一张,我要留下这美好的纪念。"

江泽民等同志在临上车前,又一次同首都群众和戒严部队战士握手,江泽民高声说:"同志们,再见!我们要同心协力,把国家建设好,大家要加油干啊!"

"再见!"人们向江泽民等同志挥手告别,目送旅行车远去。

(新华社1989年10月1日播发)

综述 现场短新闻写作论要

各种不同的报道方式，对题材的选择、谋篇、布局以及表现手法等，都必然会有与之相适应的特色。那么，现场短新闻的写作特色是什么呢？

一、人称选择上的直观性

新闻是新近发生的事实的报道。这样一来，报道新近发生与发现的新闻事实的记者，就有个"人称"的选择问题。人称选择得当，构思精巧，角度新颖，笔触优美，客观叙事，这往往就成为新闻作品写作获得成功的重要条件之一。一般地说，在多数情况下新闻都是用第三人称客观叙事的口吻；但在现场短新闻的写作中，则又多见于用"第一人称"叙述事实，或者就是以"我"为展开活动与画面的。于是乎，有的同志对此持异议，担心会损害新闻的客观性，会"染上主观色彩"。于是乎，有的同志称，现场新闻的上乘之作，应是作者不出场、直观描写又很成功之佳品。看来，人称的选择，确实是现场短新闻的写作中值得探讨的一个问题。

应该说，新闻既然是客观事实的报道，必须坚持客观报道的形式和手法，不允许有不适宜的或过多的"我"的出现；但这并不意味着一概排斥适当地选用第一人称的表现手法，更不等于说第一人称的写作就必定会有损于新闻的客观性。君不见，斯诺的《西行漫记》、范长江的《中国的西北角》、魏巍的《谁是最可爱的人》，以及李普、阎吾等写下的许多战地报道，无一不有作者的目击见闻和自己的感受，无一不有作者的身影和活动，这不仅没有影响这些作品的客观性，反而更由于有作者以访问者、参观者或参与者的身份出现，以"第一人称"叙述自己亲眼所见的事实，使报道更增添了可信感、现场感、亲切感。据说当年魏巍在朝鲜战场写《依依惜别的深情》时，开始用第三人称，写出来后觉得感情不浓郁、不动人，最后改为第一人称，材料依旧，读后催人泪下。可见，这里的关键是对新闻的客观性应有个正确的理解。我们所讲的客观报道，主要是指尊重客观事实，要按照客观事物的本来面目作如实的报道，并不单纯以报道中有没有"我"的出现来衡量。有的时候，特别是在现场新闻的写作中，甚至正是由于有了作者适时的出现，使报道显得更加客观、翔实。

当然，这并不是说写现场短新闻，就得用第一人称，就得一定有作者出现。这里最重要的是因文制宜，根据需要来确定。比如，在首届现场短新闻的50篇获奖作品中，报纸通讯社的共37篇，其中一等奖4篇，3篇有作者出现，1篇（《总书记的问候》）没有作者出现；二等奖11篇，10篇有作者出现，1篇（《瞬间的转换》）没有作者的出现；三等奖22篇，14篇有作者出现，8篇没有作者出现。总的说，37篇中，27篇有作者出现，10篇没有。从后者中可看出，没有出现的情况也有不同，有的写的事实比较紧凑，环环相扣，无须作者出现其中起接承、剪裁、概括、补充事实的作用，如《总书记的问候》集中写的立交桥一个场面、《瞬间的转换》写的是开机时的两分半钟里的事；又得在文题中或在副题里已有交代，如新华社的《人民币汇率下调后的首场外汇交易——上海外汇调剂中心即景》、人民日报的《通气日、解气日、和气日——北科大星期五校长接待日旁听记》、《光明日报》的《福音，为家长解惑——北京星期天家教电话咨询旁听记》；还有的在电头里做了交代，如《人民日报》的《大同等地震灾区人民情绪稳定》，消息的导语说："本报大同10月20日讯 记者齐欣自地震现场报道：大同、阳高等地震重灾区已开始行动起来，抗震救灾。"此外，也有写得紧凑的小通讯、小故事，如《法制日报》的《刘大娘的57岁生日》等。

总之，现场短新闻的表现形式是多种多样的。由于内容不同、品种不同、角度不同，就应有不同的形式。至于是否应有"我"的出现，虽不必强求一律，但也不要回避它，要因文而异。1981年5月李普同志曾讲过这样一段话："在新闻文字的写作中，我还有这样一个主张：某些新闻报道，特别是人物，最好用第一人称，适当地让'我'出现。当然，必须适当；并非绝对不可以突出自己或者抬高自己。'我'是什么意思呢？对读者来说，我是千百万读者派来的代表；对党来说，我是党派来的一个具体的工作人员。"

那么，怎样才算适当？在什么情况下作者才有必要露面呢？大致说来有这样几种情况：

第一种情况是：作为新闻事件的参加者，确有高明的见解、独到的观察和深切的感受。如《难忘的时刻》中的"'退就要真退，这次我就要百分之百地退下来，我退下来，也是想让党、政府、军队的领导人能够放手工作。我相信他们能够把工作做好。'记者注意到，当邓小平同志说这句话时，深邃的目光中透露出的神情是坚定的，是自信的。"

第二种情况是：事实新鲜、重要，或者反常性强，须要作者出头露面或用自己的目击材料加以证实。如《光明日报》的《多一分尊重，就多一分自爱——北京一中期末考试见闻》，作者一起笔就写道："如果不是亲眼所见，简直不相信这是真的。考场上,没有监考老师,教室里却鸦雀无声,秩序井然。这是1月12日上午记者在北京一中看到的该校这学期做的一项试验:各门课程的考试均不设监考老师。"再如新华社的《美军入侵一周后的巴拿马城街景》,最重要、最可贵之处,是记者冒着种种困难和危险,用自己的目击事实,真实地记录了美军入侵后遍地战痕的巴拿马城的情况,使之成为这一世界性的重大历史事件的目击者和见证人。所有这些就会因为有作者的出场,更显得新闻事实的具体、真切、可贵、可信,这是很重要的一个方面。

第三种情况是:作者用自己的目击材料对新闻事实起补充、印证或深化的作用。如《华阳礁上补给忙》中的"启航前,记者在值班记录牌上看到,华阳礁守礁官兵已经3个月没吃到新鲜蔬菜了。""21时45分,记者身穿救生衣参加3号艇补给,早被夜幕捂严实的进礁口突然闪现一星亮点,小艇摸黑冒险进礁口。记者看见,一名水兵在涌浪翻滚的礁盘口用手电筒充当航标灯。"这两个自然段,是新闻事实的补充和印证。再如《多一分尊重,就多一分自爱——北京一中期末考试见闻》的末段:"记者离开教室,走到学校橱窗前,抬眼望见教育家陶行知的一句名言:'千教万教,教人求真;千学万学,学做真人',显得格外醒目。"话虽只有一句,50余字,但却点出了这条新闻的主题:育人最重要的是育德。

当然,如无上述种种情况的需要,作者硬要"挤"进新闻中去,这就显多余,而为读者所厌恶。

二、题材选择上的广阔性

现场短新闻的题材选择,目前新闻界的认识极不一致,有的认为它只适合于写事件新闻;有的认为,那种早一天采写与迟一天采写都无关紧要的题材,不属于现场短新闻。那么,事件新闻就都能写成现场短新闻?非事件新闻就笃定不能涉足?我看不能这样简单地肯定或否定。我倒同意这样一种看法:可供现场短新闻选择的题材面是很广阔的,事件新闻固然是其题材选择的重要来源,但也决非所有的事件新闻都能够或有这个必要写成现场短新闻;非事件新闻,就不一定不能写成现场短新闻。关键是题材不同,处理的方法各有不同。

当然,这也不是说现场短新闻对题材的要求就没有区别于其他报道方式的地方了。相反,由于这种报道方式对篇幅、时效和现场再现等特殊的要求,对题材的要求也就有着自己的个性,即一时一地一事的鲜明特色。

所谓"一时",即所摄入新闻中的主要新闻事实,应是在十分准确的特定时间内发生的今日之事,时间跨度不宜延伸过长。如果时间跨度过长,那就不怎么适宜选用这种报道方式，或者确有必要也只好利用现场短新闻的连续报道去完成。

所谓"一地"，即所摄入新闻中的主要新闻事实，应是在十分准确的特定地点发生在现场之事，地域跨度不宜延伸过广。如果新闻事实的地域跨度大，记者的目力根本无法顾及它的方方面面，那就不怎么适宜选用这种报道方式，或者确有必要也只能利用现场短新闻的平面组合式报道去完成。

所谓"一事"，对事件新闻完全对路，无须多述。对那种"反映事物发展变化的阶段性、概貌性、经验性或典型性的报道"的非事件新闻，也应有此要求，即采取"取一斑，以窥见全豹"的方法。在这方面获得成功的首届50篇获奖作品中，是不少的。

应该说，以一个独立的事件或事实为中心组成的，并依靠事实自身的逻辑力量表现主题的事件性现场短新闻，这样的特点是鲜明的，无须论证。而对于那些事物的变动缓慢，进程较长，或者新闻事实本身就没有完整的事件性特征的非事件性新闻，就需要照此要求因文制宜地做一番技术性的处理。其方法大致有：

或在时空上截取一点，题材上取其一段，以形成"一时一地一事"的现场报道的特点。第二届获二等奖的作品中就有这样一篇消息体的现场短新闻，现摘录如下。

（肩）农机劳务服务在秋播中发挥作用
（主）长安田头出现"招手停"

本报讯 金秋十月，关中原野出现了农机流动劳务市场，农民高兴地说："咱田头也有了'招手停'。"

10月5日，记者在长安县纪场乡王寺村一块田头，看到一位姓曹的老农站在地里一招手，近处的拖拉机就应声而到。只见两台拖拉机在田间奔驰着，很快翻完了地；四台小四轮带着条播机接着排开播种。曹老汉的三亩地不到两个小时就深翻条播完毕。记者在附近王寺镇什字口，采访了几个从数十里外赶到这里参加秋播的农机专业户。一位小伙子得意地说："大拖拉机挂犁，小四轮挂条播机，配套作业单独核算，招手即到不跑远路，农机户多收入，农户耕种一遍手过，两全其美！"
……

（原载1990年10月11日《陕西日报》）

这条新闻再现了农村经济体制改革中出现的一件新事物。它所报道的事实，并非稍纵即逝的事件，可以说在相应的时间内，早一天报道或晚一天报道都是可以的。

记者却选定了 10 月 5 日这一天的现场目击，并巧妙地穿插必要的背景材料，写成了这篇现场报道，再现了长安县农村出现的这一新事物。

或以新闻事实的新近变动为契机，"以新带旧"，把"旧闻"变为"新闻"。第二届现场短新闻评选获二等奖的作品中，同样也有这样一篇成功之作，现摘录如下。

无名山上的神情

1990 年 7 月 25 日，太行山深处铜冶镇西一座无名山头上，聚集着河南安阳市辖区内所有乡镇的党委书记、优秀党员代表和自动赶来的群众 200 多人，河南省顾委副主任张赤侠代表省委、省政府把一个素洁的花环置放在山头的纪念亭前。

这里安葬着一个普通的退休工人杨皂，今天，是他逝世两周年的日子。中共安阳市委专门在这里召开现场纪念会，王震同志送来了亲笔题词："学习当代愚公杨皂"。

人们来到老人的故乡南西炉村，这里东有断截沟，西有汾洪江，沟沟坎坎遍布村子周围。"这里第一条能行车的路，就是杨皂老人修的。"铜冶镇党委书记指着我们刚刚走过的进村的碎石路："1965 年杨皂从安阳矿务局积善煤矿退休后，就用多年积蓄买了工具、水泥，把上班地点从井下搬到了路上，如今，这成了全村人生产、生活的主要用路。"我们注意到，那路上骑车的、挑担的络绎不绝，还不时有拖拉机、汽车响着喇叭飞驶而过。

……

到了，这就是杨皂的家。老辈留下的三间瓦房上已长满了青苔。"老头子活着时，没给家里添过一件像样的东西，还把我俩的寿木板子，我的私房钱都用到了桥上、路上。"堂屋里，仅有的一桌两椅，为杨大娘的话默默地做着注脚。

无名山头，人们专门为杨皂镌刻的太行青石碑上，却清楚地记下了老人的另一笔遗产："有生之年共修建石拱桥 6 座，打甜水井 1 眼，修护路大坝 1 处，称'八大工程'；修生产用路 4 条总长 532 米，建护路岸 3 道总长 120 米，砌排水涵洞 50 米，称'八小工程'。共计用石料 5000 立方，用土 37000 立方。其中杨皂本人义务投工 4900 个，贴款 2100 元，贴粮 2000 余斤。"

（原载 1990 年 7 月 27 日《中国青年报》）

这篇现场特写性消息就这样用白描的手法，记述一位优秀共产党员默默地为党为人民无私奉献的一生，并赢得了千百万人的敬仰的动人事迹。杨皂老人已经故去两年了，作者却利用安阳市委为他专门召开的现场纪念会的契机，用现场采访、观察到的细节，把早已逝去的背景材料，统统变成了现场发生的第一手材料，再现了老人生前令人敬仰、催人泪下的风采和感人事迹。

或从众多的事实中抽出一件，用背景材料加以铺垫，形成"以点概面"式的现场报道。《莫斯科出现手纸荒》，以及《解放军报》的《"战士永远是和平的使者"》《铁肩担国防》等，在这点上都能给我们一些启示。

三、写作上的兼容性与形象性

先说兼容性。

从现场短新闻所承担的传播功能中，我们还可以看出，它对新闻体裁的选择，常常是以一种文体为主，并适当地融入另种新闻文体的成分，因而呈现在受众眼前的现场短新闻，往往就是既有消息及时、简洁、明快的优势，又有通讯形象、生动、传神的特征，还兼有特写放大再现、点化力强、新鲜活泼的长处。让人读过确有如临其境、如见其人、如闻其声之感。这也就是说：在表现手法上，现场短新闻有兼容性的特色。

新闻传播从本质上说，是一种信息交流，它的宣传功能也是要通过传播大量的新闻信息、新闻事实来实现的。一篇报道如果没有提供群众欲知未知应知的新闻信息，也就不成其为新闻。尤其是在人们的生活节奏普遍快，信息大量涌现、疾速流动的今天，有人预测：现实与未来的新闻竞争，归根到底是信息的竞争，谁能及时而大量地把握住此时此地的"信息流"，并尽快地传播出去，谁就能赢得读者。最新最快地传递信息，这正是现场短新闻的一大优势。因而无论是选用何种体裁、报道何种题材的现场短新闻，从总体上来说，都必须像消息那样用简单扼要的文字，将新闻事实的发生报告给受众，向受众传递一个完整的、确定无疑的信息。

当然，现场短新闻对信息的传播不仅要注意信息传播的数量和时效，而且还必须注重信息传播的质量。提高信息质量的一个重要途径就是对信息进行深度加工处理，即对信息的归纳综合、分析提取，像新闻通讯那样，提炼出一个鲜明的主题。这是现场短新闻区别于简讯、简明新闻和一般动态性新闻的一个重要标志。

现场短新闻的主题应力求鲜明而深刻。所谓鲜明，即应具有强烈的时代特征，反映时代的新风貌；所谓深刻，即是要力求反映事物的本质特征，使之能给人以情操的陶冶、思想的启迪、斗志的激奋。

比如，发表在1990年2月22日《浙江日报》上的现场短新闻《春到花鸟市场》，记者通过采访杭州岳王路花鸟市场的见闻，从直观上看新闻只是写了这个市场是"花的世界,绿的海洋,鱼的天地,鸟的乐园",以及群众踊跃购买花草鱼鸟的情景,实则是在着力于向读者献上一幅杭州人民"生活祥和、其乐融融"的风情画,从"岁乐人养花"预示着90年代第一个春天的降临,展示了我国国泰民安的新气象。

又比如,发表在1991年3月1日《中国物资报》上的现场速写《评奖评出的新闻》,说的是春节前夕湖南省桃江县金属公司的职工群众给领导评奖的事。我们对评奖的内容姑且不论,这种做法的本身就很有现实针对性:实行奖金制度,这本来是针对那种"干与不干一个样、干多干少一个样、干好干坏一个样"而提出来的,目的在于"奖勤罚懒,奖优罚劣",调动职工的积极性,以推动生产和工作。可是近些年来,在不少单位却把它变相地变成为职工人人有份的福利补贴。桃江县金属公司一直坚持奖金群众评的做法,无疑是难能可贵的,是有导向作用的。但这篇新闻对比似乎不很明确,在选材、谋篇上对此都很模糊,主题不鲜明,就不能不是这篇作品的一个缺陷。

由于现场短新闻要力求再现新闻事实发生时的情景,力求有立体感和现场感,因而它就不可避免地要使用新闻特写的描写,甚至凸现关键场面的表现手法。当然我们不能据此推论,只有特写才是现场短新闻。因为现场短新闻会融进特写的要素是一回事,而融进的轻重、多寡又是一回事,不能简单类推。而现场短新闻在表现手法上,呈现多栖性和兼容性,这一点则是应当明确,不能含糊,而又具有普遍意义的。这也就是说:

现场短新闻居多是消息或特写性消息,但又有不完全等同于一般动态消息的特征。这不仅表现在表述手法的不尽相同,究其结构也是不尽相同的。消息一般都采用"倒金字塔"式的结构,而现场短新闻的结构,则常常采取先用引导性的文字,引出新闻事实,再是对新闻事实的概述,进而才是对其重点部分在叙述与描绘相结合的基础上,力求再现现实生活和客观事实。可这种"再现",较之通讯、特写又有不同,它多用白描手法、形象语言,三言两语地勾勒。在文风和结构上,往往多采用散文式的笔法,力求清新、质朴、自然、明快、具体,让人读来声色兼有、情趣满篇。

再谈形象性。以精巧的剪裁,细腻的描摹把最有新闻性的场面或情节凸现在受众面前,这是现场短新闻的又一个重要特征。现场短新闻是纪实性的报道,但它决不是鸟瞰全貌式的有闻必录,也不是罗列事实式的记流水账,而是要下功夫抓住其中最具有新闻性的高潮部分写深写透。这高潮往往就是新闻事件发生与发展的关键情节,或新闻人物活动的中心场面,或事物诸种矛盾斗争的集结点,或者是人物感情最炽烈、奔放之处等等，对此必须进行集中、凸显式的描摹。

新闻要用事实讲话。现场短新闻则应"瞻言而见貌"，以用有画面、情景和具体的形象来传递信息、影响舆论见长。它不仅要用事实说话，而且要用可视可感的具体形象说话。据学者们考察，当今的新闻受众有一个明显的特点，他们注重思辨，注重实际，不轻信，不盲从。判断一种是非，不仅看它说得是否有理，还要看它在实践中是否有用；判断一个人，不仅看她"唱功"怎样，更要看他"做功"怎样。具体形象有鲜明的直观性和证实性，对受众最具有说服力和强烈的感染力，这正是现场短新闻独特的优势和长处。因而现场短新闻的写作就不能只是概括叙述，而必须要有细节描写，以展开生活的画面去感染和启迪读者。现场短新闻要有活生生的人物形象，要有与此相关的人物群像和典型事例，要有活灵活现的景物、场景。否则就不能成其为真正的现场短新闻。笔者手里有这么一条发表在某报上的挂牌现场短新闻。

壶水童心

"民警叔叔请喝水。"每天早晨7时40分左右，位于峨岭公园一旁的重庆55中学初二年级二班总有一名学生提着一水壶为重庆市交警三中队峨岭岗亭的执勤民警送开水。

送水活动是自去年二月份开始的。去年二月份正值全国青少年开展"学雷锋"、"学赖宁"活动，"三好生"、优秀班干部杨飔、毛红霞、肖敏三同学一商量，觉得给民警叔叔送开水，就是"学雷锋"、"学赖宁"的最好行动。于是，他（她）们三人利用早自习的紧张时间，每天轮流在学校排队打水，然后送到岗亭，从不间断。目前，送水活动已发展为他们班54名同学的自觉行动。

（1991年3月11日）

童心可爱！孩子们坚持"学雷锋、学赖宁、见行动"，时间这么长、这么多人参加天天为民警叔叔送开水，实在难能可贵。如果作者能选择最有典型意义的一天，深入现场，写出一篇有情有景、有声有色的现场短新闻来，完全是有可能的。现在这篇作品名曰"现场短新闻"，实际上就是一条"简讯"。通篇没有一句现场描写，全是"倒插笔"的叙述。

所以，我们可以这样说，现场细节描写便成为现场短新闻写作诸种表现手法中的一种不可缺少的主要手法。传播学认为，任何一种传播方式，都有其自身的传播特性。当运用这种方式时，只有充分发挥其传播特性，才有可能取得较好的传播效果。作为现场纪实性报道的现场短新闻，就必然具有现场的"证实性"、"再现性"为其传播特征。这也就是说，这种报道方式在反映和表现新闻事实上与其他的报道方式相比，应有其更为强烈的视觉效果，有其独特的直观效果。这样，生动的画面、具体的细节形象，就不能不成为现场短新闻的重要载体，这就要求记者在采写过程中，必须细心寻找最能吸引人们的普遍而具有典型意义的细节、画面，以充实的信息、生动的形象去吸引受众的视角兴趣，增强新闻的现场感、真切感和可读性。

既然现场短新闻的一个重要特色，是要形象地传递信息、再现现实生活，因而它的细节描写，更应该是具体的、形象的，具有画面性、可视性和完整性。

获首届现场短新闻评比二等奖的《这里的猪为啥吃"细粮"》（《北京日报》1990年1月8日），所揭露的浪费粮食的惊人现象，引起了社会各界的广泛注意。如果这篇作品只用数字或概括叙述方法，是不会有这样好的效果的。这里成功的诀窍是细节的选择。

文章一提笔，便用了一个引人的悬念细节："乍一听，您兴许不信：两年了，海淀区海淀乡肖家河一队猪场年年养着200多头猪，不吃菜帮、麦子等粗料，光吃馒头、烙饼等'细粮'。"

接着，作者又实地选择了一个那300亩垃圾场上的现场细节："按照祝队长的指点，我们往东走了半里路，抬眼一望，嗬，好壮观！一个个小山包似的垃圾堆绵延起伏连成了片。六七十个捡破烂的男女老少围成十几个圈儿在闲聊。一会儿，十几辆卸垃圾的汽车进了场子。这些人像听到冲锋号，呼啦站起来，打仗似的冲过去，把这些车围了个风雨不透。垃圾一着地，各式各样的耙子、钩子上下翻飞，馒头、包子、花卷、烙饼，还有整块的奶油蛋糕，纷纷装进这些人手中的编织袋。"

一场"战斗"结束了，检验"战果"的一段，又写了这样一个细节："收购员何淑兰真叫忙活，检斤、过秤、装包、付款，一会儿的功夫就收了十多口袋。趁她喘气的时候，我们过去采访。她拿出个记录本让我们看。嗬，上周半均每天收购粮食制品馒头、花卷什么的竟有400公斤，何淑兰气愤地说：'瞧吧，两年，近300吨粮食，不知城市居民怎么这么阔！'"

现场短新闻对细节材料的运用，还不应仅停留在画面性上，更应当把视角转向人的纵深、转向人的精神世界的最深处，让人们读过不仅有如临其境、如闻其声之感，而且还能品尝出其中的真意。比如，在《多一分尊重，就多一分自爱——北京一中期末考试见闻》中，那高一年级的教室里，代替监考老师用美术字书写的"自尊、自爱、求实、求真"八个大字；那教室后的对联"汇报成绩不做当代文抄公，考试人生要做今日老实人"；那初一年级黑板上袒露的心声"从小培养诚实正直的品质"、"作弊可耻，诚实光荣"。在《这里的猪为啥吃"细粮"》中，收购员何淑兰那气愤的话语；村长张胜利发自肺腑地感慨："唉，这两年我们养猪是省了点钱，买饲料4角多钱一斤，收城里人这些主食垃圾才8分，可这心里也真不是滋味，这些粮食当初毕竟是我们农民出力流汗种出来的呀！这处垃圾场消纳海淀区2/3的垃圾，大部分来自居民区，我们回收这些馒头养猪，不过是其中一个小部分。去年，光是这儿捡的整砖就4万多块，钢筋铁棍儿的就更甭提了。我就纳闷儿，城里人能不能别这么大手大脚？"这些细节、这些话语，让人读过真是回味无穷！

四、表现手法上的小中见大

究其表现手法来说，现场短新闻无论所报道的题材的大小，都不是要拉开架子盖高楼大厦，而是要因地制宜地修建玲珑精巧的别墅。

这也就是说，以现场短新闻这种报道方式去采写重大题材、重大主题的新闻，极少能采用宏观俯视、气势恢宏、正面直书的办法，而大都是采取小角度、短篇幅、小中见大的表现方法。优秀的现场短新闻都应当是"玲珑俏靓，文约旨远"的精品。

《鲜花不知送给谁》（《武钢工人报》1990年7月23日、《冶金报》1990年8月7日），说的是31届国际数学奥林匹克大赛金牌得主、17岁的周彤，由北京载誉返回武钢三中时，手里捧着的一束鲜花，不知该献给谁——妈妈？老师？武钢领导？正当这位数学王子遇上这道难解的"题"，各方正在推让之际，还是校长巧指迷津："来，周彤拿着鲜花站当中，我们一起照张像！"这个新鲜而又有戏剧情节的事实，生动而富有情趣地表现了人才的成长离不开党、祖国、老师的哺育、培养，离不开良好的家庭教育，离不开个人的勤奋努力。这个生活中的普普通通的"一滴水"，却折射出了社会主义的灿烂阳光正在哺育着各种人才的健康成长。

所以可以这样说，小角度、短篇幅、小中见大是现场短新闻写作中无论题材的大小都具有普遍意义的一种表现手法。在运用这种表现手法时，最为重要的是应注意这样几个问题。

第一，题材要新巧。无论是用重大的或寻常题材，以短小的篇幅、小巧的角度，去表现重大的主题，题材不新鲜，角度不新颖、巧妙，是引不起读者的阅读兴味的，也就更难唤起读者去思索、联想。因而题材要新，角度要巧，这是实现以小见大传播目的的首要一环。第二届获一等奖作品《棉花姑娘出嫁记》（1990年12月18日《河北经济报》），从一个极富人情味的独特角度，活灵活现地向人们表明了科学种田、科技兴农已经深入到了当地农村的家家户户。新闻报道的是晋北县北寺村植棉能手——周英改出嫁时只带了"四大件"：一是两袋83-6棉花良种，二是400多本科技书籍，三是一套夏播棉标本，四是两幅照片，即棉花姑娘出席省第四次人代会的留影和出席共青团十二次代表大会时党和国家领导人接见的巨照。村里人来"闹新房"也出了新闻：小伙子纷纷抢新娘的陪嫁——棉种；姑娘们挤成了疙瘩看照片；村干部、老年人向姑娘讨教棉花经；后来，婆婆干脆领着新媳妇上地里去指点……这些朴朴实实的事实，向人们宣告：农村的科学热、农民的科学意识，已经压倒了千百年来"闹洞房"的习俗。

第二，把握要准确。写重大题材，并不仅着眼于"大"，更要着眼于深；写平凡的题材，不是着眼于平凡，而是要着眼于不平凡，要挖掘蕴含其中的真善美，去鞭挞现实生活中的假恶丑。这类现场短新闻所描述的事实或许都不算大，可内蕴丰厚，真正的新闻价值不在于"笔下响惊雷"，而在于有强烈的现实性和针对性。它能以引人思索的诱人魅力去触及时代的脉搏，或通过描述普普通通的社会现象，以展示人们心态的细微变化，去折射社会和时代的进步。这就特别需要新闻工作者，要用独特的眼光和匠心去发现和发掘，以准确地把握住新闻事实的新闻价值的所在。1991年3月26日《人民铁道报》刊登了一则现场短新闻，现摘录如下。

总书记给火车司机打电话

本报讯 这是开展两天来铁道馆最令人激动的时刻：3月22日19时20分左右，江泽民总书记在这里给运行在京山线上的一位火车司机打电话。

总书记："你是410次列车的司机同志吗？"

火车司机："我是410次的司机，请总书记指示！"

铁道部在首届全国工业企业进步成就展览会上展出的机车"三大件"，是铁路"七五"科技进步的重要成果。仅1990年，这三件宝贝就防止了重大行车事故近200件。总书记正在讲话的这套"单双工兼容150兆无线列调"，是"三大件"中的一件，它最近立的一次大功，2月27日，成都局德阳站调车作业失误，一辆重车溜到正线上去了，此时正有一列火车开来。调度员发现这个险情，立即用这套"顺风耳"呼叫运行中的火车司机，采取紧急停车措施，化险为夷。难怪李森茂部长对这套设备特别青睐。今晚，江泽民、宋平、李瑞环和李铁映、倪志福等中央领导同志先后来铁道馆参观时，李森茂部长都亲自向他们介绍这件展品。

……

总书记放下话筒后，对李部长和铁道馆工作人员点头称赞："话音很清晰，很好！"

受到总书记称赞的这套无线列调，是由铁科院为主体开发出来的，受到使用单位欢迎。到今年年末，"顺风耳"将覆盖除少数支线和边远战区外的全国铁路。

总书记从展览馆利用现场的科技成果，给远在千里之外执勤的火车司机打电话，这无疑是一个新鲜而重大的题材，但作者没有仅满足于题材的重大，却只巧妙地利用这一引人的事实，通过恰到好处的背景材料的铺垫，向人们具体而形象地展示了"科学技术是第一生产力"，把经济建设真正转移到依靠科技进步和提高劳动者素质的轨道上来这个极有现实针对性的重大主题。加强科学技术是第一生产力的宣传，增强全民族的科学意识，推动科学技术的进步、普及应用，是 90 年代新闻战线一项非常重要的任务。正像李瑞环同志在浙江考察时指出的，这个任务"既是经济问题，也是政治问题；既具有现实意义，又具有长远意义"。关于这方面的报道固然有许多大文章要做，然而像以小见大，用生动活泼的新鲜材料，具体形象地去宣传，让人读来兴味盎然，其传播效果是不能低估的。

第三，开掘要深邃。作者要在开掘新闻事实内蕴的深度上苦下功夫，这是实现用小角度、短篇幅去报道重大题材、表现重大主题的又一个关键所在。新闻的深，这是表示作者对凝聚在新闻事实里的新闻价值的认识和发掘的程度。如前所述，所谓新闻价值系指凝聚在新闻事实里的社会和读者的需要。由于社会和读者对新闻传播的需要的多样性，新闻价值也就具有多样性、多层次和多侧面性的特征。其多样性是指内涵而言，它包括着信息价值、宣传价值和审美价值的和谐组合。其多层次性和多侧面性是指它的结构形态来说的。这正如有的同志指出的："一个新闻题材中完全可以同时存在和体现出若干价值因素和新闻价值的若干方面，这就形成了新闻价值的多层次、多侧面的复杂结构。它像一座宝塔，'塔尖'是新闻价值的最高层次，即新闻题材的本质和核心；'塔身'则是新闻价值的各个侧面和较低层次，即新闻题材中一般的、次要的质。"这就是说，我们在分析和研究新闻事实、题材的新闻价值时，一定要善于由此及彼、由表及里，由"塔身"到"塔尖"，做一番认真地剖析、比较，并从宏观的高度，把握住它的最高价值之所在。这样写出来的现场短新闻，才能有可能拨动众多读者的心弦，从而引起社会的共鸣。

1991 年 3 月上旬，黑龙江省技术监督局将 48 个生产和经销不合格产品企业的厂长、经理请到省城，参加"强化质量意识"学习班。他们当中有 28 人是各地酒厂的厂长。这些生产厂家生产的酒有效成分达不到规定的标准。食品标签上也存在不少问题，有的没出厂日期，有的主要原料是地瓜干，却写成"淀粉"和"粮食"等等。而另外20人是经销伪劣低压电器的企业经理，他们销售的电器是国家早就明令不准面市的产品。如果仅就上述情况写成新闻无疑也有一定的新闻价值。但作者考虑到过去省技术监督部门对他们曾有过批评，也严厉地处罚过，但效果不大。一个重要原因就是广大消费者还被蒙在鼓里，因此他们的日子还"混"得下去，没有危机感。这次学习班采取了新办法，把技术监督和新闻舆论部门结合起来，让这些"不合格"的厂长、经理公开亮相——无论是学习讨论、检讨发言、销毁他们的伪劣商品，还是听质量先进的同行介绍经验等，电视台都一一跟踪录像，当地报纸也在显著位置做了报道。其中20个经销企业的经理到省城后的第一件事是考试，考了六道有关质量问题的试题，无一人及格；有一题是"社会主义国家商业的经营方针是什么"，答案"质量第一，用户至上"八个字早就写在他们企业的墙上了，遗憾的是也没一人答全——这一幕幕景、一件件事都通过当地新闻媒介传开了。此举终于震动了这些厂长、经理的心灵："消费者不会再光顾我们的产品了！""'上帝'要砸我们的饭碗了！"他们坐不住了，纷纷找原因，定措施，表决心："一定在短期内改变面貌。"

《经济参考报》的记者通过精心采访、分析和比较，终于舍去了前者而紧紧抓住了黑龙江省在"质量、品种、效益年"中这一经济生活中的新招，成稿《让"不合格"厂长亮相》（1991年5月3日《经济参考报》）。它像一位优秀的导游，引导读者一步一步地由"塔身"登上了"塔尖"。新闻见报后在新闻界内部和在社会上都引起了强烈反响。在第二届现场短新闻评比中此稿也获得了三等奖。

第四，事实要典型。生动的典型事实，可以以一当十，以少胜多，对读者来说可以起到振聋发聩和以小见大的双重作用。当然，这样的事实也不一定有多么重大，有的甚至就是一件小事，但是只要典型性强，而又事藏精义，或能从一个侧面反映当前的政治、经济和社会生活的微妙变化，或能提出某个社会问题引起人们的关注、思考和探讨，或能弘扬某种新闻社会风尚，借以匡正时弊，皆为可取的典型事例。

1990年11月6日《人民日报》刊登了一则纪实性新闻《六农民凑钱替人还贷，过世人遗愿终实现》，新闻说的是甘肃省庄浪县刘山村农民靳德仓1984年去世时，欠银行123元贷款，他留下遗言，要儿子早日还清这笔贷款。次年儿子又突然病故，儿媳改嫁，归还贷款没有着落。直到1990年9月，信贷部门清贷时，村里六位农民主动凑钱替靳德仓还清了贷款。

应该说，靳德仓一家连遭不幸，生前的欠款又不多，俗话说死了死了，一切就了啦，还与不还也不会有人去苛求的。而六位还款者人均破费还不足21元，也实在是不足挂齿的。然而就是这件"区区小事",却很有典型意义,它具体而生动地告诉人们:在今天已经富裕起来的中国农民对国家、对集体的深厚的爱,以及乐于助人、为人分忧的崇高精神。请看吧,靳德仓在世时:"他每年总是全村第一个向国家交售粮食,银行给他的贷款也总是主动归还。"在他不久人世时,又再三地叮咛儿子:"我们家现在还穷,去年借银行的71元贷款和前响借的52元化肥款都没有还。我去后,你一定要好好地过日子,把地种好,替我把这两笔贷款早早地还了。"而六位还款农民的心声更加令人敬佩:"老靳生前那样爱国家、爱集体,只因当时家里穷才没有能力归还贷款。如今全村人都富了,我们每人拿出一些钱替老靳还了贷款,一则还了老靳生前许下的愿,二则表示我们富了不忘国家、集体的一点心意。"读到此处,正如一位评论者所讲的那样:"使人觉得一股带着山野芬芳和时代特征的精神文明新风扑面而来。稿件之'大',正在于此。"我们讲事实要典型,决不只是指的生动引人,还包含思想意义上的"典型"性。

第五,文笔要清新。现场短新闻既然是因事制宜地修建玲珑精巧的别墅,就不得不讲究结构新颖、文笔清新。明代谢榛说:"走笔成诗,兴也,琢句入神,力也。"现场短新闻要能引人入胜,光有事实的新鲜、结构的精巧还不够,还得讲究文采,像古人说的,用力雕琢语言。尤其是现代人们对新闻作品,不仅仅是为了阅读新闻、获得某种信息,而且还要欣赏新闻,从中获得美感。这就要求我们在现场短新闻写作中,应力求把精彩的事实用最佳的表现形式、优美的文字再现给受众,让新闻事实"立体"化、图像化,给人以闻其声、临其境、睹其物、见其人的快感。获二等奖作品《八把银壶》(1991年2月23日《江西日报》),就有事实新、结构新、表现手法新的特点。新闻报道的是,春运乘车喝水难,可到了鹰潭就不难。那里有十几名离退休党员干部在春运期间,自备银壶,为旅客免费送开水。它轰动全路,众口皆碑。文章一起笔便用拟人的手法、散文的笔调,推出一个动感极强的立体画面:

2月21日,本来是19点到站的广州——福州269次直快提前20分钟到站。它像一条渴苦的长龙,加快速度希望早一点到鹰潭,那是烈士熊云清工作过的车站,是全国先进党支部所在的车站,那里英雄为旅客送水的银壶还在闪亮,那里肯定会有开水供应的!

它累了:跑了整整一天一夜。它渴了:春运旅客翻番,小站不能加水,车厢通通梗塞,怎能满足需求?

渴!渴!!渴!!!水!水!!水!!!

列车疲倦地停靠一道。千余名口干唇燥的旅客把渴望的目光投向站台。咦，站台上真的有水罐手推车。罐盖已被掀开，盖口冲出热气。几把银壶在黑色夜幕中闪闪发光。

接着新闻又用老铁路项玉清像跑堂伙计似的吆喝、娴熟的倒开水的技巧和三位旅客富有个性化的语言，浓墨重彩地描绘了现场情景，讴歌了党与人民、人民与铁路的血肉关系。新闻还以散文的意境"一列列客车怀着渴望而来载着满足而去。这八把银壶闪亮了鹰潭站，闪亮了旅客心，洒下的是甘霖雨露，浇下的是党对人民的厚爱，人民对党的深情"来结束全篇深化主题，颇能引人深思。

俗话说，文贵旨远。衡量一篇现场短新闻优劣的标准可列出多条，但首要的一条是要事藏精义，旨意要宏远。在历届好新闻评选中，有些新闻作品报道的事实确实重大，颇有"下笔响惊雷"的优势，可惜只停留于一般动态、表象上，哪怕写得再精巧，至多也不过是一片绚丽的浮云，稍现即逝，很难给人留下深刻印象，因而也难以入选。相反，如上文中所提的这类作品，有的所言之事尽管不怎么重大，甚至很微小，但事连宏旨，再加上结构巧、文字美，其生命力和价值就非同凡响，让人"一见钟情"。